本书为中国人民大学"211 工程"三期重点建设项目
"文学研究的国际视野与当代中国文化建设"项目成果

悲 伤 与 诗

BEISHANG YU SHI

卢铁澎　著

人民出版社

责任编辑：雍　谊
封面设计：王　舒
版式设计：刘太刚

图书在版编目（CIP）数据

悲伤与诗/卢铁澎著. —北京：人民出版社，2011.8

（文化与思想：文艺学学科建设丛书/张永清主编）

ISBN 978-7-01-010064-7

Ⅰ.①悲⋯　Ⅱ.①卢⋯　Ⅲ.①文艺评论-文集　Ⅳ.①I06-53

中国版本图书馆 CIP 数据核字（2011）第 136815 号

悲伤与诗

BEISHANG YU SHI

卢铁澎　著

人 民 出 版 社 出版发行

（100706　北京朝阳门内大街 166 号）

北京中科印刷有限公司印刷　新华书店经销

2011 年 8 月第 1 版　2011 年 8 月北京第 1 次印刷

开本：710 毫米×1000 毫米　1/16

印张：23　字数：465 千字

ISBN 978-7-01-010064-7　　定价：48.00 元

邮购地址 100706　北京朝阳门内大街 166 号

人民图书销售中心　电话：(010)65250042　65289539

自　序

现在转瞬即逝，过去也在不断变化，未来更不可预测——一切都不确定。我们自以为可知的，不过是鸡零狗碎，殊异万千。可悲亦可喜的是，我们都会自以为怀抱荆山之玉，手握灵蛇之珠，有将一己之见强加于人的"主义"化强烈欲望或行为。于是，人类从言语论辩到暴力冲突的纷争持续不断，而知识的生产和科学的进步也随之或踯躅蹒跚，或一日千里。

我们认同于后现代主义者关于世界不确定性和差异性的强调，但不应坠入唯我主义世界观和虚无主义相对论。不管我们是否感知和如何感知，宇宙的存在无可置疑。因此，我们必须在不可知中寻知，在不确定中摸索，如同在窒息中喘气，在桎梏里挣扎，在冒险中寻找机遇，一息尚存，永不停步，这种认识，笔者坚信不谬。

《悲伤与诗》算得上是笔者学术探索的一份不完全记录，而书中所收论文不仅是个人劳作的结晶，也凝结着师友亲人帮助支持的深情挚爱。这些论文还承蒙国内多家期刊和出版社厚爱而得以先期发表，借此书问世之际，特向他们致以最高的敬意和最诚挚的谢忱！

如果没有中国人民大学文学院 211 工程建设项目的支持，本书的出版就还在期待之中；倘若没有我的研究生们参与校对，本书的遗憾将更多。谨此特别鸣谢！

作者
2011 年 7 月

目 录

"美学观点和历史观点"探源

恩格斯在 1847 年写的书评《卡尔·格律恩〈从人的观点论歌德〉》以及 1859 年致拉萨尔的一封私人信件中两次明确地提出了必须从"美学观点和历史观点"① 进行文艺批评的主张，但在马、恩的著作中再未见有如此明确的提法，更无片言只语对"美学观点和历史观点"的直接说明，因此长期以来并未为人注意。在 20 世纪 70 年代末至 80 年代初我国对文艺批评标准问题的讨论中，才开始涉及恩格斯提出的"美学观点和历史观点"，此后逐渐引起人们的重视，并引发了一定程度的争论。争论的重点，大体上集中在"美学观点和历史观点"的理论性质与内涵两大方面。尽管认识愈来愈趋深入，但在研究过程中，似乎都没有重视对"美学观点和历史观点"理论渊源的考察，人们偏重于从"逻辑的"方面去思考，而忽视与"历史的"考察相统一，因而阻碍了研究的深化。笔者以为，只有努力弄清楚"美学观点和历史观点"的来龙去脉，才有可能使我们对这一命题的认识取得新的突破性进展。

一

有人曾经指出，恩格斯提出的"美学观点和历史观点"，"并非恩格斯本人的独创，而是师承于黑格尔的"。② 而且，"美学观点和历史观点"作为批评方法，在马克思、恩格斯的时代"已经被广泛采用着"，除了黑格尔外，"丹麦评论家勃兰兑斯曾用美学的和历史的方法研究文学现象"。③ 1842 年，俄国的别林

---

① 新译为"美学观点和史学观点"，见《马克思恩格斯选集》第 4 卷，人民出版社 1995 年版，第 561 页。

② 罗漫：《论恩格斯的"美学观点和历史观点"师承于黑格尔》，《中南民族学院学报》（社科版）1987 年第 3 期，第 90 页。

③ 李国平：《马克思主义美学的和历史的批评三题》，《西北师院学报》（社科版）1985 年第 3 期，第 54 页。

斯基"就明确提出了'历史的、美学的'批评"。① 还有人认为恩格斯作为批评方法师承的"美学观点和历史观点"这个"黑格尔术语"来源于黑格尔的《美学》第二卷中的这段话：

> 面对着这样广阔和丰富多彩的材料，首先就要提出一个要求：处理材料的方式一般也要显示出当代精神现状。……我们在这里应该从历史和美学的观点对法国人提出一点批评，他们把希腊和罗马的英雄们以及中国人和秘鲁人都描绘成为法国的王子和公主，把路易十四世和路易十五世时代的思想和情感转嫁给这些古代人和外国人。假如这些思想和情感本身比较深刻优美些，这种转古为今的办法对艺术倒还不致产生那样恶劣的影响。与此相反，一切材料，不管是从哪个民族和哪个时代来的，只有在成为活的现实中的组成部分，能深入人心，能使我们感觉到和认识到真理时，才有艺术的真实性。②

笔者赞同关于恩格斯提出的"美学观点和历史观点"师承于黑格尔这段话中的"历史和美学的观点"的看法，但不同意把黑格尔说的"历史和美学的观点"仅仅看成是"偶尔一用便不再理会"③ 的批评方法，还应将它与黑格尔在《美学》中艺术研究的具体实践和美学方法论联系起来深入分析。

可以证明黑格尔的"历史和美学的观点"并非"偶尔一用"的最明显的事实，就是《美学》第一卷第三章讨论"理想的艺术作品的外在方面对听众的关系"这一节的论述。黑格尔在这里与在第二卷一样批评了法国人处理历史（或异域）题材的纯主观表现方式。他说："……在法国的艺术作品里，中国人也好，美洲人也好，希腊罗马的英雄也好，所说所行都活像法国宫廷里的人物。"拉辛的悲剧《伊斐琪尼在奥理斯》中古希腊英雄阿喀琉斯"就是一个彻头彻尾的法国亲王"。拉辛的另一部悲剧《艾斯特》在路易十四时代之所以特别受欢迎，原因也是"法国化"——把古代波斯皇帝初上台的气派处理成"完全像路

---

① 樊篱、袁兴华：《马克思主义文艺思想发展初论》，湖南文艺出版社 1987 年版，第 69 页。

② ［德］黑格尔：《美学》第二卷，朱光潜译，商务印书馆 1979 年版，第 381 页（着重号为引者所加）。

③ 罗漫：《论恩格斯的"美学观点和历史观点"师承于黑格尔》，《中南民族学院学报》（人文社会科学版）1987 年第 3 期，第 90 页。

易十四出朝时一样"①。

黑格尔批评的这种纯主观表现方式，除了法国人的"法国化"外，他还举了16世纪德国纽伦堡的鞋匠汉斯·萨克斯取材于《圣经》的作品，把"上帝、亚当、夏娃以及希伯来族的祖先们都真正地'纽伦堡化'"；德国剧作家考茨布那种抽去题材中过去时代和现时代的真正艺术内容（意蕴），处理成人们"平凡生活中的日常意识的表现方式。"黑格尔认为它们与"法国化"方式一样具有极端片面性，"不能产生实在的客观形象"②，也就是没有艺术真实性。

与纯主观方式相对的另一极端，即所谓纯客观的历史题材的方式，"谨守纯然客观的忠实"，要求时代、场所、习俗、服装、武器，甚至在极不重要的外在细小事物上，也要做到极端的精确，止于纯然形式的历史的精确和忠实，"既不管内容及其实体性的意义，又不管现代文化和思想情感意蕴"，③也受到了黑格尔的批评。

在批评纯主观和纯客观两种片面方式的同时，黑格尔肯定、赞扬了歌德在《西东胡床集》里那种具有"真正的客观性"的处理历史（或异域）题材的方式。歌德"在描写东方的人物和情境中始终既维持住东方的基本色调，又完全满足我们的近代意识和他自己的个性要求"，"以远较深刻的精神把东方色彩放进德国现代诗里，把它移植到我们现在的观点上"。④

黑格尔虽然没有像在《美学》第二卷那段话中那样明说自己的这些批评是"从历史和美学的观点"出发的，但只要从观点、论据和论证过程方面来稍作对照，其惊人的相似、相同，就很难使人否认它们都是"从历史和美学观点"出发的批评。

同样明显的例子在《美学》中还可以举出很多。例如黑格尔对17世纪荷兰绘画精细入微的再三分析，从荷兰绘画产生形成的社会历史背景入手，找出了这种绘画何以取材于平凡事物并达到了高度完美艺术水平的客观原因，肯定表现心灵的自由活泼的"爽朗气氛和喜剧因素就是荷兰画的无比价值所在"⑤。而像这样的批评要求："拿来摆在当时人眼前和心灵前的东西必须也是属于当时人

---

① ［德］黑格尔：《美学》第一卷，朱光潜译，商务印书馆1979年版，第340页。
② ［德］黑格尔：《美学》第一卷，朱光潜译，商务印书馆1979年版，第338、341页。
③ ［德］黑格尔：《美学》第一卷，朱光潜译，商务印书馆1979年版，第337、343页。
④ ［德］黑格尔：《美学》第一卷，朱光潜译，商务印书馆1979年版，第350、349页。
⑤ ［德］黑格尔：《美学》第三卷上册，朱光潜译，商务印书馆1979年版，第326页。

的东西，如果要使那东西能完全吸引当时人的兴趣的话。"① 以及批评得出的结论："凡是适合于每一种艺术作品的题材也就适合于绘画：包括凡是对于人、人的精神和性格的认识，对于人究竟是什么以及这个人究竟是什么的认识。在这里形成的诗的基本特征的东西就是大多数荷兰画家所表现的这种对人的内在本质和人的生动具体的外在形状和表现方式的认识，这种毫无拘束的快活心情和艺术性的自由，……从荷兰画家的作品里我们可以研究和认识到人和人的本质。"② 这些观点与黑格尔批评法国人的纯主观表现方式时提出的观点，如"处理材料的方式一般也要显示出当代精神现状，……一切材料，……只有在成为活的现实中的组成部分，能深入人心，能使我们感觉到和认识到真理时，才有艺术的真实性"③，"历史的事物……必须和我们现代的情况、生活和存在密切相关，它们才算是属于我们的"④ 等等，它们的意旨完全一致。

还有，黑格尔推崇莎士比亚"能在各种各样的题材上都印上英国民族性格，尽管他同时也能保持外国历史人物的基本特征"，以及他批评莎士比亚在《麦克白》中处理历史题材时"完全抛开"编年纪事史里载明的关于麦克白犯罪的真正初因：麦克白是国王邓肯最近而且最长的亲属，在王位继承上理应比邓肯的儿子还有优先权，但邓肯却指定自己的儿子继承王位。这件不公正的事完全可以作为麦克白弑君辩护的正当理由。莎士比亚不顾这一点，他的目的只在于把麦克白的欲望写得可怕，"来讨好英王詹姆士一世"，把麦克白"写成一个罪犯，才符合英王的利益"。⑤ 以致造成剧情漏洞：使人对麦克白不杀邓肯的儿子们而让他们逃走的原因莫明其妙。这些都使我们不由自主地想到黑格尔对歌德《西东胡床集》处理东方题材的肯定以及对法国人迎合宫廷审美趣味的批评。不能不认为黑格尔在这些地方仍然是"从历史和美学观点"出发所进行的批评。

从上述例子可以看出，黑格尔的"历史和美学观点"的批评，总是把具体的文艺现象放在具体、特定的社会历史关系中，从整体联系的角度，根据艺术品所表现的美的普遍性与特殊性统一的程度来判定它的优劣高低，揭示美与艺术的规律。如果我们抓住"历史和美学观点"批评的这种特质来考察《美学》对艺术现象的研究，我们会惊讶地发现，"历史和美学观点"贯穿、渗透于《美

① ［德］黑格尔：《美学》第一卷，朱光潜译，商务印书馆 1979 年版，第 216 页。
② ［德］黑格尔：《美学》第三卷上册，朱光潜译，商务印书馆 1979 年版，第 327 页。
③ ［德］黑格尔：《美学》第二卷，朱光潜译，商务印书馆 1979 年版，第 381 页。
④ ［德］黑格尔：《美学》第一卷，朱光潜译，商务印书馆 1979 年版，第 346 页。
⑤ ［德］黑格尔：《美学》第一卷，朱光潜译，商务印书馆 1979 年版，第 349、265 页。

学》全书!

"历史和美学观点"既然是在《美学》全书中广泛运用的批评方法,那么,它与黑格尔的美学方法论——研究方式有什么关系呢?

二

在《美学》开篇的"全书序论"中,黑格尔阐述了"美和艺术的科学研究方式"。他首先对历史上存在过的两种相反的研究方式进行了深入的探讨。一种是"经验作为研究的出发点"的方式。它是从现存的个别艺术作品出发进行的研究,这种研究"主要是历史的研究","它的任务在于对个别艺术作品作审美的评价,以及认识从外面对这些艺术作品发生作用的历史环境"。这种研究方式强调艺术品与它所产生和存在的历史环境的联系,重视历史对艺术品产生和存在的作用。但由于它"只围绕着实际艺术作品的外表进行活动",因而只能把实际艺术作品"造成目录,摆在艺术史里,或是对现存作品提出一些见解或理论,为艺术批评和艺术创作提供一些普泛的观点"。不过,如果它的评价是"用全副心灵和感觉作出的,如果又有历史的知识可为佐证,就是彻底了解艺术作品个性的唯一途径"。① 黑格尔认为,亚里士多德的《诗学》就是运用这种方式研究艺术的。

与"经验作为研究的出发点"相反的研究方式是"理念作为研究的出发点"的方式。它"完全运用理论思考的方式,……要认识美本身,深入理解美的理念",即认识美的普遍性。故而"单就美进行思考,只谈些一般原则而不涉及艺术作品的特质",其结果"就产生出一种抽象的美的哲学"。② 例如柏拉图对美的研究。

以经验作为研究出发点,认识到的主要是美和艺术作品的个性,即特殊性;以理念作为研究出发点,只要求认识美和艺术的普遍性。而黑格尔认为"必须把美的哲学概念看成上述两个对立面的统一,即形而上学的普遍性和现实事物的特殊定性的统一"。③ 美学研究应该把上述两种片面的方式统一起来,才是科

---

① [德]黑格尔:《美学》第一卷,朱光潜译,商务印书馆1979年版,第18—26页。
② [德]黑格尔:《美学》第一卷,朱光潜译,商务印书馆1979年版,第27、18页。
③ [德]黑格尔:《美学》第一卷,朱光潜译,商务印书馆1979年版,第28页。

学的研究。因此，他提出了一种新的研究方式——"经验观点和理念观点的统一"。这是对前述两种方式的批判继承并使之统一而成的一种新的研究方式。这种研究方式，所要求的是尽量从整体联系方面，从发展的观点，从感性与理性相统一、历史与逻辑相统一的方面，去认识和把握美和艺术。而这正是辩证法主要精神的体现。所以，"经验观点和理念观点的统一"就是黑格尔把辩证法贯彻在美学研究中的具体方式，就是以客观唯心主义和辩证法为哲学基础的美学方法论。正是从这一方法论出发，黑格尔把美的理念看成是由各种不同的差异面构成的整体，艺术品就是这种差异面的具体化。由于这种具体化状况的不同而形成三种具有历史阶段性的和有内在联系的不同艺术类型：象征型、古典型和浪漫型。在这三大艺术类型中，又各自有与特定历史发展阶段、特定艺术精神相适应的、使用各种不同材料的艺术门类：建筑、雕刻、绘画、音乐和诗等等。《美学》几乎涉猎探索了各时代世界各国的艺术，"经验观点和理念观点的统一"这一方法论贯穿渗透全书的每一角落。尽管由于黑格尔客观唯心主义作怪，把事物及其发展看做先于世界存在的绝对"理念"的现实化的反映，把一切弄得头足倒置，但实在的内容却处处渗透，使他天才地猜测到了美和艺术的一些客观规律。这无疑与其方法论的先进有极大的关系。

从黑格尔对"美和艺术的科学研究方式"的解释以及《美学》对"经验观点和理念观点的统一"这一方法论的具体运用、贯彻来看，它与黑格尔在《美学》第二卷提到的"历史和美学的观点"存在着内在的一致性。因为"经验观点"即"经验作为研究出发点"的研究方式，其主要特征就是一种"历史的研究"，从方法论意义上称之为"历史的观点"似无不可。而"理念观点"即"理念作为出发点"的研究方式，着重从抽象的要领出发，以理论思考的方式，主要考察美的普遍性，这种美学便是一种"抽象的美的哲学"。而且，在黑格尔之前，欧洲美学研究主要是经验派美学和理性派美学。从鲍姆嘉通以"美学"命名这一学科之后，一般明确标以这名称的以及人们一般认为可称为"美学"的美学体系都主要是理性派美学——一种由哲学体系推演而来的，即运用形而上学的思辨方式——"自上而下"的方法的美学。黑格尔在这种意义上将"理念观点"偶尔称为"美学观点"，在当时也许不会造成误解吧。再者，"美学"（Asthetik）一词自诞生以来便因时代和人的不同而存在着内涵上的差异。在鲍姆嘉通那里，美学是一种低级认识论，所以，他才取希腊字根原意为"感觉学"的"Asthetik"命名之。黑格尔则认为美学的对象只是艺术的美，所以，鲍姆嘉通的命名是不适当的,而应称为"艺术哲学"或"美的艺术的哲学"。① 很明显,我们不能在现代意义上去理解黑格尔在《美学》中以及恩格斯在特定场合中说的"美学"、"历史"两概念。

如果黑格尔的美学方法"经验观点和理念观点的统一"和他"偶尔一用"的"历史和美学的观点"具有同一性,那么,"历史和美学的观点"的完整表述方式就应该是"历史观点和美学观点的统一"。

确认"历史和美学的观点"与"经验观点和理念观点的统一"之间的内在的同一关系,也就可以明确肯定"历史和美学的观点"并不仅仅是文艺批评方法,而是黑格尔的美学——"艺术哲学"方法论。

三

恩格斯的"美学观点和历史观点"对黑格尔的"历史和美学的观点"的批判继承关系,可从两者的表述形式和文艺研究实践中体现的诸多相同特征、类似观点找到有力证据。

众所周知,青年时代的马克思、恩格斯都曾经一度是"青年黑格尔派",甚至在 19 世纪 70 年代德国知识界有人全盘否定黑格尔并把他当"死狗"打的时候,马克思还"公开承认"自己是"这位大思想家的学生"。② 他们非常推崇黑格尔哲学中的辩证法,称之为"最高的思维方式",③ 认为黑格尔哲学的合理内核和革命方面就是自觉的辩证法。马克思主义哲学就是在批判地继承、发展黑格尔唯心辩证法的基础上创立起来的。他们对黑格尔的《美学》的钻研,并不亚于他们对黑格尔其他哲学著作的研究。1859 年,恩格斯在为马克思《政治经济学批判》第一分册写的一篇重要书评中说过,黑格尔的思维方式与别的哲学家不同之处,就在于其辩证法有巨大的历史感为基础。黑格尔的《美学》与他的那些主要哲学著作一样,书中"到处贯穿着这种宏伟的历史观,到处是历史地、在同历史的一定的(虽然是抽象地歪曲了的)联系中处理材料的"。④ 因

---

① [德] 黑格尔:《美学》第一卷,朱光潜译,商务印书馆 1979 年版,第 4 页。
② 《马克思恩格斯选集》第 2 卷,人民出版社 1995 年版,第 112 页。
③ 《马克思恩格斯选集》第 3 卷,人民出版社 1995 年版,第 358 页。
④ 《马克思恩格斯选集》第 2 卷,人民出版社 1995 年版,第 42 页。

此，很难设想，作为贯彻于美学研究中的辩证法的具体形式——黑格尔本人在《美学》中详尽阐明、处处运用而且威力巨大的美学方法论，马、恩会对之视若无睹，而对黑格尔"偶尔一用便不再理会"，让它"淹没在他那庞大而复杂的美学体系之中"的一点"批评方法"，①却花大力气去打捞起来加以继承。当我们了解了黑格尔的"历史和美学的观点"并不只是批评方法，而实质上应是其美学方法论的另一表述形式的时候，更不能相信对黑格尔的思维方式特别重视的马、恩会是捡芝麻丢西瓜者流。

首先看看恩格斯对"观点"的表述形式。他第一次说的是"美学和历史的观点"②，这显然是对黑格尔的"历史和美学的观点"提法的直接承用。恩格斯第二次提到"观点"时，表述形式成了"美学观点和历史观点"③，如果我们了解黑格尔美学方法与他偶尔所提的"历史和美学的观点"的一致性，也就不难看出恩格斯这一提法与黑格尔的"经验观点和理念观点的统一"有着明显的相似性。这是否可视为恩格斯最初直接对"观点"的理论性质及其渊源所作的一点提示呢？而且从恩格斯两次表述都将"美学观点"置于"历史观点"之前来看，就清楚地显示了其与黑格尔表述的关系不是简单地照搬的继承，而是结合研究对象——艺术的特质的一种发展的创新性继承！

当然，某些美学观点的承继关系或许更能说明问题。如我们熟知的马、恩的典型论，就与黑格尔的人物性格理论关系密切，而恩格斯关于典型"就是一个'这个'"④的论点，就包含着对黑格尔观点的直接引述。还有马克思关于"莎士比亚化"和"席勒式"的观点，⑤恩格斯关于人物性格"不仅表现在他做什么，而且表现在他怎样做"的看法⑥，马克思把济金根看做是一个"被历史认可了的唐·吉诃德"⑦的评价，马、恩的悲剧理论等等，都可以从黑格尔的《美学》中找到来源。我们可以具体地考察一下马、恩对拉萨尔的《济金根》的评论中涉及历史题材作品的艺术真实性问题与黑格尔观点的联系。

---

① 罗漫：《论恩格斯的"美学观点和历史观点"师承于黑格尔》，《中南民族学院学报》（人文社会科学版）1987年第3期，第90页。

② 《马克思恩格斯全集》第4卷，人民出版社1958年版，第257页。

③ 《马克思恩格斯全集》第29卷，人民出版社1972年版，第586页。（新译见《马克思恩格斯选集》第4卷，第561页。）

④ 《马克思恩格斯选集》第4卷，人民出版社1995年版，第673页。

⑤ 《马克思恩格斯选集》第4卷，人民出版社1995年版，第554页。

⑥ 《马克思恩格斯选集》第4卷，人民出版社1995年版，第558页。

⑦ 《马克思恩格斯选集》第4卷，人民出版社1995年版，第554页。

马、恩对拉萨尔的历史悲剧《济金根》的不满，不仅在于其内容与形式上的诸多缺陷，很大程度上是集中于这部剧作的不真实，即歪曲历史真实，否认悲剧冲突的历史必然性，把一个过时的骑士——"被历史认可了的唐·吉诃德"——济金根打扮成一个革命英雄，主观地将其悲剧根源归结为他的外交手段，也就是"狡智"——智力和伦理的过失。拉萨尔这种处理题材的方式与黑格尔批评的法国人的"法国化"、汉斯·萨克斯的"纽伦堡化"以及考茨布之流的"日常化"这类方式一样，是片面的、主观的。马、恩一方面指出拉萨尔在对济金根悲剧题材的处理上，没有正确表现济金根生活时代的现实关系，没有把济金根叛乱放在当时更有时代特征、更体现历史主流的农民革命运动的背景下加以表现，以致未能正确地揭示出济金根悲剧的真正原因，没有体现出历史的本质真实。另一方面，马、恩又指出了《济金根》存在的与此紧密相连的在表现现代意识问题上的错误。马克思要求拉萨尔："革命中的这些贵族代表……不应当像在你的剧本中那样占去全部注意力，农民和城市革命分子的代表（特别是农民的代表）倒是应当构成十分重要的积极的背景。这样，你就能够在更高得多的程度上用最朴素的形式恰恰把最现代的思想表现出来。"① 恩格斯在批评拉萨尔为自己剧本的缺点找借口时认为："较大的思想深度和意识到的历史内容，同莎士比亚剧作的情节的生动性和丰富性的完美的融合，……无论如何，……这种融合正是戏剧的未来。"② 马克思所要求以"最朴素的形式"表现的"最现代的思想"与恩格斯强调的"较大的思想深度和意识到的历史内容"是一致的。就是说，历史题材作品要在反映历史本质真实的基础上体现当代精神。济金根是作为垂死阶级——贵族阶级的代表反对现存制度的，他领导的骑士叛乱要取得胜利，务必要与现存制度的一切反对者尤其是农民结成同盟，但又是不可能的。因为贵族与农民之间存在着水火不相容的阶级矛盾，"当时广大的皇室贵族并没有想到要同农民结成联盟；他们靠压榨农民获得收入，所以不可能与农民结成联盟。……当贵族想取得国民运动的领导权的时候，国民大众即农民，就起来反对他们的领导，于是他们就不可避免地要垮台。"③ 这是济金根悲剧的真正根源所在，也是对现代来说还未成为过去的内容（意蕴）所在。马克思认为，济金根领导的骑士暴动失败的悲剧本来可以用来表现

---

① 《马克思恩格斯选集》第4卷，人民出版社1995年版，第554页。
② 《马克思恩格斯选集》第4卷，人民出版社1995年版，第557—558页。
③ 《马克思恩格斯选集》第4卷，人民出版社1995年版，第560页。

1848—1849 年德国革命失败的悲剧性冲突，以总结革命失败的教训，为未来的革命寻找正确的路径。当时德国的"革命政党"——资产阶级立宪派在革命开始时，利用了无产阶级和人民群众的力量而一度打败了封建势力，取得了统治权。但他们马上又向反动派妥协，叛变革命，反过来勾结反动派一起镇压革命，结果导致了革命的失败，而资产阶级立宪派本身最后也被反动派一脚踢开。他们的命运与济金根极为类似。拉萨尔写《济金根》的时代，已是无产阶级革命的时代，无产阶级革命要取得胜利，也必须与农民联盟。认识到农民力量在革命中的重要性，对无产阶级来说，在当时也是极为需要的革命意识。这大概就是马克思所要求拉萨尔应该表现出来的"最现代的意识"，也即是恩格斯要求的"较大的思想深度和自觉的历史内容"。黑格尔关于历史题材作品的艺术真实性观点也是既要求在处理历史（或异域）题材时"在大体轮廓上维持"[1] 历史题材的本来形状、基本色调，又要求"显示出当代精神现状"[2]，即"把内在的内容配合到现代的更深刻的意识上去"。因为在黑格尔看来，"历史的东西……，如果它们和现代生活已经没有什么关联，它们就不是属于我们的，尽管我们对它们很熟悉；我们对于过去事物之所以发生兴趣，并不只是因为它们一度存在过。历史的事物只有在属于我们自己的民族时，或是只有在我们可以把现在看做过去事件的结果，而所表现的人物或事迹在这些过去事件的联锁中，形成主要的一环时，只有在这种情况之下，历史的事物才是属于我们的。"[3] 可见，马、恩关于艺术真实性的基本思想是来自黑格尔的。所不同的是，黑格尔要求保持历史题材本来的本质真实，指的是地方色彩、道德习俗和政治制度等外在方面所反映的普遍人性的真实。他认为，只有这种东西才是对现代来说没有成为过去的而是紧密相关的内容（意蕴）。所谓"当代精神状态"，也主要是有关人类普遍旨趣——普遍人性的意识现实。马、恩抛弃了黑格尔的唯心因素，而在唯物主义基础上，要求历史题材作品反映其特定现实关系的本质真实，表现促进人类解放事业，推动社会历史向进步方向发展的"最现代的意识"。

从一些美学观点基本思想的相同，甚至运用场合、论证过程的诸多相似性来看，可知马、恩与黑格尔的思维方式有共同的基本特征，如经验概括与理性思考的结合，具体事物的特殊性与抽象概念的普遍性相统一，历史与逻辑相统

---

[1] ［德］黑格尔：《美学》第一卷，朱光潜译，商务印书馆 1979 年版，第 350 页。
[2] ［德］黑格尔：《美学》第二卷，朱光潜译，商务印书馆 1979 年版，第 381 页。
[3] ［德］黑格尔：《美学》第一卷，朱光潜译，商务印书馆 1979 年版，第 350、346 页。

一，无论是宏观扫描还是微观剖析，都处处体现出从整体联系、动态发展中把握对象本质规律的辩证性。如同在黑格尔的《美学》中处处体现那样，这些思维特征在马、恩的美学、文艺研究中也贯串始终。人们往往忽视了这一点，在黑格尔那里本来是美学方法论或美学思想，为马、恩批判继承之后，人们却因为它们常见于马、恩的一些评论文艺现象的文字中而只视之为文艺批评方法、文艺观点、文艺思想，并没有注意马、恩是在更高的美学层次上对文艺进行研究的。当然，美学和文艺学有交叉重合之处，某些美学观点甚至方法论在一定程度上也可视为文艺观点或文艺学方法论。但美学和文艺学到底是有区别的。最突出的一点区别是，美学的研究对象和范围比文艺学宽广，若把美学观点、美学方法论只看成文艺观点、文艺学方法论或文艺批评方法的话，就缩小了它的适用范围和理论价值。

需要特别指出的是，马、恩对黑格尔的继承不是机械照搬，而是批判地扬弃。在方法论意义上，恩格斯的"美学观点和历史观点"与黑格尔的"历史和美学的观点"（或"经验观点和理念观点的统一"）的主要区别不在于表述形式和具体方法、研究手段，而在于方法论的核心——哲学原则或曰哲学基础。黑格尔把历史看做是先于世界存在的绝对理念本身的具体化过程，认为美和艺术的本源在于绝对理念的运动。因而，头足倒置的客观唯心主义成了他的方法论的哲学原则。为了体系的需要而往往窒息辩证法的生命力，在他的美学体系中既不乏实在的内容，又充满自相矛盾和荒谬。马、恩清除了黑格尔"历史和美学观点"的唯心主义原则，注入了唯物主义基础，使之成为新的方法论、彻底唯物主义的美学方法论，比黑格尔的更科学，更有生命力。

说"美学观点和历史观点"是美学方法论，表面上似乎不合逻辑，但前面已经说明，彼"美学"非此"美学"，二者涵义非一。再者，重要的不在于"名"——正如黑格尔所说："名称本身对我们并无关宏旨"①——而在于"实"，在于它的涵义，我们应从美学方法论——至少是"艺术哲学"方法论的意义上理解其内涵。

① ［德］黑格尔：《美学》第一卷，朱光潜译，商务印书馆 1979 年版，第 3 页。

黑格尔《美学》的方法论价值

黑格尔的《美学》作为西方美学史上的一部划时代的巨著,最重要的价值是什么?在今天,我们主要应该"拿来"它的哪些东西?不同的读者或许会有不同的回答。但我认为,《美学》,甚至整个黑格尔哲学的最大价值就是方法论方面的价值,也就是黑格尔的富于革命性和科学性的思维方式的价值。黑格尔的思维方式是什么呢?就是辩证法。恩格斯在《反杜林论》中说,德国古典哲学的最大功绩"就是恢复了辩证法这一最高的思维形式。"① 当然,恢复辩证法这一最高思维形式并使其显示出巨大威力的人,就是德国古典哲学的顶峰——黑格尔。《美学》是黑格尔哲学体系中一个重要的组成部分,辩证法在其中也闪耀着难以泯灭的光辉。而这正是我们应该"拿来"启迪我们的灵智,滋养我们的思维之树的活的东西。

黑格尔在《美学》第一卷"全书序论"第二部分讨论"美和艺术的科学研究方式"时,首先分析了历史上存在过的两种研究方式,指出了它们的片面性,然后提出了第三种研究方式:经验观点和理念观点的统一。也就是将历史上曾存在过的两种研究方式进行扬弃性的统一,成为一种新的先进的科学研究方法。黑格尔说,以经验作为出发点的研究方式"主要是历史的研究"。"它的任务在于对个别艺术作品作审美的评价,以及认识从外面对这些艺术作品发生作用的历史环境。这种评价,如果是用全副心灵和感觉作出来的,如果又有历史的知识可为佐证,就是彻底了解艺术作品个性的唯一途径。"理念作为研究出发点的研究方式"就是完全运用理论思考的方式","单就美进行思考","要认识美本身,深入理解美的理念。"经验的观点研究方式重在认识美的特殊性,理念的观点研究方式则重在认识美的普遍性。而客观的具有真实性的美却是"形而上学的普遍性和现实事物的特殊定性的统一"。② 美学研究的方法应以对象的性质为依据,也就是以美的特殊定性和形而上学的普遍性的对立统一为依据,采取经

---

① 《马克思恩格斯选集》第 2 卷,人民出版社 1995 年版,第 358 页。
② [德] 黑格尔:《美学》第一卷,朱光潜译,商务印书馆 1979 年版,第 18—28 页。

验观点和理念观点统一的辩证研究方式。这一研究方式，就是黑格尔辩证法思
维方式在《美学》中的具体化。黑格尔在《美学》全书中处处运用这种研究方
式，对美的本质及其基本规律，对艺术发展的类型及各门艺术体裁的特征都作
了深刻的探讨，形成了一个具有严密结构的完整的理论体系，使美学终于成为
一门独立的学科，在美学史和艺术史上做出了划时代的贡献。

在纷纭复杂的审美现象中，在美学的千古难题面前，黑格尔凭着研究方式
的先进，凭着他的博学多识，为美学和艺术理出了一个清晰的头绪，天才地猜
测到了美和艺术的某些客观规律，达到了他那个时代所能达到的最高水平，超
越了他的众多前辈，至今仍令无数哲人、艺术内行钦佩称羡！无论是宏观扫描
概括，还是微观剖析辨别，都处处给人不少闪光的启迪，令人惊叹不已。

就拿艺术分类这个问题来说吧，黑格尔先从内容与形式的矛盾关系和历史
发展的纵向角度，把艺术分为象征型、古典型和浪漫型三大类，然后又从横向
把艺术分为建筑、雕刻、绘画、音乐和诗等类别，再依次对这些不同类型的艺
术进行分析，始终紧紧扣住历史条件、文化背景来研究探索它们各自独特的美
学特征和共同规律，提示它们之间的内在联系与个性区别。例如他从古代人类
认识的特点，结合古代艺术的面貌，分析出了这类艺术的共同规律：巨大的物
质形式压倒内容（理念），形式只是作为内容的象征符号，所表现的美学风格是
崇高。其根源在于那时候人类的认识处于自在阶段，理念本身还不确定而含糊，
理念作为艺术创造的内容，还找不到完全相称的具体形式，只好把自然事物的
形状夸张成不确定、不匀称的东西，企图用形象的散漫、庞大和堂皇富丽来把
现象提高到理念的地位。他认为象征型艺术的代表是古代东方艺术，如印度、
埃及和波斯的神庙、金字塔等建筑。因为古代东方人一方面是面对自然力的压
迫，尚未获得解放，完全受物质的限制；另一方面是社会的专制制度使人的个
性和自由意志受到压抑，精神上戴着沉重的枷锁，这两方面的历史合力，便导
致产生物质形式压倒精神内容的象征型艺术。

对较大的历史阶段的艺术类型的分析是如此，对某一特定时代特定艺术品
的研究又怎样呢？一个典型的例子是《美学》第一卷第三章论述理想对自然的
关系，即艺术与现实的关系时，黑格尔对伦勃朗时代表现平凡生活现象的荷兰
风俗画的分析。他认为这些荷兰画的题材虽然很平凡，但"画的人物无论是在
酒馆里，在结婚跳舞的场合里，还是在宴饮的场合里，都是欢天喜地的，纵然
在争吵殴斗的场合也还是如此，太太小姐们也参加在这里面，每一个人都表现
出自由欢乐的感觉。这种合理的快慰所表现的心灵的明朗甚至在动物画里也可

以见到，它们也见出饱满的快乐心情"①，达到了高度完美的水平。荷兰风俗画为什么会具有这种美学特征呢？黑格尔紧扣着艺术产生的自然、历史条件进行分析，他指出：荷兰人所居住的土地大部分是他们填海创造的，经常要和大海作斗争。而且，荷兰的农民和小市民用他们的忍耐和英勇推翻了外族统治，经过斗争才取得了政治和宗教上的自由。因此他们非常珍视自己的斗争成果，热爱生活，无论是在大事还是小事上都表现了一种积极进取的精神、自由欢乐的情绪，因而荷兰风俗画才有自己的平凡面目和特殊的美学风格。这种"经验观点和理念观点统一"的分析，以巨大的历史感揭示了艺术的某些客观规律，很有说服力。

又如对艺术中人物性格的分析，黑格尔认为人物总要在一定的环境中活动，这环境分为"一般的世界情况"和"情境"。"一般世界情况"就是"艺术中有生命的个别人物所借以出现的"某特定时代的一般物质生活和文化生活的背景。"情境"则是具体化了的"一般的世界情况"，即人物直接接触并推动人物行动的客观环境、事件。这是外因。内因则是人物的主观情绪、人生态度，即"存在于人的自我中而充塞渗透到全部心情的那种基本的理性的内容"②，这叫做"情致"。"情致"也是"一般世界情况"中的"普遍力量"在人物身上的具体化。这种"普遍力量"，黑格尔认为是某特定时代所流行的伦理宗教法律等方面的信条或理想，也就是他所说的"理念"。人物性格的发展就起于"情境"和"情致"的矛盾冲突，人物性格与其所处的特定社会历史条件密不可分，人是社会历史环境的产物，推动人物行动的是每个时代的社会力量。因此，黑格尔在分析艺术作品中的人物形象时，从不脱离"一般世界情况"和"情境"来分析"情致"，以"理想性格"的"丰富性"、"明确性"和"坚定性"来评定人物性格的优劣。这样，不论是什么人物形象，一经黑格尔进行美学分析，就显示了比别的批评家要多得多的内容。他推崇莎士比亚，认为莎剧人物性格是丰满的、现实的和生动的，既具有突出的个性，又高度多样化。他分析哈姆雷特，就比他以前和同时代的任何人都更独具慧眼。他指出了哈姆雷特性格软弱动摇的一面，更看出了别人没有看出的坚强、勇敢、果断的另一面。他说，哈姆雷特"所犹疑的不是应该做什么，而是应该怎样去做"③，报仇的决心从未有过半

---

① ［德］黑格尔：《美学》第一卷，朱光潜译，商务印书馆 1979 年版，第 217 页。
② ［德］黑格尔：《美学》第一卷，朱光潜译，商务印书馆 1979 年版，第 296 页。
③ ［德］黑格尔：《美学》第一卷，朱光潜译，商务印书馆 1979 年版，第 310—311 页。

点动摇，只是在采用什么手段、在什么时机等方面犹豫不决。黑格尔说，表面看来，哈姆雷特的悲剧是偶然的，因为他是死于决斗中误换了毒剑。但是，事实上，他的悲剧具有历史必然性。他的"心灵深处一开始就潜伏了死机，有限事物所立足的沙滩并不能使他满意：从他的哀伤和软弱、忧愁和愤世嫉俗的表现，我们一开始就看得出他生在这种残暴的世界中是一个死定了的人"①。他的性格"不能使他成为现实，不能使自己适应当前的情况"②，最终必然要被强大的黑暗势力所摧毁，导致悲剧结局。黑格尔既深刻地揭示出哈姆雷特性格的美学特征，又正确地发掘了哈姆雷特悲剧的主观、客观两方面的根源。尤其在客观——社会根源方面，是很多人所忽视的。经黑格尔点出，哈姆雷特形象便显得更真实、生动、丰富。

的确，《美学》中"到处贯穿着这种宏伟的历史观，到处是历史地，在同历史的一定的（虽然是抽象地歪曲了的）联系中来处理材料的"③，是一个具有巨大历史感的美学体系。

黑格尔基于辩证法思维基础上的美学研究方式，由于强调事物间的整体辩证联系性，所以在整个论述过程中，黑格尔总是由浅入深，由抽象到具体地揭示事物的多方面定性，使人获得一个生动丰富的印象，尽管其用语有许多地方抽象、晦涩，但形象生动的笔触也随处闪烁着光芒。这里需要特别注意的是，他在论述过程中经常运用的比较方法。他要说明一个观点，提出一个看法，并不是直线式的、简单的阐述，而是通过正面的、反面的、相似的或相通的各种有不同联系点的现象、事物作为参照系，进行纵横交错的比较，反复地、多层次多角度地揭示一个观点的内涵。这种方式体现了巨大的历史感和强烈的批判精神，使读者在非常广阔的视野里看到了无限丰富的世界，提高了识别事物优劣，如何分析复杂事物和现象的能力。无论是确定美学研究的范围和地位，还是提出自己的美学研究方式，或者是说明艺术美的概念，黑格尔都首先从历史事实中举出有代表性的观点、事实进行批判，加以对比，指出它们的片面性，就在批判的过程中一步步地提出和论证自己观点的内涵。即使如前面我们提到过的关于荷兰风俗画的分析，黑格尔也没有忘记通过多层次的比较来揭示其蕴含的丰富的美学的历史的内容和风格，以证明自己关于艺术与现实生活之关系

---

① ［德］黑格尔：《美学》第三卷下册，朱光潜译，商务印书馆 1979 年版，第 328 页。

② ［德］黑格尔：《美学》第二卷，朱光潜译，商务印书馆 1979 年版，第 352 页。

③ 《马克思恩格斯选集》第 2 卷，人民出版社 1995 年版，121—122 页。

的观点。黑格尔在这里用了三种参照系进行了三个层次的比较。

首先，他举出在一次画展中展出的德国"杜塞尔多夫派"的作品，这些作品取材于诗，但画得甜蜜而枯燥。即使同是风俗画作品，例如其中有一幅画画一位女人在酒馆里骂丈夫，画家画出了什么呢？只画出了狠毒人争吵的场面，根本没有荷兰风俗画所表现的那种自由欢乐情调和健康风格。黑格尔用这个反面的参照系进行第一个层次的比较，以突出荷兰风俗画的完美特征，正反对照，印象深刻。

黑格尔并不到此为止，他兴犹未了，又举出与荷兰风俗画画风相近的西班牙画家缪里洛的《乞儿们》和另一幅类似的作品，以及拉斐尔画的一幅小孩像，来进行第二层次的比较。他所举的这三幅画，都画的是孩子，他们的神情都显出健康的热爱生活的旨趣。孩子即使落到衣不蔽体到处行乞的境地，也浑身流露出一种逍遥自在，无忧无虑的神气。表面看来，这些孩子显然并没有什么远大的旨趣和志向，"但是这并不是因为他们愚笨，而是像奥林波斯山上的神人们一样泰然自得地蹲在地上；他们不做什么，也不说什么，但是他们都是人，从一种材料做出来的人，没有烦恼没有争吵的人；看到这些优点，人们可以想象到这些孩子可以变成很伟大的人。"① 这三幅画以其与荷兰画的相同画风成了第二层次比较的参照物，以共同的光辉映衬了荷兰画的美。

说到这里，黑格尔又再次提到前面作为反证的"杜塞尔多夫派"那幅女人骂丈夫的画，再加上该派另外两幅毫无旨趣的风俗画：一幅画的是乡下佬修理马鞭；一幅画的是马车夫睡在草荐上，这三幅画与缪里洛和拉斐尔的三幅画并列，根本无法相比！② 又是一个正反对比形成的第三种参照系，通过这一层次的对比，黑格尔进一步证实了荷兰画的崇高完美。

这种一层紧扣一层的比较，深刻地、生动地、令人信服地说明了艺术不仅与现实生活有着密不可分的关系，而且，黑格尔的分析还流露出了这样一种倾向：艺术应引人参加现实的行动，热爱现实生活，勇敢自信地从事现实生活的行动和创造！

不过，黑格尔的辩证法是不彻底的，他的研究方式是先进的，但其世界观的核心是唯心主义。他是一个落后的唯心主义者，以为世界的出现、形成、发展都是先于世界存在的绝对理念的具体化和运动。现实竟然来自"观念"，这种

---

① ［德］黑格尔：《美学》第一卷，朱光潜译，商务印书馆 1979 年版，第 218 页。
② ［德］黑格尔：《美学》第一卷，朱光潜译，商务印书馆 1979 年版，第 218 页。

头足倒置的世界观，颠倒了存在与意识的关系，也颠倒了世界的现实联系。正因此，他的美学体系以及整个哲学体系作为体系来说，"是一次巨大的流产"①，即其中包含着致命的内在矛盾。例如，对于悲剧问题，黑格尔肯定了悲剧矛盾冲突的必然性，这是合理之处。但他不把悲剧冲突看成是新旧势力的斗争，而只认为悲剧冲突是两种实体性伦理力量的冲突，双方都是合理的，但同时都有道德上的片面性。冲突的结果虽然两败俱伤，但只是双方片面性的失败，亦即被克服，矛盾得到和解，"永恒的正义"胜利。这就抹杀了正义与非正义的区别，混淆了进步与反动的不同，暴露了他的唯心主义观点。又如，他既认识到艺术与现实的紧密相连，但他又把这种关系归结为绝对理念支配的结果。再如他把中世纪基督教艺术和近代资产阶级艺术都划为同一类型——浪漫型艺术，取消了它们极其不同的历史区别，这就形成了致命的自相矛盾。还有，《美学》通篇都存在着黑格尔为了理念的需要、体系的需要，过分强调正反合逻辑过程的机械性，许多东西因此被歪曲，辩证法本应得到的最终结果却被唯心的体系所窒息。

只有马克思和恩格斯，最早看到了黑格尔的矛盾及其合理内核，批判地继承了黑格尔哲学、美学中最有价值的东西，创立了马克思主义哲学和美学体系。在美学方面，马恩在黑格尔《美学》中所继承的主要就是先进的研究方式，把它拿过来，放在历史唯物主义的指导下，贯彻于他们的文艺、美学研究全过程。这个研究方式，恩格斯称之为"美学观点和历史观点"，在方法论意义上，很显然是对黑格尔的"经验观点和理念观点的统一"研究方式的继承。所不同的是，马恩是贯注了历史唯物主义于其中，黑格尔则放在历史唯心主义的基础上，所以，方法尽管一致，但结论则有本质的差异。马恩运用得更成功，结论更科学。马恩对黑格尔《美学》的批判继承，为我们树立了一个如何吸收人类文化遗产优秀精华的范例。

在马恩面前，黑格尔显出了他的历史局限。但是，现当代西方的一些美学、文艺批评流派的观点有的竟远比不上黑格尔。以西方当代最有影响的新批评派为例，他们仅把目光盯在艺术的形式上，认为文艺就是文艺，与社会、道德、历史、心理等等外在方面毫无联系，似乎艺术只是一种真空中的美丽花朵，只应研究它的形式、技巧就可以了。尽管他们研究的这些东西确实也是艺术作品

---

① 《马克思恩格斯选集》第 3 卷，人民出版社 1995 年版，第 737 页。

美的一个方面，不能否定的一个方面，但其片面性却使得他们的理论带来不可避免的荒谬！其他诸如以弗洛伊德精神分析学说为指导的心理批评、原型批评，还有结构主义批评等流派，与新批评派一样犯了偏离文艺本质规律实际的片面性错误，无视社会历史和作者读者等外在因素对作品的影响。这种唯心主义加上方法上的不科学所得出的研究结论，别说是现代的，简直可以说是一种倒退。要是黑格尔健在，他也许会毫不留情地把它们列入批判对象的行列。

国内主张全盘西化论者对西方的现代美学和批评流派不是用批判的态度，析伪取真地"拿来"，而是趋之若鹜甚至全盘照搬，用西方的片面方法，唯心尺度来评判我们民族的文学、文化，最后竟得出全盘否定的结论，似乎只有西化才能得救。全盘照搬和全盘否定都是片面的，危害性极大。

因此，黑格尔的《美学》至今仍有不可低估的现实意义，他的方法论经马克思主义改造之后，更具有极大的现实价值和巨大的生命力。

文化研究：大道与歧路

文化研究思潮在 21 世纪开端之际的中国可谓风头正劲。倡导参与赞成者呵护其方兴未艾而雀跃欢呼，排斥拒绝反对者目睹它大行其道而抨击与担忧，审慎中立骑墙者也因为文化研究热浪扑面而犹疑难断。尽管倡导者再三声称文化研究思潮兴起的本土必然性，但其作为舶来理论的洋身份也是不争的事实。正因为它的英文原名"Cultural Studies"具有限定的"文化研究"含义，其性质、疆界（如果有的话）和方法都不同于一般理解的"the study of culture"或"cultural research"之类的"对于文化的研究"，所以，虽然它与人们曾经耳熟能详或纯熟操练过的文学的社会历史批评（研究）或曰意识形态批评（研究）在功能上没有太大差别，却免不了如同高档球鞋因为有了一个"波鞋"的洋名儿而身价倍增那样，令人感觉迥异，爱恨莫名。而且，就在对这一学术思潮概念的基本内涵，它的研究范围（对象）、方法，它与文化领域现有各学科尤其是文学研究的关系，甚至它在中国兴起、存在的合法性等等问题，即使在倡导者中间也仍然是远未达成共识的时候，这一思潮已迫不及待地在文学理论界流行了起来，时尚的荣辱风险，不免如影随形。

如同可口可乐、肯德基、麦当劳之借助其经济技术和文化的强势背景，以其方便、时尚、口感新奇等等"洋味"特色，轻而易举地俘虏了发展中国家青少年的口味，势不可挡地在全球扩张那样，产生于与中国本土和第三世界国家完全不同的语境，浸淫衍逸着"欧洲中心论"、西方话语霸权意识的理论资源，也同时一波又一波地席卷全球，征服着中国和第三世界国家一批又一批的知识精英或非精英，几乎所向披靡。文化研究思潮的流行，莫非是这种文化霸权的又一次奏凯？

一位倡导文化研究的中国学者在反思中国 20 世纪 90 年代文化研究的主角——大众文化批评时坦言：90 年代中国大陆几乎所有批判大众文化的著作或

文章,"一无例外地直接引证或间接使用了法兰克福(学派)的批判理论"。①
这位学者指名道姓地点出了一批有代表性的专著、论文作为例证,认为它们
"没有一部不是大量引用了法兰克福学派的批判理论,尤其是《启蒙的辩证法》
中的'文化工业'理论"②,在分析中国的大众文化时,几乎全部都是不同程度
地"搬用"法兰克福学派的大众文化批判理论和方法,甚至大部分观点也"基
本上是在复述法兰克福学派的文化工业理论"。③ 这位学者承认,包括他自己在
内的众多"有学术造诣的学者"都不约而同地存在"简单搬用法兰克福学派大
众文化批判理论的倾向"。④ 为何这种"简单地"、"机械地"、"搬用"、"套
用"、"复述"西方理论话语的倾向"几乎已经成为中国学者的集体无意识"?⑤
原因颇多,诸如"中国大众文化本身的历史与现实的复杂性"啦,可以运用的
"本土理论话语资源的贫乏"以及由此导致的"言说的艰难"啦,⑥ 等等。或者
也可以宽容地归之为那是"开头阶段在所难免"⑦ 的弊病。不过,也不能排除
这样的一种通病:在中国20世纪对西方理论资源利用汲纳的历史过程中,不仅
是文艺学层面甚至在马克思主义的理论层面,导致机械搬用的主要原因之一,
应有在"忘记"中西语境差异时所暴露出的奴性意识。关键就在于我们并没有
真正领会我们曾经或还在继续以及正在十分欣赏的马克思主义包括如今的"文
化研究"理论(其本身也继承了马克思主义)中最重要的"批判"精神,没有
把这种"批判"精神首先运用于对这些外来理论资源本身的认知和接受。在西
方理论话语的威权下,不是挺直腰杆,睁大火眼金睛,大胆批判,精选细择地
"拿来";而是俯首屈膝,全盘照搬,饥不择食。

文化研究新潮既已涌入,不管它如何汹涌澎湃,都得坚持批判的审察辨别,
这是理论工作者的职责和义务。所以,当务之急是必须首先"对文化研究本身
进行文化研究式的分析"⑧。全面深入的批判与辨析非笔者所能胜任,本文仅就
文化研究的两个主要特点及其与文学研究的关系试作粗浅探讨。

---

① 陶东风:《文化研究:西方与中国》,北京师范大学出版社2002年版,第38页。
② 陶东风:《文化研究:西方与中国》,北京师范大学出版社2002年版,第39页。
③ 陶东风:《文化研究:西方与中国》,北京师范大学出版社2002年版,第40页。
④ 陶东风:《文化研究:西方与中国》,北京师范大学出版社2002年版,第41页。
⑤ 陶东风:《文化研究:西方与中国》,北京师范大学出版社2002年版,第41页。
⑥ 陶东风:《文化研究:西方与中国》,北京师范大学出版社2002年版,第42页。
⑦ 钱中文:《全球化语境与文学理论的前景》,《文学评论》2001年第3期,第17页。
⑧ 〔美〕弗雷德里克·詹姆逊:《论"文化研究"》,弗雷德里克·詹姆逊:《快感:文化与政
治》,王逢振等译,中国社会科学出版社1998年版,第399—400页。

一、跨学科、超学科与反学科

"文化"概念至今众说纷纭，"文化研究"也就必然地要遭遇着与生俱来的定义困扰（当然也可以理解为"文化研究"本身需要尼采对历史现象本身不屑于下定义那样的策略选择）。文化何其广阔悠远，即使按文化研究理论奠基者之一的雷蒙·威廉斯的主张，文化也是"整体的生活方式"，包括诸如"生产组织、家庭结构、表现或制约社会关系的制度的结构、社会成员借以交流的独特形式"等等①。因而，有人认为文化研究的版图广及"人类一切精神文化现象"，包括"以往被具有鲜明的精英意识的文学研究者所不屑的那些'亚文化'以及消费文化和大众传播媒介"。文化研究"自然是对文化的研究，或更具体地说是对当代文化的研究"。② 但文化研究的历史开端于文学研究，创始人利维斯以及文化研究最早的一个流派——创立于20世纪60年代英国"伯明翰大学当代文化研究中心"的一批学者，都是文学理论研究者或文学批评家，所以，有人主张，文化研究立足于文学，是用文化视角研究文学，实际上是文学研究本身的内涵扩展，因而文化研究就是一种新型的文学研究。还有人认为文化研究与文学研究有联系，但不能等同，文化研究比文学研究范围更大，可以作为文学研究的背景，为文学研究提供方法借鉴。而在文化研究实践中又确实存在着从文学出发，"将文学置于广阔的文化语境下来考察，并未脱离文学现象漫无边际地探寻"的一派。还有从非文学学科（如历史学、社会学、人类学、地理学、传播学……）出发，"把文化研究推到了另一个极致，使其远离精英文学和文化，专注跨学科的区域研究以及大众文化和传媒研究"，③ 甚至完全撇开文学对象的研究取向。总之，文化研究作为一个"目前国际学术界最有活力，最富于创造性的学术思潮"，却同时又是"一个最富于变化，最难以定位的知识领域，迄今为止，还没有人能为它划出一个清晰的学科界限，更没有人能为它提供一种确切的、普遍接受的定义。"④

---

① 罗钢、刘象愚主编：《文化研究读本》，中国社会科学出版社2000年版，第125—126页。
② 王宁：《全球化语境下的文化研究和文学研究》，《文学评论》2000年第3期，第17、18页。
③ 王宁：《全球化语境下的文化研究和文学研究》，《文学评论》2000年第3期，第19页。
④ 罗钢、刘象愚主编：《文化研究读本》，中国社会科学出版社2000年版，第1页。

从反本质主义的知识角度来看，纠缠于寻求一劳永逸的本质性的定义是愚蠢的，无效的。因而，从本质主义的对立面——相对主义的立场，考察事物间的关系较易于取得较大的共识。这在对文化研究定义的理解上可能有一定的道理。前述几类对文化研究定义的观点虽然各言其是，但都承认，跨学科、超学科和反学科的开放性是文化研究的最大特点，这一特点体现的正是文化研究产生的动因及其与各学科的关系特征。正如美国学者弗雷德里克·詹姆逊所说，文化研究之所以崛起，就是"出于对其他学科的不满，针对的不仅是这些学科的内容，也是这些学科的局限性，正是在这个意义上，文化研究成了后学科。"① 无疑，把握了文化研究与其他学科之间的关系，也就接近了文化研究的内涵，不管最终是否得出确定无疑的定义，对指导文化研究实践都将卓有成效。

学科既有知识、学术体系分类的意义，又指规训制度。学科的出现是社会分工细化与科学发展的产物。知识、学术的分类和学科规训制度的建立，目的在于使社会知识的生产规范化和专业化，提高社会生产力。然而，随着知识的急剧发展，知识范围的迅速扩张，现代世界的学科分类越来越细，学术体制越来越复杂庞大。由于如今的学术知识生产"已深深地和各种社会权利、利益体制相互交缠"，"褊狭的学科分类，一方面框限着知识朝向专业化和日益相分割的方向发展，另一方面也可能促使接受这些学科训练的人，日益以学科内部的严格训练为借口，树立必要的界限，以谋求巩固学科的专业地位。"② 这样一来，学科制度既具有"能够建立完整而融贯的理论传统和严格的方法训练"的优点，同时又由于权力和利益的驱动，不可避免地沦为学科门类"偏见的生产地，以服务于自己的利益（self-serving）为尚，建立虚假的权威之虞。"③ 狭隘的学科偏见一旦形成，就会不断地加固学科之间的壁垒，划出明确的界限，拦阻擅入"领地"的"外人"，激化、恶化学科之间和学者之间的矛盾。本土的学术腐败之所以愈演愈烈，学科歧视、敌视、排斥的现象屡见不鲜，无疑与现行的这类学科体制有着密切的关系。长期的学科自我封闭，画地为牢，使不少学科内部滋生了一种唯我独尊、夜郎自大的集体无意识。在目前高校的学科建设中，这

---

① ［美］弗雷德里克·詹姆逊：《论"文化研究"》，弗雷德里克·詹姆逊：《快感：文化与政治》，王逢振等译，中国社会科学出版社1998年版，第400页。

② ［美］华勒斯坦等：《学科·知识·权力》，刘健芝等编译，生活·读书·新知三联书店、牛津大学出版社1999年版，第1—2页。

③ ［美］华勒斯坦等：《学科·知识·权力》，刘健芝等编译，生活·读书·新知三联书店、牛津大学出版社1999年版，第2页。

种学科集体无意识常以"加强核心竞争力"的堂皇借口暴露出来，有的学科偏见竟然发展到十分荒谬的地步。例如，某学院既有语言学科又有属于与该学科关系密切的文化类例如文学等既平行又交叉、互渗相依的非语言学学科，但因执掌权力者属语言学背景，于是非语言学的学科就成为该学院的排斥对象，甚至以行政措施强行规定所有教师的科研都必须定位于语言学，大有清除异己以达到学科"纯洁化"的趋势。某同类高校则干脆更名，把校名中的"文化"二字去掉。针对此事，民间曾流行过一句歇后语："××改名——没文化"，讽刺幽默，入木三分。

现行学科制度移植于欧美，先天具有自然科学至上的西方胎记，在自然科学与人文社会科学的学科冲突中，自然科学学科总是占上风，原因在于"他们定义了自己为科学而其他学科不是科学"，因此，他们不仅"摄取了西方文化赋予诠释自然之士和生产真理者的认知权威"，而且"成功掌管了学术机关和资源"，① 成为国家学术研究和发展资源的垄断者。"重理轻文"，科技至上的偏见在我国既加强了重视科学技术生产力的意识，同时又造成了自然科学和人文社会科学学科发展的严重失衡。自然科学和人文社会科学的关系犹如"车之两轮"、"鸟之双翼"的普通道理，也必须借助国家最高领导人出面来加以强调，可见情况之严重。即使如今人们已经关注自然科学和人文社会科学犹如"车之两轮"、"鸟之双翼"的关系，但自然科学的"科学性"仍然被作为普遍的规范照搬到人文社会学科中来，无视二者的区别。例如，被认为是"科学的"工业企业的管理模式，包括 ISO 的产品质量管理标准，如今都被全盘照搬到学校教育管理中来。"教师的教学工作受到控制，办学有如办工业，受制于生产及市场竞争的逻辑。以行政理性指导的管理制度排拒了教师有效地参与校政的决策。教师被行政程序牵制，集体参与校政决策不再复见。""教师变成了异化的技工，基本上失去对教学环境的控制权。"② 而校长、行政官僚和高职教师变成了管理者，形成一个管理阶层，他们执行对教师的监控任务，"教师会发现他们的教学工作受到越来越繁复和越来越具压迫性的控制。"③ 于是，"不同的课程变成了

① ［美］华勒斯坦等：《学科·知识·权力》，刘健芝等编译，生活·读书·新知三联书店、牛津大学出版社 1999 年版，第 24 页。

② ［美］华勒斯坦等：《学科·知识·权力》，刘健芝等编译，生活·读书·新知三联书店、牛津大学出版社 1999 年版，第 132 页。

③ ［美］华勒斯坦等：《学科·知识·权力》，刘健芝等编译，生活·读书·新知三联书店、牛津大学出版社 1999 年版，第 133 页。

一种传送系统（将林林总总的商品/知识供应到消费者/学生手上），而教师则是生产系统中的技术操作员。"① 学生最后也成为学校流水线上生产出来的"产品"，只要严格执行 ISO 标准，就能保证这些"产品"的质量，人们不需考虑有生命的人与无生命的物、人才培养与物质生产有何区别，因为在这类管理者眼里，人与物无异。

现代学科划分及其规训制度造成的条块分割、知识零碎化和特定等级秩序的弊端已到了无以复加的地步。文化研究的跨学科、超学科和反学科的开放性，对僵化的学科体制无疑是有力的挑战，至少从理论上说，文化研究可视为针对学科弊病的理想解毒剂。文化研究作为"从政治和社会角度入手"的一项促成学科的"历史大联合"和"社会群体大联盟"的事业，② 不能说不是"历史的必然要求"！

然而，这一"历史的必然要求"（也就是弗雷德里克·詹姆逊说的"一种愿望"）实际上是否可能实现呢？联系现实，我们不难发现，文化研究的跨学科、超学科和反学科的取向，多少带有浮躁冲动的"乌托邦"色彩。

原因在于文化研究跨学科、超学科与反学科取向的本身就充满了矛盾，面对现实社会强大的学科规训力量，足以自我消解，其归宿也许注定了不是乖乖地接受招安而学科化、体制化，就是硬着脖子无奈地"过把瘾就死"。劳伦斯·格罗斯伯格在《文化研究的流通》一文中坦言了文化研究的困境：文化研究虽然"迅速地进入"当代美国思想生活和学术生活主流，可是它越来越以新的方式"被商品化和制度化，作为商品，它没有自身的同一性"，只有流动性和再生剩余资本的能力；"作为制度化场地，它被重新刻入自己一贯反对的那些学术和学科的礼仪规矩。"这种事与愿违的结果终于使文化研究者自身也迷惘得找不着北："我们对它（文化研究）谈得越多，越不清楚自己在谈什么。当文化研究变成某种确定无疑的主张时，它就失去了特定性。这个术语出现的频率越高，它与特定英国作品的关系也就不复存在，而且更不清楚我们正居于一个什么样的空间。"③ 也就是说，文化研究遭遇的困境既源于外在的学科规训制度力量的

---

① ［美］华勒斯坦等：《学科·知识·权力》，刘健芝等编译，生活·读书·新知三联书店、牛津大学出版社1999年版，第132页。

② ［美］弗雷德里克·詹姆逊：《论"文化研究"》，弗雷德里克·詹姆逊：《快感：文化与政治》，王逢振等译，中国社会科学出版社1998年版，第399页。

③ 罗钢、刘象愚主编：《文化研究读本》，中国社会科学出版社2000年版，第66页。

"劫持"，又由于自身概念内在的含混和宽泛无边，结果必然是"一盘散沙"。即使在英美这样的语境中，文化研究尚且不能拒绝学术统治集团送来的"秋波"，无法不接受赋予的权力，① 不能不考虑帮助研究者"解决他们的终身教授职称问题"；② 那么，在行政权力和学术权力混淆不清的本土学科规训体制语境中，文化研究的前景是否可能比英美更光明？

二、政治学术化与学术政治化

回顾历史，放眼现实，不能回避的事实是：政治作为社会的强权也好，作为反抗压迫的弱者的意识也好，它始终犹如幽灵一般支配着或寄居于学术与文学。学术与文学不是沐浴于政治的阳光里，就是被笼罩在政治的阴影下，甚或被政治的风暴、地震推升或摧残。学术与文学无法抗拒主流政治或边缘政治的奴役或利用。政治与学术、文学的结合只有程度浓淡的差异，而没有空间的距离远近。所谓"远离"、"接近"、"结合"的说法都只是想象的隐喻的话语表达，而"纯学术"、"纯文学"、"纯审美"就更是天真的乌托邦幻想。

文化研究是一种政治活动，它坚决反对"把文化研究寓于纯粹的学术目的"。③ 它的跨学科、超学科和反学科取向的目标抑或动机不是学术，而是政治。它是以学术面目出现的社会政治，既是政治的学术化又是学术的政治化。而对已有学科的不满、反抗和冲击，也在于因为他们作为主流政治的工具和合谋，表达的是主流政治的霸权话语。文化研究试图通过自己的反抗性批判，而将其颠覆，使其政治转向；希望通过联合、联盟、交叉的方式，使他们倒戈，成为边缘政治的代言者。无疑，这又是一种学术政治化的实践过程。不管是政治学术化还是学术政治化，焦点都在"政治"、"社会"。一些文化研究者强调文化研究的政治"不是直接实用的政治"，"不是特殊政党或倾向的研究项目"，④ 而是"'学术'政治"，即"大学里的政治"以及广义上的"智性生活或知识分子

---

① 罗钢、刘象愚主编：《文化研究读本》，中国社会科学出版社 2000 年版，第 66—67 页。
② 罗钢、刘象愚主编：《文化研究读本》，中国社会科学出版社 2000 年版，第 400 页。
③ 罗钢、刘象愚主编：《文化研究读本》，中国社会科学出版社 2000 年版，第 9 页。
④ 罗钢、刘象愚主编：《文化研究读本》，中国社会科学出版社 2000 年版，第 9 页。

空间里的政治"。① 格罗斯伯格也把文化研究界定为一个"知识的实践",一种"把理论政治化、把政治理论化的方法"。② 显然,他们意欲拉开文化研究与"政党政治"或曰"直接实用的政治"的距离。而无法回避的是,"大学里的政治"以及广义上的"智性生活或知识分子空间里的政治"与"政党政治"或"直接实用的政治"之间并没有一堵不可逾越的高墙。在作为"社会差异和社会斗争的场所"③ 的文化领域里,不管是什么样的政治实践,只要履行批判行为,涉及权力、阶级、种族、性别、身份、民族和民族性,就不能不触及现实中的政党政治,无法割断与"直接实用的政治"之间千丝万缕的纠葛,难以摆脱实用政治的反制或授权与利用。而亨利·吉罗、戴维·季维、保罗·史密斯、詹姆斯·索斯诺斯基等呼吁知识分子承担"抵抗的知识分子"责任的学者,他们在合作的《文化研究的必要性:抵抗的知识分子和对立的公众领域》一文中,对文化研究政治性的诠释似乎更坦率一些。他们指出,文化研究要从事的是"严格意义上的社会政治问题的批评,推进对于允许的和非允许的文化维度的理解。这意味着批评的发展与文化研究的形式应当与解放的利益相一致"。文化研究的重要任务之一,就是"找出主流文化意识形态中的裂缝",通过批评进行解构、颠覆。而且,还应该形成一场"走出大学校园"而抵达"公众领域"的"一个革命性的知识分子运动",因为"反学科实践的最重要的目标是激进的社会变革"。④

在西方资本主义意识形态语境中的文化研究的文化政治抱负是崇高的、正义的。然而,其政治目标也由于"学术性"、"知识实践性"的定位,以及语境的强大压力,最终还是成为"犹如摘除引信(defused)的炸弹,看上去来势汹汹,却不会造成实质性伤害。"⑤ 随着主流权力的招安和体制化,即使是在美国出现的"巨型爆炸性的文化研究"也在迅速地走向专业化和制度化。⑥ 到头来不免沦为批判对象的工具。

---

① 〔美〕弗雷德里克·詹姆逊:《论"文化研究"》,弗雷德里克·詹姆逊:《快感:文化与政治》,王逢振等译,中国社会科学出版社1998年版,第399页。

② 陶东风:《文化研究:西方与中国》,北京师范大学出版社2002年版,第14页。

③ 罗钢、刘象愚主编:《文化研究读本》,中国社会科学出版社2000年版,第5页。

④ 罗钢、刘象愚主编:《文化研究读本》,中国社会科学出版社2000年版,第78—89页。

⑤ 朱刚:《世纪之交的美国文学批评理论——尴尬》,《文艺报》2000年11月21日第4版。

⑥ 〔美〕弗雷德里克·詹姆逊:《论"文化研究"》,弗雷德里克·詹姆逊:《快感:文化与政治》,王逢振等译,中国社会科学出版社1998年版,第436页。

文化研究的政治性是冲着权力而来的，"文化研究就是研究权力的"①。对此，弗雷德里克·詹姆逊毫不客气地指出，"权力对知识分子来说，是个更加危险而又更令人陶醉的口号，他们往往不切实际地认为自己很接近权力。"② 而且，"研究权力是一个反马克思主义的步骤，旨在取代对生产方式的分析。"③ "政治"、"权力"、"批判"、"斗争"、"社会变革"……，文化研究的这些充满火药味的概念、话语，在语境变换后令人更为敏感。因而，其实践就必然愈加困难。首先是对其实质、精华的理解，倘不深入到这一层面而机械照搬，那就会像中国 20 世纪 90 年代的大众文化批评、人文精神讨论等等那样，制造与热烈争论的不少话题都是伪话题，批判矛头指向的是稻草人，轰轰烈烈的知识实践活动不过是让人眼花缭乱的肥皂泡，研究者只能在唐吉诃德大战风车式的壮烈幻觉中自我陶醉。

有人把可以汲取的文化研究的"具有跨文化的有效性与适用性"的精髓归纳为"实践品格、语境取向、批判精神以及边缘立场（即始终为弱势群体申张正义）"。④ 姑勿论其抽象是否恰当，但他后面的一段话却更值得重视，因为这段话具有非常明确的语境针对性："判断一种话语在某种社会文化系统中是否已经处于支配地位的标准，不应当只看到文化活动的表层，而应当深入到文化体制以及更大的权力系统，尤其是政治权力系统（文化场域始终无法脱离权力场域的牵制与支配），离开政治权力系统来谈文化霸权只能是瞎子摸象。"⑤ 的确，文化研究要进行社会政治的批评，实现社会变革的目的，不能不挑战牵制与支配文化场域的主流话语及其背后的政治权力系统。因此，在从事对文化霸权的批判实践之前，务必辨清与看准语境化的批判对象是什么。这确实是所有文化研究者必须深思并慎重对待的首要问题。

不管是否明言，大凡以政治为标的的学术潮流或所谓"知识实践活动"，往往是社会变革甚至革命的先声，文艺复兴，启蒙运动，"五四"新文化运动，莫不如此。毫无疑义，文化研究者要考虑的最重要的语境问题之一，就是自己所

---

① ［美］弗雷德里克·詹姆逊：《论"文化研究"》，弗雷德里克·詹姆逊：《快感：文化与政治》，王逢振等译，中国社会科学出版社 1998 年版，第 434 页。
② ［美］弗雷德里克·詹姆逊：《论"文化研究"》，弗雷德里克·詹姆逊：《快感：文化与政治》，王逢振等译，中国社会科学出版社 1998 年版，第 434 页。
③ ［美］弗雷德里克·詹姆逊：《论"文化研究"》，弗雷德里克·詹姆逊：《快感：文化与政治》，王逢振等译，中国社会科学出版社 1998 年版，第 436 页。
④ 陶东风：《文化研究：西方与中国》，北京师范大学出版社 2002 年版，第 24 页。
⑤ 陶东风：《文化研究：西方与中国》，北京师范大学出版社 2002 年版，第 25 页。

处的历史时间和空间，自己要为之开路的是什么性质的社会变革。

三、扩容与回归

这一话题主要针对文化研究与文学研究的关系。所谓"扩容"，是指文学与文学研究的范围扩张。向何处扩张？文化！于是，文学研究与文化研究便有了一致性。"扩容"的主要话语资源也来自西方，其中有文化研究的说法，还有特里·伊格尔顿的论点。主要观点是强调文学的边界一直在变化，不像昆虫学的研究对象昆虫那样是一种稳定的、界定清晰的实体。① 而且，以自然客体为依据确定一门学科的研究领域是错误的。因为，"首先，一组特定的客体可以是很多学科的共同课题。同样一个文本，例如《汤姆叔叔的小屋》，既可以被文学家研究，也可以被历史学家研究。第二，一门学科研究的对象在学科的发展过程中也不是一成不变的，'文学'的研究对象——小说、诗歌、和戏剧——直到19世纪才形成。而且，范畴的界定方式也呈规律性的变化。"② 所以，某一学科的研究对象任何时候并不是自然客体，而是由该学科的实践研究确立的研究领域。这样的研究领域既是人为的，又是非人为的。说它是人为的，是"因为它随历史环境的变化而改变。因此也反映了文化的、社会的和体制的需要。"说它是非人为的，则"因为它不是随心所欲的任意发展"。③ 强调研究对象的非恒定性和变化，以及实践的决定性即"人为"一面，无疑是正确的。但更不能忘记的是"非人为"的一面，即不是任何人可以随心所欲地进行界定的一面。讨论这一问题的话语前提明显是一种分门划类的学科意识，并没有跨学科、超学科和反学科。所以，既然承认有文学和文学研究，你就不能一个人、几个人甚至再多一些人说了算。因为实践至少是一个特定历史阶段、特定领域的所有主体的整体的活动，任何人，即使是先知先觉者的发现和提议，都必须经历一定时长的整体（当然不是绝对数的整体）实践来检验，并达成必要范围的共识（约定、确定）。一切实践活动都包含着动机、目的、行为和结果，包含着实践的主体和客体对象及其互动的双向关系。历史学家研究《汤姆叔叔的小屋》的动机、目的、

---

① ［英］特里·伊格尔顿：《文学原理引论》，刘峰等译，文化艺术出版社1987年版，第13页。
② 罗钢、刘象愚主编：《文化研究读本》，中国社会科学出版社2000年版，第79页。
③ 罗钢、刘象愚主编：《文化研究读本》，中国社会科学出版社2000年版，第79页。

行为和结果定位于历史探讨，那当然不能说是文学研究。有人研究《诗经》中的草木鱼虫，也必须看他是着眼于文学还是生物学抑或其他，才能断定其是否文学研究。这就不可避免地牵涉到研究者所遵循的学科研究范式。当然，正如托马斯·S·科恩所描述的科学范式那样，所有范式都不是永久恒定的，而是随着历史环境的变化而变化，每一种范式都要经历常规、反常、危机和革命等阶段的演变过程。但文学与文学研究以及文化研究的范式无论怎么革命，其传统无法割断。文化研究虽然是结构主义和后结构主义之类形式主义与非历史倾向研究范式的反动，但其中又有继承，存在着一种结构主义的文化研究范式。文学中的古典主义、浪漫主义、现实主义、现代主义和后现代主义等等思潮，每一个都是前一个的反动，但其范式也都对前面的思潮范式有所继承。文学的体裁、内容、叙述方式等等也都可以变化，但其依存的语言这一载体不能摆脱，它可以口语、书面、纸质或电子媒介等方式存在，但如果把语言和文本的内涵无限扩展，而将电影、电视、音乐、建筑、日常生活的各个领域都囊括其内，视为文学的"扩容"结果，一切"文本化"，一概称之为"文学"，对它们的研究也称之为"文学研究"，恐怕至少在目前和可以预见的较长历史时段内其合理性和合法性相当可疑，难以获得普遍认同。电影剧本、电视剧本、歌词、广告的文学性脚本，当然属于文学，对它们的研究无疑也是文学研究，但如果把对影视的画面、音乐、导演、表演、特技，甚至日常生活中的时装、波鞋、芭比娃的研究都称之为"文学研究"，则明显荒谬。如此"扩容"，其思维方式没有超出文学中心论的旧框架，不承认大众文化与影视等艺术门类的相对独立性，以一种文学帝国主义的独断论吞并大众文化、影视艺术以至全部生活方式，实在是不自量力。其结果，一方面混淆了文学与其他艺术类别以及文化的界限，势必引起不必要的混乱；另一方面又把文学研究等同于文化研究（至少是大众文化研究），这与不少文化研究者关于"文化研究不等于文学研究"的反复强调和文化研究的实践事实也相悖。

文学的"扩容"，也许只能算是一个局限于阶段性视野中的正确判断。从结构主义之类形式主义文学研究阶段转入文学的文化研究阶段，即从文本的分析转入社会政治、意识形态的批评和研究，无疑是研究范围的拓展。但是，从文学的内容本身和更长的历史阶段（长时段）的视野来看，文学的文化性质以及对它的研究，就不是"扩容"而是"回归"，体现了西方文学研究在"内部研究"与"外部研究"两极之间物极必反的钟摆式历史运行轨迹。艺术与文学同是文化的镜像或自我意识，社会政治、意识形态实际上任何时候都不能从文学艺术的内容中排除，只不过是侧重点和浓淡程度有所不同和与时俱变而已。今日的文学研究不一定像原来的外部研究那样局限于党派政治和庸俗社会学的旨趣，但仍然没有超出社会政治与意识形态研究——外部研究的范围。

文化研究使文学研究从原来的结构主义、后结构主义越来越狭隘的形式主义与非历史倾向的偏见中解放出来，"扩容"到社会政治、意识形态的研究。然而，西方理论总喜欢矫枉过正，文学的文化研究走出形式主义的泥淖，又以加速度的态势冲向意识形态的陷阱。荷兰学者杜威·佛克马对文化研究使文学研究"越来越成为意识形态的附庸"表示过强烈的忧虑。他认为，这种趋向是一个普遍性的问题，而且似乎已"在所难免"。因此，他建议用"文化科学"一词来取代"文化研究"。因为，文化研究的宗旨是为了了解文化差异而不是为了确认文化差异，"科学方法同样可以研究文化和文化差异"，科学与政治不能混为一谈，所以，"'文化科学'专指尽量避免意识形态偏颇的文化研究"。他尤其担心中国的"文化研究回到无产阶级'文化大革命'的错误认识论上"，与政治混淆不清，把一切都"用粗俗的政治利益法则加以衡量"，那样的话，将是"可悲可叹的事"。①

中国的文学社会学研究，曾因陷于庸俗化和极"左"的党派政治的狭隘视野，无视文学历史内涵的丰富性，抛弃文学的美学要素，而使人们深恶痛绝；而文学研究也曾因矫枉过正而走向要求"纯审美"、"纯文学"和"纯艺术"的极端。两者的片面性不言而喻。今日文学的文化研究如果不遵循马克思主义的"美学观点和历史观点"相统一的研究原则，将难免"回到无产阶级'文化大革命'的错误认识论上"，重蹈庸俗社会学的覆辙，这样的"扩容"，只能说是倒退和堕落。

四、越界与出走

"越界"者，即文学边界的扩张性移动与研究者研究范围的拓宽或进入原来界限之外的文化领域。边界的向外移动，即版图的扩张。研究者的越界，则有几种可能：或是不放弃本土的开拓，或是作为过客的游走，或是移民式的离家

---

① ［荷兰］杜威·佛克马：《文化研究：挑战还是幻觉》，《文艺报》1999年4月27日第2版。

或弃家出走。文学或文学研究的越界，也称扩容。如果按文学研究等于文化研究的主张，"文学"与"文化"已经同一，文学将原先的其他文化领域一统天下，可谓"普天之下，莫非王土。率土之滨，莫非王臣。"① 无疑，这不过是文学中心论者一厢情愿的文学帝国主义幻觉。版图的变化，边界的移动，并非不可能，但是有限。而且，版图界线的位置，需要较长时段才能判断确定，就像国界的划定，除非一方如同晚期满清一样的腐败弱国，否则，必须经历无数次拉锯式的文、武交锋，甚至是越数代人之后，才能草签边界协议。但主体行为的越界或退守，则随时发生，清晰可辨。因而，与其讨论尚难以明朗的文学或文学研究对象范围的越界"扩容"，还不如探索文学研究主体明晰的越界行为更有现实意义。

不少文学理论研究者投身文化研究，关注大众文化，研究影视、音乐、广告、传媒以及时装、波鞋之类日常生活文化现象，或者转向社会学、历史学、人类学、经济学、宗教学、法学等等其他学科。这些越界行为大约可分两大类：一类是不抛弃文学，只是偶尔涉足其他文化领域，进行跨学科的研究；另一类是彻底抛弃文学，全面地转移阵地，实际上是合法或非法移民式的"出走"或曰"逃离"。"出走"或"逃离"式越界的动机可能诸多，当然不能排除出于知识分子与时俱进的"先天下之忧而忧"的使命感、社会责任感的崇高动机，但也不能否认与文学和文学研究的边缘化有关的功利主义考虑。因为不甘心于失去原来拥有的"中心"权力，而欲"与时俱进"，所以抛弃文学和文学研究，千方百计挤进新的"中心"，谋求权力的复得，明显体现出传统的功利心态作祟，即漫长封建时代养成的功利主义的知识分子心态——热衷于政治、权力，以社会文化权力中心自居，自以为是知识和真理的化身，乐于充当民众的导师与指路人，高高在上——不仅没有消亡，还借着文化研究思潮兴起的时势，扮成"有机知识分子"或"抵抗的知识分子"英雄面目出现。这种越界出走，作为个体的选择，难以厚非；但若成为一种集体无意识，显然已是谋求文化霸权的病态或变态发作，实际上也背离了文化研究的边缘立场与批判精神。文学和文学研究为什么必须永远独占花魁，永踞于文化空间的中心而不能退守边缘？或者说，文学和文学研究为何不能在作为文化领域的艺术的独特性的坚守与创新上，保持与其他文化领域相对的无可替代的"中心"地位？大众文化的兴起

---

① 《诗经·小雅·北山》。

确是人们身边随处可见的事实，谁也不能无视这一社会洪流的奔涌，文学和文学研究倘仍然抱着"中心"的昔日孤傲，当然不合时宜。但完全认同"文学终结论"，义无反顾地投入图像文化的温热胸怀，不仅招来贪新弃旧、趋炎附势与机会主义之嫌疑，还暴露了知识与思维方式的缺陷：多少年与文学同眠共枕，却不知依语言与文字而存活的文学的艺术本性及其真正的文化价值。没有摆脱简单的二元对立思维方式的束缚，按照非此即彼，不白则黑的惯性思维，看到的只是绝对的对立、不可调和，新与旧之间必然是绝对的新取代旧，黑与白之间只是真空、鸿沟，没有任何过渡，不能融合。所以不懂也不顾读书与读图之间并非只有对立与取代的关系。已有学者撰文对文学固有的、特定的、不可取代也无从消亡的人文本性与美学本性——它的内视性和时间性本质、它的精神共享性和心理彼岸性等——进行了细密深刻而雄辩的论证，驳斥了甚嚣尘上的"文学终结论"，点出其历史与逻辑的认知盲目。[①] 笔者要补充的一点是，重视文学与图像之间、纸质媒介与电子媒介之间互动互补、合作依存的密切关系。事实就发生在我们眼前：都说是网络时代了，无纸化办公了，文学可以摆脱纸质媒介的辖制了，但实际上全世界的用纸量不仅不减少反而大量增加，仅我国近几年长篇小说的年产量据说就高达 500 部以上，全国的文学副刊就有 600 多种；网络文学创作虽然也十分繁荣，但优秀的网络写手却都以"能出传统纸质书籍为荣"，可谓"网而优则'纸'"。[②] 大多数优秀的影视剧作都从小说改编，或必须依赖有一个好的编剧和一个好的剧本为基础；某些纸质文本的小说本来默默无闻，由于影视改编而一夜之间洛阳纸贵；至于本来就已经畅销的纸质文本，借助于现代传媒、信息技术，其行销空间和速度可以达到史无前例的巨大和全球同步化。英国女作家 J·K·罗琳创作的小说《哈利·波特》1997 年问世，迄今不过短短几年，就已被译成 60 多种语言，流行于 200 多个国家和地区，其纸质文本在全世界畅销累计已超两亿多册。其第 5 集《哈利·波特与凤凰社》于 2003 年 6 月 21 日零时在全球同步上市，首日销量就高达 500 万册。而仅在美国的发行首日，竟有 40 万读者参加午夜购书活动。预计此书发行量将超过《圣经》，这一奇迹就发生在人们哀叹"纸媒介行将死亡"以及"文学终结论"甚嚣尘上的网络时代。毫无疑义，这些事实不能只归因于金钱、权力的运作，更

---

① 彭亚非：《图像社会与文学的未来》，《文学评论》2003 年第 5 期。
② 程文超：《波鞋与流行文化中的权力关系》，《文化研究》（第 3 辑），天津社会科学院出版社 2002 年版，第 250 页。

不能从中得出电子媒介比纸质媒介优越的结论。其中明显昭示的是纸质媒介与电子媒介各擅其长而且相互依存、互动互利的合作关系，它们之间并不是只有你死我活的对立、斗争，互不相容，后来者并非必然很快取代先来者。倒是网络时代的高科技条件，更有助于激发文学的生命力，使文学如虎添翼。而且，图像需要文字的配合才能更有利于理解的接受特点，纸媒介文本的方便、廉价，还有文化需求中普及与提高的层次递进关系，以及读书比读图对于人的智力锻炼与发展创造更有利等等，在很长的历史时期内将使纸媒介与电子媒介的合作共存关系牢不可破。而从读书比读图更有利于智力发展的长处来看，可以预见，以语言、文字为传达基础的文学永远不可能被图像所取代。要说"终结"的话，恐怕得等到地球和人类遭遇毁灭的灾祸——图像与文字"予与汝皆亡"的同归于尽之时，才可能成为事实吧。

大多数越界行为都顶着文化研究的旗号或被视为文化研究的实践，不管是哪一类越界，都面临着两大难题：一是越界者的知识准备；二是界外的抵抗。先说第一个难题。文化研究是跨学科的综合性的知识实践活动，具有相当的难度，不说学通中西，知贯百科，起码也得"精通几门专门知识，对一些问题确实做过专门研究，发表过一些独到的见解，才有发言权。"① 仅是"精通几门专门知识"就非易事。不说别的，就说"国学"吧，"则昔人所谓专门之学者，亦已逾十门。凡古来宏博之士，能深通其一门者，已为翘然杰出之才；若能兼通数门，则一代数百年中，不过数人。若谓综上所列诸门，而悉通之者，则自周孔以来，尚未见其人。何也？人生数十寒暑，心思材力，究属有限；而人之天资，语其所近，不过一二种；兼通数门，已称多材。长词章者未必兼通考据，有得于心性之学者未必乐钻故纸。故精汉学如阎、戴、段、王，若语以宋明诸儒精微之说，未必能解也。工诗文者如韩、柳、欧、苏，若与之辨训诂音韵之微，则非所习也。文人谈禅，不过供临文时掇撷之资；若进而与之论教相，辨判科，则茫然矣。宋元词曲巨子，若与之论经传大义，谈老庄之玄旨，则瞠目结舌矣。天之生人，决无付以全知全能之理；而人之于学，非专习不能精。"② 当年裴毓麟驳难胡适所开"最低限度"《国学书目》的这番话，可谓真正道出了治学问之艰难。对今日欲治文化研究者来说，需通中西学问之庞杂艰深，比裴氏所言"国学"之要求大有过之而无不及，故裴氏所言不无可资参考之价值。

---

① 钱中文：《全球化语境与文学理论的前景》，《文学评论》2001 年第 3 期，第 17 页。

② 转引自黄修己：《中国新文学史编纂史》，北京大学出版社 1995 年版，第 27 页。

今日的文化研究虽然门庭若市，但无须讳言，确有一些半路出家（尤其是从文学研究"出走"）而进入文化研究的"越界"者，实际上并没有达到"精通几门专门知识"的要求，就"单凭懂得一些外文，搬用一些外国词汇，对问题并不内行，就拉开架势大谈文化问题；好像天下大事尽在自己掌握之中。"① 某些高产学者的不少篇章，占的就是"懂得一些外文"的便宜，捷足先登，追"新"逐"后"，把洋人的时尚甚或过时的货色趸来倾销。既满足理论短缺的本土学术市场需求，又博得某些不学无术只求一切"量化"，可以像擤鼻涕一样简单省力地履行管理职责的单肩或双肩挑的官僚们的赞赏与宠爱，拿基金，升教授，做博导，任职"××级"，一路绿灯，赚得满盘满钵，名、利、权都入囊中，皆大欢喜。

文化研究领域的进入标准明显比传统的学科研究高得多，用同样具有高度政治批判性的"无产阶级文化大革命"的话语"深挖洞，广积粮，不称霸"来作隐喻性表述似乎也合适。"深挖洞"者，乃指具备深厚的理论造诣，具有深邃独到的思想能力；"广积粮"嘛，不用说，指的是起码必须"精通几门专门知识"的广博；"不称霸"呢，自然是文化研究的本根所在——反压迫、反霸权，文化研究要挑战的就是文化霸权，坚守边缘立场。如果想通过文化研究来摆脱"边缘化"困境，挤进"中心"，"改朝换代"，取而代之，显然是文化研究的误读，其后果必然导致文化研究的异化与自我消解。因而，唯有"深挖洞，广积粮，不称霸"到位了，才可能践行文化研究坚持"边缘化立场"之诉求——"备战备荒为人民"（"始终为弱势群体声张正义"）！

再说界外的抵抗。在学科壁垒林立的时代，文化研究的跨学科"越界"或"游走"，无疑是不速之客，必然遭到被越界领域的抵抗。在那些专业学者充斥、早已人满为患的学科里，量化考核、解聘、末位淘汰的压力已经令人神经极度紧张，忽然间冲进一伙"越界"者，是不是像布什和拉姆斯菲尔德当初的天真想象那么美好：只要美军一进入伊拉克，那些饱受萨达姆压迫的人民就会手捧鲜花夹道欢迎？不说如今的"解放者"天天遭受恐怖袭击的悲惨吧，弗雷德里克·詹姆逊引述伊恩·亨特描绘的文化研究者"越界"所可能遭遇的时刻确实"令人寒心、滑稽"："美学批评以及文化研究的问题（只要文化研究仍然陷于滑流［slipstream］之中），在于它自以为单是从大都市的角度，尤其从大学艺术

① 钱中文：《全球化语境与文学理论的前景》，《文学评论》2001年第3期，第17页。

院系的角度就能理解和评价其他文化领域。但进入这些其他领域——律师事务所，媒体组织，政府部门，大公司，广告公司——就会冷静地发现：这些部门里已经充满了它们自己的知识分子。他们看到你时，只会往上翻翻眼皮说：'唔，你到底能为我们干些什么？'"① 伊恩·亨特描绘的图景在美国早已不新鲜，文化研究在美国遭遇到的现实困境远比这幅图景更尴尬，更悲凉。文化研究与生俱来的两大风险——跨学科、超学科和反学科的取向必然导致的外部体制的抵抗与招安、本身理论界域漫无边际不确定的滑溜无可遏止地趋向的泛文化化——使文化研究陷入泥沼。主流学术界即使设几个岗位接纳文化研究，也还是视之为"旁门左道"，不是真正的学术，压根儿就瞧不起它。只是苦了不知就里投进圈内的后生小子，苦读数年，虽然拿了博士学位，却面临就业困难，想谋一个大学教职也不容易。雄心勃勃的"抵抗的知识分子"在强大的学科规训制度的压制、同化下，不仅无法施展文化研究社会政治批判的雄才大略，还不知不觉地走到了反面，乖乖地体制化，成为批判对象的工具和同谋，"不停地复制出它原本想消除的对象，结果越来越难'批判'现实。"② 于是，出现了"理论无用论"的自怨自艾，甚至像爱德华·赛义德一类当初引领文化研究潮流的理论权威"也有追悔莫及之感"，开始撰文指责泛文化化的理论批评趋势，斥之为"人文堕落"，呼吁从文化返回文学、文本。③

"大道以多歧亡羊，学者以多方丧生。"④ 西方文化研究的"钟摆"似乎已经回头转向，我们的"钟摆"却正在匆匆前冲，中外文论进入近二十余年来的"第三次错位"⑤ 已然成型。是否应该继续亦步亦趋，"一往无前"？怎样吸取西方文化研究的精华与前车之鉴？我们不能不认真思考。

---

① ［美］弗雷德里克·詹姆逊：《论"文化研究"》，弗雷德里克·詹姆逊：《快感：文化与政治》，王逢振等译，中国社会科学出版社 1998 年版，第 433 页。

② 朱刚：《世纪之交的美国文学批评理论——尴尬》，《文艺报》2000 年 11 月 21 日第 4 版。

③ 朱刚：《世纪之交的美国文学批评理论——尴尬》，《文艺报》2000 年 11 月 21 日第 4 版。

④ 《列子·说符》。

⑤ 钱中文：《全球化语境与文学理论的前景》，《文学评论》2001 年第 3 期，第 8 页。

波斯彼洛夫文学思潮观辨谬

前苏联莫斯科大学教授波斯彼洛夫在其理论代表作《文学理论》（1978 年出版）中，以"流派中心论"文学史观概括了文学的历史发展规律，明确地将"文学思潮"和文学流派视为文学发展的"阶段"，与韦勒克关于文学思潮是"时期"概念的观点一致，对于纠正类型论文学思潮观具有不容忽视的理论意义。波斯彼洛夫还对文学流派与文学思潮的关系、文学思潮产生、形成的基本规律、文学思潮的主要特征等方面提出了自己的看法，比韦勒克的观点有所深入、更具体化，无疑是对韦勒克观点的一种发展。但是，"流派中心论"文学史观又将他的文学思潮观限制在"共同创作纲领"论的狭隘视野内，只承认欧洲近代的古典主义才是世界上第一个文学思潮。后来的文学也只有 19 世纪的浪漫主义、自然主义、现实主义才是文学思潮。古典主义之前文艺复兴时期的人文主义以及 18 世纪的启蒙主义都只是一种思想方式，而不是文学思潮。他认为，作为思想方式的人文主义和启蒙主义可以为不同时代不同文学思潮的作家所运用。为此，他还列举了伏尔泰、卢梭等一批法、英、俄等国家的作家为例加以论证，他说："在 18 世纪的法国，伏尔泰是最杰出的启蒙作家，就其创作的思潮而言，他是属于古典主义的。而在法国启蒙作家中间，他的对立面是写了感伤主义小说的卢梭。19 世纪 10 至 20 年代初的英国，雪莱就其创作思潮而言是明显地属于浪漫主义的，他却是一个启蒙思想的诗人。在 19 世纪 40 至 80 年代的俄国，现实主义作家涅克拉索夫、莎尔蒂科夫—谢德林、柯罗连科等人是启蒙主义者"，因此，他断言，"把启蒙运动作为文学发展本身的特殊阶段是没有任何道理的"。① 同类的观点在国内也出现过，20 世纪 80 年代初，就有人质疑称人文主义文学、启蒙主义文学为文学思潮的观点。其持论尺度是："文学思潮是某一历史阶段上，由有共同的纲领、共同的创作理论以及相同或近似的艺术

---

① ［苏］格·尼·波斯彼洛夫：《文学原理》，王忠琪、徐京安、张秉真译，生活·读书·新知三联书店 1985 年版，第 186—187 页。

风格的作家群掀起的思想潮流。"①用这样的尺度来衡量，必然要得出这样的结论：人文主义文学和启蒙主义文学没有共同的纲领、共同的创作理论，因而不能称之为文学思潮。可见"共同创作纲领"论是导致错误文学思潮观和遮蔽文学思潮历史形态特征的根源，因而，很有必要对波斯彼洛夫文学思潮观的理论偏误进行澄清。

一

　　波斯彼洛夫主要是通过对欧洲文学史发展的几个阶段的考察，尤其是在公认的古典主义、浪漫主义和现实主义等文学思潮的研究中，对文学流派与文学思潮的关系、文学思潮产生形成的基本规律、文学思潮的主要特征等方面提出了自己的看法。波斯彼洛夫认为，在古典主义之前，任何一个民族文学中都没有形成过文学思潮。只有到了 17 世纪法国的古典主义文学，才算是第一个文学思潮。他的理论依据是什么呢？他强调的是作家集团创作的理论自觉。他说："文学思潮是在某一个国家和时代的作家集团在某种创作纲领的基础上联合起来，并以它的原则为创作自己作品的指导方针时产生的。这促进了创作的巨大组织性和他们作品的完整性。……是创作的艺术和思想的共性把作家联合在一起，并促使他们意识到和宣告了相应的纲领原则。"②波斯彼洛夫的这段话并不是给文学思潮概念下定义，但说明了文学思潮的主要特征：（1）文学思潮是在特定国家特定时代的作家集团的创作中体现出来的；（2）文学思潮具有巨大的创作组织性和促进作品的完整性的功能；（3）凡是文学思潮，必有共同的创作纲领；（4）先有创作的艺术和思想的共性，才有作家的联合和自觉，然后才有共同创作原则的确立。在这几点中，很明显，第三点处于主要地位。共同创作纲领的确立是理论自觉的标志，是创作组织性的来源。因此，具有创作纲领是文学思潮的首要特征。波斯彼洛夫认为，文学思潮就是指"某个国家和时代的那些以承认统一的文学纲领而联合起来的作家团体的创作"，"文学流派"则是

---

　　① 富扬：《人文主义、启蒙主义是文学思潮吗?》，《广西大学学报》（哲学社会科学版）1984 年第 2 期，第 14 页。

　　② ［苏］格·尼·波斯彼洛夫：《文学原理》，王忠琪、徐京安、张秉真译，生活·读书·新知三联书店 1985 年版，第 173 页。

"那些仅仅具有思想和艺术的共性的作家集团的创作"。① 共同的创作纲领包含哪些内容呢？波斯彼洛夫指出，俄国文学史家沙霍夫断言创作纲领仅仅包括文学手法和艺术技巧的理论这一说法是错误的。他主张，创作纲领还应包含创作内容方面的东西，"创作内容方面的一些原则通常在其中占首要地位。"② 例如法国古典主义从古代文学作品中寻找各种体裁的范例，他们认为体裁首先是内容的现象，然后才是形式的现象。在"感伤主义"和"浪漫主义"文学思潮的纲领中居首位的是作品的激情特性，在"自然主义"和"现实主义"文学思潮纲领中，则是艺术地反映生活的特性占首要地位。③波斯彼洛夫把作家集团创作的理论自觉性和理论与实践的结合作为文学思潮产生与存在的重要标志，这在一定范围内是合理的。

不过，波斯彼洛夫以有无明确的共同创作纲领作为判别是否文学思潮的重要尺度，无疑是依据于对欧洲文学 17 世纪以来的几个阶段的文学思潮现象的历史考察，从而建立了一个文学思潮的理想模式，将它绝对化、普遍化，完全看不到文学思潮历时形态的变化和共时形态的差异，更没有考虑不同文化、不同民族和不同地域中的文学思潮所可能具有的不同模式，存在着以偏概全的理论缺陷。

波斯彼洛夫的文学思潮观在中国有较大的影响。《中国大百科全书》（中国文学卷）中对"文学思潮"条目的阐释，基本上与波斯彼洛夫观点一致。除了前述对中国的文学思潮情况的判断之外，该条目在讨论文学思潮与文学思想和文学流派的区别时，依据的都主要是波斯彼洛夫关于有无共同创作纲领的标准，认为文学思潮是许多有影响的作家，"通过各种各样的方式，自觉地实践某种共同的文学纲领，形成一种遍及社会的思想趋向。……文学流派通常表现为由思想和艺术的共性而不一定由纲领上的共性联系着的作家集团，出现文学流派并不一定能形成文学思潮。"④ 由于理论来源本身就是一种不可靠的局部归纳，其科学性已大打折扣，以之作为普遍尺度必然引起理论混乱和激起对"欧洲中心

---

① ［苏］格·尼·波斯彼洛夫：《文学原理》，王忠琪、徐京安、张秉真译，生活·读书·新知三联书店 1985 年版，第 175 页。

② ［苏］格·尼·波斯彼洛夫：《文学原理》，王忠琪、徐京安、张秉真译，生活·读书·新知三联书店 1985 年版，第 173 页。

③ ［苏］格·尼·波斯彼洛夫：《文学原理》，王忠琪、徐京安、张秉真译，生活·读书·新知三联书店 1985 年版，第 174 页。

④ 《中国大百科全书》（中国文学Ⅱ），中国大百科全书出版社 1986 年版，第 955 页。

论"的强烈反感。

波斯彼洛夫明确地把共同纲领视为理论形态，他认为有的作家没有使自己的创作上升到纲领性的水平，没有创立文学理论，就不属于文学思潮。①这种看法是否科学，不能不涉及具体的文学思潮事实。

在波斯彼洛夫的阐释中，创作集团的理论自觉性是判断文学思潮是否形成和存在的主要标准。作家们有没有"明确的成文"的共同创作纲领，是否自觉地以这一纲领原则指导自己的创作，这是文学思潮的具体衡量尺度。就17世纪法国古典主义文学思潮来看，可视为其共同创作纲领的是1674年问世的《诗的艺术》，这部诗体文学理论著作被公认为法国古典主义文学的"法典"，作者布瓦洛被称为古典主义文学的立法者。而古典主义最重要的三位戏剧家的主要创作成就都产生在《诗的艺术》问世之前，拉辛的《昂朵马格》是标准的古典主义悲剧，早在1667年就已上演。波斯彼洛夫认为"以归附古典主义思潮的戏剧家身份出现，并在某种程度上创造性地赞同了它的纲领"的作家莫里哀，则在《诗的艺术》问世前一年，就倒在舞台上，溘然长逝。高乃依1636年发表的悲剧代表作《熙德》正是因为没有"自觉"遵循"三一律"规则而受到法兰西学院的指责。如果说是这些作家在《诗的艺术》问世之前已有共同创作纲领，那也只能说是像马莱伯关于词汇、句式选择要使上流社会的贵族们听来"愉快"的主张、夏普兰为戏剧"三一律"的辩护和杜梅耶"必须遵守规则"之类观点，至多可称为古典主义文学思潮的某些零散原则，远非波斯彼洛夫言下之体系性的"共同创作纲领"。

韦勒克认为，17世纪的法国文学、17世纪晚期和18世纪早期的英国文学、18世纪末期的德国文学，都是显著的古典主义文学思潮。但是，"这三种文学在内容和形式方面，在对权威和大作家大作品的追随方面和与古代的关系方面是有很大差别的。……法国17世纪的古典主义将显然是巴洛克式的——一种减弱的、压低了调子的巴洛克，……而英国的古典主义却似乎是最有启蒙精神的、符合常情的，甚至现实主义的，虽然它有时和人们所说的洛可可风格很相近。……德国古典主义即使在其自觉意识最强烈的新古典主义阶段，……似乎

---

① [苏] 格·尼·波斯彼洛夫：《文学原理》，王忠琪、徐京安、张秉真译，生活·读书·新知三联书店1985年版，第174页。

也是浪漫主义的，或者可能是怀旧的，乌托邦似的。"①同一文学思潮的国别差异如此遥远，显然难以用"共同创作纲领"的固定模子加以框范。

19 世纪欧洲声势浩大的现实主义文学思潮（即高尔基命名为"批判现实主义"的思潮），就"共同创作纲领"而言，各国的差异更大。在法国，称得上属于明确纲领的理论性文献不过是司汤达在 1823—1825 年发表的《拉辛和莎士比亚》和巴尔扎克在 1842 年写的《〈人间喜剧〉序言》。司汤达的现实主义主张是混淆在"浪漫主义"之中的，司汤达此时尚未分清何为现实主义，哪是浪漫主义，只要与古典主义相颉颃的新潮流文学，在他眼里就都是"浪漫主义"。当然，我们可以分辨出其中某些观点实际上就是后来人们才明确的"现实主义"的基本原则。不过，与其前及稍后的古典主义和浪漫主义两大文学思潮相比，在"共同创作纲领"这一性质上来看，《拉辛与莎士比亚》无论如何也不如布瓦洛的《诗的艺术》和雨果的《〈克伦威尔〉序言》那样具有明确的体系性的纲领形态。巴尔扎克的序言比司汤达的《拉辛与莎士比亚》对现实主义的基本原则说得更明确一些，但也只限于现实主义小说的某些特征和创作方法的阐明，离"主义"形态尚有一段距离。英国的现实主义文学思潮要找出共同创作纲领的话，则只能举出狄更斯在 1838 年发表的《奥列佛·推斯特》的第一篇自序。狄更斯在这篇自序里强调自己的写作要追求的是"无情的真实"，而揭示真实则旨在为"惩恶扬善"的目的服务，做"一件很需要的、对社会有益的事情"。因此，他要写出"伦敦居民中最堕落的犯罪分子"的"实在的样子"，"不折不扣地描述他们的变态，他们的痛苦，和他们肮脏的受罪日子"；写出他们"永远在生活的最龌龊的道路上鬼鬼祟祟地溜过，而不管转向何方，绞架的黑影永远挡住他们的去路。"②他之所以要追求真实，是因为当时许多以强盗、罪犯为主人公的作品完全脱离了现实生活的真相，把强盗的生活表现得令人羡慕和向往，在这类人物身上罩上一种"诱惑和魅力"，"他们都很讨人喜欢，（多半挺和气），衣冠楚楚，钱袋饱满，骑着骏马，样子威武非凡，而且无论调情、唱歌、喝酒、赌博，他们样样都是能手，总之，可以跟最英俊的少年站在一起而毫不

---

① ［美］R·韦勒克：《文学思潮和文学运动的概念》，刘象愚选编，中国社会科学出版社 1989 年版，第 100—101 页。

② 见《欧美古典作家论现实主义和浪漫主义》（一），中国社会科学出版社 1980 年版，第 305 页。

逊色。"① 这样的强盗、罪犯形象不但不会使人引以为戒，反而会从这类人物在社会上获得的"声名"、"巨大的成功和许多优越的条件"等等，"看到一条宽敞漂亮的大道，把高尚志向引到——待时机成熟时——绞刑架上。"②这样一种从文学功能价值角度上阐明的"真实论"，也很难说得上是一种体系性的"共同创作纲领"。所以，波斯彼洛夫也不得不承认，狄更斯在这篇序言中仅是接近于承认自己是现实主义者。实际上，正如朱光潜先生直言不讳地指出的那样，英国的现实主义文学思潮"几乎自始至终都是自发的，它不曾和敌对派浪漫主义进行过公开的斗争，没有提出过明确的纲领，也见不出有什么哲学思想的基础。"③如果硬要以"共同创作纲领"论为标尺来丈量，岂不是要把英国的现实主义文学思潮一笔抹杀了吗？

二

"自觉性"是"共同创作纲领"论思潮观另一个重要尺度。据波斯彼洛夫对文学思潮形成规律的描述，"自觉"一方面体现在作家们寻找共同创作原则的过程，另一方面体现在"明确的成文"的共同创作纲领拟定之后，作家们又以之为自己创作的指导方针。作家们必须达到这样"高度的"或表现出这样"巨大的""创作自觉性"，才算形成了文学思潮，他们才是该思潮的作家。"自觉性"确是文学思潮形成的一个重要条件，而且不仅限于作家们的创作自觉，还要遍及文学活动系统各个领域的自觉。然而，如果按照波斯彼洛夫的主张，把"创作自觉性"定到那么高的刻度上，可以称为文学思潮者就所剩无几了。例如19世纪法国的现实主义文学思潮，无论是司汤达还是巴尔扎克直到福楼拜，都并不自觉到自己是从事"现实主义创作"。司汤达是第一位自称为浪漫派的法国人，他说："我是一个疯狂的浪漫派，这就是说，我赞成莎士比亚，反对拉辛；

---

① 见《欧美古典作家论现实主义和浪漫主义》（一），中国社会科学出版社1980年版，第305页。

② 见《欧美古典作家论现实主义和浪漫主义》（一），中国社会科学出版社1980年版，第306页。

③ 朱光潜：《西方美学史》下卷，人民文学出版社1979年版，第730页。

赞成拜伦，反对布瓦洛。"① 很明显，司汤达所"自觉"的是自己与拜伦同调。尽管在司汤达看来，文学史上所有出类拔萃的作家都是浪漫主义者，但他说的"浪漫派"、"浪漫主义"是从文学的当代性和自由主义角度说的，并不是作为文学思潮的"浪漫主义"。巴尔扎克也自认为是浪漫主义作家。巴尔扎克逝世数十年后出版的两部赫赫有名的文学史巨著，也都把司汤达和巴尔扎克划入浪漫主义。一是法国文学史家朗松写的《法国文学史》，一是丹麦文学史家勃兰兑斯所著《十九世纪文学主流》。而且，朗松曾很明确地把浪漫主义界定为以抒情为主导的自由的文学。勃兰兑斯在《高老头》中看见"巴尔扎克实际上是按照霍夫曼的风格，写出了离奇的传说"，② 认为他和雨果、乔治·桑一样，"风格和偏好都纯粹是浪漫主义的"。③再看福楼拜，他在给乔治桑的信中断然否认自己的创作属于"现实主义"或"自然主义"。④ 他说："大家都同意称为'现实主义'的一切东西都和我毫不相干，尽管他们要把我看成一个现实主义的主教。……自然主义者所追求的一切都是我所鄙视的，我所苦心经营的一切也是他们漠不关心的。在我看来，技巧的细节，地方的资料以及事物的历史精确方面都是次要的，我到处寻求的只是美。"⑤ 无独有偶，在英国浪漫主义文学思潮中也存在着同样性质的非自觉现象。当司汤达把自己和拜伦都称为浪漫派的时候，拜伦却没有意识到自己属于浪漫派，而且，当时的英国诗人没有一个承认自己是浪漫主义者。因此，韦勒克认为，如果要以有一个"有意识地形成的纲领"作为标准的话，那么，英国就不存在"浪漫主义"文学思潮。无疑，"共同创作纲领"论思潮观对"文学思潮"之"思"的理解过于机械、褊狭，不符合文学史的事实。其本意是强调文学思潮的理论与实践高度结合的特性，但绝对化于过分理想的"成文的明确纲领"和"高度自觉"的假定。文学理论的活跃与创作活动的繁荣可能同步，也可能不同步，但创作繁荣而理论活动沉寂的时代，并不意味着创作没有理论指导。文学思潮史的事实说明，没有成文的明确纲领，不等于没有体系性文学思想，达不到所谓"高度的创作自觉"，也并不

---

① 转引自 R·韦勒克：《文学思潮和文学运动的概念》，刘象愚选编，中国社会科学出版社 1989 年版，第 120 页。

② ［丹麦］勃兰兑斯：《十九世纪文学主流》第五分册，李宗杰译，人民文学出版社 1982 年版，第 24 页。

③ ［丹麦］勃兰兑斯：《十九世纪文学主流》第五分册，李宗杰译，人民文学出版社 1982 年版，第 25 页。

④ 朱光潜：《西文美学史》下卷，人民文学出版社 1979 年版，第 732—733 页。

⑤ 朱光潜：《西文美学史》下卷，人民文学出版社 1979 年版，第 732—733 页。

是没有创作自觉，英国的现实主义文学思潮表面上是自发的，无纲领的，但在其作品中却表现出了现实主义的基本原则，体现了作家新的艺术追求的创作自觉性。虽然司汤达、巴尔扎克和福楼拜没有意识到或拒绝承认自己是现实主义者，也不能说他们没有创作自觉性而不属于现实主义文学思潮，正如不能因为拜伦不知道自己是浪漫主义作家，我们就得把他排除于英国浪漫主义思潮之外那样。事实上，这些作家早已清楚地意识到自己所从事的是摒弃旧文学规范的创新，他们的文学观念已经伴随着时代精神的潮流，发生了变化。

波斯彼洛夫主张文学思潮是 17 世纪才开始出现的，其依据有三方面：第一，没有人谈到 17 世纪以前的文学史上存在文学思潮，"显然是因为在任何一种民族文学中，从埃斯库罗斯时代到莎士比亚时代，都还没有明确形成思潮。品达和索福克勒斯、薄伽丘和拉伯雷、塞万提斯和莎士比亚是在没有思潮的情况下创作的。"[①] 第二，人们之所以称 17 世纪的古典主义为文学思潮，是因为 17 世纪法国整个作家团体创作"前所未有的新特质，就是这些作家由于自己世界观的特点，达到了高度的创作自觉性。他们不仅创作，而且思考一般应当怎样创作，并且终于意识到和形成了自己文学创作的一些共同原则，……第一次拟定了一定的创作纲领，并在创作自己的作品时以它的原则为指导方针。"[②] 第三，17 世纪古典主义文学具有自己独特的世界观——唯理性世界观，或者说，他们的世界观具有"唯理性"的新特点。这三个依据的头一个显然依赖于后两个而成立的。所以，实际上后两个依据是波斯彼洛夫立论的关键。在把文学思潮定位为作家集团创作的基础上，波斯彼洛夫以有无"高度的创作自觉性"和共同的"创作纲领"为标准对文学思潮和文学流派两种作家集团创作区分开来。他认为，文学思潮和文学流派几乎是同义词一样被人使用，就因为文学思潮是在流派的基础上形成的。"是创作的艺术和思想的共性把作家联合在一起，促使他们意识到和宣告了相应的纲领原则。"[③] 只有思想和艺术共性的集团创作是流派，既有思想和艺术的共性又提出了纲领原则并以之指导创作的便是思潮。他强调思潮本身必须先是一个流派，然后才是思潮，文学思潮是在流派的基础上

---

① ［苏］格·尼·波斯彼洛夫：《文学原理》，王忠琪、徐京安、张秉真译，生活·读书·新知三联书店 1985 年版，第 172 页。

② ［苏］格·尼·波斯彼洛夫：《文学原理》，王忠琪、徐京安、张秉真译，生活·读书·新知三联书店 1985 年版，第 172 页。

③ ［苏］格·尼·波斯彼洛夫：《文学原理》，王忠琪、徐京安、张秉真译，生活·读书·新知三联书店 1985 年版，第 173 页。

形成的。波斯彼洛夫持论的不当我们在前面已有所论及，在此不妨重申一下。波斯彼洛夫的疏忽在于：首先，他将思潮的观念性质等同于流派的实践性质，混淆了意识与存在（实体）的界限。其次，把贯串于文学活动系统的思潮局限于创作范围，只见局部不见整体。再次，把古典主义理想化为自觉的流派，有违历史事实。实际上，古典主义作家并无自觉的"流派"意识，与其说共同的"创作纲领"是他们自觉寻求并遵循的原则，毋宁说是出于专制王权政治需要的产物。这些失误也许是波斯彼洛夫囿于流派中心论文学史观所致。然而，并不止于此，更深的根源恐怕还在于他的"意识形态性"论文学观。他认为集团创作的高度自觉性和共同创作纲领是依赖于"世界观的特点"才达到的。① 他在俄国文学史家沙霍夫观点的基础上，主张文学思潮的形成过程是这样的："社会生活状况创造出某些可能为许多作家所共有的具体认识的世界观特点，它们成为这些作家艺术作品内容的独特性的根源。作家们表现出巨大的创作自觉性，建立起相应的理论纲领来组织他们的创作，他们就是某一思潮的作家。"②因而可以说，世界观的独特性才是形成文学思潮的最重要的依据。波斯彼洛夫正是以此为准则否定古典主义之前存在文学思潮。他认为人文主义和启蒙主义都不是"独特的世界观"，只能说是"思想方式"或"意识思维的共同方式"。③ 从原理上说，坚持社会意识形态是文学的根本特性的观点是正确的。文学思潮的产生、形成，也的确是首先由于社会生活本身的变化促使文学活动主体意识（世界观）发生变化，形成新的文学观念规范体系，一定的群体在整个文学活动中贯彻这一新的文学观念规范体系，才导致一定时、空范围内形成群体性的文学思想趋向。然而，波斯彼洛夫对"世界观的独特性"和"世界观"内容与形式的关系的理解存在着明显的片面性。

---

① ［苏］格·尼·波斯彼洛夫：《文学原理》，王忠琪、徐京安、张秉真译，生活·读书·新知三联书店1985年版，第172页。

② ［苏］格·尼·波斯彼洛夫：《文学原理》，王忠琪、徐京安、张秉真译，生活·读书·新知三联书店1985年版，第173页。

③ ［苏］格·尼·波斯彼洛夫：《文学原理》，王忠琪、徐京安、张秉真译，生活·读书·新知三联书店1985年版，第172、185页。

三

先看"世界观的独特性"问题。波斯彼洛夫曾正确地说过,艺术家的世界观有两方面,一是历史地抽象的理论观点,即艺术家对生活的一般概念;二是意识形态的具体感受的世界观,它是历史地具体的。作家的创作更多地决定于后者而不是前者。对导致文学思潮产生形成的世界观的"独特性",他明确断定为"具体感受的世界观的特性"。① 对于作为世界观构成方面之一的历史地抽象的理论观点,在他看来对创作并不重要,因而它的作用可以忽略不计。就个别作家或某个较早的历史阶段来说,具体感受的世界观对创作起决定性作用是可能的,但不能因此认为艺术家的理论观点从来没有而且永远不会对创作起任何作用。世界观是一个丰富、复杂、发展的整体,抽象的理论观点和具体感受的世界观可以相互激发和转化,两者是相依共存的关系,不能截然割裂开来。而且,随着时代的发展,20世纪的文学状况已有许多抽象理论观点先行,随后才有创作实践跟上的事实,例如存在主义文学就不过是对存在主义哲学这种抽象理论观点的图解和演绎。对世界观独特性的界定不当必然导致对文学思潮性质的错误定位,仅把文学思潮视为与流派一样的集团创作,既混淆了观念与实践的区别,又抹杀了文学思潮在理论、批评、欣赏层面的存在,还以古典主义为绝对化的文学思潮理想模式,扼杀了文学思潮在不同历史时空产生、存在和发展的形态丰富性。

再看波斯彼洛夫在世界观内容和形式方面的看法。他认为人文主义和启蒙主义只是思想方式,而不是"独特的世界观",② 这一观点令人费解。人文主义尽管与古希腊罗马人道主义有渊源关系,但作为文艺复兴时期的世界观无论相对于古希腊罗马的人道主义还是相对于中世纪的神学世界观来说,都已具有独特的历史内容,并且在彼特拉克、薄伽丘、拉伯雷和莎士比亚等作家的创作中见出其具体感受的世界观所具有的共同性特点,只因为他们没有像古典主义文

---

① 〔苏〕格·尼·波斯彼洛夫:《文学原理》,王忠琪、徐京安、张秉真译,生活·读书·新知三联书店1985年版,第175页。
② 〔苏〕格·尼·波斯彼洛夫:《文学原理》,王忠琪、徐京安、张秉真译,生活·读书·新知三联书店1985年版,第185—186页。

学那样有一个成文的共同的纲领而否认其思潮性质，未免有失公允。在启蒙主义文学中，也许的确存在着各种不同的具体世界观，可是同样的情况也存在于古典主义、浪漫主义、现实主义等文学思潮中，高乃依与拉辛、湖畔派诗人与"恶魔"派诗人、巴尔扎克与托尔斯泰……他们的世界观当然不是一致的。波斯彼洛夫在论述古典主义文学思潮时，也承认莫里哀在具体感受的世界观方面是具有民主主义信仰的人，并不属于古典主义流派，却赞同古典主义的创作纲领，归附于古典主义文学思潮。① 波斯彼洛夫要说明的意思是，文学思潮可以容纳不同流派，并不是一个思潮只能由一个流派形成。但是，在这里也可以推导出这样的结论：不同的具体世界观并不能成为否认一种文学思潮形成和存在的依据。这当然也符合历史事实，是正确的。然而波斯彼洛夫却否认人文主义和启蒙主义文学是文学思潮，显然自相矛盾。并且，波斯彼洛夫把人文主义和启蒙主义从历史具体的特定内容中抽象分离出来，视为一种思维方式，成为类型化的东西，以为这种思维方式在不同的民族文学、不同的历史时代都可以出现，"不同文学思潮的作家都能按这样的方式进行思维"。② 这也不见得妥当。就文学思潮的传播和影响来看，思维方式的作用是很重要的，但又不仅仅是思维方式的影响。一定的思维方式必然带有一定的思维内容，当人们运用某种思维方式把握对象世界时，同时包含着对于对象世界的特定理解，这个思维方式中就涵盖着特定的观念性内容。人文主义、启蒙主义如果作为思想方式，不能完全排除其特定的历史内容而等同于可以超越历史、时代和民族的一般思维方式。启蒙时期的文学的确带有其前或其后的文学思潮的某些特征，如伏尔泰的创作带有古典主义形式特征，卢梭的小说具有感伤主义的特点，但在内容上却明显与其前或其后的文学思潮不同，将它们划入其前或其后的文学思潮，不见得合适。按波斯彼洛夫的意见，称得上文学思潮的就只有 17 世纪以来的古典主义、浪漫主义、现实主义和社会主义现实主义几种。对于现代主义，虽然他也称之为文学思潮，但态度十分勉强，因为他觉得这些背离现实主义创作传统的文学思潮的纲领性原则"通常都是非常不明确的"，现代主义各种思潮术语的"模糊不清和

---

① ［苏］格·尼·波斯彼洛夫：《文学原理》，王忠琪、徐京安、张秉真译，生活·读书·新知三联书店 1985 年版，第 178 页。
② ［苏］格·尼·波斯彼洛夫：《文学原理》，王忠琪、徐京安、张秉真译，生活·读书·新知三联书店 1985 年版，第 186 页。

五花八门",表明创作者"思想探索和创作思维的混乱"。①即使在西方范围内,无论后顾还是前瞻,这种"共同创作纲领"论思潮观都难免捉襟见肘,可见其科学性有限。

四

笔者在前面论证了"共同创作纲领"论和关于认为人文主义和启蒙主义只是思维方式的不当,这里还要进一步指出的是,波斯彼洛夫由于基本思潮观的局限而在文学思潮历史形态的考察方面导致了严重失误。在他眼里,文学思潮仿佛是横空出世,一下子就以一种成熟、完整的形态出现在文学史上,它没有雏形和发展的种种历史形态。正是这种狭隘视角,使他看不到文学思潮的历史发展事实上存在着的丰富形态。既看不出古典主义、浪漫主义、现实主义在历史形态上所具有的质的区别,更看不到人文主义、启蒙主义与古典主义都是作为文学思潮存在所具有的过渡性历史类型的特点。卡冈曾指出,文化类型"像所有活物一样,经历形成、繁荣和衰落的时期,它能够在文化的活的躯体中,同消亡着的文化类型的萎退器官或者(而有时也)同正在成长的文化类型胚胎共存并处;最后,一种历史类型的文化被另一种排挤掉的过程,每次总产生过渡型文化。在过渡型文化中,过去文化和未来文化的特性在活动的平衡中,或则相互矛盾地冲突和对抗,或则相互趋向协调。"②从文艺复兴到启蒙运动的文化都是具有这种过渡型特征的文化类型。"文艺复兴的本质正在于探索关于世界、人、艺术的综合的、完整的观念;文艺复兴文化虽然已经摆脱宗教神秘主义,但是它还不能成为无神论的;它推崇现实的、尘世的人,但是没有把人本主义引导到个人主义的极端;它确证认识、理性和思维的最高价值,但是不把它们同信仰、体验、享受对立起来。虽然 17 世纪已经无情地摧毁了文艺复兴世界观的幻想,暴露出资本主义所带来的所有矛盾,然而在启蒙运动时代,仍然进行了英勇的、虽然是没有前途的努力,以创造人、艺术、世界的完整模

---

① [苏] 格·尼·波斯彼洛夫:《文学原理》,王忠琪、徐京安、张秉真译,生活·读书·新知三联书店 1985 年版,第 208 页。

② [苏] 莫伊谢依·萨莫伊洛维奇·卡冈:《美学和系统方法》,凌继尧译,中国文联出版公司1985 年版,第 307—308 页。

式……。这样，启蒙运动是文艺复兴乌托邦的最后回声。"① 只有到了19世纪，新型文化和作为它的基础的新型意识才以纯粹的和历史原型的形式展开。卡冈概括出的文艺复兴至启蒙运动这一时期的过渡性文化史类型的特质，当然统摄着这一历史阶段中作为精神文化类型之一的文学思潮。无论是人文主义、古典主义，还是启蒙主义，它们的文学观念规范体系及其所支配的文学活动都贯穿着新旧两种文学意识的矛盾，并且也"时而或多或少是尖锐的冲突，时而或多或少是紧密的交织"。② 《神曲》的宗教寓言艺术形式、神秘主义与写实的笔触共存一体，神学的构思中放射出思想和艺术上的世俗追求的新世纪的曙光。这种过渡性也体现为人文主义创作理论与实践的各行其是，例如，在戏剧方面，对情节因素的强调和倾向于类型化的性格塑造理论主张，并没有为代表文艺复兴文学最高成就的莎士比亚所接受，在他的戏剧创作中倾力而为的是人物心灵的全新探索，以展示人物个性的千差万别、五光十色，甚至因此而不惜淡化情节。莎士比亚心中有自己的主张："自有戏剧以来，它的目的始终是反映自然，显示善恶的本来面目，给它的时代看一看它自己演变发展的模型。"③ 古典主义文学观念所崇奉的理性及其遵循的文学准则，也无不体现着新旧意识的混杂。布瓦洛的《诗的艺术》把真善美的统一推举为文艺的最高标准，洋溢着新时代的精神，而这部古典主义艺术"法典"的基本观点实际上又都是亚里士多德和贺拉斯文艺思想的翻版。伏尔泰虽然崇尚古典主义的典雅风格，称颂17世纪法国古典主义戏剧才是文明的艺术，拉辛胜于莎士比亚，但其文学观点却与古典主义的艺术主张存在着质的差别。古典主义尊重古代传统和权威而趋于泥古，伏尔泰却认为，"在任何方面都逐字逐句地学步古人是一个可笑的错误"，④ 因为今日的一切已与古代大相径庭。古典主义强调恪守艺术规则，而伏尔泰却断然宣布，"几乎一切的艺术都受到法则的束缚，这些法则多半是无益而错误

---

① ［苏］莫伊谢依·萨莫伊洛维奇·卡冈：《美学和系统方法》，凌继尧译，中国文联出版公司1985年版，第319—320页。

② ［苏］莫伊谢依·萨莫伊洛维奇·卡冈：《美学和系统方法》，凌继尧译，中国文联出版公司1985年版，第319页。

③ ［英］莎士比亚：《哈姆雷特》，朱生豪译，《外国戏剧选》上册，湖南人民出版社1980年版，第66页。

④ ［法］伏尔泰：《论史诗》，伍蠡甫主编：《西方文论选》上卷，上海译文出版社1979年版，第323页。

的"①，即使有些法则是正确的，但对创作也没有多大用处。因为像荷马、维吉尔、塔索和弥尔顿这样的伟大作家，"几乎全是凭自己的天才创作的。一大堆法则和限制只会束缚这些伟大人物的发展，而对那种缺乏才能的人，也不会有什么帮助。"② 他对天才和想象的重视，更是超越了古典主义的局限而接近浪漫主义的畛域。与其将伏尔泰这样一位作家粗暴地归之于古典主义文学思潮，还不如承认其客观存在的复杂性、矛盾性更合情合理。何况这位启蒙思想家还开辟了哲理小说这一富于启蒙主义特色的艺术新形式，仅此就足以表明他代表着一个并不属于古典主义的文学新潮流。比起 18 世纪的大多数启蒙作家来，卢梭身上显示的趋新意识更突出。是的，在某种意义上，他也许可以称得上是浪漫主义运动之父，因为他排斥理性而推重感情，否定科学、文明而号召"回归自然"，这些观念都极大地影响了后来的浪漫主义文学思潮。可是，他否定科学艺术的理由不过是柏拉图观点的重复，他对感情的推重，也只是表现了 18 世纪法国已经存在的"善感性崇拜"这一"潮流倾向"，③ 他对艺术的否定甚至使他不惜加入清教主义者行列，支持日内瓦对一切戏剧的禁演，扮演了一个"禁欲美德斗士的角色"。④ 而浪漫主义文学思潮对感情的赞赏和对自然的向往，并不建立在否定文学与艺术的基础上，恰好相反，他们主张诗歌是"强烈情感的自然流露，它起源于在平静中回忆起来的情感，"⑤ 诗歌的目的是要引发一种激情，使它与失去平衡的快感并存，诗歌的作用并不是卢梭所说的那样使人浪费时间、败坏德行，而是直接给读者以愉快，通过愉快激发人们的同情心，矫正人们的情感。甚至于认为"诗是一切知识的起源和终结，——它像人的心灵一样不朽。"⑥ 在卢梭那里，文学艺术与情感和自然是对立的，矛盾的，他否定前者而肯定后二者；在浪漫主义者那里，文学（诗）与情感和自然是浑然一体的，否定前者也就是否定后二者，因为前者——文学（诗）恰恰是后二者——情感和

---

① ［法］伏尔泰：《论史诗》，伍蠡甫主编：《西方文论选》上卷，上海译文出版社 1979 年版，第 318 页。

② ［法］伏尔泰：《论史诗》，伍蠡甫主编：《西方文论选》上卷，上海译文出版社 1979 年版，第 319 页。

③ ［英］罗素：《西方哲学史》下卷，马元德译，商务印书馆 1976 年版，第 213—214 页。

④ ［英］罗素：《西方哲学史》下卷，马元德译，商务印书馆 1976 年版，第 230 页。

⑤ ［英］华兹华斯：《抒情歌谣集1800年版序言》，伍蠡甫主编：《西方文论选》下卷，上海译文出版社 1979 年版，第 17 页。

⑥ ［英］华兹华斯：《抒情歌谣集1800年版序言》，伍蠡甫主编：《西方文论选》下卷，上海译文出版社 1979 年版，第 15 页。

自然的必然产物。由此可知,这是两种差距极大的文学观念。韦勒克在谈到法国浪漫主义文学思潮时的一段话也可引以为证。他说,在研究法国浪漫主义文学思潮的源头时,"卢梭自然不断地吸引着人们的注意,甚至被称为全部浪漫主义的源泉;……然而,如果把卢梭说成是这类姿态的激发者,那么,对他的估计是不恰当而又过分的;他不过是促进了这类态度的传播,并没有制造这类态度。但是,所有这些分散的法国学术著作,都分别地预示出了浪漫主义的态度、思想、情感,而不是 18 世纪的一个真正的浪漫主义运动。"① 因此,我们应该清楚地意识到,卢梭与伏尔泰一样,属于过渡性的启蒙主义文学思潮,而不能贸然地把他从该思潮中开除出去,并将其硬塞进后来的文学思潮。再看 18 世纪伟大的启蒙思想家狄德罗,他在文艺观上的过渡性质更为明显。他同时主张着种种不同甚至相互之间极为矛盾的文艺观点。例如,他对诗歌的看法颇重激情。他认为,诗人应是集情感和天才于一身的人,是充满悲剧性的忧郁的人物,诗人"执笔之前,他肯定翻来覆去,面对眼前的题目,战栗不已,夜不能寐,深更半夜爬起来,套上睡衣,光着双脚,借着夜明灯的光亮,连忙手不停笔,挥洒草稿。"② 诗人要是没有狂飙般的情感,就做不出好诗来。显然,在狄德罗眼里,"强烈的个人情感的专注,乃是衡量诗歌伟大品质的标准"。③ 推崇天才,重视情感,这不正是浪漫主义的诗歌观吗?如果仅仅凭此而论,狄德罗的文学观当然可以划进浪漫主义文学思潮了。可是,狄德罗还有与这种浪漫主义观点完全对立的古典主义的文学主张,例如他倡导市民悲剧这一新体裁,但他"几乎完全是用新古典主义理论所能接受的术语揭橥的。他精心阐发了一个戏剧体裁的等次体系,其中家庭悲剧,似乎填补了悲剧与喜剧之间的空白,而反讽喜剧和惊奇剧,则降低至下等的次要体裁的地位。悲喜剧,他明确斥之为一种不良体裁,因为它混淆了由一层天然屏障截然分开的两种体裁。"④ 在后期的狄德罗看来,"艺术,或者至少就戏剧这门艺术而论,显然并非是指单纯的情感主

---

① [美] R・韦勒克:《文学思潮和文学运动的概念》,刘象愚选编,中国社会科学出版社 1989 年版,第 152 页。

② [美] 雷纳・韦勒克:《近代文学批评史》中文修订版・第 1 卷,杨自伍译,上海译文出版社 2009 年版,第 63 页。

③ [美] 雷纳・韦勒克:《近代文学批评史》中文修订版・第 1 卷,杨自伍译,上海译文出版社 2009 年版,第 62 页。

④ [美] 雷纳・韦勒克:《近代文学批评史》中文修订版・第 1 卷,杨自伍译,上海译文出版社 2009 年版,第 63—64 页。

义，而是指模仿自然；当然，所谓'自然'，狄德罗指的是典型者、普遍者、假想中的自然和谐。"① 除了上述的浪漫主义和古典主义的文学艺术观点以外，在狄德罗的著述里，还可以看到"19世纪布尔乔亚的自然主义"，甚至"象征主义的诗歌观念，也不乏先声"。② 面对狄德罗这样充满矛盾性和复杂性的大杂烩般的文艺观，如果只看到他的这种难以捉摸的非连贯性而认为其文艺观无足轻重，或者相反，"大胆地挑选出我们认为属于他的基本观点的那些内容，而他的其他学说，我们统统视为左道旁门，或者是对时代所作的妥协，而一笔抹杀"，③ 都是错误的。就文学思潮而言，对待诸如狄德罗体现出的如此复杂矛盾的文学观念，正应该客观地承认其处于新旧时代交替之间不可避免的历史过渡性特征，才是我们唯一可以选择的科学态度。也只有这样，我们才有可能找到其多变而且多样的观念所具有的共同特性，而不至于迷失方向。

综上所述，只有摆脱波斯彼洛夫文学思潮观的囿限，才能从历时的维度上发现文学思潮发展的阶段性特征，从而也才能在共时的维度上正确认识文学思潮的内涵和基本形态，更有效地把握文学思潮的性质和及其历史发展的客观规律。

---

① ［美］雷纳·韦勒克：《近代文学批评史》中文修订版·第1卷，杨自伍译，上海译文出版社2009年版，第64页。
② ［美］雷纳·韦勒克：《近代文学批评史》中文修订版·第1卷，杨自伍译，上海译文出版社2009年版，第75页。
③ ［美］雷纳·韦勒克：《近代文学批评史》中文修订版·第1卷，杨自伍译，上海译文出版社2009年版，第53页。

唯物史观与现代主义文艺思潮

一、现代主义与现代性的误读和挪用

在中国，作为文艺思潮的"现代主义"或曰"现代派"似乎早已"烟消云散"了，经由可见的特定活动方式及其成果显现的"现代主义"已属过去时了。可是，不容忽视的事实是，从西方输入的"现代主义"的幽灵一直或隐或显地活跃于各式各样的文艺潮流或文化活动中，在某些重要的意识活动领域甚至被挪用到了支配性的地位。"现代主义"和它的母体"现代性"一样，在不断地生成和变化，始终在延续。什么是"现代主义"？我们是否需要"现代主义"？中国有无"现代主义"？20世纪80年代初在关于"现代化与现代派"的争论中表现出来的这些疑惑一直困扰着我们，80年代后期这些疑惑又以关于"伪现代派"概念的争议再次出场。到了90年代，虽然接踵而来的"后现代主义"、"现代性"言说时尚迅速流行，也丝毫没有减轻反而增加了这些问题对我们的压力。于是，在90年代后期，我们又遭遇了一场关于中国现当代文学是否是"现代文学"的争执，论争的焦点表面上是中国现当代文学有无"现代性"的问题，其实还是中国现当代文学有无"现代主义"的问题，因为"现代主义"是"现代性"成熟的标志，如果没有"现代主义"，怎能成为"现代文学"？纷争依然观点殊异，迄今尚未消停。可见，"现代主义"问题甩不开，躲不掉，仿佛一个影子，挥之不去。如此看来，在学界，无论是"现代主义"的坚定盟友，还是不共戴天的仇敌，抑或是"怎么都行"的"后现代主义"者，以及其他种种主义者，只要研究现当代现实及其文艺、文化，就都不能对"现代主义"和"现代性"的现实存在或作为文艺问题的言说存在漠不关心。

（一）"现代主义"观念的封闭与开放

新时期以来，对现代主义的三次论争的发生及其结果，基本上都没有彻底突破封闭性视野的囿限，实际上是以误读的"现代主义"和"现代性"尺度衡量中国文学。我们一次又一次地对"现代主义"喋喋不休的争执，表面上似乎每一次争论的命题有所不同，但实质上都是在"什么是'现代主义'？""中国有无或能否产生过'现代主义'？"等问题上纠缠不休。在这些问题中，最根本的无疑是"什么是'现代主义'？""现代性"以及与此相关的其他问题的阐释似乎都取决于对这个根本问题的回答。

徐迟等人在 20 世纪 80 年代初自认为是以经济基础决定上层建筑的马克思主义原理为依据，得出现代主义文艺思潮是现代化社会经济基础的必然产物的判断，认为"现代化必然产生现代派"。并据此宣称，我国要实现四个现代化，必然需要而且一定会产生现代主义文艺思潮。大多数批评意见指出，这种见解并没有真正把握马克思主义的基本原理，更无视物质生产与精神生产的发展还有不平衡的规律，错误地简单地理解西方现代派与西方社会及经济基础的关系，对文艺生成原理的解读陷入了机械唯物主义的误区，把西方"现代派"与西方社会现代化的特殊联系加以普遍化，重蹈 20 世纪 30、40 年代庸俗社会学的覆辙。徐迟文章中还提出了"马克思主义的现代主义"和"建立在革命的现实主义和革命的浪漫主义的两结合基础上的现代派文艺"命题。这些观点遭到了强烈的反对，理由是"现代派文艺"或"现代主义文艺"是"专指"20 世纪以来"在西方文艺中出现的被称作各种'主义'的资产阶级艺术思潮和流派"，其内容和性质"十分确定"，是与马克思主义"根本不同的两种思想体系和世界观"。两者互不搭界，不能直接绞在一起。由于徐迟命题的语焉不详，难免被认为有"实际上还不过是提倡西方现代主义文艺罢了"①的重大嫌疑。但批评者对"现代主义"内涵的所谓"常识"性静态界定显然十分封闭狭隘，而且本身存在着逻辑上的混乱。作为文艺思潮的"浪漫主义"、"浪漫派"和"现实主义"本来也是属于"表现西方资产阶级和小资产阶级知识分子的思想感情"的文艺，也有着与马克思主义、社会主义根本不同的思想体系和世界观，但为什么可以和"社会主义"或"革命"连接在一起，而变成了"我们的""主义"、"流派"、"文艺"？唯独"现代主义"、"现代派"就不能呢？认为"现代主义"或"现代派"只有固定不变的一种，是明显违背历史事实的。即便是西方现代主义文艺本身，也因各国社会现实和历史文化传统的不同而形成面貌各异甚至

---

① 理迪：《〈现代化与现代派〉一文质疑》，《文艺报》1982 年第 11 期，第 17 页。

相互冲突的思潮或流派：超现实主义发端于法国，与"法国人耽于幻想的习气与超现实倾向"相关；表现主义兴盛于德国，与德国人重视精神作用的文化传统具有紧密的联系；意识流小说肇始于英国，是与经验主义哲学传统的影响分不开的。① 从意大利诞生的未来主义与其他反科技理性的现代主义截然相反，它高度赞扬社会现代化带来的"机器文明"、"速度"和"力量"，这种思潮的内部也形成了不同的派别，有左翼、右翼之分。现代主义在非西方国家传播的结果也证明了现代主义的非封闭性，如现代主义与拉丁美洲独特的社会现实和历史文化传统相融合后，形成了与欧洲本源的现代主义既紧密相联又大异其趣的魔幻现实主义②；在日本，则有"新感觉派"式的现代主义文学。那么，有没有"中国式的现代主义"呢？一位对西方现代主义文艺深有研究的中国学者非常肯定地认为，从20世纪初引进西方现代派以后，"中国式的现代主义一直是存在的"。③

　　"现代化与现代派"的论争不仅没有减弱对"现代派"和"现代主义"认识的封闭性，反而进一步强化了这种误读意识的牢固性。当现代主义创作在20世纪80年代中期形成气候之后，曾被指责为"伪现代派"，遭到了来自不同立场的学者的批评和攻击。所谓"伪"的依据表现为：一类是认为中国的现代主义作品徒有表面相似的形式，而内容上却没有表现出西方现代主义作品的非理性主义的"生命本体冲动"；一类是从经济基础上确认中国目前尚无西方的高度工业化、现代化，中国的现代主义作品表现的现代意识实际上是西方的意识，不是中国现实生活的产物，属于一种"矫情"或"冒牌"的"现代主义"；一类是来自站在现实主义至尊价值观上的批评，否定西方"真现代派"的审美价值，或以传统的现实主义价值观附会于西方现代主义者一些只言片语的同调性，贬斥中国现代主义模仿的拙劣。不论是那种观念的指责，其理论标尺都是以所谓"真现代派"——种被误读了的西方现代主义的静态模式，正如一位批评家所说的，这是"没有意识到现代派文学产生于东、西方文化的价值标准都发生移易的时代"，也没有意识到"反规范"是现代派的根本倾向而设立的一个

---

　　① 袁可嘉：《西方现代派文学三题》，《文艺报》1983年第1期，第51页。
　　② 虽然魔幻现实主义的思潮性质归属尚有争议，但仅从加西亚·马尔克斯自述卡夫卡对他的创作思想的震撼而言，可知魔幻现实主义与欧洲现代主义之间存在着不可否认的重要关联。
　　③ 袁可嘉：《中国与现代主义：十年新经验》，《文艺研究》1988年第4期，第65页。

"先验规范"。①

在 20 世纪 80 年代初，中国学界热火朝天地讨论"现代化和现代派"问题之前，美国学者马歇尔·伯曼已经出版了他的一部关于现代性和现代主义研究的重要专著《一切坚固的东西都烟消云散了》，书名取自马克思和恩格斯的《共产党宣言》中饶有象征意味的一句名言。伯曼著书的初衷是不满于 20 世纪的作家、思想家对"现代性"的思考的"今不如昔"，造成极端化、平面化的停滞和倒退，希望恢复和延续 19 世纪伟大的"现代主义者"们对待"现代性"的辩证传统。因此，他企图通过对 19 世纪现代主义的回顾，回溯到现代主义之"根"，使之得到滋养和更新，并批判今天的各种现代性，为人们提供创造 21 世纪的现代主义所需的见解和勇气。马歇尔·伯曼指出，在 19 世纪，马克思等具有现代思想的伟大思想家、哲学家、学者和作家，准确地把握了"现代"和"现代性"的基本特征：除了固定不变外，包容一切！所有事物都包含有它的反面。正如《共产党宣言》所概括的那样：

> 生产的不断变革，一切社会状况不停的动荡，永远的不安定和变动，这就是资产阶级时代不同于过去一切时代的地方。一切固定的僵化的关系以及与之相适应的素被尊崇的观念和见解都被消除了，一切新形成的关系等不到固定下来就陈旧了。一切等级的和固定的东西都烟消云散了，一切神圣的东西都被亵渎了。②

马克思等 19 世纪的伟大"现代主义者"，既是现代生活的热心支持者，又是现代生活的敌人，他们孜孜不倦地与现代生活的模棱两可和矛盾作斗争。③ 而 20 世纪的思想家们却怎样对待"现代性"呢？马歇尔·伯曼以极端遗憾的口吻抨击他们远逊于 19 世纪的先驱，一味倾向于极端化和平面化。"现代性"在他们那里，或者受到盲目的不加批判的"热情拥抱"，如从未来主义者到第二次世界大战后的富勒和麦克卢汉以及托夫勒等对机器和现代科技的狂热歌颂；或者受到一种"新奥林匹亚式"的冷漠和轻蔑的指责，如从首先提出现代性"铁

---

① 黄子平：《关于"伪现代派"及其批评》，《北京文学》1988 年第 2 期，第 9 页。

② 马克思、恩格斯：《共产党宣言》，《马克思恩格斯选集》第 1 卷，人民出版社 1995 年版，第 275 页。

③ ［美］马歇尔·伯曼：《一切坚固的东西都烟消云散了》，徐大建、张辑译，商务印书馆 2003 年版，第 28 页。

笼"论的韦伯，到马尔库塞等自称继承了马克思批判传统的"新左派"和著述《资本主义文化矛盾》的丹尼尔·贝尔这样一些新保守主义者对现代性的激烈攻击，以及福科等人对现代人享有任何自由的可能性的彻底否定。不论持何种态度，现代性都被设想为一块封闭的独石，无法为现代人塑造或改变。对现代生活的开放见解被封闭的见解所取代，"既是/又是"被"非此/即彼"所取代。①马歇尔·伯曼对现代性的看法与哈贝马斯可谓异曲同工，但在视界的宏阔和见解的精辟方面各有所长。而他对20世纪现代主义者的批评，对于我们反思当代中国文学问题语境中的现代主义，更是难得的理论参照资源。

马歇尔·伯曼对"现代主义"的界定是与众不同的。他在《一切坚固的东西都烟消云散了》企鹅版前言的开篇宣称，该书是以一种"宽广开放的理解方式"来定义"现代主义"的。因此，该书对"现代主义"的界定与一般的学术著作相比，含义更加宽广丰富。在马歇尔·伯曼看来，"现代主义"可以理解为"现代的男男女女试图成为现代的客体和主体、试图掌握现代世界并把它改造为自己的家的一切尝试。"这样的"尝试"是一种"斗争"——"一种把一个不断变化着的世界改造为自己的家的斗争"。正因为"现代主义"是这样的一种斗争，所以拥有最鲜明的一种特性："任何一种现代主义的模式都不可能是最终的不可变更的。"② 简言之，现代主义不仅仅是文艺思潮，也不只是一种社会文化思潮，而是现代人改造现代世界的一种斗争——现代人自身"现代化"的社会活动。这种社会活动没有固定的模式，它随着现代社会的不断变化而不断地通过自我批判进行自我更新。因而，这是一种"变化的现代主义"。马歇尔·伯曼的现代主义定义或许过于广阔无边，但考虑到"现代"犹如漩涡般的动力性时代特征，突破静态封闭的狭隘性而采取动态开放的宽广视野来审视"现代主义"，无疑是必要而合理的思维转型。

（二）现代主义的概念误读与挪用错位

对现代主义的误读，除了源于封闭性视野的囿限外，还出于对"现代主义"

---

① ［美］马歇尔·伯曼：《一切坚固的东西都烟消云散了》，徐大建、张辑译，商务印书馆2003年版，第28页。

② ［美］马歇尔·伯曼：《一切坚固的东西都烟消云散了》，徐大建、张辑译，商务印书馆2003年版，第1—2页。

概念属性的模糊认识。"现代主义"到底是历史性的时期概念，还是共时性的逻辑抽象的类型概念？历史性概念的内涵相当丰富，不可定义。尼采早对此深有感慨，马克斯·韦伯亦有同感。① 韦勒克则明确指出，各种时期和运动的存在，人们可以在现实中把它们鉴别出来，加以描写和分析，但是永远不可能给这类时间概念下一个明确的终极的定义。② 如果我们将现代主义视为一个历史概念而又希望给它下一个简明的定义，不仅徒劳无功，还会陷入无法自圆其说的阐释矛盾。而当我们以共时性的逻辑抽象的类型概念来界定和使用"现代主义"时，作为分类标准的属性识别的随意性又必然会导致许许多多的阐释的分歧。人们在使用现代主义概念的时候，很少有自觉的概念属性意识，往往在两种概念属性之间摇摆不定，因而产生内涵与外延的不同理解。按时期概念把西方的现代主义作为标准来考察非西方的类型学意义上的现代主义，必然以任何一点与原型不符之处为理由而轻而易举地得出"伪现代派"这样的结论，因为历史和时期的概念是一度性的，是不可能重复出现的。按类型学概念使用"现代主义"，划分的主观性必然造成不同属性的抽象定位，例如从西方的"现代主义"中抽象出"非理性"作为类型属性的核心标准来考量中国的"现代主义"作品，因其缺失而被否定或称之为"伪现代派"。同样，反驳者也可以根据同样的思维方式另立分类标准，做出自己的类型界定，认为"现代主义"表现的是"现代人对世界、对人类、对自我整体存在及其存在命运的体验和感受。"根据这样一个适合于研究中国文学的"独立概念"，"一个不完全等同于西方现代主义的独立的创作方法"，可以完全有理由这么说："'五四'新文化运动就是中国的一个现代主义文化运动，'五四'新文学运动就是中国的现代主义文学运动，从那时到现在的新文学创作就是中国的现代主义文学，它不但包括受西方现代主义影响的现当代文学作品，也包括受西方浪漫主义和现实主义文学影响的文学作品。'中国现代主义'是与'中国古典主义'相对举的文学概念，它是在追求中国文学的现代性、摆脱'中国古典主义'的束缚的努力中建立并发展起来的。它同西方的现代主义文学一样，在其产生并发展的过程中，一直居于先锋派文学的位置，是探索性的、实验性的，是与社会群众习惯性的审美心理和固有的文

---

① ［美］马泰·卡林内斯库：《现代性的五副面孔》，顾爱彬、李瑞华译，商务印书馆 2002 年版，第 333 页。

② ［美］韦勒克：《文学思潮和文学运动的概念》，刘象愚选编，中国社会科学出版社 1989 年版，第 28 页。

学传统不同的文学。"① 这是一种具有代表性的类型学阐释，但又是对西方"现代主义"概念的"挪用"。正如以色列学者 S·N·艾森斯塔特所指出的，非西方国家对现代性主题的挪用，使某些西方的具有普遍主义的要素整合到了自己新的集体认同的建构之中，而不必放弃自己传统的特殊成分。它并没有消除他们对西方的否定或至少是模棱两可的态度。抗议、制度建设、中心和边缘的重新界定等现代性的特有主题，有利于鼓励和促进现代方案转换到非欧洲、非西方的环境中。尽管最初是用西方的术语来表达的，但诸多这类主题在许多社会的政治传统中得到了共鸣。这种挪用"带来了对这些引进观念的持续不断的选择、重释和重构。这一切引起了不断的革新，伴随着新的文化和政治方案的出现，逐渐展现出新的意识形态和制度模式。"② 另一位著名的中国学者在 20 世纪80 年代后期回顾中国引进现代主义的情况时，提出了"中国式现代主义"的概念并对其"基本性质"作了这样的界定：随着中国现代化进程而发展的"中国式现代主义""应当是在最深刻的意义上（而不是最表面的意义上）为社会主义、为人民服务的，是与现实主义精神相沟通的，是与民族优秀传统相融合的，同时又具有独特的现代意识（即现代化进程中中国人的思想感情）、技巧和风格的，具体表现为心理刻画上的深度和人物塑造上的真度、艺术表现上的力度和艺术风格上的新度。"③。这一界定也具有努力把西方概念的普遍主义要素与本土的特殊成分相融合的"选择、重释和重构"的挪用特色。对"中国式现代主义"的类型学上的挪用性阐释不论是否合适，无疑是突破受"西方中心论"局限的单一"现代主义"、"现代性"的封闭性思维方式的有益尝试。

"现代主义"概念之所以"模糊"、没有公认的定义，可以说"有多少现代主义者就有多少现代主义"④，原因还在于这个概念"可能是一种风格的抽象，一种极难用公式表示的抽象。"⑤ 因此，可以较为清晰地确认，"朝着深奥微妙和独特风格发展的倾向，朝着内向性、技巧表现、内心自我怀疑发展的倾向，

① 王富仁：《中国现代主义文学论》（上），《天津社会科学》1996 年第 4 期，第 66 页。

② ［以色列］S·N·艾森斯塔特：《反思现代性》，旷新年、王爱松译，三联书店 2006 年版，第53-54 页。

③ 袁可嘉：《中国与现代主义：十年新经验》，《文艺研究》，1988 年第 4 期，第 66 页。（着重号为原文所有。）

④ ［美］马泰·卡林内斯库：《现代性的五副面孔》，顾爱彬、李瑞华译，商务印书馆 2002 年版，第 88 页。

⑤ ［英］马·布雷德伯里、詹·麦克法兰编：《现代主义》，胡家峦等译，上海外语教育出版社1992 年版，第 38 页。

往往被看做是给现代主义下定义的共同基础。"① 文艺思潮的世界性传播，似乎是接受者对创作范型进行直觉把握或逻辑抽象出来的风格类型的模仿和挪用，其结果必然形成"貌合神离"或"离形失神"，与原型不可能完全重合甚至差异极大的一种融合了本土因素的新的"意识形态和制度模式"。明智的研究者不应当胶柱鼓瑟，错误地使用特定历史社会环境中的原型性时期概念的某些涵义作为标准来判断类型性现象的内容和性质的真伪。

艺术风格是一个具象性的审美范畴。但"风格本来是基于人的精神的个性法则而成立的，那么，在根本上与其说它存在于作品这样的精神创造的成果中，还不如应该说是在于创作它的精神里面。"② 风格类型的抽象，往往是对风格根底中的精神属性——创作方法、创作原则的类型属性的识别。接受者往往各取所需，甚至以非风格类型的一般文学分类的属性进行误读和模仿西方现代主义文艺，或热衷于语言、叙事技巧等表面形式特征的照搬，或随意挪用范型主题的某种倾向性。新时期以来被归入"现代主义"的不少作品大体上都是属于这种误读和挪用的产物，有的很容易看出与其直接对应的西方现代主义作品原型。应该充分肯定这些作品表现对传统与现代迷信的叛逆精神的重要意义和勇于探索的艺术创新价值，以及一些作家、理论家努力建构"中国式的现代主义"的创作的可贵尝试，但也不能回避或否认从"最表面意义上"模仿西方现代主义中的潜意识、性本能、语言游戏、叙述圈套、暴力血腥、反传统、反美学、反历史，带有偶然性、宿命论、非理性等倾向的存在。小说抛弃传统叙述脉络，消解意义，颠覆传统价值观，人物陌生化，并侧重于描写被社会抛弃的边缘人物；诗歌依赖所谓的"纯语言"，堆积无法辨识的混乱意象，丧失可读性；绘画拒绝客观形象的再现，醉心于几何立体块面、色块、线条的抽象表现；音乐反对和声，引进噪音，摒弃曲调，甚至无声……。在各类艺术中，"人的声音仿佛丧失殆尽"③。尤其是西方现代主义艺术的瓦解原则中的历史相对主义和历史虚无主义，迄今还广泛渗透于形形色色的文艺创作中，"败坏维系社会团结的各种

---

① ［英］马·布雷德伯里、詹·麦克法兰编：《现代主义》，胡家峦等译，上海外语教育出版社1992年版，第10页。

② ［日］竹内敏雄：《文艺思潮论》，河出孝雄编：《文艺思潮》，东京河出书店1941年版，第11页。

③ ［美］弗雷德里克·R·卡尔：《现代与现代主义——艺术家的主权1885—1925》（前言），陈永国、傅景川译，中国人民大学出版社2004年版，第7—8页。

观念"，"在美学上向内容或群体和社会发起挑战"。① 这对于尚处于现代化未成熟阶段的中国国情而言，不啻是一种破坏力极强的错位挪用。

（三）"现代性"的单一与多元

现代性话语的引进，对于中国现当代文学研究来说无疑开辟了一片崭新的言说空间。但从现代性的视野审视中国现当代文学中的现代主义或中国现当代文学与现代主义的关系，既可能更加澄明，又可能愈入迷津。

20 世纪 90 年代后期，有学者以"现代性"为依据考察中国文学，断言 20 世纪中国文学的本质特征是"完成由古典形态向现代形态的过渡、转型，它属于世界近代文学的范围，而不属于世界现代文学的范围；所以，它只具有近代性，而不具备现代性。"② 具有现代性的现代文学必须是在"生产力发达，社会关系建立在新型基础上，专制政治被民主政治所代替，人的个性得到解放"的社会条件上，"文学挣脱了意识形态的束缚而成为一种独立的存在"，其"理论和创作实践更关注个体精神世界，突破理性与规范，带有鲜明的非理性倾向，文学表现形式也因此获得了空前的解放。总而言之，现代文学体现了个性解放的现代人的审美理想。"欧美 20 世纪文学是世界"现代文学"体系的典范和标准，因为它"产生了诸多现代主义流派，而现代主义恰恰又是现代文学的代表性思潮。"③ 于是，在"现代性"内涵与外延的阐释争议中，作为焦点的中国文学现代性的问题，实质上又回到了"现代主义"，回到了"什么是'现代主义'""中国有无'现代主义'"等问题上来了，类似"伪现代派"的思维再次重现。中国 20 世纪文学现代属性否定者的理论尺度所坚持的是西方现代主义原型，无论"现代性"、"现代文学"还是"现代主义"都是单一的纯粹西方模式。这些学者眼中的"现代性"、"现代主义"以及"现代文学"是确定的，封闭的，不变的。所以他们敢于作出这样的判断："现代性只是西方文化的特产，所谓的'反西方现代性的现代性'根本上就不可能存在。"④ 这种言说的自信和

① ［美］弗雷德里克·R·卡尔：《现代与现代主义——艺术家的主权 1885—1925》前言，陈永国、傅景川译，中国人民大学出版社 2004 年版，第 7 页。
② 杨春时、宋剑华：《论 20 世纪中国文学的近代性》，《学术月刊》1996 年第 12 期，第 85 页。
③ 杨春时、宋剑华：《论 20 世纪中国文学的近代性》，《学术月刊》1996 年第 12 期，第 85—86 页。
④ 杨春时：《现代性与中国文化》，国际文化出版公司 2002 年版，第 9—10 页。

绝对，带有浓重的"西方中心论"的色彩。

"现代性"和"现代主义"一样，都是表面"简单却又无比令人困惑"[①] 的概念。西方学者从不同角度切入的研究，对"现代性"有过种种见仁见智的界定。众多的定义大致可分为两大类，一类着眼于时间和社会变迁的外在特征：或者把它看做是与"现代"一样的"历史断代术语，指涉紧随'中世纪'或封建主义时代而来的那个时代"[②]；或者称之为"社会生活或组织模式"，大约17世纪首先在欧洲出现，然后程度不同地在世界范围内产生着影响；[③] 或者将"现代性"视为由18世纪启蒙哲学家开创的一项包罗万象、迄今尚未完成的事业。另一类则从内在的思考或叙事方式来定义：或者如利奥塔那样把"现代性"理解为"元叙事"这样一种特殊的叙事方式；或者如福柯那样主张把"现代性"理解为"一种态度"，即"对于现时性的一种关系方式：一些人所作的自愿选择，一种思考和感觉方式，一种行动、行为的方式。它既标志着属性也表现为一种使命。"[④] 在国内则有学者将"现代性"理解为"现代时期的主导性价值体系"，"独立、自由、民主、平等、正义、个人本位、主体意识、总体性、认同感、中心主义、崇尚理性、追求真理、征服自然"等等，是"现代性"体现的"主导性价值"。[⑤]

由于认识主体的意识结构不同，即使是对同一事物或对象的性质、意义的理解，也可能相异甚至相反；而在同一认识主体的意识结构中，当一个对象和不同事物相对立时，也同样可能会提炼出不同的性质或意义。"现代性"内涵的界定之所以如此纷杂，除了"现代性"本身的历史复杂性之外，同时与界定者的意识结构、观察角度和思考方式相关联。所有这些定义都在不同视域和不同层面上揭示了"现代性"某一方面的内涵和特征，但至少迄今为止，还没有任何一种定义能够全面囊括"现代性"的应有之义。如果正视"现代"具有犹如巨大漩涡般的动力性时代特征，正视产生于西欧的"现代性"在向欧美直至全

---

① ［美］马泰·卡林内斯库：《现代性的五副面孔》中译本序言，顾爱彬、李瑞华译，商务印书馆2002年版。

② ［美］道格拉斯·凯尔纳、斯蒂文·贝斯特：《后现代理论批判性的质疑》，张志斌译，中央编译出版社2001年版，第2—3页。

③ ［英］安东尼·吉登斯：《现代性的后果》，田禾译，译林出版社2000年版第1页。

④ 杜小真编：《福柯集》，王简等译，上海远东出版社1998年版，第533—534页。

⑤ 俞吾金等：《现代性现象学与西方马克思主义者的对话》，上海社会科学院出版社2002年版，第36页。

世界扩张的过程中产生了"不断变化的文化和制度模式"① 的客观事实，我们就不得不相信只有"多元现代性"，而没有单一的"现代性"，而空前的开放性和不确定性正是"现代性"的核心特征。例如，在南美、非洲、中东的一些国家出现的"现代性"并不是完全趋同于西方，这些国家都以"现代化"为目标，但许多仍然保留着以军阀和宗教狂为领袖的高压政体，甚至如南非那样，既是现代化的、自由的、技术上先进的、最进步最成功的经济大国，又是一个保留着巨大的黑人区，压制性法律的奴隶状态的国度。中东的沙特阿拉伯也与南非类似，中世纪关于妇女、社会和政治生活的观念和准奴隶式输入的劳动力与现代技术并存。非西方社会从 19 世纪中期以来出现的各种民族主义和传统主义运动以及最近的原教旨主义运动等等社会运动，即使都"明确地表达出了强烈的反西方或甚至反现代的主题，然而，所有这些运动无疑都是现代的。"② 都不能排除在"现代性"之外。由于各种经济并存和经济发展的不平衡所使然，甚至如 20 世纪 20 年代和 30 年代的"共产主义苏维埃"和"欧洲法西斯主义"也是最早出现的"独特的、意识形态的、'可选择的'现代性"，都"完全处于现代性文化方案的框架内，尤其是启蒙运动和主要的革命的框架内。他们对资本主义社会方案的批判，始终围绕着这些现代方案欠完备的看法打圈子。"③ 毫无疑义，"现代性不等同于西化；现代性的西方模式不是唯一'真正的'现代性"。④ 中国从鸦片战争以来从传统社会向现代社会的过渡和变迁，指导中国社会主义革命和社会主义实践的是西方引进的马克思主义理论，改革开放以来对西方现代科学技术和思想文化的吸纳等等，都是明显的历史事实。中国的"现代性"当然不可能是完全西化的"现代性"，它只能是"多元现代性"中独具特色的一种。

由此看来，西方的"现代主义"模式也并不能等同于全世界范围内文学艺术上的"现代性"，"非理性"也不能放大为判断是否"现代主义"或非西方国家的文学艺术有无"现代性"的唯一标准。而且，西方的"现代主义"概念本

---

① ［以色列］S·N·艾森斯塔特：《反思现代性》，旷新年、王爱松译，三联书店 2006 年版，第 8 页。

② ［以色列］S·N·艾森斯塔特：《反思现代性》，旷新年、王爱松译，三联书店 2006 年版，第 37 页。

③ ［以色列］S·N·艾森斯塔特：《反思现代性》，旷新年、王爱松译，三联书店 2006 年版，第 49 页。

④ ［以色列］S·N·艾森斯塔特：《反思现代性》，旷新年、王爱松译，三联书店 2006 年版，第 38 页。

身模棱两可，充满了悖论、矛盾和混乱，它"在大多数国家里是未来主义、浪漫主义和古典主义的一种奇特的混合物。它既歌颂技术时代，又谴责技术时代；既兴奋地接受旧文化秩序已经结束的观点，同时面对这种恐怖情景又深感绝望；它混合着这些信念：即确信新的形式是逃避历史主义和时代压力的途径，又坚信他们正是这些东西的生动表现。"①

按丹尼尔·贝尔的说法，理性是资本主义的传统，从启蒙运动以来以理性为主导的社会现代化方案缔造的资本主义在经济、政治（含法律）和文化（由文学、艺术、宗教和思想组成的负责诠释人生意义的部门，大致相当于马克思和恩格斯所说的"意识形态"）三大领域之间发生了根本性的对立和冲突，尤其是文化领域"自我表达、自我满足"的轴心原则，与经济领域的"效益原则"支配下形成的管理、分工的非人化和政治领域在"平等"原则支配下集权的扩大、管理的官僚体制化，发生了最为严重的断裂和逆转。② 形成了两种现代性的矛盾和冲突。马泰·卡林内斯库则把两种现代性分别称之为"历史和资产阶级的现代性"和"美学现代性"，前者是科技进步、工业革命和资本主义带来的全面经济社会变化的产物，把功利主义、商业标准奉为资产阶级的唯一神圣标准，后者则强烈拒斥和否定前者。③ 维尔默则说是"启蒙现代性"与"浪漫现代性"的对峙。国内有学者称之为"启蒙现代性"与"审美（或文化，或浪漫）现代性"的冲突，前者是一种认知——工具理性和道德——实践理性话语，后者是一种审美——表现性话语。④

现代主义属于审美现代性。按贝尔的划分法，审美现代性应该包含在包括文学、艺术、宗教和思想在内的"文化现代性"中，都与"启蒙现代性"或"历史和资产阶级的现代性"相对立冲突。因此"现代主义"、"审美现代性"和"文化现代性"三者之间有着逻辑关系上的种属差别，不能混淆等同，其共同性则在于对启蒙理性主导的社会现代化的"现代性"的"反思"与"批判"的特质。现代性的内在悖论和矛盾与生俱来，现代性自其诞生之始就存在着两

---

① ［英］马·布雷德伯里、詹·麦克法兰编：《现代主义》，胡家峦等译，上海外语教育出版社1992年版，第32页。

② ［美］丹尼尔·贝尔：《资本主义文化矛盾》，赵一凡、蒲隆、任晓晋译，三联书店1989年版。

③ ［美］马泰·卡林内斯库：《现代性的五副面孔》中译本序言，顾爱彬、李瑞华译，商务印书馆2002年版，第47、48、62页。

④ 周宪：《审美现代性批判》导言，商务印书馆2005年版。

种现代性的内在冲突。但这两种现代性"同根同源",文化现代性、审美现代性与"启蒙现代性"或"历史和资产阶级的现代性"之间存在着既对立又相互依赖的辩证关系。而文化现代性、审美现代性对"启蒙现代性"的否定,多元现代性的形成,其动力和功能从根本上说是现代文明发展不断完善所必需的自我修正和试验。

由理性主导的"启蒙现代性"使欧洲社会的资本主义现代化取得了巨大的成就,这就是《共产党宣言》中说的"资产阶级"在历史上所起过的"非常革命的作用",它

> ……第一个证明了,人的活动能够取得什么样的成就。它创造了完全不同于埃及金字塔、罗马水道和哥特式教堂的奇迹;它完成了完全不同于民族大迁徙和十字军征讨的远征。

> 资产阶级在它的不到一百年的阶级统治中所创造的生产力,比过去一切世代创造的全部生产力还要多,还要大。自然力的征服,机器的采用,化学在工业和农业中的应用,轮船的行驶,铁路的通行,电报的使用,整个整个大陆的开垦,河川的通航,仿佛用法术从地下呼唤出来的大量人口,——过去哪一个世纪料想到在社会劳动里蕴藏有这样的生产力呢?[①]

但是,在资产阶级凭借启蒙理性取得巨大成就的同时,也造成了"异化"的灾难。

> 资产阶级在它已经取得了统治的地方把一切封建的、宗法的和田园诗般的关系都破坏了。它无情地斩断了把人们束缚于天然尊长的形形色色的封建羁绊,它使人和人之间除了赤裸裸的利害关系,除了冷酷无情的"现金交易",就再也没有任何别的联系了。它把宗教虔诚、骑士热忱、小市民伤感这些情感的神圣发作,淹没在利己主义打算的冰水之中。它把人的尊严变成了交换价值,用一种没有良心的贸易自由代替了无数特许的和自力挣得的自由。总而言之,它用公开的、无耻的、直接的、露骨的剥削代替

---

① 马克思、恩格斯:《共产党宣言》,《马克思恩格斯选集》第 1 卷,人民出版社 1995 年版,第 275、277 页。

了由宗教幻想和政治幻想掩盖着的剥削。

资产阶级抹去了一切向来受人尊崇和令人敬畏的职业的神圣光环。它把医生、律师、教士、诗人和学者变成了它出钱招雇的雇佣劳动者。

资产阶级撕下了罩在家庭关系上的温情脉脉的面纱，把这种关系变成了纯粹的金钱关系。①

在启蒙理性取得绝对威权的地方，机器、科技给大众带来莫大好处的同时，也把大众变成了机器、科技及其掌控者绝对支配的奴隶，个体在机器面前消失，个人在经济权力部门面前变得一钱不值。财富的增加使大众从身体到感觉和思想都变得更易于被奴役，精神产品商品化、消费化的结果是促使精神走向消亡，信息化社会既提高人的才智，又使人变得更加愚蠢。"启蒙现代性"安排下的现代化结果导致了现代性中潜伏的破坏性、野蛮主义的恶性爆发，造成了自由与控制的激烈冲突，充分暴露了启蒙理性的缺陷。"启蒙倒退成神话"。② 应该像马克思、恩格斯那样，在充分肯定"启蒙现代性"对人类文明发展和历史进步所起的巨大积极作用的同时，也不回避其严重消极的一面，并寻求解决问题的最佳方案。

西方"文化现代性"中的非理性主义所反对的"启蒙现代性"的"理性"乃不完善的有缺陷的却自以为是"完美"的"理性"，它所追求的目标是以"非理性"来反对理性的专制，但结果除了短暂的发泄狂欢外，并不能彻底消除启蒙理性的缺陷。"理性"和"非理性"是一物的两面，在人类活动中始终不能完全分离，在人和历史的发展中都起了重要作用，极端的非理性和极端的理性都是不合理的，非理性主义的出现和蔓延是对僵化的理性主义的反叛和惩罚，但矫枉过正地强调"非理性"甚至要以"非理性"取代"理性"，以"审美现代性"取代"启蒙现代性"，那就偏向了另一个极端，无异于要取消人类活动本身一样荒谬。弗洛伊德揭示了人的内在心理中非理性的无意识本我与理性的超我之间的矛盾结构的存在，正是基于一种理性的认知，不能完全视为非理性的胜利，因为无意识本身不可能发现和阐释人的心理结构，更不可能创立精神分

① 马克思、恩格斯：《共产党宣言》，《马克思恩格斯选集》第 1 卷，人民出版社 1995 年版，第 274—275 页。

② ［德］马克斯·霍克海默、西奥多·阿道尔诺：《启蒙辩证法》前言，上海世纪出版集团 2006 年版。

析理论。弗洛伊德的精神分析理论的贡献，对现代人克服启蒙"理性"对心理结构的无知是有益的。启蒙理性的本来目标是人的解放，然而由于其本身的不完善和无知领域的存在，使其设计的社会现代化方案在实现的过程中一定程度上走向了反面，使现代社会的生活组织和制度模式越来越成为禁锢现代人的"铁笼"，所以需要具有更深刻、更完善的人道主义内涵的文化现代性和审美现代性来纠正。

审美现代性与启蒙现代性之间存在着复杂的既对立又依存的关系。从历时态和共时态的关系来说，现代性主要是历史的概念，历史唯物主义最强调历史因素，注重把问题放到一定的历史结构、历史过程、历史范围、历史条件下来考察；现代性既有统一性，又有差别性；由于时间、空间和历史文化传统的差别以及经济发展的不平衡，启蒙现代性和审美现代性必然具有多样性。从启蒙现代性与审美现代性的关系来说，东西方之间就存在着一个时空错位的巨大差异。我们所处的历史阶段决定了我们所提倡的审美现代性不应像西方那样反对启蒙现代性支配下的社会现代化，而应该是主张与社会现代化一致的审美现代性，以促进当代中国现代化的历史进程。同时，也积极借鉴西方审美现代性对现代化的负面的批判精神，使社会现代化得以健康发展。因为，从整体和全局上说，中国还是发展中国家，还没有发展到发达国家的历史状态，因而决不能盲目地站在现代化之上或之外，以"观潮派"和"算账派"的立场，对现代化这一实现民族复兴的伟大事业指手画脚。从启蒙理性和非理性的关系来说，当代中国总人口中还存在着大量文盲，人的低下素质显著，成为社会现代化的最大障碍，而科技、教育和文化还都非常落后，工业化、城市化、市场化、信息化尚属初级阶段，现实还没有达到现代化成熟阶段启蒙理性和科技理性对人的全面压抑和异化，反而是社会由于缺少启蒙理性和科技理性而使人不能全面发展，所以，迫切需要的是张扬启蒙理性和科技理性。在社会主义初级阶段的整个历史过程中，我们亟须形成的是崇尚理性精神的、非资本主义的、有中国特色的"启蒙现代性"和与之相协调而不是完全相敌对的"审美现代性"。

同样，在文化现代性中，审美现代性与相邻各领域如哲学现代性之间也存在着种种顺逆互动的动态性复杂关系。因此，在对现代主义的研究中，文化现代性内部的复杂关系也不容忽视。例如，既然美洲的、中东的、非洲的现代性、社会主义苏维埃和欧洲法西斯主义都曾经是与西欧"原装"现代性相并列的

"可选择"的多元现代性，那么贯彻"最初的现代主义者"① 之一的马克思的思想——最典型最具有批判精神的文化现代性——的文学艺术不能说没有"现代性"。整个 20 世纪以来，伴随着中国现代化进程而发展的无产阶级的社会主义的文学艺术，尽管有种种的失误和缺陷，但其成就是不能抹杀的，今天对其"现代性"的反思，不是否定其对马克思主义这一最革命、最有批判精神和富于建设性的文化现代性的贯彻和实践，而应是抛弃那种盲目地对非理性主义主导的西方文化现代性和以现代主义为代表的审美现代性的全盘接受与错位挪用。

上帝，不，实际上是语言差异表征的文化多样性使人类的巴别塔②追求成了永恒的烂尾工程，也宿命般注定了误读存在的合法性和难以避免。需要通过不断的反思来区分并重视的是，误读以及随之而来的挪用的价值取向及其对民族文化建设与现代文明发展的损益，而对于现代主义与现代性的误读和挪用，尤其需要予以特别的重视和反思。

二、人性的呼求与历史的瓦解

历史永远是文学的幽灵，与文学随身附形。古往今来，无论人们对中国的"诗史"概念还是西方的"史诗"范畴有多少相差十万八千里的理解或诠释，"诗史"和"史诗"概念存在的本身，就表明历史与文学相互无法分离的关系一目了然，毋庸置疑。只见"艺术"的"纯审美"梦幻或仅重内容的社会学、文化学附庸的文学研究或文化研究，都与文学本体的客观存在风马牛不相及。"美学观点"与"历史观点"的统一作为马克思主义文学研究与批评的"最高标准"，顺理成章。而历史在文学作品中呈现的面目及其价值评估，必然决定于创作者的历史观念。马克思和恩格斯经典文学批评中与"美学观点"相统一的"历史观点"瞄准的靶心，我以为正是文学思潮、流派和作品中体现的历史

---

① ［美］马歇尔·伯曼：《一切坚固的东西都烟消云散了》，徐大建、张辑译，商务印书馆 2003 年版，第 45 页。

② 巴别塔，见于《圣经·创世纪》故事：最初人们都说同一种语言，但是因为他们要建一座通天高塔，触怒了上帝，于是耶和华神就变乱了人们的口音，使他们彼此语言不通，高塔被迫停工。"巴别"即"变乱"，故有"巴别塔"之称。

观念。

在历史观念上，新时期以来文学中喧哗的众声，尤其是现代主义历史观念的天马行空，似乎都可以清晰地追溯到朦胧诗潮。或至少可以说，朦胧诗潮提供了后来者足以仿效、演绎或反叛的种种本土创作范型。在文学史视野中，无论从时间、艺术属性、变革还是影响等等角度来看，朦胧诗潮都可谓是新时期迄今文学的开端和始源，它汇聚着现实主义、浪漫主义、古典主义、现代主义甚至后现代主义等种种文学思潮的种种因素，斑斓驳杂，而其中尤以现代主义的强光炫人眼目。20世纪特别是"文革"以来时代和社会的动荡激变，赋予了朦胧诗潮相应的过渡性质和承前启后的历史角色。在人道主义的呼唤和人性的吁求中，历史，特别是主流历史和历史观念的产物，在朦胧诗中被颠覆、被瓦解，取而代之的是带有历史怀疑主义、虚无主义、相对主义和非理性主义浓郁色彩的现代主义倾向。当然这中间也有现代理性倾向等多向度的历史反思和历史重构。可以说，后来作家创作中体现的种种历史观念，无非是步朦胧诗潮的后尘，或拓展或反叛，其间的延续、影响脉络，无疑昭示了新时期以来文学发展的进路和阶段性、整体性。朦胧诗潮已远逝多年，对朦胧诗潮的研究以及所引发轩然大波的批评和争论，迄今还在继续，虽然研究成果已不可胜数，但对朦胧诗潮的历史观念及其影响，还需要系统的重视和深入的探讨。

（一）怀疑与反叛

朦胧诗人们的青少年时代正好遭遇"文化大革命"，十年动乱的荒诞现实把他们的青春、理想卷进了一场梦魇。那是一场历史"浩劫"，一场"两千五百多年封建极权战争的延长和继续"和"精神奴役战争的集中和扩大"。"它在每一个人的脸部表情上进行着/在无数的高音喇叭里进行着/在每一双眼睛的惊惧不定的/眼神里进行着/在每一个人的大脑皮层下的/神经网里进行着/它轰击着每一个人轰击着每一个人身上的/生理和心理的各个部分和各个方面"，在这场"罪恶的战争"里，"一种冥顽的愚昧的粗暴的力量/压倒一切控制一切/在无与伦比的空前绝后的暴力的/进攻面前"，"人性的性爱在退化/活的有机体心理失调/精神分裂症泛滥/个性被消灭"。① 诗人们和同时代的青年们一样，"在疯狂

---

① 黄翔：《我看见一场战争——〈火神交响诗〉之三》，谢冕、唐晓渡主编：《在黎明的铜镜中·朦胧诗选》，北京师范大学出版社1993年版，第9—10页。

的季节"里，都曾经虔诚地"寻找太阳"，却如同"烘烤着的鱼梦见海洋"一样，对"从盐碱地似的白纸上"看见的"理想"，"弓起了脊背"，顶礼膜拜，还"自以为找到了表达真理的唯一方式"。像"一夜之间"连腰带都输掉了的赌徒，一无所有，"又赤条条地回到世上"，"天地翻转过来"，自己"被倒挂在一棵墩布似的老树上"。① 在"受够无情的戏弄之后"，人仿佛变成了一条"漫无目的地游荡人间"的"疯狗"，甚至"还不如一条疯狗！"因为，"狗急它能跳出院墙，／而我只能默默地忍受，／我比疯狗有更多的辛酸。"更不能像疯狗那样可以"挣脱这无形的锁链"。② 他们和一代青年们人生的黄金时代，竟这样被葬送在动乱年代的荒唐幻梦里。无可名状的创痛、悲愤和孤独充满心胸，而"化为一片可怕的沉默"的"愤怒"，③ 最终转为怀疑与反叛的怒号，"回答"这令人窒息的世界："告诉你吧，世界，／我——不——相——信！""我不相信天是蓝的；／我不相信雷的回声；／我不相信梦是假的；／我不相信死无报应。"④ 不仅蓝天、雷声、梦幻和报应可疑，甚至生活中的一切："大理石细密的花纹"、"小旅馆红铁皮的屋顶"、"楼房里沉寂的钢琴"、"门下赤裸的双脚"、"我们的爱情"……，都是"可疑之处"！⑤

　　一切可疑，怀疑一切，历史、现实和世界被朦胧诗人远远疏离。怀疑与反叛产生于理想主义信仰与丑恶现实的巨大反差，发酵于曾被谎言遮蔽的真实的发现，爆发于被愚弄受欺骗后的觉醒和愤怒。一切革新，都起源于对旧事物和旧观念的信任的动摇和失去；但并不是一切怀疑、一切反叛或怀疑一切、反叛一切都能导致革新和进步，因为有的怀疑与反叛出于或掺杂着非理性的情绪。的确，历史创伤造成了个人和民族的巨大伤痛，但是否因此应该对一切历史和整个世界报以怀疑、反叛和否定的态度？朦胧诗的历史怀疑主义和反叛精神既有现实主义社会批判的理性力量，又在人性与个性的追求中步入现代主义"自

---

　　① 北岛《履历》，洪子诚、程光炜编选：《朦胧诗新编》，长江文艺出版社 2004 年版，第 27—28 页。

　　② 食指：《疯狗》，谢冕、唐晓渡主编：《在黎明的铜镜中·朦胧诗选》，北京师范大学出版社 1993 年版，第 32—33 页。

　　③ 食指：《愤怒》，谢冕、唐晓渡主编：《在黎明的铜镜中·朦胧诗选》，北京师范大学出版社 1993 年版，第 25 页。

　　④ 北岛：《回答》，谢冕、唐晓渡主编：《在黎明的铜镜中·朦胧诗选》，北京师范大学出版社 1993 年版，第 58 页。

　　⑤ 北岛：《可疑之处》，洪子诚、程光炜编选：《朦胧诗新编》，长江文艺出版社 2004 年版，第 38—39 页。

我表现"和反传统、反权威的非理性主义的偏激：满目疮痍，到处都是冰凌，到处都是残垣断壁，"镀金的天空中，飘满了死者弯曲的倒影。"① 世界是充满疯狂、荒诞、黑暗、痛苦、冰冷、阴郁、凄迷、颓败和死亡的人间地狱，历史和现实被内化为荒原废墟和梦魇世界，否定与虚无也随之成为朦胧诗历史观念的一种必然的思维指向。

（二）否定与虚无

朦胧诗潮中体现的怀疑和反叛倾向本身已经包含着强烈的否定和虚无的意识，无论是对蓝天和雷声的真实性，还是对梦幻和报应的虚假性这些"常识"意象，都报之以怀疑的意识深层，就隐含着彻底的否定和虚无——尽管这些"常识"意象已被赋予了"以太阳的名义/黑暗在公开地掠夺"② 的特定时代内涵。即使否定和虚无没有与怀疑孪生共体，也必然紧随怀疑接踵而至。而像北岛的《一切》则是否定和虚无的历史观念的直接宣告："一切都是命运/一切都是烟云/一切都是没有结局的开始/一切都是稍纵即逝的追寻"，③ 诗中用了十四个"一切"来囊括历史和现实的丑恶、荒诞和虚无，表达了强烈的否定情绪和反叛意识。在北岛的《空白》中，无论是"贫困"、"自由"和"胜利"，还是"失望"、"背叛"和"厌恶"，甚至"时间"和"历史"，都只是"一片空白"!④ 这些"空白"并非实在的"虚无"，而是主观的自我价值判断或情绪倾向的"虚无"："贫困"和"自由"的"空白"无疑有历史和现实的真实基础；在没有生命的"大理石雕像的眼眶里"，"胜利"自然是空洞无物；一醉之后，对友情的"失望"随着万千愁绪烟消云散；情人的"背叛"，不啻是把原先的爱情一笔抹去；终于收到那等待已久的来信时，长久等待的"厌恶"必由喜悦取代；对医院里死去的病人而言，"时间"还有什么意义？"历史"在没有得到记载和确认之前，就如同"待续的家谱"，不能不是"一片空白"。

---

① 北岛：《回答》，谢冕、唐晓渡主编：《在黎明的铜镜中·朦胧诗选》，北京师范大学出版社1993年版，第57页。

② 北岛：《结局或开始——献给遇罗克》，谢冕、唐晓渡主编：《在黎明的铜镜中·朦胧诗选》，北京师范大学出版社1993年版，第67页。

③ 北岛：《一切》，洪子诚、程光炜编选：《朦胧诗新编》，长江文艺出版社2004年版，第9页。

④ 北岛：《空白》，洪子诚、程光炜编选：《朦胧诗新编》，长江文艺出版社2004年版，第36—37页。

鲁迅曾以"吃人"二字彻底否定了"仁义道德"的历史。朦胧诗人"在历史课本中"看到的传统，则是西方神话中西西弗斯一次又一次地重复着推巨石上山般的徒劳虚空："野山羊站立在悬崖上/拱桥自建成之日/就已经衰老/在箭猪般丛生的年代里/谁又能看清地平线/日日夜夜，风铃/如文身的男人那样/阴沉，听不到祖先的语言/长夜默默地进入石头/搬动石头的愿望是/山，在历史课本中起伏"。① 就连那"在这世界上飞行"的"许多种语言"也似乎是多余的，因为它们的产生，"并不能增加或减轻/人类沉默的痛苦"！②

朦胧诗中的历史虚无主义情绪在田晓青的《虚构》里体现出更鲜明的现代主义特征："语言模拟着岁月的变迁/历史，一个虚构的故事/在这个故事里/我被虚构着"。③ 如果说在北岛的《空白》中，历史的"空白"是符合理性的一种价值判断，似乎还不否认历史本体的存在。那么，在田晓青的《虚构》里，历史却成了"语言"的任意"虚构"——彻底失去真实性基础的虚无！凸现了历史的非理性存在，大大增强了历史虚无主义的否定力度，抵达后现代主义语言决定存在的观念畛域。从顾城的《山影》中，我们也可读出这种已接近后现代主义边缘的历史观念："山影里，/现出远古的武士，/挽着骏马，/路在周围消失。//他变成了浮雕，/变成了纷纭的故事，/今天像恶魔，/明天又是天使。"④ "挽着骏马"的"远古的武士"在山影中出现，本来就面目不清，扑朔迷离，更何况在他变成了"浮雕"和"纷纭的故事"后，其面目竟然可以在不同时空和不同描述里纷纭异样，甚至完全对立，既可以是"恶魔"，又可以是"天使"。真实可疑，历史无定，一切任由语言塑造。这种语言决定存在、历史即主观叙述的观念，在后来马原、余华、格非、莫言等作家的先锋小说创作中，得到了更突出更鲜明更全面的呼应和发展。

强烈的否定情绪是现代主义所代表的审美现代性的主要精神。"过去的已经过去，未来尚且遥远，对于我们这代人来说，今天，只有今天！"⑤ 这是最早发

① 北岛：《关于传统》，洪子诚、程光炜编选：《朦胧诗新编》，长江文艺出版社 2004 年版，第33 页。

② 北岛：《语言》，洪子诚、程光炜编选：《朦胧诗新编》，长江文艺出版社 2004 年版，第42 页。

③ 北岛：《空白》，洪子诚、程光炜编选：《朦胧诗新编》，长江文艺出版社 2004 年版，第143 页。

④ 顾城：《顾城的诗》，人民文学出版社 1998 年版，第 34 页。

⑤ 转引自洪子诚、程光炜编选：《朦胧诗新编·序》，长江文艺出版社 2004 年版。

表朦胧诗大量代表作的民刊《今天》在 1978 年创刊号上的宣告，也暗合朦胧诗潮的历史否定主义和虚无主义观念，他们要将目光从关注"过去"和"未来"的"纵向"改为"横向"：盯住"今天"，"环视周围的地平线"。著名的美国学者丹尼尔·贝尔曾经指出，重视现在和将来，而不是过去，这是现代主义的思维特征。"不过，人们一旦与过去切断联系，就绝难摆脱从将来本身产生出来的最终空虚感。信仰不再成为可能。艺术、自然或冲动在酒神行为的醉狂中只能暂时地抹杀自我。醉狂终究要过去，接着便是凄冷的清晨，它随着黎明无情地降临大地。这种在劫难逃的焦虑必然导致人人处于末世的感觉——此乃贯穿着现代主义思想的一根黑线。这种终结感，这种人人处于天下大乱年代的意识，……正是我们称之为现代主义的事物的主要标记"。①

　　朦胧诗人们否定与诅咒"昨天"，把它视为已经死去的"黑色的蛇"，要展开"暗黄的尸布"，埋葬已经"结束"的"昨天"的一切；他们模仿着艾略特的《荒原》口吻，或悲吟着《三月与末日》："不过礁石上/稚嫩的苔草，细腻的沙砾也被/十九场沸腾的大雨冲刷，烫死/礁石阴沉地裸露着、不见了/枯黄的透明的光泽、今天/暗褐色的心，像一块加热又冷却过/十九次的钢，安详、沉重/永远不再闪烁"；② 或咏叹着孤岛般的迷惘、无望："你在雾海中航行/没有帆/你在月夜下停泊/没有锚//路从这里消失/夜从这里开始//没有标志/没有清晰的界限/只有浪花祝祷的峭崖/留下岁月那沉闷的痕迹/和一点点威严的纪念//……/地平线倾斜了/摇晃着，翻转过来/一只海鸥坠落而下/热血烫卷了硕大的蒲叶/那无所不在的夜色/遮掩了枪声//——这是禁地/这是自由的结局/沙地上插着一支羽毛的笔/带着微温的气息/它属于颤抖的船舷和季节风/属于岸，属于雨的斜线/昨天或明天的太阳/如今却在这里/写下死亡所公开的秘密//每个浪头上/浮着一根闪光的羽毛//孩子们堆起小小的沙丘/海水围拢过来/像花圈，清冷地摇动/月光的挽联铺向天边"③。他们在《荒原》式的死亡图景和波德莱尔式的腐尸气息中，渲染"在劫难逃的焦虑"导致的"末世的感觉"。当余华、莫言、残雪等人在小说中对暴力、血腥和死亡像解剖学和活体解剖般冷酷无情、

---

　　① ［美］丹尼尔·贝尔：《资本主义文化矛盾》，赵一凡、蒲隆、任晓晋译，三联书店 1989 年版，第 97 页。

　　② 根子：《三月与末日》，谢冕、唐晓渡主编：《在黎明的铜镜中·朦胧诗选》，北京师范大学出版社 1993 年版，第 124 页。

　　③ 北岛：《岛》，谢冕、唐晓渡主编：《在黎明的铜镜中·朦胧诗选》，北京师范大学出版社 1993 年版，第 61—63 页。

无动于衷地详细展示甚至以黑色幽默的笔调描述时，就凸现了现代主义先锋的否定性、破坏性的极端——对丑恶、血腥、暴力和死亡的迷恋癖，显示了与朦胧诗中《荒原》式的死亡图景和波德莱尔式的腐尸气息相接续的美学观念和历史观念的清晰轨迹。

（三）超越与憧憬

朦胧诗人否定和摈弃梦魇似的"过去"，埋葬"黑蛇"僵尸般的"昨天"。"昨天——/它什么也没有留下/它把该带走的全都带走了"。① 既然"昨天"已不堪回首，那么"今天"又怎样呢？当他们盯着"今天"来"环视周围的地平线"时，却失望地发现："今天——/它简直就像一个/野蛮的汉子/一个把你按倒在地/并随意摆布的汉子"。② 或者是对"昨天"和"今天"的失望，或者是早年的理想主义教育的余绪不屈，或者是既重视现在又重视将来的现代主义精神使然，朦胧诗人不能不把目光投向"尚且遥远"的"未来"。他们要用"黑夜"给予的"黑色的眼睛"来"寻找光明"，走出"荒原""孤岛"，超越荒诞疯狂，憧憬和追求理想未来，希冀建立"一个自己的世界，正直的世界，正义和人性的世界。"③ 虽然失去一切，四处流落，人不如疯狗，但还是疾声呼吁"相信未来"："朋友，坚定地相信未来吧，/相信不屈不挠的努力，/相信战胜死亡的年轻，/相信未来，相信生命。"因为只有"未来"可以信任："相信未来人们的眼睛——/她有拨开历史风尘的睫毛，/她有看透岁月篇章的瞳孔。""……对于我们的背脊，/那无数次的探索、迷途、失败和成功，/一定会给予热情、客观、公正的评定。"④ "未来"似乎成了宗教信仰中完美的天堂。其思想基础，显然是历史进步论。相对于食指对"未来"一厢情愿的憧憬而言，舒婷回应北岛《一切》中的无望和迷惘的《这也是一切》，则把"希望"——"未来"落实在现在的担当和"斗争"："……不是一切真情/都流失在人心的沙漠

---

① 芒克：《昨天与今天》，谢冕、唐晓渡主编：《在黎明的铜镜中·朦胧诗选》，北京师范大学出版社1993年版，第186页。

② 芒克：《昨天与今天》，谢冕、唐晓渡主编：《在黎明的铜镜中·朦胧诗选》，北京师范大学出版社1993年版，第188页。

③ 北岛语。见老木编：《青年诗人谈诗》，北京大学五四文学社1985年版，第2页。

④ 食指：《相信未来》，谢冕、唐晓渡主编：《在黎明的铜镜中·朦胧诗选》，北京师范大学出版社1993年版，第26—27页。

里；/不是一切梦想/都甘愿折掉翅膀。//……不是一切呼吁都没有回响；/不是一切损失都无法补偿；/不是一切深渊都是灭亡；/不是一切灭亡都覆盖在弱者头上；/不是一切心灵/都可以踩在脚下，烂在泥里；/不是一切后果/都是眼泪血印，而不展现欢容。//一切的现在都孕育着未来，/未来的一切都生长于它的昨天。/希望，而且为它斗争，/请把这一切放在你的肩上。"① 在朦胧诗潮普遍刻意摹状渲染的死寂迷惘的荒原大漠里，舒婷这首诗无疑是一座突兀而起的希望之峰，闪耀着罕有的理性历史观念的光辉。

然而，朦胧诗憧憬的"未来"，更多的是像顾城《生命幻想曲》中描绘的那种童话般超越现实的梦幻世界：以贝壳为船，以柳枝为船篷，以新月为黄金的锚，太阳当纤夫，载上诗人的幻影和梦，驶进银河的港湾；用金黄的麦秸编成摇篮一样的车儿，放置诗人的灵感和心，装上纽扣的车轮，让时间的马拖拉，去问候世界。天上几千个星星，草丛中抖动着琴弦的蟋蟀，都在热情欢迎，连空中的太平鸟也飞到车上做窝，亲密同行。合上眼睡着，就可以远离尘嚣。诗人把自己的足迹像图章一样印遍大地，让自己的生命融进世界；千百年后，宇宙中还会共鸣着诗人曾经唱过的一支人类的歌曲。② 这样的未来王国虽然美丽，终归还是心造梦幻的自由，无法在现实中实现。

（四）反思与重构

朦胧诗派是一个松散的精神群体，朦胧诗潮所体现的历史观念也在个体与群体、时间与空间上都有多向度的差异变迁。怀疑一切使朦胧诗人否定历史与现实，但是历史和现实却无可回避。少数头脑清醒的诗人一直亲近历史和传统，即使历史虚无主义泛滥之时也没有随波逐流。不少朦胧诗人在历史怀疑主义和虚无主义的纵情狂欢之后，也终于发现"昨天"、"今天"与"明天"无法分明切割，于是重新睁眼反思曾经用彻底的怀疑和虚无疏离了的历史，有的则积极参与传统的现代重构。

在朦胧诗潮中，江河和杨炼的创作表现出最强烈的历史理性意识和使命感，他们都有着创造史诗的宏大抱负，都专注于远古历史的探寻。江河明确宣称：

---

① 舒婷：《舒婷》，中国当代名诗人选集，人民文学出版社 2007 年版，第 37—38 页。
② 顾城：《生命幻想曲》，谢冕、唐晓渡主编：《在黎明的铜镜中·朦胧诗选》，北京师范大学出版社 1993 年版，第 107—110 页。

"过去——现在——未来，在诗人身上，同时存在，他把自己融入历史中，同富有创造性的人们一起，真诚地实现着全人类的愿望。"① "我的诗的主人公是人民。……我认为诗人应当有历史感，使诗走在时代的前面。……我最大的愿望，是写出史诗。"② 他在《纪念碑》中，将历史、民族和自我融合，浑然一体。"我想/我就是纪念碑/我的身体里垒满了石头/中华民族的历史有多沉重/我就有多少重量/中华民族有多少伤口/我就流出过多少血液"。③ 江河运用上古神话题材创作的《太阳和它的反光（组诗）》，没有拘泥于神话传说的原型，而是在其基础上加以现代意义的改造，赋以崭新的内涵，进行新的历史重构。既复活了古老的神话，又深化了民族精神的传统。而这样的创作，关键在于主体如何融入历史并用现代意识去省思和开拓传统的涵义，《太阳和它的反光（组诗）》中的《斫木》在江河这类诗作实践中堪为成功的典范。流传数千年的吴刚月宫砍伐桂树的神话，家喻户晓。但诗人并不局限于用现代汉语诗句来展示古老神话中的图景："那被砍伐的就是他自己/他和树像两面镜子对视/只有一去一回的斧声/真实地哐哐作响/断了又接上砍了又生长/伤势在万籁俱寂的萌萌之夜/悠然愈合//……那个人也许是我也许是吴刚/也许是月高风清的遥远颂歌/他们夜守孤灯独自创作/他们不知不觉/溶解在青铜的镜子里"。④ 开篇一句"那被砍伐的就是他自己"，天外飞来，融入古老神话中的主体现代意识的深刻洞见开门见山，振聋发聩。而当"他"——"那个人"与"我"、"吴刚"和"遥远颂歌"叠合为"不知不觉"地"溶解在青铜的镜子里"的"他们"时，吴刚月宫伐桂悲剧的古老神话，就成了民族甚至人类绵延不息的历史传统和文化创造的整体象征，神话的时间和空间，以及一去一回哐哐作响不断重复的斧声等等，都获得了历史和现实以至延伸到未来的蓬勃生命和无限意义，从而永恒，凸现出主体对历史与文化传统意味深长的现代沉思。

舒婷关于巫山神女美丽而忧伤的古老爱情传说的诗意反思也颇为出色："美丽的梦留下美丽的忧伤/人间天上，代代相传/但是，心/真能变成石头吗/为眺

① 江河：《让我们一起奔腾吧——献给变革者的歌·前言》，《上海文学》1981年第3期，第56页。
② 江河语，见洪子诚、程光炜编选：《朦胧诗新编》，长江文艺出版社2004年版，第245页。
③ 江河：《纪念碑》，谢冕、唐晓渡主编：《在黎明的铜镜中·朦胧诗选》，北京师范大学出版社1993年版，第134页。
④ 江河：《斫木》，洪子诚、程光炜编选：《朦胧诗新编》，长江文艺出版社2004年版，第274—275页。

望远天的杳鹤/而错过无数次春江明月//……与其在悬崖上展览千年/不如在爱人肩头痛哭一晚"。① 诗人在对传统女性观念的怀疑与否定中，在理想人性的基础上，重建了具有浓郁现代色彩的女性意识。

正如杨炼所说："……考察历史和环顾世界，是通过昨天透视今天，而不是把今天拉回过去时。历史是一种积淀的现实。文化是精神领域折射的现实。它们永远与我们的存在交织在一起。正是站在此时此地，通过对历史、文化的探寻，将获得对现实多层次的认识。'更深地'而不是'凭空地'使历史和文化成为活生生的、加入现代生活的东西。'作《易》者，其有忧患乎'。……只有当现实、历史、文化合成诗人手中的三棱镜时，智力的空间才可能丰富而有意义。"② "诗的威力和内在生命来自对人类复杂经验的聚合。把握真实和变革语言、批判精神和自我更新，体现诗人的才能。传统不是一条河，它活在我们对自己的铸造中。加入传统要付出艰巨的劳动，但谁放弃这个努力就等于放弃了自身存在的前提。"③ 现实和未来无法摆脱历史和传统，文学当然也不能在历史怀疑主义和虚无主义的土壤上维持自己的存在和可持续发展及其价值意义。江河、杨炼的创作实践，作为文化寻根的先驱，推动了"寻根文学"的产生。

朦胧诗潮多向度的历史观念在后来的文学实践中得到了种种继承、呼应和发展，经受了历史的淘洗。时至今日，对其精华与糟粕的深入分辨，理应得到人们的充分重视和清晰确认。

三、文本颠覆中的历史想象

朦胧诗中或隐或显的西方现代主义历史意识的多种流向，随着"现代化与现代派"和"三个崛起"批评论争的影响，深深渗入不少作家尤其是年轻作家的创作观念，很快在新时期的小说和戏剧创作中得到了全方位的铺开和发展，

① 舒婷:《神女峰》，谢冕、唐晓渡主编:《在黎明的铜镜中·朦胧诗选》，北京师范大学出版社1993年版，第202—203页。
② 杨炼:《智力的空间》，老木编:《青年诗人谈诗》，北京大学五四文学社1985年版，第77页。
③ 杨炼:《诗的威力和内容》，《上海文学》1983年第5期，第54页。

甚至在迄今的种种艺术实践中，还可以看到某些处于支配性地位的现代主义历史观念的挪用和演绎的延续。对深受机械唯物主义、极"左"思潮侵蚀的宏大叙事的历史的怀疑，本来具有现实的合理性，但对西方现代主义不加批判的认同模仿，导致拨乱反正的热情误入偏激极端的歧途，相对主义、虚无主义、神秘主义和不可知论等等历史观念在新时期小说中严重泛滥，热衷于以抽象的精神、意识、非理性的欲望动力、偶然性来说明存在、决定历史，或否定历史运动存在内在规律。唯物史观在新时期文学中被明显疏离，甚至遭遇了现代主义历史观念的强力消解。

（一） 世界的荒诞与语言的游戏

新时期小说和戏剧的现代主义倾向，最初表现于王蒙等人在艺术形式上对意识流等现代小说表现技巧的"剥离式"借鉴，继而有宗璞、高行健、刘索拉、徐星、马原、残雪等作家对西方现代派文学形神整体上的挪用。刘索拉的小说《你别无选择》不仅被誉为最早的"真正的中国现代派的文学作品"，而且荣获全国优秀中篇小说奖，在文艺制度层面上获得充分肯定。徐星的《无主题变奏》则被批评者称为"'伪现代派'的典型标本"，同样意味着西方现代派文学在中国的巨大影响。对西方现代主义的挪用，包括意义上对历史和现实的否定性抽象思考和艺术形式上的反传统创新追求。对"荒诞"的挪用是新时期小说和戏剧创作最早的现代主义成就与标志。在西方现代主义艺术中，"荒诞"既指哲学意义上的"荒谬"，又指美学形式上的"荒诞"，都与传统的情理坐标相悖逆。"荒诞"意味着人类陷入困境，即人类"与其环境的不和谐的存在的无目的性（荒谬的字面意思就是不和谐）。意识到我们所作所为的一切缺乏目的……导致了一种形而上的极度痛苦状态。"① 存在的荒谬和意义的缺席以及人类自觉到这一真实存在后的痛苦、焦虑与恐惧，正是现代主义文学中"荒诞"内容的两个层面。西方现代主义文学表现的"荒诞"，立足于人类在工业社会的"铁笼"中被"异化"的现实，其否定性主要指向启蒙理性支配下的历史和当下的社会生活。中国的现代主义文学挪用"荒诞"的否定性主要指向"文革"的非理性和新时期这一现代化初级阶段现实中束缚人们自由、创造的僵化保守规范与意

---

① ［英］阿诺德·P·欣奇利夫：《论荒诞派》，李永辉译，昆仑出版社 1992 年版，第 2 页。

识的存在，具有明显的异质性。

宗璞于 1979 年发表的《我是谁?》，是最早挪用西方现代主义荒诞因素的新时期小说。这篇反思"文革"历史的作品，以卡夫卡的《变形记》为滥觞，采用意识流的心理独白表现手法，描写主人公韦弥——一位女性知识分子——在"文革"中被批斗毒打而精神恍惚，颠倒错乱，自我感觉和其他被批斗的知识分子一起都变形为虫子，弄不清"我是谁?"终于不堪虐待，投湖自杀。小说荒诞的意象蕴含着对践踏人性的"文革"历史的强烈否定。戴厚英的长篇小说《人啊，人!》也自觉地运用西方现代派的意识流手法，并借人物之口表现出荒诞、虚无的历史意识：历史好像废旧物资，任人随意捆扎，随便扔放；历史也像打毛线，打坏了，拆了从头打，拆来打去，面目全非，"谁也看不出它原来的样子"。一言以蔽之，全部历史不过是"颠来倒去"四个字。[①] 刘索拉的《你别无选择》和徐星的《无主题变奏》则是对新时期改革开放时代现实生活的观照，都以当代青年的生活及其躁动不安、迷惘、焦虑的精神世界，表现存在的荒诞和生存的虚无。青年人向往个性独立和自由，但现实社会环境却如囚笼，既有音乐学院那样密密层层的制度规范束缚，还有"贾教授"、"老 Q"所代表的传统价值观念对他们的窒息，无论是学问、事业，还是友谊、爱情，任何领域中的个性、理想、创造都被无情扼杀，"你别无选择"——只能循规蹈矩地生存。传统与现代、自由与压制激烈冲突，使人困惑、迷惘，陷入精神危机，弄不清自己是什么，需要什么和等待什么。这些作品观照历史和现实生活的历史意识所具有的强烈的现代主义否定色彩非常突出。其对历史和传统的反叛和颠覆，一方面表现了对人性解放的热烈渴求和直面人生荒诞的勇敢，另一方面又体现出简单化的嘲弄社会和全盘否定历史的态度，对我们的历史和人文传统中那些有生命力的价值观念、科学精神缺乏必要的尊重和发掘，存在着历史虚无主义的严重偏颇。

与重在意义范围关注"写什么"方面挪用现代主义的刘索拉、徐星等"现代派"不同，以马原为首的另一路新潮"先锋"作家则在"怎么写"的艺术形式范围内，挪用现代主义反传统的艺术观念和审美意识，通过"叙事陷阱"、"暴露虚构"的艺术探索，以"叙述圈套"、"语言狂欢"的方式掀起"叙事革命"实验，颠覆传统的现实主义的美学权威。在更深层次上看，则是以叙事中

---

① 戴厚英：《人啊，人!》，花城出版社 1980 年版，第 145、37 页。

真幻难辨的意义模糊、迷惘甚至消散来揭示世界、历史和现实的不确定性和荒诞性。马原的小说体现了典型的叙事膜拜和语言狂欢，他把小说的价值定位于"说"——叙述，无视作品的意义承载，小说创作成为一种语言游戏，不再讲究题材、主题、构思，倾向于超现实主义式的"自由表达"。作者以"元叙事"的方式突出"虚构"性，往往边写边构思，并把构思和写作过程和盘托出，也写进小说中，在故事讲述中还随时停顿下来提醒读者，这是我在讲"虚构"的故事，不要当真。作者在作品中直接出现，而且一会儿是叙述者，一会儿是叙述对象，三者重叠复合，面目不清。有的作品中关键的叙述人的身份也十分模糊，例如《冈底斯的诱惑》，最先出场的叙述者"我"，是作品中的人物之一——探险故事的组织者，但这人到底是谁？简直是个谜，既不能确认是作者本人，因为根本没有《虚构》中开篇自我介绍"那个叫马原的汉人，我写小说。"[1] 那样明确的依据，也不像小说中出现的其他任何人物。故事没头没尾，无因无果，关键环节常常缺失留下空白。有时还把几个互不相干的残缺故事拼装在一起，让读者莫名其妙，摸不着头脑。作者"仿佛是故意保持经验的片断性、此刻性、互不相关性和非逻辑性。"[2] 更典型如《虚构》，小说写的是作者在麻风村——玛曲村的经历故事，作者首先说这个故事是虚构的，可他又说为了杜撰这个故事，自己"把脑袋掖在腰里钻了七天玛曲村"，通过观察的结果来编排的。第十九节，故事突然停顿，作者向读者声明说"下面的结尾是杜撰的"，为的是"洗刷自己"，不希望读者看了前面的故事，"就说我与麻风病患者有染，把我当成妖魔鬼怪。"以免"所有的公共场所对我关闭，把我送到一个类似玛曲村的地方隔离起来。"[3] 彻底否定前面所说自己在麻风村经历的真实性。接着说明自己主要是通过老婆听来的关于麻风病医院的事，还有自己看过的两部外国人写的有关麻风病的书，以及自己在西藏到过的一些地方的见闻激发的灵感，才杜撰了这个故事。这似乎也否定了前面所说的为了杜撰这个故事自己"把脑袋掖在腰里钻了七天玛曲村"的真实性。作品最后写作者从玛曲村回来路上在道班过夜，一觉醒来，听到收音机里正在现场直播北京"五·四"国际青年足球邀请赛，忽然发现并得到身边的道班工人师傅证实，当天是"5月4号""青年节"，他清楚记得自己是5月2日从拉萨出来的，那么实际上才过去了三

① 马原：《1980 年代的舞蹈》，春风文艺出版社 2004 年版，第 50 页。
② 吴亮：《马原的叙述圈套》，《当代作家评论》1987 年第 3 期，第 48 页。
③ 马原：《1980 年代的舞蹈》，春风文艺出版社 2004 年版，第 92—93 页。

天时间，与开头说自己去玛曲村用了七天的时间相矛盾，进一步否定了麻风村经历的真实性。如果说在麻风村"与麻风病患者有染"的故事是一场梦境，那么作者到底有没有去过麻风村呢？无从确定。这样的"叙述圈套"，彻底颠覆了传统小说的叙事模式，带有明显的语言游戏性质。但语言游戏的背后却体现着现代主义的真实观：生活真相不可知，混乱无序、芜杂零碎、亦真亦幻、毫无逻辑性可言，一切都不确定，能确定的只是这暂时显示于你目前的语言和叙述本身——这就是世界、历史和现实的本来"真实"！叙述和语言因而具有本体论的意味：语言和叙述塑造世界，决定存在。

善于制造叙事迷宫的格非在其被评论家称为"新历史小说"的一批作品中，得心应手地编织一个个扑朔迷离的"叙述圈套"，对历史进行戏谑性解构，彰显怀疑主义的否定意识，强化了历史即叙述，叙述就是一切，或说一切都是叙述的现代主义历史哲学的挪用。但格非并没有采用马原式"暴露虚构"的"元叙事"，表面上很像传统现实主义小说那样写实地讲故事，可叙事并不遵从现实主义的逻辑，故事情节大都没有现实主义强调的整体性和可把握的连贯性，人物若隐若现，关系复杂，暧昧不清，时间跳跃而模糊，情节常随人物偶然、零碎、琐杂的表现而横生枝节，无序弥散，或互相消解，进程经常突然中断，形成空白，留下无解的意义迷惘。例如《青黄》，写的是"我"到麦村所作的一次有关民俗史的调查，本来目的是要探寻被称为"九姓渔户"的一支妓女船队最后一代几个张姓子孙四十年前在麦村上岸后的下落，以及相关传说中的"青黄"一词的所指悬疑。时间随着"我"先后接触、采访的六个人的叙述和"我"的观察与心理活动，而在过去和现在之间不停地闪接跳跃，每一个人的叙述不但没有接近悬疑的真相大白，反而旁逸斜出，产生新的疑团。而且，往事叙述者都似乎有意无意地中断或有所掩饰，使探寻的悬疑更加云山雾海。特别是作为小说题目的"青黄"这个词，有人说是一个漂亮少妇的名字，有人说是春夏之交季节的名称，谭教授却以为是一部散落民间的记载九姓渔户妓女生活的编年史。"我"带着这些疑问去麦村探寻的结果是更增加了"青黄"的歧义。六个人的叙述对这个词的反应五花八门，莫衷一是。有的对这个词毫无反应，但又透露说从船上下来的外乡人的女儿好像叫"小青"；有的肯定在当地没听说过，却又相信这个词可能存在，也许是对年轻和年老两类妓女的分类简称；有人绝对否定是一本书的可能；有人告诉"我"他养的一条良种狗叫"青黄"；而"我"在几年后，则偶然从一本书上看到"青黄"这个词条的解释，竟然是一种"多年生玄参科草本植物"。意义似乎在不断消解，也似乎让人想象更丰富。

不管朝哪个方向思考，"虚构"似乎是唯一轨迹。就像"我"决定离开麦村的时候突然产生的"不真实的感觉"，连"这个村子——它的寂静的河流，河边红色的沙子，匆匆行走的人和他们的影子仿佛都是被人虚构出来的，又像是一幅写生画中常常见到的事物。"① 暗示了嘲弄性质的探寻其"无意义"之下的意义：没有客观存在的真实，只有差异的虚构的个别叙述！

（二）文明的亵渎与历史的消解

西方现代主义的基本精神是批判性、反权威和反规范，因而瓦解和否定历史是其奉行的根本原则。瓦解和否定意味着一种重释，当然也是一种重构。瓦解和否定，重释和重构都依据于一定的判断标准。中国作家挪用西方提供的判断标准，往往随意拿来，只要顺手，就可以左右开弓。他们可以接受带有后现代主义色彩的语言和叙述塑造世界、决定存在的历史观，同时又搬用性与恶的欲望决定论来终结宏大叙事，重释和重构历史，张扬民间记忆和个性体验。例如格非在《青黄》里将语言和叙述的"虚构"性本体化，否定了历史客观本体的真实存在，而在《大年》、《迷舟》等小说中除了继续强化语言和叙述的本体性外，又试图补充或者是深化以性欲决定论的历史本体真实观。在格非看来这并不矛盾，因为"小说家和历史学家同样在描绘历史，其区别在于，历史学家所依靠的是资料，而小说家则依靠个人的记忆力以及直觉式的洞察力。小说的作者更关注民间记忆，更关注个人在历史残片中的全部情感活动，更关注这种活动的可能性。"② 这与亚里士多德关于历史"记述已经发生的事"，诗歌"描述可能发生的事"③ 的经典说法似乎基本一致，不同的是，格非特别强调作家的"个人记忆"和"直觉式的洞察力"以及"民间记忆"中个体"情感活动的可能性"。"我想描述一个过程。"这是格非小说《大年》的"题记"，简洁、朴素，具有自然主义般的客观性色彩，作者对整个"过程"——故事的描述，也确实给读者造成了一种"零度情感"的纯粹事实记录的印象。然而，就像传统的现实主义小说一样，卒章见意，小说的倾向性在小说的结尾部分明确地凸现了出来，作者似乎以纯粹事实记录的态度来描述的整个过程，都旨在颠覆和消

---

① 格非：《青黄》，浙江文艺出版社 2001 年版，第 79 页。
② 格非：《小说和记忆》，《文艺理论研究》1994 年第 6 期，第 70 页。
③ ［古希腊］亚里士多德：《诗学》，陈中梅译注，商务印书馆 1996 年版，第 81 页。

解作为宏大叙事的历史——新四军张贴的关于处决豹子徐福贵的布告，暴露布告遮蔽下的真相。真相是什么呢？无他，冠冕堂皇的政治、革命、爱国主义、正义也好，卑鄙无耻的阴谋诡计、杀人放火、人物的悲喜剧也好，都根源于人的本能——性欲！标志着权力的"布告"宣布豹子罪行的宏大叙事是："一、民国三十四年二月十五日（大年三十）子时率暴民洗劫开明绅士丁伯高家院，并于次日傍晚将丁枪杀。二、惯偷。三、公然抗拒新四军挺进中队赵副专员让其于民国三十四年二月十五日（大年三十）去江北集训的密令。"作者描述的"事实"则是：豹子确实是一个名声不好的惯偷，一个乡村中的流氓无产者，因为贫穷而成为"贼"。但他向乡村塾师唐济尧——在村中俨然是新四军挺进中队的代表——请求加入新四军时，曾和盘托出自己投奔新四军并要借此途径杀掉丁伯高的根本原因，不是因为饥荒，不是因为丁伯高为富不仁，更不是为了爱国主义的抗日，尽管他虽然因为偷丁家的粮食而刚刚被丁家的家丁毒打过一顿，他也"并不怎样憎恨丁伯高"，他"要杀丁伯高这个狗日的"，只是因为丁的二姨太"玫"这个"狐狸精"！当他在丁家被吊打时见了一眼这个女人，她的美丽马上使一种"模糊的欲望"、"一种他从未体味过的紧张和新奇感悄悄弥漫他整个深不可测的内心"。他如愿以偿，在村中组织了一个新四军支队，终于色胆包天，在大年三十晚"洗劫"丁家大院，次日杀了丁伯高。但他不仅没有得到洗劫之夜逃出的玫，而且在大年初二被他当做父亲一样信任的唐济尧冷不防从背后把他摁进水里淹死。故事的"尾声"是许多天以后玫主动来找唐济尧，三天后两人双双"失踪"。至此读者恍然大悟，故事逻辑一下子明晰起来，形成了一个可把握的整体，新四军"布告"代表的宏大叙事的历史轰然坍塌，被遮蔽的"真相"水落石出。原来唐济尧对丁伯高的二姨太——"玫"这个"狐狸精"也早已垂涎三尺，于是故意让豹子投了新四军，并利用不识字的豹子对他的信任，把新四军密令豹子去江北集训的时间"大年三十"篡改为"正月十七"。于是豹子从容作案，唐济尧达到了借刀杀人占玫为己有而满足情欲的阴险目的。本属抗日的新四军内部清除投机分子的一段宏大叙事的历史，不过是一桩被遮蔽的色欲动力导演的连环杀人案！罪魁祸首竟然是一个八面玲珑、四处通吃、城府极深的知识分子———个既与新四军关系紧密，又是开明乡绅丁伯高以及乡民甚至连豹子这样的"贼"都十分信任的乡村塾师和医生唐济尧。新四军的宏大叙事实际上是这个不露声色的伪君子别有用心的个人叙事。故事作为"民间叙事"的个体记忆或个案的存在显然无可厚非。然而，当它通过引人注目的艺术视屏的放大频繁展示于群体面前之时，对传统宏大叙事如"新四军"、"抗日"的历史形象所形成的鲜明对照与强力解构的震荡，还能局限在个案的偶然和孤立的个体感受那么微不足道无关大体么？人为"性"死，《迷舟》中孙传芳所属部队的那位萧旅长在大战之前突然失踪，宏大叙事遮蔽的真相是萧旅长只身前往榆关看望情人而被怀疑向北伐军传递情报，遭到处决。性动力的历史真实观在新时期不少小说中都作为主脑而贯立，不断地重现，广泛地流行，可谓无"性"不成书，非"性"（动力）无历史。作家直觉洞见的到底是个别和偶然呢，还是普遍与规范？这似乎已不是什么难解的问题。

现代主义的历史意识是一种心理主义，即认为推动历史发展的动力乃心理因素即人性——归根结底是人的本能欲望。除了性欲望决定论外，还有例如罗素那样明确主张的权力欲作为根本动力的历史观念。这在新时期先锋小说中也得到了与性欲望动力历史观同样热烈的叙事回应和阐释。刘震云《故乡天下黄花》将一个小村庄在民国初年以来半个世纪岁月中的变迁，描述为一部循环往复地争夺权力的历史游戏：权力的诱惑鼓动村民中一茬茬野心家假借冠冕堂皇的旗号，不惜通过种种阴谋、暴力等等卑鄙手段残害虐杀对手，殃及无辜。在"革命"、"抗日"、"社会主义"等建构的宏大叙事中张扬的正义、真理、爱国、善良的历史理性，在这里遭到"民间记忆"的非理性历史"真实"的叙述彻底颠覆。

对"民间记忆"、"个人记忆"和感性直觉体验的重视和专注，不管有无动机但其结果必然是对宏大叙事的历史观和传统价值观的叛逆和颠覆。西方现代主义用以颠覆理性——批判现代性的非理性主义被中国作家挪用之后，不仅出现了性欲望中心的历史叙事意识，还形成了一种描写丑恶、暴力、血腥和死亡的审丑时尚。在莫言的小说《红高粱》中，出现了活剥人皮过程的血腥描写。高密东北乡有名的杀猪匠孙五在日本兵的逼迫下，不得不对罗汉大爷实施惨无人道的剥皮刑罚，可谓开了先锋小说描写丑恶暴力的先河。日本鬼子让孙五先割下罗汉大爷的两只耳朵，再割"男性器官"，都先后放到日本兵捧着的白瓷盘里，拿去喂日本兵的狼狗。然后，在罗汉大爷凄厉痛苦的叫骂声中，孙五一刀刀地从罗汉大爷身上剥下一整张人皮……自然主义式的细节写实中还穿插进魔幻般的修辞夸张："父亲看到那两只耳朵在瓷盘里活泼地跳动，打击得瓷盘叮咚叮咚响。"掺入黑色幽默般的情调："父亲看到大爷的耳朵苍白美丽，瓷盘的响声更加强烈。""大爷双耳一去，整个头部变得非常简洁。"① 由于这一丑恶的展示其背景是抗日战争，因而在伦理的、道德的层面上还没有远离主流意识形态和传统价值观念支配的历史意识。但当作者在《欢乐》、《红蝗》、《十三步》中津津有味地写起腐尸、跳蚤，甚至赞美大便——"我们的大便"如同一串串"贴着商标的香蕉一样美丽为什么不能歌颂？"（《红蝗》）再到精细入微如数家珍般描写车裂、凌迟、檀香刑（《檀香刑》）等残忍酷刑的时候，丑恶的展示即臻信马由缰、漫无节制、"想怎么写就怎么写"的狂欢化状态。对暴力、血腥、冷酷、残忍的人性丑恶的描写在余华、残雪、方方、苏童、北村等先锋作家的创作中也累见不鲜，有的甚至达到了沉迷的程度。余华在《难逃劫数》、《往事与刑罚》、《一九八六年》、《古典爱情》、《现实一种》等作品描写了形形色色的暴力和血腥。尤其是《现实一种》，作品以一个家庭内亲人间的自相残害所展示人性恶的残忍和冷酷令人不可思议。山岗和山峰是亲兄弟，由于山岗四岁的儿子皮皮无意中摔死了堂弟，山峰就残忍地将皮皮一脚踢死，山岗又设计害死山峰，当山峰的妻子得知山岗被判处死刑后，立即冒充山岗的妻子向法院提出将山岗的尸体献给国家，实现使山岗死无完尸的复仇目的。全家几乎人人充满私欲、冷漠、仇恨、虚伪、残忍，互相钩心斗角，骨肉相残虐杀。甚至连四岁的皮皮——一个不谙世事的孩子，竟然也以施行暴力为乐，看着尚在襁褓中的堂弟笑眯眯的脸蛋，他禁不住使劲拧了一下，堂弟被他拧哭了，哭声居然给皮皮以"莫名的喜悦"和"惊喜"。然后，一次又一次地打堂弟耳光，像听音乐似的欣赏堂弟发出的哭声，变着法儿折磨堂弟，打耳光腻味了，就换成卡脖子，他"不断去卡堂弟的喉管又不断松开"，"一次次地享受那爆破似的哭声"，直到堂弟哭不出声了才肯罢手。后来，当他抱着堂弟到屋外看太阳时，树上的几只麻雀吸引了他的注意力，他觉得双手沉重了就一下子松开，堂弟掉到地上被摔死。皮皮虽然听到堂弟落地的声响，却毫无反应，若无其事，继续观赏麻雀。② 这样的叙述也许不是"现实的真实"，但一定是作者强调的"精神真实"——皮皮的表现从最深刻的根本层面上被赋予了"性本恶"的形而上隐喻：人性恶乃人类的自然属性，与生俱来，无需后天的教唆濡染。这不只是对传统"人之初，性本善"学说的解构，也是对强调人的社会关系属性的主流价值观的颠覆，更是存在主义"他人即地狱"哲学观念的挪用——只是本土化进一步升

---

① 莫言：《红高粱》，《人民文学》1986年第3期，第18页。
② 余华：《现实一种》，上海文艺出版社2004年版，第5—7页。

级成了"骨肉即地狱"。尽管小说中写到皮皮打堂弟耳光时，加了一句"他看到父亲经常这样揍母亲"，似乎可以解释为皮皮之"恶"乃其父对他的后天熏陶造成，但因此却引出一个无可回避的问题：皮皮为什么只接受父亲的"恶"，而竟然背离"恋母情结"的本能，不从受欺负母亲的痛苦中产生"同情"养成"善良"？这不是暗示人的趋恶性与生俱来么？不少评论者注意到《现实一种》中剥人皮过程的具体细节描写，有人誉之为"让所有的读者目瞪口呆"的"辉煌的细节"。①尽管医生们在尸体上剥皮、挖心、摘眼时见惯不怪的兴致勃勃谈笑风生可能使一般读者惊讶，而从伦理道德角度来看，女医生在山岗尸体上的剥皮过程不过是一种医学行为，不能与《红高粱》中抗日背景下的活剥人皮同日而语。与其说"让所有的读者目瞪口呆"的是剥人皮过程本身呈现的血腥冷酷，毋宁说是作者展示血腥冷酷时描写态度的平静超然。余华对血腥暴力的兴趣果真隐含着对历史动力和世界本质在于人性之恶的哲学沉思，那么这样貌似冷静客观的思考和认识，实则已深坠偏见和偏激的一隅，渲染的是对人性、人类的悲观主义的绝望。

莫言亵渎文明、颠覆美丑价值定位，其审丑的美学追求确是源于"对城市文明，对权力，总之是与现有的不合理性对抗"②的反现代性精神。在故乡贫困农村二十年生活的艰辛痛苦，使他"对那块土地充满仇恨"，早就幻想远走高飞，不再回来，③但真的离开故乡生活于都市以后，却感受到了更大的屈辱和痛苦。因为，"肮脏的都市生活臭水"把人的肉体"浸泡得每个毛孔都散发着扑鼻恶臭"，心灵为"机智的上流社会"的"虚情假意"所污染（《红蝗》），被现代文明的"酱油"所"淹透"（《红高粱》）。与故乡——高密东北乡"杀人越货，精忠报国"，活得轰轰烈烈、"英勇悲壮"，充满酒神精神的祖先们相比，作为他们后代的"我们"可谓"不肖子孙"，"相形见绌"，使人真切地感到"种的退化"。因而他在小说中挪用西方现代主义文艺张扬的生命意识，建构自己的"以酒神意志为核心的生命本体论的历史哲学与美学"④，高扬起回归自然的旗帜，赞美被传统历史叙事主流话语排斥的边缘性人物——高密东北乡先辈们充满酒

① 洪治纲：《余华评传》，郑州大学出版社 2005 年版，第 34 页。
② 王安忆语。见陈婧祾记录：《理论与实践：文学如何呈现历史？——王安忆、张旭东对话》（下），《文艺研究》2005 年第 2 期，第 91 页。
③ 莫言：《我的故乡与我的小说》，《当代作家评论》1993 年第 2 期，第 38 页。
④ 张清华：《莫言与新历史主义文学思潮——以〈红高粱家族〉、〈丰乳肥臀〉、〈檀香刑〉为例》，《海南师范学院学报》（社会科学版）2005 年第 2 期，第 37 页。

神精神的蓬勃生命力，亵渎、叛逆、反抗、批判现代都市文明。在汪洋恣肆地颠覆正统历史的叙述狂欢中，试图还原、重构"真实的历史"——民间叙述的历史。以亵渎精神和自我意识来反抗启蒙理性统辖下的现代性，虽然痛快淋漓，但敌视都市文明追求回归原始生命力之自然的极端美学设计，归根到底也不能彻底有效地解决现代性的冲突和悖论。丑恶现象是人类社会的客观存在，热衷于丑恶、暴力、血腥和死亡图景的审丑叙事无疑是对一味歌颂美善的虚伪粉饰潮流的反拨，在一定程度上推动了历史叙事思辨意识的纠偏、拓宽和深化，纠正了人们历史认识视野的缺失和美丑价值定位的偏颇，激发与壮大人们直面人性恶的勇气。然而，歌颂丑恶，亵渎文明，颠倒传统的美丑价值定位，现代主义的嘲弄特质势必导致人性恶得到了极大的张扬。以张扬人性恶来质疑、亵渎文明、理性和秩序，其必然结果是彻底消解并取代了还有存在和发展合法性和合理性的传统价值观和历史本体，有意无意地引导出"人性恶创造历史"的形而上片面判断。

热衷于人性丑恶和暴力残忍的展示，曾是 20 世纪 60 年代美国的文学艺术情绪。在那时的小说、戏剧、绘画和电影中，竞相炫耀丑恶肮脏，展示鲜血淋淋的细节，暴力、性反常的图景泛滥充斥，其目的不是想达到净化，而是追求震惊、斗殴与病态刺激。在威廉·巴勒斯的作品里，"令人作呕的景象变得浑厚坚实。虽然《赤裸的午餐》表面上写的是作者同毒瘾的一场搏斗，但污秽的主题像畅通无阻的污水管道一样贯穿全书：书里绘声绘色地描写肛门性感，描写五花八门的人体排泄物，描写对女性生殖器的厌恶，还反复提到一个受绞刑的人行刑时的反射性射精。人被描写成螃蟹、大蜈蚣或食虫植物。"作者声称希望通过如此描写可以"在读者身上产生下流照片那样的效果"。"类似的热衷也贯穿于让·热内的作品中。不过他的作品首先是讴歌下层阶级的。正如苏珊·桑塔格所写的那样：'犯罪、性与社会的堕落，最重要的，还有凶杀，都被热内理解为赢得荣耀的机会。'热内把小偷、强奸犯、凶杀犯的世界看成唯一诚实的世界。因为在这里，最深刻、最犯禁的人类冲动都以直接、原始的措词表现出来。在热内看来，吃人肉和肉体结合的幻想代表了关于人类欲望的最深刻的真理。"[①]文化保守主义者丹尼尔·贝尔站在文化保守主义的立场上，一针见血地指出了这种在艺术上热衷于暴力、污秽的审丑潮流的两点实质：一是艺术家堕落的标

[①] ［美］丹尼尔·贝尔：《资本主义文化矛盾》，赵一凡、蒲隆、任晓晋译，三联书店 1989 年版，第 170、171、190 页。

志，他们由于缺乏暗示感情的艺术魅力，已经退化到只能通过直接展示丑恶污秽来达到震动读者感情的地步了；二是政治和文化的激进主义的表现，审丑的冲动来自对当下时代的怒不可遏，这种愤怒因此表现出喧闹而又咒骂成性的特征，并流于淫秽肮脏，将艺术与政治熔为一炉，试图建立一种新的社会秩序以取代旧秩序。但这样的叛逆和革命，也暴露了"文化现代主义的一个关键方面的枯竭"。①

丹尼尔·贝尔的洞见可以启示我们如何看待中国作家和艺术家对污秽、暴力和血腥的审丑狂热，如果用贝尔的观点指责步武巴勒斯、热内等西方前辈的中国作家无能、堕落和退化是言重了，那么起码也不能否认他们的艺术想象毫无节制走火入魔的盲目，而对"政治和文化的激进主义"的挪用，无疑是一个错位的历史同构。

（三）历史寓言化的神秘与宿命

中国当代文艺现代主义审丑美学潮流的另一重要走向是寓言化神话化，以神秘和宿命的历史意识安置历史的迷惘，与性欲望或权力欲望动力观的历史阐释话语平起平坐或交叉重叠，将民族文化的历史反思和西方现代主义的原始主义趋向的挪用融合一体，在反现代性的本土化民族化旗帜下共同拆解传统主流历史意识和价值观念。极端者则投入上帝的怀抱，坚信唯有宗教信仰和基督情怀可以澄明历史雾霭和心灵烟岚，洗净罪孽，解脱苦难，普度众生。

20世纪80年代中期出现的"寻根文学"，本来是在西化思潮刺激下对民族文化的批判性追寻，希望在民族传统文化中寻求力量，使文学之根植入民族文化土壤，重建民族精神。但由于伴随着史无前例的现代性大变局而来的时代迷惘，民族传统文化的深厚积淀，西方现代主义的原始主义尤其是魔幻现实主义的渗入，以及神话化寓言化的象征叙事，使"寻根文学"体现出浓厚的神秘主义色彩。民族历史、文化传统被想象成为浪漫的传奇，或如莫言所说，没有历史，只有传奇。传奇中布满令人难解的谜团，弥漫着理性所不能理解和把握的原始神秘力量。象征体系的寓意也扑朔迷离，"寻根"不仅是追根溯源的传统确认，也包含了对文化之"根"的质疑、拷问，或对文化失"根"的揭示。韩少

---

① ［美］丹尼尔·贝尔：《资本主义文化矛盾》，赵一凡、蒲隆、任晓晋译，三联书店1989年版，第192—194页。

功的《爸爸爸》是寻根文学最优秀的代表作，小说在广阔的象征艺术空间中蕴含着的寻根寓意具有多向性和丰富性。主人公丙崽是个弱智、白痴，出生下来就没见过父亲，不知道父亲是谁，一辈子只会说"爸爸"和"×妈妈"两个词，总也长不大，只有背篓高，老穿着开裆裤。他在寨子里本来是个谁都可以欺负的怪物，曾被选为寨子"祭谷神"的牺牲，但在人们正要动刀子宰他之时，天降霹雳，令人以为天意不满，才活了下来。当村寨间暴力冲突的"打冤"连连失败后，丙崽突然被人们当成了具有神秘预言能力的"活卦"，被奉为"丙仙"、"丙大爷"、"丙相公"。"打冤"依然失败后，丙崽这个失灵的"活卦"又被还原为继续受人欺负的"小杂种"。最后因为饥荒，村寨按照族谱上留下的古训，弃老弱而保青壮，丙崽被灌了半碗剧毒药汤，却居然不死，神奇地活了下来。白痴丙崽周围那些身体健全的人物也都愚昧、无知、迷信、粗暴、冷漠、残酷、肮脏不堪，精神畸形病态。他们在闭塞保守的鸡头寨生活的一幅幅风俗画面遥远、古老而神秘，作品中偶然出现的"皮鞋"、"松紧带子"、"汽车"等词语，给这模糊的空间缀上浅淡的"现代"时间定位。传统与现代悄然重合，无分古今。丙崽让人联想到鲁迅笔下的"阿Q"，象征意义就指向"国民性批判"的启蒙精神，接续上"五四"的反叛传统。丙崽与福克纳《喧哗与骚动》中的傻子主人公班吉的惊人相似，小说中关于蜘蛛精和报应、"花咒"之类的传说、祭谷神的"吃年成"和"打冤"吃敌人尸肉的民俗描写体现出的荒诞不经，则显示着寻根文学与西方现代主义、魔幻主义"接轨"的现代性，象征意义似乎是现实遮蔽着的另一神秘世界，展示的是原始面目的历史"真实"。为何民族的隋性和愚昧陈陈相因？有毒传统如此沉重不死而滞留于现代？难道左右历史的就是神秘和宿命？这到底是"根"的确认还是失"根"的迷惘？"寻根文学"回头注视传统的深渊，不料一脚却踏进了云里雾里。

投入文化寻根的大批创作，都试图对民间的、正统的如儒、道、佛等传统文化重新体认或批判性反思，从原始神秘中寻找强大的力量以反抗现代性对人的异化，继承优秀传统，重构民族精神。但是，也不免有人沉溺于怪力乱神、原始蛮荒、粗野鄙俗和复古怀旧的猎奇式神秘营造。莫言的《红高粱》被认为是寻根文学的强弩之末，其中的"寻根"展示了明确的结果：充满酒神精神的原始生命力，正是民族文化之"根"！"种的退化"根源就在于现代性——都市文明对我们肉体和心灵的浸泡腐蚀，拔掉了我们的"根"，使我们成为"不肖子孙"。浪漫性、传奇性虽然没有多少衰减，但时空的模糊性被抛弃，历史与现实的距离拉近，神秘性渐趋透明：历史不过是原始生命力的传奇。

神秘与宿命往往形影相随，人的命运和历史的行程受种种非逻辑的偶然所显示的神秘力量所决定，这是命定论神秘主义的历史意识。格非的小说《迷舟》中的萧旅长最后的死亡结局似乎早已命中注定，当他带着警卫员深夜潜回家乡时，母亲就发现儿子的眼神没有丝毫新鲜的光泽，竟和丈夫临终前的眼神一模一样，心中顿时充满不祥的预感。在家乡的第一天，萧旅长向一位算命的老道人问卜生死，老道人给他的预言是"当心你的酒盅"，这预言居然与萧的最后结局不谋而合，鲜明地透露出命运的神秘。而萧旅长此行的关键之处都由一些莫名的神秘偶然所决定，"一种更深远而浩瀚的力量"一步步地把他推向死亡的深渊。例如第六天，他本来已经决定立刻赶回部队，但意念深处突然滑过的一个微弱念头却使他又一次改变初衷，连夜去北伐军占领区榆关探望情人，正是这偶然的一闪念直接导致了他最后的死亡结局：一直负责暗中监视他的警卫员不容分说就以通敌罪将他处决。而母亲先是无意中把他的手枪放到了抽屉里，使他失去了武器；当警卫员要处决他时，他本来可以冲出院门逃生，但这时母亲却又为了抓鸡而关起了院门，使他无法逃命。正是神秘命运规定的这一系列偶然，把他顺顺当当地送进了地狱之门。

一切皆属偶然，历史没有固定航向，人们无法把握自己的命运。面对宿命的苦难，最好的选择或许就是默默忍受。在余华的小说《活着》里，主人公徐福贵本来是个富家子弟，但吃喝嫖赌，竟把一百亩地家产都赌输光了，沦为穷光蛋。命运夺走他的家产，又先后让他身边的所有亲人一个一个地死去：父亲伤心于他把家产赌光而一命呜呼，母亲在他被国民党军队抓壮丁后亡故，十三岁的儿子给校长——县长夫人输血时丧命，含辛茹苦的贤惠妻子罹患绝症不治身亡，女儿六七岁时因发高烧成了聋子哑巴，三十多岁出嫁成家后却死于分娩后大出血，当搬运工的女婿在上班时不幸被几块沉重的水泥板挤压成了肉饼，饥饿的外孙因贪吃豆子被撑死。可是命运却以种种偶然不让福贵死：曾赢了他家财产的龙二在解放时被枪毙了，做了他的替死鬼，他庆幸自己因祸得福，保住了性命；战场上的枪林弹雨也没有要他的命；饥饿、疾病、眼看着一个个亲人死去的灾难打击，最后全家就剩下他孤身一人，还能和一头老牛相依为命。他有约伯那样失去一切从天堂掉进地狱的人生遭遇，但没有约伯对上帝的怀疑和抵触①，福贵对命运逆来顺受，在他从战场上捡了一条命回来和土改时龙二被

---

① 《圣经·约伯记》：上帝为了考验信徒约伯是否真正虔诚，故意剥夺了他的所有财产和子女，还让他身患重疾。

枪毙这两件事上，他就觉得自己"该死没死"是命中注定，是"祖坟埋对了地方"。小说的象征意义大概就是作者所说，活着的力量和价值就在于忍受，忍受命运赋予自己的一切——"幸福和苦难、无聊和平庸"。人就是"为了活着本身而活着，不是为了活着之外的任何事物而活着。"① 简言之，面对苦难，一是"认命"，二是相信"好死不如赖活"。顺从命运，顺从生命的原始意志。小说虽然体现着作者对平凡人生的悲悯情怀，却对人生和历史放大了其宿命的神秘。虽然可以说作者在小人物身上的关注体现了对人类苦难的深切关注，却对人生和历史极尽渲染其宿命和神秘的不可悖逆，无法掩饰心灵的绝望与悲观。

或许纯粹地为了活着而活着过于虚幻，心灵必须寻找精神的实在寄托。于是有人主张皈依神秘宗教的灵魂救赎。例如北村，在经历婚变打击后的精神彷徨中，他于1992年在厦门皈依了基督教，接着就以"一个基督徒的目光打量这个堕落的世界"②，写出了《施洗的河》、《张生的婚姻》、《伤逝》、《玛卓的爱情》、《孙权的故事》、《水土不服》等小说，鼓吹皈依基督教人才能得救，无宗教信仰者到头来只有自杀一条路可走。这些小说的主人公就是两种人：一种是善良但没有皈依基督教而最后自杀者，一种是奸恶之徒但最后皈依基督而得救者，他们的归宿截然不同：邪恶者上天堂，善良者下地狱！关键就在于是否皈依神。作者用狂热的宗教情绪，开出了一副普度众生的"万应灵方"。此外，作者还把中国历史名人如"孔丘"和"孙权"这些名字安在其小说《消失的人类》、《孙权的故事》中的奸恶之徒或杀人犯身上，以显示颠覆历史和传统价值观的强烈倾向。

四、历史的还原与迷失

历史叙事是新时期以来文学创作驰骋的宽广天地，历史反思与历史重构成为艺术创新的焦点、热点和竞技场。但是，曾经被推崇为历史题材创作灵魂的唯物史观，不是被悄然淡化，就是被公然抛弃，填补空缺的则是现代主义的种种历史观念。新时期以来文学中的现代主义史观不仅火爆一时，并且流延广远。

---

① 余华：《活着》韩文版自序，南海出版公司2003年版。
② 北村：《我与文学的冲突》，林建法、傅任选编：《中国当代作家面面观》，华东师范大学出版社2002年版，第199—200页。

追溯其根源至少包括两方面：一是西方现代主义的强大影响，二是本土历史文化传统和时代转型的社会现实提供的温床。

西方现代主义产生于西方特定的社会土壤。随着资本主义文明的高速发展，科技理性对人性的异化越来越严重。20 世纪两次世界大战的历史浩劫，资本主义世界周期性经济危机造成的恐慌，劳资矛盾的不断激化冲撞，冷战的敌对紧张和核大战的恐怖，种种社会矛盾的错综复杂，不断地扭曲畸变人的内在与外在的一切关系，造成心灵的巨大创痛。在巨大漩涡般迅速激变的现代社会中，传统知识和价值观念受到强烈冲击，过去人们笃信不疑的确定性被不断地瓦解和颠覆，世界让人眼花缭乱，使人似乎失去了坚实的基点，像悬在空中随风旋转飘荡般眩晕，无法抓到真实，不明方向和归宿，导致普遍的信仰危机，心理变态，悲观绝望。非理性主义哲学、怀疑一切和虚无主义的思想犹如洪水泛滥，渗透淹没一切。现代主义文艺就是动荡变化中的西方社会的种种矛盾、精神危机和焦虑情绪的反映。而中国由于经历了"文革"的浩劫，极"左"意识形态随着"四人帮"的倒台轰然坍塌，人们过去深信不疑的价值观念突然瓦解，历史和世界一夜之间仿佛完全颠倒，变得无法把握，"文革"浩劫留下的精神创伤和被蒙蔽受欺骗遭愚弄的真相的突然发现，引发了强烈的精神震荡和情绪焦虑，弥漫着严重的怀疑主义和虚无主义，使信仰陷入普遍的危机状态。挪用适于表现这种异质同构的精神危机和焦虑情绪的西方现代主义成了中国先锋文艺表述毫不犹豫的选择，并与本土传统的"民间文化形态"的还原不谋而合。有人把"民间文化形态"定义为：一、它产生于国家权力控制相对薄弱的领域，能较为真实地表达出民间社会的生活面貌和下层人民的情绪世界，形式活泼自由，有自己独立的历史和传统，作为被统治阶级的文化形态，它在政治权力面前属于弱势，但与政治权力又有相互渗透的一面。二、自由自在是它最基本的审美风格。这种自由自在实际上是任何力量都不能约束和规范的人类原始生命力的特点，这种原始生命力在生活本身强力显现的过程构成了民间传统。三、它是民间的意识形态系统，混杂着民主性的精华与封建性的糟粕，构成了独特的藏污纳垢形态。① 西方现代主义的反规范、生命意识、存在主义、非理性主义与这里所说的"民间文化形态"的特点具有明显的一致性。两者的融合构成了中国新时期文学价值取向的多维辐射和艺术探索的丰富多样。但在历史意识的表现上，

---

① 陈思和主编：《中国当代文学史教程》（第二版）前言，复旦大学出版社 2006 年版。

对西方现代主义历史观念的挪用则尤为显著。

受现代哲学和史学观念转向的影响，西方现代主义文学反传统、反历史的倾向表现在对历史的重新阐释和重新建构，强调"还原"被传统历史意识遮蔽和排斥的历史"真实"。中国当代文学对西方现代主义历史意识的挪用，融入"民间文化形态"的叙述立场，与贯彻国家或党派政治至上的意识形态定位的"庙堂"立场的宏大叙事相对立，表现为对历史的泛化和内化的追求，颠覆和瓦解宏大叙事的历史及其历史意识，重释和重构民间叙事的、个体化的、内向化或主体化的历史。

（一）历史扩展的泛化与内化

政治中心主义的传统史学在 20 世纪受到年鉴学派和新史学学派的质疑和否定。历史由政治史、帝王将相史、短时段的事件史扩大为总体性的人类文明史、文化史、群众史和长时段的人类史。这种历史意识其实与马克思在 19 世纪创立的唯物史观有着重要的共同点或可以认为是一种影响的继承。例如要求进行长时段的历史研究，重视研究群众的历史，注意探索经济结构模式，表现为唯物史观和年鉴学派的长时段理论的共同点。但是包括这些学派在内的所有非马克思主义历史观念都在历史动力、研究方法和史学功能等问题上有着根本的差异或对立，无论是"决定论"还是"非决定论"的史学观念，都反对唯物史观的经济动力论，不是主张精神动力论，就是主张弗洛伊德提出的非理性主义的本能和欲望动力论，甚至偶然决定论、神秘宿命论和不可知论等等。在历史研究的功能上，马克思主义的唯物史观强调历史研究不仅是对过去的历史和世界进行"解释"的行为，同时也是"改造"现实和建设未来的革命实践。而非马克思主义历史学派，不是像年鉴学派那样把历史定位于只是解释过去的一种人类学，就是从怀疑主义、相对主义和虚无主义的立场上把历史视为任由主体随意涂抹的一种虚构叙事。持不可知论的波普尔公开亮出反马克思主义唯物史观的立场，主张历史是由人的主观因素直接影响甚至决定的，因而历史多因，解释多元，毫无规律可循，也无任何意义，所有的意义都是人们为了某种利益、目的而主观赋予的。在波普尔看来，主张历史发展有其内在规律的唯物史观是宿命论性质的"历史决定论"，不过是神话或上帝创世说的变种，因此波普尔把马克思主义称之为"开放社会"的"敌人"。话虽说得狠，也不过是一切反马克思主义观点的重复，且为出于站在维护与赞美"开放社会"——资本主义社会的立场而发起对马克思主义和社会主义的攻击，其意识形态敌视的偏激极端，压倒了学术良心的公允平正。

中国当代文学对西方现代主义文艺及其表现的现代哲学、史学观点的挪用相当明显，不仅体现在不少作家自称与西方现代主义大师、作品的亲近师承，也包括作家、理论批评家的直接理论表述。例如，寻根文学倡导者和创作实践的代表作家韩少功在与王尧对谈时谈到他对西方现代史学、人类学、文化学的感触，提到过弗雷泽、汤因比和布罗代尔的学术成就，可见出其理论视野所及与资源所来。尤其他说的这段话："作为一个读者，总的印象是，我们现存的大部分史学教科书是见瓜不见藤，见藤不见根。什么意思呢？就是说，这种史学基本上是帝王史、政治史、文献史，但缺少了生态史、生活史、文化史。换句话说，我们只有上层史，缺少底层史，对大多数人在自然与社会互动关系中的生存状态，尤其缺少周到了解和总体把握。"① 无疑是年鉴学派史学观念的传达。的确，无论中外的史学关注都长期停留于"帝王史、政治史、文献史"的单一狭窄，亟须补充以"生态史、生活史、文化史"，才能真正恢复总体性历史的真面目。从正面的意义上说，这种企图作为对历史学的一种丰富和补充，实际上与唯物史观的基本精神没有本质上的矛盾，但唯物史观强调局部历史与总体历史、特殊与普遍的辩证统一，即使如与唯物史观具有重要一致性的年鉴学派也显然缺失这样的辩证性，往往沉溺于差异性而抛弃普遍性，其结果是将历史研究定位于解释过去的人类学功能，还被认为走向了忽视政治史的极端，成为剔除了政治史的残缺总体史研究，于是渐渐地又走回复兴政治史和事件史的老路。挪用现代主义历史意识的中国当代文艺思潮在历史叙事上的探索及其成就，极大地纠正了传统史观的偏颇，使人耳目一新。但其局限性也正如年鉴学派以及西方的现代主义文艺一样，由一个极端摆向另一个极端，在反传统，反规范，追求"生态史、生活史、文化史"的同时，陷入历史叙事的极端个人化（个人记忆经验化）和非主流化。为何莫言笔下塑造的抗日英雄形象是土匪？正因为出于对过去主流意识话语历史叙述的怀疑，才刻意以一种"民间的标准"，通过描写"超阶级、超社会、超制度的"充满野性的土匪形象去"有意淡化了历史教科书的正史意识，从而使民间的力量突出在历史舞台上。"② 莫言认为所有的

---

① 韩少功、王尧：《历史：现在与过去的双向激活》，《小说界》2004年第1期，第170页。

② 陈思和：《民间的还原——文革后文学史某种走向的解释》，《文艺争鸣》1994年第1期，第60页。

历史教科书都只是对历史的一种想象，一种单一叙事，都值得怀疑。所以，他宣称："在我的心中，没有什么历史，只有传奇。"① 传奇的历史，民间的历史，"作为老百姓写作"的历史，都强调的是历史的个人想象，将历史个人记忆经验化，是一种"自我"的历史。还原历史"真实"或建构总体历史的初衷由于个人化、非主流化的叙事追求而支离破碎，用一种纷乱的个人记忆的单一"真实"取代集体记忆、集体经验的单一"真实"。

所谓个人化、非主流化的历史叙事，书写的是"个人心中的历史"和"生命美学"的历史，必然仰仗于欲望化、潜意识化等非理性主义动力论的历史观念的支撑。"生活是不真实的，只有人的精神才是真实的"②，相对于人的内在精神生活而言，外在的生活没有真实可言，传统所说的客观世界并不存在，所谓真实、世界、历史都是个人内心的感觉、体验，甚至是无意识的冲动。因此在格非等作家的一系列作品中，生动的历史叙事演绎的是"弗洛伊德关于梦境——意识动机对人的记忆的影响的理论"，"人类自身的无意识决定了人的个体命运，也决定了历史在某些关键时刻的走向"。③

（二）历史重构的细化与虚化

新时期以来文学历史叙事的泛化和内化，针对的是被认为单一政治化的集体记忆和国家主流意识形态的宏大叙事，因而其功能首先是对宏大叙事的颠覆和消解，在此过程中同时实现另一功能：重构或还原"真实"的历史，即"生态史、生活史、文化史"，或民间记忆的历史。从历史的全貌而言，单一政治化的宏大叙事确实有其片面性、虚假性和局限性，但现代主义历史叙事实施的消解和颠覆策略针对的不只是宏大叙事的这些缺陷，而是以亵渎、叛逆、反讽手段直接摧毁其浪漫主义的崇高、神圣和现实斗争与理想追求的价值观念。杀人越货的土匪形象取代了革命英雄主义宏大叙事中抗日英雄主角的地位，阶级斗争历史观中的"敌人"变成了人们自身内在的黑暗人性。所有的人物，无论是汉奸、土匪还是共产党、国民党，无论是英雄还是懦夫，都是善恶兼备，半兽

---

① 莫言:《我在美国出版的三本书》,《小说界》2000 年第 5 期，第 172 页。
② 余华:《虚伪的作品》,人民日报出版社 1999 年版，第 165 页。
③ 张清华:《叙事·文本·记忆·历史——论格非小说中的历史哲学、历史诗学及其启示》,《山东师范大学学报》(人文社会科学版) 2004 年第 2 期，第 31 页。

半人。成败兴衰均系于宿命，命运与历史都取决于人欲与机缘的偶然。是非功过模糊，国恨家仇虚无，思想主义缥缈，"唯有活着，才是真实的。"生活的政治性、社会性、历史性被本能、欲望所清洗和涤荡，"还原"为丑恶、污秽、淫欲、肮脏、黑暗、苦难、死亡、恐惧、绝望的世界"真实"和历史"真实"。个人化及个人记忆和体验化的历史叙述在颠覆与消解宏大叙事中走向细化、矮化、低俗化、零碎化。

唯物史观在新时期文学中明显不受重视甚至遭遇针对性的颠覆和消解，相反曾被马克思主义深刻批判过的精神动力论的、相对主义的、虚无主义的历史观念却伴随着对西方现代主义的挪用大行其道，其中最根本的原因，也许应该说是过去"极左"倾向对马克思主义的损害和扭曲。唯物史观从"归根到底"的意义上强调经济的决定作用，同时也承认在历史的创造过程中各种因素的综合作用，包括精神意志的作用，"最终的结果总是从许多单个的意志的相互冲突中产生的，而其中的每一个意志，又是由于许多特殊的生活条件，才成为它所成为的那样。这样就有无数互相交错的力量，有无数个力的平行四边形，由此产生出一个合力，即历史结果，而这个结果又可以看做一个作为整体的、不自觉地和不自主地起着作用的力量的产物。……每个意志都对合力有所贡献，因而是包括在这个合力里面的。"[1] 但这种辩证的经济决定论却被歪曲为"经济因素是唯一决定性的因素"的单一的经济决定论。19 世纪马克思、恩格斯活着的时候就已出现的这种曲解。20 世纪以来直至今日仍然存在并颇有市场。唯物史观在历史宏观角度上总结的"阶级斗争"理论曾被滥用，无限扩散到生活和历史的任何层面和每一角落，导致文革后人们对马克思主义和唯物史观的偏见和拒绝。本土"民间的""野史"意识和外来的现代主义历史观念自然而然地成为意识空缺的填充物。用意识说明存在的新老历史观，波普尔重复一切反马克思主义观点的《历史决定论的贫乏》、《开放社会及其敌人》，弗洛伊德的泛性论的历史观念，宿命论直至基督教的神秘主义历史观念等等，获得了不同层次的拥趸。唯物史观主张"历史进程是受内在规律支配的。……在表面上是偶然性起作用的地方，这种偶然性始终是受内部的隐蔽着的规律支配的"[2]，偶然性

---

① 恩格斯：《致约·布洛赫》（1890 年），《马克思恩格斯选集》第 4 卷，人民出版社 1995 年版，第 697 页。

② 恩格斯：《路德维希·费尔巴哈和德国古典哲学的终结》（1886 年），《马克思恩格斯选集》第 4 卷，人民出版社 1995 年版，第 247 页。

只是必然性的"补充和表现形式",伟大人物的出现表面上是偶然的,实际上也是社会发展必然性的产物。① 某些作家却丝毫不理会唯物史观的这种雄辩论证,或只相信个人的心理逻辑,或妄称只有精神的真实,或沉溺于欲望动力的推崇,甚至毫不掩饰对偶然决定论、宿命论的信奉,"我就是要写命运的偶然性、不可捉摸,……在我看来所有的事情你都不可能去把握的",乐此不疲地创作一系列的作品来"暗示历史,暗示命运"②。或者把人生与历史归结为"活着",或者投向基督教的怀抱。某些评论家也对偶然性首肯有加,重复着罗素当年阐释历史的调子:"历史的某些关节点往往是基于某些偶然的因素,比如,假定荆轲刺秦成功,中国的历史就可能是另一个样子。如果孙中山不是因为癌症而那么早地去世,中国现代的历史也可能完全是另一个格局。……历史往往只是'一念之差'。"③ 正是由于拒斥、缺乏或不敢坚持正确深刻的唯物史观指导,作家艺术家的历史叙述才至于全盘挪用现代主义的反历史观念和本土传统的民间"野史"意识。

现代性与历史不相容,所以波德莱尔要以瞬间反对记忆,以差异反对重复,尼采要把历史(记忆)视为仇敌,要求无情地遗忘。作为审美现代性的现代主义,从根本上说是"对历史的拒绝"。④ 由怀疑主义开端的现代主义历史观念,必然以历史相对主义和历史虚无主义为重释和重构历史的工具和归宿,相对主义势必催生迷惘和颓废,虚无主义终归坠入神秘与宿命,历史遂被终结,虚化,以致——虚无。

唯物史观之所以是马克思主义对历史科学的伟大贡献,就在于它与仅从抽象的或彼岸的精神、意识、自由意志来说明历史的一切非马克思主义史观截然相反,"它不是在每个时代中寻找某种范畴,而是始终站在现实历史的基础上,不是从观念出发来解释实践,而是从物质实践出发来解释观念的形成"⑤,不是用人们的意识说明他们的存在,而是用人们的存在说明他们的意识。马克思主

① 恩格斯:《致瓦·博尔吉乌斯》(1894 年),《马克思恩格斯选集》第 4 卷,人民出版社 1995 年版,第 732—733 页。
② 格非、任赞:《格非传略》,《当代作家评论》2005 年第 4 期,第 115 页。
③ 张清华:《叙事·文本·记忆·历史——论格非小说中的历史哲学、历史诗学及其启示》,《山东师范大学学报》(人文社会科学版)2004 年第 2 期,第 33 页。
④ [美]马泰·卡林内斯库:《现代性的五副面孔》,顾爱彬、李瑞华译,商务印书馆 2002 年版,第 57—59 页。
⑤ 《马克思恩格斯选集》第 1 卷,人民出版社 1995 年版,第 92 页。

义的唯物史观把历史看做是追求着自己目的的人的活动，历史也就是人类的发展过程，但人们并不能随心所欲地创造自己的历史，而是在"十分确定的前提和条件下"，"在既定的、制约着他们的环境中，在现有的现实关系的基础上创造的"。这些前提和条件除了从根本上起着决定性作用的经济的因素之外，还包括政治的、传统的、各种意识形态的等等历史因素，尽管其所起的作用相对于经济因素而言是非决定的。历史就是种种互相交错的历史因素共同作用——"合力"的结果，① 唯物史观虽然"屏弃所谓自由意志的荒唐的神话，但丝毫不消灭人的理性、人的良心以及对人的行动的评价。也丝毫不损害个人在历史上的作用：全部历史正是由那些无疑是活动家的个人的行动所构成的。"② 唯物史观给自身规定的任务就是发现历史——人类发展过程的运动规律。③ 正是凭借唯物史观，马克思发现了人类历史发展的规律，发现了资本主义生产方式和它所生产的资本主义社会的特殊的运动规律，恩格斯称之为堪与达尔文发现有机界的发展规律相比肩的科学贡献。④ 因此，诸如把唯物主义称为"经济唯物主义"、"见物不见人"、"宿命论性质的历史决定论"等等一切非唯物史观对唯物史观的种种贬讽攻击，不是出于对马克思主义的浅薄无知，就是出于恶意的敌视而故意歪曲。不可否认，小说家和历史学家描绘相同的历史，历史学家的主要依据是资料，小说家根据艺术创作的特殊性，当然可以依靠个人化的记忆以及艺术家直觉式的洞察力，可以把关注的重点放在民间记忆，放在历史残片中个体的全部情感活动，以及这种活动的可能性。但是如果小说家不是以个人记忆、个体情感活动的"真实"来补充、纠正宏大叙事历史的缺失，而是将其作为历史的本原和动力，否认存在决定意识，否认历史运动具有内在规律，以非理性主义的欲望动力论、偶然论、不可知论甚至宿命论的神秘主义来取代唯物史观，这种思潮长期泛滥发展，其对社会和文学的误导会比机械唯物主义和极"左"思潮主导下的宏大叙事的历史观念的危害性更大。

现代主义的历史观、价值观、艺术观随着现代性话语和后现代主义的流行，迄今还在当下的文艺创作与批评中广泛渗透和蔓延，唯物史观遭受冷遇、敌视、被边缘化甚至颠覆，这种现象不能不引起人们的深思和重视。

---

① 《马克思恩格斯选集》第4卷，人民出版社1995年版，第696、697、732页。
② 《列宁选集》第1卷，人民出版社1995年版，第26页。
③ 《马克思恩格斯选集》第3卷，人民出版社1995年版，第363—364页。
④ 《马克思恩格斯选集》第3卷，人民出版社1995年版，第776页。

历史题材文艺创作的当代意识与相对主义

黑格尔曾在他的《美学》一书中明确地提出历史题材文艺创作的当代意识问题。他批评了历来处理历史题材的两种具有极端片面性的错误方式：纯主观的方式和纯客观的方式，而主张采用一种具有"真正的客观性"的方式，即在大体轮廓上维持历史题材的本来形状、基本色调，又要"显出当代精神现状"，也就是"把内在的内容配合到现代的更深刻的意识上去"。他认为，既保持历史题材的本质真实，同时又"体现出当代精神"的历史题材作品才具有艺术真实性。① 黑格尔在这里明确地提出了历史题材文艺创作的当代意识问题。

马克思、恩格斯批判地继承和发展了黑格尔的这一思想，他们也强调历史题材文艺创作的当代意识。马克思主张，历史题材文艺创作必须以"最朴素的形式"表现出"最现代的思想"②。恩格斯认为，理想的历史题材文艺创作应是"较大的思想深度和意识到的历史内容，同莎士比亚剧作的情节的生动性和丰富性的完美的融合"③。不过，虽然马、恩同黑格尔一样重视当代意识，但又有明显的不同，黑格尔所说的"当代精神现状"，主要是有关人类普遍旨趣——普遍人性的意识现实。他要求保持历史题材本来的本质真实，指的是地方色彩、道德习俗和政治制度等外在方面所反映的普遍人性的真实。马、恩要求历史题材文艺作品要反映特定现实关系的本质真实，表现促进人类解放事业、推动社会历史朝进步方向发展的"最现代的思想"——当代意识。

历史题材文艺创作为什么要强调当代意识？用黑格尔的话来说，就是因为"历史事物，必须和我们现代的情况、生活和存在密切相关，它们才算是属于我们的"，历史的材料"只有成为活的现实中的组成部分，能深入人心，能使我们

---

① ［德］黑格尔：《美学》，朱光潜译，商务印书馆 1979 年版，第一卷第三章、第二卷第 381 页。
② 《马克思恩格斯选集》第 4 卷，人民出版社 1995 年版，第 554 页。
③ 《马克思恩格斯选集》第 4 卷，人民出版社 1995 年版，第 557—558 页。

感觉到认识到真理时，才有艺术真实性"①。可见，所谓当代意识，实际上是对历史题材的现实精神价值的判断、取向和表现的问题。它既包含对历史的理性认识，也立足于当代现实状况的正确把握，能准确地领悟历史与现实的逻辑契合、因果关系，艺术上有超越他人的独创表现。要做到这一点，作者的理性思维、艺术想象和表现的出发点及其方法都必须具备当代前沿性。"当代"也好，"最现代"也好，在此不能仅从时间维度来考虑。并不是今日的意识、思想都是"当代意识"，也不是一切新的意识都是"当代意识"，而主要应从其对历史认识的科学性、进步性、准确性和表现的丰富性、生动性来界定。

正如"现代化"、"现代性"往往被人误读为"西方化"和"西方性"那样，"当代意识"也免不了被误解为当代"西方意识"的命运。其中，尤以根本性的历史观趋于相对主义为最致命的思维误区。

从事历史题材文艺创作的作家艺术家不一定必须像郭沫若、吴晗那样既是艺术家又是历史学家，但不能没有必要的历史修养和明确的历史观。历史是什么？为什么选择这一题材而舍弃那一题材？要演绎什么样的意义、内涵？作家、艺术家有意无意地总要受某种史学观念的影响。近年来，把"当代意识"误读为"西方意识"的作家、艺术家，在历史观上明显疏远甚至抛弃历史唯物主义而毫无批判地完全认同于西方20世纪的新史学思潮。尤其是借助诸如克罗齐、科林伍德和弗洛伊德这样既是新史学思潮的前驱或代表人物又是西方美学新潮大师的声威，新史学思潮在某些思想饥渴的中国作家、艺术家的历史观中抢滩更是如入无人之境。当然，新史学思潮在史学发展史上做出的贡献是巨大的，如突破传统史学把历史仅视为政治史的局限，而主张扩大为经济史、社会史和文化史；摆脱传统史学只关注上层精英的片面性，而把目光转向平民百姓和社会各阶层；重视历史中人的主观性和重要性的研究；提出"长时段理论"的历史研究新方法，等等，相对于旧史学来说，不可否认具有一定的进步性、科学性和合理性。但是，新史学思潮到底不是唯物史观，其唯心的本质导致了相对主义、虚无主义的极端偏颇。例如克罗齐的"一切真历史都是当代史"、科林伍德的"一切历史都是思想史"和马克斯·韦伯关于历史学是与价值相关的科学等等观点，就其重视人的主观性在历史进程中和历史研究中的重要作用这方面来说，在一定的范围内是合理的，是对旧史学崇拜单纯幼稚的客观主义的超越。但对主观性的重视一旦绝对化，以为历史变动的最终根源是人的意识，认为历

---

① 黑格尔：《美学》第一卷，朱光潜译，商务印书馆1979年版，第346页。

史没有客观性，可以任由不同时代的人随意"重写"，我们面对的不是"历史事实"而是"历史叙述"，历史的真面目永远不可知等等，那就势必趋于荒谬绝伦。例如，有人通过对"清明时节雨纷纷，路上行人欲断魂，借问酒家何处有，牧童遥指杏花村"这首唐诗进行仿作，以证明历史不过是话语虚构和个人想象——"如果从唯利是图的酒家的视角来写"，呈现在我们面前的历史真实就是"清明时节雨哗哗，生意清淡效益差，我欲酒中掺雨水，又恐记者报上骂"；"或者从另一个毫无诗意的行人的角度来写"，那又是另一种历史事实，"清明时节雨霏霏，路上跌跤欲断腿，借问医家何处有，的士要你付外汇"。要是历史真的如这种解构式仿作所尖刻嘲弄的那样荒谬，那么面对南京大屠杀和几百万犹太人被希特勒虐杀的历史，日本军国主义者、右翼分子和希特勒振振有词地陈说杀人有理或根本否认战争罪行的"视角"也真实地存在着，我们是否因此就应该怀疑、否定人民的"视角"以至《拉贝日记》的"视角"里那血淋淋的存在真实呢？近年来创作的一些历史题材文艺作品，有的将中国现代史上的革命过程阐释为各式各样卑劣情欲之间相互斗争的历史，即使取材于古代历史的作品，也要凭空虚构人物之间的情欲关系，历史的最深层动因被解释为个人的本能"欲望"，历史不过是人的动物性"欲望"的形象外化；有的作品则极力否定历史进程中的必然性、因果性，而张扬偶然性、不可知性，认为一切都是漫无条理毫无可解地随机发生的；有的作品则以"人性化"排斥历史合力中的其他因素，大做翻案文章。很明显，这类作品深受西方新史学思潮相对主义错误倾向的影响，机械搬用弗洛伊德"唯性论"、潜意识决定论等历史观，消解政治，消解阶级斗争，消解主流意识形态和合理的社会规范，其对历史、对文艺、对社会的危害不可低估。

其次是文艺观和美学观的问题。随着20世纪80年代文艺观念热、方法论热的兴起，马克思主义文艺观、美学观便成了某些理论家批判、攻击的对象。文艺反映论被诬之为机械反映论、直观反映论、应该抛弃的过时理论，而西方现代主义表现论、主体论文艺观和形形色色的人本主义、科学主义美学观则被某些作家、艺术家奉为圭臬。进入20世纪90年代以来，渗透了西方后现代主义思潮的"新"文艺观和美学观则进一步主张文艺既与反映无关，也与表现无关，文艺只是个体生命的某种状态，文艺创作纯属个人行为，与他人、与社会、与道德等等无涉，无须承担"认识的"、"载道的"、"教化的"等等份外"担子"，文艺的功能因而只是一种语言的、技巧的"游戏"，至多也只是为了"搞笑"，使作者和接受者"轻松轻松"而已。平面化、零碎化、消解神圣、消解价值，反权威、反中心、反崇高、反文化、反艺术、反美……就是这类文艺创作的美学追求，从内容到形式都以对传统的颠覆为主要目的。不难看出，这种文艺观和美学观的极端相对主义、虚无主义的实质，表现在历史题材文艺创作上，即是它与相对主义历史观一拍即合。于是，随心所欲、"气死历史学家"的"虚构"和"戏说"等"新历史主义"创作便大行其道。

总而言之，具备正确的科学的历史观、文艺观和美学观，是体现当代意识的必要前提。一旦背离历史唯物主义和马克思主义的文艺观、美学观，其历史题材的选择、加工、改造、想象、虚构以及对其现实价值的判断、取向与表现必然背离历史真实和艺术真实。只有坚持唯物史观和马克思主义的文艺观、美学观，又不拒斥现代主义和后现代主义理论中某些合理的成分，历史题材文艺创作才可能在较高的水平上准确把握和表现出当代意识。

"日本桥"与中国现代艺术思潮观

一

西方艺术思潮对中国的影响，一开始就依赖于"日本桥"的中介。就连现代汉语中的"思潮"、"文学"、"美术"、"艺术"以及"艺术思潮"、"文艺思潮"、"美术思潮"等词语，也是直接从日文中搬用的外来词。当然，在日文中，这些词语是利用汉语古词或词素组合来翻译西方概念的结果，而其意义已与汉语原词不能等同甚至发生了极大的变化。日本的思潮研究肇始于对欧洲艺术思潮的译介，最早者为中江笃介，但没有使用"思潮"的术语。"思潮"一词最早出现于 1896 年 1 月户川秋骨（日本的英国文学研究专家）写的《今年文海中的暗潮》一文中。[①] 日本艺术思潮研究中最早有系统性的研究者是厨川白村，他于 1912 年出版《近代文学十讲》，从史的角度介绍 18 世纪末到 19 世纪的欧洲文学思潮，重点介绍了自然主义文学思潮兴起的时代背景，概括其创作特征，描述这一思潮的历史发展过程。对晚近发生的新浪漫派、象征主义、唯美派等"非物质主义"文学思潮也进行了简明的介绍。1914 年，厨川白村又出版了《文艺思潮论》一书，则是为了弥补前书作为断代史介绍欧洲文学思潮的零散性，力图从历史发展的整体上系统地说明奔流于欧洲文学史根底的"思潮"，代表了当时日本的文学研究者尝试从"思潮"视野把握欧洲文学史整体的用心与努力，开了后来日、中社会学和类型论艺术思潮观的先河。

日本的文学思潮观形成于对欧洲文学思潮的译介过程。当时的欧洲文学思潮介绍、评述，几乎都是编译式的。因而，艺术思潮的理论问题，仅在于对欧洲现成范例的朦胧感悟，因为当时欧洲也没有理论性的思潮文献可供借鉴。

厨川白村可谓是最早提出明确的思潮观念的研究者。他明确宣称，他的理

---

① ［日］千叶宣一：《日本现代文学思潮史·序》，见叶渭渠、唐月梅的《日本现代文学思潮史》，中国华侨出版社 1991 年版，第 4 页。

论基点是"历史家所谓的人性之异教的与基督教的二元论",文艺思潮的出现和发展,无非是隐伏在欧洲文明史根底的"人性二元"——"灵与肉,圣明的神性与丑暗的兽性,精神生活与肉体生活,内在的自我与外在的自我,基于道德的社会生活与注重自然本能的个人生活"——之间的冲突,"一盛一衰,一胜一败,循环往复地争斗着的历史"在文艺上的体现。① 而这人性的二元也与自然环境的南北之别相关。很明显,厨川白村人性二元论文学思潮观的理论依据来自欧洲。因为"灵""肉"冲突、南北对峙的观念,都来源于西方哲学、宗教的灵肉二分观念和从孟德斯鸠到斯泰尔夫人、圣佩甫和丹纳的自然环境决定论。尽管如此,由于厨川白村最早进行了欧洲文学思潮史的系统研究,并明确阐述了自己所持的文学思潮观,故亦成了后来日、中思潮研究者仿效的主要范例。

中国的艺术思潮研究走了一条与日本近似而且联系紧密的道路,只不过在起点和阶段性发展方面比日本稍后而已。

二

1907 年,尚在日本留学的鲁迅写了《摩罗诗力说》一文中,介绍欧洲 19 世纪浪漫主义文学,无疑是中国人研究欧洲文学思潮的开端。不过,鲁迅对浪漫主义文学的介绍,主要是从艺术运动和艺术流派的角度,着重于歌颂作家和作品中所表现的对旧社会、旧制度、旧传统进行强烈反抗的革命精神,希望用"异邦"的"新声"唤醒国人,为爱国的有志之士树立榜样。鲁迅后来的小说创作以及在美术上介绍和倡导的新木刻运动,虽然转向了现实主义,但他推重的仍然是现实主义创作所具有的揭露、批判、抗争的功能和能有效地实现这种功能的写实主义基本方法。因而,从艺术思潮研究方面来看,应该说还没有艺术思潮理论探讨的自觉意识。

陈独秀在《青年杂志》1915 年第一卷第三号和第四号分两次发表的《现代欧洲文艺史谭》一文中,一开始就极为简要地介绍了欧洲艺术从古典主义经理想主义变为写实主义再到自然主义的发展过程。陈独秀在这里以至全文虽然都没有使用"思潮"一词,但实际上就是对欧洲艺术思潮发展史的考察,而且他

---

① [日]厨川白村:《文艺思潮论》,大日本图书株式会社 1914 年版,第 5—8 页。

对制约艺术思潮发生、发展、变化的社会基础和时代根源的特别强调也十分鲜明。该文还以大部分篇幅重点介绍、评述自然主义文学思潮，指出自然主义文学思潮与理想主义（浪漫主义）文学思潮相对立的艺术旨趣："此派文艺家所信之真理，凡属自然现象，莫不有艺术之价值，梦想理想之人生，不若取夫世事人情诚实描写之，有以发挥真美也。"① 赞赏自然主义艺术思潮自法国兴起后很快"遍于欧土"，"被于世界"，"现代欧洲文艺，无论何派，悉受自然主义之感化。"名家辈出，超越前代，拥有"世界三大文豪"（左拉、托尔斯泰、易卜生）、"近代四大代表作家"（易卜生、屠格涅夫、王尔德、梅特林克）。② 如此热情盛赞的笔墨，可见出陈独秀对自然主义艺术思潮的特别重视。但自然主义艺术思潮在19世纪末20世纪初的欧洲已衰落，相继而起的是"新浪漫主义"（现代主义）艺术思潮，陈独秀对此却一字不提。这大约基于他对世界文化艺术格局和中国艺术思潮发展趋势的判断。他认为："文章以纪事为重，绘画以写生为重，庶足挽今日浮华颓败之恶风。各国教育趋重实用，与文学趋重写实，同一理由，……吾国文艺，犹在古典主义、理想主义时代，今后当趋向写实主义"。③ 既然趋重写实是各国艺术的共同潮流，中国当然不能孤立其外。所以，陈独秀才会对自然主义极力推崇。同时，陈独秀在《现代欧洲文艺史谭》中以"尊人道、恶强权、批评近世文明，其宗教道德之高尚，风动全球"的托尔斯泰为详例，说明所谓"大文豪"或"代表作家""非独以其文章卓越时流，乃以其思想左右一世也。"④ 可见陈独秀倡导写实主义的动机和目的都在于"实用"，使艺术能"利益其群，而争存于世界"⑤。

1917年，陈独秀打出"文学革命"的旗帜，把建设"写实文学"作为"文学革命"的"三大主义"之一。⑥ 紧接着在次年（1918）又与美学家吕澂共同推出"美术革命"口号，倡导引入西方写实主义，进行中国画的改良。

---

① 陈独秀：《现代欧洲文艺史谭》，秦维红编：《陈独秀学术文化随笔》，中国青年出版社1999年版，第124页。

② 陈独秀：《现代欧洲文艺史谭》，秦维红编：《陈独秀学术文化随笔》，中国青年出版社1999年版，第125—126页。

③ 《陈独秀答张永言》，水如编：《陈独秀书信集》，新华出版社1987年版，第16—17页。

④ 陈独秀：《现代欧洲文艺史谭》，秦维红编：《陈独秀学术文化随笔》，中国青年出版社1999年版，第127页。

⑤ 《陈独秀答张永言》，水如编：《陈独秀书信集》，新华出版社1987年版，第17页。

⑥ 陈独秀：《文学革命论》，秦维红编：《陈独秀学术文化随笔》，中国青年出版社1999年版，第140页。

在"文学革命"、"美术革命"的论述中，"艺术"与"革命"的关系或曰"艺术革命"与"社会革命"、"政治革命"的关系，实际上成为论述的中心。对于艺术思潮构成中的历史要素和美学要素，无论是鲁迅，还是陈独秀，都明显地偏重于历史要素，而把美学要素放在次要的、从属的地位。而在历史要素中，又最注重于政治要素，艺术的革新基于政治革新的需要，必须有助于政治的革新。"欲革新政治，势不得不革新盘踞于运用此政治者精神界之文学。"①这种艺术思潮观奠定了 20 世纪中国艺术思潮观念与实践的主导倾向。当然，社会斗争、政治革命、民族解放是当时半封建半殖民地中国生存与发展最急迫的问题，重视历史要素，一切以政治革命的需要为标尺，具有客观的合理性和必然性。但美学要素的长期被轻视或不得不处于从属的地位，则导致艺术离其本性愈去愈远，在政治工具论的引导下，20 世纪大半时间中的中国艺术思潮的发展日益畸型。

三

五四运动前后倡导写实主义艺术思潮的还有康有为、徐悲鸿以及文学研究会。

康有为主张"以复古为更新"作为中国画变革的方向，他要复兴之"古"，即六朝至唐、宋时代重形写实的绘画传统，而重形写实的画法正是他在戊戌变法失败后遍游欧美各国发现的近代西方绘画潮流。他认为中国画在 15 世纪前已在写实重形方面达到世界之最，但 15 世纪以后，中国画却堕入文人画的歧路，一味崇尚写意，摒斥写实，模山范水，简率荒略，不能尽万物之性，与欧美写实绘画难以比肩。显然，欧美近代绘画的写实思潮成了康有为"以复古为更新"主张的理论参照，因而他在艺术上倡导吸收西画描写之工，兼容中西。

徐悲鸿于 1917 曾游历日本研究美术数月，次年赴法国留学，八年留学岁月中，遍历欧洲各国，考察欧洲艺术。但他在赴法留学之前，作为北京大学画法研究会导师作过关于中国画改良的演讲。在演讲中，徐悲鸿惊呼："中国画学之颓败，至今日已极矣。凡世界文明理无退化，独中国之画在今日，比二十年前

---

① 陈独秀：《文学革命论》，秦维红编：《陈独秀学术文化随笔》，中国青年出版社 1999 年版，第 142 页。

退五十步，三百年前退五百步，五百年前退四百步，七百年前千步，千年前八百步。民族之不振可慨也夫！"① 这观点与其师康有为同调。中国画学颓败之原因，康有为认为应归之于鼓吹写意忘形的文人画论之谬。徐悲鸿则谓有二缘由："曰惟守旧，曰惟失其学术独立之地位。"② 康、徐表述不同，实义则一。因为徐悲鸿所说中国画学守旧、无独立地位是在于它"尚为文人之末技，智者不深求焉"。③ 批评的矛头所指也是脱离现实、抄袭古人、陈陈相因的文人画传统。至于如何挽救中国画，康、徐意见也基本一致，都以西方艺术思潮为参照，主张用欧洲写实主义来改造中国画。徐悲鸿认为："画之目的，曰'惟妙惟肖'，妙属于美，肖属于艺。故作物必须凭实写，乃能惟肖。……然肖或不妙，未有妙而不肖者也。"④ 他也特别强调中西兼容："古法之佳者守之，垂绝者继之，不佳者改之，未足者增之，西方画之可采入者融之。"⑤ 1926 年，在《美的解剖》一文中，徐悲鸿重申："欲振中国之艺术，必须重倡吾国美术之古典主义，……欲救目前之弊，必采欧洲之写实主义。"⑥ 重写实和中西兼容的观点贯彻于徐悲鸿艺术教育与艺术创作的一生，随着徐悲鸿组建的国立北平艺术专科学校在 1946 年成立之后，美术界逐渐形成了以"写实"为旗帜的徐悲鸿学派。新中国成立后，徐悲鸿在中国美术界担任最高职务，以他为首的写实学派的影响也越来越大，对 20 世纪中国美术思潮的发展具有举足轻重的地位。

在欧美艺术思潮影响下，文学研究会和创造社于 1921 年 1 月和 7 月相继正式成立，前者认同并提倡写实主义，后者认同并提倡浪漫主义。文学研究会重视迻译西欧名著，介绍写实主义，主张"为人生的艺术"。创造社成员大部分在日本留学，大量接触并接受欧美浪漫主义文学和日本文学界流行的浪漫主义以及现代主义新思潮，所以他们对浪漫主义情有独钟，但其主旨仍然与写实主义有共同之处，即重视浪漫主义文学思潮积极的反抗性、革命性等社会功能，关注并反映当时中国的现实需要。因而创造社在 1924 年进入其发展的第二个时期以后，就提出了"革命文学"的口号，倡导社会主义的写实主义，主张建立无产阶级革命文学。

① 徐悲鸿：《中国画改良论》，见《艺术探索》1999 年第 2 期，第 11 页。
② 徐悲鸿：《中国画改良论》，见《艺术探索》1999 年第 2 期，第 11 页。
③ 徐悲鸿：《中国画改良论》，见《艺术探索》1999 年第 2 期，第 11 页。
④ 徐悲鸿：《中国画改良论》，见《艺术探索》1999 年第 2 期，第 11 页。
⑤ 徐悲鸿：《中国画改良论》，见《艺术探索》1999 年第 2 期，第 11 页。
⑥ 徐悲鸿：《美的解剖》，《上海时报》1926 年 3 月 19 日。

19 世纪后期在欧洲兴起的现代主义艺术思潮传入中国，应该说是与写实主义和浪漫主义几乎同时，只是它在中国正式独立成潮要比写实主义和浪漫主义稍后而已。即使是以写实主义创作著称的鲁迅、茅盾等作家的早期创作就已融入了现代主义的艺术成分。随着 20 世纪 20 年代介绍欧美现代主义的著译大量问世，现代主义艺术思潮逐渐在现实主义和浪漫主义之后在中国独立成形，除各流派艺术家都自觉汲取现代主义的表现手法之外，30 年代在文学界出现了新感觉派和"现代派"诗歌；美术界不仅有刘海粟等人提倡以表现主义为主旨的"艺术革命论"，还出现了以主张现代主义艺术著称的画会——决澜社，兴起了一场虽然为时不长却也称得上是声势煊赫的现代绘画运动。

以上情况说明，对欧美艺术思潮的介绍和在创作上的倡导，大多数中国艺术家所持的是一种模仿心态，并无思潮的理论自觉。不论是对写实主义、浪漫主义，还是对现代主义，在范型的感悟上有两大特点：一是对艺术与现实的关系的领会，写实主义的接受着重从艺术功能上把握艺术的本性，偏于艺术思潮的历史内涵；浪漫主义和现代主义的接受者则以艺术家的个性表现为艺术创造来定义艺术，倾斜于艺术思潮的美学要素。二是各种思潮的接受者都在各自理解的艺术本性的基础上热心模仿、搬用特定艺术创作思潮的表现形式和技巧、手法。都没有涉及艺术思潮到底是什么这样的理论思考，艺术思潮与艺术本质、艺术功能、艺术运动、艺术流派、艺术风格等等概念混沌模糊。

但这并非当时艺术思潮研究状况的全部，我们还可以看到另外一种理论模仿的迹象：受日本厨川白村影响的一批中、外艺术思潮研究著作中体现出的艺术思潮观，尽管尚无独立自主的理论思考，却已隐含着理论自觉的必然趋势。例如，蒋方震的《欧洲文艺复兴史》和谢六逸的《西洋小说发达史》，两书先后于 1921 年和 1923 年出版。蒋著介绍欧洲文艺复兴文化与文学思潮的关系，承袭厨川白村的"人性二元论"观点，将欧洲文化视为希腊思想的异教思潮和希伯来思想的基督教思潮的组合，三千年的欧洲文化史和文学史不过是"极端相反"的这两大潮流交互错综、此胜彼败、循环往复的争斗史。[①] 谢著自称是依据日本学者中村星湖的讲义扩充而成，内容是"以文艺思潮为经，以作家为纬"来介绍西洋小说的发展史，同时"注重各种文艺思潮的解释"。[②] 该著着重于从文学思潮的视野考察西洋小说的变迁，而谈文学思潮又无法脱离欧洲文明的两

[①] 蒋方震：《欧洲文艺复兴史》，商务印书馆 1921 年版，第 3—4 页。
[②] 谢六逸：《西洋小说发达史》，商务印书馆 1923 年版，第 1 页。

大思潮——异教的希腊思潮和基督教的希伯来思潮:"前者以现实生活为第一义,重人类本性,以自主为尊。后者则以'神'比'人'为尊,'未来'比'现世'为尊,'灵性'较'本能'为尊,'超自然'比'自然'为尊,以'利他,献身'比'自主自我'为重要。此二大思潮的起伏、消长,遂织成十世纪以前欧洲文明的经纬,使之复杂而有力,为酿成各民族固有特质的文明要素;并间接影响到十五世纪的文艺复兴运动,18世纪的古典主义,19世纪的罗曼主义,以至于写实主义自然主义,皆为与此二大思潮有关的反动。所以敢说无此二大思潮,则西洋无文艺可言,又离此而谈欧洲文艺,则如杀豹而弃其皮一般的。"[①] 这显然也是厨川白村观点的翻版。

四

随着马克思主义在中国的广泛传播和影响,历史唯物主义和辩证唯物主义的观点和方法自然而然地被引进了艺术思潮研究领域,使艺术思潮认识的深度和广度有了一定的拓展。但是,由于研究者对苏联的机械唯物论艺术理论缺乏正确辨识,不仅无法区分艺术思潮与艺术史、艺术思想、艺术流派、艺术创作方法、艺术风格、艺术运动等等范畴的界限,迷失于艺术思潮错综复杂的内外关系之中,而且常常不自觉地取消了艺术思潮的本体。例如,胡秋原在《读书杂志》1931年第二卷第四期发表的《文学史之方法论》一文中,最早较为系统地阐述自己接受普列汉诺夫影响而形成的文学思潮理论观点,其中包括文学思潮概念的内涵、文学思潮形成的原因以及文学思潮史与文学史和文化史的关系等等理论问题。对于文学思潮的成因,胡秋原能够运用辩证的整体观,从内在因素与外在因素的结合上揭示文学思潮形成的历史合力:既与社会思潮、哲学思潮、政治思潮等外部因素密切相关,又离不开文学本身包括作家的"个性因子"等内在因素的制约,这一判断显示了正确运用马克思主义观点方法分析问题的科学性。对于文学思潮的内涵,他认为一种文学思潮,就是一个时代、一个层段或一个集团的作家们共同的艺术主张、艺术作风、艺术趣味、艺术法则、艺术倾向、情调、偏爱的总体。它作为一股风潮强制地造成一般美学原则和趣

---

① 谢六逸:《西洋小说发达史》,商务印书馆1923年版,第1页。

味，并且自然而然地影响艺术的色调。但它并非就是一种印模，实际上每一种潮流中也会有互相矛盾的见解。应该肯定的是，这一定义正确地说出了文学思潮的历史性、群体性和复杂性的特征。其缺陷也很明显：把文学思潮限定在作家——创作思潮的范围，而且容易与群体创作风格概念相混淆。由于没有准确把握文学思潮的内涵，所以当他谈到文学思潮史与文学史和文化史的关系时，又称文学思潮既是"文艺创作的基调与底流"，又是"文艺领域所表现的氛围气"，这与前面的内涵界定明显矛盾。因此，他也无法正确区分文艺思潮史与文学史和文化史的界限，认为"文艺思潮史，扩大起来说，是文化史之一断面，是文艺史之缩图，是文艺理论史，是艺术家之思想史"，它们之间似乎没有什么区别，就是一体。最终导致自我否定，取消了文学思潮本体。尽管胡秋元的观点瑕瑜互见，但毕竟是十分难得的理论自觉，在当时以及后来相当长历史阶段内的艺术思潮研究中都可谓凤毛麟角。

1932 年出版的谭丕谟的《文艺思潮之演进》，著者非常明确地宣称要遵照辩证唯物论关于阶级斗争是社会进化动力的观点，试图从经济基础决定上层建筑的原理出发，理解文学思潮的产生、形成及其特征。著者认为，由于对立阶级在经济上的矛盾而产生尖锐冲突，导致新的意识形态出现，"这种有系统的处置方法普遍到社会上去，便成为社会思潮，这种社会思潮反映到文学上，便成为文艺思潮。文艺思潮是社会意识形态之一。"[1] 而且，"文艺思潮必与社会经济同一步伐而随之演变。因之一个时代有一个时代的文艺思潮，社会进化到某种程度，文艺思潮也与之相伴随，绝对没有恒永性的"[2] 在坚持唯物论的研究方向上这是基本正确的，尤其是对文学思潮与社会生活、社会思潮的紧密关系，对文学思潮动态性特征的把握，显示了辩证唯物论的科学精神。但是著者把文艺思潮看做仅是社会思潮在文学上的反映，同苏联学者弗里契一样，机械地搬用经济基础决定上层建筑的原理，把文学思潮视为与经济基础同步的产物，认为经济因素是文学思潮产生发展的直接的唯一的因素。著者还说："文艺思潮，即是用新的方法和观点整理出来的文学史。"[3] 把文学思潮等同于文学史，认为两者的研究对象是同一的，不同的只是在研究方法上文学思潮比文学史更科学、更进步。而所谓"新的方法和观点"，指的就是辩证唯物主义的方法和观点，运

---

[1] 谭丕谟：《文艺思潮之演进》，文化学社 1932 年版，第 1 页。
[2] 谭丕谟：《文艺思潮之演进》，文化学社 1932 年版，第 1 页。
[3] 谭丕谟：《文艺思潮之演进》，文化学社 1932 年版，第 1 页。

用这种观点整理文学史，"正确阐明某种文艺运动的经济的历史的原因"，根据"由经济而产生的社会思潮"来"讲明文艺各部门的内容和性质以及其由来和衍变"。① 实际上，文学史并不仅仅是文学思潮的历史，除了文学思潮现象外，还应包含非文学思潮或与文学思潮有密切关联又相互区别的文学现象。而且，社会生活对文学思潮的影响除了经济因素之外，还有其他因素如政治、哲学、宗教等因素的作用。此外，更不能忽视文学思潮自身的、内在的决定性因素的作用。因此，把文学思潮研究的目标定在阐明文学思潮的经济的历史的原因，说明外在因素对文学思潮的内容、性质及其发展演变的作用是远远不够的。将文学思潮混同于文学史，更表明著者并没有明确认识到文学思潮的特殊规定性。对象不清的文学思潮研究事实上取消了文学思潮的本体。

典型的同类著述还有徐懋庸的《文艺思潮小史》，篇幅不大，内容包括对欧洲从上古直至 20 世纪的种种文学思潮和"五四"至 1936 年的中国文艺思潮发展概况的介绍。作者在本书"前记"中声明，全书主体——关于欧洲文学思潮发展史的内容是对弗里契所著《欧洲文学发达史》和柯根的《世界文学史纲》等"好几种文学史和文艺思潮史"的"撮述"，只有《中国文艺思潮的演变》一章为"自撰"。② 在第一章《决定文艺思潮的力量》中，徐懋庸首先对当时流行的"颇有权威的"厨川白村的"基督教思潮和异教思潮斗争说"文学思潮观进行了批评，指出厨川白村的两大思潮争斗史理论"十分笼统"，无法正确区分文艺思潮发展的历史事实，例如文艺复兴以来"许许多多的文艺思潮的内容，各各不同"，就不能用异教的希腊思潮来一以概之。而且，厨川白村的理论也无法说明文艺思潮变迁的真正原因。因为，按厨川白村的说法，"思潮的变迁，只是由于人类的本能的'喜''厌'。而且喜厌的结果，只是钟摆似的在两个一定的思潮之间摆来摆去而已。这不但把决定的力量看得太空泛，并且完全抹杀了思想进化的事实。"③ 徐懋庸对厨川白村抽象的人性二元论思潮观的致命弱点的批评可谓一针见血。他根据经济基础决定上层建筑意识形态的理论，主张"从社会进化的过程上去观察文艺思潮的发展"，相信"意识形态之一的文艺思想，根本也受经济生活的决定。"④ 认为"形成文艺思潮者，原是社会的、阶级的基

① 谭丕谟:《文艺思潮之演进》，文化学社 1932 年版，第 1 页。
② 《徐懋庸选集》第一卷，四川人民出版社 1983 年版，第 425—426 页。
③ 《徐懋庸选集》第一卷，四川人民出版社 1983 年版，第 425—426 页。
④ 《徐懋庸选集》第一卷，四川人民出版社 1983 年版，第 425—426 页。

础上的斗争生活。"① 文学思潮是阶级斗争的现实生活的产物,"各种思潮的发生,都可以根据资本主义的发展的各阶段分别加以解释。"② 徐懋庸的这些观点,明显体现出弗里契庸俗社会学思潮观的直接影响,没有超出"经济决定论"的范畴。

徐懋庸的《文艺思潮小史》在介绍欧洲文学思潮的同时对"五四"至1936年的中国文艺思潮发展概况作了轮廓式的概括介绍,尽管只是以介绍外来思潮为主体的一部专著中的附骥式的一章,却也有其不可忽视的意义——中国学者试图运用思潮的视角和理论研究中国艺术史。因此,运用思潮视角研究中国艺术史的专著更值得重视,例如蔡振华的《中国文艺思潮》、李何林的《近二十年中国文艺思潮论》、朱维之的《中国文艺思潮史略》,都在不同层面上具有思潮研究的开创性价值,可以透视出当时的艺术思潮观念。

在徐懋庸的《文艺思潮小史》问世的前一年(1935),蔡振华的《中国文艺思潮》已由上海的世界书局出版,著者清醒地看到中国的艺术思潮有自己的民族特性,与西方民族完全不同,"根本上决不能用西方文艺上的各种主义来衡量一切的。"③ 应该说,这种认识至今还是正确的。而且,著者对艺术思潮与社会生活、经济基础、意识形态的整体联系性也相当重视,他写道:"什么是中国文艺思潮?思是思想,潮是潮流。写一部中国文艺思潮,至少需把已有的全部作品,一一分析其思潮背景,以求能找到一个线索,然后说明其嬗递转变之故。可是谈何容易;……构成这背景的原因,又很复杂,非在宗教、哲学、社会、经济各方面都有相当的认识不可"。④ 由此也可见著者观念中的"文艺思潮"与"文艺的思潮背景"或作为文艺背景的"思潮"以及"构成思潮背景的原因"等等纠缠不清,对"中国文艺思潮"概念的认识十分模糊和混乱。该书共八章:一、民族特性;二、宗教和哲学;三、对于自然界;四、恋爱;五、民族思想;六、非战;七、社会经济;八、新文学运动。可知该著所谈的实际上只是文艺中反映的或者是作为文艺背景的社会思想和文化思潮。

李何林于1939年写毕,1940年春出版的《近二十年中国文艺思潮论》,无疑是中国学者系统性研究中国现代文学思潮的开山性著作。著者正确地指出,

① 《徐懋庸选集》第一卷,四川人民出版社1983年版,第425—426页。
② 《徐懋庸选集》第一卷,四川人民出版社1983年版,第425—426页。
③ 蔡振华:《中国文艺思潮》,世界书局1935年版,第1页。
④ 蔡振华:《中国文艺思潮》,世界书局1935年版,第1页。

短短二十年的中国现代文学思潮深受外来思潮的影响，几乎反映了欧洲 18 世纪以来所有文艺思潮的内容，但由于时间的短促和半殖民地半封建性质的中国社会急剧发展的复杂性，中国现代文学思潮的发展也就具有自己的独特形态：各种思潮的发生与存在的先后与久暂，不像欧洲思潮那样界限鲜明和久长，而是或同时存在或昙花一现地生灭。作为第一部系统的中国现代文学思潮史专著，该书在自觉地尝试运用马克思主义的观点和方法、既重视外来因素又看到本土条件对中国现代文学思潮产生和发展的作用、肯定中国现代文学思潮具有自己的独特形态等方面，都为后来的中国现当代文学思潮研究草创了规范，启示了前进的路向，在思潮史研究中具有重要的开创性意义。但全书引用了大量原文材料主要描述了从五四前后至抗日战争爆发期间（1917—1937）中国现代文学的理论主张和文艺论争，并没有论及创作现象，可见作者心目中的文学思潮不过是文学运动中的思想论争，文学思潮仅是理论的思潮而已。

最早由中国人自己写的系统的中国文学思潮史著作，应是朱维之所著《中国文艺思潮史略》（1939 年出版），这部著作把发达于西周至春秋时期的北方的"现实思潮"和发达于春秋战国时期的南方的"浪漫思潮"视为"奔进于中国文艺根底的两大思潮"，并"拿西洋的古典、浪漫、写实、象征等主义名词附会"到元明以后的文学思潮发展的阐释。① 尽管著者在书中极力强调把中国文艺思潮二分的本土依据，但其观点明显与厨川白村的人性二元论的类型论思潮观如出一辙。著者自称本书的编著受日本山口刚《支那文艺思潮》、高须芳次郎的《东洋文艺十讲》和铃木虎雄的《支那诗论史》等著作的影响，虽然没有直接提到厨川白村，而以厨川白村在日本研究文学思潮的先驱者地位来看，其观点与山口刚等三位日本学者的思潮观不无关系。

这些以思潮视角来系统地研究中国文学史的尝试是可贵的，但由于深受日本的影响，其思潮理论和观念的模糊、褊狭与机械地模仿的缺点也是十分明显的。

---

① 朱维之：《中国文艺思潮史略》三版自序，开明书店 1949 年版。

中国当代的艺术思潮理论

严格意义上从艺术整体视野进行的艺术思潮理论研究在 20 世纪可谓百年缺席，唯有诸如文学、美术等艺术门类思潮的理论探讨，在现代阶段主要表现为在对外来思潮的介绍和思潮史、思潮批评中夹杂和透露的某些朦胧体认，包含着明显的误读和片面认识。尽管"文艺思潮"、"美术思潮"等概念运用频繁，而能自觉地进行明确的理论界定和阐释的可谓凤毛麟角，系统完整的理论探讨几乎是一片空白。历史进入新时期，中国艺术思潮的发展才进入一个新阶段，出现了少量明确讨论文艺思潮、文学思潮、美术思潮、艺术思潮理论问题的辞条与论文。在 20 世纪最后二十余年，随着西方现代主义、后现代主义的引进与论争，"重写文学史"热的推动，以及对繁荣兴旺的形形色色的艺术思潮的创作实践的评价、研究，中国艺术思潮的理论自觉时代才随之姗姗迟来，而且依然处于一种不平衡的发展状态，文学、美术、音乐、影视、戏剧……几乎所有艺术门类在创作实践方面都新潮迭起，变化万千，但思潮理论的探讨却主要集中在文学领域，而且有限、零星。直到 20 世纪的最后一年，才出现唯一的一部系统研究文学思潮原理的学术专著。由于从 20 世纪 40 年代直至"文革"结束，中国的艺术思潮发展基本上处于现实主义范型一统天下的状态，人们的理论兴趣主要在于艺术的社会功能、创作方法、风格、运动、流派等范畴，艺术思潮理论的研究则一直处于沉寂状态。因此，20 世纪中国的艺术思潮理论研究的历史，在时间上大致可以分为现代与当代两大阶段。对于现代阶段，笔者已在《"日本桥"与中国现代艺术思潮观》专文中论述，本文探讨当代阶段——主要是新时期以来的中国艺术思潮理论的历史发展。

一

从 1978 年由外国文学、外国美术研究者译介西方现代主义艺术作品和有关理论批评开始，随着中国艺术家的现代主义仿作的增加，关于现代主义艺术的论争也迅速展开。20 世纪 20—30 年代一度涌入中国却未成气候的西方现代主义艺术思潮在新时期再次卷土重来，渐成一股现代主义和后现代主义错综、重叠的汹涌大潮，在 80 年代中、后期达到了惊世骇俗的高峰。无论是在理论、批评方面，还是在创作、接受方面，现代主义和后现代主义都成了当时的热门话题和敏感区域，艺术界弥漫着一股仿效、追逐西方现代主义、后现代主义的狂热，其中原因相当复杂。从思潮的角度而言，倡导者、实践者认为新时期我国要实现四个现代化，就必然需要而且一定会产生现代主义的艺术思潮。在他们看来，现代主义艺术思潮是现代化社会经济基础的必然产物。这样的认识不仅没有正确理解西方现代主义艺术思潮的实质及其与西方现代社会的真正关系，而且重蹈了 30、40 年代庸俗社会学论者的覆辙，对艺术思潮生成原理的理解陷入了机械唯物主义的误区。

思潮史、思潮批评在 80 年代很快兴盛繁荣起来，思潮的理论思考成为研究者无法回避的研究前提，也成为接受者关注的焦点之一。一些辞书、教材对"文艺（学）思潮"或"美术思潮"等概念的内涵进行了界定，学术期刊上出现了一些专门讨论文学思潮理论的论文，一些学者也自觉地在自己的思潮研究专著的前言或绪论中探讨、阐述自己所持的思潮理论观点，尽管零散，却也偶有某些真知灼见。

新时期初期出版的一些辞书和教材对"文艺（学）思潮"的定义，基本上都对思潮的阶级性、政治性和价值特征加以强调，带有强烈的极"左"色彩。

1986 年出版的《中国大百科全书》（文学卷）对"文学思潮"的定义是："指一定历史时期和一定地域内形成的，与社会的经济变革和人们的精神需求相适应的，具有广泛影响的文学思想和文学创作的潮流。"[①] 这个定义的最大优点是摆脱了阶级斗争反映论的极"左"片面性，强调了文学思潮的历史特征和实践特征。但在思潮概念的性质上，却仍然停留于类比的感性意象——"潮流"来定义，这对于从感性发现深入到理性把握并无太大的助益；其次，从基本定义来看，似乎并不局限于创作范围，但其后面的诠释给人的印象则是文学思潮仅是创作思潮；第三，这一定义及其阐释和对中外文学思潮发展概况的介绍，表明它仅是在西方文学现象基础上所进行的理论概括，缺乏世界范围内历时与共时维度的普适性。尤其是以近现代西方文学的准绳来衡量中国文学，断言中

---

① 《中国大百科全书》（中国文学Ⅱ），中国大百科全书出版社 1986 年版，第 955 页。

国古代明清以前没有文学思潮，明清时代的文学思潮也不过是与西方浪漫主义、感伤主义、批判现实主义特征相似的文学现象，其标准就是西方文学思潮的"具有共同创作纲领"、"大规模"、"普遍性"、"与时代发展方向相一致"等特征，这一看法与苏联波斯彼洛夫的观点极为相似。波斯彼洛夫是原苏联莫斯科大学教授，在其理论代表作《文学原理》（1978）中，他从"流派中心论"文学史观出发，将"文学思潮"和文学流派视为文学发展的"阶段"，并对文学思潮与文学流派的关系、文学思潮产生、形成的基本规律、文学思潮的主要特征等方面提出了自己的一些看法，颇有见地。但是，波斯彼洛夫的文学思潮观局限在"共同创作纲领论"的狭隘视野内，以为文学思潮是在某一历史阶段上，由有共同的纲领、共同的创作理论以及相同或近似的艺术风格的作家群掀起的思想潮流。因此，他只承认欧洲近代的古典主义是世界上第一个文学思潮，其前的人文主义文学和其后的启蒙主义文学因为没有共同的纲领、共同的创作理论，因而不能称之为文学思潮。

1990 年出版的《中国大百科全书》（美术卷）对"美术思潮"的解释是："从动态的角度指一定历史时期内广泛影响人们美术活动的观念体系。"[1] 后面还阐述了美术思潮和美术运动的关系以及美术思潮兴起的原因。释义十分强调美术思潮的动态性、思潮影响一定历史时期人们的美术活动的广泛作用、美术思潮和美术运动的依存性以及美术思潮兴起与社会审美理想、文学思潮、哲学思潮相关联的复杂关系，肯定"美术思潮"是比"美术流派"层次更高的一个概念等等，这样的理解显然符合事实。不过作为定义，却还有极不周全之处：首先，把思潮视为一种先在的"观念体系"，实际上仅涉及思潮内涵的局部而非整体，忽视了思潮观念性质的过程性与群体性。因为一种思潮既然是动态的，那么它就必然是一个过程，这种观念体系既有其历史与现实生成的开端，也有在发展过程中融入思潮活动参与者的观念因素而导致的种种变化甚至变异，它绝不是一种一成不变的理论教条。其次，定义虽然正确地把思潮的范围界定在"美术活动"，却又把"通常使用"这一概念的主体局限于"批评家"，极易误导人们把美术思潮理解为只是某种教条式的美术理论。第三，只看到美术思潮与美术运动的依存关系，却没有提及他们的区别。

---

[1] 《中国大百科全书》（美术Ⅰ），中国大百科全书出版社 1990 年版，第 528 页。

二

　　新时期直接探讨文学思潮理论的论文并不多，在 80 年代初开始出现，接着在某些思潮史、思潮批评著作或某些文学论文中也有程度与范围不同的有关思潮理论的直接论述，这些思潮观从思潮性质角度看可分为三大类：社会思潮反映论、创作类型论和特殊类型论。

　　所谓社会思潮反映论，即认为文学思潮是社会思潮的组成部分，或者文学思潮实际上就是社会思潮在文学上的反映或表现。例如，陈辽在 80 年代初就一再著文主张，文学思潮是社会思潮的一部分或组成部分或社会思潮的主流和冲击力最强的重要组成部分。他认为，从中国现代文学史来看，可以归纳出能够称之为文学思潮的三个标准：一、有一面公开打出的旗帜；二、有一批作家、作者拥护支持这面旗帜，并为实现这些主张而积极从事创作实践；三、有一批作品体现了这些文学主张，在文学史上留下了创作成果。对照当代中国文学，他认为由于当代中国文学的特殊性，第一条标准必须改为着眼于文艺观点和文艺主张，而不一定是公开打出过什么文艺旗帜。因此，凡是曾经为我国文艺界的相当一部分人共同想过、共同实践过，并在当代文学发展中产生过相当影响的文艺观点、文艺主张，就可以称之为当代的文艺思潮。① 论者从理论、实践和实践成果的结合上认识文学思潮，这是合理的。但其缺陷也十分明显，首先，论者只从创作领域来界定文学思潮的范围，无视文学活动的系统性，观点难免片面；其次，这种观点把文学思潮与社会思潮的复杂关系简单化为单向性的反映与被反映的关系，因而往往导致只重视理论形态的文学思想（实际上多是文学中反映的社会的政治的思想）而忽视创作中体现的非理论形态的文学思想，甚至排除创作而把文学思潮等同于文学运动或文学思想斗争；第三，混淆了社会思潮和和社会政治重要事件的区别，尤其容易把政治思想、政治制度、政治活动（政治斗争、政治事件）与政治思潮相等同并以前者取代后者，进而混淆

---

　　① 陈辽：《论当代文艺思潮的特殊性》，《当代文艺思潮》1983 年第 2 期；《论新时期的文学思潮》，《奔流》1984 年第 11 期；《社会思潮、文艺思潮和文学流派》，见马良春、张大明、李葆琰：《中国现代文学思潮流派讨论集》，人民文学出版社 1982 年版；《论当代文艺思潮的特殊性》，《当代文艺思潮》1983 年第 2 期。

文学思潮与非艺术的社会思潮的界限，取消各自的独立性和特殊性；第四，将文学思潮视为创作类型，必然把文学思潮泛化，以社会思潮为标准随意分类，实际上取消了文学思潮的历史规定性。

创作类型论就是把文学思潮只看做是创作的类型或理论的类型，认为文学思潮不过是"后人的分类，是后人为了更清楚地说明问题而从当时人的思想活动中抽象出来的"，① 这是类型论文学思潮观持论者共同的思维起点。由于这一"抽象"、"分类"的成见，从而抹杀了文学思潮的历史具体性和文学思潮作为一个整体的观念体系的独一无二的系统特性，文学思潮研究就必然混同于建立在假定的特殊属性识别基础上的对作品或创作理论进行分类编组的类型研究，引起极大的理论混乱。例如，在文学思潮内涵的界定和理解上就趋于两个极端：一是抽象狭义化，一是滥用泛化。抽象狭义化的表现如厨川白村主张的那样，整个文学史贯穿的只是"灵"与"肉"两种思潮的兴衰交替或交融；或如我国长期以来有人认为从古到今只有现实主义和浪漫主义两股文学思潮犹如两条长河一泻万古；或说文学的历史就是现实主义文学思潮与反现实主义文学思潮斗争的历史。其错误就在于把文学思潮从历史中抽象出来，视为可以不受社会历史条件制约而在历史中反复出现的类型。类型论的简单化更为有害的后果是将历史具体的特殊性错误地夸大为永恒的普遍性。例如有人依据马克思和恩格斯曾经坚决支持19世纪30年代以后新兴的现实主义而批判当时的消极浪漫主义的特殊事实来错误地推导出一个普遍性的结论：在任何时代，浪漫主义都是必须反对的，只有现实主义才是唯一正确的创作方法，从而片面地强调现实主义，排斥浪漫主义和其他思潮。与抽象狭义化相对的另一极端——"滥用泛化"的表现，则是把一切具有一定代表性的文学现象——如我国80年代出现的"伤痕文学"、"反思文学"、"反封建文学"、"寻根文学"、"改革文学"、"花环文学"、"大墙文学"、"朦胧诗"等等都称之为"文学思潮"。其根本性的错误在于以类型论的思维模式而又误用非文学的即社会学的分类法，以题材为依据给文学分类编组。

1985—1986年，陈剑晖发表了两篇涉及文艺思潮概念和范围的理论探讨的

---

① 陈伯海：《近四百年中国文学思潮史》，东方出版中心1997年版，第298页。

论文。① 他针对把文学思潮等同于文艺观点、文艺主张、思想倾向或创作方法和创作原则的文艺思潮观进行了尖锐批评。他认为，这几种观点的错误都在于只看到文学思潮的局部性质，而看不到文艺思潮的整体属性，是认识不够全面的问题。为此，他对文艺思潮的内涵进行了这样的界定："文艺思潮是指这样一种现象，在历史发展的某一个特定时期，由于时代生活的推动，社会思潮的影响，哲学思想的渗透，一些世界观、艺术情趣相近的文学艺术家，在共同或相近的文艺思想指导下，用共同的或相近的题材、表现手法创作了一大批艺术风格接近的文艺作品。这些作品不仅具有鲜明的时代和个人特色，而且在社会上产生广泛的影响，形成了某种思想倾向和潮流（有时是运动），于是，我们便把它称为文艺思潮。"② 论者强调必须具有如下三个条件才能够称为文艺思潮：（1）有社会思潮、哲学思想做基础；（2）有文艺思想、创作理论的指导；（3）有一批艺术风格相近的作品体现了这种文艺思想和理论。三个条件缺一不可。论者从社会条件、理论指导和创作实践三方面给"严格意义上的文艺思潮"概念作了规定，似乎是很全面的。但是，这一观点仍然局限于创作类型论的范畴来界定文学思潮，与只看到一两种属性的"片面认识"一样，即使多看到几种属性的自以为"全面"的抽象，还是分类法的"特别属性识别"，其"假设性"相当明显。

特殊类型论本是日本学者竹内敏雄在1941年提出的文学思潮观，他在《文艺思潮论》一文中，探讨文学思潮的定义、文学思潮的构成因素和文学思潮的风格类型定位。竹内敏雄认为，文学思潮是"作为语言艺术的文艺领域的精神潮流。"③ 但这种"精神潮流"实际上是"具体的、生动的类型。"④ 所谓"具体"、"生动"，是强调文学思潮的历史性、具体性，是从历史归纳角度的定位；但文学思潮又存在着"类型性特征"，可以说是"直观的思考"的产物，终究需要伴随着某种程度上的逻辑抽象才能把握。所以，他断言文学思潮"一定是

---

① 陈剑晖：《文艺思潮：概念、范围及其意义新探——〈新时期文艺思潮漫论〉之一章》，《海南大学学报》（社会科学版）1985年第3期；《骚动与喧哗——新时期文学思潮一瞥》，《当代作家评论》1986年第6期。

② 陈剑晖：《文艺思潮：概念、范围及其意义新探——〈新时期文艺思潮漫论〉之一章》，《海南大学学报》（社会科学版）1985年第3期，第3页。

③ ［日］竹内敏雄：《文艺思潮论》，河出孝雄：《文艺思潮》，东京河出书房1941年版，第3页。

④ ［日］竹内敏雄：《文艺思潮论》，河出孝雄：《文艺思潮》，东京河出书房1941年版，第7页。

特别的类型性精神现象。"① 竹内氏力图兼顾逻辑与历史两方面去给文学思潮进行理论性质的定位，其思维指向是辩证的，虽然没有达到彻底的历史和逻辑的统一，却比其他观点有较大的超越，既没有纯逻辑抽象的类型论那样明显的假定性、随意性，也避免了波斯彼洛夫那样不彻底的历史归纳的以偏概全，理论涵盖面无论是从历时维度还是从共时方向看都有较大的拓展。竹内氏的思潮观最大的弱点是仍然局限于创作领域的界定，而且把文学思潮与群体风格相等同。他认为文学思潮和文学风格"不外是从稍为不同的观点来看的同一的客观精神现象。……只能说是在各种情况下都相互不能完全区分的相关性概念"。② 这种思潮风格同一说的不妥，首先在于将作为观念层面的文学思潮与作为实践结果的文学作品体现出的审美特征混为一谈，显然有违逻辑，同时也表明他的视野始终将文学思潮局限于创作范围，从而取消了理论、批评、鉴赏等领域文学思潮的存在。其次，竹内氏的思潮风格同一说极易使人将文学思潮视为抽象风格那样的"类型"，使文学思潮失去历史规定性。

竹内敏雄提出的特殊类型论在中国长达半个世纪无人关注，一直到 20 世纪 90 年代，我们才在叶渭渠的《日本古代文学思潮史》中看到竹内敏雄文学思潮观的影响。在该书的"绪论"中，叶渭渠认为，共同纲领论那样的文学思潮观是一种狭义解释，其主要缺点在于"将文学思想与文学思潮严格区别开来"。因此，他在赞同竹内敏雄的文学思潮定义的基础上，主张广义地将文学思潮理解为包括以"主义"形态出现和普及以前的文学思想。文学思想与文学思潮属于"同一个概念范畴，两者不能绝对区别开来。如果说有区别的话，就是对不同发展阶段的不同称谓罢了。"③ 叶渭渠从文学思想与文学思潮的关系认识文学思潮，不仅在文学发展史的纵向上要求系统整体地考察，承认文学思潮与文学思想联系的历史特征——阶段性，同时对具体文学思潮的生成也应以系统整体观辨析它如何由非成潮形态的文学思想向成潮形态文学思想的发展过程，避免孤立片面地只看到创作层面的文学思潮或已经成潮的形态，体现了系统整体观的科学性。特别应指出的是，叶渭渠超越了竹内敏雄思潮风格同一说的狭隘，并不把文学思潮局限于团体创作层面，而认识到文学思想"包括文学理论、文学批评、

---

① ［日］竹内敏雄：《文艺思潮论》，河出孝雄：《文艺思潮》，东京河出书房 1941 年版，第 7 页。

② ［日］竹内敏雄：《文艺思潮论》，河出孝雄：《文艺思潮》，东京河出书房 1941 年版，第 11—12 页。

③ 叶渭渠：《日本古代文学思潮史》，中国社会科学出版社 1996 年版。

创作理念"等层次，这是颇有见地的。当然，笔者认为，还应该包括文学欣赏层面的审美趣味、审美观念，作为文学思潮的文学思想才更完整。叶渭渠对文学思潮历史发展形态的阶段性也予以了足够的重视，但他把前艺术时代与其他意识浑融一体的文学意识也称为"文学思想"，将尚无一点点自觉的文学观念的阶段也视为文学思潮历史发展的第一个阶段，则似乎过于牵强，易于重陷泛思潮化的误区。

新时期文学思潮的理论自觉还表现在个别学者已经较深刻地明确认识到：文学思潮是个纲，但这个纲不易把握。因为，"它隐蔽在许多文学现象的背后，渗透到许多方面"①，不仅在文学创作，也在理论、批评、流派及文学论争等文学现象中体现出来。刘增杰等学者在编写《19—20世纪中国文学思潮史》② 时，已自觉地"在理论、批评、流派及文学论争等文学现象中"理解与分析文学思潮。

三

作为第一部研究文学思潮原理的专著，笔者的《文学思潮论》于2000年出版，结束了文学思潮原理系统研究长期空白的历史，也意味着文学思潮理论建构新阶段的开始。

《文学思潮论》对文学思潮的历史和现状进行了宏观与微观相结合的综合考察，对已有文学思潮研究成果进行梳理、批判、扬弃和整合，在文学活动系统和文化系统中科学分析文学思潮的概念内涵、构成因素、整体结构、内外特征、系统功能及其产生、发展的历史形态和逻辑类型，初步完成较为系统完整的文学思潮理论的建构。

拙著从确认文学思潮是一个比喻性名称切入，然后结合丰富的文学史事实考察现有的类型论、分期论和特殊类型论等三种有代表性的关于文学思潮概念理论性质的观点，在批判与整合的基础上，从广及文学理论、文学批评、文学创作和文学接受的整个文学活动系统的逻辑外延上提出了一个历史与逻辑相统

---

① 严家炎：《文学思潮研究的二三感想》，《河南大学学报》（社科版）1992年第5期，第1页。
② 赵福生、杜运通：《从新潮到奔流》，河南大学出版社1992年版；刘增杰：《战火中的缪斯》，河南大学出版社1992年版。

一的比较科学的文学思潮定义："文学思潮是特定历史时期文学活动系统中受某种文学规范体系所支配的群体性思想趋向。"① 与已有定义相比，其长处较明显。一是可以避免误导误解。常见的文学思潮定义，一般都把文学思潮定义为"思想倾向"或"创作潮流"，极易误导人们对文学思潮的理解陷于片面。因为，"思想倾向"的说法，易与文学作品的"倾向性"相混淆，常使人误以为"倾向性"是文学思潮的主要本质，导致把凡是具有某种倾向性的文学现象都看成是文学思潮；而"创作潮流"的界定，本意是以"潮流"比喻创作的态势，但因为是一种比喻，不能确指其本体属性，而且也容易使人误以为文学思潮仅指创作现象，甚至局限于文学作品的层面去理解。笔者以文学活动系统中的"思想趋向"来界定，就很明确地揭示了文学思潮所具有的群体的、动态的、文学的、精神性的等等特质，不容易引起误解。二是强调文学思潮的历史性，但没有仿效常见定义那样特别点明制约和影响文学思潮产生、形成、发展的社会政治、经济变革和阶级斗争、社会思潮等社会历史条件、思想基础的制约和影响，并不意味着否认这些因素的作用，而是因为这些因素乃"特定历史时期"以及"某种文学规范体系"题中应有之义，不必特别点明，既可避免定义冗赘，又摆脱了常见定义只强调文学思潮形成的社会原因而不重视文学思潮内在本质的"左"倾流弊。三是把文学思潮规定为"文学活动系统"范围内的"思想趋向"，防止把文学思潮局限于创作思潮或文学活动中某一方面的思潮的片面理解，使定义能在历时的过去与未来、共时的广阔空间等维度上都有符合客观实际和必然可能的外延广容性。四是突出了文学思潮在文学系统内的"思潮"属性和在社会意识形态系统中的"文学"属性，加强了个别特征在系统内外识别的有效性。笔者强调文学思潮的涵义可分为两层来理解，首先，它的核心是一种体系性的文学思想，可称之为"文学规范体系"，如同科学史上的"范式"。它是动态的，有发展的阶段性特征。其次，文学思潮是文学活动系统中主体群体在文学规范体系支配下的动态的观念整体，也就是文学规范体系在群体活动

---

① 卢铁澎：《文学思潮论》，青岛出版社 2000 年版，第 62 页。需要顺便提及的是，笔者对"文学思潮"的这一界定在笔者执笔的《中国当代文艺思潮》（中国人民大学出版社 2002 年版）导论一章中重申时，由于该书在出版社编辑过程中的差错，被误改为"文学思潮是特定历史时期文学活动系统中受某种文学规范体系所支配的作家的群体性思想趋向。"（见该书第 20 页）插入了"作家"二字的这一定义就与笔者的本意和全部论证完全背道而驰，因为笔者始终反对的就是片面地把文学思潮视为仅是作家创作的思潮。这一定义在《中国当代文艺思潮》第二版才得以纠正（中国人民大学出版社 2009 年版，第 18 页）。

中的展开、增殖，群体活动既受文学规范体系制约支配，又对它产生反作用、促使它随着现实的发展而衍变。

关于文学思潮的系统构成，笔者认为，作为特定文学活动整体范围内的观念系统的文学思潮，从其要素形态来说是由理论形态思想要素和非理论形态思想要素构成的；从构成要素的性质来看，文学思潮则是美学观念要素和历史观念要素辩证统一的整体融合。构成范围、要素形态与要素性质三个层面不同的配置，决定了文学思潮的历史的具体的特征。

《文学思潮论》对以往思潮观的超越还表现在摆脱了把文学思潮视同于文学创作或文学史或文学理论论争等片面认识，将文学思潮放在文学系统和文化系统内进行立体多维的全面考察，努力澄清文学思潮与文学风格、流派、运动和创作方法等概念长期混淆的理论根源，理清文学思潮与现实基础、社会思潮的辩证关系及其发展规律，剖析了文学思潮在文学系统和文化系统内的结构功能。例如，对于文学思潮与文学风格、流派、运动和创作方法的关系，笔者认为，文学思潮、文学流派、创作方法、文学风格和文学运动之所以多有共名，就因为它们常常结合一体。只有抓住各自的本质、内涵、特征、功能的不同，才可以明确地加以区分。确认文学思潮在文学系统内的特征是"思"——属于文学活动的观念层面，那么它与文学活动的其他范畴就不难区别。当它们融合一体的时候，文学思潮是它们的灵魂和核心，流派、运动则是文学思潮的两翼，创作方法是文学思潮与创作实践的中介，文学风格（群体风格）是在创作成果中表现出来的文学思潮的审美特征。

对于文学思潮的逻辑类型和发生、发展的历史形态等，《文学思潮论》也提出了自己的见解，显示了系统研究的显著长处。

《文学思潮论》在文学思潮理论建设上具有"拓荒性"的学术价值得到了学界专家的充分肯定。[①] 但也正因为其"拓荒性"，难免存在着种种不足。例如，文学思潮与社会思潮以及民族文化各领域的关系相当复杂，其历史体现无限丰富，《文学思潮论》对这一问题的论述尚为有限，还需要增加更多的篇幅，才能分析得更透彻。还有，文学思潮的跨地域、跨民族、跨文化国际传播和变

---

① 陆贵山：《文学思潮学理难题的拓荒性突破》，《文艺报》2000 年 10 月 24 日。另见张炯在《文艺报》（2003 年 7 月 22 日）发表的《理清源流尊重历史》和冯宪光在《文学评论》（2004 年第 2 期）发表的《中国当代文艺现象研究的新成果》，都对笔者提出的文学思潮理论新观点作了充分的肯定。

异的规律对于理解近现代文学思潮尤其是中国现当代文学思潮实践具有重要的意义，笔者在书中对这一问题尚无深入探讨。

20 世纪中国的艺术思潮理论限于文学、美术门类的思潮理论研究，走了一条异常曲折艰难的漫长道路，终于在世纪末放射出理论自觉的曙光。人们完全有理由坚信：整体意义上的艺术思潮理论建设在新世纪的中国必将出现突破性的飞跃发展。

20 世纪外国短篇小说思潮

　　牛顿在基督教的时间表影响下，曾经预言宇宙将在公元 2000 年终结，世界末日来临。虽然，我们今天还活着的事实证明了牛顿的预言是一个巨大的错误，但当瓦特在牛顿去世后半个世纪发明蒸汽机时，他和他那个时代的人们也许都没想到随之而来的工业革命给资本主义和人类带来了前所未有的光明、信心和进步的同时，那巨大的动力和势能却也在把人类一步步地推向 20 世纪爆发的人间地狱般的巨大灾难和精神危机的黑暗深渊。

　　在工业化市场化城市化信息化——现代化的 20 世纪，人类社会发展突飞猛进，风驰电掣。可是，在这个一日千里地发展着的世纪里，前五十年接连爆发了两次世界大战，无论是规模的巨大还是血腥残酷的程度均史无前例；在历史上曾经起过非常革命的作用的资产阶级，创造了比过去一切世代还要多还要大的生产力，也创造了自己的敌人——无产阶级。颠覆资产阶级统治的无产阶级革命在 20 世纪眨眼间星火燎原，风起云涌。待到二战结束后，一批社会主义国家如雨后春笋般纷纷建立，在资本主义的卧榻之旁高歌喧响。到了后半世纪，随着分别以美苏为首的资本主义与社会主义两大政治阵营的形成，针锋相对剑拔弩张的冷战兴起并旷日持久；世纪末，社会主义帝国苏联一夜之间轰然崩塌，东欧社会主义集团迅速瓦解，国际社会主义运动跌入低谷；冷战结束了，但冷战思维的巨大惯性却刹不住车，一超独霸与经济全球化，对世界各国全方位的震荡冲击连绵不绝，地区争端和局部战争持续不断，国家、民族、文化……种种矛盾冲突仍旧层出不穷。

　　刚刚过去的 20 世纪，犹如激光幻影般色彩纷杂斑斓，令人激动、战栗、震惊、迷茫。德国哲学家尼采在 19 世纪末喊出的"上帝死了"的宣告，在 20 世纪里似乎得到了无可辩驳的现实验证。战争与革命的硝烟吞噬了无数宝贵的生命，现代化的飓风无情地摧毁传统的生活方式，在人类的心海里掀起了冲天巨澜，留下了数代人无法平复的创痛。物理学、生物学、心理学的新发现，科学技术飞速发展取得的巨大成就，导致传统观念权威的动摇、崩塌和瓦解，人们的情感和价值观经历了一次又一次的危机和重塑。20 世纪的每一个历史脚步，都在人类的心路历程上踏下了深深的泥泞巨迹。60 年代末，在人类心底混杂不清的千言万语中突然蹦出的那一声——"百年孤独"，与其说是哥伦比亚作家加西亚·马尔克斯创作的一部长篇小说的题目，还不如说它是人类的一声世纪叹息，凄厉无奈，撕心裂肺，沉重悠长，不啻是"上帝死了"的回应与惋惜，不仅在浩瀚海洋般的长篇小说中穿越回荡，同样也在历史碎片般的无数短篇小说里起伏缠绕。

点击 20 世纪的外国文学版图，作为主体的现实主义、现代主义和后现代主义三大文学思潮的时空版块既清晰又犬牙交错，边界模糊。三大思潮的小说家们大多能长中短篇多管齐下，因此 20 世纪外国短篇小说虽不及长篇小说的灿烂辉煌却也不乏锦簇花团。

一

现实主义文学思潮由于拥有 19 世纪就已达到登峰造极的雄厚家底，面对后生而一起跨越世纪门槛的现代主义的迅速兴起和在新世纪后半叶生成的后现代主义咄咄逼人的竞争态势，虽有危机和压力并且失去了上一世纪叱咤风云的主流地位，却并未完全失去世家巨子的雍容优雅，失势而不失志，坚持而不固执，在 20 世纪文学史舞台上坚守时代赋予自己的角色。19 世纪现实主义文学思潮上承欧洲传统的模仿论艺术观，同时吸纳理性主义、实证哲学、进化论、唯物主义以及科学万能主义等等时代意识，主张文学创作应是对外在世界和社会生活现实的真实而客观地再现，通过典型环境和典型细节塑造出典型的人物形象，从而把握和揭示出特定时代的社会生活本质。巴尔扎克、托尔斯泰等小说大师既是 20 世纪现实主义小说家们的垂范，也是他们创新和超越的路标。巴尔扎克小说对外在现实和人物形象的忠实、客观再现，托尔斯泰对人物心理意识的开掘，都为新世纪现实主义小说创作既坚持对社会生活的忠实再现又顺遂"内向化"的时代潮流奠定了坚实的基础，并昭示了与现代主义非理性主义"内向化"相区别的发展方向；而讲究情节的莫泊桑式与诗意洋溢的契诃夫式两种创作倾向，则直接地影响了 20 世纪的现实主义短篇小说创作。在此基础上，20 世纪的现实主义短篇小说与时俱进，异彩纷呈，既有欧美各国应时的众多流派，又有苏联以及受其影响的世界各国的无产阶级文学和社会主义国家流行的社会主义现实主义文学，更有拉美的魔幻现实主义文学。

125

　　法国 20 世纪的反战小说、平民主义小说、社会小说、心理小说、历史小说和乡土小说等不同类型中都有现实主义创作，现实主义短篇小说的代表作家是法朗士、巴比塞、莫洛亚、莫里亚克、阿拉贡、杜拉斯等。法朗士是跨世纪的现实主义作家，他的《克兰比事件》（1901）是 20 世纪最早出现的短篇小说杰作，小说通过一个卖菜老人无辜被控罪、罚款、监禁的不幸遭遇，凸显军警、司法的腐败和社会的黑暗。著名心理小说家莫里亚克的现实主义创作已融入现代主义的特色，《苔雷丝求医》（1933）、《苔雷丝在旅馆》（1933）是他的短篇小说代表作。

　　英国的现实主义文学在 19 世纪也已取得巨大成就，但短篇小说创作贫乏，直到 20 世纪才迎来蓬勃发展的态势，著名的长篇小说家如威尔斯、高尔斯华绥、劳伦斯等都留下了不少现实主义短篇小说，甚至出现了以现实主义短篇小说创作赢得最高荣誉的毛姆，以及主要创作短篇小说并标志着英国短篇小说艺术成熟的凯瑟琳·曼斯菲尔德，这位女作家同时还是英国现实主义短篇小说内向化新风的开拓者。

　　美国的现实主义文学包括自然主义，因为自然主义不是非现实主义，而是现实主义的"特殊形式"。现实主义文学在 20 世纪美国贯穿始终，无论现代主义和后现代主义如何喧嚣，也不曾沉默或断绝，并且彼消我长，不失时机地掀起一轮轮的创作高潮。涌现了欧·亨利、厄普森·辛克莱、杰克·伦敦、德莱塞、斯坦贝克、约翰·契佛、菲茨杰拉尔德、海明威等作家创作的大批优秀短篇小说。世纪初，首先是豪威尔斯的大力倡导，为现实主义文学在美国的发展做出了卓越的理论贡献。欧·亨利与爱伦·坡一起被誉为美国短篇小说的创始人，欧·亨利的主要成就则在于现实主义短篇小说创作的成功实践为美国打响了 20 世纪文学的头一炮：从 1902 年到纽约直至 1910 年逝世，欧·亨利以几乎每周一篇的速度，八年中发表了 300 多篇短篇小说，他以莫泊桑式的曲折情节、结尾出人意料的精巧构思、对小人物的关注赞美和"含泪的微笑"的幽默风格，博得了平民读者的广泛欢迎。在 20—30 年代，美国文学迎来了 20 世纪头一轮繁荣期，虽然现代主义在这个时期的发展使美国文学深受世界瞩目，但以海明威、菲茨杰拉尔德等为代表的"迷惘的一代"的现实主义短篇小说创作的成就也不容忽视。海明威被视为"美国式"作家典范，拥有最多的青年读者。《没有女人的男人》（1927）是他最优秀的短篇小说集，《乞力马扎罗的雪》（1936）是他最杰出的短篇名作，都典型地体现了海明威创作的"硬汉子"气魄和独特的艺术风格。二战后，现代主义思潮繁盛渐去，一代新现实主义作家登上美国文学舞台，现实主义再度崛起，与后现代主义共分后半世纪文学江山。战后现实主义由于对战争苦难的根源刻意于心理、道德的探索而被称为"道德现实主义"。至 70 年代，美国现实主义文学流派纷呈，战争文学、犹太文学、黑人文学、南方文学和妇女文学等先后出现。绵延至世纪末的美国现实主义思潮不断发生着与传统现实主义不同的变化，其中也不乏优秀的短篇小说创作。

现实主义是俄罗斯 20 世纪文学的主流。早在"白银时代"（1890—1917），托尔斯泰、契诃夫等老作家和魏烈萨耶夫、库普林、蒲宁和安德烈耶夫等文坛新秀的活跃，标志着跨世纪的俄罗斯批判现实主义文学依然生机蓬勃。安德烈耶夫创作了《红笑》（1905）、《七个绞刑犯的故事》（1908）等一批优秀的短篇小说，将现实主义和现代主义成功地结合在一起，作品"都含着严肃的现实性以及深刻的纤细"，形成了在同时代的俄罗斯作家中最突出最独特的艺术风格，得到了高尔基和鲁迅的高度肯定与赞扬。而高尔基、绥拉菲莫维奇等人的新型的现实主义创作的出现和成功，则宣告了 20 世纪俄苏无产阶级文学——社会主义文学的隆重登场。在斯大林时代，由于"拉普"的极左幼稚病干扰以及日丹诺夫主义的政治高压干预，苏联作家陷入了长期的文学暗淡年代，这种暗淡甚至延续至斯大林去世后的"解冻"时期。尽管如此，阿·托尔斯泰、肖洛霍夫、左琴科、帕斯捷尔纳克、索尔仁尼琴等一批作家在恶劣的艺术处境中，依然成就了自己的现实主义文学事业。左琴科从 20 年代起发表了一大批短篇幽默讽刺小说，由于在小说中揭露了苏联社会的黑暗面，因而不断招来激烈批判。1946年发表的《猴子奇遇记》被日丹诺夫指责为"仇恨苏维埃制度"的"毒草"，作家因此被禁止发表作品，生存也陷入了困境。1958 年帕斯捷尔纳克因为在境外发表作品并获诺贝尔文学奖，被苏联作协开除会籍，在全国性的大批判和驱逐的威胁下，被迫表示拒绝到瑞典领奖。索尔仁尼琴则在 1974 年背着"持不同政见者"的罪名被驱逐出境。相比之下，肖洛霍夫却是一个幸运者，他在 20 年代以短篇小说集《顿河故事》进入文坛，斯大林逝世后的"解冻"时期又以短篇小说《一个人的遭遇》（1956—1957），开拓了以深沉的人道主义视角反映战争的"新浪潮"文学模式，尽管他的长篇小说代表作《静静的顿河》（1928—1940）曾被怀疑抄袭而引发长期争议，他的小说中也有对苏维埃制度缺陷的暴露，但这一切都并不妨碍他在国内连获殊荣，身居要职，而且在国外也广受欢迎，摘取了 1965 年诺贝尔文学奖桂冠。

20 世纪拉美的现实主义文学思潮也异彩纷呈，有魔幻现实主义、结构现实主义和心理现实主义等不同流派，其中成就最高、影响最大的是魔幻现实主义。

由于魔幻现实主义作品中充满神奇、夸张、荒诞的"魔幻"色彩，与现代主义的艺术风格十分类似，而且魔幻现实主义的作家也并不否认自己曾受欧洲现代主义文学创作的影响，因此有人主张将魔幻现实主义视为现代主义或后现代主义。虽然不少魔幻现实主义作家也不承认自己属于魔幻现实主义这个流派，但也反对归入现代主义或后现代主义。魔幻现实主义最杰出的代表、哥伦比亚作家加西亚·马尔克斯就始终坚称自己的创作是现实主义，所谓"魔幻"的东西，恰恰是拉美的现实特征，并非作家的主观硬造。加西亚·马尔克斯宣称在自己所写作的任何一本书里，"没有一处描述是缺乏事实根据的。"① 在拉丁美洲的一些国家里，"一夜之间，强盗变成了国王，逃犯变成了将军，妓女变成了总督"，或与此相反的情况都是实实在在的社会现实。② 魔幻现实主义文学是在印第安文化背景下运用印第安人原始思维来观照现实的，这也是其神奇性的重要根源，印第安人的"现实"包含着物质世界的现实和幻想世界的现实，两种现实的统一组成了他们生活的全部内容，两种现实在他们看来是没有区别的，都是客观的、真实的，魔幻现实主义所反映的正是这样一种"现实"——拉美大陆独有的、无处不在的神奇现实，它生动、奇妙、原始，无论怎样夸张、幻想，都"百分之百源于现实"。拉美魔幻现实主义从 30 年代出现，60 年代达到高峰。代表作家有危地马拉的阿斯图里亚斯、古巴的卡彭铁尔、墨西哥的胡安·鲁尔福、哥伦比亚的加西亚·马尔克斯、智利的伊沙贝尔·阿连德等人，几乎都有长、中、短篇小说创作。其中哥伦比亚作家马尔克斯的长篇小说《百年孤独》（1967）和短篇小说《巨翅老人》（1970）都是公认的魔幻现实主义文学的代表作品。

奥地利的茨威格、印度的泰戈尔等人也是 20 世纪优秀的现实主义作家，都创作有出色的短篇小说作品。

---

① ［哥伦比亚］加西亚·马尔克斯：《也谈文学与现实》，转引自陈光孚：《魔幻现实主义》，花城出版社 1986 年版，第 156—157 页。

② ［哥伦比亚］加西亚·马尔克斯：《也谈文学与现实》，转引自陈光孚：《魔幻现实主义》，花城出版社 1986 年版，第 156 页。

二

现代主义文学在 19 世纪末起源于法国，20 世纪上半叶兴盛于欧美，随即流行于世界各国，它不是单一的思潮或单一的流派，而是相当复杂甚至相互矛盾的多个思潮或多个流派的总称。现代主义在文学观、审美观与艺术形态等方面有与传统文学相对立的突出表现，当然也不乏内在的深层联系。

现代主义文学的产生与兴盛，是欧美资本主义竞争、垄断资本时代这一特定社会环境的产物。尤其是 20 世纪资本主义社会出现的经济危机、两次世界大战、物质至上的世风泛滥，给人类带来了空前的灾难，导致人们普遍的精神焦虑，敏感的知识分子对社会现实深感不满、迷茫、怀疑甚至发展到悲观绝望。他们觉得世界黑暗，充满罪恶，人们互相敌视，科学技术、物质文明的高速发展却使人越来异化为非人，人受到物的巨大压抑，生活空虚无聊，人类没有前途和希望。现代主义文学就是在这种社会危机基础上形成的信仰危机、精神空虚、理想破灭的社会心理的艺术升华。18 世纪以来由于资本主义社会矛盾激化而出现的各种非理性主义现代思潮，例如叔本华的唯意志论、尼采的超人哲学、柏格森的生命哲学、弗洛伊德的精神分析学说、荣格的集体无意识学说以及萨特的存在主义哲学等等，成了现代主义文学的思想基础，而且在发展过程中彼此渗透，相互呼应，形成了一股蔓延整个西方社会并影响全世界的文化思潮。

现代主义文学与传统文学最大的不同就在于他的"内向性"。由于现代社会的混乱，人的异化，现代主义者从怀疑到否定外在时空、社会、历史、自然与人的存在具有不以人的意志为转移的客观性，而把一切都视为主观意识的幻象，所谓事物的本质也只是人们各自不同的主观感觉、意念、心理体验等等。因而现代主义文学创作体现出强烈的反传统、非理性的特征：在内容上热衷于描写世界与人生的荒诞，强调物质环境对人的压抑，注重于抽象意念的表现，着力于人的内心世界——意识流尤其是潜意识的开掘；在艺术上运用深层象征的艺术形式，摆脱传统理性观念、写实手法的束缚，用非理性的心理真实取代传统的理性把握的外在真实。

后期象征主义、表现主义、未来主义、超现实主义、意识流、黑色幽默、存在主义、荒诞派戏剧等是现代主义文学的主要流派，但其中最有代表性而且在短篇小说创作上成就也最突出的是表现主义、意识流和存在主义。

　　表现主义诞生于 20 世纪初，盛行于 20 年代，最初出现在德国的绘画领域，然后影响到文学。表现主义反对摹写客观世界，主张表现人们对客观世界的内心感受，揭示人的灵魂；反对对外在事物的再现，而致力于直接表现事物的内在本质和永恒真理。他们认为所谓事物的本质并非客观的，而是主观的感受和幻象，是主观感受的真实。表现主义在艺术上常用象征的形象表现强烈的抽象感受，以极度的夸张抒发狂热的激情，作品中充满荒诞的境遇导致的压抑、忧郁、悲哀和痛苦。表现主义的文学成就大部分是戏剧创作，但奥地利的卡夫卡的主要成就是小说创作，而且以短篇小说见长，一生创作了七十多篇。他留下的长篇小说只有三部，都是未完成之作。他的短篇小说代表作《变形记》(1912)，描写一位旅行推销员一觉醒来变成了一只大甲虫，不仅丢了工作，还受到家人的嫌弃和虐待，被反锁在房里，最后悄悄死去。作品以变形的荒诞象征，揭示在西方社会中人的异化——非人化。这篇优秀小说成了表现主义、现代主义的经典作品之一。

　　意识流既是现代主义的一个流派，又是现代主义作家普遍运用的一种艺术手法。意识流文学的主要理论依据是詹姆斯、柏格森和弗洛伊德关于人的意识构成与运动形式的观点，作品一般通过描写意识的多层次流动尤其是潜意识的活动过程来表现作家对社会和人的本质的新认识，特别是对人的意识和心理的理解和解释。因此，夸大主观，强调本能，非理性、非逻辑地自由联想、梦幻、独白、时空跳跃……成为意识流文学的主要特点。法国的普鲁斯特、英国的伍尔夫、爱尔兰的乔伊斯、美国的福克纳都是意识流小说大师。伍尔夫和福克纳除了长篇小说的成就之外，也创作了典型地体现意识流特点的短篇小说。例如伍尔夫的《墙上的斑点》(1917)，主人公从墙上发现的一个小斑点引发了对往事的回忆和思接千代视通万里的联翩浮想，最后，由于旁人说话的打断，才知道墙上的斑点原来不过是一只爬着的"蜗牛"。全篇以第一人称的内心独白手法叙述内在意识各层面的自由流动，在主观意识的丰富与"斑点"的苍白形成的对照中，暗示外在事实的无意义。

　　存在主义作为文学思潮或流派的形成，得益于法国存在主义哲学家、作家萨特的创作示范和积极倡导。存在主义者认为世界是荒谬的，人生是痛苦的，人们之间互不相容，不可沟通，"他人就是地狱"。因而存在主义的文学创作既揭露世界的荒诞丑恶，又表现人的不幸和被毁灭的命运，极力渲染人们的孤独、焦虑和恐惧。萨特的文学成就除了戏剧、长篇小说外，还有短篇小说集《墙》(1939)。除萨特外，加缪和和波伏瓦也是存在主义的代表作家。

　　日本在 20—30 年代出现了照搬西方现代主义的新感觉派，否定客观现实的真实性，主张表现自我"感觉生活"的主观真实。代表作家横光利一、川端康成等人创作了一些日本的现代主义短篇小说。但川端康成始终没有放弃对日本古典传统美的继承和追求，即使在接受现代主义的新感觉运动期间，他还创作了在表现日本古典传统美方面具有代表性的短篇小说《伊豆的舞女》（1926），后来更是孜孜不倦地走"东西融合"的道路，取得了卓越的创作成就，成为1968 年度的诺贝尔文学奖得主。

　　现代主义无疑极大地开拓了艺术表现的新领域，引导人们普遍关注关于人类本质、生存处境和未来命运的严肃思考，但其悲观主义的偏激和"内向化"的极端也显而易见。

三

　　后现代主义是一个虽然时髦却十分复杂、众说纷纭、难以定义的术语。一般认为，后现代主义是 20 世纪五六十年代在西方发达资本主义国家出现的一种社会文化思潮，后现代主义文学就是这种社会文化思潮的一个组成部分，与现代主义既有联系又有区别。

　　后现代主义是后工业社会的特殊产物，后工业社会是以科学技术和信息为基础的社会，意味着人类进入了一个技术统治的时代，信息化、高技术化、传媒主导化、消费化是这个时代的主要特征。文化借助科学技术的巨大成就而迅速技术化、商业化、日常消费化，但文化的这种无所不在无所不包的扩张泛滥，又不可避免地导致它本身昔日具有的神秘性、神圣性和优越地位的丧失，昔日的文化观、审美观、价值观、知识体系都受到了广泛的质疑甚至否定，"反传统"、"反文化"、"反美学"、"反中心"……的后现代主义潮流应运而生。解构主义是后现代主义哲学的代表，这种哲学通过语言符号与意义关系的人为性、任意性、抽象性、虚构性，否定借助语言符号来认识和表达的客观世界和价值的真实性，是彻底的怀疑主义和虚无主义。因而，在解构主义者看来，所谓的客观现实、价值、意义并不存在，都不过是话语的虚构而已，一切都是语言符号的创造物。

　　后现代主义文学也不是传统意义上的思潮或流派，既没有统一性的组织，更无共同的纲领或宣言，因而它不是一群具体的作家或批评家的指称。因为后现代主义反对中心,"反对任何统一化的企图",主张多元性、差异性、包容性,所以,"反规范"也是后现代主义文学的普遍特征。后现代主义小说在内容上,反对传统文学观要求小说应有的价值、意义、深度和"真实";在形式上则否定传统小说的结构、体裁和话语表达方式,成为名副其实的反规范、反美学、反结构,反体裁的"反小说",具有极大的破坏性。后现代小说家对小说的政治、道德、美学等问题不感兴趣,不再追求小说的社会意义、道德功能,不为社会也不为读者而创作,甚至主张作者也必须在作品中消失。后现代主义否定意义,否定价值,后现代主义小说因而也反对解释,无法解释,写作就是写作,无论是作者还是读者,都只是为了享受作为一种表演、操作、制造、发现的写作与阅读行为所能带来的快乐,也就是说作家怎么写都行,读者怎么看都行。时空倒置,前后矛盾,无人物,无情节,无标点,不分段……都是后现代小说的拿手好戏。后现代小说发展到极端,就出现了把各种非文学体裁和表达方式都带进来的作品,例如车票、广告、档案材料、文件表格、设计图纸、商品说明书、化学分子式、数学符号公式……都成了小说的构成部分,甚至于出现了马可·萨波尔达的《作品第一号》那样的活页小说,即整部小说无页码,不装订,就像扑克牌一样,怎么组合都行,爱从哪看都可以。虽然后现代小说曾轰动一时,有的作家还摘下了诺贝尔文学奖桂冠,但由于不堪卒读,很快就失去了读者,必然地走向衰落,一些后现代主义作家在 80 年代后不得不逐渐回归现实主义。

哪些作品属于后现代小说?这也是人言人殊的问题。但 30 年代出现,50 年代成气候的法国"新小说"作品的后现代主义属性较为明显,较有代表性。主要作家包括娜塔丽·萨洛特、罗伯-格里耶、西蒙、布托尔等人。其中创作新小说时间最长,年纪最大的女作家娜塔丽·萨洛特的短篇小说创作很突出,她作为法国"新小说"的先驱,从三十二岁开始写作七年后才出版的《向性》(1939),直到她九十五岁时发表的《这里》(1995),这两部作为她新小说创作探索的开端和成熟阶段的标志性作品,都是短篇小说集。而以长篇小说创作著名的罗伯-格里耶也有一部短篇小说集《快照集》(1962)。

从现实主义到现代主义再到后现代主义,短篇小说在 20 世纪经历了一个脱胎换骨的变化过程。20 世纪过去了,短篇小说的发展却并没有结束。

20 世纪外国散文的特色

20 世纪外国文学中的散文创作数量庞大，成就卓著，名家辈出，风格多姿。但相对于小说、诗歌、戏剧创作而言，明显不受重视。在诸多原因之中，首要一点，或许与外国散文概念宽泛，创作涉及地域广阔，并且作者众多而少有专以散文为业或主要成就者等等因素相关。

"essay"是西方的文学概念，在中国或译"散文"，或译"随笔"，或译"小品"，或被认为就是包含"随笔"、"小品"在内的广义上的"散文"。"essay"（散文、随笔、小品）起于法兰西，繁荣于英国，影响广及全世界。散文可以称为"闲谈的文学"，正如厨川白村所描述的那样："如果是冬天，便坐在暖炉旁边的安乐椅上，倘在夏天，则披浴衣，啜苦茗，随随便便，和好友任心闲话，将这些话照样地移在纸上的东西，就是 essay。兴之所至，也说些以不至于头痛为度的道理罢。也有冷嘲，也有警句罢。既有 humor（滑稽），也有 pathos（感愤）。所谈的题目，天下国家的大事不待言，还有市井的琐事，书籍的批评，相识者的消息，以及自己的过去的追怀，想到什么就纵谈什么，而托于即兴之笔者，是这一类的文章。"① "闲谈"意味着自由。首先是形式的自由——随笔、评论、演讲、对谈、杂文、日记、书信、游记、序跋、札记、自传、回忆录、报告文学、人物传记……，凡诗歌、小说、戏剧之外的文学性作品，都是散文。还有内容的自由——不论是文化、历史、哲学、宗教、政治、经济、艺术、科技……，还是社会、人生、战争、和平、道德、爱情……，海阔天空，所有领域均可涉足。还有篇幅的自由——不拘长短。有人说：散文是文学的"孤儿院"，收留着所有其他文学体裁与形式所不能容纳的作品。但它除了文学性的要求外，并不一定只限于篇幅短小——"像孤儿那样都要年龄小"，即使如同希罗多德的《希波战争史》、布封的《自然史》、罗素的《西方哲学史》等鸿篇巨制，也属于散文名篇。还有表达方法的自由——议论、叙述、抒

① 《鲁迅全集》第十三卷，人民文学出版社 1973 年版，第 164—165 页。

情、描写均可。的确，散文实在是一个无限广阔、多样的文学领域，不能以任何单一的内容、技巧或风格概括其特征，其范畴只能以它不是诗歌、小说、戏剧来界定。

20世纪外国散文创作在继承散文历史传统的基础上开拓发展，具有鲜明的时代印记，在世纪情怀的倾诉中体现出形式上的丰富多姿、内容上的富于理性、倾向上的现实关注和风格上的气象万千等主要特征。

一、形式上的丰富多姿

由于报纸、杂志、期刊等出版物的激增，广播、电视、因特网等新式传播媒体的出现，20世纪散文的形式更多姿多彩，除了传统的随笔、评论、演讲、对谈、日记、书信、游记、序跋、札记、回忆录、报告文学、人物传记等等体裁之外，还有新闻、社论、专题报导、广播稿、电视稿等等都可以成为散文作品。在20世纪众多的散文名篇中，以随笔、游记、评论、演讲辞、书信、序跋、传记、日记、回忆录等体裁的作品居多。例如日本作家川端康成、东山魁夷的风景随笔、游记，伍尔夫、巴尔加斯·略萨的文学评论，萧伯纳的序跋、书信、音乐和戏剧评论，罗素涉及哲学、政治、科学、历史、宗教、道德、伦理、文艺的大量文章，丘吉尔、马丁·路德·金等的演讲辞，丘吉尔对一战和二战的历史回忆录和大量传记，里尔克、何塞·马蒂的书信，加缪的哲学随笔，罗曼·罗兰的人物传记，帕斯的社会学随笔，纪德的日记等等，都是20世纪颇有影响的优秀散文作品。此外，诗歌与散文相结合的散文诗出现了诸如高尔基的《海燕之歌》、《鹰之歌》那样的佳作名篇。博尔赫斯则把小说和散文融合一体，他的散文作品包含有小说的悬念和意味。显然，这是散文形式在20世纪的新发展，新成就。

二、内容上的富于理性

从古希腊的苏格拉底、柏拉图、亚里士多德以来，欧洲的散文就富于哲理，形成了长于理性和思辨的传统，20世纪的外国散文尤其是欧美散文大多继承、发展、丰富了这一优秀传统。散文虽然貌似闲谈，但作者们特别是像罗素、萨特、加缪等哲学大师的散文，都将自己对世界、社会、人生的理性思考和结论融入或严肃真率或轻松幽默、生动感人的散文话语中。罗素对美好生活的阐述和对英雄主义品质的肯定，就像格言般闪耀着哲理的光彩。例如，"美好生活由爱来激励，受知识指导。……尽管爱与知识都必要，但在某种意义上爱更重要。因为爱会引导聪明的人去寻求知识，看看怎样能使他们所爱的人得益。……没有善良愿望的喜悦可能是残酷；没有喜悦的善良愿望容易变得冷漠和有那么一点高人一等。""英雄的生涯是受英雄的壮志激励的，一个认为没有大事可干的青年必定成不了大事。"① 戏剧大师萧伯纳的散文中也不乏这类闪耀着哲理光彩的格言式幽默文字："讲理的人使自己适应世界，不讲理的人坚持要世界适应自己，所以一切进步得靠不讲理的人。""人生只有两个悲剧，一个是不能如愿，一个是如愿。""所有伟大的真理开始都是离经叛道之言。"② 还有出自丘吉尔演说中的至理名言："胜利——不惜一切代价，去赢得胜利。无论多么可怕，也要赢得胜利，无论道路多么遥远和艰难，也要赢得胜利。因为没有胜利，就不能生存。"③ 即使在东山魁夷的风景随笔中，也透露着深沉的哲理："人人心中都有一股泉水，日常的烦乱生活，遮蔽了它的声音。当你夜半突然醒来，你会从心灵的深处，听到悠然的鸣声，那正是潺潺的泉水啊！"④ "如果花儿常开不败，我们能永远活在地球上，那么花月相逢便不会引人如此动情。花开花落，方显出生命的灿烂光华，爱花赏花，更说明人对花木的无限珍惜。地球上瞬息即逝的事物，一旦有缘相遇，定会在人们的心里激起无限的喜悦。这不只限于樱花，即使路旁一棵无名小草，不是同样如此吗？"⑤ 德国作家海·伯尔的《懒惰哲学趣话》从题目到内容的哲理性更是十分鲜明。作品写了一位好为人师的旅游者开导一位懒惰渔夫，希望渔夫改变自己的懒惰习惯，"好好干一阵"，发家致富，成为大富翁，就可以不用再干活了，就可以逍遥自在地坐在港口眺览美丽的大海，在太阳底下打盹儿。可渔夫说，他现在就已经达到了旅游者所描绘的美好

---

① 转引自王佐良：《英国散文的流变》，商务印书馆 1994 年版，第 203、209 页。
② 转引自王佐良：《英国散文的流变》，商务印书馆 1994 年版，第 192、193 页。
③ ［英］丘吉尔：《热血、辛劳、眼泪和汗水》，王汉梁译，见邹海仑选编：《二十世纪外国散文精选》，人民文学出版社 2006 年版，第 102 页。
④ ［日］东山魁夷：《听泉》，陈德文译，见邹海仑选编：《二十世纪外国散文精选》，人民文学出版社 2006 年版，第 39 页。
⑤ ［日］东山魁夷：《一片树叶》，见陈德文主编：《冬天的富士》，百花文艺出版社 2000 年版，第 564 页。

目的："我正悠然自得地坐在港口打盹儿"，无需拼死拼活地"好好干一阵"。①衣衫寒碜的渔夫知足常乐的回答，反而使那位开导者犹如醍醐灌顶，深受开导，反过来对这位懒惰渔夫的生活方式产生了羡慕。这对于我们今日思考全球化、现代化洪流中充满财富贪欲的生活方式和可持续发展的关系不也富有哲理启迪吗？

三、倾向上的现实关注

20世纪外国散文虽然是"闲谈的文学"，但其优秀之作大多并不是"闲适"的无病呻吟，也不是闲极无聊的自我粉饰，更非花前月下的呢哝絮语。散文是作家关注现实社会人生、国家民族命运、人类生存处境和前途的讲坛，是作家揭露社会罪恶、人性丑陋和批判逆流谬误的锐利武器，承载着作家对社会、人类的赤子之心和大爱之情，大部分优秀的散文作品都有社会批评和文明批评的色彩。十月革命的丰功伟绩虽然随着苏联的解体而成为遥远的历史，但高尔基在短短的一篇散文诗《海燕之歌》里，通过"海燕"形象所喊出的时代战斗宣言——"让暴风雨来得更猛烈些吧"，所洋溢的无产阶级革命的壮志豪情，将永留文学史册。美国黑人领袖马丁·路德·金那篇著名的演讲辞《我有一个梦想》，以排山倒海的气势声讨美国种族歧视的现实罪恶，向所有黑人吹响了最嘹亮的追求自由平等的战斗号角。它不仅对在60年代曾亲耳聆听的人们来说是振聋发聩的人权宣言，而且，半个世纪以来甚至未来的读者都会为其追求"人生而平等"、"上帝的所有儿女"都能"终于自由"的伟大梦想所震撼和感动。对20世纪最重大的历史事件——两次世界大战，作家们也在散文里记录了自己的观察、分析与深沉的思考，充满了忧患意识。例如，高尔斯华绥在《远处的青山》中，对生灵惨遭涂炭的第一次世界大战的酷烈进行了反思，揭示了人们一面无限地渴求"白昼与夜晚的美好，云雀的欢歌，香花与芳草，健美的欢畅，空气的澄鲜，星辰的庄严，阳光的和煦，还有那清歌与曼舞，淳朴的友情"的和平生活，一面又讴歌战争，"偏偏要去追逐那浊流一般的命运"。面对人类如

---

① ［德］海·伯尔：《懒惰哲学趣话》，韩耀成译，见邹海仑选编：《二十世纪外国散文精选》，人民文学出版社2006年版。

此矛盾的心态，高尔斯华绥不禁怀疑"战争能永远终止吗?"为人类的前途深深担忧。[①] 而斯坦贝克的《战地随笔》也如实地展示了第二次世界大战给人类带来的空前灾难，指出战争最终将导致人类自我毁灭，如果不能阻止下一次世界大战的爆发，愚蠢的人类也就不配在地球上继续生存了。二战之后，过度的军备，过度的骄奢，特别是过度的一体化，在斯坦贝克看来，这预示着人类自我毁灭的命运不可避免! 罗素在《人类面临的危险》里，指出核武器的发展和竞赛的现实将导致可怕的后果，对人类的前途深感忧虑，他认为东西方大国核武竞赛之类的率意行为，正在把人类引向毁灭!

四、风格上的气象万千

正如厨川白村所说，散文最重要的是作者在作品中把自己的个性色彩浓厚地表现出来，散文的艺术魅力也就在于作品所展现的鲜明个性风格。[②] 20 世纪的外国散文，不同的国家有不同的风格类型：英国 20 世纪散文继承了平易和嘲讽的传统，但平易却不平淡，嘲讽的表现形式变化万千；法国散文的风格"首先是明晰，其次是明晰，再次还是明晰"（法朗士语）；美国散文的思辨性、写实性和幽默感突出；俄苏散文富于社会批判性和战斗精神；日本散文孜孜以求于东方之美——自然美、人情美、艺术美……每一位优秀的散文作家，其作品更有独特的个性风格。在英国散文平易的基调上，萧伯纳幽默，清澈见底，他主张，强调得有效果就是风格，他擅长于运用重复、对比、颠倒、一语中的和富于音乐感的节奏与速度来进行强调，形成自己的独特风格。罗素简练、透彻、风趣、豪迈、雅健。他主张准确，反对模糊，习惯于对自己头脑里出现的每一思想、要写的每一句话都反复思考，直到取得一种优美、清晰和韵律的统一，尤其追求简洁。伍尔夫的作品清新、秀逸、灵气，具有独特的女性散文魅力，她那随笔式的文论写得十分透彻而完美，"不仅评论，而且转述书的内容，模拟作者的口吻，引用作者的警句，有些段落写得如同作者的内心独白"，[③] 并且善

---

① ［英］高尔斯华绥：《远处的青山》，高健译，见邹海仑选编：《二十世纪外国散文精选》，人民文学出版社 2006 年版。
② 《鲁迅全集》第十三卷，人民文学出版社 1973 年版，第 165 页。
③ 转引自王佐良：《英国散文的流变》，商务印书馆 1994 年版，第 232、233 页。

于对比和形象化，论断相当有见地。丘吉尔机智雄辩、简洁隽永，富于色彩和戏剧性。"他的英文是道地的英国英文，有许多传统的优良品质，如善用最朴素的基本词汇，句子结构合乎习惯而不求表面上的逻辑性；但他也很会修辞：排比、对照、平行结构、形象化说法、节奏和音韵上的特殊效果等等无所不能，但是首先做到的一点是清楚准确地达意。"① 法国散文，有萨特的汪洋恣肆而不乏逻辑性，有加缪的简洁而含蓄，有莫洛亚的英国式幽默，有瓦莱里的冷静和忧患，有科莱特的细腻和温情。在日本，川端康成散文的美奇异而神秘；东山魁夷散文的美明净、清丽而俊逸；井上靖散文的美朴素而深远。在美国，海明威的散文简约、精练、紧凑；厄普代克既细腻生动又泼辣犀利；斯坦贝克粗犷雄浑；马丁·路德·金气势磅礴，情真意切。形形色色的风格，争奇斗艳，万紫千红，实在不胜枚举。

20 世纪外国散文成就巨大，理应得到人们应有的重视和准确评价。

---

① 转引自王佐良：《英国散文的流变》，商务印书馆1994年版，第262页。

新时期非理性主义文艺思潮与社会思潮

尽管曾经风行一时的西方形式主义美学思潮竭力要将文艺与社会割裂开来，将文艺本体与外部因素对立起来，而事实上文艺与社会的紧密关系无法疏离。否定社会的、外部的因素对文艺的影响和关联性，文艺便不成其为文艺。形式主义思潮的一切努力，终归是一相情愿。文艺依然只能在社会的、外部的因素的灌浇中生存、绵延、发展。马克思主义文艺观认为，决定文艺产生、发展、嬗变的最终根源是社会的经济基础，但经济基础并不是影响和制约文艺的唯一因素，同属上层建筑的各种社会意识形态对文艺也有不同的影响。诸如政治、宗教、哲学、道德等等与文艺的密切关系，越来越为人们所注目与深入探讨。时至今日，从思潮的角度对同属精神现象的社会思潮对文艺思潮的影响以及二者关系的研究，似乎应予以足够的重视。新时期中国文艺思潮的问题，如果缺乏这方面的思考和探究，也许不可能得出令人满意的答案。

一

"不管艺术家是改革派还是保守派，是革命者还是进化论者，是未来事物的崇敬憧憬者，还是留恋往昔黄金时代的梦幻者，他们自己时代的社会及其思潮，是他们进行艺术活动的出发点。"① 美国学者威廉·佛莱明这一观点是对艺术事实的精当概括。无疑，一定历史时期产生的文艺思潮也必然与该时期的社会思潮有着不可分割的种种关系。这种关系或表现为文艺思潮对社会思潮的顺应性，或表现为文艺思潮与社会主潮的逆向性。从顺应性方面来说，文艺思潮与其所顺应的社会思潮有着共同的时代历史条件为土壤，有相同的思想观念为指导，共同反映、表现某一阶级、阶层群众的利益和要求，体现着共同的思想趋势和

---

① ［美］威廉·佛莱明：《艺术与观念西方文化史》，宋协立译，陕西人民美术出版社 1991 年版，第 3 页。

倾向，有时两者同步发生，一起发展；有时一先一后，相继而来。文学史上许多文学思潮都是在社会大变革时代伴随着与之有同一性的社会思潮的产生而形成的。如欧洲 14—17 世纪初文艺复兴时期，正是市民阶级形成和壮大的上升时期，以意大利为诞生地的文艺复兴运动很快席卷欧洲各国，反封建、反教会、反神权，主张以人为中心，追求平等自由、个性解放、现世幸福的社会思潮在这场运动中汹涌澎湃。文艺作为这一时代精神主潮的表现而兴起了人文主义文艺思潮，涌现出不少伟大的艺术家和影响久远的伟大作品。18 世纪欧洲启蒙文学思潮的崛起也是与当时反封建的启蒙社会思潮相同步的。我国五四时期反帝反封建的爱国主义思潮同时催生了新文化运动和以鲁迅、郭沫若等作家为代表的新文学思潮。这些文学思潮与当时的社会思潮具有思想倾向的一致性，所以，在精神层面上，可以说它们本身就是社会思潮的一个组成部分，通过文学理论、批评活动、作家的创作及其社会接受，使社会思潮传播更广，影响更大。

如同社会思潮的复杂多样一样，文艺思潮也绝不是单一的。文艺思潮对社会思潮的顺应性，既表现在对进步的社会思潮或某一社会思潮的积极方面的一致、顺应，也表现在对落后的、反动的社会思潮或某一社会思潮的消极方面的一致顺应。文艺复兴时代既有顺应时代主潮的人文主义文艺思潮，也有死守中世纪封建、教会意识的封建文学、教会文学的思潮。五四时期既有以鲁迅为旗帜的与社会同步的新文学思潮，也有受西方思潮影响的现代主义思潮。

一定历史时期文艺思潮的主潮与社会的主潮之间的逆向性是更值得注意的，也是二者关系复杂性的突出表现。历史上不少声势浩大、成就突出、影响深远的文艺主潮是与当时的社会主潮相顺应的，然而也有逆向的。例如 19 世纪欧美批判现实主义文学思潮，可以说是资产阶级文学有史以来波澜最壮阔、成就最巨大的一个文学思潮，也是 19 世纪继浪漫主义文学之后兴起的一个持续时间更长的文学主潮。但当它诞生之时，整个欧洲正处于资产阶级对封建贵族阶级取得全面胜利的时代，社会思潮的主潮是拜金主义、享乐主义和极端利己主义，代表中小资产阶级利益愿望的思想尚处于弱小的非主流地位。而批判现实主义文学思潮却在法国勃然兴起，并迅速波及欧美各国。以法国的司汤达、巴尔扎克，英国的狄更斯，俄国的普希金、果戈理、托尔斯泰，挪威的易卜生，美国的马克·吐温等伟大作家及其创作为代表的这一文学思潮，对资本主义社会和以拜金主义为主体的社会思潮进行了全面的、激烈的、深刻的批判。他们的作品通过对现实人与人之间纯粹的金钱关系、拜金意识的真实描写，"打破关于这些关系流行的传统幻想，动摇资产阶级世界的乐观主义，不可避免地引起对于现存事物的永恒性的怀疑"。① 批判现实主义文学思潮这种批判倾向在与无产阶级革命思潮会合后才成为社会主潮。在这里，文艺思潮开进步社会思潮风气之先的历史作用不可磨灭。

文艺思潮与社会主潮的这种逆向性至少说明：文艺思潮虽然属于社会思潮之一种，与其他社会思潮倾向一致同步发生发展或受其他社会思潮的影响与制约，但它不只是消极地同行、顺应、受动，有时候它也可以抗拒正在流行的落后、反动的社会思潮或社会主潮的消极倾向，而感应尚处于弱小或隐潜的却代表了社会发展进步方向的社会思潮，通过本身的理论、批评、创作与接受活动的实绩，促进新的社会思潮崛起，推动时代与社会的发展。由于文艺是以审美的形式反映生活表现人们的思想倾向和情感的社会意识形态，它与同属社会精神现象的社会思潮既有共同的一面，也有差异的一面，这差异的一面就是文艺思潮的特殊性和独立性。只有正确认识文艺思潮和社会思潮的关系，充分重视文艺思潮的特殊性和独立性，把握文艺思潮的形成、发展的基本规律，我们才可能对具体的文艺思潮作出科学的辨析。

二

20 世纪末中国文艺十分繁荣，充满生机。然而，在不断拓展的艺术空间中，不可否认潜藏着令人忧虑的危机。从 80 年代开始，中国文坛急于走向世界，把西方从浪漫主义到后现代主义的所有思潮都搬弄了一遍。其中，对西方文艺的非理性主义似乎情有独钟，导致一股非理性主义思潮迅猛涌起。在 90 年代达到登峰造极的地步。不少作品体现出追求感官刺激，沉沦于颓废虚无，甘于平庸、道德堕落，躲避、抵制、甚至嘲笑、践踏崇高的思想情绪。功利主义、利己合理、金钱至上、享乐人生的意识泛滥文坛。"性大潮"和"痞子思潮"可谓这股非理性主义思潮的代表。"性大潮"文艺作品从人体艺术画展发端的"人体热"到影视作品床上戏、脱衣镜头的竞相超越，以及文学作品的"写性爆炸、性变态、性疯狂、性的丑风陋俗，用桃色、灰色和黄色的格调写'性情结'（'恋父情结'、'恋母情结'），描写赤裸裸的性行为，写婚外恋、多角恋、生死

---

① 《马克思恩格斯选集》第 4 卷，人民出版社 1995 年版，第 673 页。

恋，写幽会，写野合，写轮奸，写乱伦，写'猫叫春'、'猪发情'，简直达到寡廉鲜耻的程度"！① 甚至向来以创作"严肃文学"著称的作家，有的也为大潮所挟，更弦易辙模仿《金瓶梅》洁本笔法，在涉及性描写之处，用"□□□□□（作者删去××字）的"挑逗模式，极力渲染沉溺于情欲之中的男主人公－－－一位号称"文胆"的作家如何寻花问柳，津津乐道其与一个个女人的肉欲过程。这类作品的出现，标志了文人文化也趋于色情化。即使公认审美品位较高的一些作品，也难免因商业目的的需要而点缀并非完全必要的性描写。

王朔的作品把"痞子思潮"推到了高峰。他的作品《过把瘾就死》、《玩的就是心跳》、《千万别把我当人》、《我是你爸爸》、《顽主》、《爱你没商量》等等，如同炸弹般轰进文坛。这些作品的题目用词就已痞气淋漓、"一点正经没有"。王朔在这些作品中描写了形形色色的痞子、流氓、无赖、骗子、浪荡子们浑浑噩噩、花天酒地、鼠窃狗盗、尔虞我诈、肆无忌惮的"英雄主义"，一切社会公德、天理良心、理想信念都被他们踩在脚下，百般调侃，作品弥漫着一股玩世、厌世的世纪末情绪。

在理论与批评方面，性大潮和痞子思潮虽然遭到了一些批评和抵制，然而也有颇具影响力的名人和"青年评论家"为之喝彩、辩护。有人称颂写违背道德的偷情的作品是展示了人生中最神圣而完美的片断，张扬了以"自然"和"欲望"为中心的"新的伦理意识"。而刻画了由于难耐性饥渴的单身女人呼唤男人前来同居的作品，则被称为"女性意识的苏醒"。甚至有人公开宣称"审美是一种亵渎"，文学必须拒绝理性，因为"任何理性因素的介入都必然在某种程度上损害文学的审美的纯洁性。"② "往往被理性认定的邪恶，正是审美中最具魅力的聚光点，"③ 情欲是人的本质，文艺和审美就是要把"感性、非理性、本能、肉（即"性"和"金钱"）强调到极点"。④ 在批评界对以王朔作品为代表的痞子思潮的走俏众说纷纭之际，一位身份很特殊的著名作家突然发表了倾向十分鲜明的评论，对王朔之类作家及作品亦即"绝对不自以为比读者高明（真诚、智慧、觉悟、爱心……）而且大体上并不相信世界上有什么太高明之物的作家和作品，不打算提出什么问题更不打算回答什么问题的文学，不写工农兵

---

① 陆贵山：《非理性主义文艺思潮》，春风文艺出版社1993年版，第64页。
② 刘晓波：《危机，新时期文学面临危机》，《深圳青年报》1986年10月3日第3版。
③ 刘晓波：《赤身裸体，走向上帝》，《名作欣赏》1986年第4期，第25页。
④ 刘晓波：《危机，新时期文学面临危机》，《深圳青年报》1986年10月3日第3版。

也不写干部、知识分子，不写革命者也不写反革命，不写任何有意义的历史角色的文学，即几乎是不把人物当做历史的人社会的人的文学；不歌颂真善美也不鞭挞假恶丑乃至不大承认真善美与假恶丑的区别的文学，不准备也不许诺献给读者什么东西的文学，不'进步'也不'反动'，不高尚也不躲避下流，不红不白不黑不黄不算多么灰的文学，不承载什么有分量的东西"的文学，①倍加激赏，毫不隐讳地赞誉说，读王朔的作品，觉得"轻松地如同吸一口香烟或者玩一圈麻将牌，没有营养，不十分符合卫生的原则与上级的号召，谈不上感动……但也多少地满足了一下自己的个人兴趣，甚至多少尝到了一下触犯规范与调皮的快乐，不再活得那么傻，那么累。"②对王朔及其创作"躲避崇高"、亵渎崇高甚至践踏崇高的创作倾向、奉行"我是流氓我怕谁"之类痞子精神以及对一切传统价值、理想所进行的调侃嘲弄表示出明显的支持、赞赏。并认为，批评痞子文学的人没有读懂或都是误读了王朔，或者是想搞文化专制主义的"大批判手们"由于空前失落而欲乘机复辟。

汹涌于世纪末文艺界的浊流理所当然地包括一些作家、艺术家和批评家的道德堕落、人欲横流。一些大牌"明星"的唯钱是趋，动辄停演罢唱，或在大庭广众之中恶语伤人甚至大打出手。一些人毫无敬业精神，视自己从事的文艺工作为"玩"，有人还大言不惭地宣称艺术家及其创作行为"和妓女无异"，说自己的写作不过是流氓"转业""码字儿"，将作家降到痞子流氓妓女的级次，还赤裸裸地表白："我最感兴趣的，我所关注的这个层次，就是流行生活方式。在这种生活方式里，就有暴力，有色情，有这种调侃和这种无耻，我就把它们给弄出来了。"③

三

非理性主义本来是西方现代哲学、美学、文学、艺术等领域中普遍体现的一种共同的思想特征，称之为"思潮"，无论在哪个领域都不是具体的、个别的思潮名称，而是在类型意义上对精神活动各领域一切具有非理性的思想趋向的

---

① 王蒙：《躲避崇高》，《读书》1993年第1期，第11页。
② 王蒙：《躲避崇高》，《读书》1993年第1期，第14页。
③ 王朔：《我的小说》，《人民文学》1989年第3期，第108页。

涵括。在哲学、美学领域，非理性主义思潮包含了以叔本华和尼采为代表的唯意志论、柏格森的生命哲学和直觉主义、克罗齐的表现主义、弗洛伊德和荣格的精神分析学说、海德格尔和萨特的存在主义、胡塞尔和英伽登以及杜夫海纳的现象学、西方马克思主义学派马尔库塞的新感性论，还有马利坦和吉尔松的新托马斯主义等等形形色色的哲学、美学思潮，黑格尔之后的大多数西方哲学思潮——尤其是人本主义哲学思潮都具有非理性主义的思想特征。这种共同特征表现为对传统理性主义主张的普遍性和确定性的绝对否定，认为世界无规律可循，存在的本质在于个体感性自我的经验实在，因而生命冲动、情感体验、强力意志和本能欲望等非理性因素构成的个体感性存在才是世界的本质，也是审美和艺术的本质。由于审美和艺术只是个体心灵活动的产物，与社会实践无关，因而必须追求绝对的自由和超越，所以，非理性的直觉和领悟的超功利性是审美和艺术的内在规定性，神秘的直觉则是审美和艺术思维的根本方式。西方现代文学、艺术领域的非理性主义思潮与哲学、美学的非理性主义思潮同步发生、发展，哲学、美学思潮直接从根本上道出了非理性主义思想形态的实质，而文学、艺术的思潮则在其活动系统中贯彻并体现出非理性主义的思想特征。早在浪漫主义文艺思潮中的消极一派如德国浪漫主义就已显示出非理性主义的思想趋向，在主要思想特征这一意义层面上，西方现代主义与后现代主义成了非理性主义的同义概念。中国新时期的非理性主义文艺思潮无疑是深受西方非理性主义——现代主义和后现代主义思潮影响的产物。但它并非只是西方影响的结果，作为文艺思潮，必有与之相宜的本土气候和社会土壤，才有可能形成并轰动一时。"文革"结束，中国社会进入了一个改革开放的新的转型阶段，随着市场经济的兴起，原有的价值观念、道德原则受到了强烈的冲击，原来崇高的理想失落了，曾经神圣的信仰被不屑一顾。从怀疑一切到否定一切，在这种漠视和空缺的基础上，人们精神的真空急切地需要充填。旧时代的沉渣、西方的各种思想观念乘虚而入，在市场经济的背景下，终于酿成一股世俗化社会大潮。这股社会思潮从 80 年代初便已开始躁动。1980 年 5 月《中国青年》第 5 期发表潘晓的文章《人生的路啊，怎么越走越窄？》由此引发了一场历时十个多月的关于人性、道德观、人生价值和意义的大讨论，不少人肯定"主观为自我，客观为他人"的合理性，承认利己是人的本性的倾向非常明显。两年后，又爆发了一场由北京外语学院学生冯大兴伤人致死，被判极刑而引起的关于人生价值和意义的大讨论。在大讨论中有人提出肯定名利思想的观点，认为名和利是人生的支柱，个人名利在生存竞争中能推动人上进。还有人甚至认为张华牺牲自己救老农①"不值得"，是"金子换豆子"。在上海某大学中文系的一次问卷调查中，在"你最崇拜的人"一栏中填"我"的人最多，表明集体主义观念淡漠，"自我"在青年心目中不断升值。1986年9月，一家报纸发表《无私不是共产主义口号》一文，以反封建为名，反对共产主义道德，露骨地主张个人自私。1988年10月，又有一家报纸发表《对雷锋等人道德精神的评价》，全面否定雷锋等共产主义战士的道德规范和人生价值原则，作者罗列了雷锋精神的"罪状"，诸如"驯服工具的奴性思想"，"个人崇拜的迷信思想"，"只讲义务，不讲权力；只讲奉献，不讲索取的虚无人生"，"助人为乐的非科学"等等，一共有6条。文章实质上是用资产阶级自私自利的人生观和道德观，歪曲和丑化雷锋精神。直到世纪末，还有人指责学雷锋运动的"政教合一"，主张"解构"之。还有人发表文章，认为"个人主义伦理原则最适应现代市场经济的要求"，"提倡个人主义伦理是与我国社会转型相适应的"②，鼓吹用个人主义取代社会主义的集体主义道德原则。

从80年代开始，拜金主义伴随着利己主义在中国日益泛滥，有人称世纪末的中国社会是一个"人人想钱、要钱、谈钱、捞钱，什么事情都要钱"的社会，这种说法显然言过其实，但却反映了拜金主义日渐风行的现状。某部电视剧中张扬的那句"金钱不是万能的，但没有钱却是万万不能的"，先抑后扬，实质还是重视金钱。不少人把金钱以及由之而来的各种物质享受当做人生的价值和追求目标。为了捞钱，一些人不择手段，"有钱就有一切"，"一切向钱看"等等成了他们的生活信条。拾金不昧成了稀罕的新闻，义务劳动变为一些人的笑料。甚至面对落水者或歹徒行凶，围观者也见死不救，个别人竟然要先"开价"后救人，见义勇为者反倒成为人们惊异、嘲笑的对象，有的还被诬告获罪。部分行政官员的腐败，纳贿受诱，更败坏了共产党的形象，以至于有人以偏概全，对党失望，更张扬了金钱的威力。

西方"性解放"的思潮和弗洛伊德泛性欲的学说随同利己主义、拜金主义和享乐主义，对中国社会形成了极大的冲击。有学者明确指出，西方"性解放"思潮和弗洛伊德泛性欲的学说，直接冲击着中华民族保持了几千年的道德文化栅栏，强烈地刺激了我国部分青年性道德观念的放任倾向，导致他们在日常生

---

① 1982年7月11日，第四军医大学空军医学系大学三年级学员张华因救不慎跌入化粪池的69岁老农魏志德而牺牲。
② 周成名：《道德建设不能超越经济发展的现实》，《探索与争鸣》1996年第1期，第19页。

活中采取轻率随意的性行为方式。①

所有这一切都说明了世俗化思潮已在中国社会汹涌流荡，功利主义、利己主义、享乐主义成为时代"主题"。

正是在这种社会思潮的基础上，非理性主义文艺思潮勃然涌起，其思想倾向成了世俗化社会思潮的组成部分，性大潮、痞子思潮的流布，又反过来为整个世俗化思潮推波助澜。

从本质上说，世俗化社会思潮对十年动乱极"左"思潮的反拨，自有其积极意义的一面，但也不必讳言其负面的作用。世纪末中国文艺的现状就向我们提出了极为尖锐的问题：在文化转型期的变革大时代，文艺何以不是顺应当代积极的社会思潮或当代社会思潮的积极方面，而是迎合消极的社会思潮或社会思潮的消极方面？为何非理性主义文艺思潮会在相当长一段时期内势头迅猛、难于遏制，几乎成为文艺主潮？

四

世纪末中国非理性主义文艺思潮的涌起与世俗化思潮的涌起一样，有其客观的社会历史文化根源：一是经济基础的作用。由于市场经济的运行而形成的市民社会，不仅为世俗化思潮准备了主体、动力，而且其功利原则也为非理性主义的蔓延提供了温床。随着市民社会的形成与发展，原来的社会阶层发生了分化，出现了财大气粗的个体户、乡镇企业的合股人、外来资本持有者、呼风唤雨的股市大户、有闲的食利者、文化科技界将知名度和知识转化为资本的知识分子、亦艺亦商而发达的文体明星、以权谋私的行政官员等等"有产阶级"，他们的利益逐渐与民众的利益相对立或者分道扬镳，在以这些有产阶级为主体的市民文化中构成了以拜金主义、享乐主义、极端个人主义为主旋律的社会思潮。市场经济商品交换中巨大的利益和功利原则渗透到社会各领域，诱使一些人不道德地追逐金钱和聚敛财富；改革开放初期和社会主义初级阶段的探索性和法制的不健全，使一些见利忘义的冒险者、痞子流氓通过非法手段大获成功，甚至一夜之间暴富，成为"当代英雄"，这种现象更使社会风气受到毒化。二是

---

① 万俊人：《试析现代西方伦理思潮对我国青年道德观念的冲击》，《中国社会科学》1989 年第 2 期。

从"反右斗争"直至"文革"十年中冠之以"马克思主义"的非理性狂热，败坏了社会主义和马克思主义的理性权威。"文革"结束，人们如噩梦初醒，同时也出现了整个社会的信仰危机。由于信仰失落、价值失范导致的精神空虚使外来思潮的渗透获得了可乘之机，以非理性为灵魂为核心的西方新人本主义思潮征服了不少心灵饥渴焦虑急于求助填充的中国人，尤其是涉世未深、思维稚嫩的青年人。诸如否定一切、游戏人生、目空天下、自我中心的非理性意志主义使这些人爱走极端，极易受人利用。甚至发展到"道德死了"取代"上帝死了"，认为个人行为无需任何规范来制约和指导。因而消解一切，嘲笑一切，一切均可"玩"之。弗洛伊德的泛性欲学说则使一些人尤其是青年人"回到自身"，到本能、原欲中去寻找人生的动力和原因，对"性解放"思潮趋之若鹜，加剧了社会生活的混乱与无序。

特定的历史文化条件促使特定的社会思潮产生，但对文艺思潮的形成来说，还需要有其相应的内在的主体条件。也就是说，文艺思潮对某一社会思潮的某一方面是顺应还是逆向，决定于文艺思潮的主体。人们提到文艺思潮的特殊性和独立性时，一般只从表现形式和影响着眼，认为文艺思潮与社会思潮的不同或它的特殊独立性在于：社会思潮可以只是某种思想的张扬（有时只是自发形成），这种思想只要产生广泛影响，形成潮流，就可以称之为社会思潮；文艺思潮则不仅需要思想张扬，还要求有文学创作推波助澜。其次，社会思潮波及的范围较广，但不够稳定，容易消逝；文艺思潮由于有一批具有巨大影响力的作品将它的思想凝固下来，所以它的影响一般久远。对文艺思潮的特殊性、独立性的认识，若停留在这种层面上，似是表面的、肤浅的，它不能解释文艺思潮的能动性。因此，笔者以为，在一定社会历史文化的客观条件下，文艺思潮与社会思潮的关系主要决定于文艺思潮主体的整体状况。文艺思潮主体是文艺工作者及艺术生产各部门的从业者，他们生活在社会生活之中，具有社会思潮主体和文艺思潮主体的二重性，他们的思想倾向既受客观环境，外部条件的影响甚至左右，也可以反过来影响社会思潮和文艺思潮的趋向。是随波逐流还是力挽狂澜，取决于文艺思潮主体的成分构成和精神素养的高低。正是因为文艺思潮主体的多样性、动态性，才使文艺思潮复杂多变、形形色色。但无论如何，进步的、健康的文艺思潮必然与社会进步的脉搏相一致，代表先进的社会思想倾向，并为之立言，为之呐喊。尤其是在落后、反动的社会思潮面前，更需要文艺思潮主体头脑清醒，有胆有识，有批判精神，敢于反潮流，发挥文艺思潮的主动性。

从文艺思潮与社会思潮的关系看，世纪末中国文艺界非理性主义思潮的涌起泛滥，除了特定的社会历史文化等客观因素外，更主要的根源在于文艺工作者和艺术生产各部门从业者精神素养的下降恶化，认同世俗化社会思潮。有的人别说把文艺工作看做为崇高的事业，甚至连起码的责任感和敬业精神也弃之如敝屣。一切向"钱"看，艺术商品化，人格也商品化，"跟着感觉走"，"不在乎天长地久，只需要曾经拥有"。连处身"主体"权威话语中的西方作家也有人明白"作家的天职在于使人的心灵变得高尚，使他的勇气、荣誉感、希望、自尊心、同情心、怜悯心和自我牺牲精神——这些情绪是昔日人类的光荣——复活起来，帮助他挺立起来。"[1] 而我们的不少作家、艺术家却把文艺创作视为极端个人化的行为，视为只是个体生命某种状态的呈现，把"不知道教导别人如今是一种恶习"看做是诗人的"最大失败"。某些大红大紫的"大腕"作家、艺术家一头跳进"消费化"旋涡，声称艺术家和艺术创作都是"卖的"，"与妓女无异"。因此，什么销路好，什么能使自己名利双收就去写什么，"弄"什么。什么"性"、"本能"、"原欲"、暴力、痞子、流氓、土匪、白痴、甚至大便、浓痰，只要对消费者富于刺激，全都可以写。有的作家、理论家公开声称"真理就是一堆屎……真理都臭"。有的诗人声言"要把屁股撅向世界"……十足一副"我是流氓我怕谁"的痞子面目。更令人遗憾的是一些原先精神素养较高，责任心较强，作品品位不低的文艺界"名流"也发生了蜕变，随波逐流，"躲避崇高"，以"宽容"、"允许探索"、"多样"为由，给痞子思潮喝彩与辩护。有的则堕入"废都"心态，在创作中倾泻世纪末的悲观绝望情绪。至于偷税漏税，出台索高价，生活作风糜烂，动手动脚，崇洋媚外等"明星"轶事可谓不绝于耳，人们不能企望"转业码字儿"的"流氓"和品格低下的艺术家们"玩"出什么精品来。显然，这样的艺术生产者愈是炙手可热，整个社会的非理性主义文艺垃圾便愈是泛滥成灾。

非理性主义的文艺思潮虽然甚嚣尘上，但并不说明中国文艺前景暗淡。即使在非理性主义大潮汹涌的时候，仍有崇尚理性、追求崇高、坚持理想的作家、理论家矢志不移，不为世俗大潮所动。近年来，一些严肃作家发表了以肃穆崇高为主题的作品，一批学者、文论家以呼唤人文精神复归为旗帜展开对世俗化思潮的严肃批判，向非理性主义文艺思潮发起了挑战。一度热衷于非理性主义

---

① 福克纳：《在接受诺贝尔文学奖时的演讲》，《美国作家论文学》，三联书店，1984年版，第368页。

创作的艺术家，在一番践踏崇高的"狂欢"之后，有的也开始冷静下来，有的已明显"转向"。随着改革开放的深入，社会环境的逐渐有序化，在"痞子"们失去昔日"辉煌"之时，痞子思潮也将寿终正寝，非理性主义狂潮将被理性主潮取代。浮云不可能永远遮天蔽日，社会在前进，文艺思潮的主体也在不断变化、发展，崇高、理性必在我们的文艺中重放光明。

俄国革命民主主义文学批评特色初探

19 世纪，以别林斯基、车尔尼雪夫斯基和杜勃罗留波夫为代表的俄国革命民主主义文学批评所取得的巨大成就，令世界瞩目。在俄国极其落后的生活环境中，其理论的先进可以说"已经走到辩证唯物主义跟前"① 了。他们的文学批评，对俄国文学达到 19 世纪世界文学的高峰所做出的卓越贡献，没有哪个国家的文学批评可与之相比！今天，全面地认真探讨俄国革命民主主义文学批评的经验与特色，对于渴望走向世界的中国文学，对于经历过西方现当代各种时髦思潮闹腾混乱之后的中国文艺批评，也许不无裨益。

综观以别、车、杜为代表的俄国革命民主主义文学批评的理论与实践，笔者以为其最主要的特色也是最宝贵的成功经验至少有以下四点。

一、密切结合现实斗争的革命性

整个 19 世纪，俄国处于人民解放运动的时代。以别、车、杜为代表的俄国革命民主主义文学批评最突出的特点就是把反对农奴制和沙皇专制制度的这一场政治斗争和文学美学的斗争紧紧地联系起来，他们的文学批评，全力以赴地直接服务于这场社会政治斗争的现实需要。

他们从革命民主主义立场出发，要求文学与现实的革命斗争联系起来。为此，他们强调文艺是现实生活的再现，重视文艺与生活的联系，要求文艺真实地再现生活，以"赤裸裸到令人害羞的程度，把全部可怕的丑恶和全部庄严的美一起揭发出来，好像用解剖刀切开一样。"② 他们高度肯定并称赞以果戈理为代表的"自然派"的创作，就因为这些创作"极度忠于生活"，表现了"生活的十足的真实"，"不阿谀、也不诽谤生活"，"把生活的一切美的人性的东西显

---

① 《列宁选集》第二卷，人民出版社 1972 年版，第 417 页。
② ［俄］别林斯基：《别林斯基选集》第一卷，满涛译，上海译文出版社 1979 年版，第 154 页。

示出来，同时也不掩饰它的丑陋。"① 敢于对俄国的黑暗现实进行大胆的揭露和讽刺，把批判的锋芒直指腐朽的专制制度和农奴制。正是出于配合现实的解放运动这一革命性的需要，他们坚决反对西欧派和斯拉夫派所宣扬的"纯艺术论"，强调文艺的社会功能，主张文艺作品不但要真实地再现生活，而且要"说明生活，对生活现象下判断"，② 使艺术作品成为"生活的教科书"，或革命的讲坛。他们认为，文学的意义，首先在于为社会服务，"人类的一切事业，只要它们不是空虚而怠惰的勾当，就应当为造福人类而服务；……艺术也应当为了一种重大利益而服务，而不是为了无结果的享受。"③

俄国革命民主主义文学批评的革命性还鲜明地表现在他们提出了人民性这一批评标准。赫尔岑和别林斯都高度重视文学的人民性，杜勃罗留波夫继承了他们的思想，在《俄国文学发展中人民性渗透的程度》一文中，集中探讨人民性的问题，论述了人民性提出的依据、人民性的内容、意义、人民性的发展等等。使人民性的概念更为明确、科学。他们指出，民族生活不是统一的，其中有民众的生活和"有教养的社会"的生活之分，而文学必须表现人民的生活，首先要描写农民的命运。文学的人民性在于无情地批判统治阶级、反映人民的思想、感情、愿望和利益，在于真实而深刻地描写现实生活。他们把文学的人民性同批判农奴制现实，揭露沙皇专制统治和人民的解放斗争联系起来，用以评价进步作家及其作品所起的团结人民、反对农奴制和沙皇制度的进步作用，要求作家艺术家丢弃阶级的偏见和脱离实际的常识，跟人民站在同一的水平，体验他们的生活，感受他们所拥有的一切质朴的感情，使作品渗透着人民的精神。可见人民性主张的主要意义乃在于使文艺批评和俄国文学能与俄国人民的解放运动更紧密地结合在一起。

俄国革命民主主义文学批评的这种革命性，主要来自批评家们强烈的忧患意识。这种忧患意识包含着对人生和社会的深刻理解，对民族、人民和祖国的热烈而诚挚的爱心，对人类未来的执著而痛苦的探索和追求。他们把人民的解放事业当做是自己的事业，看做是历史赋予他们的重任。他们不仅是文学批评家，而且是思想家和革命家，他们不只利用文学批评和文学创作宣传革命思想，

① ［俄］别林斯基：《别林斯基论文学》，梁真译，新文艺出版1958年版，第104页。
② ［俄］车尔尼雪夫斯基：《生活与美学》，周扬译，人民文学出版社1957年版，第104页。
③ ［俄］车尔尼雪夫斯基：《车尔尼雪夫斯基论文学》中卷，辛未艾译，人民文学出版社1965年版，第191页。

揭露批判沙皇专制农奴制社会的腐朽丑恶黑暗，有的人还直接参加了旨在推翻沙皇专制统治的秘密革命组织，从事革命活动。他们成了沙皇专制制度的敌人，因而许多人都曾受过沙皇政权的残酷迫害，以至献出了宝贵的生命。俄国革命民主主义文学批评的革命性这一特色，并不是一般的批评特色，它是人类在奔向解放、追求自由的进步历程中由批评家们用自己的鲜血和生命铸就的一座神圣的里程碑。

二、爱憎分明的强烈倾向性

俄国革命民主主义批评家自觉地将文学批评与俄国解放运动的现实斗争紧密结合起来，把文学批评作为反对沙皇专制制度和农奴制的斗争武器，宣传先进的革命民主主义思想，这就决定了他们的批评具有爱憎分明的强烈倾向性。这首先表现在批评态度上。别林斯基指出，批评有两种态度，一种是"直率的"，一种是"躲闪的"。他主张"直率的"批评，"不怕被群众所笑，敢于把虚窃名位的名家从台上推下来，把应该代之而起的名家指点出来"①。而对"阿谀群众、审慎地、用暗示、带有保留条件来说话"②的"躲闪的"批评，别林斯基是坚决否定的。他斩钉截铁地说："尊敬是尊敬，礼貌是礼貌，真理也总是真理，阿谀和情歌只适用在客厅里、镶在地板上，却不适用在杂志上。"他认为批评家在实践中"最重要的是正直的、独立的、不管个人利害的，但却坚定的顽强的意见"③。车尔尼雪夫斯基也反对含含糊糊、吞吞吐吐、倾向不明的"无力的"批评，而主张倾向性鲜明的"坦率的"批评，"对一切优秀之作，应该称扬，而对一切拙劣的，但又自命不凡的作品却要一视同仁地指斥。"④ 这类主张，在他们的批评实践中贯串始终。当以果戈理为代表的"自然派"初出茅庐的时候，受到了反动保守势力的围剿、谩骂。别林斯基旗帜鲜明地给"自然派"的创作以正确的评价，坚持不懈地捍卫"自然派"及其现实主义文学原则，同

① ［俄］别林斯基：《别林斯基选集》第二卷，满涛译，时代出版社1952年版，第54页。
② ［俄］别林斯基：《别林斯基选集》第二卷，满涛译，时代出版社1952年版，第55页。
③ ［俄］别林斯基：《别林斯基选集》第二卷，满涛译，时代出版社1952年版，第321—322页。
④ ［俄］车尔尼雪夫斯基：《车尔尼雪夫斯基论文学》中卷，辛未艾译，人民文学出版社1965年版，第152—153页。

反动保守势力进行了顽强的斗争。他揭露了"自然派"的反对者在思想上、理论上和艺术上的反动、虚伪和荒谬，批驳他们对"自然派"的歪曲和诽谤，论证和阐释"自然派"的现实主义原则，"以毫无什么疑问之处的完整回答了对'自然派'的一切责备，他用历史来证明现在的文学倾向底必然性，用美学来证明它的完整的规律性，用道德要求来证明它是我们的社会所必需的"①。他在驳斥论敌们对"自然派"的种种责难和攻击时，曾一针见血地指出："你们要的是虚幻，我们要的却是真实"②，这就从根本上揭示了保守反动势力与"自然派"两者尖锐对立的艺术观的本质。俄国革命民主主义者在文学批评中坚持的鲜明倾向性，完全是以忠于真理、捍卫真理的原则为出发点的，他们的爱憎并不受私人关系和偏见所左右，他们的文艺批评始终坚持以作品画线，而不是以人画线和以名论价。他们之所以支持果戈理为代表的"自然派"，并不是因为他们和"自然派"作家有什么私人的关系。如别林斯基本人与"自然派"代表作家果戈理就没有任何私人交往。而且，果戈理对别林斯基等平民知识分子的态度可以说是不屑一顾的。而别林斯基全然不计较个人间的恩怨，而尽全力为之辩护，给予高度评价。但当果戈理后来背弃"自然派"的现实主义原则，在《与友人书信集》中美化沙皇专制制度和农奴制，进行反动的神秘主义说教的时候，正在国外治病、已奄奄一息、生命垂危的别林斯基愤怒地写了《给果戈理的一封信》，毫不留情地严厉谴责了自己一生所钟爱的果戈理，说他背叛了人民。

三、唯物主义的高度科学性

仅有结合现实斗争的革命性和倾向性，并不能保证文学批评的正确和成功。要使文学批评真正成为反对沙皇专制制度和农奴制、宣传革命民主主义思想的有力武器，文学批评就不能没有高度的科学性。俄国革命民主主义文学批评是建立在严格的科学的唯物主义美学理论基础之上的，因而它具有唯物主义的科学性。无论是批评标准、批评态度还是批评方法，都突出地体现了这种唯物主义的高度科学性。

---

① 〔俄〕车尔尼雪夫斯基：《车尔尼雪夫斯基论文学》上卷，辛未艾译，人民文学出版社1965年版，第529页。
② 〔俄〕别林斯基：《别林斯基选集》第二卷，满涛译，时代出版社1952年版，第263页。

在文学与生活的关系上，俄国革命民主主义批评家都坚持文学是现实生活的再现这一原则。别林斯基在其文学活动的初期，就发出过"哪里有生活，哪里就有诗"的呼声。到 40 年代初，他更进一步明确地认识到，"现实之与艺术和文学，正如同土壤之与在它怀抱里所培养着的植物一样"①，肯定了现实生活是文艺创作的唯一源泉。杜勃罗留波夫把文学比喻为社会生活的"晴雨表"。车尔尼雪夫斯基更断言"美是生活"，艺术美不过是现实美的复制，"艺术的第一个作用，一切艺术作品毫无例外的一个作用，就是再现自然和生活"②。他把艺术作品与现实生活的关系，比作印画与原画，画像与它所描绘的人的关系，认为艺术只不过是充当现实的"代替物"。车尔尼雪夫斯基这种观点虽然有机械唯物论的成分，但他肯定现实生活是文艺的唯一源泉却是正确的。正是基于这种唯物主义的认识，他们要求艺术再现生活必须具有高度的真实性，要把现实的"全部可怕的丑恶和全部庄严的美"揭示出来。当然，这种再现并不是机械的复制，不是自然主义的罗列，而是"创造性地复制"③。在再现时还要对生活加以"说明"，做出"判断"④，给人以激励与鼓舞，而不是颓唐、悲观和失望。除了真实性之外，他们提出的人民性、典型性等等现实主义文艺的批评标准，都具有唯物主义的高度科学性。

在批评态度方面，他们既倡导具有鲜明倾向性的"直率"，又强调要冷静、客观与公正。这就要求批评家必须具有独立的正直的品格，不计较个人利害，一切以事业为重，从作品客观实际出发，不抱任何个人感情的、宗派的、小集团利益的偏见来评价作家作品。车尔尼雪夫斯基对当时以名论价的文艺批评非常不满，所以他极力主张无论是指摘缺点还是赞美优点，都应从作品实际情况出发，"一视同仁"。不管作者是大人物还是小人物，是自己的朋友还是尊师，决不能厚此薄彼，亲亲疏疏。车尔尼雪夫斯基本人的批评实践就是坚持公平正直和文学事业利益高于个人感情这一原则的典范。他和涅克拉索夫是亲密的战友，但他对涅克拉索夫的评价却不是出于个人的感情，而是根据作品的价值。他说："我对于他的热爱在我关于他的历史意义的见解中并不起任何作用。这种意义是历史的事实。而我个人的爱好没有必要干涉对事实的评价。这是科学的

---

① ［俄］别林斯基：《别林斯基选集》第三卷，满涛译，时代出版社 1952 年版，第 700 页。
② ［俄］车尔尼雪夫斯基：《生活与美学》，周扬译，人民文学出版社 1957 年版，第 91 页。
③ ［俄］别林斯基：《别林斯基论文学》，梁真译，新文艺出版社社 1958 年版，第 113 页。
④ ［俄］车尔尼雪夫斯基：《生活与美学》，周扬译，人民文学出版社 1957 年版，第 104 页。

事，而不是学者个人趣味的事。"① 即使对论敌，革命民主主义批评家也主张要公平正直客观地对待，而不应过分贬抑，例如车尔尼雪夫斯基对波列伏依的评价。波列伏依是俄国 19 世纪 20—40 年代著名的作家和批评家，曾以浪漫主义反对过时的古典主义，一度走在时代潮流的前头。但他对现实主义文学却全然不理解，对果戈理的《钦差大臣》、《死魂灵》等现实主义作品持完全否定的态度。车尔尼雪夫斯基坚持对他予以公平正直的评价，他认为波列伏依对现实主义的否定，并不是出于个人恩怨、卑微的打算或自尊心的唆使，而是出于真诚的信念，怀着善良的愿望，尽管其意见是错误的，但在争论中却可以有助于正确观点的形成和发展。车尔尼雪夫斯基还一再提到，尽管波列伏依晚年犯了错误，但不应忘记他过去对俄国文学与教育曾经立下的许多功绩。这种全面的历史的评价，充满了唯物主义的、辩证的客观性和科学性。

为了贯彻正确的批评标准、公平正直地评价文学现象，不能没有科学的批评方法。别林斯基所确立的历史的审美的批评方法就是俄国革命民主主义文学批评的方法论。别林斯基认为，"每一部艺术作品一定要在对时代、对历史的现代性的关系中，在艺术家对社会的关系中，得到考察；对他的生活、性格以及其他的考察也常常可以用来解释他的作品。另一方面，也不可能忽略掉艺术的美学需要本身。……不涉及美学的历史的批评，以及反之，不涉及历史的美学的批评，都将是片面的，因而也是错误的。"② 这就明显地指出了文艺批评既是一种历史的批评也是一种美学的批评，二者是统一的，密切结合在一起的。换句话说，历史的审美的批评就是对"表现在艺术中的那个现实所赖以形成的一切因素和一切方面"③ 进行评价。这一批评方法与文艺本身的客观内在规律和特征是吻合的，因为任何文艺现象都必然是一定历史阶段的审美结果，与社会的经济、政治、哲学、道德、宗教……以及文艺本身的继承发展状况等有着千丝万缕的联系，文艺批评如果不从审美感受出发把文学现象放在特定的社会状况和文艺状况中去进行分析和评价，就不可能得到客观公正的结论。正是由于运用了这一建立在唯物主义基础之上的历史的审美的批评方法，俄国革命民主主义文学批评才显示出它的高度科学性，取得了巨大成就，开辟了俄国文学的新

---

① 《车尔尼雪夫斯基全集》第 15 卷，苏联国家文学出版社 1939—1950 年版，第 150 页。转引自马莹伯：《车尔尼雪夫斯基关于文艺批评的主张》，《文史哲》1983 年第 3 期。

② 〔俄〕别林斯基：《别林斯基选集》第三卷，满涛译，时代出版社 1952 年版，第 595 页。

③ 〔俄〕别林斯基：《别林斯基选集》第三卷，满涛译，时代出版社 1952 年版，第 595 页。

时代。但在当时，有人攻击革命民主主义文学批评是纯粹的政论，缺乏艺术分析，没有艺术鉴赏力，不是真正的文学批评，而是政治功利主义批评。甚至连屠格涅夫这样的优秀作家，也曾一度指责过车尔尼雪夫斯基重思想内容、轻艺术形式；陀思妥耶夫斯基也曾指责过杜勃罗留波夫的批评是"功利主义"，违背所谓"艺术的永恒法则"。事实上，革命民主主义批评无论是在理论上还是在实践上，都是将历史的批评和审美的批评紧密结合统一起来的。别林斯基甚至强调："确定一部作品的美学优点的程度，应该是批评的第一要务。当一部作品经受不住美学的评论时，它就已经不值得加以历史的批评了。"① 可见革命民主主义批评并非只重内容而轻艺术形式。普列汉诺夫曾经为之作过有力的辩护，他说："假如'60年代人'是用'启蒙运动者'的眼光去看文学艺术，即首先要求它'对生活现象下判断'，那么这还不是意味着他们没有艺术鉴别力。至少关于他们的最杰出和最光辉的代表人物如车尔尼雪夫斯基、杜勃罗留波夫和皮萨列夫，是决不能这样说的。在他们每个人的著作中——有时恰恰在他们比谁都偏重理性的地方——可以看到一些最无疑义的证据，说明他们有敏锐的文学鉴赏力。"② 例如车尔尼雪夫斯基对托尔斯泰作品的分析就是一个有力的证明。还在托尔斯泰刚出版自传性三部曲的前两部——《童年》与《少年》而在文坛崭露头角之时，车尔尼雪夫斯基就在评论中以敏锐的洞察力和细腻准确的艺术鉴赏力，抓住了托尔斯泰创作所显示的主要艺术特色——"心灵的辩证法"。车尔尼雪夫斯基认为，托尔斯泰在人物刻画中，最感兴趣的是心理过程本身，是这过程的形态和规律。他善于抓住一种情感向另一种情感，一种思想向另一种思想的戏剧性的变化过程。他不限于描写心理过程的结果，他所关心的是心理过程本身，那种异常迅速地千变万化的难以捉摸的内心生活现象，托尔斯泰却能巧妙自如地描写出来。这就是他的新奇独创的特点，在所有俄国优秀作家中，唯有他是这方面的能手。③

① ［俄］别林斯基：《别林斯基选集》第三卷，满涛译，时代出版社1952年版，第595页。
② ［俄］普列汉诺夫：《尼·加·车尔尼雪夫斯基》，汝信译，上海译文出版社1981年版，第248页。
③ 伍蠡甫主编：《西方文论选》下卷，上海译文出版社1979年版，第426—427页。

四、惊人准确的超前预见性

正确而科学的文艺批评往往必然地具有超前性，它能披沙拣金，以深邃的洞察力和远大的目光，发现代表历史前进方向的但还处在弱小而不引人注目甚至受到压抑的萌芽，并竭尽全力保护、扶持、鼓励和促进其成长和发展。俄国革命民主主义批评正是这样的一种批评。1842 年，果戈理的《死魂灵》第一部刚发表，反动保守势力就拼命攻击、谩骂，竭力歪曲和否定这部现实主义杰作，从人物、题材到语言、风格，都把它骂得一无是处。还有的人虽然表面肯定《死魂灵》，赞颂果戈理的才华，却又把作品说成是荷马史诗的复活，否定它与俄国生活的联系，实际上也就从根本上否定了这部作品的真正价值。只有别林斯基慧眼独具，首先给果戈理的创作予以正确的评价，并坚持不懈地为捍卫和发挥它的现实主义原则而斗争。别林斯基有力地驳斥了反动势力对果戈理和《死魂灵》的攻击，热情地称赞这部作品的成就，深刻地阐明它的伟大意义，并豪迈地预言，从此以后，只有果戈理，和遵循批判现实主义原则进行的文艺创作，才能适应俄国社会的需要，受到公众的欢迎。他从果戈理的创作中，敏锐地发现了代表着俄国文学发展趋势的具有巨大生命力的批判现实主义文学的萌芽，满腔热情地加以赞扬、肯定和扶持。并以他主编的《祖国纪事》杂志为阵地，团结了一大批当时还默默无闻的青年作家，结成了后来取得巨大成就的"自然派"。这一派的重要作家除果戈理外，还有莱蒙托夫、屠格涅夫、冈察洛夫、赫尔岑、陀思妥耶夫斯基等人，都是别林斯基首先发现了他们的天才并准确地预言了他们的远大前程的。车尔尼雪夫斯基在托尔斯泰初涉文坛之际即预言他将来会以"心灵辩证法"的主要特色取得辉煌成就。托尔斯泰后来的创作，尤其是《战争与和平》、《安娜·卡列尼娜》和《复活》三大巨著，都证明了车尔尼雪夫斯基的洞察与预言是极富远见的。

从以上的粗略分析中，我们也可以看出，俄国革命民主主义文学批评的这四点特色其实是不可分割的一个有机整体，它们之间有着内在的必然联系。其中密切结合现实斗争的革命性是俄国革命民主主义文学批评的基本出发点，正因为批评家们自觉地以俄国解放运动的现实需要为出发点，这就决定了他们的文学批评不能没有鲜明强烈的倾向性和唯物主义的科学性。而惊人准确的预见性则是革命的科学的正确批评的必然结果。但是如果没有其中任何一个方面，就不成其为俄国革命民主主义文学批评的独特个性了。要是没有强烈的倾向性和唯物主义的科学性，那么革命性也就没有实际内容而成为一句空话，当然更谈不上会有任何一星半点的准确预见性了。

俄国革命民主主义文学批评当然不是十全十美的批评模式，距马克思主义文学批评还有一定差距。但它作为文艺批评史上一个罕见的成功范例，至少有力地说明了：文学批评和文学创作决不能避开现实斗争的需要，不能脱离人民，走向所谓"纯批评"、"纯美学"和"纯艺术"的道路！

六朝文学美学自觉的理论轨迹

一

文学产生之后，人们就竭力要认识它的功用，并随着功用的认识而逐渐深入了解文学的本质及其特征，探索并力图把握其内在规律性。魏晋以前，文学尚未有真正意义上的独立，对其功用的认识大抵只停留在政教实用功利性上。孔子的"兴观群怨"说对文学的功用作了最早的较全面的概括，而他的着眼点主要还是在于"迩之事父，远之事君；多识于鸟兽草木之名"。至《礼记》、《毛诗序》张扬"诗教""美刺"，自此，文学以至所有艺术都不过是政教工具的观点便成为儒家文学价值观的核心，文学的美感功能、审美价值往往被狭隘功利所排斥。多少贤哲由于儒家功利文学观的浸染，即使偶尔触摸到文学的审美规律，也疑为谬误，或拒之门外，或比附于先入之儒家意识。文人们也自卑自贱，视文学为"童子雕虫篆刻"。

汉末魏初，随着儒学独尊权威的崩溃，儒家传统文学观不得不面对异端的种种挑战，文学的审美意识终于迎来了觉醒的契机。魏文帝曹丕的《典论·论文》的问世，标志着中国文学一个新时代的开始。其最令人振聋发聩之处就是关于文学功用的新见解："盖文章，经国之大业，不朽之盛事。"他认为作家凭文学创作，"不假良史之辞，不托飞驰之势，而声名自传于后。"写文章简直是比做帝王将相还要惬意的事业！如此重视文学的作用，而且出自一位帝王之口，前所未有。尽管从根本上看，"经国"以及求个人声名"不朽"，并未超出儒家功利文学观的范围，还没有真正从文学的审美特质上认识文学的功用，但曹丕把文学的地位、价值一下子推到极高的级次，这就必然促使人们愈益重视文学，重视对文学本质特征、规律等方面的深入探究，为美学自觉的进程奠下了飞跃的基础，启示了前进的方向。

沿着曹丕开辟的道路，陆机、刘勰继续强调文学的重要。他们的文学功用观主要点与曹丕并无大异，即基本上还染有浓厚的儒家功利文学观色彩，仍然只是从抬高文学地位的级次上着眼。不过，他们却使文学更神圣化。如刘勰竭力把文学与"道"紧密联系起来，为"文"之重要寻找哲学依据。

自觉地在功用问题上不同程度地揭示了文学审美功能的是钟嵘和萧纲。钟嵘《诗品序》："……照烛三才，晖丽万有，灵祇待之以致飨，幽微借之以昭告。动天地，感鬼神，莫近于诗。……使穷贱易安，幽居靡闷，莫尚于诗。"这话虽然还带有儒家功利观的印痕，但联系"嘉会寄诗以亲，离群托诗以怨"来看，则可见出钟嵘的文学价值观已转向情感感染、愉悦和慰安的审美作用方面了。萧纲更直截了当地把文学看做是一种愉悦情性的嗜好、娱乐，他说："吾辈亦无所游赏，止事披阅。性既好文，时复短咏。虽是庸音，不能搁笔，有惭伎痒，更同故态。"①

文学何以具有这种作用？这不能不牵涉到文学的本质属性。"诗缘情而绮靡"②，"气之动物，物之感人，故摇荡性情，形诸舞咏"③。正因为文学是情感的抒发和表现，所以才能产生感染、陶冶、慰安和娱乐的审美作用。文学是情感的产物，"吟咏情性"是文学的本质特征之一。儒家似乎也不否认这一点，他们也讲："诗者，志之所之也，在心为志，发言为诗。情动于中而形于言，言之不足故嗟叹之，嗟叹之不足故永歌之"④，诗歌是"发乎情"，"吟咏情性"⑤。但他们所说的"情"、"情性"是局限于政教伦理范围之内的，是"美刺"、"讽其上"、"止乎礼义"⑥ 之情。而陆机、刘勰，尤其是钟嵘和萧纲所说的"情"却远远超出了儒家政教伦理的层面。"遵四时以叹逝，瞻万物而思纷"⑦，陆机重于自然外物感发之情。刘勰既注意到"物色之动，心亦摇焉"⑧ 的感物之情，又看到了诸如建安文学那种由"世积乱离，风衰俗怨"等社会、时代原因所触动的情感。钟嵘则以审美的眼光，更具体地阐明了诗歌所表现的种种"情性"："若乃春风春鸟，秋月秋蝉，夏云署雨，冬月祁寒，斯四候之感诸诗者也。嘉会寄诗以亲，离群托诗以怨。至于楚臣去境，汉妾辞宫。或骨横朔野，魂逐飞蓬。

---

① 萧纲：《与湘东王书》。
② 陆机：《文赋》。
③ 钟嵘：《诗品序》。
④ 《毛诗序》。
⑤ 《毛诗序》。
⑥ 《毛诗序》。
⑦ 陆机：《文赋》。
⑧ 刘勰：《文心雕龙》。

或负戈外戍，杀气雄边。塞客衣单，孀闺泪尽。或士有解佩出朝，一去忘返。女有扬娥入宠，再盼倾国。凡斯种种，感荡心灵，非陈诗何以展其义？非长歌何以骋其情？故曰：'诗可以群，可以怨。'"① 诗歌可以表现极为丰富的情感，而"怨情"则被钟嵘视为诗情的中心。但其涵义在此已大大超出儒家局限于讽上化下之"怨"了。萧纲的见解与钟嵘极为相似："至如春庭落景，转蕙承风；秋雨朝晴，檐梧初下；浮云生野，明月入楼；时令嘉宾，乍动严驾；车渠屡酌，鹦鹉骤倾；伊昔三边，久留四战，胡雾连天，征旗拂日，时闻坞笛，遥听塞筋；或乡思凄然，或雄心愤薄；是以沈吟短翰，补缀庸音，寓目写心，因事而作。"② 凡是自身生活中的感触，都可入诗。萧纲所说的"情性"，已干脆不沾儒家功利文学观的边边。钟嵘强调"怨"情，还要借孔子的"怨"来张目，萧纲则无所顾忌，直言主张。他对文学审美本质的认识，显然又前进了一步。当然，萧纲对"情性"的"吟咏"，也有侧重。这就是他写作并提倡的宫体诗所表现的"闺闼"之"情"，以至于他授意徐陵编集的《玉台新咏》"非闺闼不收"。写男女之情，写美人，兼之萧纲还说过"文章且须放荡"，这更与主张"美刺"、"诗教"的儒家功利文学观格格不入。于是被后人斥为"淫荡"，萧纲等人的宫体诗也就成了"止乎衽席之间，……思极闺闱之内"③，把"床笫之言，扬于大庭"④ 的色情文学。由于儒家功利文学观的影响，很少有人能看到萧纲以及宫体诗在美学自觉方面的进步性和历史贡献。倒是清人袁枚见解深邃："且夫诗者由情生者也，有必不可解之情，而后有必不可朽之诗。情所最先，莫如男女。"⑤ 所以，"艳诗宫体，自是诗家一格"。⑥ "情所最先，莫如男女"，这可以看做萧纲为何专以闺闼之情为吟咏对象的合理解释吧。写男女之情，状人体之美，这也是魏晋人伦鉴赏风气的进一步发展，人性觉醒大潮必然所及。尽管由于萧纲的地位和倡导，引起朝野纷纷仿效，一窝蜂地写宫体，至使泥沙俱下，难免混杂下流庸俗之作。这里有时代的、社会的各种原因，而并非全是萧纲之过。

　　文笔之辨在对文学审美本质属性的认识上，更明显地展示了六朝人文美学自觉的逐渐深入。六朝人一般都以有韵无韵区分文学与非文学，"以为无韵者笔

---

① 钟嵘：《诗品序》。
② 萧纲：《答张缵谢示集书》。
③ 《隋志》集部后叙。
④ 章太炎：《国故论衡》。
⑤ 袁枚：《答蕺园论诗书》。
⑥ 袁枚：《答蕺园论诗书》。

也，有韵者文也。"① 这当然没有触及文学的本质审美属性。刘勰虽然不同意以韵的有无区分文与笔，但他也没有明确说明什么是"文"，什么是"笔"。萧统编《文选》，对文学有了"事出于沉思，义归乎翰藻"的认识，但仍以有韵无韵来作为区分文笔的标准。这表明他对文学审美本质属性的认识还有模糊之处。唯有萧绎对文笔的区分才算基本上把握了文学的本质审美属性。他说："吟咏风谣，流连哀思者谓之文。至如文者，惟须绮縠纷披，宫徵靡曼，唇吻遒会，情灵摇荡。"② 这从内容到形式都较准确地对文学的本质属性作了界定，真可谓"直抉文艺之奥府、声律之秘钥"，③ 也可以看做是六朝人对文学审美本质属性和功能认识的总结。

二

六朝人对文学形式美的探索和追求是文学美学自觉的又一个重要表征。曹丕不仅从价值级次上抬高了文学的地位，还初步区分了文体特点，提出了"诗赋欲丽"的观点。虽然西汉扬雄早就说过"诗人之赋丽以则，辞人之赋丽以淫"，也抓住了"丽"的形式美特征。然而，扬雄是在视辞赋为"壮夫不为"的"童子雕虫篆刻"的前提下，强调"丽"必须依从于儒家政教内容的关系，这与曹丕在崇扬文学的基础上，不仅仅是概括而且是自觉地主张诗赋形式之"丽"，显然不可同日而语。当然，曹丕并没有从理论上进一步阐述这个主张。这恰恰说明了曹丕尚处于文学形式审美特征自觉的朦胧阶段。曹丕去世三十多年后才出生的陆机则以"绮靡"来概括诗歌的形式美特征。"绮靡"与"缘情"曾招致许多贬斥，其涵义被曲解为"浮靡"、"淫靡"、"艳薄"、"形式主义"和"唯美主义"等等，被认为是文学的弊病、"渣秽"，甚至是"堕落"。诗歌"自陆平原缘情一语引入歧途，其究乃至于绘画横陈，不成已甚欤？"④ 纪昀的这种看法颇有代表性。他们以囿于儒家强调文学政教内容的褊狭目光，当然不可能认识作为语言艺术的文学与一般政教工具乃至他种艺术的一个极其重要的区别，

① 刘勰：《文心雕龙》。
② 萧绎：《金楼子·立言》。
③ 朱东润：《中国文学批评史大纲》，古典文学出版社1957年版，第65页。
④ 纪昀：《云林诗钞序》。

正在于文学以语言形式的外在感性美突出地显示了自己的个性特征。"绮靡"主要指由语言的形、声、色所共同构成的文学外在感性形式美。即"遣言也贵妍，暨音声之迭代，若五色之相宣。"① "缘情而绮靡"，既抓住了诗歌内容的特征，又把握了与内容密切相关的形式特征，暗示了诗歌的美感特点。陆机继承了曹丕的观点并有所发展，但理论上的阐述仍略嫌粗疏。弥补了这方面不足的是刘勰，他的《文心雕龙》许多篇章讨论了文质关系，并专设《情采》篇强调文质统一的重要。更立《声律》、《丽辞》和《练字》等专篇详论语言在形、声、色等方面的外在感性形式美：讲声韵平仄的配合谐和，对偶排比的工巧自然，甚至在选用文字时也要从字形上考虑，需"避诡异"、"省联边"、"权重出"、"调单复"——追求文字的视觉感性形式美！"善酌字者；参伍单复，磊落如珠矣。"②

与刘勰同时的钟嵘，既主张"干之以风力"，又提倡"润之以丹采"。③ 他之所以把曹植推崇为文学上的最高代表，是因为他觉得曹植的诗不只"骨气奇高"，而且"词采华茂"。他虽然反对沈约等人的声病说，却也认为"……文制，本须讽读，不可蹇碍，但令清浊通流，口吻调利。"④

梁代萧氏兄弟更高唱同调，谓文学乃"事出于沉思，义归乎翰藻"；认为"了无篇什之美"的法古制作"质不宜慕"⑤；直言"至如文者，惟须绮縠纷披，宫徵靡曼，唇吻遒会"。既是文学，语言形式就应当华美！这是他们一致的看法。

由曹丕、陆机和钟嵘的只论诗赋，到刘勰的泛论文章，最后至萧氏兄弟尤其是萧绎的确指文学，这一过程展示了文学语言外在感性形式审美特征自觉的渐进轨迹。

关于文学形式美的自觉，沈约声律论的出现具有代表性的意义。齐梁时，沈约吸取前人和同时代人的研究成果，提出诗歌音律运用上的"八病"之说，正式确立平上去入四声的名称，并用之于诗的格律，把通晓声律视为文学活动最起码的首要条件，"夫五色相宣，八音协畅，由乎玄黄律吕，各适物宜。欲使

---

① 陆机：《文赋》。
② 刘勰：《文心雕龙》。
③ 钟嵘：《诗品序》。
④ 钟嵘：《诗品序》。
⑤ 萧纲：《与湘东王书》。

宫羽相变，低昂互节，若前有浮声，则后须切响。一简之内，音韵尽殊；两句之中，轻重悉异，妙达此旨，始可言文。"① 当然，声律的研究非自沈约始，早在陆机，就已正式提出文学创作中的声律问题："暨音声之迭代，若五色之相宣。"不过把音节美推到诗歌创作之首要位置，并在理论与创作上对后世产生深远影响的则是沈约。声律论及其实践的产物——永明体的功过，历代众说纷纭，但在文学美学自觉这一方面，我们应该承认并充分肯定它们具有划时代的重要意义。因为声律论的出现，表明人们已明确地认识了文学作为艺术在媒材上的特异之处，抓住了语言形式这一文学外在感性审美特征所在，进行了初步深入细致的研究，总结并提出了文学语言形式的一系列审美要求，并自觉地运用于文学实践。无疑，这是人们认识文学审美特性的一次巨大的飞跃。可以设想，倘无声律论的出现，当难以产生后来的律诗绝句词曲，中国文学的成就和民族特色或许就不是今天呈现在我们面前的这种风貌了。

三

在发现、开拓文学的功用、内容与形式的审美特性的同时，六朝人提出了一系列重要的文学美学范畴，树立了影响深远的审美理想。例如"文气"、"风骨"、"滋味"还有"放荡"等范畴，都广泛地涉及了文学创作和鉴赏批评中多方面的审美问题，内涵极为丰富、深刻。

曹丕在《典论·论文》中提出"文以气为主"的命题，第一次把"气"确立为文学美学范畴，强调了主体的个性、气质、天赋是构成文学美的重要因素。曹丕把文学和个体人生、生命现象联系了起来，这对于人们把握文学的审美特征、解开文学本质的历史之谜，展示了令人乐观的前景。刘勰继承曹丕的文气说，进一步探讨了主体之"气"在审美心境、审美想象以及文学作品审美特征中的表现和作用。他主张作家在创作活动中要"务盈守气"、"调畅其气"，以"气志"统率审美想象，且需"情与气谐"等等，才能保证创作的成功。他认为建安作家"慷慨以任气，磊落以使才"，所以建安文学的风格美便表现为"梗概而多气。"② 曹丕和刘勰论"气"都主要着眼于创作主体的个性气质、天赋和

① 沈约：《宋书·谢灵运传》。
② 刘勰：《文心雕龙》。

才能。钟嵘则在此基础上把"气"扩及天地间万事万物，认为文艺创作的动力来源于大自然万事万物的客观生气与主体主观灵气的契合。"气"既是创作的动力，又是文学作品的审美特征，更是品评文学作品的审美尺度。从曹丕到刘勰、钟嵘以至整整一个时代，在品评作家作品时，都普遍运用了"气"这一尺度。文气说出现之后，很快波及其他艺术领域，成了文学与艺术的共同美学范畴。

"风骨"是刘勰在《文心雕龙》中提出并设专篇深入论述的一个美学范畴。刘勰认为，优秀的文学作品之所以优秀，有生命力，首先在于它有"风骨"。"故练于骨者，析辞必精；深乎风者，述情必显；捶字坚而难移，结响凝而不滞，此风骨之力也。"① 刘勰十分强调"风骨"的重要，"若丰藻克赡，风骨不飞，则振采失鲜，负声无力。"② 此外，刘勰还指出"风骨"和"气"与"采"具有密不可分的关系，"是以缀虑裁篇，务盈守气，刚健既实，辉光乃新；其为文用，譬征鸟之使翼也。""若风骨乏采，则鸷集翰林；采乏风骨，则雉窜文囿。唯藻耀而高翔，固文笔之鸣凤也。"③ 总之，"风骨"既是文学作品的审美特征、美感力量，又是文学的审美理想、审美标准。它强调文学作品要具有端直骏爽的气势，刚健清新的力之美和动人心脾的强烈感染力。

"滋味"与"风骨"一样，既指文学作品的审美特征、美感力量，又指文学的审美理想。钟嵘《诗品》认为，"五言居文词之要，是众作之有滋味者也。"④ 因为五言诗"指事造形，穷情写物，最为详切。"⑤ 钟嵘称"干之以风力，润之以丹采"⑥ 的诗是最好的诗，也就是最有"滋味"的诗。"风力"即"风骨"，说明诗的"滋味"与"风骨"有直接的联系。"滋味"就是"风骨"说的进一步发展，对文学作品的审美特征、美感力量的概括更全面，更突出。陆机和刘勰等人都曾以"味"论文学之美，钟嵘的"滋味"说就是在前人和同代人观点基础上形成的，但不同的是，刘勰等人只是一般地论及"味"、"余味"，钟嵘则从根本上把"滋味"放到最突出的位置上，作为其诗论的一个核心观点、品评诗歌的最高标准。"滋味"作为一个文学美学范畴，才算真正受到重视并确立。

---

① 刘勰：《文心雕龙》。
② 刘勰：《文心雕龙》。
③ 刘勰：《文心雕龙》。
④ 钟嵘：《诗品序》。
⑤ 钟嵘：《诗品序》。
⑥ 钟嵘：《诗品序》。

　　文学的美学自觉到钟嵘、萧氏兄弟，可谓达到了这个阶段的高峰。而在反对儒家功利文学观的偏颇方面，萧纲似乎是最大胆、最彻底的一个。他说的"文章且须放荡"① 令人咋舌，千百年来颇受曲解，"放荡"一语与写美女的宫体诗联系起来，就被完全等同于色情下流的"淫靡浮荡"了。直至现代，还有学者认为，"放荡"说旨在把统治者纵欲荒淫的要求寄托在文章上，"籍着联想作用来得到性感的满足"，"使由生理的满足提高为心理的满足"。②

　　其实，萧纲"好文"并不是为了"得到性感的满足"，而是"寓目写心，因事而作"，兴趣在于文学的发抒情性，能给人以精神愉悦慰安的审美价值。这在他的《答张缵谢示集书》、《与湘东王书》等文中都有明确阐述。正是基于他对文学审美特质已有较为成熟的认识，所以才要求把审美的文学与受伦理道德规范的"立身"——生活区别开来，使文学挣脱政教道德功利的束缚，而步入更广阔的审美世界。"放荡"一词也并非只有色情淫荡一义，在古籍中可以看到不少非指色情淫荡的"放荡"用例。如《汉书·东方朔传》说东方朔"指意放荡，颇复诙谐"；《汉书·三国志·魏志》谓阮籍"才藻艳逸而倜傥放荡"；《南齐书·武陵昭王纪》称"康乐放荡，作体不辨有首尾"。上述几处的"放荡"都是从美学意义上而不是从道德意义上的运用。即使用于伦理道德范围的"放荡"，也不一定就是指色情淫荡。如《世说新语》注引名士传语："刘伶肆意放荡，以宇宙为狭。"《三国志·魏志》说曹操"少机警，有权数，而任侠放荡"。再从史书中及有关资料看，都找不到萧纲本人色情下流劣迹的记载。倒是说他性宽宏，喜怒不形于色，"尊严若神"。后被侯景软禁时，萧纲在壁上自题："有梁正士兰陵萧世缵立身行道；始终如一，风雨如晦，鸡鸣不已，弗欺暗室，岂况三光"。③ 以前，论者证明"放荡"是齐梁统治者腐朽色情生活的反映，所举也只是宋齐统治者的下流劣迹，而找不出萧纲的任何风流色情放纵的事实。何况萧纲即帝位时，其实只是侯景的傀儡，并非享有真正的皇权。

　　综观萧纲在《诫当阳公大心书》、《昭明太子集序》、《答新渝侯和诗书》和《劝医论》等文中所阐述的文学观整体思想，笔者以为"放荡"的主张至少包含了萧纲对文学审美创造规律与审美特征的深刻认识。他极力反对模仿经典、好师古人的"儒钝"文风，主张不受经典、古人和儒家功利文学观的束缚，要

---

① 萧纲：《诫当阳公大心书》。
② 王瑶：《中古文学风貌》，棠棣出版社 1951 年版，第 104 页。
③ 《梁书》卷四。

求以新的手段、美的形式，抒发人们在生活中所触发的情感，诸如四季风物、明月浮云触发的"凄然乡思"，胡雾征旗、坞笛塞筘引发的"愤薄雄心"等等。这就必然要求主体在审美创造心理意态上首先要摆脱不符合艺术审美规律的种种约束，进入审美创造的自由心境。如蔡邕《笔论》所说："欲书先散怀抱，任情恣性，然后书之。"相对于摹经师古、墨守"王化"之"本"的心态来说，任情恣性自出新意的放达不正是"放荡"么？

在《与湘东王书》中，萧纲嘲笑当时京师文体"吟咏情性，反拟《内则》之篇；操笔写志，更摹《酒诰》之作。迟迟春日，翻学《归藏》；湛湛江水，遂同《大传》。"而把"谢朓、沈约之诗，任昉、陆倕之笔"推崇为"文章之冠冕，述作之楷模。"也就是强调文学不同于经典，其主要特征之一，就是要以华美的形式抒发强烈的情感，使人在情感上引起强烈的共鸣，获得美的享受。谢朓、沈约是永明体的代表诗人，他们的诗作讲究音韵谐和，形式华美，诗风清新飘逸，流丽倜傥。这与萧纲所追求的"风云吐于行间，珠玉生于字里，……性情卓绝，新致英奇"① 风格是一致的。而以当时顽固地维护儒家功利文学观的裴子野一类人看来，"摈落六艺，吟咏情性，……斐尔为功"的文风，背离了"劝美惩恶"的"王化"之"本"，甚至"深心主卉木，远致极风云"，也属于这一类"淫文破典"之作。② 注重文学审美特质，追求华美，自然是追求"荡目淫心"的艳丽，伤风败俗。可见若以"放荡"来概括萧纲所理解的文学审美特征及美学追求，或许裴子野也会欣然领首。

因此，对萧纲的"放荡"说不能理解为主张文学色情诲淫，而应是标举挣脱政教道德功利束缚，拓宽文学的审美空间。倘把它当做美学范畴看待，似乎更合理。

从上述六朝文论中展示的理论轨迹来看，六朝是文学美学自觉的一个具有相对完整性的开端阶段。这个阶段在理论和创作上，似是都以曹氏父子为起点，最后终结于萧氏兄弟的一个渐进的历程。其中钟嵘和萧氏兄弟的文学观对于前述几个方面的美学自觉来说，具有总结的性质。这一阶段对文学审美价值、审美特征的发现和初步深入的探索，一系列影响深远的文学美学范畴的提出和确立，以及创作方面所取得的巨大实绩，奠定了中国文学美学的民族特色，为后来文学的长足发展打下了深厚的基础，在中国文学史和美学史上具有不可磨灭

---

① 萧纲：《答新渝侯和诗书》。
② 裴子野：《雕虫论》。

的贡献。审美意识的觉醒，使六朝人惊喜地沉浸于美的天地。他们讲情，追求华丽好看。就像一个孩童，突然获得一件意外的新奇玩具，爱不释手，甚至乐而忘归。六朝人发现了文学的审美属性，且孜孜以求，形成了一个追求美、创造美的时代风尚，他们经历了一场文学观念的伟大变革。既是变革，总难免矫枉过正，于是有唯美的偏颇。即使文学理论批评著作也追求形式之华美，"俪采百字之偶，争价一句之奇"。① 就连处处强调文质统一，主张"文采所以饰言，辩丽本于情性"② 的刘勰，实际上与"佩实"相比，更重"衔华"。一部"体大虑周"的《文心雕龙》，体系结构、语言表达都极为讲究。"位理定名"，也要"彰乎大易之数"——整五十篇，其中又分为上下两部，各为二十有五篇；每篇还是清一色的二字题，体现了一种整一均衡的形式美。行文，则"四字密而不促，六字格而非缓，或变之以三五，盖应机之权节"，③ 排偶连绵，声韵铿锵。在形式上追求谐和完美的用心无处不见。大家手笔，任气使才，可纵横驰骋，再严格的律法，也能驱遣自如，无拘无束。但流而下于"竟学浮疏"的"贵游总角"之辈，"随声逐影"，就不免"弃指归而无执"；过求声律则陷"文多拘忌，伤其真美"；苦为隶事便失于"文章殆同书钞"；吟咏情性而或迷入歧途……不可避免地出现"为艺术而艺术"和形式主义的倾向。不过，问题在于，我们不能只见一二枯枝而无视整座生机勃勃的森林。

---

① 刘勰：《文心雕龙》。
② 刘勰：《文心雕龙》。
③ 刘勰：《文心雕龙》。

唐诗的世界与世界的唐诗

　　诗歌在中国文化中的重要性没有哪个国家可以相比。孔子最早概括了诗歌的功能，他认为，人们通过诗歌可以获取美感，学到知识，了解社会，更可以激励情致，陶冶情操，沟通交流。诗歌与社会政治、国家命运、伦理道德、家庭幸福、个人处世等等，无不密切相关。因此，一个人如果不学诗，就连话也不懂得该怎样说。[①] 孔子的诗歌价值观代表了中国人对诗歌的普遍认识。因而，诗歌的创作和接受在中国历史上长期兴盛，诗的精神渗透于中国社会的所有层面，中国成为名副其实的诗国。中国文化也就是一种以诗歌传统为中心的文化。

　　鲁迅曾经说过，好诗都被唐代诗人做完了。他的意思是说，唐诗在中国诗歌传统中是一座空前绝后的高峰。这话确实是符合中国古代诗歌历史事实的。由于独创性的鲜明和成就的巨大，唐诗还不仅仅是一个时代诗歌创作的总称，而且是最具有典范性的审美情趣、艺术风格、诗歌流派甚至民族性格和文化精神的称谓。在今天，当我们无论走到中国的哪一个角落，都还能随处听到牙牙学语的幼童奶声奶气地吟诵："鹅鹅鹅，曲项向天歌。白毛浮绿水，红掌拨清波。""春眠不觉晓，处处闻啼鸟。夜来风雨声，花落知多少。"之类唐诗时，就能体会到唐诗在精神上对中国人生活的全面渗透，就会意识到唐诗在中国超越所有时代的巨大文化价值。

　　如果说诗歌传统是中国文化的中心，那么，也就可以说，唐诗是中国文化的灵魂。

　　在文化源头的意义上来说，一个人不了解荷马史诗和《圣经》，就不能理解欧美民族和西方文化；一个人没有读过印度两大史诗，就会对印度民族和印度文化茫然无知。同样，我们也可以在文化经典的意义上毫不夸张地说，一个人，特别是外国人，如果不读唐诗，也就不可能真正了解中华民族和中国文化。

---

　　① 《论语·阳货》："《诗》，可以兴，可以观，可以群，可以怨。迩之事父，远之事君，多识于鸟兽草木之名。"《论语·季氏》："不学《诗》，无以言。"

一、旗亭画壁桐叶题诗
——唐诗的创作盛况和社会普及性

诗歌在西方只是少数人的爱好，而在中国，尤其是在唐代，诗歌的创作和接受具有非常广泛的社会普及性。上至帝王将相，下到士农工商，甚至妓女童仆，不分男女老少、贵贱高低，都喜欢诗歌或创作诗歌。皇帝爱诗、写诗，并把科举变成了以诗取士的制度；知识分子不仅以诗来求取功名利禄、出将入相，也用诗来歌唱自己的胸襟怀抱、穷达升沉和人际交往的喜怒悲欢，名家因此辈出，群星璀璨；而在下层人民那里，写诗吟诗也成为"饥者歌其食，劳者歌其事"的常用表达方式。

唐代诗歌创作的盛行，简直是奇迹。

传诵千载的"鹅鹅鹅，曲项向天歌。白毛浮绿水，红掌拨清波。"这首诗，竟是诗人骆宾王七岁时的创作。另一位七岁女孩，居然能在皇帝面前从容自如地吟成一首由皇帝亲自命题的《送兄诗》："别路云初起，离亭叶飞飞。所嗟人异雁，不作一行归。"托物起兴，抒发骨肉之间的离愁别绪，感人至深。还有"飒飒西风满院栽，蕊寒香冷蝶难来。他年我若为青帝，报与桃花一处开。"这首咏物诗抒发了惊人的抱负和非凡的豪情，据说是唐末农民起义领袖黄巢的少年之作。

据统计，有作品留存至今的唐代小诗人，十岁以下的就至少有四十人左右。

即使是垂暮之年的老人，也仍然对于作诗吟诗乐此不疲。白居易七十四岁时曾组织了九位七十岁以上的老人聚会赋诗，称为"九老会"，其中年纪最大的诗人据说是一百三十六岁！

还有唐代女诗人，知名者据说也多达一百二十人以上！其中有皇妃，有宫女，有大家闺秀，也有普通妇女，甚至有薛涛那样著名的女诗人竟是一代名妓呢！

至于被奉为"诗仙"的李白，被尊为"诗圣"的杜甫等大诗人对诗歌创作的天才妙笔或呕心沥血，诗作的多产、优质，更是令人叹服了。

清朝康熙四十五年（1706）编成的唐诗总集《全唐诗》分九百卷，一共收录了留存下来的唐诗近五万首。这部诗集中有名有姓的作者达两千二百多人，他们来自社会的各个阶层。《全唐诗》收集的是经过一千多年历史淘洗之后流传下来的唐诗，如果加上当时创作流行而后来失传的作品，估计至少在十万首以上，诗人当然也要比《全唐诗》所载的更多！

就《全唐诗》所收的五万首诗来看，题材的宽广，内容的丰富，体裁的多样，风格的繁复，也是前无古人后无来者的。这近五万首诗历经千百年漫长岁月淘洗而仍然能够流传下来，表明这些诗作具有很高的艺术质量，所以才有如此强盛的生命力。

唐代诗歌接受的普及，也可谓壮观。

优秀诗作一出，往往不胫而走，广泛传诵。例如，白居易的诗流传之广，几乎是从宫廷、寺庙到乡村、驿站、边塞，墙壁上无不书写。不仅王公贵妇津津乐道，同时也为乡民农妇、牧童马夫等下层百姓所喜爱而吟咏。连《长恨歌》和《琵琶行》这样较为长篇的诗作，也能在小孩子的口中流传，歌妓则以能吟诵《长恨歌》这样的名作而身价大增。岑参的优秀诗作也是每篇都被人们传写吟诵，家喻户晓，雅俗共赏。

唐人不仅创作了数量巨大的灿烂诗篇，还留下了不少脍炙人口的有关唐诗的趣闻故事，与诗篇一起，构成了辉煌的唐代诗歌文化。

一位被关在宫廷深院里与世隔绝的宫女，突然灵机一动，从梧桐树上摘下一片叶子，在上面题写下自己青春虚掷的愁绪，倾诉自己对幸福爱情和自由生活的渴求："一入深宫里，年年不见春。聊题一片叶，寄与有情人。"然后，她把这片桐叶放进流经宫中的溪流，让自己无处诉说的苦闷和渴望随水漂去，传出宫外。

于是，就有了"桐叶题诗"的传说，由此还产生了关于诗和宫女与才子爱情奇遇的种种演绎。

那位名叫崔护的落第书生，清明时节游春于长安郊外，口渴求饮，敲开一户农家大门，一位姑娘送上清茶。姑娘犹如院中盛开的桃花一般美丽，眼神含情脉脉，崔护对这位姑娘一见倾心。一年后，又是清明时节，崔护因为思念这位姑娘，再到郊外姑娘家时，却无人在家。惆怅失望的崔护，就在门上题写了《题都城南庄》一诗："去年今日此门中，人面桃花相映红。人面不知何处去，桃花依旧笑春风。"几天后，崔护又来到都城南庄，却听见姑娘家中传出哭声。一打听，才知道姑娘一年来也常常思念他，见到他的题门诗后，更是相思成病，不思饮食，突然昏死。崔护赶忙来到姑娘床前，抱起姑娘的头，失声呼喊。姑娘忽然醒了过来，两个有情人终成眷属。

这是随着《题都城南庄》一诗流传不衰的中国式才子佳人的浪漫爱情故事。

在一个飞雪飘飘的冬日，以边塞诗创作闻名的诗人王昌龄、高适、王之涣，正在酒店饮酒。这时，一群乐工、歌女也来到酒店演唱。在他们奏乐演唱之前，三位诗人约定，谁写的诗被唱的最多，谁就是优胜者。当诗人听到歌女唱的是自己的作品时，都得意地用手指在墙上划一横记下来。开始是王昌龄和高适的诗作接连被歌女演唱，最后，一个最出色的歌女却连续演唱了王之涣的好几首诗，数量超过了前两位诗人。王之涣拔了头筹，高兴地嚷叫起来，诗人们纵声大笑。乐工歌女得知他们就是著名的诗人时，都倍加崇敬。

这个"旗亭画壁"的故事，无疑是唐代诗歌活动的历史缩影。

流传的诗篇与相关的奇闻趣事共同展示了唐诗创作的繁荣和流行的普及性。

二、盛世风范兴亡咏叹
——唐诗发达的原因和发展的历史

中国诗歌为什么在唐代取得了这样巨大的成就？诗歌的繁荣为什么不在唐以前的秦汉或唐以后的宋元明清时代出现？唐诗发达的原因到底在哪里呢？唐以后的人们一直在思考这样的问题，而且，各自做出了种种不同的回答。今天较为明确的普遍共识是，承认唐诗发达的原因是复杂的，绝不止是某一个因素或少数几个因素所能决定的。大致说来，应包括外在与内在两方面的原因。

外在的原因，首先要提到的是唐代的经济繁荣、政治开明、国力强盛，为唐诗的兴盛准备了必要的物质条件。唐朝是中国封建社会的极盛时代，执政者推行了有利于社会发展的进步政策，出现了"贞观之治"和武则天时期社会经济文化的全面繁荣，达到了封建时代的最高峰。国力的强盛，文化的繁荣，伴随着自豪、自信和开放的社会心态，使唐朝国威远播海外，成为世界瞩目的中心。许多国家与唐朝修好，频频派来使者和留学生，学习和移植唐朝先进文化。这样的社会经济基础，成为唐诗发达的必要沃土。

经济的强盛并不是文艺繁荣发展的唯一因素，在经济不发达的时代和国家，同样也可能出现文艺的繁荣，而在经济繁荣的时代，文艺也可能停滞不前甚至冷落凋敝。公元前5世纪希腊古典时期文化的发达，不仅在于经济的强盛，还应得力于伯里克利执政时期的进步政治制度，执政者对文艺采取扶持鼓励的政策，如举办戏剧比赛，给观众发放观剧津贴，这些措施有力地促进了文艺活动的活跃和全面繁荣。唐诗发达的原因同样也有执政者的推动，比如皇帝爱好诗歌，亲自写诗吟诗，甚至建立了以诗文取士的科举制度来选拔官吏，使作诗成为知识分子获取功名的必要本领。"读万卷书"，"行万里路"，成为大多数知识分子的生活方式。因为，只有读书和漫游，才能作出好诗，也才能在那个时代赢得诗名，才有进身的资本和门路。当然，这种功利性并不是在每一个读书人那里都能实现，但它无疑是促进唐代诗歌繁荣的一个巨大的直接动力。

与政治制度密切相关的思想解放、百家争鸣的宽松自由的社会环境，也是唐诗发达的一个重要的外在因素。皇帝爱诗吟诗，以诗取士，如果不允许诗人自由表达，把他们的思想禁锢在一个狭窄的空间里，诗歌创作就不可能繁荣。虽然唐代也有诗人因诗作得罪执政者而惹祸的事件，但比起更多的人因为诗做得好而进身受禄、声名显赫的事实来，因诗获祸就只是偶然的事件了，并不形成对诗歌创作的致命威胁。事实上，唐代确实没有它前后各时代出现过的严酷的文学禁忌。

唐代的社会思想相当开放和活跃，使侠义观念和儒、道、佛等种种思想并存共在，相互冲突、激发和互补，成为贯串整个唐代的社会思想的基本构成。在这样的社会思想结构基础上，形成了异常复杂丰富的社会心态和审美情趣，为诗歌对生活的表现提供了多种角度和相当广阔的视野，诗歌的内容、形式和审美风格必然无限多样，异彩纷呈。每一位诗人都有可能在某一特定阶段偏重于某一方面的思想，或处于多种思想的矛盾冲突之中，个人的诗歌创作同样也就体现出对不同的思想内容和艺术形式的好尚，从而也就必然表现出多样的审美情趣和艺术风格。

从文学发展的内在因素来说，唐诗的发达立足于从《诗经》、《楚辞》以来诗歌本身的历史发展和优良艺术传统的积累。前人诗歌创作实践所取得的成就，在思想与艺术形式、艺术技巧上为唐朝诗人准备了充分的可以集大成的种种要素，提供了唐人艺术创新所需要的深厚土壤。而唐代诗人本身对传统的尊重和批判地继承、综合的主动精神和艺术卓识，则是唐诗发达的一个更重要的内在因素。如果没有杜甫那种具有代表性的善于学习、多方汲取艺术营养的主动意识，再优良的传统，再深厚的土壤，也不一定能长出唐诗这样繁茂灿烂的艺术之花吧。

唐诗的发展历程是唐代社会历史和社会心理衍变的反映，唐诗的变化鲜明地体现着唐代社会历史的起伏兴衰。

唐代自开国至衰亡，前后近三百年（318—907），以公元755年发生的"安史之乱"为标志，明显分出一盛一衰的前后两期。在前期，有李世民、武则天、李隆基等有为皇帝采取了较为开明的政策，促进经济发展和文化繁荣，形成"贞观之治"、"开元之治"等时期的太平盛世，使中国社会达到了封建时代的极盛顶峰。而在延续长达八年之久的"安史之乱"被平定后，唐朝则已元气大伤，此后一蹶不振。在皇帝昏庸、宦官专权、藩镇割据和朝廷官僚的朋党纷争中，国家内乱不已，战祸频仍，民不聊生。曾经一度无比强盛的封建帝国风雨飘摇，最后终于在唐末农民大起义中灭亡。

唐诗的发展可分为四个阶段，即在"安史之乱"前的初唐和盛唐两个阶段、在"安史之乱"后的中唐和晚唐两个阶段。其中，有两次繁荣的高潮，一在盛唐阶段的开元时期（713—741），一在中唐阶段的元和（唐宪宗李纯年号，806—820）时期。初唐是唐诗的兴起期，晚唐则是唐诗的衰落期。这样，唐诗经历的四个时期就恰如人生的少年、青年、中年和老年四个阶段，是一个非常完整的发展过程。

初唐阶段有近百年的历史，这是唐诗发展的头一个阶段。尽管诗人和留存的诗歌作品不多（诗人约三百位，存诗约三千首），无法与以后各阶段相比，但它作为唐诗的孕育期，对唐诗后来的大发展具有极为重要的奠基性作用。

六朝的文人初步发现文学的审美特质，努力将文学与非文学区别开来，强调文学的"缘情"和"绮靡"的特征，即重视文学的情感性和形式美感。这本来是进步的"文学自觉"，但也因此而矫枉过正，出现了忽视内容意蕴而片面追求文辞华美的形式主义倾向，以至于在齐梁间出现了"宫体诗"。这种诗歌热衷于描写贵族女性及宫闱生活，过分讲求声律、文辞的绮丽。宫体诗风形成后，流行于梁、陈、隋代直到初唐。

于是，初唐诗坛面临的主要任务就是清除以宫体诗为主要代表的六朝诗歌形式主义余风，恢复诗歌的抒情言志传统和美刺功能。唐朝开国初期，以唐太宗为中心的一批诗人的创作仍然不免承袭六朝宫体诗风，但在内容上注入了教化的追求，这对于诗歌风气的净化来说，无疑是一个良好的变革开端。

真正使初唐诗风实现大转变的是被誉为"初唐四杰"的王勃、杨炯、卢照邻和骆宾王，以及稍后的陈子昂等诗人。"初唐四杰"都出身于寒士阶层，他们才华横溢，有建功立业、报效国家的远大抱负。但在现实中，他们却处处碰壁，只能在诗歌创作中一展雄才。他们强烈批判六朝诗歌余风的形式主义弊病，明确提倡以"骨气"和"刚健"为特征的诗风，要求把诗歌从只写宫廷生活、贵族女人的狭隘范围内解放出来，把诗歌的视野扩大到宫廷以外的广阔社会现实生活。他们的诗歌创作，题材内容相当宽广，情感充实豪壮，鲜明地体现了"骨气"和"刚健"的理论主张。"初唐四杰"的理论主张和创作成就初步压倒了宫体诗风，使初唐诗坛出现了蓬勃生机，实现了第一个大转折。

陈子昂继"四杰"之后大声疾呼，全面否定晋宋以来五百年的诗风，主张"复古"，继承汉魏风骨，加强诗歌干预生活的功能。他在实践上大力创作五言古诗，使古体诗占有一席之地，与近体诗并驾齐驱。他带动了一大批作家共同努力，彻底肃清了六朝形式主义诗风的积习。

并称"沈宋"的沈佺期、宋之问，以及刘希夷、张若虚，还有被称为"文章四友"的李峤、崔融、苏味道和杜审言等人，都是初唐诗坛较有影响的诗人，他们分别在近体诗的形成发展、推进古体诗创作和进一步开拓诗歌的题材范围等方面做出了积极的贡献。

唐玄宗李隆基在位四十余年，史称盛唐，同时也是诗歌史上的盛唐阶段。自初唐以来，宫廷中虽然不断有血腥的权力纷争，但整个社会还是随着太宗皇帝开创的繁荣太平局面呈向上发展趋势，至玄宗在位前期而达到了全面极盛的顶峰。由于太平盛世，唐人的民族自豪感越来越高涨，他们视野开阔，胸怀宽广，志向高远，对社会对人生充满信心，大多向往建功立业，追求理想人生价值的实现，洋溢着乐观豪放的浪漫主义时代精神。

盛唐阶段在时间上最短，但在诗坛上却名家众多，名作如林，内容题材最广阔，体裁风格最丰富，万紫千红，一派盛唐风貌。盛唐诗人高唱出时代的雄音巨响，形成了唐诗的第一个高峰，边塞诗派、山水田园诗派和李白的创作是盛唐诗歌的主要成就。

唐代中国疆域辽阔，经济文化上的国际交往和民族交流频繁，同时也不断发生由于民族矛盾而引起的边塞战争。以边塞战争、戍边生活和边地风光以及与之相关的社会问题、生活现象为题材的诗歌创作也随之繁盛，形成了边塞诗派。由于高适和岑参是边塞诗派的代表作家，因而该派又被称为"高岑诗派"。盛唐杰出的诗人还有王昌龄、王之涣和李颀等。边塞诗内容相当丰富，既有对为祖国征战慷慨激昂奋不顾身视死如归的爱国主义精神的歌颂，也有戍边将士及其亲朋好友相互思念牵挂或幽怨的咏叹，还有对边地壮丽风光、民情风俗的生动描绘。边塞诗人大多具有边塞生活的亲身经历和积极进取的人生态度，因而，他们的诗作情感真实，色彩浓烈，生活气息醇厚，洋溢着豪迈悲壮的情调，具有极为强烈的感人力量。

在 18 世纪以前，西方文艺普遍轻视自然美，从古希腊的荷马史诗以来的文学作品，偶尔也有一些自然景物的描写，但都是作为背景的点缀，并没有作为独立题材来使用。真正意义上的山水诗，直到近代才在浪漫主义文学思潮中出现。而在中国，早在六朝时代就产生了以自然景物为吟咏对象的田园诗和山水诗，体现了较为成熟的自然美意识。在此深厚的基础上，盛唐时代出现了专以山水田园为吟咏对象的山水田园诗派，成为盛唐诗坛两大流派之一，以与边塞诗不同的的题材内容和艺术风格，从另一个侧面展示了盛唐风貌。山水田园诗主要表现诗人隐逸恬退的思想和闲适自足的情怀，没有边塞诗的豪迈悲壮情调，而是通过清淡的色彩，幽深的意境，展示诗人不同于边塞诗那种追求建功立业的理想。这种徜徉于山水田园之间的隐逸生活理想，有的是诗人求仕不得无法达到济世报国的目标之后的无奈选择，如孟浩然；有的是诗人长期做官，深刻了解官场黑暗、仕途险恶之后的主动转向，如王维。不管出于何种原因，山水田园诗里展现的闲适平静的世界，都寄寓了诗人否定和摆脱恶浊现实的要求，都是诗人心目中更完善更纯净的理想境界的展示。

王维和孟浩然在山水田园诗派中成就最高，因而该派又被称为"王孟诗派"。此外，这一派的著名诗人还有储光羲、常建和祖咏等。

李白是盛唐最杰出的诗人，也是中国诗歌史上最伟大的诗人之一，现存诗近千首。他的诗歌激情奔放，想象特别丰富，意境雄奇瑰丽，风格豪放飘逸，把初唐时期的浪漫主义诗风推到了顶峰。因此，被后人尊为"诗仙"。

中唐阶段六十多年，是唐朝社会由盛转衰的时期，但诗歌却顺着盛唐诗歌的繁荣趋势，继续汹涌向前，出现了唐诗的第二个高峰。这个时期仍然是名家辈出，流派纷呈，创作繁盛，风格多样，思想活跃，可与盛唐诗坛比美。

杜甫在唐诗和中国诗歌史上是与李白齐名的伟大诗人，世人以"李杜"并称。杜甫的诗作现存近一千五百首，其中有一千三百余首是在"安史之乱"后进入中唐时期所创作的。初盛唐诗歌一反六朝诗歌的形式主义，而着重于言志抒情，到中唐诗坛，又由言志抒情一变而为感事写意，从初盛唐强调主观的浪漫诗风走向重视客观的写实诗风，杜甫就是这一新诗风的开创者。杜甫具有忧国忧民的广阔心胸，他的诗几乎是融已有优秀诗歌要素于一炉，题材内容广博丰富，普遍运用了各种诗体进行创作，艺术技巧变化无穷，形成了与李白的飘逸豪放完全不同的沉郁顿挫风格。杜甫被后人尊称为"诗圣"，他的诗由于广泛涉及唐代社会现实，故有"诗史"之誉。

在杜甫的影响下，中唐时期出现了以白居易、元稹为代表的新乐府诗派和以韩愈为首的险怪诗派。新乐府诗派在诗坛掀起了新乐府运动，提倡用新题材、新内容写乐府诗，在内容与形式上对汉魏六朝乐府诗体加以变革，形成新乐府诗，故称"新乐府"。新乐府诗派着重继承了杜甫诗的"感事"功能，强调诗歌的现实价值。在写法上，走追求通俗晓畅的浅易道路。其中，白居易的诗歌现存数量最多，影响最大，传播最广。白居易自己曾说过，从长安到江西，三四千里，到处可见他的诗作被题写在显眼的地方，到处都可以听到社会各阶层的人们在吟诵他的作品。此外，新乐府诗派还有张籍、王建、李绅等著名诗人。险怪诗派主要发展了杜甫诗的"写意"功能，既强调对现实的感触，又重视主观情志的抒发，但他们关心的是生活中的超常事物，用词生僻，句法、押韵、结构都力求奇险，形成了与新乐府诗派的"浅易"完全相反的险怪风格。险怪派代表人物是韩愈和孟郊，因此，这一派也称"韩孟诗派"。贾岛、李贺等诗人也属于险怪诗派。

刘禹锡和柳宗元也是中唐时期的著名诗人，他们的创作在唐诗中都自成一格。

晚唐的近百年历程是唐代的末世，衰亡的命运已无可挽回。诗歌创作也走向衰微，再无盛、中唐时代的雄音巨响。虽然也有一些触及现实生活的作品，但更多的是退缩到自我生活的小天地来折射社会的灾难，艺术上则走向了绮靡的形式主义诗风，作品中充满彷徨、苦闷和感伤的低沉情调，咏史诗、怀古诗较多。李商隐、杜牧等少数杰出诗人的创作，代表了晚唐诗歌的最高成就。皮日休、杜荀鹤、聂夷中等诗人虽然继承了杜甫、白居易的写实诗风，但写得深刻的作品不多，艺术上也明显缺少独创性。

三、语不惊人死不甘休

——唐诗的艺术追求和审美特色

唐诗之所以成为中国古代诗歌史上空前绝后的高峰，无疑是因为在艺术上所取得的巨大独创性成就，这一超越古今的艺术成就的形成，离不开产生唐诗的所有条件，但其中最重要的，应是诗人们在艺术上呕心沥血的艰苦追求。从事艺术创作的确需要具备一定的艺术天赋，但是优秀的艺术家无不成功于孜孜不倦的学习积累和对艺术的刻苦探索。没有诗人们的苦学和苦吟，哪里会有唐诗的巨大成就？读万卷书，行万里路，"转益多师"，不仅是杜甫的个人经验，而且是唐代优秀诗人的共同经验。例如白居易，青少年时代就曾经废寝忘食地日夜苦读，以至于口舌长疮，手肘磨起层层厚茧，牙齿松脱，青春年华却像老年人一样憔悴。而苦吟，即在创作上的呕心沥血，精益求精，在唐诗中就可以找到不少生动的描述："夜吟晓不休，苦吟鬼神愁。"（孟郊）"吟安一个字，捻断数茎须。"（卢延让）"为求一字稳，耐得半宵寒。"（顾文炜）为了一个字，而不顾寒暑，通宵达旦，捻断发须，冥思苦想，实在感人。"吟成五个字，用破一生心。"（方干）"二句三年得，一吟双泪流。"（贾岛）更可以见出唐代诗人是如何全身心地投入创作的，他们大多与杜甫一样，都具有"语不惊人死不休"的艺术追求精神。还有贾岛的"推敲"、李贺的"极思苦吟"以至于天才早夭等等动人故事，都在中国历代传颂，家喻户晓。正是这种苦学苦吟的精神，才使他们的诗作具有"惊风雨""泣鬼神"的艺术魅力。

唐诗艺术感染力的无限，来自于鲜明生动清新的艺术表现，来自于含蓄深沉浑厚的艺术意境。诗歌是语言的艺术，诗歌语言有无感染力，是决定一首诗命运的最直接的因素。诗的语言不是一般的生活语言和其他文体的语言，但它又与生活语言和其他文体语言息息相关。诗歌语言来源于生活语言，也可以融入其他文体的语言，但诗的语言要押韵，要受格律的限制。也就是说，诗的语言有音乐性，而且古代的诗歌往往是与音乐结合在一起的。还有，更重要的是诗歌语言本身及其所构成的形象必须具有"诗意"——精练、含蓄、自然、生动、鲜明、清新，具有丰富深刻的思想情感意蕴。换句话说，最有艺术生命力的诗的语言必须是深入浅出的语言。"床前明月光，疑是地上霜。举头望明月，低头思故乡。"李白的这首《静夜思》，时隔一千多年以后，读来还是如同今天日常生活的口语一般明白晓畅，亲切自然，但它又是诗意极为强烈的语言，它所表现的月夜思乡的游子形象，似乎静默无言，却概括了一种超越时空的美好人性，浅显而生动的语言包孕着深沉无限的情感意蕴。

唐诗的艺术生命力外在于艺术表现，深藏于内容意蕴。唐人做诗重声律，求辞采，讲韵味，更重风骨、兴寄和兴象，也就是要求诗歌在内容上要体现出刚劲有力、明朗阔大的气势。诗歌要有催人奋发向上或引人深思求索的精神气魄，必须蕴涵着丰富的生活体验，有对人生、政治、社会和世界的饱满的崇高的激情。即使在初唐阶段，诗歌虽然还受到六朝形式主义诗风的影响，但是，不仅"四杰"和陈子昂有诗歌革新的要求，就是宫廷诗人也表现了强调内容充实、意蕴崇高的追求。诗歌批评家、宫廷女诗人上官婉儿之所以评定宋之问的"不愁明月尽，自有夜珠来"优于沈佺期的"微臣雕朽质，羞睹豫章才"，理由就在于宋之问的诗句表现了积极向上的精神，具有刚健明朗的风格。而在"秦时明月汉时关，万里长征人未还"（王昌龄《出塞》）、"大漠孤烟直，长河落日圆"（王维《使至塞上》）、"君不见黄河之水天上来，奔流到海不复回"（李白《将进酒》）、"会当凌绝顶，一览众山小"（杜甫《望岳》）等等诗句中，雄壮的气势，阔大的时空视野，真挚的情感，刚劲有力、催人奋发向上的精神，体现得更为鲜明突出。而像杜甫《登高》中的"万里悲秋常作客，百年老病独登台"，两句仅十四个字就包含着层层递进的多层深意，出色地表现了一个年老多病的游子长期流浪漂泊的身世处境和孤独、悲愁、思乡的复杂情感，不愧为唐诗含意丰富浑厚的一个典型标本。再如杜甫在"三吏"、"三别"、《自京赴奉先县咏怀五百字》、《北征》、《茅屋为秋风所破歌》、《兵车行》等很多诗作中表现的忧国忧民的崇高情怀，则成了作为中国诗歌传统的灵魂和生命的最高精神的典范。

意蕴的深远含蓄曾被人称为唐诗最值得重视的审美特点。所谓含蓄，就是要求诗的意蕴并不在诗中明白说出，而是隐含在诗的形象里，成为言外之意、韵外之致，象外之象、味外之味。读者只有通过想象和联想，细心琢磨才能体味出来。例如李白的《玉阶怨》一诗："玉阶生白露，夜久侵罗袜。却下水晶帘，玲珑望秋月。"这首诗以明白晓畅的文辞语句非常直观地描绘了一幅女子秋夜望月的图景。20世纪初，西方意象诗派创始人、美国诗人庞德（EzraPound，1885—1972）翻译了这首诗，并在注解中指出这首诗的含蓄之妙。他认为，说"玉阶"，可以想见这是豪华的住宅。"怨"表示有怨恨要说。"罗袜"一词，说明怨恨者是一位妇女，能穿着"罗袜"的女子，不可能是婢女之类的女人，而应该是一个贵妇人。天上有玲珑的秋月，表明天气很好，女子所等待的人不能以天气为借口而不来。冰凉的露水既已把玉阶变白，又已经侵入女子所穿的罗袜，可知女子在玉阶上等待的时间已经很久。女子有何怨恨呢？她没有说出来，这就是含蓄。① 当然，这首诗的含蓄并不仅仅是女子没有说出自己有什么样的怨恨，她所怨恨的对象到底是谁，等等，更重要的是诗歌的本身只是给我们展示了一个女子秋夜在室外室内久久望月、难以成眠的图画。诗人不在诗中直接说出这幅图画的意义，而只是通过形象加以种种暗示，需要读者调动自己已有的知识和生活经验来想象和联想，仔细体会、反复揣摩才能理解。

唐诗的含蓄相当多样，除了《玉阶怨》这种借景抒情的范例外，还有借题发挥、借物喻人、借古讽今、谐音双关等等形式。不论诗人运用何种方式，都要选取富有概括性和启示性的事物、细节和语言来构成形象和意境，尽量以最少的笔墨来表达最丰富的意蕴。

从整体来说，唐诗的发展经历了一个完备的发育过程，内容题材广阔丰富，体裁风格多样，杰出诗人诗作众多，可以适应不同时代不同审美情趣的需求。这也可以说是唐诗具有的一个整体的审美特征——博大、浑厚、完美。

四、抒情诗史世界独一
——世界文化视野中的唐诗

在中国，似乎是每一个时代都有某种文学体裁取得比其他体裁更为突出的成就，成为该时代文学的代表，这是中国文学史的一个鲜明特点。唐诗，如同先秦散文、汉赋、宋词、元曲、明清小说等一样，是一个时代文学的代表，一个时代文学的最高成就。但是，唐诗又与中国任何一个时代的文学成就不同，它不仅是一个时代文学的代表和最高成就，同时又是整个中国古代诗歌史上的一个空前绝后的高峰，代表着中国古代诗歌的最高成就。唐诗既是唐代以前中国诗歌传统的全面总结、综合和发扬，又是唐代以后中国诗歌种种流派、风格的典范和出发点。唐诗如同一个巨大的水利枢纽，既在上游方向汇聚了千万条的江河之水，又在下游方向分流出辐射状的无数支流。唐诗本身作为万流总汇，因此，不论是来源的千江万水还是去脉的万河千流，都无法超越它处于总前开后历史地位的博大与磅礴。

在世界文化视野中，唐诗无疑是中华民族诗歌的缩影，强烈地体现了中国

① 刘岩：《中国文化对美国文学的影响》，河北人民出版社1999年版，第87页。

诗歌传统的抒情性特征，与西方文学重史诗的诗歌传统正好形成了鲜明的对照。

世界不少民族都有自己的史诗，这种叙事性的体裁一般都是鸿篇巨制，尤其是早期的英雄史诗，例如荷马史诗、印度两大史诗，由于篇幅巨大、内容丰富，往往被视为百科全书式的作品，不仅在文学传统上具有开创性的意义，在文化史上也具有极为重要的地位和价值。因为史诗作品一般都表现了富有民族特征的广阔的社会生活，集中地体现了民族精神的全貌，可以作为民族文化与民族精神的标本。中国有些少数民族有自己的史诗作品，例如藏族的《格萨尔王传》，但没有像西方那样成为中国文学传统的主流。中国诗歌的开端无疑是《诗经》和《楚辞》，都主要是抒情诗。如果以单篇作品来说，抒情诗是难以和史诗相提并论的，因为抒情诗的篇幅短小，容量极为有限，表现形式、艺术技巧和审美风格都不能与史诗作品的丰富博大同日而语。但是，从作为整体性的文学成就来说，一个时代的中国抒情诗总体的地位和价值就可以与史诗一比高低了。《诗经》所收的三百多篇作品，创作于西周初年至春秋中叶约五百多年间，"风""雅""颂"三类作品体现了中国广阔地区不同阶层的社会生活、思想感情和审美情趣，"赋""比""兴"三种表现形式、艺术手法则奠定了中国诗歌艺术的主流传统。说《诗经》是中国春秋中叶前五百多年间的百科全书式作品是完全恰切的。同样，唐诗从整体上也可以说是唐代社会生活历史文化的百科全书。唐代就有人称杜甫的诗为"诗史"，因为杜诗反映了社会现实。包含杜诗在内的作为整体的唐诗，更可以称为"诗史"，它体现了唐代社会初、盛、中、晚几个阶段的兴衰起伏和社会心理发展演变的历史。不过，唐诗的百科全书性质不同于史诗体裁，作为"诗史"，唐诗是抒情性的，而不是叙事性的。抒情性作品对社会生活的反映，主要通过人们由生活的遭际所触发的情感来折射生活的现实，不能像史诗一类叙事性作品那样浓写细描，不分大小都可以毫发毕现地写诗。抒情诗却如神龙一般，总是通过一鳞半爪以小见大地表现生活。也正因此，抒情诗给读者留下的想象和联想的空间比史诗更为广阔，"诗"的特征更鲜明更强烈。因而对诗作的理解就不能只局限于诗句本身，必须联系诗人生活的时代状况及其身世遭遇等等诗句之外的事情、因素，充分调动读者的创造性，才能更准确更深刻地体会诗作所抒发的情感及其蕴含的意义。

例如："前不见古人，后不见来者。念天地之悠悠，独怆然而涕下。"读陈子昂这首《登幽州台歌》，不难感受到诗歌表现的是一种孤独悲凉的情绪。但是，这种情绪产生于什么情况下？为什么会有这样一种情绪？它包含着怎样的一种具体内容？不了解诗作的时代背景、诗人的经历和为人，就不可能把握这首诗在社会历史和文学史上的丰富含义。

透过唐诗传达的情感，唐朝社会近三百年间的政治、经济、宗教、艺术、教育、生活方式就能生动地展现于眼前，更能感受到典范性的中华民族精神。

唐诗，无疑是中国封建社会盛世文化的抒情缩影。

五、艺术明珠四海生辉
——唐诗与中外文化交流

唐诗在中国对后世的影响极为深远，同时唐诗本身也反映了唐代中外文化交流的盛况，而且，唐诗作为中国文化的组成部分，在唐代就已经走向世界，产生了国际性的良好影响。

以诗会友是唐代中外诗人、学者和僧侣交往的一个重要途径。其中，由于日本、朝鲜来华出使、学习的外交使团、留学生、宗教人士较多，所以唐诗留下的有关中日、中朝文化交往的诗作也较多，仅涉及中日友谊的诗作现存就有一百二十多首。唐玄宗李隆基和唐代著名诗人王维、李白、储光羲、刘长卿、钱起、刘禹锡、贾岛、韦庄、皮日休等，都创作有与日本朋友交往的诗歌，抒发了中日友好的深情厚谊。例如李白的《哭晁卿衡》："日本晁卿辞帝都，征帆一片绕蓬壶。明月不归沉碧海，白云愁色满苍梧。"晁衡是来唐留学的日本人，原名阿倍仲麻吕，公元717年二十岁时来到中国求学，学成后留在中国做官，并与李白、王维、储光羲等唐朝诗人有很深的交谊。753年，晁衡随日本第十一次遣唐使团回国，行前，王维、储光羲、赵骅、包佶等中国诗人纷纷赋诗赠别。不料晁衡一行归国途中在海上遇到大风，飘到了南中国海，有传言说晁衡已溺海而死。李白闻讯写了这首悼念诗，寄托失去好友的悲伤，体现了两国诗人交谊的深厚真挚。

在唐诗的熏陶浸染下，不少来华的外国人也能纯熟地运用唐诗的形式和艺术技巧写诗，例如日本的山上忆良、阿倍仲麻吕、菅原道真；朝鲜新罗时期的崔致远、王巨仁、薛瑶；越南的姜公辅、廖有方等。现存日本汉诗和朝鲜汉诗中都有这类诗作，有的还被收入了《全唐诗》等中国文献中，如晁衡的《衔命使本国》、长屋的《绣袈裟衣缘》、金乔觉的《送童子下山》、王巨仁的《愤怨诗》、薛瑶的《返俗谣》等作品，都载于《全唐诗》。

《全唐诗》没有收录的外国人运用唐诗形式技巧所作的汉诗更多，其中，仅新罗诗人崔致远就现存有汉诗近百首。崔致远十二岁来到中国留学，十七岁参加唐朝科举进士科考试，一举及第，后出任唐朝地方官员。崔致远在华时间共达十七年，所作汉诗数量最多，而且深得唐诗精神，富有唐诗风味。例如《江南女》："江南荡风俗，养女娇且怜。性冶耻针线，妆成调管弦。所学非雅音，多被春心牵。自谓芳华色，长占艳阳年。却笑邻舍女，终朝弄机杼；机杼纵劳身，罗衣不到汝。"诗作通过一富一贫两个女子形象的对比，表现了诗人对社会不公的义愤，对终日辛勤劳作却贫寒无依的织女，寄予深厚的同情。这首诗可与杜甫、白居易等唐朝诗人的忧民诗篇相媲美，在题材、主题、体裁和艺术技巧等方面，都可以看出唐诗精神的深刻影响。但崔致远也有自己的独创，最突出的是通过富家女的心理来展示社会的不公。诗人似乎只是客观地描述江南的一种"荡风俗"、一个富家女的形象，表面不动声色，但爱憎深寓其中，可谓含蓄。

唐诗在唐代就已远播海外，影响很大。其中白居易的诗最受欢迎，白诗的外国研究者在当时和后来都属最多。白居易在世时，就有新罗商人来唐朝收购白诗，说是本国宰相十分喜爱白居易的诗作，不惜以每篇百金的高价求购，而且还能辨别真假。在日本，甚至刮起了一股崇拜白居易的"白旋风"，从9世纪到12世纪，延续了数百年。白居易的诗作成为日本汉诗、和歌、物语、散文等等几乎所有文学体裁仿效的典范。汉诗、和歌或模仿白诗的诗体，或摘取白诗的诗句，或吸取白诗的意象、意境，进行改作或创作。物语、散文的创作也同样。例如紫式部的《源氏物语》，就有近百处引用了白居易的诗句，并且在一些关键的情节结构中融入了白居易某些作品的意象，如《桐壶》卷就化入了白居易《长恨歌》的情节意象。

唐诗在越南的流传也十分广远，深得越南人民的喜爱。除了在唐代就有姜公辅、廖有方等在唐朝留学、做官的诗人学习唐诗进行创作外，以后的历代越南诗人没有一个人不熟悉唐诗，尤其是李白的《将进酒》、杜甫的《石壕吏》、白居易的《长恨歌》和《琵琶行》、崔颢的《黄鹤楼》等名作，不仅无人不晓，有的还能倒背如流。无论作汉诗还是喃诗，他们都运用唐诗格律，而且，经常引用唐诗题材、素材、典故和语言进行创作。著名的越南诗人例如胡春香、秀昌、阮劝等人无不从唐诗中吸取精华，增进才艺，才取得巨大成就。

20世纪西方现代主义文学思潮中的意象派诗歌，也深受以唐诗为代表的中国诗歌的影响。意象派中的美国女诗人艾米·洛厄尔（AmyLowell，1874—1925）英译的一百六十多首中国诗，就用了唐代女诗人薛涛自制的诗笺"松花笺"的名称来为译本命名，这部译本与一九二一年问世。意象派的创始人庞德特别欣赏唐诗的简练和含蓄，并努力将中国诗歌的这种审美情趣贯彻到意象派的诗歌创作中，取得了较好的效果。

随着中外文化交流的发展，唐诗的世界影响必将越来越大，唐诗的文化价值也将越来越受到世界的重视。

唐诗，不仅是唐人的诗歌和中国文化的巨大宝藏，而且是属于全人类的优秀文化遗产。

《俄狄浦斯王》的结构艺术

　　《俄狄浦斯王》是古希腊三大悲剧家之———索福克勒斯的代表作，二千多年来一直被誉为古希腊悲剧的典范。它与大部分古希腊悲剧一样从古希腊神话中取材，不同的是，它选取俄狄浦斯传说系统中"杀父娶母"一段故事，通过悲剧艺术的再创造和情节的巧妙安排，达到了很高的艺术水平——使人"不必看表演，也能因那些事件的结果而惊心动魄，发生怜悯之情；任何人听见《俄狄浦斯王》的情节，都会这样受感动。"[①] 俄狄浦斯由于命运的捉弄，出生才三天即被父母抛弃，幸被邻国国王收养；长大后命运又以"杀父娶母"的可怕神示，驱使他逃离他以为是生父其实是养父的国土，逃难路上因自卫而误杀了生父，继而由于除妖有功被忒拜人拥立为王，并娶寡后——其生母为妻。十几年后，一场瘟疫使忒拜人追查杀死前王的凶手。《俄狄浦斯王》即从此处下笔。俄狄浦斯一心为城邦人民消灾弥难，坚决追查凶手，及至越查下去越证明凶手可能就是自己时，仍不顾自身安危荣辱，坚持查到底。最后真相大白，知道凶手正是自己，他也勇敢地面对现实，承担罪责，痛苦地刺瞎双眼，要求流放。作者在这里"按照人应该有的样子"把俄狄浦斯塑造成一个善良、正直、忧国忧民，不顾个人安危的理想君主，一个不甘受命运支配而敢于与命运斗争的具有崇高道德的英雄。索福克勒斯在俄狄浦斯身上赋予了雅典奴隶主民主制社会繁盛时期的鲜明时代精神，以俄狄浦斯与命运坚持不懈的搏斗来表现处于童年时期的人类对命运的探索和反抗精神，对人的自由意志和力量的重视，以及鲜明的民主思想。而俄狄浦斯的悲惨遭遇，则揭示了命运所具有的邪恶性质，反映了雅典人对命运合理性的怀疑。作为古希腊悲剧典范，不仅它的认识价值值得我们重视，而且研究它在艺术方面所取得的重要成就，也是我们批判地继承古典文化遗产的一个重要任务。

　　自亚士斯多德开始，《俄狄浦斯王》的结构艺术便一直受到各时代人们的高

---

　　① ［古希腊］亚理士多德：《诗学》第十四章，罗念生译，见《诗学·诗艺》，人民文学出版社1962年版，第43页。

度赞赏。确实，结构艺术的独创性正是《俄狄浦斯王》被称为典范以及对后世产生深远影响，至今"仍然能够给我们以艺术享受"① 的主要原因之一。

《俄狄浦斯王》结构艺术的独创性至少体现在以下三个方面。

一、结构形式突破传统
首创"倒叙式"戏剧结构

索福克勒斯之前的古希腊悲剧均是"三联剧"。这种结构形式不仅要求各部本身结构完整，还要注意三部曲之间互相衔接联系。这种繁琐的要求，往往使剧作结构松散，顾此失彼，剧情呆滞、拖沓，不利于集中、经济地反映新的社会生活。索福克勒斯面对这种僵化的、陈旧的传统，敢于突破、创新，抛弃了"三联剧"的老套子，在《俄狄浦斯王》剧作中首创了倒叙式（又称锁闭式、回顾式、回溯式）结构。在一出戏里表现一个独立的、完整的故事，使矛盾、情节、人物、时间和空间等能尽量高度集中，避免了"三联剧"形式容易写得拖沓的弱点，在戏剧发展史上做出了重大贡献。当然，倒叙式结构在《奥德修纪》里就已经成功地运用了，奥德修斯海上十年漂流的经历就是放在最后四十多天里，通过主人公奥德修斯在淮阿喀亚岛向国王阿尔诺俄斯追叙出来的。但是，《奥德修纪》是史诗，《俄狄浦斯王》则是戏剧。在戏剧中运用"倒叙式"的结构形式，是《俄狄浦斯王》首创的。索福克勒斯也许是受到过《奥德修纪》的启发。不过，同一表现形式，运用在不同的体裁里也并不是一件易事，尤其像戏剧这种独特体裁对表现形式的制约性更突出。倒叙式在其他体裁里运用比较自由，如在《奥德修纪》中，可以通过主人公之口用大量篇幅去倒叙过去的事情。但在戏剧里运用倒叙式则要受到多方面条件的限制，如戏剧体裁本身的特点、主题、情节、题材等等都要考虑。在悲剧里，不能设想可以不考虑悲剧本身是"对于一个严肃、完整、有一定长度的行动的模仿，……模仿方式是借人物的动作来表达"② 的动作性特点，而让主人公像奥德修斯那样坐在那里长篇倒叙自己过去漫长的往事。然而，索福克勒斯却敢于超越传统，克服困难，

---

① 《马克思恩格斯选集》第 2 卷，人民出版社 1995 年版，第 29 页。

② ［古希腊］亚理士多德：《诗学》第六章，罗念生译，见《诗学·诗艺》，人民文学出版社 1962 年版，第 19 页。

大胆创新，在《俄狄浦斯王》的创作中成功地首创了倒叙式戏剧结构形式。不能不说他在悲剧结构艺术上的贡献是杰出的。

二、结构布局严谨、和谐、完整

索福克勒斯不仅敢于创新，而且善于创新。《俄狄浦斯王》结构的严谨、和谐、完整，就是善于创新的成功标志。

1．精于剪裁

俄狄浦斯的故事所跨越的时间长达四十多年，重要情节包括俄狄浦斯初生被弃、逃离科任托斯、三岔路口杀父、忒拜除妖、为王、娶母、为弥息瘟疫追查杀害前王的凶手、发现真相、自罚等等，空间变换了好几处。但索福克勒斯只选取临近故事结局的追查凶手一段作为戏剧的中心情节，追查凶手前的情节则是在追查过程中通过不同的场合、不同的人物结合中心情节的向前发展而逐件逐层地倒叙出来，将错综复杂的矛盾集中在一个事件中，通过合理的布局和一环紧扣一环的"发现"，抽丝剥茧般一层一层地揭示矛盾，一步一步地接近矛盾的核心，最后水落石出，真相大白，将剧情推进到高潮。

2．巧于安排

全剧以追查凶手为中心事件来安排情节，在第一场就通过先知的预言留下了总悬念——俄狄斯是不是杀人凶手？先知的话是否可信？然后通过第二场伊俄卡斯忒的倒叙与俄狄浦斯的倒叙、第三场报信人的倒叙、第四场牧人的倒叙和每次同时引出的"发现"、"突转"、悬念以及真相大白后俄狄浦斯的最后转变等，形成全剧的整体布局。人物的出场、倒叙、发现、突转、悬念的设置安排，以及它们之间的关系，都有着时间顺序和因果关系必然的逻辑联系。我们看人物的出场，它的先后顺序是：俄狄浦斯→克瑞翁→忒瑞西阿斯→伊俄卡斯忒→报信人→牧人→传报人。他们之间的有机联系是：俄狄浦斯要寻求消除瘟疫的办法，才引出克瑞翁和忒瑞西阿斯；克、忒的出场却引起了俄狄浦斯的疑虑烦躁，接着才有伊俄卡斯忒的宽慰行动；伊俄卡斯忒的宽慰却事与愿违，反而更增加了俄狄浦斯的恐惧，为了对证凶手人数而急需请牧人出场。牧人未到之前，抓紧空隙安排了科任托斯报信人上场，利用巧合，使偶然成为必然，使其与前后人物的出场、与前后事件之间形成有机的必然联系。而俄狄浦斯与克瑞翁、忒瑞西阿斯的争吵，伊俄卡斯忒的宽慰行动，报信人传达消息，道出俄狄浦斯身世和牧人的证实，这些有着时间先后顺序必然性和互为因果的事件又与中心动作——追查凶手的事件互为因果，严丝合缝地统一在一起，成为中心事件的有机组成部分。假如变动其中任何一个组成部分，便会破坏整个结构整体的有机性。例如，假若我们把报信人的出场改在牧人出场之后，全剧的结构便是另一种样子：牧人在第三场就可能证实俄狄浦斯是杀害前王的凶手，剧首提出的总悬念到此解决，全剧可以告终。再让报信人上场道出俄狄浦斯的身世，证实俄狄浦斯的血统，这一场戏岂不成为蛇足？而如今索福克勒斯安排报信人在第三场出场，使本来急迫的剧情发展突然由直线变为曲线。剧情还因报信人报告波吕玻斯的死讯而出现一个舒缓的阶段，然后再接回第二场发展着的剧情趋向，这就在结构上造成一种和谐美，并且增加了新的悬念，为第四场的最后"发现"形成的悲剧效果蕴蓄了一股令人惊心动魄的势能，还极大地增强了情节的丰富性和生动性。

可见，剧中每一个人物，每一个事件、每一次发现、突转和悬念的出现，都是前一个人物、事件、发现、突转、悬念的必然发展，每个组成部分都安排得恰到好处，不可更易。中心动作的各事件之间以及它们与倒叙的事件之间不仅有时间上的顺序联系，还有着因果联系。这样的布局安排真正达到了严谨、和谐、完整的完美程度。

三、结构形式与情节内容的高度完美统一

1. 追查行动与倒叙形式自然融合

《俄狄浦斯王》的中心情节是追查凶手，是一个单一的情节。而追查凶手必然要调查有关的往事、人物。这追查行动的本身就需要回溯、倒叙，所以倒叙式结构正好适应这个需要。追查行动与倒叙形式自然融合，显出了它的有机性、天然性，无雕琢斧凿之痕，并使时间、地点、人物和事件高度集中，避免直接表现追查凶手前发生的往事，而利用倒叙把它们逐一地分散在各场中通过不同人物之口叙述出来。长达四十多年的时间就可以压缩到一天左右，空间也集中于一处，人物可减少到最低限度，这就有利于集中笔力来刻画主要人物形象。

2. 结构形式适应戏剧体裁的主要特点——动作性

动作性是戏剧体裁的主要特点。结构必须适应体裁的特点。《俄狄浦斯王》的中心情节——追查行动是向前发展的动作,而倒叙是往后追溯的叙述。要解决这对矛盾,需要把向前发展的中心情节与过去回溯的倒叙有机地统一起来,把叙述化为行动。例如第二场,俄狄浦斯正为先知的话疑虑重重烦躁不安时,伊俄卡斯忒出场,询问缘由,为了安慰俄狄浦斯,她开始了对往事的叙述,道出弃婴和前夫被杀两件自以为可以证明神示和预言都不可信的往事。她的倒叙在此便跟行动(劝慰俄狄浦斯不必为神示和先知预言担忧)融为一体。伊俄卡斯忒的倒叙事与愿违,反而引起俄狄浦斯的更大不安,引出了俄狄浦斯对自己三岔路口杀人往事的回忆,发现前王被杀和自己杀人的情况有许多相同点,只是凶手人数有出入,需要找回唯一的知情人——牧人查询。这又跟全剧的中心动作——追查凶手结合了起来。同时留下的悬念推动着中心动作向前发展,引出下一个人物的倒叙。其他各场均是如此,每次倒叙都与中心动作结合起来,每次倒叙都同时有"发现"、有"突转"和悬念产生,每次倒叙都与过去的事实真相接近一步,中心动作也同时往前推进一步,本是对立方向的运动统一为同步方向的行动,这就把叙述和行动融成了一体,使剧情迅速形成高潮。

3. 倒叙、发现、悬念配置合理有序,主次分明

形式与内容的完美统一有赖于倒叙、发现、悬念配置的合理有序,主次分明,全剧主要的倒叙、发现、悬念可以列成下表:

场次	倒叙		发现	悬念
	倒叙者	内容		
一				俄狄浦斯是否凶手?
二	伊俄卡斯忒俄狄浦斯	弃婴、前夫被杀、杀父娶母神示、三岔路口杀人	杀父神示相同,杀人时间、地点、被杀者相似(只是凶手人数不合)	凶手是一伙还是一个?
三	报信人	俄狄浦斯身世	俄狄浦斯是弃婴、养子	俄狄浦斯生父和生母是谁?
四	牧人	弃婴是拉伊俄斯和伊俄卡斯忒之子	俄狄浦斯已经杀父娶母	俄狄浦斯如何对待自己?

　　从上表中可以看到，出场人物的倒叙对事实真相都是有所知也有所不知。所知部分即成为每次倒叙产生的"发现"，不知部分则成了悬念。"发现"和悬念引发剧情同时"突转"。这些倒叙、"发现"、悬念都是中心动作发展使然，同时又是中心动作和事实真相的组成部分。它们之间环环相扣，不可或缺，不可稍有移位。缺少其中任何一个成分或对其位置、顺序稍作变更，便会使整体结构受到损害，甚至无法弄清事实真相，或不能获得惊心动魄的悲剧效果。由于出场人物对事实真相的所知、所不知有多寡之别，如对俄狄浦斯"杀父娶母"这一事实的不知，除牧人以外其余三个倒叙人每人至少存在两点不知：伊俄卡斯忒不知杀害前夫的凶手是俄狄浦斯，不知俄狄浦斯是自己的弃婴；俄狄浦斯不知被杀人的身份，不知自己的真实身世；报信人不知俄狄浦斯的生父生母是谁，不知俄狄浦斯杀人；而牧人只有唯一的不知：俄狄浦斯是他亲手交给报信人的弃婴。前面三个倒叙人要解决自己的不知一定要四方对正，也就是说一定要依赖于牧人所掌握的事实才能断定俄狄浦斯杀父娶母。因此牧人的倒叙具有关键性的作用，这就决定了它必须放在其他倒叙之后，作为中心动作的终端，才能使其他倒叙、悬念、"发现"互相沟通，真相大白。形式和内容才能完美融合。此外，不同人物的倒叙和同时出现的"发现"、悬念都不相同，表面上是不同的事件、不同的矛盾、不同的趋向。如第二场和第三场的悬念，前者是关于凶手人数，还算直接扣紧中心事件和第一场形成的总悬念，但后者即第三场的由追查凶手一变而为追查俄狄浦斯的血统，表面看似乎是离开了中心事件，离开了总悬念，改变了剧情发展的趋向，实质上却是同一事物的不同侧面，正是中心事件的有机部分，它不仅没有脱离中心事件，还增加了情节和结构的丰富性、复杂性和生动性。

　　《俄狄浦斯王》结构艺术的完美，标志着古希腊悲剧艺术的成熟，说明古希腊悲剧艺术已从草创阶段，发展到完美阶段。它比"悲剧之父"埃斯库罗斯的《被缚的普罗米修斯》在结构布局上要成熟得多。《被缚的普罗米修斯》一剧同样取材于神话故事，以普罗米修斯因盗天火给人类而受罚的一段神话为内容，写普罗米修斯不畏强暴，不与宙斯妥协，甘心为人类的幸福而受苦，把普罗米修斯塑造为"哲学历书上最高尚的圣者和殉道者"①。它是一个"三联剧"中之

――――――――――

① 《马克思恩格斯全集》第一卷（第二版），人民出版社1995年版，第12页。

一幕。这一幕的结构显得简单、松散，各部分之间缺乏必然的内在联系，更无《俄狄浦斯王》那种同时引起"突转"的"发现"。如第三场伊俄的出场和自诉，与中心情节的联系并不紧密，它只是为连接三部曲中的另一部而设，对本部来说，它所起的作用甚微，虽然有点如《俄狄浦斯王》第三场的那种巧合必然性，但与中心情节以及与前后事件之间缺乏有机联系，对本剧来说，取消这一场戏对全剧没有多大影响。正如亚里士多德所说："要是某一部分可有可无，并不引起显著的差异，那就不是整体中的有机部分"①。为了三部曲中另一部的结构，《被缚的普罗米修斯》这一部只好顾彼失此，破坏了本身结构的完整。再如第一、二场中普罗米修斯对自己受罚的原因和为人类所做的好事的叙述，第三场伊俄的诉苦，都可算作是倒叙，但冗长、单一，不像《俄狄浦斯王》的倒叙那样与中心情节融为一体，更无那种同时引出的"发现"、"突转"和悬念。所以，尽管剧本里的普罗米修斯被打进深渊是悲惨的，却远未获得《俄狄浦斯王》的那种惊心动魄的效果。原因就是亚里士多德在《诗学》中明确地指出的："悲剧所以能使人惊心动魄，主要靠'突转'与'发现'"②。

《俄狄浦斯王》结构艺术完美的独创性成就对后世也产生了极其深远的影响。亚里士多德的《诗学》用了十七章谈悲剧，《俄狄浦斯王》的结构艺术就是其中最常用、最有力的成功悲剧范例。17世纪欧洲古典主义戏剧创作原则中的"三一律"，理论基础来自亚里士多德的《诗学》，实践基础应溯自《俄狄浦斯王》。后世不少戏剧杰作的结构艺术都受到《俄狄浦斯王》的影响。如19世纪挪威戏剧家易卜生的许多剧作，就成功地继承了《俄狄浦斯王》倒叙式的结构艺术。他的代表作《玩偶之家》也同《俄狄浦斯王》一样选择事件临近结尾一段（娜拉与丈夫冲突、决裂）作为中心情节，而与中心情节具有时间、因果联系的过去发生的重要情节（如娜拉冒名借债为夫治病）则分散在剧中各场的倒叙中，逐层地交代出来，精心安排，使倒叙和中心情节统一。巧妙地设置随倒叙同时出现的"发现"、悬念，取得了与《俄狄浦斯王》同样的效果；结构集中、完整，情节紧凑、曲折，笔墨经济，主题突出。《玩偶之家》继承倒叙式结构艺术的成功，表明了《俄狄浦斯王》结构艺术的旺盛生命力。

---

① ［古希腊］亚理士多德：《诗学》第六章，罗念生译，见《诗学·诗艺》，人民文学出版社1962年版，第28页。

② ［古希腊］亚理士多德：《诗学》第六章，罗念生译，见《诗学·诗艺》，人民文学出版社1962年版，第22页。

文学经典译介的战略自觉

翻译工作不仅仅是语言转换的技术性雕虫小技，翻译事业更不是一种可以任意为之随心所欲的个人兴趣。不论是从语源和语义的考证，还是从古今中外历史事实的考察，翻译都具有文化传播、文化阐释和文化选择的多层次功能，包含着"技"与"道"的丰富内涵。①

汉唐盛世，佛经翻译的成就彰显着翻译的巨大文化价值；积贫积弱的时代，翻译更成为有识之士极力推举甚至视之为首选的救世利器。面对西方文化的挑战，徐光启向最高统治者力陈："欲求超胜，必须会通；会通之前，先须翻译。"② 处身封建末世的梁启超注目欧洲和俄、日等国的强盛，得出的结论是："处今日之天下，则必以译书为强国第一义"。③ 新文化运动的斗士和启蒙旗手鲁迅不满于翻译的向来被看轻，遂将翻译的意义推崇为与普罗米修斯窃天火给人类一样伟大，而译介进步文艺理论与作品，就如同给起义的奴隶搬运军火。为了回击以中国没有莎士比亚全集译本而讥笑中国文化落后的日本人，朱生豪视译莎为"民族英雄"的事业，尽管处身艰难的战乱生活，仍忍受贫病煎迫，埋头伏案，握管不辍，前后历十年，耗尽自己毕生精力翻译《莎士比亚戏剧全集》，"替中国近百年来翻译界完成了一件最艰巨的工程"。④ 在学贯中西的陈寅恪眼里，翻译家就是大学者，也是"文化托命之人"。

中国的翻译传统和规范起源并成就于经典翻译——佛经翻译，正是佛教经典的传译，促进了中国文化的历史巨变。宗教热忱和世俗治道价值取向的谐振，使佛经翻译从外来僧人零散的自发行为很快升级为僧俗政教长期合作的庞大文化工程，贯穿于治乱分合无常的历史时空，持续绵延千年之久，而其孕育生成

---

① 杨义：《文学翻译与百年中国精神谱系》，《学术界》2008 年第 1 期。

② 徐光启：《历书总目表》，《徐光启集》（下册），上海古籍出版社 1984 年版，第 374 页。

③ 梁启超：《论译书》，中国翻译工作者协会《翻译通讯》编辑部编：《翻译研究论文集（1894—1948）》，外语教学与研究出版社 1984 年版，第 10 页。

④ 朱文振：《朱生豪译莎侧记》，吴敏、朱宏达：《朱生豪传》，上海外语教育出版社 1989 年版，第 290 页。

的翻译以及民族文化的传统与规范，则流衍今日直至遥远未来。

经典翻译集中地体现着翻译对民族文化建设和发展的重要功能和巨大价值。作为民族文化建设与发展的一个重要组成部分，经典翻译当然也就不只是对经典文本本身的语言转换过程，它应该是一个译介的系统，尤其需要自始至终具有高度的战略自觉。

经典译介战略属于文化战略，需要结合世界文化进程和本土社会历史、现实与未来的发展进行高层次、广视域、整体性、长期性的全面谋划，确定基本的发展目标、途径和实施方式，而且还需与时俱进地不断修订与调整。文化战略的制定与调整属于国家和集团的行为，但作为文化创造主体的任何个体，都应具有并且不断加强战略意识的清醒自觉，任何时候都需要文化战略意识的方向性指导。

尽管改革开放以来中国的翻译事业盛况空前，但泥沙俱下鱼目混珠的乱象丛生。尤其是学术翻译，已陷入这样的窘境："外行者无力从事翻译但大多看不起翻译，平庸者乐于为之但大多做不好翻译，高明者重视翻译但大多绝缘于翻译。"① 文学经典译介的现状实际上也包含其内，东方文学经典的译介则尤为甚之。文学经典的译介与国家文化建设和民族崛起极不相称，不仅没有译介的系统战略规划，就是一些亟须译介的重要作品也问世艰难或长期缺席。印度两大史诗的中译就是典型：《罗摩衍那》是季羡林先生在"文革"中被专政受迫害的恶劣环境下为打发寂寞而偷偷地翻译完成的；《摩诃婆罗多》中文全译本则在20世纪后期才由一批学者开始合作翻译，持续17年，② 跨越两世纪，迟至2005年12月才得以问世。而在欧洲，19世纪中后期就已陆续出现了《罗摩衍那》的意、法、英文全译，《摩诃婆罗多》的散文体和诗体英文全译本也在19世纪末20世纪初问世，都比中译早了一个世纪！

翻译功能应有的普遍认同的缺失和翻译主体的错位及其导致的缺译、讹译、伪译等等翻译乱象后果，明显暴露了追求和平崛起的大国文化战略的体系性欠缺与体制性失衡。

---

① 张绪山、王明毅、张强：《翻译事业的百年历程与目前现状》，《中华读书报》2006年3月22日第4版。

② 如从金克木先生在20世纪50年代开始翻译《摩诃婆罗多》中的插话算起至全译本的出版，《摩诃婆罗多》的中文翻译历程则持续长达半个世纪。见黄宝生：《摩诃婆罗多·前言》，[印]毗耶娑：《摩诃婆罗多》（一），黄宝生等译，中国社会科学出版社2005年版。

因此，当务之急，必须从系统思维的角度上，重视和加强文学经典译介的体系性和体制性战略意识的自觉。

一、体系性：文学经典译介的"经学"外延

中国的"经学"原指解释儒家经典的学问，包含着儒家经典本体和历朝历代产生的对这些儒家经典进行解读阐释的文本。经学及经学传统本是中国文化的一个特色，但蕴含着经典传播的体系性和体制性的普遍意义。对于文学经典译介，可以借用"经学"一词泛指其结构的体系性。翻译本身就是一种阐释，经典翻译无疑是对原文经典的异文化解读，就是一种广义经学体系的建构，译本已经不是经典本体，而是经典原本的衍生物，于是才有"信"——对经典原本的忠实程度——成为译本质量评估的首要标尺。经典译介的体系性，不仅包含经典的一系列解读、阐释文本，也应包括经典产生、解读的文化背景的信息体系。就文学经典而言，至少应含经典产生、流传的文化背景常识、相关的文艺理论、美学意识和围绕经典作品文本的阐释、评价与争鸣。要顺利完成一部经典作品的翻译任务，任何翻译家在着手一部经典作品的翻译之前，都需要具有与该经典作品相关的深厚宽广的体系性知识积累为基础，要进行大量功夫在经典之外的准备工作。越是伟大的经典作品，越似百科全书，其内容包罗万象，其翻译不是一般的译者所能胜任的。例如日本古代文学经典作品《源氏物语》，其内容广泛涉及日本与中国古代的史学、美学、文学、佛教、音乐、绘画、书法等知识领域。原作又是用日本的古文体写成，即使是现代的日本人，大部分也需要借助某些著名作家、学者的现代日语的优秀译本才能读懂。青年时代留学日本的丰子恺先生在东京的图书馆里看到古本《源氏物语》，因为全是古文，感到阅读不易，后来是通过阅读与谢野晶子的现代日语译本而读懂了这部日本古代文学经典，以至于爱不释手，并发奋学习日本古文，曾把"第一回'桐壶'读得烂熟"，甚至产生了把这部经典翻译为中文的念头，只是由于他当时正热衷于美术和音乐，又要"奔走于衣食"，没有足够的翻译条件，这念头便成了一个"梦想"。四十年后，由于出版社的委托和支持，他翻译《源氏物语》的这个梦想才得以实现。丰子恺先生之所以能成功地完成《源氏物语》中译，除了他具有美学、文学、音乐、美术、佛教和丰富的中日文化知识造诣、日本生活经历等基础之外，显然也得益于他青年时代起就对这部经典的兴趣及其"经学"体

系的关注——从古文原著到现代日文译本和相关评价，"在日本不下数十种之多"的关于《源氏物语》的参考书，他不仅读过而且大部分都收集在手。① 正是这种经典构成的体系性条件的具备，保障了丰子恺先生对这部经典的成功翻译。台湾林文月中译五卷本《源氏物语》的成功，也建基于译者的中日文化造诣的深厚和在日本学习过的生活经历以及对与谢野晶子、谷崎润一郎、地文子等人的《源氏物语》现代日语译本、秋山虔等人的注释本和较权威的英译本的参考。

歌德在 1827 年 1 月 31 日与爱克曼谈话中预测"世界文学的时代已快来临"，支持他这一见解的依据之一，就是他和爱克曼在这次谈话中谈到他刚读到的一部中国传奇对他的启发。从歌德所描述的内容来看，这部中国传奇应该是明末清初中国流行的一部才子佳人小说《风月好逑传》，歌德从这部小说中了解到中国人并非欧洲人猜想的奇怪的异类，而是"在思想、行为和情感方面"和欧洲人几乎一样的"同类人"，不同之处只在于中国的一切都要"更明朗，更纯洁，也更合乎道德"，中国之所以能维持几千年并且还能长存下去，就是因为中国的道德和礼仪能使人们"在一切方面保持严格的节制"。② 《风月好逑传》并不是中国文学的经典作品（歌德也知道在中国有"成千上万"这样的小说），但它对歌德的意义显然是中国经典的代替。歌德由接触《风月好逑传》这样的宣扬封建名教、充满封建伦理道德说教的非经典作品而导致他对中国文学和中国的高度称赞，除了其历史性的道德价值取向的决定外，更重要的一个原因，很显然是歌德当时没有机会看到《三国演义》、《水浒传》、《西游记》、《金瓶梅》这样的中国小说经典，否则，他对中国小说和中国的"道德"感慨必然大有不同。19 世纪初期中国文学经典的西译贫乏，歌德只能通过法译本读到在中国并不知名的《风月好逑传》。③ 译介对象的非经典性，译介结构的非体系性，不管出于何种原因，其必然结果就是对接受者的误导。

对于外国文学，即使已有大量的经典作品译本，但是如果缺乏较为完备的文学经典译介结构体系配置，对经典的传播、理解也依然障碍重重。改革开放以来，西方现代主义文学中主要的经典作品，我们基本上都有了中译文本。但围绕着这些经典作品的批评、理论、美学等方面的信息、文本的译介则是不成

---

① 丰子恺：《我译〈源氏物语〉》，《名作欣赏》1981 年第 2 期，第 21 页。
② ［德］爱克曼辑录：《歌德谈话录》，朱光潜译，人民文学出版社 1978 年版，第 111 页。
③ ［德］爱克曼辑录：《歌德谈话录》，朱光潜译，人民文学出版社 1978 年版，第 111 页。

体系的，尤其是一些经典性的研究、阐释与争鸣，我们的译介不是付诸阙如，就是大大滞后。20世纪最后20年间中国的文艺争鸣中曾出现了三次对"现代主义"的论争，无论是发生于80年代前后期的两次论争：关于"现代化与现代派"的争论和关于"伪现代派"的批评，还是发生于90年代后期的关于中国现当代文学是否"现代文学"的讨论，争论的焦点都是"中国有无现代主义？"观点的对立则主要在于对"什么是现代主义"的阐释差异，对立观点大多囿限于视野封闭而导致的理论误读。视野封闭的主要原因之一，就是"可以依据的资料太贫乏，能用外文读文艺史论书籍的人不多。中文资料又是凤毛麟角。即使能阅读外文的，要找到合适的书籍也很困难。"① 视野闭塞难免思维僵化，不辨精糟。"生产的不断革命，一切社会关系不停的动荡，永远的不确定和骚动不安"，"一切固定的冻结实了的关系，以及与之相适应的古老的令人尊崇的偏见和见解，都被扫除了，一切新形成的关系等不到固定下来就陈旧了。一切坚固的东西都烟消云散了，一切神圣的东西都被亵渎了。"这是马克思、恩格斯在《共产党宣言》里概括的现代、现代性、也是现代主义的根本特质，美国学者马歇尔·伯曼在20世纪80年代初我们热火朝天地讨论"现代化和现代派"问题之前就已发表著作《一切坚固的东西都烟消云散了》，② 对此进行过详尽的讨论，但在我们这个以马克思主义为思想指导的国度里，许多自诩为"马克思主义理论家"的学者居然对《共产党宣言》中关于现代、现代性和现代主义如此重要的发现熟视无睹。诸如21世纪初我们才看到的《现代性研究译丛》、《人文与社会译丛》中西方学者对现代主义和现代性的研究成果如果能在其问世后同步译介过来，我们的争论者能静下心来进行系统的研究，那么也许就不会有那么多的学者在二十年间甚至迄今还把"现代主义"和"现代性"视为封闭的、固定不变的，以为它们只有西方模式，而不可能在不同时空中发生任何变易。③

文学经典译介体系性结构配置的重要，从其功能而言，对于经典的传播至少具有以下两方面的意义。

首先是对文学经典译介的导向性。译者、出版者对经典作品的译介需要面对的首要问题就是选择，哪些作品是经典？它们在本国文学史和世界文学史上

---

① 邵大箴：《序"现代美术理论翻译系列"》，［英］尼古斯·斯坦戈斯编：《现代艺术观念》，侯瀚如译，四川美术出版社1988年版。
② 徐大建、张辑译，商务印书馆2003年版。此处《共产党宣言》引文转引自该书第22、23页。
③ 参见卢铁澎：《现代主义与现代性的误读和挪用》，《文艺理论与批评》2007年第2期。

处于怎样的历史地位？在一个经典体系中，先译什么后译什么？这决定于译者和出版者对外国文学经典的体系性信息是否具有必要范围的宏观把握。无论是译者还是出版者，除了从外语原文把握这些信息外，同样需要从别人的译介中获得更全面的信息。这种信息越丰富，对于文学经典译介的选择指导越有效，对于后续的译介质量的保障、译本的传播广远和研究的深入越有益。

其次，文学经典译介的体系性构成，决定着经典传播的生命力及其价值实现的变量。大部分一般读者第一次接触任何一部译本，都会首先关注该译本的译序和译后记，因为读者需要从中了解与该译本相关的必要信息。译者或相关专家在译序和译后记中对与译作相关的体系性信息诸如其创作背景、历史地位、思想内涵、艺术成就的详细解说或简要介绍以及译者对翻译过程中遭遇的疑难问题及其处理措施的说明等等，这些信息如同灯塔般对读者的阅读起着客观的导航作用。有的观点、材料甚至在一定时空范围内框范着相关研究者对作品的评价和探讨。《源氏物语》中译本之一，无论是其由叶渭渠先生撰写的译序还是由译者丰子恺先生撰写的简明的译后记，其中所提供的有关这部日本文学经典作品的体系性信息，不仅对一般读者有显著的导读功能，而其中在历史性制约下具有强烈政治倾向性的有关人物评价、主题思想的看法，也在较长的时期内为不少研究者所沿袭，甚至体制化为一些文学史和高校文科教材解读、阐释该经典作品的权威话语。也正是随着"经学"体系性构成的发展、完善的译介，人们才逐渐对在历史性制约下具有强烈政治倾向性的有关人物评价、主题思想的权威话语产生质疑，推进经典研究的多元、多维的开放性深化。

在全球化语境中，"世界文学"时代的到来，比较文学不可或缺。比较文学的跨民族、跨学科、跨文化、跨语言的宏观性、开放性，更需要文学经典译介的"经学"外延构成的支持。无论是在世界文学视野中对具体经典作品评价的价值定位，还是对文化、文学的本质性、规律性、总体性的理论概括，比较文学研究的成功，没有文学经典译介的"经学"体系构成基础是难以想象的。不管多么伟大的"天才"，别说精通全世界的所有语言，就是对区域性的例如东方文学所涉及的外国语言，任何学者都不可能全部掌握，要进行比较文学的研究，仍然会受到自己所掌握的外语语种的有限性的制约，而不得不借助别人的译介来扩展自己的视野，提高研究的质量和水平。中国学者研究印度两大史诗，就不仅需要参考中印研究的比较，也需要参照世界其他各国各民族的文学经典和学者的相关解读、研究成果，才有可能在世界文学、世界文化的高度上，对印度两大史诗做出具有历史合理性的价值定位和理论研判。20 世纪 80 年代初出版的《印度两大史诗评论汇编》①，尽管收集的仅是 70 年代以前印、德、俄、美、法、英等国文学史中有关印度两大史诗评论的中译，但迄今仍是每一位研究印度两大史诗的中国学者最起码的"经学"参考。中国国内最早问世的一部《源氏物语》研究专著《紫式部和她的〈源氏物语〉》的作者陶力，曾坦言自己对《源氏物语》的研究不是始于对日文原著而是对林文月中译本的阅读。甚至有学者指出，中国国内对于《源氏物语》的研究成果和论文论著，大部分都是以国内较著名的中译本作为主要参考的。② 其中不仅是《源氏物语》的中译本，也包括日本学者的《源氏物语》研究成果（如丸山清子的《源氏物语与白氏文集》③、大野晋的《如何阅读〈源氏物语〉——对未经论证的"武田说"的再评价》④、野岛芳明的《源氏物语交响乐》⑤ 等）的中译本。但是，对《源氏物语》的研究，仅是日本国内每年发表的论文就有数百篇，几百年来所形成的《源氏物语》"经学"体系相当庞大，我们对日本国内的源学体系的翻译就相当薄弱。由于国外研究成果的译介不足，没有相匹配的"经学"体系参考，中国学者对《源氏物语》的研究现状自然不能令人满意。因此，中国学者对《源氏物语》研究的深入和水平的提高，还有待于对日本和世界其他国家相关研究成果的进一步译介，具备同步发展的《源氏物语》"经学"体系的完善构成。

二、体制性：文学经典译介的学科支撑

文化战略的制定和实施都需要组织——体制化，文学经典译介的文化战略除了意识的自觉之外，还亟须学科确立的体制化来保障其必不可少的物化支撑。

中国古代曾经有过佛经翻译的组织——体制化过程：从最初作为个别僧人自发的或由民间信徒自愿资助的零散行为开始，发展到后来直接由官方出面成立专门的佛经翻译机构——译场、译院，将佛经翻译活动及其成果纳入国家管理体制，由政府提供翻译场所和资金，任命专人负责，甚至授予官职，组建专

---

① 季羡林、刘安武编选，中国社会科学出版社 1984 年版。
② 李光泽：《〈源氏物语〉在中国的译介研究现状》，《内蒙古民族大学学报》（社会科学版）2008 年第 2 期，第 32 页。
③ 申非译，国际文化出版公司 1985 年版。
④ 郑料译，《日语学习与研究》1987 年第 2 期。
⑤ 姚继中译，重庆大学出版社 1999 年版。

业翻译团队，分工合作，集体翻译，长期经营，规模不断扩大，体制不断完善。中国古代译场、译院从公元 4 世纪创立持续到公元 10 世纪，六百年间，发挥了佛经翻译、文化传播、学术研究、人才培养等多项功能，不仅保证了佛经翻译的计划性、系统性、科学性和译文的准确性，还涌现了玄奘、义净等翻译史上的一批杰出大师，总结了翻译的方法和规则，极大地推动了中国翻译理论建设的发展，对中国文化建设的贡献极为显著。清代林则徐主政广东时所设的译馆、李鸿章在上海创立的江南制造局翻译馆，直到新中国成立后设立并存在至今的中共中央编译局等专门的翻译机构，无疑都是中国古代佛经译场、译院这一体制化翻译传统的延续。但是，古代译场、译院的设立是为了宗教的目的，林则徐和李鸿章创立的译馆翻译的范围主要局限于西方之"技"——自然科学，以图"师敌之长技以制敌"，至于中共中央编译局，乃是"中共中央马克思、恩格斯、列宁、斯大林著作编译局"的简称，其主要任务是编译和研究马克思主义经典著作。这些翻译机构，都囿于有限的文化领域，尽管各自都具有历史针对性，都属于时代需要的文化建设的关键领域，都对国家、民族的文化建设做出了卓越的贡献，然而，这样的体制化翻译传统，却只能说是非自觉的国家文化战略，因为它们都不是理应包括诸如文学经典翻译在内的配置全面的体系性的国家文化战略。

不过，新中国文学经典翻译的体制化支持也不能说是一片空白，例如我们可以在中国社会科学院外国文学研究所的网页上看到该所的自我介绍有："本所的办所方针是以马克思主义为指导，研究外国文学的理论、历史和现状，为中国的社会主义文艺发展提供借鉴；研究和评介外国文艺理论、思潮、流派、重要作家与作品；编写重要国家和地区的文学史；翻译外国优秀的文学作品和理论著作。"① 几十年来，该所不仅翻译有诸如《堂·吉诃德》、《莎士比亚悲剧四种》、《叶芝抒情诗全集》、《普希金诗集》、《诗学》、《摩诃婆罗多》等文学经典作品，还翻译、编辑、出版有《外国文学研究资料丛书》、《20 世纪欧美文论丛书》和《马克思主义文艺理论丛书》等大型研究资料，不可否认，这些成果对外国文学经典作品在我国的传播和研究都发挥了巨大的作用。可是，从排序即可知道，事实上该所的主要任务和主要成果都定位于对外国文学的"研究"，而处于末位的"翻译外国优秀的文学作品和理论著作"仅是与"研究"具有关联

---

① http://foreignliterature. cass. cn/chinese/NewsInfo. asp?NewsId=3。

性的任务之一。如果说，这类文学经典的译介成果不能排除与体制化的联系，却也不能说这就是具有自觉意识的国家文化战略的体制化成果。

启动于 1994 年的《大中华文库》的编辑出版是我国历史上首次系统全面地进行中华文化经典外译的一项文化工程，规模极其庞大，计划出版 110 种，主要是我国文学、历史、哲学、政治、经济、军事、科技等最有代表性的经典性古籍，截至 2007 年，已由 13 家出版单位出版了 52 种 94 册，约 6000 万字。国家对这一项目的重视和支持是罕见的：全程由国家新闻出版总署、国务院新闻办公室等单位指导进行，国家总理曾为这套书两次致信表示关心、鼓励并提出要求。① 中共中央办公厅、国务院办公厅在相关文件中明确要求抓好这套书的出版翻译工作，《大中华文库》还列入了国家"十五"规划和"十一五"规划的重点项目。的确，国家总理亲自出面为一套书两次致信，在古今中外罕有先例，② 显示了这一项目的特殊性，并非经典翻译尤其是文学经典翻译的体制化常态。本土经典的外译与外来经典的内译也如鸟之双翼，都是国家软实力建设不可或缺的构成，虽然不排除有一定条件下的轻重缓急之别，但在国家文化战略的层面上应该有结构均衡的考虑和配置。文学经典译介缺乏常态化的体制性支撑，就是国家文化战略的自觉问题。

文化研究的反学科、超学科和跨学科主张，具有合理性，也是历史的必然要求。然而在实践上却不可否认：现代知识生产要获得体制化支持，就必须学科化——获得相对独立的学科属性的确认。③ 我们的学术分野和高等教育专业设置长期以来有一级学科"外国语言文学"属下的各外国语种的一批二级学科和在一级学科"中国语言文学"属下的二级学科"比较文学与世界文学"；国家社会科学基金项目申报的学科分类有"中国文学"、"外国文学"和"语言学"，都没有"翻译"。由于这一体制性盲区的存在，文学经典译介没有纳入国家文化建设的常规管理体系内，国家及其文化教育出版等机构的任何重视、支持都具有临时性、特殊性，个体的重视或参与也多为个人志趣所致或偶然或作为学术研究的附属性行为，有的甚至是受经济利益驱动而导致劣译、伪译、误译泛滥

---

① 杨牧之：《国家"软实力"与世界文化的交流——〈大中华文库〉编辑出版启示》，《中国编辑》2007 年第 2 期。

② 杨牧之：《国家"软实力"与世界文化的交流——〈大中华文库〉编辑出版启示》，《中国编辑》2007 年第 2 期。

③ 参见卢铁澎：《文化研究：大道与歧路》，《首都师范大学学报》（社会科学版）2004 年第 1 期。

成灾的市场化行径。在体制化常态中，例如，在我国的学术评价体系内，"在各大学和研究机构中，翻译作品很少或干脆被拒绝承认为学术成果"；每年国家社会科学研究基金资助项目以及名目繁多的"课题"、"工程"，对于外国文学经典译介之类的翻译项目，"不管规模多么宏大，从未获得立项资助的机会。"①外国文学经典译介被国家相关管理体制轻视或排斥，直接原因就在于翻译的学科属性模糊甚至缺失，翻译一直作为语言学或外国文学的附庸，不是独立的学科、专业，必然被轻视受排斥。只有学科属性明确的知识生产，才具有进入常态化国家管理体制内的必备条件。

可喜的是，由于翻译质量的无法保证，相关部门已逐渐认识到翻译的体制化管理缺失，开始了翻译规范化、学科化的建设。国家人事部于 2003 年开始试行全国统一的翻译专业资格（水平）考试，取代翻译职称的评审制度；此外，还制订了《翻译服务译文质量标准》和其他标准。随着人们对翻译的学科属性有了越来越清醒的认识，有识之士一直呼吁建立独立的翻译学学科，一些高校近年来自发建立了翻译研究中心或翻译系。2004 年春，上海外国语大学高级翻译学院首先获得国家教育部有关部门批准，正式建立了中国内地高校第一个独立的翻译学学位点，从 2005 年起招收翻译学的博士生和硕士生。如果说，翻译研究中心或翻译系在一些高校中出现，以及如上海外国语大学率先设立了翻译学学位点那样也获得了国家教育行政部门的首肯，却是该校"自设"的"二级学科专业"，都只能视为局部性的学科建设自发行为，事实上还是没有真正进入体制化的常态管理体系，那么，2007 年国务院学位委员会审议通过了《翻译硕士专业学位设置方案》，决定在我国设置"翻译硕士专业学位"，这一决策的实施，才意味着翻译学初步获得了与语言学、文学研究各分野一样相对独立的学科地位。不过，"翻译硕士专业学位"的设立目标定位于培养"具有专业口笔译能力"的"高层次、应用型高级翻译专门人才"②，显然，"应用型"是这一学位设定的核心标的，与语言学、文学研究各分野的学术"研究性"重点还有区

---

① 张绪山、王明毅、张强：《翻译事业的百年历程与目前现状》，《中华读书报》2006 年 3 月 22 日第 4 版。即使如印度大史诗《摩诃婆罗多》这样艰巨庞大的翻译工程，个别学者从 20 世纪 50 年代开始翻译插话，80 年代开始翻译全书，但直到 1996 年才被中国社会科学院列为院级重点科研项目，获取"必要的经费资助"，全译本至 2005 年才由中国社会科学出版社出版。见黄宝生：《摩诃婆罗多·前言》。

② 《翻译硕士专业学位设置方案》，见 http://www.eol.cn/qt_ bei_ kao_ 5398/20070621/t20070621_ 239094_ 1. shtml.

别。作为翻译的学科化，这仅仅是起步，与高度自觉的国家文化战略尚有距离。陈寅恪将翻译家与大学者相等同，强调的就是翻译不仅是语言转换的技术性"应用"，而是民族文化精神工程的建设。卓越的翻译尤其是文学经典的优秀翻译——包括"经学"体系的译介，具有艺术与学术相兼的性质。只有充分认识到翻译与语言学、文学研究各分野一样具有同等的"研究性"，与海外高等教育体制一样，设立研究型的"翻译硕士"、"翻译博士"学位，形成翻译教学与研究、学术评价的完善体系，使翻译能获得真正独立的学科地位，翻译人才的培养才能走上正轨，翻译项目才有望纳入国家社科基金立项规划之类的体制化常态管理范围，文学经典的译介才可能成为国家文化战略体系中的合理配置。

可以说，我们的文学经典译介事业能否摆脱困境，步入正轨，走向繁荣，决定于是否具备上述体系性和体制性的文化战略自觉。

老子哲学的类比思辨

　　五千言《老子》是一个内容丰富而完整的哲学体系。所谓哲学体系所应有的主要内容：宇宙论、社会政治论、人生论、认识论等等，老子都以极其精辟的诗体语言作了独到的探讨。那么，老子哲学的宗旨是什么呢？古往今来，有多种看法。在古代，有人说是"君人南面之术"、是"阴谋诈术"；在现代，有人说是谈"天道"，也有人反对之，认为应是谈"人道"。徐复观在《中国人性论史》中指出，老子哲学的动机与目的，"并不在于宇宙论的建立，而依然是由人生的要求，逐步向上面推求，推求到作为宇宙根源的处所，以作为人生安顿之地。因此，道家的宇宙论，可以说是他的人生哲学的副产物。他不仅是要在宇宙根源的地方来发现人的根源，并且是要在宇宙根源的地方来决定人生与自己根源相应的生活态度，以取得人生的安全立足点。"[1] 应当说，此论较接近《老子》客观情况。为什么这样说呢？老子哲学产生的历史背景是春秋末期天下纷争大乱的时代，老子极其不满于现实，才作探求救时除弊的哲学沉思，于是有《老子》出。这一点在此无须赘述，更明显的根据是《老子》中彼彼皆见的类比思辨，从类比思辨的模式，也极容易看出老子哲学要解决的主要问题，就是社会政治问题，老子哲学无疑是一种积极问世的政治哲学。类比思辨模式不仅是弄清老子哲学宗旨的一个有力佐证，更重要的，笔者以为还在于它直接关联着老子哲学的独特个性和得失短长。

　　老子从自然界的万物枯荣、四时变化中，悟出宇宙的本根是"道"，天地万物源于"道"。"道"的根本特性是"无为而无不为"（《老子》三十七章。下只注章数）。宇宙中重要的东西（事物）有四种，即"域中有四大"，"道大，天大，地大，人亦大。"（二十五章）它们都根源于道，所以天人相通、一致。老子站在天人相通、一致的基本立场上，从社会的对立面——自然界中探讨社会的规律，寻求解决社会问题的答案。他提出"人法地，地法天，天法道，道法

---

　　① 徐复观：《中国人性论史》，上海三联书店 2001 年版，第 287—288 页。

自然。"（二十五章）其实，"域中四大"的最高准则均为"自然"。但人类是有意识的动物，往往偏离"道"，不"自然"。所以，老子要求人类社会必须以天地为榜样，要"法自然"。这就是他的类比思辨。他概括出自然界的规律——"天道"，主要是"无为而无不为"、"为而不争"（八十一章）、"柔弱胜刚强"（三十六章）。简言之，即无为、不争、尚柔。天道亦即是人道，所以老子在他的五千言中通过自然与社会的类比，全面地阐述了他的社会政治原理。当然，他也谈人生、道德、认知，但基本上他的说教对象是"圣人"，不，是想当圣人的人或尚未有圣人之德的统治阶级。依此而论，仍不脱社会政治之"道"。

老子的类比思辨大体上有两种形式。

其一是以较抽象的"天道"——自然规律来类比、规范社会政治。如"天地不仁，以万物为刍狗；圣人不仁，以百姓为刍狗。"（五章）老子以天地无所偏爱任凭万物自由生长的规律，要求统治者"法"之，不要过多地干预百姓，要让百姓自由发展。"天之道，损有余而补不足"（七十七章），但老子时代的"人之道"，则是"损不足而奉有余"（七十七章），故混乱黑暗，人欲横流。对此无道人间，老子大声疾呼，要人们效法天道，做"能有余以奉天下"的"有道者"（七十七章）。"天之道，不争而善胜，不言而善应，不召而自来，繟然而善谋。天网恢恢，疏而不失。"（七十三章）"天之道，利而不害"（八十一章），是故"圣人之道"，亦应是"无为"，即"为而不争"，"夫唯不争，故天下莫能与之争"（二十二章），"是以圣人无为，故无败，无执，故无失"（二十九章）。"道常无为而无不为。侯王若能守之，万物将自化"（三十七章），"天长地久。天地所以能长且久者，以其不自生，故能长生。是以圣人后其身而身先，外其身而身存。非以其无私耶？故能成其私"（七章）。老子强调圣人法天地自然，要无为，不争，不自私，先人后己。这样的圣人，才是有道者，才是理想的治国者。

老子类比思辨的另一种形式是以具体的自然事物的特性来类比社会政治，阐发其"无为"、"不争"、"尚柔"等思想。如第八章："上善若水。水善利万物而不争，处众人之所恶，故几于道。居善地，心善渊，与善仁，言善信，政善治，事善能，动善时。夫唯不争，故无尤"。老子要求人们以水为法，以求"为而不争"的"上善"人格。第七十八章；"天下莫弱于水，而攻坚强者，莫之能胜，以其无以易之。弱之胜强，柔之胜刚，……是以圣人云'受国之垢，是谓社稷主；受国不祥，是为天下王'。"这里又要求国君不仅要法水之"不争"，还要仿效水之甘于柔弱卑下。第七十六章："草木之生也柔脆，其死也枯槁，故坚强者死之徒，柔弱者生之徒。是以兵强则灭，木强则折。强大处下，柔弱处上。"以草木之柔弱类比，阐述的仍是"尚柔"思想。很明显，老子是劝导人们勿争强。第六十六章："江海之所以为百谷王者，以其善下之，故能为百谷王。是以圣人欲上民，必以言下之；欲先民，必以身后之。"江海善下可为百谷王，统治者欲治民，那就一定要学如江海之谦下，要把自己的利益放在百姓之后。第六十四章："其安易持，其未兆易谋。其脆易泮，其微易散。为之于未有，治之于未乱。合抱之木，生于毫末；九层之台，起于累土，千里之行，始于足下。民之从事，常于几成而败之。慎终如始，则无败事。"老子在这里从自然界具体事物发展变化的规律，推及人事，强调应"慎终如始"，"治于未乱"。

不难看出，老子所要解决的中心问题的主要观点，都建立在这种取法自然的类比思辨基础之上。这个基础之对于老子哲学体系的大厦是相当重要的，老子哲学的得失短长与这个基础紧密系之。

在礼崩乐坏、贫富悬殊、贪欲横流的春秋时代，无论哪一个哲人都以关切的目光注视着社会，不满于其纷乱无序，积极地探寻它的出路。但他们所开的救世之方却千差万别。如孔子提"仁治"，墨子倡"兼爱"，大异于老子之"无为"。他们的探索途径和理论所取的参照系也迥异。孔、墨从现实人生中进行探索。孔子理论的参照系是"郁郁乎文哉"的周代，故主张"从周"复古，力行"克己复礼"以达"仁治"。墨子代表小生产者的利益，幻想不分贫富贵贱的阶级差别而"兼爱"互助，认为"兼爱"是社会的唯一出路。"天下兼相爱则治"。墨子所取的参照系是小生产者的幻想境界。老子则大不一样，他的目光并不只盯在社会，而是越过社会观照自然，再以自然界为参照系，回视人生，用自然规律、宇宙原则规范社会。相比之下，老子的眼界不是比孔、墨他们更开阔吗？他的哲学体系不是更完整吗？他的朴素辩证法之具有生命力者，也得益于取法自然的类比思辨。"合抱之木，生于毫末，九层之台，起于累土；千里之行，始于足下……，慎终如始，则无败事"，至今，我们仍深信这是至理名言。天道与人道的类比，更使老子对当时社会不合理状况的批判、否定，比孔、墨他们更为强烈、深沉。

然而，老子对天人关系的理解，只是"自然化人"的天人相通、一致，泯灭了天人之间明显的差别。实际上，人与自然在宇宙的大系统中是两个对立的子系统，在某些规律、特性上相通或一致，而在主要规律、特性上却别若天壤！自然界的运动是无意识、无目的的，而人类的活动是有意识、有目的的。只有"人化自然"的天人相通、一致，而无"自然化人"的相通、一致。人和自然的和谐、合一，是靠人类的能动、主动才得以成立的。因此，以"自然化人"为出发点的"法自然"的类比思辨又带给老子哲学不少致命弱点。

这首先表现为他把天道循环的观点套到社会历史上的荒谬。老子以为天地万物尽管有变化，会向对立面转化，但这种转化是无条件的，而且变化的结果在他看来是回复原初。所谓"夫物芸芸，各复归其根"（十六章）。他得意地以此比附于人类社会，认为社会的变化最后也得回复到"小国寡民"的原始状态。故而否定文明，主张"绝圣弃智"，以使百姓"无知无欲"，"有什伯之器而不用"，"重死而不远徙。虽有舟舆，无所乘之；虽有甲兵，无所陈之。……复结绳而用之"（八十章）。他的社会政治哲学因此而散发出浓重的消极、保守、倒退的气息。

其次是对自然事物规律、特性的认识以偏概全，并片面地作为依据类比于人类社会，致使其哲学体系充满自相矛盾，经不起辩驳和实践的检验。我们知道，客观事物是多质多层次的。而老子往往只看到一个方面、一个层次而强作事物的本质和全貌，比附于社会，结果便必然是"语之自相违牾而事之不可施行"①，陷入唯心主义泥坑。如老子的"尚柔"，就只取法于水和草木的柔弱一面之性状。钱钟书先生曾举以鲍照和杜甫的两首诗，并提及达尔文进化论观点，幽默地指出："高天大地，皆伏杀机，鱼跃鸢飞，莫非强食；……苟以此为天地自然而法之，则'圣人'之立身操术必大异乎师草木之'柔脆'矣"②。况且，天地间事物万千，除水和草木之外，还有高山、烈火等等，老子为什么不取山和火等为法之本而独法水？再者，水性并非只是柔弱，"水自多方矣，孔见其昼夜不舍，孟见其东西无分"，老子独法水之柔弱，可见"天地自然固有不堪取法者"。这样一来，不就证明了"道德非无乎不在"吗？③ 老子这种以偏概全的类比思辨反使其理论失去了立足点，且自相矛盾。

在自然科学领域，人们运用类比，通过鱼、鸟形体功能的启发，而造出了潜艇和飞机；通过人脑功能的模拟而制造了电子计算机……这种仿生学的发明也可以归入"法自然"范畴。社会科学中运用类比方法，也未尝不可。但哲学领域以类比思辨为立论基础，则须慎重为之，务必应以科学和理性为前提。两千多年前老子的类比思辨可谓哲学领域运用类比方法的首创，但其体系的大厦

---

① 钱钟书：《管锥篇》第二册，中华书局 1979 年版，第 436 页。
② 钱钟书：《管锥篇》第二册，中华书局 1979 年版，第 435 页。
③ 钱钟书：《管锥篇》第二册，中华书局 1979 年版，第 434 页。

如今只剩下了一些如雅典神庙遗迹中的残柱断壁。这固然有历史局限的原因，而类比思辨这一基础的松散，也是导致高立其上的体系大厦不牢固的重要因素。以"法自然"的类比思辨为概括性、科学性、严密性要求极高的哲学体系的立论基础，难免陷于情感倾向，而失于客观、科学，甚至反理性。还是钱钟书先生说得更恰切："若夫因水而悟人之宜弱其志，因谷而悟人之宜虚其心，因物态而悟人事，此出位之异想，旁通之歧径，于辞章为'寓言'，于名学为'比论'（analogy），可以晓喻，不能证实，勿足供思辨之依据也"①。

---

① 钱钟书：《管锥篇》第二册，中华书局 1979 年版，第 434—435 页。

汉语成语的文化特性

对于语言和文化的关系，中外学者有种种不同的主张，但主要观点可分出一元论和二元论之别。一元论者以语言与文化的重合性强调语言的重要，认为语言决定思维方式、思想和世界观，换言之，就是语言决定文化。这从洪堡特、萨丕尔、沃尔夫直到 20 世纪后期的后现代主义语言哲学，形成了一脉相承的历史发展轨迹；二元论者都承认语言与文化的相对独立性，但在二者的联系上则有肯定与否定的对立：否定论者认为语言和文化相互排斥，互不相干；肯定论者至少也可分两种，其一是把语言和文化之间的密切联系定性为种属性质的包含关系，即把语言视为文化的符码，文化是语言的管轨，语言是广义文化中的一个层面；其二是把语言与文化的关系视为一种交叉关系。除了否定语言与文化相联系的极端观点外，其他的主张在肯定语言与文化的紧密联系这一点上是一致的。无论从历时性还是从共时性而言，语言与文化都有重合、交叉和双向互动的联系和影响关系，但从学理而论，文化显然是大于语言的属概念，语言应当是文化系统中的构成部分。语言是文化的符号和载体，但语言不等于文化的全部，文化也不就是语言。老子《道德经》所谓："道可道，非常道。名可名，非常名。""常道""常名"作为人的认知，当然是文化，然而，语言对之却无能为力。我们常说的"妙不可言"，不可言之"妙"不就是一种不能用语言表达的属于人的精神感受、审美或认知评断——文化成分吗？然而话说回来，语言本身即一种文化现象，文化的主体也离不开语言这个载体。在这个意义上，我们有理由相信洪堡特的判断："民族的语言即民族的精神，民族的精神即民族的语言"①。

语言都是不同民族在自己生存的自然环境和文化境遇中，按自己的思维模式创造和发展的。相对而言，词汇在语言中最典型地体现出民族文化的历史和特征，词汇的产生、发展、消亡的历史，也是民族文化发展史留下的准确踪迹。

---

① ［德］威廉·冯·洪堡特：《论人类语言结构的差异及其对人类精神发展的影响》，姚小平译，商务印书馆 1999 年版，第 52 页。

词汇中的成语更是语言的精华，成语与文化的相互制约、影响及其对民族文化的负载尤为突出，因此，成语在语言中是最具有文化特征的构成成分，可以最充分地显示出创造这种语言体系的民族的文化特征、思维方式和风俗习惯。通过成语，我们可以考察到创造、使用和发展这种语言体系的民族主体的基本精神面貌，把捉其社会生活历史主流和价值观的传统衍变。

就汉语而言，可以说汉语成语体系全方位地反映了中华民族的历史和传统文化。汉语成语与民族文化的密切关系，有赖于汉语成语所具有的文化言语性、文化百科性和文化精神性等鲜明的文化特性。

一、汉语成语的文化言语性

季羡林先生曾断言："汉语是世界上成语最多的语言，任何国家的语言都难以望其项背。"① 据专家估计，现代汉语中常用的成语达 3500 条上下，次常用的有 2500 条左右。② 大型的汉语成语词典收录词条则有四、五万条之多，③ 而像刘洁修编著的《成语源流大词典》所收有明确出处的成语也达 15000 余条。汉语成语不仅数量多，而且质量高，可谓中华民族"智慧结晶的结晶"，我们当然"决不可以等闲视之"。④

然而，何谓"成语"？成语与其他固定词组、短语如谚语、俗语、歇后语、格言、名句、典故和熟语等有何区别或联系？可以说迄今尚无公认的界定。不管如何界定，都离不开内在与外在、历时与共时等角度的考察，从成语的意义、结构、形式、存在形态和来源以及民族个性等方面归纳出其在所属语言系统中或与其他语言系统的成语相比较的区别性特征。综合已有认识，可以将汉语成语界定为：汉语中具有结构的定型性、意义的特定性和完整性、在言语活动中的长期习用性、存在形态的书面性等特点的固定词组或短语。不过，据笔者看

① 季羡林：《成语源流大词典序言》，刘洁修编著：《成语源流大词典》，江苏教育出版社 2003 年版。
② 倪宝元、姚鹏慈：《成语九章》，浙江教育出版社 1990 年版。
③ 如《中华成语辞海》（刘万国、侯文富主编，吉林大学出版社 1996 年版）有四万余条，《成语源》（温约平编著，湖北辞书出版社 1996 年版）有五万多条。
④ 季羡林：《成语源流大词典序言》，刘洁修编著：《成语源流大词典》，江苏教育出版社 2003 年版。

来，汉语成语的这个定义还有必要补充两点：一是来源的多为古语性，一是不同于一般语言单位的言语性特质。

汉语成语的古语性随书面性而来，同时也是其书面性的一个特殊标志。我们知道，大部分汉语成语都来源于古代典籍，具有悠久的历史，穿越于漫漫的中国文化历史时空，生生不息。其中，来自上古至秦汉等较早时代产生的和影响较大的古代典籍的成语数量也最多，如上海教育出版社 1978 年出版的《汉语成语词典》，据统计，有 3128 条成语来源于上古至秦汉时期，占该词典有来源的 4600 条四字格成语的 68%；其余 32% 则来源于后来各时代，越往后的时代数量越少。① 在《成语探源辞典》（朱瑞玟编著，首都师范大学出版社，1996）中，来源于《论语》、《孟子》、《诗经》、《礼》、《春秋》等儒家典籍和《老子》、《庄子》等道家典籍中的成语共有千余条，几乎每一种典籍提供的成语都在 100 到 200 条之间，其中《春秋》最多，255 条；来自《战国策》、《汉书》、《后汉书》、《三国志》、《史记》等历史著作的也不相上下，其中最多的是影响最大的《史记》，有 266 条；源出于诗词等文学作品的成语则数唐诗宋词最多：唐诗 310 条，宋词 140 条。② 难怪《辞源》、《辞海》等辞书干脆把成语界定为"习用的古语"或"常为今人引用的古语"。

按索绪尔关于语言与言语的划分，汉语成语应属于词汇系统的语言单位，但其多为出身于古代典籍的书面性、古语性特点却决定了它又具有非常突出的言语性特质，其能指大多犹如密码，蕴涵着特定的言语性非常强的丰富的深层所指。而这种言语性正是其魅力和典型文化性丰富负载之所在，可以称之为文化言语性。只掌握成语的语言性含义，仅把它当做一般词汇来接受或使用，与进一步掌握了成语的文化言语性内涵即其原型源流的使用或接受者相比，其悬殊不说判若云泥，也可谓不能同日而语，借用季羡林先生的说法就是"文化水平"的高低之别。例如"司空见惯"这个成语，"文化水平不高"者仅知其作为一般词汇使用的"平平常常"的意思而已。"文化水平高"即"懂得这个成语的源流"的人，看到这个成语，除了理解它的语言性含义之外，还会有意无意地联想到其言语性原型的蕴涵：唐代诗人刘禹锡和他在曾任"司空"官职的李绅府中宴饮酒酣之时，有感于歌女的曼妙演唱即席所赋的那首诗："鬟髻梳头

---

① 肖竹声：《四言成语的两项小统计》，《中国语文天地》1987 年第 5 期。

② 莫彭龄：《试论"成语文化"》，《常州工业技术学院学报》（社会科学版）1997 年第 3 期，第 68 页。

宫样妆，春风一曲《杜韦娘》。司空见惯浑闲事，断尽江南刺史肠。"以及李绅因此而"以妓赠之"的故事，"有意识或无意识中欣赏这一段风流故事，而从中享受到更优美的情趣。"① 用一个也许不太恰切的比喻来说，很多汉语犹如压缩文件，接受者首先要解压缩才能了解其内容，否则莫名其妙。解压缩须有专用软件，成语的使用需要施受者本身都预先安装有"解压缩软件"——熟悉成语的典故来历和意义，即预先已把握常用成语的言语性能指、所指以及能指所指之间的种种复杂转折、演绎、类比、引申的关系。遇到生僻少见的成语，则须临时安装相应的"解压缩软件"——查阅成语辞典、资料。汉语成语的文化言语性特质提供了作为语言单位的一般词汇所没有的原型含义，以及在此基础上多向开放的巨大联想空间。可见，从现代语言学的角度看，汉语成语是言语性非常显著的特殊语言单位。

言语性包含着说或写的行为及其结果，而每一行为和结果都是个别的特殊的具体的形象的，与语言的形而上性截然相反。一般词汇虽然也来源于言语，却早已脱尽或至少大大淡化了言语的个别性、特殊性及其千丝万缕的外在联系，失去了成语那种开放性联想和想象的不可缺失的言语性生长点。一般词汇只是语言单位，犹如离开肉身的幽灵；而成语，特别是有来源的汉语成语，既是语言单位，同时又是言语存在，灵魂与肉身永不分离——语言性和言语性并存，甚至言语性更重要。汉语成语作为语言单位，其言语性特点带来了显著的文化属性，承载着丰富的文化内涵。整个汉语成语体系植根于包括中国政治、经济、科技、军事、历史、哲学、宗教、文学、艺术、教育、风土、民俗等文化领域在内的民族土壤之中，无论是在内容、素材上，还是在结构、形式上，都体现了中华民族文化的内涵和主要特色，甚至民族文化历史的发展轨迹：它出自历史，又是历史的纪录，并且贯穿于历史——以类比模式重现于不同的历史时空。毫无疑义，汉语成语体系本身就是一部独特的中华文化百科全书，它全方位地承载与传承着历史文化传统，蕴含着极为丰富的中华文化精神。

---

① 季羡林：《成语源流大词典序言》，刘洁修编著：《成语源流大词典》，江苏教育出版社 2003 年版。

二、汉语成语的文化百科性

汉语成语无所不包，一本成语词典，就是一部独特的中国古代史、中国文化史、中国文化的百科全书。翻开汉语成语这部独特的百科全书，就进入了中华文化的全息空间。"安土重迁"、"不违农时"、"五谷丰登"、"谷贱伤农"、"青黄不接"、"揠苗助长"等，展示了中华传统文化产生和发展的重要基础的农耕经济的特点；"天伦之乐"、"手足之情"、"至亲骨肉"、"望子成龙"、"无后为大""爱如己出"等，透露了重视血缘关系的宗法制社会意识；"九五之尊"、"皇恩浩荡"、"励精图治"、"万寿无疆"、"爱民如子"、"犯上作乱"等，牵连着中国封建社会的专制政治结构；"过犹不及"、"庖丁解牛"、"守株待兔"、"刻舟求剑"、"郑人买履"、"墨守成规"等，闪耀着先秦诸子哲学的思想光华；"图穷匕见"、"四面楚歌"、"卧薪尝胆"、"完璧归赵"、"唇亡齿寒"、"围魏救赵"、"声东击西"、"调虎离山"等，飘荡着中国社会分合治乱的历史烽烟，深涵着出类拔萃的谋略智慧；"大彻大悟"、"顶礼膜拜"、"生老病死"、"盲人摸象"、"五体投地"、"天花乱坠"等，包含着融入中国本土文化的佛教观念，隐现着中外文化交流的历史踪迹；"学而不厌"、"因材施教"、"程门立雪"、"春风得意"、"金榜题名"、"名落孙山"等，凸现出中国古代教育思想，浸润着科举制度下知识分子的酸甜苦辣；令望文生义者谬以千里地理解的"七月流火"，后人赋以自谦或贬义色彩的"以管窥天"，却与"斗转星移"一样，标志着远古时代中国天文科学的先进和辉煌；"登堂入室"、"亭台楼阁"、"钩心斗角"、"方枘圆凿"，彰显着中国古代建筑特色和技术的高超；"黄钟大吕"、"石破天惊"、"铜琶铁板"、"金声玉振"、"粉墨登场"、"逢场作戏"，使人对中国古代音乐、戏曲的了解，如闻其声，如在目前；"骚人墨客"、"洛阳纸贵"、"画龙点睛"、"意匠经营"、"笔冢墨池"、"梦笔生花"，"胸有成竹"，焕发出中国文学和书画艺术的奇光异彩；"八拜之交"、"三日入厨"、"举案齐眉"、"三从四德"、"三纲五常"、"忠孝节义"，反映着中国传统习俗礼仪伦理道德。

成语的文化百科性，直接建基于其来源的百科性。《成语探源辞典》（朱瑞玟编著，首都师范大学出版社，1996）将汉语成语的来源分为"儒家典籍"、"道教典籍"、"佛教典籍"、"历史著作"、"科学著作"、"艺术著作"、"诸子与哲学"、"笔记与小说"、"诗词歌赋"、"历代散文"、"文艺理论"、"当代外来文化"等十二类,可见成语来源于中国文化典籍的全面性,涉及中国文化时空维度的立体性。

即使单独的一个成语,其内涵也可能在不同层面上体现着、牵连着中国古代的历史、文化的广阔场景和丰厚意蕴,浓缩着民族的或一个时代、一个历史阶段的文化百科信息。例如"口蜜腹剑",不只是语言性层面上对嘴甜心毒、狡诈阴险的个人品德和行为的形容,其言语性原型还内蕴着大唐帝国盛极而衰的历史过程,折叠着中国封建社会历史转折时代的巨幅画卷。"口蜜腹剑"语出《资治通鉴·唐纪三十一》:"李林甫为相,凡才望功业出己右及为上所厚、势位将逼己者,必百计去之;尤忌文学之士,或阳与之善,啖以甘言而阴陷之。世谓李林甫'口有蜜,腹有剑'。"身为大唐宰相的李林甫,一人之下,众人之上,为何要将才能和成就超过自己的或得到皇帝宠信的同僚千方百计除掉?又为何对有文学才能者特别忌恨?除了李林甫本身的权力欲作祟外,更深的根源在于封建专制的政治体制,官吏的沉浮生死完全决定于皇帝的个人意志和情感上的好恶。李林甫深谙封建官场的游戏规则,善于钻营,靠收买皇帝身边的人"巧伺上意",玩弄诡计阴谋,获取官位权力。为了"固位",李林甫一面继续迎合皇帝,"善养君欲",一面结党集奸,举无比者,拒贤妒能,杜绝言路,排抑胜己异己,屡起大狱,血腥清洗。正是李林甫的为了"固位"而举无比者的阴招,玄宗在他怂恿下重用安禄山这样的胡人为节度使,培育了导致大唐皇朝一落千丈的"安史之乱"的祸根。同时,不仅朝中如卢绚、严挺之、齐瀚、张九龄、裴耀卿、王忠嗣、周子谅、李适之、韦坚、皇甫惟明、裴宽、王琚等"势位将逼己者"被李林甫或投闲置散或赶尽杀绝,而且在李林甫执政的淫威下,像李白、王维等等大诗人也空怀报国大志,落寞抑郁,"诗圣"杜甫在长安蹉跎十年中,应诏就试,却遭李林甫"野无遗贤"损招所害,再度科举落第。"口蜜腹剑"内含的奸臣李林甫的生平及其误国故事所牵涉的历史人物,就像一个个关键的节点,他们之间的关系连接成大唐皇朝的历史盛衰之网,人们可以窥见织入其中的文化传统和特定时代的政治体制、社会心理、价值观念、文化态势、国运兴衰、风俗习惯等等百科内涵。

汉语成语的百科性还体现在它的动态演变过程中所留下的社会、历史、文化的发展轨迹,也就是说,汉语成语的生灭变迁也积淀着中华文化的沧桑巨变。一些词组定型化之后,获得成语的性质,在人们长期运用的过程中或存或亡;成语的意义或亘古不变,或发生程度不同甚至完全相反的变化。这些现象既是语言本身发展的历史体现，更是民族文化尤其是思维方式、价值观念等传统的继承、发展演变的结果。"见利思义"、"威武不屈"、"不为五斗米折腰"、"吮痈舐痔"等成语所体现的道德价值观古今相续，显示了民族精神一脉相承的恒态传统。而有的成语则在意义上发生了一百八十度的大逆转式变异，如"独善其身"，本来是孟子主张的贤人、君子在不得志或不为世所用的时候，所应持有的高尚品格，完全是褒义内涵。但在今日，这个成语已衍生了与原型言语情感取向完全相反的贬义，可以作为形容一个人只管自己不顾他人和社会群体的自私行为的词语，"独善其身"已不再只是"君子"、"贤人"的高尚情操，而包含了自私者的劣德败行了。成语意义发生由褒而贬的变异，其中有许多原因，但最重要的一条就是随着社会历史的发展，人们的价值观念发生了变化。"独善其身"的变异，就是因为今天的社会在新的历史条件下对人的道德有了新的要求。从语言学的角度来看，这样的变异似乎疏离了其原型的言语性而倾斜于语言性，但实际上，也可以视为原型言语本身的多义性在语境流动中的显现，因为新的贬义并没有完全取代与其相对立的褒义。

三、汉语成语的文化精神性

文化的民族性最重要的方面，在于其内在的基本精神。汉语成语最重要的文化特征，也主要在于其体现了中国文化的基本精神，这就是成语中隐含的具有民族特点的思维方式，以及与这种思维方式密不可分的世界观、价值观和审美观。

1. 类比思维

意象性、直觉性是中国传统文化体现的重要思维特征，类比是这种意象性和直觉性思维的主要方式。类比是以人们日常生活经验为基础的认知，通过具体感性的形象联系、由此及彼，触类旁通，认识、发现、理解和把握宇宙、人生和未知事物，在人际交流中沟通思想，传情达意。在中国文化中，无论是传统政治、哲学、宗教，还是文学、艺术、教育，甚至普通人的日常生活之中，类比都是最常见、最普遍的思维方式。这种思维方式鲜明地体现在汉语成语之中。汉语成语体现的类比思维主要在于其语言性的实现，同时也有不少成语在于其言语性的本身。成语的语言性有赖于其言语性，大多数汉语成语作为语言单位的含义均取自其作为言语整体的比喻义。而言语本体，尤其是属于神话、寓言以及历史故事的成语本身往往也包含着类比思维，也就是说，与成语原型相关的说或写的行为本身和作为结果的内容里都呈现着类比。例如"揠苗助长"，就是出自《孟子·公孙丑上》的一个寓言，孟子与弟子公孙丑谈论如何善养"浩然之气"，为了说明这种"浩然之气"既要用心培养，又不能刻意助长，孟子于是讲了一个寓言故事："宋人有闵其苗之不长而揠之者，芒芒然归，谓其人曰：'今日病矣！予助苗长矣！'其子趋而往视之，苗则槁矣。天下之不助苗长者寡矣。以为无益而舍之者，不耘苗者也；助之长者，揠苗者也。非徒无益，而又害之。"类比即是孟子的教学方法，也是这一言语行为而产生的和存留的言语结果。作为个体的孟子，他以特殊的宋人无益而有害的行为和结果的感性形象，使在场的学生公孙丑明白如何才能善养"浩然之气"的抽象之理。而作为语言性的含义也从其言语性故事本体中抽象为泛指有违事物规律而导致有害无益结果的急于求成的愚蠢行为。语言性的含义联结着孟子的言说行为及其结果——语言中的宋人形象，淋漓尽致地体现了中华文化的类比思维特征。一个"文化水平高"的人，接受和使用这个成语时，还可以由此而联想到孟子的文化身份和《孟子》的文化价值、艺术特点的更多共鸣因素，远古的文化遗存和精神由此而连接于后来历史时空中的许许多多的个体主体，得以流传、延续和创新。

汉语成语的类比思维还透露着中国文化以自然之道规范社会人伦的传统。从语言性的含义来看，"自强不息"是指人自觉努力向上，永不松劲；"岁寒松柏"是说人的高尚品质只有通过艰难困苦环境的考验才能显示出来；"天长地久"即谓时间的长远、永恒；"天网恢恢"则指作恶者无法逃避应得的惩罚。源于中国古代儒、道哲学的这几个成语，其言语本体其实都是以自然现象显示的"天之道"（自然规律）来类比"人之道"（社会规律）。"自强不息"出于《周易·乾》："天行健，君子以自强不息。"原意是说，"天"（自然）的运行永不停止，即"健"，"健"是主动地、自动的，并含有刚强不屈之义。"君子"（人）应该向"天"（自然）学习，做到自强不息，积极向上，奋发有为。"岁寒松柏"源于《论语》："岁寒，然后知松柏之后凋也。"孔子也是从松柏之类植物虽然年年经历寒冬冰雪的摧残却依然郁郁葱葱的自然现象，联想到人经艰苦历练才能显示出刚毅坚强。"天长地久"和"天网恢恢"都来自老子的《道德经》，老子更是善于以自然规律——"天道"来类比和规范社会政治和人生，更强调人与自然的统一性，主张"人道"应以"天道"为标准。

2. 整体辩证思维

天人合一，万物一体。天地万物、宇宙世界，都是一个和而不同，相生相克，具有无限连续性的动态发展的不可分割的系统整体，即使作为个体的具体事物，其结构、功能和兴灭本身也是一个动态发展的整体或过程——这就是中华文化的系统整体思维。中华民族的整体思维方式看到了宇宙的统一性，也看到了整体中对立因素的相互包容、相互转化以及事物变动不已的过程性、动态性，体现出鲜明的朴素辩证法。不少成语，包含着这种整体辩证思维模式。

成语"塞翁失马"就是一个典范的例子。这个成语出自《淮南子·人间训》："近塞上之人，有善术者，马无故亡而入胡。人皆吊之。其父曰：'此何遽不为福乎？'居数月，其马将胡骏马而归。人皆贺之。其父曰：'此何遽不能为祸乎？'家富良马，其子好骑，堕而折其髀。人皆吊之。其父曰：'此何遽不为福乎？'居一年，胡人大入塞，丁壮者引弦而战，近塞之人，死者十九，此独以跛之故，父子相保。故福之为祸，祸之为福，化不可极，深不可测也。""塞翁"表面上像一个犟头，总要跟关心他们一家的乡亲们唱对台戏似的，并不认为自家良马的丢失是什么"祸"，也不觉得良马的失而复得还带回境外的骏马是什么"福"，并且后来儿子堕马折髀成了跛子，战争突发近塞之丁壮大多战死，而"塞翁"却因儿子残疾之故，得以父子相保。事态的发展不断地证明了"失"不一定是"祸"，"得"也不一定是"福"。这与源于老子《道德经》："祸兮福之所倚；福兮祸之所伏。熟知其极？"的成语"祸福倚伏"一样，充满了辩证思维的整体观，包含着对立事物相互包容、相互渗透并在一定条件下可以相互转化的客观规律。"塞翁"实在是一个智者形象。

来自佛教的成语，也具有与儒家、道家哲学相一致的整体思维特点。例如来自佛教《大般涅槃经》的成语"盲人摸象"，盲人们各自摸到的不过是大象的局部而不是大象的整体，却误以为大象就是自己摸到的局部样子："其触牙者，即言象形如萝菔根；其触耳者，言象如箕；其触头者，言象如石；其触鼻者，言象如杵；其触脚者，言象如木臼；其触脊者，言象如床；其触腹者，言象如瓮；其触尾者，言象如绳。"释迦牟尼给弟子们讲这个故事，意在告诫弟子们别片面地理解佛经。作为汉语成语，强调的是人们应该从整体上把握世界和任何具体对象，切忌像摸象的盲人那样盲目片面。同样，人们常见常用的"守株待兔"、"刻舟求剑"、"一叶蔽目，不见泰山"等成语，嘲笑的其实就是无视事物的整体性、动态性和辩证性的那种静止的、片面的思维方式。

3. 价值观和审美观

最集中地反映中华文化基本精神的是价值观和审美观，汉语成语体系蕴涵着中华民族传统人生观和审美观的重要方面，包含着辨别善恶美丑文野雅俗的价值导向。

中华民族的传统世界观是天人合一，北宋儒家学者张载《西铭》有一段有名的话通俗地阐述了这种思想："乾称父，坤称母，予兹藐焉，乃混然中处。故天地之塞，吾其体。天地之帅，吾其性，民吾同胞，物吾与也。"也就是说把天地当父母一样侍奉，将所有的人视为同胞兄弟对待，以万物为我们的同类。这就是成语"民胞物与"的出处。

特别注重传统和伦理道德是中华民族的传统价值观，倡导的是"慎终追远"、"继往开来"，不齿的是"数典忘祖"。国家、民族、群体的利益高于一切，贵和尚中，强调"和衷共济"，"不偏不倚"，"适可而止"，"克己奉公"，"先人后己"，甚至"舍己为人"，在生命和道义不能兼得的情况下，宁愿选择"舍生取义"，"杀身成仁"。汉语中充满这类道德价值取向的大量成语。在"威武不屈"中，包含着《孟子》树立的"大丈夫"理想人格道德标准："居天下之广居，立天下之正位，行天下之大道；得志，与民由之；不得志，独行其道。富贵不能淫，贫贱不能移，威武不能屈"。出于《史记》的"完璧归赵"、"负荆请罪"，饱含司马迁对战国时期赵国蔺相如的敬仰，对廉颇和蔺相如那段"将相和"史实的深情激赏。蔺相如出身低贱，受命于国家急难之际，面对强秦威逼凌辱，大智大勇，以大无畏的精神，机智果敢地挫败秦王骗取和氏璧的阴谋，不辱使命，维护了弱小赵国的国家利益。在渑池会上，秦王以强凌弱，令赵王为其鼓瑟，使赵王受辱。蔺相如针锋相对，大义凛然，以死相逼，使秦王为赵王击缶，讨回了赵国的尊严。廉颇为赵国良将，战功显赫，却不服蔺相如"徒以口舌为劳"而位居其上，声言要加辱于蔺相如。为顾全国家利益大局，蔺相如克制避让，忍辱负重，宽容大度，终于感动了居功自傲的廉颇主动上门认错，将相和好，尽释前嫌，团结对敌。成语"完璧归赵"、"负荆请罪"隐含着这段动人史实，强化了司马迁褒扬的价值取向的代代相传，家喻户晓。而如"不为五斗米折腰"，则喷薄着清高诗人陶渊明的朗朗骨气。同样显示了庄子的清高和幽默的成语"吮痈舐痔"，语出《庄子·列御寇》："宋人有曹商者，为宋王使秦。其往也，得车数乘；王说之，益车百乘。反于宋，见庄子曰：'夫处穷闾陋巷，困窘织屦，槁项黄馘者，商之所短也；一悟万乘之主而从车百乘者，商之所长也。'庄子曰：'秦王有病召医，破痈溃痤者得车一乘，舐痔者得车五乘，所治愈下，得车愈多。子岂治其痔邪，何得车之多也？子行矣！'"曹商小人得志，狂妄虚荣骄矜之心溢于言表。穷居陋巷，面有菜色，靠织草鞋卖钱度日的庄子，面对宋人曹商得意洋洋的自夸和嘲笑，不慌不忙地反唇相讥以舐痔得车，一针见血地揭露了曹商巴结权贵的丑恶嘴脸，凸现了小人的卑下无耻。道德境界的清浊高下，泾渭分明。

大量成语不仅褒奖道德典范，张扬理想人格导向，同时也显示了中华民族以善为美、美善统一的传统审美观念。"尽善尽美"就是孔子对舜时《韶》乐的高度赞扬，对周代《武》乐的评价："尽美矣，未尽善也。"进一步强调了美善统一的艺术审美标准。"言简意赅""言近旨远""画龙点睛"、"羚羊挂角"、"笔精墨妙"、"笔扫千军"、"凌云健笔"、"咫尺千里""余音绕梁"……，彰显的是重神韵、意境和妙悟的传统审美情趣。

此外，汉语成语的结构和外在形式，都服从于"言简意赅"的目的，本身也同样显示了中华文化的独特思维方式、价值取向和审美趣味。四字格之所以成为汉语成语主体格式，就是因为这种格式的词组不仅能最有效地达到"言简意赅"的要求，而且可以变化出极为多样丰富的组合方式，在视觉、听觉的外在形式上，体现出均衡、对称、含蓄、丰富、"和而不同"的审美趣尚，能达到中华民族喜闻乐见的高度和谐、优美的审美效果。

成语研究及其成果对于语言的语言学、言语的语言学、内部语言学、外部语言学、历时语言学、共时语言学等语言学研究领域以及文学、历史、文化等学科研究都具有不可或缺的重要意义。其全方位的汉语特色和民族文化特性，无疑是具有巨大开发价值的丰富宝藏。

中国东方文学学科建构的历史性

社会分工的细化与科学的发展导致学科的出现，学科是知识、学术体系的分类，包括一定知识类型、学术体系的组织结构及其规训制度（Disciplinarity）①和方法。知识、学术的分类和学科规训制度的建立，目的在于使社会知识的生产规范化和专业化，提高社会生产力。知识生产显然是学科发展的核心，但与知识生产的主体发展以及使这种知识产生社会作用密切相关的组织结构与规训制度、方法的建设、发展，又在极大的程度上制约着知识生产的发展和成就的大小。作为中国的东方文学知识生产，早在东汉时期就已经开始，迄今已有两千多年的历史了，但这并不意味着这是一个完善学科建立的历史。因为，在两千多年中，这种知识的生产处于一种非自觉的状态，成就极微，更没有形成独特的学科组织结构和相关的规训制度和方法。按现代学科标准来看，中国东方文学学科的建立只能说是 20 世纪的事情，具体说是"在解放后才开始建立起来的"②，其重要的标志是：在中国的大学里纷纷建立了东方文学的教学、研究的组织、机构，全国性或区域性的专业性学会的成立，定期或不定期的专业性刊物的连续或持续出版，以及相关的有组织的教学与学术研究活动的频繁进行。至此，学科的建构才算是进入了一种自觉的状态。从中国东方文学知识生产的角度看，20 世纪以前即现代意义的学科建立之前，属于一种自发的也即非自觉的阶段，时间相当漫长。而当进入现代意义的学科建构阶段以后，中国东方文学的知识生产就进入了一种自觉的历史发展阶段，同时，知识生产和组织结构、

---

① "Disciplinarity" 作为一个新词，"包含学科、规训、建制等内涵。"（华勒斯坦等著《学科·知识·权力》，三联书店、牛津大学出版社 1999 年版，第 12 页。）"规训"（discipline）是福柯所创新术语，包括学科、学术领域、课程、纪律、严格的训练、规范准则、约束以至熏陶等多重而又相关的含义。"福柯正是利用这个词的多词性和多义性，赋予它新的含义，用以指近代产生的一种特殊的权力技术，既是权力干预、训练和监视肉体的技术，又是制造知识的手段。"（米歇尔·福科：《规训与惩罚：监狱的诞生》译后记，刘北成、杨远婴译，三联书店 1999 年版。）

② 季羡林：《必须加强对东方文学的研究——代序》，陶德臻主编：《东方文学简史》，北京出版社 1985 年版。

规训制度、方法的建构也同步发展，尽管其间仍有不平衡，但对学科核心——知识生产的推进，作用非常巨大。

任何学科都是历史的产物，其产生、形成与发展都受制于特定的社会历史文化语境。也就是说，学科本身在随着社会历史文化语境的变化而演变，这一发展过程的动态性特点决定了学科建构的历史性。正确认识学科建设所处历史阶段的特性，充分重视学科建构的历史性，无疑是推动学科正常健康发展的重要前提。中国东方文学学科建设目前所处的社会历史文化语境显然已大异于过去任何一个历史时期，在崭新的社会历史文化语境中，东方文学的学科发展到底属于怎样一个阶段？其未来的正确走向在哪里？我们不能不对历史与现实进行深入正确的考量，以确保学科发展前瞻所必需的科学性。

一

东方文学学科建构可以追溯到东方和西方两个源头。但现代中国东方文学学科的建立，与西方东方学的关系明显超过了与东方源头的密切。季羡林先生谈到作为高等教育的学科的东方文学在新中国成立后的出现，"主要是出于政治上的需要"，也就是"为了肃清'西方中心论'的殖民主义的思想残余"①。这就表明，由于当时的历史处境：东西方——社会主义和资本主义意识形态的尖锐对立，新中国成立后开始的我们的东方文学学科建构，就是针对"西方中心论"的，具有强烈而鲜明的政治性和学科建构的自觉性。同时，由于历史语境、政治意识的影响，这种学科建构的自觉性中又不可避免地隐含着沿袭东方主义"西方中心论"的学科规范和二元对立等思维模式的不自觉性：不说别的，光是撑出"东方文学"这一旗号的本身，就已经不知不觉地掉进了以东西方二元对立为分类原则的"西方中心论"学科类型规范的陷阱，臣服于为西方殖民主义张目的东方学的学科话语霸权！

"西方中心论"乃"东方学"（东方主义）的核心意识。"东方学"的出现是由于西方殖民主义意识形态的需要，因此其中充满了西方人对东方文化的殖民意识。正如萨义德所指出，"东方学"既是一门学术研究的学科，也是西方对

① 季羡林：《东方文学概论·序》，何乃英主编：《东方文学概论》，中国人民大学出版社1999年版。

东方的想象——一种思维方式，同时也是一种权力话语方式，作为思维方式和话语方式的"东方主义"的殖民主义政治性浸透着作为学术研究学科的"东方学"知识生产及其成果——知识体系。欧洲的"东方"观念本身就"存在着霸权，这种观念不断重申欧洲比东方优越、比东方先进，这一霸权往往排除了更具独立意识和怀疑精神的思想家对此提出异议的可能性"①。"东方"被欧洲的东方主义者想象性客体化：东方静止、神秘、停滞，东方人野蛮、懒惰、愚昧、低能、色情、堕落、狡诈、非理性、不正常、不可信赖，不能管理好自己，必须由理性的、成熟的、正常的、高贵的、文明的西方人来统治、管制和引导！而这种"东方"观念迅速而有效地在世界范围内形成意识和话语的霸权，不只是通过学术研究面目的知识生产，更借重于通过规训制度之一的教育的学科建构。早在殖民时代，西方就以其强势力量在对文化传承和意识建构起着举足轻重作用的教育方面，"确立了传统教育与现代教育之间的完全分离"，这种分离不仅限于殖民地，也扩及非殖民地的非西方国家，实现学科意识和话语规范的殖民化和霸权化。因为，"在学科方面，现代教育由西方学术构建而成，并只建立在西方学术的基础上。现代教育要求非西方的学生吸收那些内在于、且贯串于西方思想与学术的所有分支之中的东方主义建构。因此人们学到的东方的历史与思想是已经由西方的高级权威决定、评估与描述的。"② 因此，东方主义构建的"现代教育"学科体系不仅使东方主义在西方人中香火延续，而且培养了一代代"棕色萨哈布"——"东方化"的东方人，即完全西化的、臣服于"西方中心论"的东方人。尤其是即使在摆脱了殖民统治后的国家中执掌权力的统治阶级，他们的思想也已被广泛深入地殖民化，"他们的永恒目标是掌握欧洲文明，这意味着贬低地方历史、文学与文化，却十分认可欧洲的历史与文化产物。他们认为本土文化的每个因素都是落后的，只配被丢进历史的垃圾堆里。他们经常以对本土历史的无知为荣，并以公开炫耀其无知为乐。"③

---

① ［美］爱德华·W·萨义德：《东方学》，王宇根译，三联书店1999年版，第10页。
② ［英］齐亚乌丁·萨达尔：《东方主义》，马雪峰等译，吉林人民出版社2005年版，第139页。
③ ［英］齐亚乌丁·萨达尔：《东方主义》，马雪峰等译，吉林人民出版社2005年版，第138页。

二

　　东方文学作为东方学的一个分支，殖民主义的意识不可避免——"东方文学"作为学科显然是相对于"西方文学"才得以产生、存在，因而，"东方文学"概念本身就是西方话语的霸权表述：东方文学是世界文学（西方文学）的"他者"！东方民族自己建构的东方文学学科，显然脱胎于西方的东方学学科类型规训，尽管被赋予了强烈的反殖民主义意识，但其中还是不免受到西方文化霸权的影响，无论是在知识生产还是学科规训制度、方法等方面的建构发展都不知不觉地遵循着西方模式，随着西方权力话语的主导而起舞。西方成了先行者、引导者、提问者，东方为了摆脱屈辱的"他者"地位，不知不觉地认同了自己属于后进者、追随者、应答者的地位而千方百计地与之"接轨"、"对话"，在"西方化"的歧路上艰难跋涉，还自以为是找到了"国际化"的康庄大道。例如，西方人以《伊利亚特》和《奥德赛》为基础发明的"史诗"概念及其意义评估，就像一把标尺，不仅成为西方学者也成为包括印度、中国在内的东方学者研究诸如《摩诃婆罗多》、《罗摩衍那》、《吉尔加美什》等东方作品的依据和规范，按这把尺子丈量出"东方史诗"的特征和价值，区别东方与西方的差异。从亚里士多德到黑格尔，都以荷马史诗为唯一典范、标本建立自己的史诗理论，黑格尔推崇荷马史诗"深刻地反映出一般人类的东西"，是"永远有现实意义的不朽著作"。但对印度的《罗摩衍那》，由于在欧洲最早问世的全译本是意大利文译本，在黑格尔逝世十多年后的1847—1858年才在巴黎出版，黑格尔生前并未读到全本，仅仅凭借对该作品的片断了解，就大言不惭地否认《罗摩衍那》具有全人类性，认为这部印度古代作品反映的印度生活极其"特殊"，"使人不能凭真正是人所特有的东西去冲破这种特殊性的框框来理解它。"①《罗摩衍那》的意义就这样依赖于居高临下的西方话语权力而被裁断、贬低。

　　也是因为黑格尔说中国人没有民族史诗，使一些中国学者觉得低人一等，于是有人挖空心思进行辩白，甚至把《诗经》中的某些诗作比附为"史诗"，证明黑格尔的判断错误，以此来反对"西方中心论"。岂不知这样的辩白依然是

---

① ［德］黑格尔：《美学》第三卷下册，朱光潜译，商务印书馆1981年版，第124—125页。

在"西方中心论"的手心中翻筋斗，徒劳无功。改革开放以后与国际"接轨"的文学焦虑更是日甚一日，大量的文学理论研究、批评与创作都唯西方马首是瞻，甚至有人刻意迎合西方世界带着殖民意识的期待，以求从西方人手里拿到奖项，获得国际——其实是西方的认可。中国人每年对诺贝尔文学奖的缺席极其在乎，深为苦恼，从中生出多少怨言、梦幻与追逐！为了获奖，有人还走关系走到了瑞典文学院诺贝尔文学奖评委马悦然的门上，这位诺贝尔文学奖评委中唯一通晓中文的老先生不无得意地告诉中国记者，他每个月至少会收到15封中国作家寄给他的信或作品稿子，请求他把书稿翻译成瑞典文出版，设法给他们弄一个诺贝尔文学奖。① 马悦然有关中国作家的言论备受关注，"'中国最有希望获得诺贝尔文学奖的作家之一。'——诺贝尔文学奖评委马悦然"，这一标签成了作家的荣耀牌，批评家的风向标，出版社的营销绝招。我们不由自主地将自己的价值和意义交付给西方的话语权力来裁夺，可见由西方赋予东方的"他者"意识已深入东方的骨髓。失去了思想的自主性，结局必然是"鹦鹉学舌"，人云亦云，甚至"失语"，哑然噤声。意识不到无所不在的东方主义"西方中心论"的殖民化价值观，东方就难以跳出西方预设的规范，无论取得多少成就，似乎都是戴着西方文化及其价值观的镣铐在跳舞，不能从根本上颠覆西方居高临下的文化霸权。

印度有学者提倡运用印度诗学理论来评价西方文学，主张"印度的必须成为理论，让西方的东西成为论据"，要"独立地运用自己的诗学理论发言，而不再一味借重西方话语"。② 无独有偶，中国著名学者季羡林先生早在20世纪90年代末就曾归纳自己在东西方文化研究中提出的自称为"奇思"、"怪论"的重要看法，涉及历史、文学、美学、语言、思维模式、人与自然的关系、东西方文化的关系等九个方面，其中，关于美学和文学，他认为，中国美学研究必须根本"转型"，中国文学史应该重写，中国文艺理论"必须使用中国固有的术语，采用同西方不同的判断方法，这样才能在国际学坛上发出声音。"③ 如上中印学者的主张不无道理，也不难看出其中包含着反对西方中心论、东方主义的

---

① 许黎娜、邵乐园：《诺贝尔文学奖评委称中国人不应翻译本国作品》，《南方都市报》2006年7月21日。

② 尹锡南：《关于比较文学中的中印对话——印度学者访谈录》，《世界文学评论》2006年第1期，第11—12页。

③ 季羡林：《三十年河东三十年河西》，当代中国出版社2006年版，第17页。

共同迫切追求：建立东方自己的文化、文学学科规范，在学科建构中摆脱西方话语霸权的主导。

"以我为主"虽然大快人心，建构自主、独立的非"西方中心论"的东方文学学科规范也是学科自觉性深化的合理诉求。但是，如何建构？首先是在确立世界文学学科分类的类型标准上，如果还是沿袭西方、东方的二分法，就仍然受制于二元对立的思维方式——还是陷于西方传统的主客二分的本体论和认识论。在西方传统的本体论和认识论立场上，西方是主体，东方是客体，主体是主动的，客体是被动的，客体由主体来发现、命名并赋予意义和价值。客体是僵化的、不变的，客体无法表述自己，必须被动地通过主体才能得以表述。客体永远是低于、落后于主体的"他者"。在反西方霸权基础上，东方人"以我为主"是要把被西方定义的主客体关系颠倒过来，如此"反客为主"的逆向对抗，实质上还是沿袭"西方中心论"那套偏颇的思维模式，其结果并不能"拨乱反正"——只能是像钟摆一样从一个极端摆到另一极端，不可能得到中道正确的理性认识。如果按季羡林先生的说法，中国东方文学学科是在新中国成立后才开始建立起来的话，至今也已达半个世纪了，但是，一些学科建构最基本的问题，例如学科研究对象的范围却迄今尚无公认的界定。按照东西方二分的类型原则，除西方文学外的所有国家地区的文学都应属东方文学，分类才周全。这样，亚洲文学当然属于东方文学体系，非洲、拉丁美洲的文学也不能排除在东方文学之外。但在文学性、艺术性和审美意识而不是政治性的原则上，亚非拉美的文学是否具有完全不同于西方文学的体系统一性？还有更复杂者，例如"希伯来—犹太文学和文化，产生于中东，与波斯—伊斯兰文化并不相同，它延续至今，没有中断过，后来与西方文化合流，如何确定它的归属？它是属于东方，还是属于西方？……有的东方文学史教材将前苏联的俄语作家艾特玛托夫也归入东方文学学科研究领域是否合适？南非用英语、法语等语言创作的作家作品是否属于东方文学学科的研究范畴？"①

---

① 魏丽明：《新世纪中国东方文学学科研究综述》，《国外文学》2005 年第 3 期，第 122—123 页。

三

尽管"文艺是不可能脱离政治的",① 但文学到底不是政治,文学研究也不能等同于政治学或社会学研究。而且,历史和现实的无数事实已经清楚地证明,非此即彼的二元对立思维模式有违客观事物的丰富性和复杂性,更无视事物本身的动态发展和事物之间多维复杂的辩证联系。即使在西方,20 世纪就先后有斯宾格勒、汤因比等著名学者在历史研究中试图超越"西方中心论"的二元对立思维模式。在《西方的没落》这部代表作中,斯宾格勒以多元文化观反对"西方中心论",认为世界历史由埃及文化、印度文化、巴比伦文化、中国文化、古典希腊罗马文化、伊斯兰文化、墨西哥文化和西方文化等八种高级文化所组成,每一种文化都经历前文化时期、文化早期、文化晚期和文明时期等四个阶段,每一文化就如同有机体一样,以这四个阶段为一个生灭过程,周而复始。前七种文化都已衰亡,而西方文化也已经进入生命的没落阶段,将于 21 世纪初瓦解并终结。汤因比继承了斯宾格勒的多元文化观和文化具有起源、生长和衰败的周期性观点,他把世界历史视为由 20 个文明社会所共同构成的整体,特别强调它们具有同等的哲学价值,坚决反对"东方学"的核心观念——东方停滞不变论和西方中心论。尤为可贵的是,在《当代西方文明的实验》一书以及与池田大作的对话中,汤因比还提出了"世界统一"的主张和展望,他认为,在我们这个时代,全人类不想集体自杀,就必须"学会像在一个家庭中那样共同生存下去",实现世界的统一。为此,就"要求我们消除现存各种不同种族、国家、宗教和思想意识之间的隔阂……鼓励有助于统一、和谐以及友爱的观念、思想和制度;……要对那些造成分裂、冲突以及敌对的观念、思想和制度表示憎恨。"② 斯宾格勒和汤因比都从文化形态学的视野,通过多样文明(文化)的比较,审视世界的历史和现实,预测和展望未来世界的发展,提出了新鲜而颇有启示意义的看法,尽管他们都没有彻底摆脱"西方中心论"的意识局限,但

---

① 邓小平:《目前的形势和任务》(1980 年),《邓小平文选》(第二卷),人民出版社 1994 年版,第 256 页。

② [英]汤因比:《现代、科学、民主、宗教和生活方式》,《国外社会科学文摘》1986 年第 11 期,第 41 页。

其多元文化的思维模式，却也在一定程度上突破了"西方中心论"二元对立思维模式的封闭与僵化。季羡林先生曾引证斯宾格勒和汤因比的文化形态学观点，尤其是有关西方文明的衰落和世界的统一将可能由中国作为"主轴"的看法，支持自己提出的"三十年河东，三十年河西"观——从21世纪开始，在思维模式上重综合的东方文化将逐渐取代重分析的西方文化主宰世界，21世纪将是"东化"的世纪。尽管季先生后来补充以"东西文化互补论"，但其"三十年河东，三十年河西"的"东化"论仍不能平息一些学者的诟病和质疑，给人以民族主义、钟摆式历史循环论和二元对立思维的偏激印象。但无论如何，应该充分理解和肯定的事实是：季先生站在坚实的"文化交流论"的基础上，把人类历史视为主要由四大文化圈（从古希腊罗马一直到近代欧美的文化圈、从古希伯来起一直到伊斯兰国家的闪族文化圈、印度文化圈和中国文化圈）构成的整体，而且圈内圈外都存在着不断地相互影响、相互学习的多维文化交流关系，共同推动着社会历史的前进和人类文化的发展。季先生的这些观点无疑是辩证的、客观的。其立论的动机与目的也宏阔深远：在思考人类文明前途的同时，"全面地、实事求是地从最大的宏观上来考虑中国文化在世界上已经起过的作用和将来能够起的作用。"① 季先生的四大文化圈的划分，也已经提示了世界文化与文学知识体系摆脱二元对立、主客二分分类模式的新原则，抛弃政治中心、意识形态主导的非此即彼的简单化思维模式。

毫无疑义，世界文学的学科分类不能再囿于东方主义"西方中心论"的殖民化原则，在全球化的新世纪历史语境中，东方文学学科建构的历史规定性应该而且必须是在世界文学的整体性视野中超越东西方二元对立的简单化思维模式，建立以文学性、审美性为主导的分类原则的学科体系。

四

摆脱东方主义"西方中心论"的殖民意识，推进东方文学学科建构自觉性的深化，除了超越政治中心、意识形态主导的非此即彼二元对立思维模式之外，重视并贯彻超越"学科"范畴本体的知识生产观念，在中国东方文学学科建设

---

① 季羡林：《三十年河东三十年河西》，当代中国出版社2006年版，第106页。

中引进学科互涉的开放性，也是 21 世纪的历史规定性赋予我们的无可推卸的任务。

现代社会科学学科及其规训制度体系发源于 19 世纪的欧美，资本主义和殖民主义的历史文化语境，注定了这些社会科学"学科"范式本身既先天带着"欧洲中心论"的视点，又潜伏着启蒙理性、工具主义潜在的现代性危机基因。在知识论上，发源于 19 世纪欧洲的现代学科体系把所有的知识二分为特殊与普遍的对立，两者互相排斥，机械割裂，在学科分类上分别衍生出历史学、人类学和东方学等特殊论学科与政治学、经济学和社会学等普遍论学科。作为社会科学主要学科的普遍论的三大学科和特殊论的历史学的研究对象只限于西方，而特殊论的东方学和人类学的研究范围专属非西方世界。欧洲殖民主义者在世界的扩张过程中接触到了与西方具有极大差异的两类文明：一类是尚无文字书写体系的"没有历史"的"低级文明"，一类是伊斯兰、中国、印度这样的亚非"高级文明"，它们既有文字书写体系，又有宗教和庞大官僚体系的帝国政治组织，但长期"停滞"。出于殖民化的政治需要，于是产生了针对"低级文明"的人类学和针对"高级文明"的东方学两门学科，都是先从西方的探险者、旅行者和殖民机构官员在非西方的活动为开端，然后在大学和社会的学术机构中学科制度化，但与普遍论的学科和历史学等研究西方世界的学科相隔绝。这样的学科研究和规训制度使"学术机构的长远构成倾向于更加专门化、专业化、系科化、碎片化"，"导致了对知识领域及相关学术团体误导性的简单化描述"①。随着知识的急剧发展，知识范围的迅速扩张，学科越分越细，学术体制越来越复杂庞大，"褊狭的学科分类，一方面框限着知识朝向专业化和日益相分割的方向发展，另一方面也可能促使接受这些学科训练的人，日益以学科内部的严格训练为借口，树立必要的界限，以谋求巩固学科的专业地位。"学术知识生产因而"深深地和各种社会权利、利益体制相互交缠"，甚至沦为学科门类"偏见的生产地，以服务于自己的利益（self‐serving）为尚，建立虚假的权威"。②

第二次世界大战结束后，非西方地区的发展与活跃使西方思想的普遍性受

---

① ［美］朱丽·汤普森·克莱恩：《跨越边界——知识学科学科互涉》，姜智芹译，南京大学出版社 2005 年版，第 4 页。

② ［美］华勒斯坦等：《学科·知识·权力》，刘健芝等译，三联书店、牛津大学出版社 1999 年版，第 1—2 页。

到了内外两方面的质疑和挑战，也是出于像美国这样的西方国家的政治需要，为了有利于在全球范围内发挥其政治作用，于是一种跨学科的多学科联合的学术形式——"地区研究"应运而生，封闭的学科体制发生了逆向运动，开始了开放性巨变："尽管地区研究是以多学科（这是一个在二战期间已经展开过讨论的概念）这一受限制的形态而呈现出来的，然而它的实践却透露出这样一个事实：对社会科学知识所作的鲜明的制度性区分具有相当大的人为性。历史学家和注重研究普遍规律的社会科学家第一次（至少从研究者的人数来说）开始了对非西方地区的研究。某些在过去仅仅研究西方世界的学科现在侵入到非西方世界，这样就颠覆了以往为诸如人种学（ethnography）和东方学之类的独立学科领域提供辩护的种种论据的逻辑。这似乎意味着，历史学和以探寻普遍规律为宗旨的社会科学的方法及模型不仅适用于研究欧洲和北美洲，而且也适用于研究西方以外的地区。在二十年的时间内，人类学家放弃了人种学，不再以它来作为界定自己身份的活动，并开始为这个领域另外寻找根据。东方学家走得更远，他们索性连'东方学'这个名称也不要了，而是根据不同的情况将自己并入到历史系、哲学系、古典学系、宗教系以及各新建的以地区文化研究（不仅包括传统上归东方学家研究的文献，而且还包括现代文化成果）为宗旨的系里。"①

学科的开放性在 20 世纪 60 年代出现的文化研究思潮中进一步强化，跨学科、超学科、反学科、实现学科大联合成为文化研究的主要特点。

文化研究的历史开端于文学研究，创始者是英国"伯明翰大学当代文化研究中心"的一批文学理论研究者或文学批评家。尽管文化研究与文学研究不能等同，但文学领域显然是文化研究学术思潮的重镇。文学领域的文化研究思潮使文学研究从原来的结构主义、后结构主义越来越狭隘的形式主义与非历史倾向的偏见中解放出来，"扩容"到社会政治、意识形态的研究，回归到文学的文化性质。而且，与其他学科相比较，文学研究属于内部分散的学科，广泛吸收相邻知识领域学科的概念和方法是其根本特性之一。虽然文化研究的本质具有后现代的批判精神，在文学研究中起着双刃剑的作用，一方面可以有效地拓宽文学研究的视野，另一方面又有可能取消文学研究本体的风险，但其对僵化的学科界限的冲击、扩展，对当今文学研究的发展而言，无疑符合历史的必然

---

① ［美］华勒斯坦等：《开放社会科学：重建社会科学报告书》，刘锋译，三联书店 1997 年版，第 40—42 页。

要求。

尽管实现学科大联合、达到一体化学科的理想尚有无法解决的巨大困难，但学科的开放无可回避。中国的东方文学学科建构在超越僵化的东西方二元对立思维模式的同时，必然需要自觉地引进地区研究和文化研究的学科开放性。文学具有鲜明的文化属性，它本身就是文化的镜像或自我意识，社会政治、意识形态实际上任何时候都不能从文学的内容中排除。此外，各民族文学的发展都伴随着文化交流而融入异民族文化、文学的因子，近现代以来的"东方文学"更是大量吸收了西方文化与文学的因素，特别明显的是文学思潮的走向，如浪漫主义、现实主义、现代主义和后现代主义从欧美席卷全球。因此，无论是宏观还是微观的东方文学研究，要想有所建树，都已无法拒斥比较文学的视野、概念和方法，也不能回避哲学、史学、宗教学、政治学、人类学、社会学、经济学、心理学等相邻学科的范畴、知识和方法。

抛弃既非科学，又非知识，更不是理解，而是"一种权力的表达和一种绝对权威的宣称"① 的东方主义"西方中心论"的二元对立的简单化思维模式，引进地区研究、文化研究体现的学科开放性，站在"世界文学"的高度，进行学科知识的生产，这无疑是新世纪赋予我们建构中国东方文学学科的历史重任。

---

① 萨义德语，见［英］巴特·穆尔-吉尔伯特：《后殖民批评》，杨乃乔等译，北京大学出版社2001年版，第206页。

印度两大史诗论

一、生态与影响

《摩诃婆罗多》和《罗摩衍那》是文明古国印度古老而又永远生机盎然的两部鸿篇巨制，它们的篇幅曾令那些即使一向自视甚高的西方人也大吃一惊，《摩诃婆罗多》的长度竟是荷马史诗总和的八倍！《罗摩衍那》虽然比《摩诃婆罗多》短，但荷马两部史诗加起来也只是它的一半多一点。因此，它们曾被誉为"世界最长的史诗"。① 把印度这两部巨著称为"史诗"，那是欧洲人的发明。18、19世纪，当《摩诃婆罗多》和《罗摩衍那》传到欧洲时，欧洲的学者非常惊奇，在他们认为极其落后的东方国家竟然也有与荷马史诗相类似，而且篇幅更为巨大的作品！他们以欧洲的文学观念称《摩诃婆罗多》和《罗摩衍那》为印度两大史诗。而印度的传统习惯是把《摩诃婆罗多》称为"历史传说"②；称《罗摩衍那》为"大诗"。印度还有许多这类体裁的作品，当然，其中最优秀的应该是这两部。虽然印度传统并不把它们称为史诗，但是"印度两大史诗"的说法后来已经逐渐在世界通行，而它们本身也确实具有史诗体裁的某些基本特点，所以，把它们称为史诗也未尝不可。

史诗是人类古代社会生活的历史画卷，是人类童年时代集体智慧的辉煌结晶，具有极高的历史文化认识价值和美学意义。世界许多民族都有自己的史诗。但是，比较起来，世界上也许没有任何别的史诗或著作能像印度两大史诗那样

---

① 据《圭内斯世界纪录大全》（1979年版）载：吉尔吉斯民间叙事诗《马纳斯》长达50多万行，比印度史诗《摩诃婆罗多》还长约五分之一。另据1984年7月10日《人民日报》载：中国藏族史诗《格萨尔王传》长约60多部，不算散文部分就有150多万行，1500多万字，长度远远超过印度史诗。应该说，到目前为止，世界已知最长史诗当推《格萨尔王传》。但是，把印度史诗誉为"最长"是长期以来世界通行说法，而且就已经形成书面形式以及具有广泛的世界性影响的角度来看，这种说法也不无合理之处。

② 即神话传说，印度人往往把传说甚至某些神话看做历史。

集中地蕴涵着一个民族的思想信仰、道德观念和生活理想，对一个国家、一个广阔的地区或一个民族的整个社会生活产生那么悠久的深刻的影响。印度现代著名政治家、哲学家、作家拉贾戈帕拉查理先生曾在他改写的《摩诃婆罗多的故事》英文本第三版序言里，意味深长地说："一个人旅行全印度，看到了一切东西，可是除非他读了《罗摩衍那》和《摩诃婆罗多》（至少是要通过一个好的译本读过），他不能了解印度的生活方式。"① 不只是拉贾先生，印度和世界各国许多有识之士也都一致认为，一个人不了解印度两大史诗，他就不能了解印度和印度民族，对印度民族的生活、文化及其历史就难免茫然无知。

印度两大史诗是印度文学的瑰宝，也是世界文学中最古老的遗产之一。它们以自己所独有的魅力，在世界文学史上赢得了极为崇高的地位和不绝的盛誉。中国著名诗人苏曼殊就盛赞印度两大史诗"闳丽渊雅"，被"欧洲治文学者视为鸿宝"②，作为长篇叙事诗，不只《孔雀东南飞》、《北征》、《南山》等中国名著"逊彼闳美"③，就连古希腊荷马史诗"亦不足望其项背"④，可谓推崇备至。中国现代文学泰斗鲁迅、茅盾也有类似赞誉。鲁迅先生在《摩罗诗力说》中对印度两大史诗的评价是："亦至美妙"⑤；茅盾先生在《世界文学名著杂谈》一书里，以渊博的学识、精辟的见解详论了荷马史诗和古代巴比伦史诗之后，极赞印度两大史诗是"东方民族最伟大的史诗，也是世界上最长的史诗。"⑥

（一）两大史诗的形成与"生长"

1. 史诗的作者

印度两大史诗都是卷帙浩繁的皇皇巨著。《摩诃婆罗多》全书约有 10 万颂（精校本 8 万多颂），《罗摩衍那》是 2.4 万颂（精校本近 1.9 万颂）。都是以印度最流行的诗体——输洛迦为主要诗律写成。这种诗体每颂即一节诗，共 32 个

① ［印］拉贾戈帕拉查理：《摩诃婆罗多的故事》，金克木序，唐季雍译，中国青年出版社 1959 年版。
② 苏玄瑛：《曼殊大师全集·诗文集》，教育书店 1947 年版，第 262 页。
③ 苏玄瑛：《曼殊大师全集·诗文集》，教育书店 1947 年版，第 106 页。
④ 苏玄瑛：《曼殊大师全集·诗文集》，教育书店 1947 年版，第 136 页。
⑤ 《鲁迅全集》第 1 卷，人民文学出版社 1958 年版，第 194 页。
⑥ 茅盾：《世界文学名著杂谈》，百花文艺出版社 1980 年版，第 26 页。

音节，分两行排列，作四句吟唱，没有尾韵。若折合行数或字数计算，两大史诗的篇幅更显得庞大。如此大型的作品是谁创作的呢？《摩诃婆罗多》标明的作者是毗耶娑①，《罗摩衍那》标明的作者是蚁垤②。两部史诗都各有涉及作者的内容，他们不仅和史诗中的英雄们生活在同一个时代，有时也进入史诗的情节。关于毗耶娑和蚁垤都有非常有趣的传说故事。《摩诃婆罗多》里说到毗耶娑又名岛生黑仙人，因为他出生于一个岛上，而且肤色黝黑，故名。传说他是著名的苦行者波罗沙罗仙人与一个生于鱼腹的美貌少女贞信的私生子。贞信后来嫁给俱卢国福身王，做了王后，给福身王生了两个儿子。福身王死后，两个儿子先后继位，又相继死去，无儿无女。为免绝后，贞信太后召来了私生子岛生黑仙人，让他根据当时的借种生子法与他的两个弟媳同房，生子传宗接代。当他与头一位弟媳同房时，因为他长得丑怪黝黑，阴森可怖，吓得这位寡后紧闭双眼，结果生下了一个双目失明的儿子，叫持国。当岛生黑仙人与第二位弟媳同房时，他的容貌又使这位王后吓得面无血色，后来生下了一个面色苍白的儿子，取名般度（意为苍白）。持国和般度的儿子们后来为争夺王位而发生了一场毁灭性的战争，岛生黑仙人又以孙子们的战争事迹作为题材，创作了史诗《摩诃婆罗多》，并让弟子们将诗篇传扬于世。

　　《罗摩衍那》的作者蚁垤，在印度也流传着关于他的许多不同的传说。或说他是古代仙人，或说他是语法学家，或说他是金翅鸟的儿子。他为什么叫"蚁垤"？有一个传说告诉人们：因为他曾专心致志地修行，一坐数年，连蚂蚁爬在他身上做了窝也不知不觉。由于全身堆满了蚂蚁筑窝的土，因此得名"蚁垤"。另外有一个与此相似的传说，叙述的更为详细：蚁垤原来的名字叫罗多那迦，他的父母都是虔诚的信徒，但他却是一个愚昧无知、罪大恶极的大盗，专干拦路抢劫的勾当。谋财害命。有一天，他拦到了两个过路的托钵僧，看中了他们身上穿的华丽道袍，便想杀了他们。但他举起的杀人铁棍却怎么也抢不下来，无论如何用力也不行。原来那两位过路僧人是天上大仙那罗陀和创造神婆罗摩，他们对罗多那迦使出法力，将他的杀人铁棍定在半空中了。接着，天神对他说，杀人抢劫是罪过，并问他有没有人为他分担罪恶。罗多那迦说他的父母妻子会为他分担的，因为他杀人抢劫所得的一切都是用来养家的。但是天神对他说，谁也不会分担他的罪恶。他不相信，就回家去询问。他家人给他的回答却和天

---

① 这是音译，意译为"广博"。
② 这是意译，音译为"跋弥"或"瓦尔米基"。

神说的一样，他的父母妻子认为抢劫杀人是他独自所作所为，完全是他一个人的罪恶。他顿时掉进了恐惧的深渊之中。他回头找两位僧人搭救。两位天神给他洒了圣水，然后以无限的耐心教他反复地念"罗摩"这个名字。他由于恐惧，舌头僵硬，挣扎了好久才终于念出了这个名字，天神们就无影无踪了。他就坐在那里，一动不动，不停地念着"罗摩"。也不知道过去了多少岁月，直到有一天，天神婆罗摩又从那条路上走过，看见罗多那迦已经成了一个白蚂蚁堆起来的小山，上面长满青青的草木。虽然时间和白蚁耗食尽了他的肌肉，只剩下一幅骷髅，但是他仍然一遍又一遍地念着"罗摩"、"罗摩"。于是，天神婆罗摩让天上连下了七天大雨，冲走了罗多那迦身上的泥土，使他重新活了过来。并宣布他的罪恶已涤除干净，他已经再也不是罗多那迦，而是"蚁垤"仙人了。他将要承担创作史诗《罗摩衍那》的伟大任务。

这些显然是神话传说之类的动听故事，当然难以令人相信是真实的历史事实。但除了这些传说之外，人们还没有找到别的可靠材料，可以证明毗耶娑和蚁垤是否实有其人，他们是否史诗的作者。因此，史诗作者是谁便成了一个难解之谜。如果说《摩诃婆罗多》的作者是毗耶娑，那么，自吠陀文学以后到往世书为止，许多作品、著作的作者、解说者都标明是"毗耶娑"，至少有27—32个这样的名字。而这些著作相距数百年乃至上千年，说它们是同一个"毗耶娑"所创作，当然是荒谬的。在梵语中，"毗耶娑"意为"扩大者"，也可引申为"编纂者"。因此，有的学者认为，"毗耶娑"不是一个人的名字，而应该是一种称号或者是一种受人尊敬的称呼。若理解为它是泛指包括《摩诃婆罗多》在内的古代印度所有文献的编订者，较为可信。从《摩诃婆罗多》的篇幅、内容和风格来看，并不像是一个人所创作的作品。即使岛生黑仙人在历史上确有其人，大概也只是在史诗的创作、编纂过程中起过重要作用的一个人而已。

蚁垤的情况稍有不同，"蚁垤"这名字到底不像"毗耶娑"是一种称号。而且，《罗摩衍那》的内容和风格除了首尾两篇外，基本上是统一的，很像是一位卓越作者的创作。在没有确实可靠的材料证据可以否定他不存在之前，说蚁垤就是《罗摩衍那》的作者，也颇为合理。当然这不能理解为蚁垤就是《罗摩衍那》的唯一作者。

可以说，毗耶娑和蚁垤或许是历史人物，对史诗的形成做出过一定的或者是较为重要的贡献，但他们并不是现代意义上的作者。1904年，泰戈尔在为朋友写的《罗摩故事》所作的序中说："……读了《罗摩衍那》和《摩诃婆罗多》，我们感到它们像恒河和喜马拉雅山南侧一样属于整个印度，毗耶娑和瓦尔米基只不过是标志而已。实际上，毗耶娑和瓦尔米基并不是某个人的名字，它们只不过是出于某个目的而起的名字而已。"① 这段话对于如何看待两大史诗作者的问题是很有启发意义的。

2. 史诗的产生及其"生长"过程

两大史诗是什么时候开始创作的？它们完整的本子究竟完成于何时？哪一部创作在先？它们的创作地点是在哪里？所有涉及史诗创作过程的问题至今尚无一致公认的答案。同史诗作者问题一样，也是众说纷纭扑朔迷离之谜。印度和西方的学者们都各持己见，其中差距之大，往往令人瞠目结舌。例如对《摩诃婆罗多》的创作年代，相信神话传说的研究者认为史诗产生于公元前 3100 年；有的学者则认为史诗开始创作的年代是公元前 10 世纪，最后完成于公元后 4 世纪。

由于可靠的资料和证据的不足，在目前来说，要想给史诗的创作年代落实一个准确的时间，是很困难的。故此只能从有限的材料中对史诗的形成过程以及创作年代的最早和最迟年限，做一个尽可能科学、合理的推断。

史诗中的某些叙述可以对了解史诗的创作过程提供一点线索。

《摩诃婆罗多》的"缘起"部分，通过歌人苏多之口，谈到了史诗传诵的授受关系。苏多参加以寿那迦为首的一群修行人在飘忽林举行的大祭，他对修行人吟唱《摩诃婆罗多》时说，他现在吟唱的这首史诗，是在参加镇群王举行的祭祀大会上，从护民仙人的吟诵中学来的。而护民的史诗又是承他的老师广博仙人所传授的。在护民吟诵的史诗中，叙述俱卢大战的部分，则是持国的御者——全胜的叙述。全胜在战役开始前，从广博仙人那里获得了超自然的本领，可以隐身于战场的任何地方，亲眼目睹战场上发生的一切。他向持国一一描述了自己所看到的战场情况。然后，他又一字不漏地转告给护民。史诗中还写到，在护民之前，这部史诗的名字叫《胜利之歌》，只有八千八百颂。护民在这个基础上增补了某些插话故事，史诗的篇幅就扩大到两万四千颂了，并以《婆罗多》的名字流传。《婆罗多》在流传过程中，又经过后来的吟诵者的增补，就扩大成了十万颂的《摩诃婆罗多》。

这些传说虽然不一定可以完全相信，但也不应视之为全是毫无事实根据的

---

① ［印］泰戈尔：《泰戈尔论文学》，倪培耕等译，上海译文出版社 1988 年版，第 143、144 页。

虚构。它们至少透露了这样的事实：史诗原来是较短的，通过不同传颂者在吟唱过程中增补而逐渐扩大，基本上是口头流传于民间的众多叙事诗和抒情诗围绕着一个核心故事逐渐融合的过程。由于吟唱者的身份、观点、所处时代以及所面对的听众等等因素的不同，他们往往不只是随意增补一些新内容，也会对基本故事的内容和表现形式进行某些改动。《摩诃婆罗多》头两章提供的目录和史诗内容的实际情况的不一致，就是一个明证。

著名学者季羡林先生还从汉译佛经中发现有两个故事与史诗《罗摩衍那》的故事密切相关。一个佛经故事说，有一个国王，因其舅兴兵要夺取他的国家，他为百姓着想，不与舅舅交战，带着王妃避居山林。但是，祸不单行，在山林中王妃又被一条恶龙劫走。一只巨鸟路遇不平，与龙交战，龙以震电击倒巨鸟，挟着王妃逃归大海。国王四出寻妃，碰到一个同样被舅舅驱逐失国的大猕猴，在大猕猴的帮助下，终于斩龙救妃，还恢复了原来的王位。另一则题为《十奢王缘》的佛经故事说，十奢王本来立大儿子罗摩为王位继承人，但在第三夫人要挟下，不得不改立婆罗陀，而将罗摩流放12年。罗摩最后又复国为王。史诗《罗摩衍那》的故事几乎就是这两个佛经故事的复合体，连细节都完全一致①。季羡林先生还提到唐玄奘所译的一部佛经记载：当时印度的《罗摩衍那》史诗只有一万二千颂，而不是现在的两万四千颂②。这些材料大致可以证明，印度两大史诗的形成是以民间口头创作为基础的一个长期流动、不断膨胀的漫长过程。因此，可以肯定，印度两大史诗是具有流动性、随意性和开放性的集体创作，是印度民族集体智慧的结晶。一位终生研究《摩诃婆罗多》的印度学者罗默希·金德尔·都德，在1898年曾形象地描述过史诗创作"生长"过程的这种特点。他说："这部史诗变得如此脍炙人口，其结果是，它的篇幅随着时间的推移而不断增长。每一代诗人都要给它添上一些东西。北印度的每一个边远的小王国，都急于在这场国与国之间进行的战争的古老记录上，插入一些关于自己功绩的描述。每一个鼓吹新教义的人，都渴望在古老的史诗中，为自己反复鼓吹的那些新的真理寻找某种支持的根据。法律、伦理法规中的成段论述被收编到这部书中来了，因为对于人民大众来说，这部史诗比干巴巴的法典有大得多的吸引力。关于不同种姓和人生不同阶段的规定，也为了同样的目的被搜罗进来了。大量流传不定的故事、口头传说和神话，……，都在这部奇妙史诗的巨大

---

① 季羡林：《罗摩衍那初探》，外国文学出版社1979年版，第25—26页。
② 季羡林：《罗摩衍那初探》，外国文学出版社1979年版，第26页。

卵翼之下得到了庇护。……就这样，这部作品在它最初编成并以史诗的形式问世后，又继续发展了一千年"①。

关于两大史诗的产生年代，综合现有各种材料考察，一般认为，两大史诗的萌芽或雏形产生于公元前 10 世纪之后的某个世纪。《摩诃婆罗多》现存形式大约形成于公元前 4 世纪直至公元 4 世纪。《罗摩衍那》的主要部分约是公元前 4 世纪至公元 2 世纪之间数百年的产物。至于两部史诗产生的先后问题，从现存形式看，似乎《罗摩衍那》产生较早。因为《摩诃婆罗多》中有一个插话《罗摩的故事》，很像是史诗《罗摩衍那》的摘要，而且《摩诃婆罗多》中还有与《罗摩衍那》相同的诗句。这样看来似乎是《摩诃婆罗多》借用了《罗摩衍那》的材料，受了《罗摩衍那》的影响。不过，印度学者威迪耶在对《摩诃婆罗多》的插话《罗摩的故事》与史诗《罗摩衍那》进行的比较研究中，却得出了相反的结论。他认为不是《摩诃婆罗多》抄袭了《罗摩衍那》，倒是蚁垤利用了《摩诃婆罗多》的材料加以扩大写成史诗《罗摩衍那》②。季羡林先生以两部史诗对社会变化的态度和史诗中王国都城的地理位置以及史诗文体等方面的差异为依据，认为："《罗摩衍那》总的来看是比较晚一点的"③。但晚至什么时候呢？印度著名学者苏克坦卡尔的看法值得参考。他也认为《摩诃婆罗多》是从原先只有两万四千颂的《婆罗多》发展而来的，蚁垤创作《罗摩衍那》的时候，《婆罗多》已经存在。《罗摩衍那》就作成于《婆罗多》向《摩诃婆罗多》发展的那个时期。将《婆罗多》扩大为《摩诃婆罗多》的改编者看到蚁垤的《罗摩衍那》，便从中采用了一些材料。苏克坦卡尔这个看法当然也是一个推断，不一定就是最后结论。不过，正如季羡林先生所说，苏克坦卡尔总的方向是正确的④。

德国学者温特尼茨大体上也持同样的看法。他认为，当《摩诃婆罗多》还没有发展成现在这个形式的时候，《罗摩衍那》就已经是一部基本完善的著名作品了。但《摩诃婆罗多》最古老的核心部分大概要比《罗摩衍那》早。他在比较了两大史诗的艺术风格和诗中反映的社会风俗习惯等方面的不同之后，又做

---

① 季羡林、刘安武编选：《印度两大史诗评论汇编》，中国社会科学出版社 1984 年版，第 128 页。

② 季羡林：《罗摩衍那初探》，外国文学出版社 1979 年版，第 29—31 页。

③ 季羡林：《罗摩衍那初探》，外国文学出版社 1979 年版，第 116 页。

④ 季羡林：《罗摩衍那初探》，外国文学出版社 1979 年版，第 32 页。

了这样的推断:《摩诃婆罗多》反映的是比较原始落后的印度西部文化;《罗摩衍那》则展现了比较进步的印度东部文化。两大史诗并非产生于不同时代,而是产生于不同的地区。① 从印度历史上确实存在过东、西部地区社会发展不平衡的客观事实来看,温特尼茨这个看法也很有参考价值。

3. 史诗的流传

在较长的历史时期内,两大史诗都是以师徒授受、口耳相传的方式流传的。这个事实在史诗里就可以找到例证。《罗摩衍那》里说,蚁垤把史诗创作完以后,把它传授给两个徒弟——罗摩的两个儿子,让他们到罗摩的祭典上去诵唱。《摩诃婆罗多》的楔子里也叙述了史诗如何由广博仙人传授给弟子,然后别的歌人又怎样从广博弟子的吟诵中接受下来,传播扩散。这种师徒授受、口耳相传的方式,决定了史诗在流传过程中必然会产生变化,会有不同的传本。当人们把史诗抄写在贝叶(棕榈叶)、纸张或桦树皮上时,史诗便形成手抄本。以书面形式流传的史诗仍在变化,所以也有不同的抄本。中世纪,印度各地方言逐渐形成,人们开始用方言传写、翻译或改写两大史诗。这样,更形成了史诗传本、抄本繁多的局面。据资料说,光是《罗摩衍那》的抄本就有2000余种,还有50多种梵文注释。直到印刷本出现之后,史诗的面目和内容才逐渐相对稳定下来。

现存史诗抄本绝大多数是公元15世纪以后的产物,少数抄本出现在公元10世纪或更早的时候。《罗摩衍那》在公元12世纪被译成泰米尔语,公元15世纪出现孟加拉文本。此后,运用地方文学语言翻译或改写史诗形成风气,至今未息。在方言翻译或改写本中,公元16世纪下半叶北印度印地语诗人杜尔西达斯(1532—1624)根据《罗摩衍那》创作的《罗摩功行录》②,公元9世纪③南印度泰米尔语诗人甘班写的《罗摩下凡》④ 比较著名。印刷本中较流行的有四种版本:一是北方本或称孟买本,由孟买古吉拉特出版社和孟买决洋出版社出版。这个版本流传最广。二是孟加拉本,即吉·戈勒西约博士于1848—1867年间在加尔各答作为梵语丛书之一出版第二版。三是南方本,1929—1930年在马德拉

---

① 季羡林、刘安武编选:《印度两大史诗评论汇编》,中国社会科学出版社1984年版,第409—410页。

② 或译《罗摩事迹之湖》。

③ 一说公元12世纪。

④ 或称《甘班罗摩衍那》。

斯由马托·维拉斯书局出版第 4 版，分上下两册。四是西北本，也称克什米尔本，1923 年由拉合尔雅利安毗湿奴学院出版，流行于西北一带。这四种版本中，北方本、南方本和孟加拉本被认为是主要的版本。这三种本子的诗节和章节在数目上几乎都不同，内容先后次序和文字更有很大的差异。大多数学者认为最可靠的是孟买本，其次是孟加拉本。

《摩诃婆罗多》的现存抄本有南北两种传本。抄本字体不一，北方传本有天城、舍罗陀、尼泊尔、梅提利、孟加拉等字体；南方传本有泰卢固、葛兰陀、马拉雅拉姆等字体。不仅字体不一，内容也有歧异，长短更有不同，总的来看是南方传本比北方传本长。其中产生于公元 17 世纪晚期的天城体"青项本"流行最广。印刷本的流行版本有 1834—1839 年的加尔各答版、1963 年的孟买版，这两种版本都是根据北方传本编写的。后来又有根据南方版本编写的新版本即 1931 年的马德拉斯版。

20 世纪印度两大史诗研究的一件重要大事，是印度梵语学界集中了许多著名梵语学者的力量，编订出版了两大史诗的精校本。印度班达卡尔东方研究所从 1919 年起承担了编订《摩诃婆罗多》精校本的工作，1933 年精校本第一卷出版，直到 1966 年才出齐全书，共 19 卷。编订工作历时近半个世纪。《罗摩衍那》精校本从 1960 年开始出版第一篇，到 1975 年才出完全书，也历时 10 多年。两大史诗精校本的编订原则是力图排除后来窜入的成分，以恢复作品的原始形式。但是，由于史诗形成、流传的过程经历了漫长的历史时期，具有极大的流动性、随意性和开放性，因此要想恢复史诗的原始形式是根本办不到的。精校本所做的只是在现存抄本的基础上，删除种种较明显的讹字和衍字，整理成一种较规范纯洁的版本。此外，精校本在脚注和附注中列出了所有重要抄本中的重要异文，因此，它比别的任何抄本都要完全，最适合于史诗研究者使用。

（二）两大史诗的影响

1. 史诗是印度文化和民族精神的重要源泉

在印度文学史上，两大史诗不但是印度古代神话的宝库，而且是后来印度文艺创作取之不竭的重要源泉之一。各时代、各民族的作者都从中汲取思想、主题、人物、情节，借鉴艺术手法。从公元 5 世纪最卓越的印度诗人迦梨陀娑开始，一直到现代的印度作家、艺术家，他们创作了无数取材于两大史诗的作品。光是对罗摩与悉多故事的戏剧创作，就约有上百种形式。可以说，梵语文学史主要就是由两大史诗及受其影响的创作所构成的一部文学史。无怪乎印度学者瓦·盖罗拉这样断言："如果把受这两部作品的影响的文学创作排除在一边，那么，在梵语中称得上优秀的作品就屈指可数了。"① 后世几乎所有的梵语文学理论著作，也无不以两大史诗为依据，这些著作的理论观点大多是对两大史诗创作规律的总结和发挥。因此，后来的创作都很难达到这些文学理论著作所提出的以两大史诗的成就为基础的标准。

然而，两大史诗更重要的意义还在于它对印度文化和民族精神的巨大影响。她们是印度人的宗教经典、政治伦理教科书和具有永恒魅力的审美对象，在印度民族的思想、性格、风俗等方面起着重大作用，成为印度文化和印度民族精神的源泉。长期以来，《摩诃婆罗多》中的《薄伽梵歌》，就不仅是印度教毗湿奴教派的圣典，也是印度所有其他宗教教派信徒们用来祈祷和修身的经典。它是古代印度各宗教教派教义的重要基础，几乎所有的教派，都要引证《薄伽梵歌》的观点来支持他们的教义，否则就无法在社会上存在下去。两大史诗的故事和人物广泛地进入印度文学艺术各领域，也渗透到印度民众日常生活的每一个角落，"在结婚的喜筵上，在寺庙的宗教仪式上，在村社的节日庆典上，在酋长首领或王孙贵族的酒席上——在所有这些大规模的民众集会上，都要吟唱史诗。""在印度，……罗摩和悉多，哈奴曼和罗波那，毗湿奴和大鹏鸟，黑天和罗陀，俱卢兄弟和般度兄弟，真是无所不在——庙宇四周的石刻上，房屋梁柱的雕饰上，镌花的黄铜和红铜的家用器皿上，到处都是。……他们都是充满魅力的人物，在印度历史上虽经千年而不失色，并且还将长久地放射光彩。"② 印度至今还有每年一度的"十胜节"和"莎维德丽誓愿节"，前者是庆祝罗摩战胜十首魔王罗波那的传统节日，后者则是印度女子们纪念莎维德丽的庆典。印度近代伟大诗人泰戈尔以诗的语言，描述了两大史诗对印度产生的深远影响，他说："光阴流逝，世纪复世纪，但《罗摩衍那》和《摩诃婆罗多》的源泉在全印度始终没有枯竭过。在乡野荒村，家家户户，人们每日诵读着它们；从杂货商店到巍峨的宫殿，在所有地方，它们都受到一致的尊敬。……两位作者的

---

① 季羡林、刘安武编选：《印度两大史诗评论汇编》，中国社会科学出版社 1984 年版，第 115页。

② 季羡林、刘安武编选：《印度两大史诗评论汇编》，中国社会科学出版社 1984 年版，第 464—465 页。

名字虽然已消失在时代的伟大旅途之中，但它们的声音至今仍然使力量与和平的潮流，抵达各个阶层的男男女女的门口；它们携带的亘古时代的肥沃而湿润的泥土，今天仍然不断地培育着全印度心灵的花蕾。"①

2. 史诗对南亚及东南亚各国的影响

两大史诗不仅是印度民族的宝贵精神遗产，她们也属于全人类。纪元后，随着印度教和佛教的传播，两大史诗也逐渐进入南亚和东南亚各国。公元9世纪以后，陆续出现了《罗摩衍那》的高棉语、泰语、缅语、马来语、古爪哇文的译本和改写本。《摩诃婆罗多》在10世纪末至11世纪传入印度尼西亚，出现了古爪哇文的翻译改写本。公元9世纪印度尼西亚兴建的罗罗·章格朗陵庙的全部浮雕，都取材于印度史诗《罗摩衍那》；建于公元12世纪上半叶的柬埔寨吴哥寺的回廊上，也有取材于印度两大史诗的浮雕。史诗中流传不衰的故事、人物，不只"由这些民族的雕刻家们雕在庙宇的墙上，"还"由他们的画家们描绘在画布中，由他们的演员演出在哇扬戏的舞台上。"② 公元16世纪，印度莫卧儿帝国时期，在阿克拔大帝的赞助下，两大史诗被译成了波斯语。其中，《罗摩衍那》据说有两个波斯语译本，但现存只有阿克拔参加翻译的一个译本，已于1899年在勒克瑙出版。

3. 史诗对欧洲的影响

两大史诗传入欧洲，是近代以西方殖民主义入侵印度为契机的。印度文学的高度成就使西方人颇为震惊，同时，他们开始研究两大史诗。西方学者除了著文对两大史诗进行一般介绍外，从18世纪下半叶开始进行翻译史诗的工作。最先译的是《摩诃婆罗多》中的著名插话。1785年，英国查尔斯·威尔金斯翻译出版了《薄伽梵歌》英文本，又于1795年译出《沙恭达罗传》。德国人弗朗茨·波普在1819年用拉丁文译出了《那罗传》。此后，这篇插话又多次被译成德文并改写成德文诗。《那罗传》赢得了德国大诗人歌德的高度赞赏。达摩衍蒂形象风靡了整个欧洲。1829年，德文本《摩诃婆罗多插话集》（含《莎维德丽传》）出版。这些插话后来被译成欧洲各种语言。《那罗传》在1869年还被改编

---

① ［印］泰戈尔：《泰戈尔论文学》，倪培耕等译，上海译文出版社1988年版，第144、145页。
② 季羡林、刘安武编选：《印度两大史诗评论汇编》，中国社会科学出版社1984年版，第155—156页。

成戏剧在佛罗伦萨上演；1898—1899 年又被俄国诗人改编成歌剧。两大史诗欧洲语言全译本的出现，以《罗摩衍那》较早。1847—1858 年，在巴黎出版了意大利文译本；1854—1858 年出版了法文译本；1870—1874 年出版了英文译本；1892—1894 年又出版了英语散文译本；后来还继续有英译本出版，有全译也有节译。《摩诃婆罗多》的第一部英文译本是散文体，出现在 1883—1896 年；第二部英译本是诗体，在 1895—1905 年出版。现在，两大史诗的俄文、日文译本也出版了。而两大史诗及其插话的世界各种语言的改写本和缩写本则更多。美国还成立有专门研究印度史诗的学会。各国对印度两大史诗的研究文章、专著更是多如牛毛，无法统计。足见印度两大史诗的世界性影响是多么巨大。

4. 史诗对中国的影响

最后，笔者还要特别提及印度两大史诗对中国的影响。中印之间的文化交流历史悠久，但是长期以来人们认为，印度两大史诗没有汉译本，它们对中国的影响不大，或者说对汉族没有什么影响。自从 1923 年胡适提出孙悟空形象来自《罗摩衍那》的哈奴曼这一看法之后，印度两大史诗与中国之关系问题引起了人们的重视和研究。1930 年，杰出的史学家、梵文学者陈寅恪先生发表了《西游记玄奘弟子故事之演变》一文，从汉译佛经中考证了《西游记》中某些故事（如孙悟空大闹天宫、猪八戒形象与高老庄招亲故事）的印度来源，开辟了一条新的研究途径。人们开始着眼于从汉译佛经中发掘有关印度两大史诗的中国文献资料。经过学者们的艰苦努力，现已从汉译佛经中发现了大量的史料，足以证实印度两大史诗早就传入中国。根据季羡林和赵国华两位先生的考证，在汉译佛经中关于印度两大史诗尤其是《罗摩衍那》的文献资料很多。有的分别涉及两大史诗的书名、作者、篇幅、主题及人物，有的叙述了史诗的主要故事、重要插话或某些情节片断。例如，公元 251 年三国吴康僧会译的《六度集经》第五卷第 46 个故事《国王本生》和公元 427 年元魏吉迦夜共昙曜译的《杂宝藏经》卷一的第 1 个故事《十奢王缘》。前一故事讲述一个国王失妃救妃的故事，除了名字不同外，故事甚至细节都与罗摩失妻救妻一模一样。后一故事实际上就是阿逾陀城宫廷阴谋传说的提要，故事情节、人物名字、家族结构以及细节都与《罗摩衍那》史诗中罗摩被放逐那段故事毫无二致，史诗《罗摩衍那》故事情节几乎就是上述两个佛经故事的合并。此外，还有《罗摩衍那》中关于十车王因早年误杀一苦行者而被诅咒他将有失子之痛这一重要插曲，在许多汉译佛经中都有类似内容。这些材料确实无疑地证明了，中国人至迟从公元 3

世纪起，就开始知道了印度两大史诗，"了解到事实上是出自《罗摩衍那》的主要故事和重要插曲的比较详细的内容。"[①] 因而肯定印度史诗对中国的影响便有了有力的文献依据。印度史诗的影响，明显地体现在中国小说《西游记》的创作。季羡林和赵国华等人的研究证实了孙悟空乃至《西游记》与《罗摩衍那》有渊源关系。赵国华先生还进一步考证了《西游记》在某些人物、故事、神奇的描写、独特的想象以及叙述故事的格式等方面与《摩诃婆罗多》也有间接的渊源关系。[②]

佛经中存在着史诗的内容，还说明了作者、说经者和听众、读者都熟悉史诗的故事。因为佛教大师们总是借助于众所周知的故事去阐发经义的。这又启示人们应注意史诗流入中国除了文字途径之外还可能有其他的渠道。其中最重要的是中印两国人员在长期交往中口耳相传的途径。不仅是中印之间的交往，中国与受印度影响的其他国家的交往也是不可忽视的影响通道。中国在纪元后与东南亚各国的交往非常频繁。例如，公元 3 世纪，印度文化传入柬埔寨时，中柬之间就有了外交、贸易和文化交流关系。公元 6 世纪，柬埔寨成为东南亚佛教中心时，中国南朝都城曾特设"扶南馆"，专请扶南僧人翻译佛经。另外，中国与印度尼西亚的交往也很密切。公元 7 世纪，唐代僧人义净曾三次到印度尼西亚，最后一次还带了一批随员在印尼住了 4 年，在那里学习梵文与翻译佛经。这些史实都说明，印度两大史诗很有可能也通过这些近邻国家传入中国。日本学者中野美代子曾在一篇文章中谈到福建泉州开元寺（建于公元 1237 年，时值南宋时代）有类似孙悟空随唐僧西天取经的猴子浮雕；另一座婆罗门寺院里还有很多象哈奴曼的猴子浮雕。从而可以推断猴子形象可能是从海路由印度传来的。[③] 这也说明了印度史诗传入中国非止一途。

也许是地理上近邻的原因，印度两大史诗对中国一些少数民族地区的影响特别明显。在云南傣族地区，《罗摩衍那》在民间流行极广，罗摩故事的译本很多。对傣族文学的影响颇深。傣族的神话叙事长诗《兰嘎西贺》就是在《罗摩衍那》故事情节的基础上，经过傣族作者吸收、加工、改造、创新而形成的一

---

① 赵国华：《关于〈罗摩衍那〉的中国文献及其价值》，《社会科学战线》1981 年第 4 期，第 290 页。

② 赵国华：《〈西游记〉与〈摩诃婆罗多〉》，中国印度文学研究会编：《印度文学研究集刊》第二辑，上海译文出版社 1986 年版。

③ 中国印度文学研究会编：《印度文学研究集刊》第二辑，上海译文出版社 1986 年版，第 12 页。

部作品，具有独特的傣族风格和浓郁的地方色彩。在藏族地区，约在唐代《罗摩衍那》就已由中国西藏的学者译成藏文。有人认为这是《罗摩衍那》最早的外文译本。① 藏族史诗《格萨尔王传》在不少方面与《罗摩衍那》有着相似之处。② 印度史诗还通过西藏传入了蒙古族地区。据蒙古学者考证，发现有四种蒙文罗摩故事。③ 在中国蒙古族的英雄史诗、民间故事中也可以发现许多与《罗摩衍那》等印度作品相似的情节和母题，有人认为这是对印度文化的借用和模仿。④ 新疆的古和田语、吐火罗文 A 焉耆语中也有《罗摩衍那》的故事。⑤

由此可见，印度两大史诗对中国的影响既广泛又历史悠久。两千多年来，除了汉译佛经中有印度两大史诗的某些内容之外，汉族地区对两大史诗都未作过直接介绍。近现代有少数学者注意到印度两大史诗，也只局限于撰写有限的文字稍作简介而已。直到 20 世纪 50 年代以后，直接介绍和研究两大史诗的工作才算真正开始。1959 年和 1962 年，先后出版了印度著作家用散文体缩写的《摩诃婆罗多的故事》和《罗摩衍那的故事》中译本。1962 年还出版了孙用翻译的《腊玛延那·玛哈帕腊达》，这是从英文转译的诗体提要本。金克木先生在1954 年发表了直接从原文翻译的《摩诃婆罗多》插话《莎维德丽传》。1982 年出版了赵国华先生直接译自原文的《那罗和达摩衍蒂》。更为可喜的是，季羡林先生根据印度精校本独自翻译的《罗摩衍那》诗体全译本也在 1980—1984 年全部出齐，共 7 卷 8 册。金克木先生等人合译的《摩诃婆罗多》散文体全译本第一卷《初篇》于 1993 年由中国社会科学出版社出版。⑥

---

① 降边嘉措：《〈罗摩衍那〉在我国藏族地区的流传及其对藏族文化的影响》，《中央民族学院学报》1985 年第 3 期。

② 李南：《〈罗摩衍那〉与中国少数民族三大史诗》，中国印度文学研究会编：《印度文学研究集刊》第二辑，上海译文出版社 1986 年版。另可参阅前注：降边嘉措认为《格萨尔王传》与《罗摩衍那》的影响没有直接联系。

③ 季羡林：《〈罗摩衍那〉在中国》，中国印度文学研究会编：《印度文学研究集刊》第二辑，上海译文出版社 1986 年版。

④ 瓦其尔：《印度史诗〈罗摩衍那〉与蒙古族民间文学》，《民间文学》1985 年第 3 期。

⑤ 季羡林：《〈罗摩衍那〉在中国》，中国印度文学研究会编：《印度文学研究集刊》第二辑，上海译文出版社 1986 年版。

⑥ 2005 年 12 月，约 500 万字的汉语全译本六大卷终于全部推出。

二、神阶与魔阶

两大史诗描绘了众多的人物，创立了一个异彩纷呈的人物画廊。从史诗处处强调伦理道德意义的基本主题来说，史诗所揭示的矛盾和斗争主要就是敌对原则之间的冲突，也就是善与恶、正义与非正义、正法与非法之间不断的冲突。作品中的主要人物都与代表善、正义和正法的天神或代表恶、非正义和非法的阿修罗①有联系，从诗人的眼光来看，人之间的斗争，不过是神与阿修罗之间的较量，也就是善与恶、正义与非正义、正法与非法等敌对原则之间的斗争。因此，史诗的主要人物被区分为对立的两大类，他们的性格也区别为两大基本类型，就是《摩诃婆罗多》中的《薄伽梵歌》所说的"神阶"与"魔阶"的两类性格。属于善、正义和正法一方的正面形象，他们所具有的是"神阶"的品性，一般是勇敢正直、忠厚诚实，坚忍不拔、心地纯洁、能自我克制。属于恶、非正义和非法一方的反面形象，他们体现的是"魔阶"的品性：贪婪暴戾、虚伪狡诈、傲慢横蛮、卑鄙无耻、放纵自我。当然，史诗人物形象又不是这种抽象对立原则的简单图解，诗人在赋予人物以极其浓厚的理想化色彩的同时，却没有忘记不同类型的具体人物性格所表现出的复杂性和丰富性，而努力把每一个人物刻画成为有血有肉的真实形象。至少对于主要人物形象的塑造来说，就是如此。在根本立场上，他们具有基本的共同"阶"质，但是在具体表现上，又千姿百态各具个性。即使同一"神阶"或"魔阶"的人物，也可以有复杂的差异，还可以划分为不同的类型。因此，笔者尝试把两大史诗中共同点较明显的主要人物形象联系起来对照分析，以便深入地把握他们的特征和作品的内涵。

（一）理想国王的典型——罗摩与坚战

《罗摩衍那》中的罗摩与《摩诃婆罗多》中的坚战都是所在史诗的中心主人公，都是天神降生。罗摩是保护神毗湿奴的一半。坚战是法神或称正义之神的儿子。两人又都是国王长子，本来就有继承王位的资格和才德，深得百姓拥

---

① 印度神话中的恶神、恶魔，是天神的敌人。

戴。但因宫廷矛盾而经历流放和战争，通过艰苦生活的磨炼和战争的生死考验之后，才登上王位。执政期间都显示了杰出的统治才能，使国家繁荣兴旺，四方归服，天下太平。但他们本身内心生活都不愉快，抑郁寡欢。最后又都自动舍弃王位和凡尘生活而升天。罗摩复归为毗湿奴大神，坚战则和他的兄弟们一起，成了天神。

在性格方面，两人最突出的共同之处是最有德行。他们都精通吠陀，忠诚守信，维护正义，遵行达磨①，既无私心又无野心。无论他们的身份是王子，还是受迫害的流放者，或是身居高位的国王，他们都是道德的楷模，遵行达磨是他们性格的核心，只是表现有所不同。

坚战的德行最突出的表现是忠厚容忍。在俱卢族和般度族的关系上，他始终希望维持和平友好的局面，不愿意双方冲突、火拼。怖军被难敌下毒、推下河中，侥幸逃生回来，坚战明知是难敌谋害，却警告怖军不要把事情张扬出去，宁愿吃哑巴亏。难敌在象城设赌，坚战知道"赌博能引起刹帝利的冲突。聪明人总是尽可能避免赌博"②，但是，为了不给难敌以冲突口实，坚战还是进了圈套。他赌输了，面对难敌一伙的嘲笑挖苦，甚至目睹难降卑鄙地侮辱黑公主的暴行，他也容忍了，低着头不吭声。他的本意仍然是避免两族冲突升级。他们兄弟流放森林，怖军忍受不了这种屈辱生活，和黑公主一起主张用武力惩罚难敌。坚战不同意，认为"容忍是最高的美德"。他还对黑公主说了一大通关于恕道的话："要是人被恶语所伤，便恶语相还，要是人们冤冤相报，要是人受到责罚，便反过来责罚人，要是父残子，子弑父，要是夫戮妻，妻杀夫，黑公主呀，那么在一个仇恨弥漫的世界上，生命怎么可能产生呢？"③ 他反对冤冤相报，而主张并实践以恩报冤。难敌本来抱着卑劣用心到森林里，想故意去看一下坚战兄弟如何受苦，却不料与犍达缚王画军发生冲突，被画军俘虏。听到这个消息，怖军非常高兴，坚战却斥责怖军。他认为难敌是堂兄弟，俱卢族是般度族的至亲，俱卢族在外人手里受辱，也就是般度族的耻辱。他立即命令兄弟们前往搭救，把难敌从画军手中救了出来。流放结束，坚战为了避免战争，频繁与难敌

---

① 音译。意译为"法"或"正法"。含义复杂丰富，详见后文论述。

② ［印］拉贾戈帕拉查理：《摩诃婆罗多的故事》，唐季雍译，中国青年出版社 1959 年版，第 91 页。

③ 季羡林、刘安武编选：《印度两大史诗评论汇编》，中国社会科学出版社 1984 年版，第 199 页。

谈判，对难敌一让再让，从要求全部归还属于他们的那部分国土一直退到只要难敌归还五个村庄、一个村庄、五所房屋乃至只要求归还一所房屋。难敌傲慢拒绝，迫使般度族不得不付诸战争。坚战一上战场，就先空身徒步前往敌阵，请求老叔祖毗湿摩和老师德罗纳宽恕。在计赚德罗纳的过程中，坚战忠厚的天性更表现得淋漓尽致。他本来不愿意说谎，但黑天用般度族生死存亡的利害关系等理由开导他，他只好平生第一次说谎。这样做的时候，他心里充满了犯罪感，所以当他对德罗纳大声说完"马勇确实死了"这一句话后，马上又小声地补充了一句："是大象马勇死了"。战争结束之后，这种负罪感更强烈地折磨着他的心灵。对持国夫妇，他没有半句非议，反而千方百计地尊重、孝敬他们，把他们视同亲生父母，还要兄弟们也这样做。王位和胜利以及卓越的政绩，百姓的拥戴，都没有给他带来什么快乐，他心里总是想起在战争中死去的包括堂兄弟在内的亲人，心情抑郁，痛苦与日俱增。最后，主动放弃王位，朝圣修行，以此赎罪。正因为他有高度的理智、克己和自我反省的精神，所以才能容忍。

罗摩德行的具体表现是比较全面的。他和坚战一样诚实守信，克己、容忍。当吉迦伊受驼背宫女挑唆，要挟十车王废长立幼，流放罗摩之际，人们都指责吉迦伊无耻。罗摩却从信守诺言和忠孝的道德规范出发，为使父亲不食言，不失信，他不留恋王位，对权力和财富持淡漠态度，顺从了吉迦伊的意愿。他坚决穿上树皮衣，毫不犹豫地走向森林，去过艰苦危险的流放生活。即使后来婆罗多和臣民们追到森林，再三恳求他改变主意，回国继位，他也不为所动。凭着上上下下几乎完全一致的拥戴以及他和罗什曼那的勇武，他本来可以轻而易举地保护自己的正当权利，挫败吉迦伊和驼背宫女的阴谋。但是他没有这样做，因为在他心中有一个最高的达磨，有违达磨的事情，他无论如何是不干的。猴王须竭哩婆在他帮助下夺回了王位，邀请他到猴国都城去居住，待雨季过去再寻找悉多。他拒绝了猴王的邀请，坚持和罗什曼那一起在远离都城的山洞里栖身。在他看来，只要一进入城市，过的就不是流放生活了，这就会违背自己的诺言，破坏达磨。作为臣子，他忠于国君；作为儿子，他孝顺父母；作为兄长，他爱护兄弟；作为丈夫，他忠于妻子；作为朋友，他决不负义。更为可贵的是，作为王子和国君，他时刻关心着百姓。还在他是王子的时候，就以勇武和德行赢得了百姓一致的推崇和爱戴。他启程流放之日，都城里万人空巷，百姓们都为他的遭遇感到悲伤和抱不平。还有很多人跟着他长途跋涉，决心追随他去过流放生活。他不愿连累百姓，很快就巧妙地摆脱了他们的追随，远入森林。婆罗多追到森林，未等婆罗多开口，罗摩就急着询问婆罗多如何处理国事，如何对待百姓。要婆罗多不可违背民意，不可冤枉无辜，而要尽到贤明国王的责任，任人唯贤，赏罚分明，勤于问政，安抚女人、老人和儿童，保护所有的老百姓，让他们安居乐业……他要求婆罗多去做的一切，在他流放期满回国为王以后，自己也努力躬行。例如对于百姓的意见，他不管好坏都诚恳倾听，

> 好的我要去照办，
> 坏的我一定避开。①

一旦听到了百姓对他妻子贞洁问题的流言蜚语，尽管他明知悉多洁白无瑕，但为了名誉，也是为了顺从民意，还是忍痛放弃了悉多。他以放弃一己的家庭幸福来平息百姓心头的疑虑，就如同他当年甘愿流放森林那样，遵行的是至高无上的达磨。在个人利益、感情与遵行达磨相冲突的时候，他选择了后者。这种爱民的突出表现，使罗摩作为理想国王的形象比坚战更丰满更完美。

坚战在《摩诃婆罗多》中只是一个作为般度族核心的政治领袖和家长，他的性格特征主要就是道义德行方面的表现。罗摩就不同了，除了作为政治领袖所需要的理想德行外，他还是一个勇武的英雄。如同所有的古代理想英雄一样，罗摩具有超群的勇敢、力量和武艺。他英俊魁伟，有"狮子般的肩膀，长胳臂"，膂力过人，箭术盖世。还不到16岁，就和罗什曼那一起随众友仙人到黑暗恐怖的森林里除魔灭怪，只一箭就射死了可以随意变形、"力量大如一千只象"的女妖陀吒迦。又一箭就把罗刹摩哩遮射到了大海里。在森林里流放时，他一个人一张弓，就把一万四千个气势汹汹地前来寻衅的罗刹全部消灭。他在弥提罗国拉断神弓以及在楞伽与罗波那的血战，更集中地体现了他的勇武。他闯入罗刹军中，就像燃烧的太阳进入乌云中，敌人围着他，却无法靠近他，他发出的利箭，像熊熊火焰一样烧死了罗刹兵将和大象。在战斗中，由于罗刹使用幻术，他多次身受重伤，仍不屈不挠，勇敢作战。最后终于杀死连天神也害怕的十首魔王罗波那，大获全胜。

具有真挚的爱情生活，这也是罗摩不同于坚战的一个重要方面。罗摩勇武盖世，被"有德又美貌无双"的悉多选中为夫。结婚以后，他对悉多的爱情更与日俱增。两人心心相印，形影相随。罗摩在即将继承王位之时，忽逢变故，

---

① ［印］蚁垤：《罗摩衍那·后篇》，季羡林译，人民文学出版社1984年版，第320页。

要流放森林。他爱妻子，但又想到森林生活的艰苦危险，不愿带她同去。他描述了森林生活的种种困难，劝悉多留下，并叮嘱她在失去他的保护之后，应该怎样谨慎处世，如何生活，为她想得非常周到。在森林中流浪的艰苦日子里，为了让悉多开心，他陪着她欣赏山光水色，指点青山的秀丽，河水的清澄，赞美妻子对他的爱使他获得了无限幸福。悉多喜欢那只金鹿，他就为她去追逐。虽然罗什曼那提醒说，金鹿可能是罗刹变的，罗摩仍不顾危险，前去捕捉，只为满足妻子的心愿。但他临走时却没有忘记特别嘱托罗什曼那小心保护悉多。罗波那劫走悉多。罗摩回到茅棚，不见妻子踪影，不由得泪流潜潜，担心悉多的安危，忧愁焦急使他像疯了一般。他痛苦地呼唤着，漫山遍野寻找妻子，向山石、小河、树木、小鹿、大象和老虎打听妻子的下落，倾诉他如焚的忧心愁情，想要寻回他的悉多。找不到悉多，他就

> 好像是一只大象，
> 陷入大片淤泥中；①

他甚至对沉默不语的山林小河发起怒来，说要打下一个个山峰，把它们烧成灰烬，要把小河弄干……如果悉多死了，他就毁灭全世界，连天神他也不饶恕！悉多就是他的整个生命、他的一切，悉多就是他的整个世界！这种如痴如狂的感情流露，淋漓尽致地描绘出了罗摩对妻子的爱是何等深厚！这一爱的旋律一直贯串到史诗的终了，甚至在后面某些似乎不谐调的场面中，仍然或隐或现地蕴涵着这一激情的旋律。在楞伽城，他当着众人的面，说要遗弃妻子，他表面上冷酷无情，一当悉多投入火堆，在火焰中消失，他就真情流露，泪水涔涔，万分悲哀地失声痛哭，哽咽着对罗什曼那说，没有了悉多，他就活不下去，没有悉多，一切就都完了！他呼唤他亲爱的妻子从火里出来……他伤心得昏了过去。他的悲哀使天神也感动掉泪。后来为了民间的流言，他又放逐了正在怀孕的妻子。他的朋友和朝臣都劝他再结婚，许多美丽的名门闺秀也盼望着能做他的夫人，但他坚决拒绝了，矢志这一辈子再也不结婚。他铸了一个悉多的金像放在身边，日夜对着金像伤心。② 在他那个时代里，一个国王可以有无数妻妾

---

① ［印］蚁垤：《罗摩衍那·森林篇》，季羡林译，人民文学出版社 1982 年版，第 372、373 页。
② ［印］玛朱姆达改写：《罗摩衍那的故事》（下册），冯金辛等译，中国青年出版社 1962 年版，第 512 页。

（十车王就有 350 个老婆，罗波那的后宫美女如云），就是一般的有钱人也不只娶一个女人。但是，罗摩无论是当王子还是做国王，一辈子就只娶了一个悉多，一辈子就只爱着悉多，历尽艰难和忧患，仍然始终如一。

坚战的爱情生活，人们在《摩诃婆罗多》里只能看到这样的一些描写：他和兄弟五人共娶黑公主为妻，而他仅做五分之一的丈夫，只是由于他母亲一句不经意的答话所具有的家族法规权威而促成的。他的兄弟们除了与黑公主之外，还和别的女人结婚生子，坚战没有这样做，他是忠于黑公主的。

罗摩和坚战虽然都是理想人物，但并不是神。诗人在史诗里把它们都说成是天神降生，但诗人并不是按神的样子去塑造他们的。《罗摩衍那》里有一个情节，说到悉多在楞伽之战结束时悲愤投火后，罗摩伤心痛哭，呼唤悉多。他的悲哀把天神都感动得流了泪。天神们赶来安慰罗摩，提醒他的身份是毗湿奴大神，不该像一个凡人那样哭哭啼啼。罗摩却这样回答天神们："我既然投生作一个凡人，我的举止就得像个凡人啊"①。罗摩的话无疑也是诗人塑造人物的诗学原则的透露，诗人是把史诗的理想人物按照生活于尘世中普通人的样子来刻画的。既然在他们的身上有一个凡人所可能有的品质，当然就不可能全部都是美德善行。人们看到罗摩和坚战也存在着凡人的弱点，会犯凡人所不可避免的过失。罗摩打败罗波那，救出了悉多。但他见到悉多时，却冷酷无情地说，他打这场战争，并不是为了她，而是为了挽回他和他家族的名声。因此，战争结束了，他再也不需要她了。像他这样出身高贵而又自尊心强的人，是不愿意把在别人家里住过的妻子领回自己家里去的。悉多听了，简直不能相信，这么粗暴冷酷的话竟会出于对她一往情深的罗摩之口！然而，这正是罗摩作为一个凡人所具有的复杂心理的真实流露。虽然他后来解释，他说这番话是顾虑到世人有这种疑惧，他希望悉多能通过考验来消除人们的怀疑。而他心头何尝不像世人一样也有这种怀疑呢！他曾对悉多说过，她的贞洁被疑惧的阴影笼罩着，她站在他面前，就像灯火对着发炎的眼睛，使他难受。悉多到底是在魔宫里住了十个月之久，劫持她的又是无恶不作、特别好色的魔王罗波那，谁都难免怀疑，在这么长的时间里，面对这么美丽的悉多，魔王能克制得住他那淫荡的欲火吗？罗摩的冷漠无情，主要就是导源于这种痛苦的不自觉的内心冲突。不过，正因为表现了这种并非美德的人类弱点，使他更像一个凡人，而不是神。

---

① ［印］玛朱姆达改写：《罗摩衍那的故事》（下册），冯金辛等译，中国青年出版社 1962 年版，第 462 页。

　　罗摩暗箭射死猴王波林，实在是犯了一个严重的过错。波林原是猴国国王，当他独自钻进山洞追杀敌人时，那位负责守住洞口的弟弟须羯哩婆却没有尽到职责，听到洞里传出敌人的吼声，看到洞里流出一股血水，须羯哩婆就认为哥哥被敌人杀死了，他也不进去看个究竟，更没有想到要为兄弟复仇，而是搬来巨石把洞口塞得严严实实。然后，他急急赶回都城，还对人隐瞒真相，当上了国王。他兄弟波林根本没死，他杀了敌人，却被弟弟堵在洞里，幸亏他力气大，才踢开洞口出来了。回到王宫，发现弟弟窃取了王位，不禁怒火中烧，而他仍然顾念手足之情，只把须羯哩婆赶走了事。后来须羯哩婆恃仗罗摩的援助两次挑战，波林仍然手下留情，不愿杀死弟弟，只想教训一下他而已。在猴王兄弟的矛盾中，正义本来应在波林一边。罗摩却没有深入了解其中底细，就偏听一面之词，一见面就和须羯哩婆结为盟友。更令人反感的是，他竟躲在暗处，在波林不防备的情况下，放箭射死了波林。这实在不是一个刹帝利、一个英雄的高尚行为。这与他对罗波那的态度恰成一个鲜明的对照，罗波那是罗摩的直接仇敌，有不共戴天的夺妻之仇，要消灭他，无论用什么手段都是应该的。可是罗摩对他却是一本正经，与罗波那第一次交锋时，因为罗波那先已和几个人打过，罗摩就认为在对方疲倦的时候交锋，就是打胜了，自己也不光彩，不是英雄所为。所以不愿和罗波那交战，而叫罗波那回去休息，养足精神再来。罗摩与波林无冤无仇，只是为结交一个盟友以帮助寻找妻子，他就采用了见不得人的手段杀死了波林。而波林的本事比他弟弟强得多，要是罗摩与他结友的话，正如他临死时说的：

> 我会活捉那个罗波那，
> 脖子上套上锁送给你。
> 不管悉多是藏在海中，
> 不管她是在阴间里躲，
> 我都会把她从那里送给你。①

　　波林这话并非吹牛。史诗《后篇》追叙罗波那身世时就有一段故事，说罗波那曾向波林挑战，被波林赤手空拳轻而易举地活捉，夹在胳肢窝里，飞越四

---

　　① ［印］蚁垤：《罗摩衍那·猴国篇》，季羡林译，人民文学出版社1982年版，第112页。

海，俘回猴国。罗波那只好谦卑地甘拜下风。罗摩打败罗波那，除了有罗什曼那和那么多猴兵猴将的帮助之外，还要靠哈奴曼偷来的一支飞镖才艰难取胜。所以，有人认为，罗摩之所以暗箭害死波林，原因在于他自知不是波林对手，要是真和波林公开决斗，他很有可能吃亏，甚至会被波林杀死。[①] 因而他不得不采取了有违达磨的卑鄙手段。固然他后来以猎人打猎可以不择手段的比喻来为自己辩护，似乎也振振有词，而与他的一贯行为，与他和罗波那交战的态度对照起来，就显得是强词夺理了。

坚战也有弱点和过失。例如前述战场说谎问题，尽管他在说完"马勇确实死了"这话后，补充了一句"是大象马勇死了"，但声音低微，德罗纳根本没听见，只听见前面一句，从而导致了德罗纳被杀阵亡。坚战的做法是自欺欺人，明明是说谎，又想推脱罪责，这当然是有违达磨的、不道德的行为。另外，他还有好赌这个最大的弱点。他进了难敌的圈套，一方面固然是怕拒绝赌博会引起两族冲突；另一方面的原因就是他生性好赌，还自以为稳操胜券，可以挫败难敌阴谋。结果却输掉了一切，致使黑公主当众受辱，兄弟流放森林十三年。

当然，罗摩和坚战的弱点和过失，并无损于他们作为理想国王形象的光辉，反而表现了他们完整性格的复杂性和丰富性，更真实可信。

从性格的完整性和具体表现的复杂性丰富性来看，无疑是罗摩的形象更丰满。他的全面的德行、超人的勇武和真挚的爱情，还有作为一个受迫害者与普通人差不多的生活经历——在森林里流浪，只有忠实的妻子和弟弟陪伴着他，靠自己的勇敢和智慧克服困难、战胜强暴——这一切都增强了他作为理想人物的真实性，使他在印度人心目中，比他们的家里人还要真实。[②] 两千多年来，罗摩一直是印度人最崇敬最喜爱的形象。甚至他的名字也成了人们日常生活中相互问候祝福的吉祥用语。

罗摩和坚战的形象，集中地体现了达磨——以伦理道德为主体的印度奴隶制时代的思想观念，凝结着古代印度百姓的理想和愿望。

---

① 冯金辛：《〈罗摩衍那〉的几个人物》，《印度文学研究集刊》第二辑，上海译文出版社 1986年版。

② ［印］泰戈尔：《泰戈尔论文学》，倪培耕等译，上海译文出版社 1988 年版，第 149 页。

（二）忠贞贤妻的楷模——悉多、黑公主达摩衍蒂、莎维德丽

悉多与黑公主分别是史诗《罗摩衍那》和《摩诃婆罗多》中的女主人公。达摩衍蒂和莎维德丽则是《摩诃婆罗多》中两个著名文学插话的中心人物。她们在两大史诗中是最感人的女性形象，都是忠贞贤妻的典型。她们出身高贵，美貌绝伦，心地纯洁善良，都是自主选择如意郎君，但又都有过不幸的遭遇。不过，苦难经历各有曲折，结局不尽相同，个性更是彼此迥异。

悉多的名字意为"犁沟"，据说她是遮那竭国王犁地时捡到的，遮那竭国王把她当亲生女儿一般抚养长大。她的"有德而美貌无双"吸引了无数国王、勇士前来求婚。最后，她选中了勇武超群的罗摩作为自己的丈夫。然而，厄运的阴影从此就几乎笼罩着她的一生。她那以忠贞为核心的全部性格，就在一幅由劫难和颠沛流离的痛苦生活铺就的阴暗背景上，如石火电光般闪射出来。

罗摩行将灌顶登基的前夕，由于吉迦伊的缘故而被无辜流放，要到荒凉恐怖的森林里度过漫长的14年。在这一突然变故面前，悉多首先想到的就是与丈夫共患难，分担丈夫的忧愁。她一听说罗摩被流放，立即就毫不犹豫地坚决要求丈夫带她一起前往森林。她对罗摩说：

> 罗摩呀！如果你今天
> 要到那难进的森林里，
> 那么我就要在你前面，
> 踏倒杂草还有荆棘。①

罗摩却要她留在王宫。还对她具体地描述了林中生活的艰苦危险，再三劝她不要去。她急得泪流满面，无论如何也不愿意留下。她向丈夫表白道：

> 我不愿居宫阙中、云车上，
> 我不愿成神仙升入天庭，
> 任何时候都要服侍丈夫，

---

① ［印］蚁垤：《罗摩衍那·阿逾陀篇》，季羡林译，人民文学出版社1981年版，第163页。

这样才最使我快乐高兴。①

她说她知道森林生活的艰苦，但是比起对丈夫的爱情来那简直微不足道。只要和丈夫在一起，"即使是死也快乐"，她甚至打算以死来表示意志的坚决。她声称，若丈夫不带她去，她马上就服毒或投河自尽，"决不住在敌人的房子里。"② 充分表现了她无限热爱丈夫的深厚感情，以及她那为了爱而不畏惧一切艰难困苦的坚强意志。在十多年的流放生活里，她随着丈夫四处漂泊，吃野果和植物的根茎；在森林里露宿，经常面对毒蛇野兽的威胁与罗刹魔怪的骚扰，经受了种种艰难困苦，但她对丈夫毫无怨言。遭遇危险的时候，她全心考虑的是丈夫的安全。变为金鹿的罗刹临死模仿罗摩的声音呼救，悉多信以为真，连哭带骂地逼走了坚持要留下保护她的罗什曼那，要他去救援罗摩，而对自己的安危丝毫也不放在心上。这既反映了她对罗摩爱得深挚忘我，同时也体现了她不太机警成熟容易上当受骗的一面。

悉多的忠贞更突出地表现在面对强暴，敢于反抗，坚强不屈地保护自己的贞操上。罗波那用调虎离山计，支走了罗摩兄弟，把悉多劫到了楞伽。他三番五次地诱骗、逼迫悉多，带她观看豪华的王宫，向她吹嘘自己的财富和本领，许以"第一夫人"的地位，甚而卑贱地跪在悉多脚下，肉麻地恭维她，向她求爱。悉多丝毫不为所动，报之以横眉怒目，厉声斥责。坚定地表示：

> 用权势，用财富，
> 都不能引诱我上当；
> 我只属于罗摩一人，
> 好像光线属于太阳。③

罗波那气得暴跳如雷，露出狰狞面目，威胁悉多说，若在限期内再不顺从他，就要把她剁碎做早餐！他还让一群面目可憎恐怖的女罗刹围着她辱骂，说些可怕的话恐吓她，日夜折磨她。尽管悉多如同一只身陷狼窝的羔羊，孤立无助，但是她无所畏惧，义正词严地一再警告罗波那：作恶多端，罗摩决不会放

---

① ［印］蚁垤：《罗摩衍那·阿逾陀篇》，季羡林译，人民文学出版社 1981 年版，第 163 页。
② ［印］蚁垤：《罗摩衍那·阿逾陀篇》，季羡林译，人民文学出版社 1981 年版，第 173、178 页。
③ ［印］蚁垤：《罗摩衍那·美妙篇》，季羡林译，人民文学出版社 1983 年版，第 197—198 页。

过他！她还嘲讽罗波那：

> 你是英雄、财神爷的兄弟
> 你具备着很大的力量；
> 你怎么竟先骗走罗摩，
> 然后又把别人的老婆来抢？①

　　她凭着对丈夫的无限爱情，置自己的生死于度外，不屈不挠地坚守贞节。
　　悉多忠于丈夫，有着最严格的贞操观念。除了丈夫之外，她"就是在心里也不向别人瞅一眼"②，"罗摩以外的任何男人，"她"连用脚都不去摸"③。哈奴曼在楞伽找到她，提出要背她逃出魔窟，她拒绝了。因为她除了罗摩之外，不愿"把任何人的身躯去摸"④。如此贞洁的悉多，在楞伽大战结束后，却由于罗波那劫持过她以及被罗波那囚禁魔宫十个月的原因，被丈夫和世人怀疑她的贞洁，两度被弃。最后罗摩召见她时，尽管蚁垤仙人证明她的贞洁无瑕，罗摩还是坚持要她再在众人面前接受考验。虽然悉多一再受冤、被弃逐，仍然不生二心，而以投火、入地和忍受放逐生活的痛苦来表明自己对丈夫的忠贞不渝洁白无瑕。虽历千辛万苦仍始终如一地忠诚、热爱着自己的丈夫。
　　黑公主也有非凡的姿色，眼如莲花瓣，身段柔软而苗条。但她与别的美女所不同的是，她的肤色黝黑，所以被称为黑公主。她是般遮罗国木柱王的女儿，不过，"怀她的胎、哺她的乳的不是人间的母亲，她是从祭坛上出生"的。⑤ 在经历上也与悉多颇为相似。她的选婿也与弓箭有关：谁想得到她的爱情，就要在比武场上把一张巨弓弯起上弦，然后射箭，箭要穿过高高挂着的一个旋转圆盘中央的小孔，直中高悬顶上的箭靶。阿周那以其绝技夺冠，黑公主便成了般度五子的共同夫人，结婚那天与五兄弟一个一个地依次举行了五次婚礼。她和悉多一样不幸，婚后没过上多久幸福日子，坚战就上了难敌的当，赌输了一切，使她当众受辱，然后就是跟丈夫们流放森林，一去13年。她始终都与丈夫们一

---

① 〔印〕蚁垤：《罗摩衍那·美妙篇》，季羡林译，人民文学出版社 1983 年版，第 205—206 页。
② 〔印〕蚁垤：《罗摩衍那·阿逾陀篇》，季羡林译，人民文学出版社 1981 年版，第 175、176 页。
③ 〔印〕蚁垤：《罗摩衍那·森林篇》，季羡林译，人民文学出版社 1982 年版，第 265 页。
④ 〔印〕蚁垤：《罗摩衍那·美妙篇》，季羡林译，人民文学出版社 1983 年版，第 324 页。
⑤ 《腊玛延那 玛哈帕腊达》，孙用译，人民文学出版社 1962 年版，第 280 页。

起共患难。流放中，她曾被难敌妹夫胜车王劫持，五兄弟奋力拼搏才把她救回。最后一年在摩差国当宫女时，又被国舅空竹追逐、调戏、踢打，怖军杀了空竹，她才脱险。

达摩衍蒂的不幸与黑公主更相似，也是因丈夫赌输失国，随夫逃亡森林，丈夫弃她而去，她林莽寻夫，几历艰险，也流落他国王宫为奴婢。

莎维德丽虽然婚后也穿上树皮衣，随丈夫在林中过清苦的修道人生活，但她的不幸并不在于这里，而是丈夫寿限只有一年的命运的威胁。她忠于丈夫，就要和丈夫生死与共，丈夫的命运就是她的命运。丈夫死了，她也不能活着。这命运的威胁时时盘绕她的心头，而且又是独自承担这一精神重负，她不能把这秘密告诉丈夫和公婆。她的不幸主要是这种心理上的重压，精神上的痛苦。

这四位女性都无限热爱自己的丈夫，忠贞不渝。在危难、厄运面前，都表现出坚强、勇敢、不屈不挠、有主见的性格特点。但是比较起来，她们又各有较侧重的个性特征。悉多温顺，却不是一味盲从，而是柔中带刚。罗摩再三表示不愿带她去流放，她就刚烈起来，骂罗摩表面是丈夫，"实为女子"，"像一个戏子，竟想把我送给别人。""竟然想把我丢掉"。① 当她听到罗刹模仿罗摩的呼救声，就要罗什曼那前去救援，罗什曼那怀疑呼救声，不愿丢下悉多不管，悉多就大骂出口，说罗什曼那是"坏东西"、"卑污苟贱的人"、"坏蛋"。说他是伪装忠诚，② 硬是用"粗暴得让人打寒噤的话"③ 把罗什曼那逼去救援罗摩。罗摩怀疑她的贞洁，要遗弃她，她就跳进熊熊大火，投入大地怀抱，宁愿以死来为自己辩白。她对丈夫的爱和忠贞，达到了甘愿自我牺牲的高度。她性格中的"刚"，又不是单面的，而始终是与其个性的主导特征"柔"融合在一起的。明显表现为"刚"的时候，仍然带有"柔"的一面。例如，她在凶残的罗波那面前，坚贞不屈，非常勇敢地怒斥罗波那：

> 你却像是一条豺狗，
> 追求我这难得的母狮；
> 我就像那太阳光一样，
> 我无法被你所把持。

---

① 〔印〕蚁垤：《罗摩衍那·阿逾陀篇》，季羡林译，人民文学出版社 1981 年版，第 175—176 页。
② 〔印〕蚁垤：《罗摩衍那·森林篇》，季羡林译，人民文学出版社 1982 年版，第 263 页。
③ 〔印〕蚁垤：《罗摩衍那·森林篇》，季羡林译，人民文学出版社 1982 年版，第 264 页。

同时她又不免恐惧害怕，

> 她浑身上下
> 不停地打哆嗦；
> 好像细弱的胡椒，
> 被微风吹拂。①

黑公主与悉多正相反，她个性刚烈。坚战赌输，难敌两次派人传她去赌博大厅，她就是不从。后来难降扯着她的头发，用暴力把她拖去，还要当众剥她的衣服。她不畏强暴，抗辩、斥责难敌一伙的卑鄙无耻，并且向丈夫们大声疾呼："站出来！站出来呀，怖军！你干吗呆在那里，像个死人?! 谁的老婆让脏手摸了，他活着也是死尸!"② 到了森林里之后，黑公主一再申诉自己所受的屈辱，哭哭啼啼地催促坚战采取行动复仇。在摩差国被空竹追逐时，黑公主找到怖军，哭着抱怨般度五子使她的生活充满了苦难和不幸，责备坚战轻率、好赌，输掉了国土。她要怖军杀掉空竹，否则她就自杀。俱卢大战前，坚战甚至阿周那和怖军都主张和平解决两族矛盾，黑公主却坚决反对。她对即将前往象城出使的黑天哭诉她所蒙受的奇耻大辱，毫不掩饰她坚决主张用战争复仇的强烈愿望。她说，她为坚战而压抑了十三年的炎炎怒火，现在再也压抑不住了！俱卢大战之后，坚战想着战争中死去的每一个亲人，悔恨痛苦，起了出家修行的念头。兄弟们都反对他这样做，黑公主也坚持认为，杀死难敌一伙是正义的，他们的死罪有应得。坚战不该有什么悔恨，更不应该躲开国王的责任去出家修行。还有，阿周那婚后又看中了黑天的妹妹妙贤，用抢亲的方式娶了她。为此，黑公主和他闹了别扭，责备他不该再娶。后来是妙贤公主恭顺她，赢得了她的好感，她才与阿周那和解。她的爱憎极为分明，毫不掩饰，鲜明地表现了她那外向型的刚烈个性。然而她又不乏温柔，般度五子流放森林，她坚持与他们一起过艰苦生活，"住在荒林的中心"，她"每天到溪边汲水，烧煮着粗粝的食物：

---

① ［印］蚁垤：《罗摩衍那·森林篇》，季羡林译，人民文学出版社1982年版，第281、285页。
② 季羡林、刘安武编选：《印度两大史诗评论汇编》，中国社会科学出版社1984年版，第296页。

早晨打扫草舍，晚上她点着可爱的火"①，服侍五位丈夫。每顿饭她总是让丈夫们先吃，她排在最后，吃了还要收拾食具，如同普通家庭主妇一样操劳。大战结束以后，坚战要求兄弟们和黑公主不要慢待持国夫妇，尽管黑公主仇恨俱卢族，仍按坚战的意愿好好服侍仇敌的父母。

达摩衍蒂和莎维德丽的个性突出表现在聪敏智慧方面。那罗狂赌，谁的劝告都不听，达摩衍蒂就预料到大难将至，立即果断地安排车夫把她的两个孩子送去托付给她父亲。那罗输掉了一切，只剩下一件衣服，匆匆出走，达摩衍蒂尾随与他做伴。那罗失去国土、王位，人们不再理睬他，"三天里仅能用水活命"②。后来发现一群孔雀，他脱了衣服去网捉，结果孔雀齐飞，连他仅有的这件衣服也带走了。他赤身裸体，处境狼狈。在一个路口，他装作不经意地告诉妻子，哪条路通向她娘家。达摩衍蒂马上猜到丈夫有弃她独去的念头。那罗安慰她，说他不会抛弃她，达摩衍蒂不信：

> 倘若你不愿离我独处，
> 那又为何缘故指示出，
> 去往毗德尔跋的道路？
>
> 人主啊！我知道
> 你不应该把我抛弃掉；
> 国王啊！因神志不清
> 你却又可能把我抛扔。
> 最贤明的君子啊！
> 因你反反复说给我路线；
> 光轮闪烁的人啊！
> 我的忧愁缘此而起又增添。③

后来的事实果然证明她的预感是对的。这不仅表现了她对丈夫的热爱，希望与丈夫共渡艰难的心情，也体现了她心智聪慧的个性特征。她父亲找到她，

---

① 《腊玛延那 玛哈帕腊达》，孙用译，人民文学出版社 1962 年版，第 337 页。
② 《那罗和达摩衍蒂》，赵国华译，中国社会科学出版社 1982 年版，第 52 页。
③ 《那罗和达摩衍蒂》，赵国华译，中国社会科学出版社 1982 年版，第 56—57 页。

把她接回去之后，她为了找到那罗，先是把自己的遭遇编成隐语，让婆罗门四处传播，以此寻访那罗。她深知那罗失国丢了面子，会千方百计隐姓埋名，不让别人认出来，要找到他，只能暗访。有人发现了能回答隐语的车夫后，达摩衍蒂又设巧计，假称举行再嫁选婿大典，使得车夫在一天之内赶到。她发现了车夫的驭术与那罗的相似，可面貌迥异。她并没有因此罢手，又继续派女仆观察，让孩子去试探，最后又亲自面见车夫，假装打听消息而直抒责备那罗之意。终于使那罗沉不住气，现出了真相，夫妻破镜重圆。达摩衍蒂就这样找回了丈夫，结束了丈夫流浪生活的苦难。她靠的是自己的聪慧。她给人们的突出印象就是头脑清醒，聪敏练达。

莎维德丽从死神手里救回了丈夫的生命，一是靠自己对丈夫的忠贞爱情感动了死神阎摩；二是靠她的善良和聪明才智博得了阎摩的开心，然后又巧妙机智地抓住阎摩许诺的有利契机，一步一步地达到了救夫的目的。与达摩衍蒂比起来，她的自主性比较突出。明知萨蒂梵只有一年阳寿，她父亲劝她另选意中人，她也完全可以改变选择，但是她坚持只选萨蒂梵。她的倔强，连她父亲也无可奈何，只好同意了她的选择，亲自送她到森林道院去和萨蒂梵成婚。婚后那短暂而又漫长的一年里，她把丈夫寿限不久的预言深埋心底，表面上若无其事，尽到妻子和儿媳妇的责任。

> 她侍候周到，品德全，
> 待人和蔼，对己严，
> 行为件件合人意，
> 博得人人都喜欢。

> 她为婆婆处处想，
> 为她收拾衣裳穿上身；
> 她待公公如敬神，
> 语言有节得欢心。

> 她说话动听多宛转，
> 心性温和，手艺高，
> 背地里温存兼体贴，

使丈夫得意乐陶陶。①

她心里却默默地数着日子，
坐卧不安怀隐忧；
那罗陀仙人的言语
不分昼夜常在心头。②

　　她独自承担着痛苦，一个人决定着如何面对厄运。离丈夫的大限之日只有
四天了，她便悄悄开始绝食斋戒发誓愿，拿定主意与丈夫黄泉路上做伴去。到
了命定那一天，她仍然不动声色，假装要去森林玩，征得了丈夫和公婆的同意，
就随丈夫进森林。尽管她心头那么悲痛忧愁，脸上却强作笑容。直到丈夫最后
一刻，她仍然表现得那么从容镇定，极力避免增加丈夫的痛苦。就是在威严可
怕的死神面前，莎维德丽虽然满心战栗，仍敢于和死神对话，而且感动了他。
唯有这种倔强自主、独立性极强的个性，才可能具有战胜死神、征服命运的巨
大力量。

　　这四位各有鲜明个性的女子都是很感人的理想贤妻形象。不过，在印度，
影响最大的是悉多，两千多年来，她一直被认为是忠贞和品行端庄的印度女性
的象征，受到人们尤其是女性们的崇拜。究其原因，不仅在于其性格、形象塑
造得比其他女性形象更鲜明、更完整和更丰满，还在于她的遭遇远比其他女性
更不幸。《摩诃婆罗多》的三位女性，苦难过后，结局基本上是幸福的大团圆。
而悉多，却是苦难伴随终生。这对于世世代代处于受迫害受压抑地位的广大女
性来说，更容易引起她们的强烈的共鸣。当然，更主要的原因还在于悉多形象
所表现出来的虽历千辛万苦而始终忠贞不渝、对一夫一妻制的理想婚姻生活的
伦理道德价值的强烈追求，比其他女性形象更明确和更突出，代表了广大女性
的理想和愿望。中国著名学者金克木先生对两大史诗的主要女性形象作过精辟
的分析，他指出："……黑公主类型的大史诗中妇女不是、或不完全是附属品，
而悉多形象，尤其是蚁垤仙人的史诗《罗摩衍那》以后的中古和近代的形象，
都是不独立的。用现在的语言说，前者是'进攻型'的，而后者是'防御型'
的；或则说，前者的'人格'、'个性'是独立的，至少是半独立的，而后者的

---

① 《印度古诗选》，金克木译，湖南人民出版社 1984 年版，第 69 页。
② 《印度古诗选》，金克木译，湖南人民出版社 1984 年版，第 70 页。

是'非独立'的。从历史说，前者的从氏族到奴隶社会的妇女'个性'多些，而后者的封建社会的妇女'个性'多些。"① 金先生的卓见有助于人们深入把握悉多等女性形象的特征及其意义。

还应当看到，尽管悉多如此贞洁，却仍然不见容于社会，不见容于她所严格遵从的伦理道德规范，反而成了它们的牺牲品。这就揭示了悉多所严守的伦理道德规范所具有的毒化、摧残和迫害女性的黑暗一面。也就是说，正是这种使当时女子的人格和个性失去独立性，而代之以附属性的伦理道德规范，成了导致悉多悲剧的主要原因。

（三）忠勇武士的典范——罗什曼那与阿周那

《罗摩衍那》中的罗什曼那和《摩诃婆罗多》中的阿周那都是武艺高强又有美德的英雄形象。不过相比之下，阿周那的勇武较突出，罗什曼那形象则侧重在崇高的美德。

阿周那是坚战的同母弟弟，据说他的生父是因陀罗天神。他是般度族武艺最高的将领，箭术超群。般度五子和俱卢百子一起跟武术大师德罗纳学艺，学成之日，持国王决定让王子们比武，表演他们的拿手武艺。轮到阿周那上场，人们看见他

> 佩带着高高的大弓，围着臂铠，束着宝带，
> ……
> 他披着黄金甲，庄严豪迈地一步步向前，
> 像是阳光之下的晚霞，衬着彩虹的华艳；②

他的英武雄姿引发了人们的高声欢呼。他开始表演他的箭术绝技了：

> 一只铁甲的野猪在空旷的比武场奔驰，
> 这无敌的射手在它的嘴里连中了五矢；

---

① 金克木：《〈摩诃婆罗多插话选〉序》，《印度文学研究集刊》第二辑，上海译文出版社 1986 年版，第 44 页。

② 《腊玛延那 玛哈帕腊达》，孙用译，人民文学出版社 1962 年版，第 267 页。

> 让悬挂着的牛角在大风中不停地摇曳，
>
> 二十又一支箭都射中了这活动的鹄的；①

在黑公主的择婿大典上，他的箭术再次引起轰动。许多国王、英雄满怀信心地上场，试图拉开那张巨弓，希望获得黑公主的花环，他们：

> 戴着金冠，佩着金链，燃烧着光荣和热情，
>
> 他们望着空中的箭靶，专心致意于竞争；

可是，他们只能：

> 徒劳地挽着那把硬弓，硬弓微微地弯曲，
>
> 立刻就绷直了，挽弓人反而向地下跌去！

> 挽着硬弓，漂亮的求婚者们徒劳地尝试，
>
> 金冠丢了，金链断了，倒下了首领和武士；

> 金冠丢了，花环散了，感到羞愧和耻辱，
>
> 他们长吁短叹，不再想追求班扎拉公主！②

而阿周那却轻而易举地挽动了宝弓，搭上了箭矢，

> 辉煌的箭矢嘶嘶地飞着，一直穿过圆盘，
>
> 那远远的靶子射通了，轰轰地落于地面；③

在俱卢战场，难敌的军队对阿周那简直是望风披靡。阿周那一辆战车、一把神弓，闯入俱卢军中，如入无人之境。凭着黑天的计谋，他射死了俱卢族最

---

① 《腊玛延那 玛哈帕腊达》，孙用译，人民文学出版社 1962 年版，第 268 页。

② 《腊玛延那 玛哈帕腊达》，孙用译，人民文学出版社 1962 年版，第 290 页。"班扎拉公主"即黑公主。

③ 《腊玛延那 玛哈帕腊达》，孙用译，人民文学出版社 1962 年版，第 294 页。

勇猛的两员大将：毗湿摩和加尔纳，奠定了般度族胜利的大局。

阿周那是勇猛的英雄，而且有着英雄的美德。流放的第 13 年，他和兄弟们化妆到摩差国王宫做奴仆，他当了国王女儿的舞蹈教师。这期间，碰上难敌一伙带着大军入侵摩差国掳掠畜群，阿周那见义勇为，独自打败了难敌、毗湿摩和迦尔纳，夺回了被他们劫掠的大群牛羊。摩差国王非常感激，要将女儿许配于他。他却说，国王的女儿是他的学生，长辈娶小辈不合礼法，婉言谢绝了国王的报恩。

阿周那还是一个诚实忠厚的英雄。俱卢大战开始的时候，他觉得自己无论如何也不能与叔祖父毗湿摩以及老师德罗纳打仗。他非常尊重他们，不愿伤害他们，在战场上总是故意避免和他们交锋。大战结束前一天，坚战曾误会阿周那害怕迦尔纳，阿周那因此一下子怒火升天，嗖地拔剑挥到坚战头顶，黑天拦住了他的暴怒举动。他很快就压制了怒气，平静下来，诚恳地向坚战认错。

在大多数场合下，阿周那表现了理智、冷静、善于思索的成熟个性。难降当众羞辱黑公主的时候，听着黑公主凄厉的哭诉求救，目睹难敌一伙的卑劣恶行，坚战却低着头不吭一声，怖军可无法忍受了，他愤怒地指责坚战把黑公主作为赌注，把她扔给仇敌们作践。他骂坚战，说坚战比放荡无耻的职业赌徒还坏。他叫弟弟拿火来给他，他要焚烧坚战双手。这时阿周那冷静地对怖军说，这样干，正上了难敌一伙的当！终于使怖军忍住了怒气。俱卢战争的备战阶段，阿周那与难敌同一天赶到多门岛，请求黑天支援。黑天把自己和自己多门岛的军队分开，让阿周那和难敌选择。难敌选军队，而阿周那却毫不犹豫地把多门岛强大的军队让给难敌，只选择了赤手空拳的黑天一个人做他的驭者，足见阿周那的理智和聪明。

罗什曼那是罗摩的异母兄弟，他与阿周那一样，也是豪勇善战，武艺高超的英雄。在楞伽大战中，他亲手杀死了精通妖法、本领最高的罗刹将领——罗波那之子因陀罗耆，协助罗摩消灭了魔王罗波那。他心地坦诚、正直，疾恶如仇。吉迦伊要挟十车王废长立幼，流放罗摩，十车王心情矛盾，既不愿放逐长子，又不能违背原先对吉迦伊许下的诺言，最后只能任由吉迦伊摆布。罗什曼那毫不留情地直抒对父王的不满，发泄自己的义愤：

> 国王是老了，悖晦了，
> 他淫乐无度，受了伤害。
> 他爱的那女人一撒娇，

他什么话都说不出来。

……

国王变得幼稚又愚蠢,①

他不赞成罗摩的忍让,主张用武力维护罗摩的正当权利,不能心慈手软,

倘若发生什么不愉快的事情,
我就要用我那一些锐利的箭,
人中英豪呀! 让阿逾陀全城,
化为一座空城,断绝了人烟。②

罗摩不同意罗什曼那的主张,坚持忍让,还把不幸归诸于不可违逆的命运。罗什曼那却毫不客气地对罗摩所谓的命运、达磨表示怀疑,他像发怒的狮子一般气愤地说:

老百姓都非常痛恨
不为你而为别人灌顶。
大地之主! 那个达磨
使得你心里疑虑重重;
我最痛恨那个达磨,
由于它你才迷惑不醒。
……
那精力衰竭的胆小鬼,
他才受命运播弄。
那些自尊自重的英雄汉,
完全不把命运来纵容。

谁要是真正有本领,
用人的行动来压制命运,

---

① [印] 蚁垤:《罗摩衍那·阿逾陀篇》,季羡林译,人民文学出版社 1981 年版,第 123—124 页。
② [印] 蚁垤:《罗摩衍那·阿逾陀篇》,季羡林译,人民文学出版社 1981 年版,第 124 页。

> 这个被命运打击的人，
> 也绝不会忧愁难忍。①

在当时宿命思想笼罩的社会里，罗什曼那这种蔑视命运、相信人可以战胜命运的思想是极为可贵的，只不过它在史诗里仅是偶尔闪亮的电光石火。

与阿周那的理智、冷静相反，罗什曼那往往容易冲动，遇事急匆匆就下结论。婆罗多带着军队、大臣到森林找罗摩，罗什曼那误以为婆罗多是来追杀他们，建议罗摩准备战斗，消灭婆罗多和他的军队。悉多逼他救援罗摩，他起初还沉得住气，劝说悉多，但当悉多说出了粗暴的话，怀疑他的忠心，他可受不了，忍不住就冲动起来，一怒之下离开了草棚，去救罗摩。结果，正中了罗刹的奸计，悉多被罗波那轻而易举地劫走。可见罗什曼那虽然是个勇不可当的英雄，但还带有孩子般的敏感和稚气，受不了委屈，情绪容易激动，不能自持。

罗什曼那最感人之处在于他那忠诚无私的献身精神。罗摩被放逐，罗什曼那知道罗摩是无辜的，正义在罗摩一边，他主动放弃舒适的生活，告别年轻的妻子，跟随罗摩夫妇流放森林。在漫长的十四年里，他对兄嫂忠心耿耿，鞍前马后，斩棘开路，守望护卫，为他们寻觅食物，搭建茅棚……就像奴仆一样侍候兄嫂。他的最后归宿，最充分地表现了他那崇高无私的献身精神。死神迦罗扮成苦行者来到罗摩王宫，向罗摩传达梵天催他归天复位的讯息，迦罗要求罗摩在他们密谈的时候，不能让任何人听到或看到。否则，不管是谁，都要处死！于是，罗摩屏退左右，命令罗什曼那把守王宫门口。但是，就在罗摩和迦罗密谈的时候，有一个仙人来求见罗摩，要罗什曼那立即通报。罗什曼那说罗摩正有事情，请仙人稍候片刻。仙人受阻不悦，怒气冲冲地威胁罗什曼那：若不立即通报罗摩，他就要诅咒罗摩兄弟和他们的王国全部毁灭！罗什曼那知道仙人诅咒的力量是无法抗拒的，在这种情况下，他毫不犹豫地决定：

> 就让我一人死去，
> 不要让大家死亡。②

为了挽救罗摩和全体百姓的生命，宁愿牺牲自己！他立即进宫报告罗摩。

---

① ［印］蚁垤：《罗摩衍那·阿逾陀篇》，季羡林译，人民文学出版社 1981 年版，第 138 页。
② ［印］蚁垤：《罗摩衍那·后篇》，季羡林译，人民文学出版社 1984 年版，第 551 页。

他因此违犯了死神的禁令，罗摩不忍心处死他，罗什曼那又诚恳地劝罗摩：

> 你说的话要算数；
> 罗摩！说话又食言，
> 人们将走向地狱。
>
> 大王！如果你喜欢
> 我这受恩惠的人，
> 就请你把我丢弃，
> 罗摩！把达磨增进。①

他义无反顾，选择了最后的归宿：步入滔滔江水，自沉辞世。

罗什曼那是一个崇高的英雄形象，受到不同时代人们的普遍景仰。泰戈尔就说过，罗摩是好人，罗什曼那更令人敬爱。② 季羡林先生甚至认为，《罗摩衍那》中真正的正面人物是罗什曼那。③

（四）亦人亦神的英雄——黑天与哈奴曼

两大史诗的正面形象，虽然都与神有关系，但是，他们的神性表现很不一样，罗摩、坚战、阿周那和罗什曼那以及悉多等形象是一类，他们的神性始终没有超出人性的范围，很少超人、超自然的表现。《罗摩衍那》的神猴哈奴曼与《摩诃婆罗多》中的多门岛国王黑天则是另一类正面形象，他们具有超人、超自然的神性表现，在史诗中直接表现出神与人两种身份，哈奴曼甚至是神、人、猴三种身份。他们的性格也更具多样性和丰富性。

黑天在《摩诃婆罗多》中的地位极其重要。印度著名学者格·支坦尼耶认

---

① ［印］蚁垤：《罗摩衍那·后篇》，季羡林译，人民文学出版社 1984 年版，第 554 页。
② 中国印度文学研究会编：《印度文学研究集刊》第二辑，上海译文出版社 1986 年版，第 152 页。
③ 季羡林：《〈罗摩衍那〉浅论》，《外国文学评论》第 1 辑，外国文学出版社 1979 年版，第 25 页。

为，《摩诃婆罗多》的真正主角是黑天。① 苏克坦卡尔也指出，想要正确理解《摩诃婆罗多》的意义，就不能忽略黑天这位最能代表印度民族精神的人物。②

黑天的父亲富天是雅度族国王猛军的臣子，母亲提婆吉是猛军的侄女。猛军的儿子刚沙篡夺王位，把富天夫妇也投入牢房。黑天一出生就被送给牧民抚养，在牧区长大，成了一个风趣而又多情的牧童，很受牧民们喜爱。后来他杀死刚沙，救出父母，让老国王猛军恢复王位。不久，他到多门岛拓土开疆，建立了新的国家。据说他消灭了一些魔王和暴君，还先后和一万六千多个女子结婚，生了很多后代。

在《摩诃婆罗多》里，黑天首次出现在黑公主的选婿大典上，这时他已是多门岛国君。从这开始，他成为贯串于史诗始终的重要人物。他帮助般度族建设他们分到的那一半国土，消灭暴君妖连和童护，支助坚战称帝。般度族兄弟流放森林期间，他多次看望他们，表示同情和支持。俱卢大战开始前，他为般度族出谋划策，紧张备战，还亲自充当使者，代表般度族与俱卢族谈判。俱卢大战中，他表面上是阿周那的驭者，实际上是般度族的幕后统帅、军师。没有他，般度族就不可能取得战争的胜利。大战之后，他回到多门岛，过了三十六年，他的族人自相残杀，他也在林中睡觉时被猎人射死。

史诗说黑天是毗湿奴大神下凡，因此他具有超自然的神性。据说他在婴儿期和儿童时代，就多次降魔或显示奇迹，再强大的敌人他也能轻而易举地战胜，连湿婆大神也是他手下败将；他曾入海从水神那里救出养父；带阿周那到湿婆大神那里取来法宝；他能令死神服从他，使死人复生。在史诗中，他多次向凡人显示自己包罗宇宙一切的毗湿奴大神的法身。例如，他代表般度族到象城与俱卢族谈判时，难敌企图谋害他，他知道了，就在持国、难敌和俱卢文武百官面前显示他的神性；人们只见他一伸双手，刹那间所有天神、大仙、他王国中的武士、将领、般度五子等等，立即出现在他身边，熊熊烈火从他口中、眼里喷射出来，大地颤抖，雷声隆隆，震撼九天。连瞎眼的持国也突然清楚地看到了这一切。把俱卢人吓得纷纷跪在地下叩拜，等他们抬起头来时，一切又都消失了，黑天也已远去。黑天有一个法宝——神盘，只要他愿意，他用这个武器

---

① 季羡林、刘安武编选：《印度两大史诗评论汇编》，中国社会科学出版社 1984 年版，第 295 页。

② 季羡林、刘安武编选：《印度两大史诗评论汇编》，中国社会科学出版社 1984 年版，第 150 页。

就可以毁灭一切。在俱卢大战中，他曾用神力遮住太阳，使胜车王误以为天黑，停止了战斗，不再防备。黑天乘机怂恿阿周那杀死了胜车。然后他又撤去黑暗，光明的太阳重新出现，史诗还把他等同于天意、命运，说一切都是他安排好的，他的死，他也是预先知道了的。而每当历史发生道德危机的时候，他就会降生人间，如同耶稣一样拯救人类备受苦难的灵魂。也许就是史诗赋予他毗湿奴大神化身的这种神性，使他和罗摩一样，后来成了印度教毗湿奴教派尊奉的教主，备受崇拜与颂扬。

黑天是神，同时又是人。作为一个凡人，他表现了一个杰出政治家的特点。他足智多谋、机警灵活，决不墨守成规，为达目的，他不计较采用什么手段。一切都按实际需要出发，需要以其人之道还治其人之身的时候，他可以义无反顾地用诡计对付诡计，用欺诈对付欺诈。即使行为背离了当时的道德准则，他也毫不在乎。俱卢大战双方备战阶段，黑天明知出使俱卢族将一无所获，但他还是要去。他要以这一表面上毫无结果的行动，告诉世人：般度族为了和平，已经做出了最大的让步，已经尽了最大的努力。黑天深深知道战争不仅要靠物质实力，还要靠道义，得道多助。他充分认识动员社会舆论的重要性。阿周那不愿与自己的长辈和老师交战，想退出战场，黑天以行动哲学教导他，说阿周那若退出战场，就是推卸抵抗邪恶的责任，是一种自私自利的动机，违背达磨，有辱刹帝利的身份。终于说服了阿周那放弃了糊涂念头。战斗过程中，俱卢族的毗湿摩、德罗纳、迦尔纳和难敌这几个重要人物都死于黑天的计谋，这些计谋都违反当时的作战准则和道德观念。难敌临死时曾指责黑天用诡计害人不光彩，黑天理直气壮地回答说，这一切都是难敌逼出来的，是难敌罪有应得。迦尔纳因为战车轮子陷入泥坑，他要求阿周那遵守正法，遵守武士规矩，给他时间拉出战车后再公平交战。阿周那犹豫不决。黑天马上反驳迦尔纳说，一个参与难敌迫害般度族阴谋的人，一个目睹孤弱无助的黑公主被难降侮辱，不但不制止，还要幸灾乐祸的坏蛋，本来就失去了达磨，没有武士道德，现在也无权为自己要求公平交战的条件！他催促阿周那不要为这狡猾的敌人浪费时间。难敌死后，黑天的哥哥大力罗摩斥责怖军违反公平交战规则，黑天又争辩说，现在已是新的时代，前一时代订下的法律规矩已经过时不适用了，对付邪恶的敌人就得以牙还牙！黑天的思想行为，正表现了一个杰出政治家的特点，具有普遍的真实性。

《罗摩衍那》的神猴哈奴曼，是史诗里令人难忘的最有影响的主要形象之一。他正直、忠诚、聪明、勇敢、机警。他是猴子，不脱猴性，却又有人的思想感情、高尚品德，还有天神一般的本领，可以随意变化，腾空飞行，具有移山填海的巨大力量。史诗里说，哈奴曼是风神和一个被诅咒而降生为猴子的天女所生。他一降生，看到红红的太阳，就以为是一只果子，一跳就窜上高空，直向太阳飞行，要把太阳摘下来。因此他触怒了天神，被因陀罗用金刚杵一棒打死，掉落地面。风神看到儿子死了，悲伤气愤，伤害三界。天神也不得安生，不得不让哈奴曼复活，还赐予他种种神通、力量和灵智。可是，哈奴曼复活后有了本领又到处招惹是非，激怒了仙人，被诅咒失去记忆，不知道自己有什么本领，哈奴曼从此成了一只普通的猴子。罗摩和须羯哩婆结盟后，哈奴曼忠心耿耿，为罗摩寻找悉多奔波历险。在前往楞伽之前，众猴面对大海，望洋兴叹。有智慧的老猴子阎婆梵谈起了哈奴曼的身世，他的记忆才恢复过来，知道自己的神通广大。于是一跃飞越大海。到楞伽城后，变作小猫潜入了罗波那的王宫，找到了悉多。然后又火烧楞伽城，闹得罗刹们焦头烂额。在楞伽大战中，他奋不顾身，斩兵杀将，大显神威，屡建奇功。罗摩和罗什曼那重伤垂危，哈奴曼千里迢迢飞往北方，托来神山，觅得仙草，救活了罗摩兄弟。除了这些充满浪漫色彩的奇功之外，他的聪明、智慧给人印象尤为深刻、亲切。他往楞伽岛飞行途中，被可以随意变形的女神须罗娑拦截，要和他斗法。女神变作一个模样吓人的罗刹张开大口要吞食哈奴曼。她对哈奴曼说，如果他能从她嘴里再钻出来，就放他过去。哈奴曼把身体变大，想让女神吞不下，但女神的嘴巴也跟着变大。当双方一次又一次地变化，变得非常大的时候，哈奴曼突然灵机一动，

> 他收缩了自己的身躯，
> 像大风把云彩吹缩了；
> 哈奴曼在一转瞬间，
> 就变得像拇指那样大小。①

　　他猛地冲进须罗娑的大嘴，又飞速跳了出来。须罗娑只好认输，放他过去。

　　哈奴曼集神、人、猴性于一身，是一个独特的机智忠勇的英雄形象，非常可敬可爱，受到世世代代印度人的崇拜。他的故事至今还在印度人中传颂，今日的印度艺术家们，仍然乐于让哈奴曼形象活跃在他们的作品中。

---

　　① ［印］蚁垤：《罗摩衍那·美妙篇》，季羡林译，人民文学出版社1983年版，第33页。

　　无独有偶，中国也有一个与哈奴曼相似的神猴形象，他就是中国古典小说《西游记》中的孙悟空。他也是一只猴子，也有神仙一般的非凡本领，还有人的情感和高尚品德。他天不怕地不怕，自称"齐天大圣"，蔑视三界权威，敢说"皇帝轮流做，明年到我家"。他护送唐僧西天取经，历千难万险，杀妖灭怪，忠心耿耿，无私无畏。一根随意变化的金箍棒，一双火眼金睛，还有七十二变，一个筋斗可以翻越十万八千里。他的故事在中国家喻户晓，妇孺皆知，代代传颂。孙悟空与哈奴曼两个形象的问世虽然相距两千年，远隔千万里，但两者相似之处如此之多，是偶然巧合，还是有渊源影响？人们不能不考虑两者之间的关系。

　　最早考察这个问题的是胡适。1923 年，他在《西游记考证》一文中论述到孙悟空的来历时，根据孙悟空与哈奴曼的相似之处以及中印文化交流的历史可能情况，提出了一个颇为大胆的假定："哈奴曼是猴行者的根本"。1924 年，鲁迅先生针对胡适的观点提出了反对意见，认为孙悟空是袭取无支祁的。他的理由有三点：一是《西游记》作者并未看过佛经；二是汉译佛经没有和这相类的话；三是吴承恩熟悉唐人小说。① 无支祁故事出自晚唐李公佐小说《古岳渎经》，小说中说无支祁是淮涡水神，"形若猿猴，缩鼻高额，青躯白首，金目雪牙，颈升百尺，力逾九象，搏击腾踔疾奔，轻利倏忽，闻视不可久"。不过鲁迅先生虽然不赞同胡适观点，也还留有余地，他说："但胡适之先生仿佛并以为李公佐就受了印度传说的影响，这是我现在还不能说然否的话。"② 1930 年，中国著名历史学家、梵文学者陈寅恪先生发表《西游记玄奘弟子故事之演变》，文中以汉译佛经为依据，考证了孙悟空大闹天宫故事来源于印度。后秦鸠摩罗什（343—413）译《大庄严论经》卷第三第 15 个故事中，难陀王有几句偈言，牵涉到顶生王率领军队强升天界，攻开天门，灭帝分座的故事。还有猴子帮助罗摩造桥渡海抵达楞伽的故事。陈寅恪先生认为，这两个故事本来不相关涉，只因讲经者有意无意间将其联系在一起，"遂成猿猴闹天宫故事。"③ 陈寅恪先生虽然没有直接表示赞同胡适观点，但他的考证却为胡适观点提供了例证。

　　新中国成立后至今，关于哈奴曼与孙悟空关系的研究、争论仍在继续。有代表性的观点，仍然是或倾向于胡适，或倾向于鲁迅两种。吴晓铃先生和金克

---

① 赵国华：《〈罗摩衍那〉和中国之关系的研究综述》，《思想战线》1982 年第 6 期，第 40 页。
② 赵国华：《〈罗摩衍那〉和中国之关系的研究综述》，《思想战线》1982 年第 6 期，第 40 页。
③ 赵国华：《〈罗摩衍那〉和中国之关系的研究综述》，《思想战线》1982 年第 6 期，第 41 页。

木先生先后于 1958 年和 1962 年对这个问题发表过意见，他们力主孙悟空与哈奴曼之间没有渊源关系。金克木先生说："我国有人以为这个神猴（哈奴曼）和《西游记》中的孙悟空有什么关联。这只是揣测，并无证据。两个神猴的形象是不同的，而且汉译佛经中没有提到这个神猴和他的大闹魔宫，加以史诗中的这一段闹宫又是晚出成分，所以这两个神猴故事是牵连不到一起的。孙悟空的形象是我国人民的创造，有本身发展的过程，哈奴曼的形象是印度人民的想象力的产物。"① 而季羡林先生从 1958 年至今多次撰文主张孙悟空的原型就是哈奴曼。主要依据是汉译佛经中有大量材料与《西游记》故事相同或类似。近年来，在对这个问题的讨论中，赞成孙悟空渊源于哈奴曼的观点越来越多。赵国华的研究较有代表性。他不仅完全赞同孙悟空的神猴形象借自《罗摩衍那》的哈奴曼的观点，后来还进一步将《西游记》和《摩诃婆罗多》进行比较研究，认为孙悟空形象还受到《摩诃婆罗多》的影响，孙悟空七十二般变化的真正源头就在《摩诃婆罗多》，大闹天宫故事也来源于《摩诃婆罗多》中同类印度神话。例如，《摩诃婆罗多》的《初篇》说到极裕仙人有一头神牛，可以变出一切，随人所愿。众友王率兵来抢夺，神牛的尾毛等处立即变出许多兵将，多如雨点，把众友打得狼狈逃窜。赵国华认为这就是孙悟空毫毛变化的一个来历。② 学者们还认为，印度史诗人物、故事不仅可以通过汉译佛经这样的书面途径从印度直接传入中国，还可以通过人员交往口耳相传甚至与近邻国家文化、人员交流等渠道辗转传入中国。③

从目前的研究发现来看，笔者认为孙悟空形象渊源于印度的看法是可信的。承认这种渊源关系，并不等于否定《西游记》的独创性。孙悟空形象尽管有印度成分，但不是照搬照抄，而是借鉴创新，已经赋予了鲜明的民族气质和民族特色。孙悟空虽然类似哈奴曼，但不等于哈奴曼。孙悟空追求自由，敢于造反，天上的玉皇、水中的龙王、阴间的阎王和地上的国王，全不在他眼里。他大闹天宫，直闯地府，龙王老儿在他面前也吓得直打哆嗦，西天取经路上他横扫一切妖魔鬼怪。孙悟空的较量对象比哈奴曼更广泛，活动的天地更广阔，叛逆反

---

① 金克木：《印度的伟大史诗〈罗摩衍那〉》，[印] 玛朱姆达改写：《罗摩衍那的故事》（上册），冯金辛等译，中国青年出版社 1962 年版。

② 赵国华：《〈罗摩衍那〉和中国之关系的研究综述》；《〈西游记〉与〈摩诃婆罗多〉》，《印度文学研究集刊》第二辑，上海译文出版社 1986 年版，第 265 页。

③ 陈邵群等：《试论两个神猴的渊源关系》，《暨南学报》1986 年第 1 期；季羡林：《〈罗摩衍那〉在中国》、赵国华：《〈西游记〉与〈摩诃婆罗多〉》。

抗的精神更鲜明更强烈。此外孙悟空有七十二般变化，一抹脸、一摇身，就可以化作天上地下任何一物，无物不像。他可以腾云驾雾，轻轻一个筋斗就是十万八千里。眼是千里眼，耳是顺风耳，他刀砍不入，火烧不死。他的本领、能耐比哈奴曼更多样，神通更大。他的性格幽默、诙谐，显示出更强烈的人情味，使人倍觉亲切。他还有如意武器金箍棒，要大可以变作擎天柱，欲小可以化为绣花针。哈奴曼却只会用拳头和石头打仗，并无专用武器。所以，孙悟空的性格塑造得更为多样、丰满，他比哈奴曼形象更适合于中国人的审美习惯。

（五）邪恶魔鬼的化身——罗波那与难敌

罗波那和难敌分别是《罗摩衍那》与《摩诃婆罗多》中反面形象的中心人物，他们代表着邪恶、非法和非正义，与正面形象的中心人物罗摩和坚战相对应，构成贯串史诗主要情节始终的矛盾冲突。

罗波那是楞伽城罗刹国王，原名陀娑羯哩婆，因骄横向湿婆大神挑战，被湿婆神把他的手臂压在山下，他被压痛，发出惊天动地的大吼声，湿婆因此赐名"叫吼子"（音译"罗波那"）。他长有十个头，所以又称十首魔王。他曾修苦行，绝食万年，每一千年削一个自己的头抛到火中献祭。过了九千年，正要削第十个头献祭的时候，大梵天被罗波那的苦行感动，赐予他三界无敌的本领，连神也不能把他杀死，并恩准他削掉的九个头颅重又长回脖颈。

罗波那依恃神宠和无敌的本领，横行三界，恃强作恶，成了狂热的征服者。他先赶走财神，霸占楞伽城，又四出迫害神仙、夜叉、干闼婆，捣毁天帝的花园，到处炫耀武力。财神本是他异母兄弟，见他肆意作恶，便使人劝其弃恶从善，坚守达磨，罗波那非但不听，反而变本加厉，发誓要杀死财神等四大天王，征服三界。他立即赶到吉罗娑山，打败财神，夺了财神的云车。又入海战胜海王，到阴间放出作恶者、群鬼，大闹冥府，征服阎王。再率罗刹军队闯进天庭，向天神挑战，生俘了天帝因陀罗。人间也遭罗波那蹂躏，他杀死了许多国王，抢掠财宝和女人，作恶多端，肆无忌惮。

贪欲是罗波那性格的核心。贪欲使他成了一个奸诈、专制和荒淫奢靡的暴君。听到他妹妹首哩薄那迦描述悉多的美貌，便生淫心，想出奸计，派罗刹摩哩遮变为金鹿，引走罗摩兄弟，轻而易举地劫到了悉多。在楞伽之战中，他利用幻术在战场上制造杀死悉多的幻象，企图动摇罗摩兄弟的斗志。为了让悉多绝望而屈从于他，他同样又用幻术伪造罗摩首级和武器，欺骗悉多，说罗摩已被他杀死。这与他对悉多的引诱和威胁等手段一样，充分体现了他的奸诈品性。维毗沙那头脑清醒，在罗摩兵临城下之时，他劝告兄弟罗波那送还悉多，避免自己与楞伽的毁灭。但是贪欲使罗波那不愿倾听任何人的意见，他给维毗沙那一顿粗暴的臭骂，说维毗沙那忌妒、诽谤他，比敌人还要危险、可怕。恨不得立刻把维毗沙那杀死。他命令摩哩遮和他一起去劫持悉多时，摩哩遮畏惧罗摩，想劝罗波那放弃劫人老婆的念头。罗波那同样是臭骂了他一顿，甚至以处死来威胁摩哩遮。暴君的专制特点在罗波那身上表现得十分明显。

罗波那的贪欲突出地表现在荒淫好色享乐方面。他看上了在雪山修道的美貌女郎吠陀婆底，要强行非礼，吠陀婆底坚拒不从，投火自焚。哈奴曼到楞伽探寻悉多，看到罗波那的后宫美女如云，佳丽成千。就连对自然景色的欣赏，罗波那也表现出享乐淫逸的邪恶本性。有一次，罗波那驻扎在那摩陀河边，美丽的那摩陀河风光，在他眼里，像是一个羞怯、妩媚可爱的女子，"树木繁花似锦，做成了她的冠冕；莲花是她的眼睛，一对鸳鸯是她的双乳，发光的沙岸是她的大腿，成群的天鹅是她鲜艳的束带。她的四肢扑满花粉，她用带泡沫的波浪做成自己的衣袍。摸一摸她，准叫人十分快意。"[①] 他带领罗刹兵闯上天庭和天神作战的前夕，在吉罗娑山宿营。罗波那在山巅俯瞰着月下森林的壮丽景色：河水在月光中闪耀，树木盛开着鲜花，风儿吹过，撒下阵阵花雨，空气中散发着鲜花和蜂蜜的清香。还有仙女动听的歌声，从远处飘荡而来。美妙的月亮，沁人肺腑的花香仙乐，煽起了罗波那疯狂的情欲。就在他叹息骚动不安之际，天女兰跋出现了，她正要去找她的情人——财神的儿子幽会。罗波那拦住她，奸污了这位侄媳妇，用暴力满足了自己的罪恶情欲。

难敌也是一个暴君形象。他虽然没有正式登基为王，但是他的父亲持国王完全听从他的摆布。他心胸狭窄，嫉妒心极重。在天帝城，他看到般度族的兴旺繁荣、王宫的漂亮豪华，就嫉妒得几乎想自杀。他和迦尔纳借口视察牧场进了森林，一心想亲眼看到般度族如何受罪，幸灾乐祸。不料竟和画军发生冲突，被画军生擒，五花大绑，装入战车。坚战兄弟不计前非，奋勇向画军挑战，救出了难敌。对般度族的宽容、慷慨大度，难敌本应感恩图报，痛改前非，然而，他却以小人之心看待坚战兄弟的君子行为，认为让般度族看到他受辱，自己成了对方的笑料，这是最不能忍受的。为此他非常羞愧懊丧，觉得再也活不下去

---

① [印] 蚁垤：《罗摩衍那·后篇》，季羡林译，人民文学出版社 1984 年版，第 285 页。

了，宣称要绝食自杀。迦尔纳和难降苦苦相劝，他才放弃自杀的念头。而对般度族却更加仇恨，发誓一定要消灭他们。

从嫉妒中孕育出来的难敌的贪婪，与罗波那的贪欲不同，难敌的贪婪主要是对权势的贪欲。如果说他用下毒和推人下水的手段暗害怖军，是出于对这位喜欢恶作剧的堂兄弟进行惩治的报复性行为，那么，在王子比武大会上，由于妒忌阿周那的勇武而不惜以高位巨财拉拢迦尔纳与阿周那为敌，就已经开始显示出他的贪欲居心。般度五子的才德武艺深得百姓称赏，使难敌设下纵火阴谋，企图将般度五子活活烧死，这一行为则是他贪欲的完全暴露。此后的设置赌博骗局和挑起两族大战等等行为，无一不是由于权势财富的贪欲所使然。而难敌要实现自己的贪欲，主要手段就是玩弄阴谋诡计，贪欲和奸诈混为一体。他只要一考虑如何对付般度族，想出来的点子总是卑劣的阴谋。例如，当他知道般度五子没有被烧死，反而与强大的木柱王结亲联盟之后，他马上与迦尔纳、持国王还有沙恭尼等人密谋对策。他利令智昏，主张利用般度五子不是一母所生又是五人共妻这一点，用挑拨离间诡计使他们内部不和、争风吃醋；或者重金贿赂木柱王，拉拢他站到俱卢族一边；或用美人计、散布谣言计等等，他想的全是见不得人的伎俩，足见他品格的低劣。

难敌与罗波那一样，也骄横自恃。罗波那的骄横是依仗于他有神宠和三界无敌的本领。难敌则是由于手执王权、财富和军队，因而肆意欺负弱小的般度族，企图消灭对方，永远霸占王权。坚战上当赌输了国土和财富，连自己的兄弟和黑公主也成了难敌所有。难敌得意非凡，公然派难降拖黑公主到赌博大厅，动手动脚加以侮辱，恃强凌弱的丑恶暴露无遗。坚战兄弟流放十三年期满，要求归还国土，难敌强硬地拒绝，声称连针尖大的地方也不给！终于导致了两族毁灭性的大战爆发。他之所以如此蛮横，就是以为俱卢族实力雄厚，有毗湿摩、德罗纳和迦尔纳这几位骁勇无敌的将领，还有十一个师的强大兵力，他对于胜利满有把握，所以才如此有恃无恐，任何人的劝说他也不愿听，一意孤行。他过分相信物质方面的力量，而看不见道义、正法的巨大作用。这几乎是所有暴君都不可避免的通病。

罗波那和难敌虽然都是邪恶的化身，但是史诗作者并没有把他们脸谱化，正像罗摩、坚战这样的理想人物也不可避免地带有凡人的弱点和过错那样，诗人在揭露罗波那和难敌邪恶的同时，也不乏赞颂之笔，描写他们身上所表现的某些高贵品质。罗波那死后，罗摩决定为他举行葬礼，维毗沙那认为罗波那作恶多端，无需给他如此厚待。这时诗人通过罗摩之口肯定了罗波那身上的高贵成分。罗摩说，罗波那虽然违背了正义，但在战场上，始终是一个精力充沛，勇敢无畏的勇士，连天神都无法战胜他。他豪爽有力，是世界的压迫者。同样，难敌虽然惯以阴谋诡计为手段，奸诈卑劣，但是在战斗中却也有战士的勇敢、英雄的气概，他身受重伤，仍然和怖军决斗，打得顽强英勇。要不是怖军违反作战规则，打他下部，怖军就不一定能取胜。所以，他被打倒之后，临死前，诗人让天神为他喝彩，天乐齐鸣，黑暗的天空突然明亮，并为他撒下阵阵花雨。死后还让他上了天堂。连黑天也承认，难敌在战争中是所向无敌的，如果不用不正当的手段，就不能打败他，赞美他死得勇敢。尽管对于史诗中这类与人物主导性格似乎有矛盾的描写曾使人们怀疑是窜入成分，但是，对于表现人物完整性格的复杂性和丰富性来说，这些描写就大大增强了形象的真实性和艺术魅力。

三、意蕴与情味

印度两大史诗篇幅庞大，创作过程经历了漫长的历史时期，具有流动性、随意性和开放性发展的特点。它们犹如两条沧桑古河，有着印度民族诸多时代生活的、心理的和宗教的等等厚重的意识沉积，思想内涵极其丰富而又十分复杂。大多数西方学者都不能理解两大史诗的真正意义，即使印度本国的史诗研究专家，也见仁见智，说法不一。在印度和西方学者的著作中，大多干脆避而不谈史诗的思想内涵。中国学者对史诗的研究尽管也做出了极大的努力，而对两大史诗的思想内涵问题，仍在探索之中，尚未取得一致的结论。史诗本身的复杂性丰富性决定了研究的难度，任何只从单一的角度对它们进行的考察，势必如同瞎子摸象，结论不免陷于片面，甚而武断或令人困惑迷茫。唯有从多角度多层次的研究分析，才有可能逐步接近、了解它们的真正意义。

（一）达磨与伦理

两大史诗贯串始终的基本主题是宣传达磨——奴隶制时代理想的伦理道德观念。

史诗的主要矛盾冲突是达磨与非达磨的冲突。两大史诗的主要人物无一不与天神或天神的敌人阿修罗有关系。罗摩兄弟和黑天都是保护神毗湿奴降生；

坚战兄弟的生父都是天神；悉多的前身是吉祥天女；俱卢兄弟与罗波那则是天神的敌人阿修罗的化身。难敌本身就是头号魔鬼、邪恶的代表——恶神迦里降世；难敌舅父沙恭尼是恶神迦里的帮手——恶神陀伐婆罗转生，他是一个头号赌棍，难敌的弟弟们都是补罗私底耶的魔鬼。补罗私底耶又是十首魔王罗波那的祖父，据说所有罗刹都是他的后代。《摩诃婆罗多》的《森林篇》第 240 章，讲到难敌被画军生俘，坚战兄弟奋勇将他救出，他觉得是莫大耻辱，发誓绝食自杀。这时魔鬼和邪神们也来劝阻他，他们声称，难敌是他们事业的希望，难敌要是死了，他们的事业也就完了。他们对难敌说，魔鬼和罗刹们已经投生到了刹帝利中间，邪神们也投生到了世间，他们会帮助难敌与般度族斗争的。史诗把所有的主要矛盾冲突和战争都看做是天神们和阿修罗们之间的斗争，也就是达磨（法、正法）和非达磨（非法）之间的冲突，即正义与邪恶、道德与非道德、正确与谬误、光明力量与黑暗力量之间的冲突。斗争的结果必然是法（达磨）胜利，非法（非达磨）失败。天神的化身是胜利者，他们的敌人则一败涂地。两大史诗都是围绕着要不要实行达磨这一中心问题安排故事和评价人物的。

在《罗摩衍那》中，吉迦伊的要求似乎是导致罗摩流放的主要原因。但是为什么以她那无足轻重的力量而能左右着阿逾陀宫廷甚至整个国家的命运呢？十车王并未亲口下令驱逐罗摩，罗什曼那决心不惜用武力手段保卫罗摩的权利，臣民们几乎异口同声支持、拥戴罗摩。矛盾的双方，力量对比极其悬殊。吉迦伊本身也并不是邪恶的人，只是陀背宫女的挑唆才使她提出了使阿逾陀政治局势迅速逆转的要求，但是她们的力量相对罗摩一方的绝对优势来说，简直不堪一击。而且，就在罗摩刚进入森林不久，婆罗多带着臣民还有他和罗摩的母亲亲自追到森林，再三恳求罗摩回去继位。这么一来，对于罗摩来说，放弃流放生活，回国执政，已是顺理成章、上下毫无异议的事情。但是，他为什么坚拒众人的意愿，坚持要去流放呢？这不能不归因于至高无上的达磨。罗摩意识到吉迦伊的要求，表面上悖理逆众，实际上并不违背达磨，因为十车王曾许下诺言，要实现她任何两个愿望。君子一言，驷马难追。罗摩若不去流放，不仅是自己不孝，有违达磨，还要使父王蒙上失信的污垢，破坏达磨。罗摩自愿流放，其实完全是达磨的力量所使然。罗摩与罗波那的战争，与特洛亚战争一样，并不是只为抢夺一个女人的战争。不过，特洛亚战争的真正目的是掠夺财富。古希腊英雄时代掠夺财富是氏族部落正当的谋生途径。因此，荷马史诗里交战双方的英雄都有同样光彩的形象，对他们的勇武崇高，诗人都毫不吝啬赞美的笔墨。而罗摩与罗波那的战争却是正义与邪恶的战争，道德与非道德的争斗，也就是维护达磨的一场斗争，诗人对交战双方的爱憎态度极其分明。从史诗开端所叙述的毗湿奴下凡的原因来看，不难领会这场战争的真正性质和目的，不难理解达磨在其中的重要性。《摩诃婆罗多》中般度族所受的磨难以及两族之间所进行的那场毁灭性的俱卢大战，其内在根源也是达磨与非达磨的冲突。坚战轻率的钻进难敌一伙设下的赌博圈套，一旦赌输，尽管有勇武的阿周那和怖军以及强大的盟友木柱王等力量支持，甚至宇宙化身、威力无比的黑天也站在般度族一边，坚战还是不肯抛弃他和难敌一伙骗子达成的赌博协议，他把它看成是神圣的道德契约。尽管它似乎并不值得如此看重，他却要劝服兄弟们和黑公主与他一道严格地遵守、履行。这仿佛难以理解。或者干脆判断为坚战实在愚蠢，软弱无能。如果了解诗人的意图，把这些情节放到达磨与非达磨的较量这一高度上去认识，那么，坚战的思想和行为本身也就显示了达磨对非达磨的抗衡，达磨的力量和正义性。正是达磨这一核心力量决定并推动着故事情节的发展，人物的命运、各派政治势力的兴衰存亡。故事人物只不过是诗人所要表达的思想内涵的象征。

围绕着宣传达磨的主旨，诗人对人物的臧否褒贬，也就无一不以是否躬行达磨作为标准。荷马史诗里受到赞颂的英雄人物，主要在于他们骁勇善战的英雄气概，史诗充满了对力的赞美。印度两大史诗作者的着眼点却并不在于英雄的孔武有力，而在于他们遵行达磨、维护达磨的美德。罗摩膂力过人，箭术超群，而史诗重点描写的却不是这些，而是他的德行。他作为英雄和理想国王形象为后世千千万万印度人崇拜、敬爱的主要原因，仍然在于他的德行——孝悌、忠诚、正直、虔诚、守信、仁慈、克制、行为端正、道德高尚。《摩诃婆罗多》更是把笔墨集中在德行方面来塑造法神的儿子——坚战这位理想国王、英雄。坚战的名字虽然有"在战斗中很坚定"的意思，但在武力方面，他却没有什么突出之处。他是正法（达磨）之王，他的力量不在于有形的武力，而在于看不见的达磨。他整个生命就是按照达磨的性状铸造的。在印度人心目中，他就是达磨的化身。坚战兄弟在林中流放时，怖军和黑公主极力主张立刻与难敌决一死战，夺回王位，结束艰苦的流放生活。甚至黑天也一度表示过同样的意见，后来阿周那又从天庭里带回了一件威力无比、可以毁灭整个世界的武器——兽主之宝，坚战都毫不动心，反倒苦口婆心地劝说怖军和黑公主坚守达磨。在这个世界上，没有任何东西能动摇坚战对达磨的虔诚、推重。他说："我的神圣的诺言绝不能是空话。我把法（达磨）看得比生命本身，甚至比进天堂更重要。

王国、儿子、名誉、财富——所有这些的重要性还抵不上真理的法的十六分之一。"①

印度人认为人生目的有四：法（达磨）、利、欲和解脱。解脱是最高的、至福极乐的目标，也可以说是最后的结果。它要以法、利、欲的实现为基础，同时还须通过特殊的生活方式才能完全实现。所以，人们起码的生活目的是法、利和欲这三项。这三项之间又有大小主次、先后从属的价值关系。欲即是性、感情、爱美等人类天性的满足，在道德价值上处于最低的地位，它从属于其他两个目的：法和利。而利也必须服从法。三者之中，法是最根本的行为标准。《摩诃婆罗多》中有一段话，谈到三者的关系："一个聪明人必须实现这所有三个目标。但是如果三个目标不可能达到，他必须努力得到法和利。如果他不得不三者择一，他必须只选择法。一个平庸之辈宁肯要利，而不要其他两个目的。但是法却是利和欲二者的根本。"② 史诗人物无疑也就是这种行为标准的形象注释。

那么，史诗所宣传的达磨是什么呢？达磨或曰"法"或"正法"，前者是音译，后二者是意译。它是非常独特的印度概念。对它的解释也多种多样，很难给它下一个确切的定义。用《摩诃婆罗多》中毗湿摩的话来说，达磨是能够扶持一切众生的事物和行为。这当然还是一个笼统的定义。印度著名学者苏克坦卡尔认为，贝拿勒斯的哲学家兼社会学家帕格温·达斯对达磨的分析给出了一个最全面的定义。达斯说："维系一事物，使其顺乎自然，而防止其分解或演变为某种其他事物者，及其特殊功用与独特性能，其根本属性与本质，——是谓之正法，即其本初存在之法。"这里的解释较抽象。不过达斯在后面说的话就较容易理解了："就极广的意义而言，正法即世界之秩序，它使世界依其自身发展之进程而发展，以不可中断的，约束一切的因果之链使其各部结合为一整体，它就是自然之法（或一切法之总体），或自然之神……那种使所有的人结合在一起相互给予权利与承担责任，并使其因性格不同而在行为上产生因果关系，以维持社会存在的体系，或者法规，则为人类之法，或称为人之正法。此外，以《吠陀》（它所有的部分都是一门全面的关于自然规律的学问）为基础的一种生

① 季羡林、刘安武编选：《印度两大史诗评论汇编》，中国社会科学出版社 1984 年版，第 201 页。

② 季羡林、刘安武编选：《印度两大史诗评论汇编》，中国社会科学出版社 1984 年版，第 211 页。

活规则，遵守这种规则就能获得今生或来世的幸福，这也是正法。简单地说，就科学角度而言，正法是一种独特的品性；就道德与法律之意义而言，它是一种责任；就心理与精神之意义而言，它是一种具有其所有正确含义的宗教信仰；就一般的意义而言，它则是一种正义与法律，但是在此处责任尤其高于一切。"①可见其内涵非常广泛，包含着极为复杂与丰富的层次。季羡林先生把达磨的内涵归纳为两类："一类是'一切存在的事物'……一类是'法规'、'规律'，指的是万事万物的内在法则"。②简而言之，在印度两大史诗里，达磨既是伦理道德概念，又是哲学、宗教概念。其中又以伦理道德涵义的强调最为突出。《摩诃婆罗多》中的达磨主要指正义和人的正确行为。人的行为怎样才是正确的？一要符合正义的要求，二要符合本人所属社会地位所规定的职责，首先是指种姓的责任。《薄伽梵歌》第三章第35节云：

> 自己的达磨虽然有些弊病，
> 也较善施他人之达磨优胜，
> 履行他人之达磨确有危险，
> 遵从自己的达磨虽死犹荣。③

特别强调人们在生活中恪守种姓职责、义务的重要。《罗摩衍那》中的达磨基本上仍然是以伦理道德涵义为主，不过，提出了更具体的规范，它包含着仁、义、礼、智、信等丰富的内容，明确地提出了忠、孝、悌等五伦规范。相对于《摩诃婆罗多》来说，要求更严格，更细密。由此，人们也应该注意到这样一个事实：达磨作为伦理道德概念，它的内涵并不是一成不变的。它随着时代、社会的发展而发生变化。《摩诃婆罗多》中强调正直、诚实、守信；《罗摩衍那》增加了孝、悌、贞节等内容。同是反映争夺王权的家族矛盾，《摩诃婆罗多》突出正义战胜邪恶；《罗摩衍那》则重在家族和睦、兄弟相让互爱，也就是着重家庭伦理，要求人们严格遵行与本身地位相应的职责。

应该指出，达磨作为调整人际关系的伦理道德准则，绝对不是史诗所鼓吹

---

① 季羡林、刘安武编选：《印度两大史诗评论汇编》，中国社会科学出版社1984年版，第207—208页。

② ［印］蚁垤：《罗摩衍那·童年篇》，季羡林译，人民文学出版社1980年版，第418页。

③ 张保胜：《薄伽梵歌初探》，《南亚研究》1981年第1期，第21页。

的那样：是由外在于人类社会的主宰力量所决定的。相反，它是人为的，是社会为了本身秩序的稳定而制定出来或者约定俗成的结果。它可以随着时间、空间和对象的变化而逐渐变更。作战规则在俱卢大战过程中渐趋破坏就是一个明证。按照大战时代的习俗，敌对双方的战斗只能在白天进行，太阳下山以后，双方就停止战斗，而且可以像朋友一样自由地混杂一起互相交谈，不用担心敌人会出其不意地袭击自己。如果谁违犯了这规则，就是有违达磨，连自己人也会唾骂的。交战双方必须力量相称，若以优势向劣势者挑战，是不道德的行为。例如骑马的人，不能与步行的人交战，对方退却或离开战场，就不能进行打击；尤其是不能不宣而战，在对方不防备的时候进行攻击，那是极不光彩的卑劣行为。以诡计取胜也是受谴责的违法行径，等等。俱卢大战开始时，双方都曾严肃地宣称要恪守规则。但是，随着战斗的发展，这些规则逐渐土崩瓦解。俱卢族几位统帅都是由于黑天用诡计，破坏交战规则而被杀死的。俱卢族也违反公平交战规定，一群将领围攻阿周那的儿子激昂，把他杀死。战斗到第十四天，太阳下山后，双方仍不愿停止战斗，打起了夜战。最后一天，俱卢族剩下的三个人又趁黑夜偷营，把般度军队差不多全部杀光。黑天自称是毗湿奴神，他降生世上，就是为了建树达磨，但他又破坏达磨，按他的辩白，他所破坏的乃是过时的不适用的东西。这不能完全视为诡辩，倒是说明了达磨并不是永恒不变的东西。

史诗所宣扬的达磨，到底是什么时代的伦理道德观念呢？从史诗所反映的社会历史内容（诸如政治观、战争观、婚姻观、哲学、宗教、习俗等，详见后述）来看，两大史诗宣传的达磨主要是奴隶社会的伦理道德观念。《摩诃婆罗多》反映的时代偏早，有氏族社会晚期向奴隶社会过渡时期的痕迹；《罗摩衍那》则偏晚，明显地看到有奴隶社会末期向封建社会过渡的标志，达磨中包含的忠孝悌贞等观念就带有封建伦理道德的性质。不过，考虑到史诗的开放性创作过程这一点，就不能排除在各个不同时期尤其是封建时代意识渗入的可能。史诗原有内涵中凡是适应后来时代社会秩序需要的东西，无疑会得到保留和强调，甚至通过某些调整删补手段给以特别显著突出的地位。

（二）社会形态与民族精神

两大史诗反映了印度奴隶制时代政治斗争、社会生活的重大问题。

首先，史诗在反映政治斗争时，是以达磨为标准来看待争夺王位的斗争的。

争夺王位是政治斗争的核心，《罗摩衍那》主要情节最初的矛盾就是王权继承的冲突，《摩诃婆罗多》的王权斗争则贯串史诗始终。《罗摩衍那》涉及了人、猴、魔三个国家的王权争端。人国的王位继承矛盾以罗摩的识大体、顾大局，甘愿流放，以及婆罗多并无谋权野心，真诚辞让而在内部得到了较为妥善的解决。猴、魔两国的王权矛盾则是通过外力和流血战争才得以消解。猴国兄弟争夺王权，表面上是由于误会而引起的冲突，实质上是争夺王位满足私欲的斗争。弟弟借助外力杀了哥哥，成为胜利者。魔国与人国、猴国的情况稍有不同，它的矛盾主要是罗刹王罗波那的专横引起弟弟的不满，开始并不是争夺王位的斗争，而是专制与反专制的矛盾。维毗沙那站在正义一边而遭专横的哥哥斥责驱逐，愤而投靠罗摩，帮助罗摩消灭了罗波那。最后，罗摩让他取代暴君继承了王位。史诗通过三个国家王权纷争及其解决的过程，谴责有违达磨的王位争端，反对专制暴君，希望执政者仁慈爱民，遵行达磨，宽厚忍让，家族和睦。罗摩解决阿逾陀宫廷王权争端的模式，无疑是一种理想的楷模，体现了史诗作者以及古代印度百姓的政治观点和社会理想。《摩诃婆罗多》的王权争端同样发生在家庭内部，两族堂兄弟为此进行了你死我活的斗争。史诗作者赞颂正义一方，谴责邪恶暴虐的一方。但对于斗争的毁灭性、残酷性后果也深表遗憾。这涉及了与王权争端紧密联系的战争问题。战争是解决各类矛盾尤其是政治、阶级、民族等矛盾的最高形式。两大史诗反映了特定历史时期发生的战争的特点，而且鲜明地表现了史诗作者对战争的态度。史诗以达磨为标准，支持歌颂保卫自己正当权利而被迫进行战争的一方，谴责不义的战争以及战争中不符合达磨的行为。但是，史诗作者也正视战争所造成的毁灭性后果，所付出的惨重代价。尽管战争有正义与非正义之分，史诗作者仍然希望尽可能避免战争。《罗摩衍那》对罗摩兄弟解决王权争端问题的赞赏，俱卢大战结束后战场上失去亲人的女人们震天动地的凄厉哭声，作为胜利者的坚战思念战死亲人的抑郁不乐，难敌母亲诅咒黑天家族毁灭的如期实现，《罗摩衍那》中波林与罗波那的妻子失去丈夫时的呼天抢地、悲痛欲绝……这一切无不流露出史诗作者反对战争，希望和平的强烈倾向，这其实也代表了古代印度广大老百姓的深切愿望。

其次，史诗反映了社会制度、结构、习俗和社会矛盾等问题。从政治制度来看，两大史诗中的王国都是奴隶制国家。政权继承方式是父传子、兄传弟，没有封建社会嫡长制继承方式那么严格。《罗摩衍那》中罗摩是长子，又有德行，所以十车王起初就决定由他继位；《摩诃婆罗多》中持国是长子，但因为瞎眼，而由其弟般度为王。般度死后，持国又可以继位，后来又把国土的一半分给坚战兄弟管理。这似乎说明了当时的王位继承既可以传长又可以传贤，甚至可以兄弟平分国土。《罗摩衍那》中，国王决策一般要咨询由老年人组成的议事会和国民大会。十车王打算立罗摩为王位继承人，就召集国民大会征求他们的意见。国王还要参加生产劳动，遮那竭国王向罗摩讲述悉多的来历时说，悉多是他犁地时捡到的。遮那竭身为国王，竟然还要亲自把犁耕地。另外，当时的王子尚未登基，也可以称为国王。如难敌，在史诗中多次被称为国王。甚至他还有权给迦尔纳授地封王。如此看来，这时的国王绝对不是封建时代的国王。

在婚姻制度方面，《摩诃婆罗多》中是一夫多妻制与一妻多夫制并存。般度有两个妻子，坚战五兄弟共娶黑公主为妻，阿周那后来还再娶。而插话《那罗传》和《莎维德丽》又似乎暗示还有一夫一妻制的存在。《罗摩衍那》中的时代则是一夫多妻制和一夫一妻制并存。十车王有350个老婆，而罗摩和悉多却坚持从一而终。不过史诗作者们对不同的婚姻制度所表示的态度具有鲜明的倾向性。《摩诃婆罗多》对一夫多妻制视为正常，而对一妻多夫制则视为异常，看做是古老习俗在个别家族中寥寥无几的残存。《罗摩衍那》的作者则竭力赞美、宣传一夫一妻制，可见，它在当时还不是很平常的普遍事物，而是新的东西，代表着一种历史发展的进步方向。在婚姻问题上，两大史诗的女子都有自主选婿的权利，《摩诃婆罗多》中的女子独立自主性比《罗摩衍那》的女子更强。

在社会结构方面，可以看到当时的社会成员的等级还比较简单，主要是王族、贵族、平民和奴隶。坚战赌输，兄弟五人和黑公主一下子就由王族而沦为奴隶。

这些都说明了两大史诗反映的是奴隶制时代的社会特点。《摩诃婆罗多》的时代离氏族公社末期不远，还带有氏族社会晚期的风习。这在风俗上表现得特别明显。如一妻多夫、借种生子。劫掠和赌博还是获得财富的正当手段，女子既是劫掠对象，也是赌博的赌注。人们并不谴责劫掠和赌博，只把武艺不高、赌术不精和赌博运用诡计取胜等等视为可耻。俱卢大战的作战规矩，也表明了是较古老时代的产物。《罗摩衍那》的时代则已带有封建社会的萌芽。最突出表现在伦理道德观念方面，五伦的全面要求，悉多所表现出的女子贞洁规范的严格等等。

两大史诗反映的社会矛盾，主要是奴隶社会的矛盾。除了王权继承和奴隶制王国之间的矛盾外，还有种姓矛盾、民族矛盾和生产方式的矛盾。种姓制度是原始公社末期阶级分化的结果，种姓矛盾在史诗里写得最多的是上层种姓婆罗门与刹帝利的矛盾。例如两部史诗都提到的众友与婆私吒的斗争。众友原来

4

是刹帝利国王，婆私吒是婆罗门仙人。众友欲抢夺婆私吒的如意神牛，被打得
惨败。后来他通过苦行使自己也转变成婆罗门仙人，与婆私吒握手言欢。《摩诃
婆罗多》吹捧婆罗门力量的地方较多，其《初篇》里讲到刹帝利男子全被婆罗
门出身的持斧罗摩杀光，剩下的刹帝利女人们争先恐后去找婆罗门男人睡觉，
为刹帝利生子传宗接代。如此一来，这些刹帝利后代实际上就不是纯种刹帝利
了，而是婆罗门的子孙。在《大会篇》里还讲到刹帝利被婆罗门剿杀，鲜血汇
流成了五个大湖。这些故事表现了对刹帝利的刻骨仇恨，显然是代表了婆罗门
种姓的立场。可是，两大史诗的主角和主要情节都是歌颂刹帝利的。在《罗摩
衍那》里，罗摩战胜罗波那，就是刹帝利战胜婆罗门。罗摩是刹帝利，恶魔罗
波那则是婆罗门。史诗《后篇》追溯罗波那的身世时说道，他的父亲毗尸罗婆
和祖父补罗私底耶都是婆罗门仙人。所以，罗波那应该是个货真价实的婆罗门。
为什么在两大史诗里，对待婆罗门和刹帝利的态度会出现互相矛盾的倾向呢？
有人认为两大史诗在发展过程中曾被婆罗门家族的人大肆窜改过，加入了不少
歌颂婆罗门，贬低刹帝利的成分。① 不管这是否属实，史诗中矛盾倾向的本身足
以说明当时在婆罗门和刹帝利之间的矛盾是相当激烈、尖锐和复杂的。《罗摩衍
那》的作者蚁垤是婆罗门仙人，他为什么站在刹帝利立场上赞美罗摩呢？季羡
林先生认为，很可能身为婆罗门的蚁垤仙人受不了穷，不得不舞文弄墨投靠刹
帝利，依附于刹帝利国王。② 既然失败的刹帝利众友可以通过修行改变身份而成
为婆罗门，蚁垤仙人以自己的一技之长投靠刹帝利，当然并不奇怪。

民族矛盾和生产方式的矛盾在《罗摩衍那》里表现得较明显。罗摩与罗波
那的矛盾，不仅是种姓矛盾，也是民族矛盾和生产方式的矛盾。印度本地人肤
色黑，而外来的雅利安人则是白种人。一般说来，黑色本地人不会是婆罗门，
只有雅利安白种人才可能是高级种姓。罗摩恰好是黑肤色，"黑得象蓝荷花"③，
因此，他不可能是雅利安人。史诗把他写成高级种姓刹帝利，只不过是作者欲
美化他，而为他伪造了一个高贵出身。④ 罗波那是婆罗门世家，虽然蚁垤把他丑
化为吃人魔王，但他应当是雅利安人。因此，罗摩与罗波那之间的冲突，除了
种姓矛盾性质外，还有印度土著与外来雅利安人之间的民族矛盾性质。

① 季羡林：《罗摩衍那初探》，外国文学出版社 1979 年版，第 97 页。
② 季羡林：《罗摩衍那初探》，外国文学出版社 1979 年版，第 108 页。
③ ［印］蚁垤：《罗摩衍那·阿逾陀篇》，季羡林译，人民文学出版社 1981 年版，第 17 页。
④ 季羡林：《罗摩衍那初探》，外国文学出版社 1979 年版，第 106 页。

另外，雅利安人本来是游牧民族，不事农商，以劫掠吃肉为主要特点。而印度河流域本地人在雅利安人还到处游牧的时代，就已经从事农业和商业，有了高度的城市文明。在《罗摩衍那》里，人们可以看到罗摩的阿逾陀城是以农业和商业为经济主体的。而罗波那的楞伽城，罗刹们却是吃肉为生的。哈奴曼在罗波那宫中就看到他们吃的是大堆大堆的肉类，有牛肉、鹿肉、野猪肉、公鸡肉、孔雀肉，几乎是无肉不吃。楞伽城虽然豪华富丽，却没有什么从事生产的迹象。这样看来，不但更有力地证明了罗摩与罗波那的冲突是民族矛盾，而且是先进的生产方式与落后的生产方式之间的矛盾。冲突的结果是正义、进步力量获胜。史诗在真实反映现实的基础上，揭示了历史发展的趋势。

再次，史诗反映了古代印度的哲学意识和宗教意识。两大史诗反映的古代印度哲学意识和宗教意识极为庞杂而丰富，几乎囊括了所有哲学派别的主张。包含了各个宗教派别教义的基础。不过在庞杂中仍有主次之分。哲学意识的主导思想是法（达磨）的思想体系或世界观，宗教意识则是以印度教毗湿奴教派的教义为主体。两大史诗的作者和编者竭力在史诗人物和情节中贯彻、突出这种哲学和宗教的主导意识。因此，他们把坚战塑造为法神的儿子、法的化身，把罗摩和黑天赋予毗湿奴大神的神圣身份，甚至让黑天直接自称是毗湿奴，滔滔不绝地宣讲毗湿奴教派的宗教哲学教义，自诩是法的保护者，人类灵魂的救主，宇宙的本身，要求人们崇拜他、虔信他。黑天直接以毗湿奴大神的身份说教的那篇插话《薄伽梵歌》（神之歌），系统而集中地概括了两大史诗所要反映的主要哲学意识和宗教意识。

《薄伽梵歌》是史诗第六篇《毗湿摩篇》中的插话。它的形式是一篇对话。俱卢大战开始，阿周那临阵产生了犹豫，他想到这是家族亲人自相残杀，他即将与之交战的对方有自己最尊敬的长辈和老师，他怎么能忍心把他们杀死呢？他甚至打算退出战场。这时，为他驾驶战车的黑天便劝导他，消除他心中的疑虑。两人的谈话就是这篇《薄伽梵歌》。这篇插话长七百颂，分为十八章。它的内容几乎包含了印度古代全部哲学流派的思想，从吠陀开始到奥义书之后的六派正统哲学①，甚至佛教、耆那教和顺世论等流派的理论观点，在《薄伽梵歌》中都可以看到。不过，它并不是一个大杂烩，而是借用已有的理论观点和术语，阐明自己的思想，并且自成体系。《薄伽梵歌》认为世界的本源是"我"。"我"

---

① 指数论、瑜珈、胜论、正理、弥曼差和吠坛多六个哲学派别。它们都是信仰上帝的存在并承认吠陀经价值的哲学派别，所以被认为是印度哲学的正统派系。

是一种宇宙精神，"无始无终，隐而冥冥，不生不灭，遍满太空，亦是亦非，平静常恒。……没有任何质的规定性，无论在时间上，还是在空间上，都是不可捉摸的、不可思议的。似乎是'无'，它却认为是'实有'、是真正的'实在'。"① 世界万事万物都是"我"创造出来的，"我"决定万事万物个体的特殊性，决定着人们的命运和道德。由"我"所决定的、不依人的意志为转移的事物及其变化规律，称为"达磨"（法、正法）。人们按照"我"规定的地位和职责行动，也就是遵从不能违反的达磨。每一个人都有"我"的一部分，就是灵魂，这个灵魂即人的"自我"。人的灵魂是不灭的，因为他是宇宙精神的一部分。平常所谓人死，只是灵魂离开肉体，"像一个人把旧衣服脱掉，穿上新的，这样在人身上灵魂也抛弃了旧的躯壳，去进入新的形体。他是刀枪不能劈，火不能灭，水不能淹，风不能毁的。"② 灵魂才是真正的人。人类最高的理想就是解脱——摆脱物质的桎梏，自觉地与至高无上的"我"——宇宙精神结合为一，免除轮回，进入天堂极乐世界。《薄伽梵歌》的中心内容和最终目的就是阐明如何解脱，宣扬一种新的信神教义。

　　《薄伽梵歌》认为解脱的途径有三种：一是业（行动）瑜珈，二是智（知识）瑜珈，三是信（虔信）瑜珈。业瑜珈是通过具体的行动达到与至高无上的宇宙精神——"我"的结合。也就是要不放弃自己的工作，要以一种超然的态度从事与自己地位职责相符的工作，不掺杂任何个人的图谋，不计较行动结果的成败得失。智瑜珈是通过获得知识而实现与"我"的结合。要求在理性方面能透过一切现象而认识"我"，知道宇宙是统一的，宇宙万物有着内在的紧密联系，认识到人的真正利益与宇宙的利益完全一致。信瑜珈是通过虔诚信仰"我"而达到与"我"的结合。必须毫无保留地崇拜"我"，热爱"我"。"我"在《薄伽梵歌》里化成了毗湿奴大神——黑天形象。虔信宇宙精神"我"，也就是虔信黑天——毗湿奴。这三种途径相辅相成，一个人只有在这三种途径上努力，才能获得完全的真正的解脱。但是，在这三种途径中，最重要的是信瑜珈，《薄伽梵歌》最后一句教训说出了这个主要之点："丢掉所有的宗教义务，来皈依我。我是你唯一的庇护者。我将把你从一切罪过中解脱出来。不要悲痛！"③ 从

① 张保胜：《薄伽梵歌初探》，《南亚研究》1981 年第 1 期，第 16 页。
② 柳无忌：《印度文学》，台湾联经出版事业公司，1982 年版，第 45 页。
③ 季羡林、刘安武编选：《印度两大史诗评论汇编》，中国社会科学出版社 1984 年版，第 462页。

世界观来说，《薄伽梵歌》属于客观唯心主义。与所有的宗教一样，它的教义无非是要训练人们忍耐、驯服的性格，使人们甘心情愿地接受自己在社会等级中的地位，并完成规定给那地位的职责，安分守己，听任摆布。不过，它也有与别的宗教派别不同之处，它的教义把人们的精神生活和社会实际生活融合在一起，将人的行为和思想统一向宗教的热忱，号召人们不放弃实际的工作，而在虔信的支配下通过"有为"达到"无为"，获得解脱。这就比那些光讲"遁世"、"出家"、"无为"，逃避现实，逃避社会责任的宗教教派要进步。它宣扬不论贵贱、种姓高低，只要追求"我"的庇护，就都能达到至高无上的目的。其中透露出的平等思想比那些主张婆罗门至上的教派更容易为广大平民百姓所接受。它把祭祀解释为虔信"我"的一切行为，把"苦行"理解为遵守道德规范，等等，都比婆罗门教有明显的进步意义。

《薄伽梵歌》的思想是《摩诃婆罗多》的核心。坚战几乎完全是一个按《薄伽梵歌》教义模子铸出来的虔信者形象。当黑公主和怖军主张用暴力来惩治难敌的时候，坚战对黑公主说："公主呀，你讲的可是无神论者的话。我行动时绝不萦心于我的行为的果报。我做出让步，是因为我有责任去让步，我牺牲，是因为我有责任去牺牲。我遵循道德而行动，不是想获得德行的果报，而是因为我不愿意违背圣典的规定，也因为我目睹了善人与聪明人的品行。黑公主呀，我的心自然向往着德行。那希望去收获德行之果的人不过是拿德行在做买卖。""所以，虽然你也许没看见德行的果报，但是你不应该怀疑神或者动摇信仰。你必须一心一意地去献祭，不要骄傲，要宽厚待人。今生的行为都有它们的果报，而只有德行才永远不朽。黑公主呀，像驱散迷雾一样地驱除掉你的疑惑吧。要想到这一切，让信仰取代你的怀疑吧。不要诋毁大神，他是万物之主。去领会他的意旨吧。俯伏在他的脚下吧……你绝不要轻视至高无上的大神，由于他的恩惠，世界的凡人凭着虔诚而得到永生。"[1] 坚战这番话可说是囊括了《薄伽梵歌》的主要教义，他的口吻与黑天对阿周那说的也一模一样。换言之，坚战的说教就是对《薄伽梵歌》教义的一个具体的阐明，一个精心的注释。

两大史诗也反映了某些无神论和唯物论思想。不过，作者和编者将它们放在无足轻重的地位。或如《薄伽梵歌》那样把那些从数论、顺世论和其他哲学派别中借来的唯物论概念、术语；加上种种神学的装饰，掩盖了本来的面目；

---

① 季羡林、刘安武编选：《印度两大史诗评论汇编》，中国社会科学出版社 1984 年版，第 200 页。

甚或象《罗摩衍那》那样，把一位婆罗门劝罗摩回城登基时说的那番无神论言语作为批判的靶子，斥之为"不合法"的"非常卑鄙的东西。"①

（三）情味类型与民族心理

两大史诗抒发了以"悲悯"和"平静"为主的丰富"情味"，展示了独特的民族心理和民族性格。

印度古代文艺理论把文学作品中所带的感情色彩分成十种"情味"或"情调"：艳情、滑稽、暴戾、英勇、恐怖、厌恶、奇异、平静和慈爱。两大史诗不仅对这些情味都有不同程度的表现，而且使这些情味的表现都达到了完全成熟的地步。在情味的表现中，两大史诗又各有以某种情味为主的基调，贯串于作品的始终，形成了一个既丰富、复杂而又是有机统一的情感系统。《罗摩衍那》情味的基调是"悲悯"。悲悯情味起于悲，它产生于受诅咒的困苦、灾难、与所爱的人生离死别、丧失财富、杀戮、监禁、逃亡、危险等等具体的不幸遭遇。《罗摩衍那》一开篇，就由雌麻鹬失去伴侣的悲惨哀鸣以及诗人的同情怜悯这一插曲，为史诗通篇的情味定下了"悲悯"的基调。在主要情节中，悲悯情味连绵不断，高潮迭起：宫廷阴谋导致罗摩无辜被放逐；父子分离，十车王哀极身亡；悉多被劫，夫妻生离死别，悲伤欲绝；罗摩在楞伽战场上被罗刹幻术所骗，以为悉多真的被杀，而哀伤无限，使全部猴军也沉浸于悲哀；战争结束，罗摩的怀疑使悉多悲愤投火，罗摩又真情流露，哀哀哭喊，连天神也感动掉泪；夫妇回到阿逾陀，过了一段短暂的幸福生活，悉多又被放逐森林；十多年后，悉多被召回阿逾陀，还要接受考验，最后投入大地怀抱，留下罗摩悲伤度日。这些情节无不令人产生强烈的悲悯之情。这种悲伤凄楚的情感不仅体现在主要情节和人物上，而且广泛地、反复地出现在史诗的每一角落。婆罗多敬父尊兄，却因为母亲的自私诡计而失父别兄，心头无限感伤；吉迦伊出于私欲的一念之差，不但得不到如期的幸福，反而成了寡妇，她一心一意为之谋利的亲生儿子婆罗多也因此与她疏远，还有一致谴责她的社会舆论也始终折磨着她的心灵；罗摩的母亲也陷入寡居的寂寞凄凉，她长期忍受别离的苦痛，日夜思念着爱子贤媳；还有罗什曼那的妻子，孤单地留在阿逾陀城，诗人虽然不着一笔，人们

---

① ［印］蚁垤：《罗摩衍那·阿逾陀篇》，季羡林译，人民文学出版社1981年版，第621—629页。

也可想见她那长期守活寡的痛苦心情。就连波林和罗波那的妻子，史诗也放笔渲染她们丧夫时的哀伤。纵横交错的悲悯情味构成了史诗情感体系的框架，其中又穿插以诸如罗摩与罗波那战斗时迸发的英勇，罗波那的暴戾，悉多被劫时的恐怖，罗摩夫妇短暂欢乐团圆的艳情，驼背宫女的令人厌恶和滑稽等等不同的情味，构成了宏伟庞大而又丰富多面、色彩缤纷的情感大厦。

《摩诃婆罗多》同样有着一个庞大丰富的情感体系，几乎包含有每一种情味。它写了一场惊心动魄的毁灭性大战，给人以厮杀流血的强烈印象，使人不免想到荷马史诗《伊利亚特》中的那场特洛亚战争。如果用情味理论来考察的话，《伊利亚特》的基调是英勇，以阿喀琉斯和赫克托耳为代表的双方英雄在特洛亚战场上比勇斗狠，像雄狮猛虎般冲杀。《摩诃婆罗多》的俱卢大战，也写了英雄的勇敢冲杀。阿周那与迦尔纳的对垒，就如同阿喀琉斯与赫克托耳的角逐。还有怖军、激昂等英雄在敌阵中横冲直撞的骁勇豪迈，并不亚于特洛亚战争中的英雄们。然而，《摩诃婆罗多》的基调却不是英勇。因为，首先是战争的性质不同。俱卢大战是一场正义与邪恶之间的战争较量，特洛亚战争的双方却并无正义与非正义之分。两者性质不一样，主题就迥异，作者的情味指向也就不同。其次，读者知道《薄伽梵歌》之所以倡导一种带有理智的虔诚的行为论，其本意是给人们指出一条摆脱世俗羁绊和不幸，达到人生最高理想目的的道路，这和整个史诗的要旨是一致的。史诗树立的理想人物就是按《薄伽梵歌》的教义生活的。例如，坚战和阿周那，他们的情绪虽然也有喜怒哀乐的激动，然而，总体上是处在一种理智、平静、和谐与平衡的状态之中。他们充分认识到"自我"与神——至高无上的宇宙精神"我"的统一，他们之所以行动，之所以战争或忍让或牺牲，都只是根据神所规定的地位和职责履行义务，并无个人图谋。阿周那战前的犹豫，受冤枉而突发的暴怒，都是极为短暂的瞬间情感，很快他就又恢复了镇定、平衡与超然的情绪。因此，《摩诃婆罗多》是一部以"平静"情味为主的作品。

从两大史诗所表现的情味以及人物性格的特点可以看出，印度民族具有崇拜理性力量的共同心理和性格特征。他们心目中的理想英雄，是象罗摩和坚战那样躬行达磨、克制、守信、忠诚、正直、宽厚的人物，而不是古希腊那种骁勇善战、专横任性的勇士。尽管印度民族和希腊民族都处在奴隶社会时代，同属人类的童年阶段，但是"希腊人是正常的儿童"①，他们顺从自然，自由放任，粗犷好斗，感情胜于理性；印度人则早熟，显得少年老成，文雅含蓄，理性强于情感。

（四）原型属性与文艺传统

两大史诗包含有不少富于原型意义的母题、意象和人物，对后世印度文艺乃至印度文化影响深远。

印度两大史诗本身就是古代印度神话的宝库，包容了许多神话故事。这些神话或直接以插话形式纳入史诗的情节系统，或移位为新的故事、意象和人物。如史诗英雄的受难与升天（新生），坚战的地狱之行，罗摩拉断神弓、阿周那箭中鹄的而娶美女，罗摩与罗波那的搏斗使人联想起《梨俱吠陀》中因陀罗斗恶龙的神话，② 等等。最值得注意的是两种原型母题：一是正义战胜邪恶；二是令人回肠荡气的坚贞爱情。在史诗中，表现这两种母题的故事、人物形象，对后代的文艺作品影响极为深远，本身就具有了根本原型的意义。如罗摩与悉多的忠贞不渝的爱情，沙恭达罗的故事，黑天与哈奴曼的形象等等，在后世文艺作品中反复出现。这类原型在后世的不断移位、变异再现，不但对推动文艺本身繁荣发展起了巨大的作用，而且唤醒了一代又一代读者或听众、观众沉睡的集体无意识，使他们产生了强烈的共鸣，从而延续、发展民族、种族的文化传统和性格。人们尽管可以用无神论者的态度把毗湿奴、因陀罗之类的天神视为虚无，但是，面对毗湿奴大神下凡除妖、因陀罗与弗栗多搏斗、黑天显示神性的宇宙万相、莎维德丽与死神的周旋等等光怪陆离的描写，读者不能不为其中包含的正义战胜邪恶的精神，忠贞的爱情以及作者热诚纯真的情感所感动，为他

---

① 《马克思恩格斯选集》第二卷，人民出版社1995年版，第114页。

② 季羡林先生曾批评印度和西方的某些学者在史诗研究中回避不谈《罗摩衍那》的思想内容，而"大讲自然神话，把人间阶级斗争的反映化为天上自然风云的变幻，剥夺了每一本书的阶级内容。"例如，印度学者支坦尼耶的《新梵文文学史》"就大讲罗摩与罗波那的搏斗，让我们想起了《梨俱吠陀》中描绘的因陀罗与恶龙勿哩特罗的搏斗。西方梵文学者一直把因陀罗与恶龙的搏斗解释成为雷电之神同阻碍降雨的恶龙之间的搏斗。换句话说，就是一个自然神话。"（《罗摩衍那初探》第86—87页）季先生的批评是很有见地的。不过，如果不把自然神话的再现绝对化，不把它看做史诗唯一的思想内涵，而把它作为全面、立体地分析、研究史诗思想内容的众多视点之一，从原型意义上了解史诗所具有的反映文化发展延续性和心理因素等价值，那么，对于完整地把握史诗的思想内涵来说，自然神话的解释还是具有可取之处的。

们那无限丰富的想象力所折服。正如我们成年人欣赏儿童们信手涂抹的图画，它们虽然不合比例，不知画理，但成年人也会为儿童作者天真烂漫和自由大胆的想象而忘情陶醉。同时也唤醒了成年人对自己童年时代的回忆，使人们对自己，对人生，对世界产生新的认识和理解。正因为如此，读者就可以理解两大史诗为什么世世代代受到印度人的喜爱、推崇，甚至视为经典圣书，在世界各国也产生了广泛的影响，其原因之一，就是它们包含了展示人类正面本质的丰富原型。

四、艺术独创

两大史诗是印度古代文学里程碑式的作品，具有卓越的想象力和完美的表现形式，艺术上独具特色之处甚多，最突出的有下面几点。

（一）堪称典范的情节结构

古代叙事文学作品故事情节的发展，矛盾的展开，一般有两种类型，一种是以人物为中心，一种是以事件为中心。印度两大史诗的情节结构就是这两种类型的典范。《摩诃婆罗多》以俱卢族和般度族纷争的事件为中心，展开两大势力的冲突；《罗摩衍那》则以人物为主线，通过中心人物罗摩的活动，展开三个国家内部的和外部的矛盾。而在错综复杂的大小矛盾中，突出罗摩与罗波那的矛盾，从悉多被劫开始，这个主要矛盾贯串至结尾。故事随着罗摩与罗波那矛盾的激化而逐渐展开，步步深入。荷马两部史诗与印度史诗似乎是遥相呼应，《伊利亚特》以希腊联军与特洛亚人的战争这一事件为核心，展开故事情节。《奥德赛》则以奥德赛的行动作为主线，铺叙十年漂流的故事。不过，荷马史诗的故事情节较单纯集中，印度史诗则繁复恢宏。《摩诃婆罗多》百科全书式地包罗万象，《罗摩衍那》前后篇与主体情节不尽一致，内容庞杂。因此，印度史诗给人以拖沓杂乱甚至臃肿的印象。但是，实际上，它们虽然包罗万象而结构完整，内容庞杂而形式统一，头绪纷繁却主次分明。各自都是一个完善的有机整体。这和它们的结构形态有很大关系。印度两大史诗采用了框架结构形式，在一个主要故事中套进一个一个的插话，就像一棵古榕，枝杈蔓延，主干之外，还垂下不少的气根。《摩诃婆罗多》的插话、插叙比《罗摩衍那》多，框架更复杂交错，稍不留意，就如同陷入迷宫。后者情节相对来说要比前者紧凑集中，它的主体部分插话较少，框架较简单，主线特别明显。史诗里穿插加入的插话大多可以独立成篇，但往往与主线故事的情节、主题密切相关。如《那罗传》和《莎维德丽》。而且，大量插话的掺入，使史诗形象系统中的形象单位大大增加，加强了情节的生动性和丰富性，扩大了审美信息量，甚至成为描写人物性格形成发展的一个重要手段。例如，《罗摩衍那》中的插话《恒河下凡》，以众友仙人对少年罗摩和罗什曼那讲故事的形式出现，在这则神话故事里，恒河从天上倾泻于大地，满天飞沫，涛声澎湃，那崇高恢宏的意境，直接陶冶了少年罗摩的气质，成了人物性格发展的一个特定的基础，实现了与作品主题和主要情节的有机统一。《那罗传》中那罗因赌失国，经过磨难之后又复国、夫妻团圆的故事，对于同样是因赌博失败而被流放受难的坚战兄弟来说，无疑是一个极大的鼓舞和安慰。

两大史诗虽然都是框架结构，但是也有不同，《摩诃婆罗多》是对话式框架结构，而《罗摩衍那》则取倒叙的叙述角度。《摩诃婆罗多》故事是在吟诵者与听众的对话、史诗中人物的对话中展开并结构成整体的。《罗摩衍那》则从罗摩两个儿子对罗摩吟诵蚁垤创作的史诗开始，倒叙罗摩的故事，然后接上罗摩父子相认、召见悉多直至结局这一部分情节。简言之，它的主要故事情节开端于临结尾的时候，通过倒叙把大部分的情节叙述出来。这跟《奥德赛》的倒叙式差不多。奥德赛的十年漂流经历是由奥德赛本人在漂流的最后一年里向淮阿喀亚岛国王阿尔喀诺俄斯倒叙出来的。倒叙完后，史诗便改换第三人称的叙事角度叙述主人公流浪期间最后四十天的故事情节。《摩诃婆罗多》戏剧式对白的叙事成分较多，史诗情节主线推进缓慢，常常间断。从叙事文学结构艺术特点来说，显然是《罗摩衍那》较为成熟。这也许是印度人为什么把《摩诃婆罗多》称为"历史"，而把《罗摩衍那》称为"大诗"的重要原因之一。

印度人非常喜爱由史诗开创的这种框架结构形式，后来的《五卷书》和佛教的经典等著作，都纷纷仿效。

（二）浪漫神奇的变异构思

变异构思是古代神话、史诗以及后世许多浪漫主义作品的基本特色之一。

作者通过奔放不羁的自由想象和幻想，"观古今于须臾，抚四海于一瞬。"① 打破时空界限，超越现实世界，将天上人间连为一体，使人神妖魔同登一台，把荒诞与真实熔为一炉，"出于幻域，顿入人间"。② 创造出神奇瑰丽、光怪陆离的艺术世界。印度两大史诗运用变异构思特别成功，集中体现在人物和故事两个方面的变异处理上。两大史诗的主要人物都与天神或天神的敌人阿修罗有亲缘关系，这就是变异处理。通过这种变异处理，使现实的人物增加非现实的成分，借此把它们的品性气质加以放大、集中或延伸，使之更鲜明，更突出，能最深刻地表现他们的本质。例如，《罗摩衍那》把楞伽国王罗波那描绘为十头二十手，身躯巨大，肢体深蓝、尖牙满嘴，吞食人肉，如此狰狞恐怖的罗刹恶魔，人、神、阿修罗和鸟都怕他，只要碰上他，

> 连风吹起来也心惊胆战；
> 那光线强烈的太阳也吓得变冷了光线。
> ……
> 树木吓得叶子不动，
> 江河吓得水不敢流。③

通过这样的变异处理，更加形象地凸现了罗波那的邪恶和淫威。两大史诗对主要人物的变异处理，可以说有两种方式，一种是把内在的品性和外在的形貌行为都加以变异处理。如对罗波那的处理，这种方式主要用于反面形象；另一种是只变异人物的内在品性，不动外在形貌行为。如罗摩兄弟，般度五子和持国百子。史诗只把他们的出身说成是天神或阿修罗降生，从而使他们的内在品性增加天神或阿修罗的性格特点。这种变异比较隐蔽。《罗摩衍那》两种方式都运用了，《摩诃婆罗多》基本上只采用后一种方式。

在人物变异的基础上，把本来只是凡人的活动改造为在广阔的宇宙背景上人神妖共同登台合演的情节，这是故事的变异处理。本来只是奴隶制王国列国纷争的俱卢之战，变异成了在天神和阿修罗各自化身之间发生的一场维护达磨的斗争；罗摩兄弟和般度五子等人间英雄的最后归宿变成了完成下凡除妖任务

---

① 陆机：《文赋》。
② 《鲁迅全集》第八卷，人民文学出版社 1957 年版，第 171 页。
③ ［印］蚁垤：《罗摩衍那·森林篇》，季羡林译，人民文学出版社 1982 年版，第 287 页。

后重返天宫的天神的凯旋；美丽忠贞的凡间女子莎维德丽可以和死神周旋，使丈夫死而复生；猴国和魔国都和人国一样有兄弟争夺王位或专制与反专制的冲突。毗湿摩的死亡，被描述得惊天动地：他的全身被阿周那的箭射穿，就像一只豪猪一样。他倒在战场上，露在身体外边的箭杆扎入泥土里，形成了一张箭床，只有头下垂着。他不要任何救护，只需要一个枕头。有人拿来了柔软的羽绒枕，他却纵声大笑弃之一边。只有阿周那明白这位老太公的心愿，他泪眼模糊地又取出三支箭，射入地下，露在地面的箭杆正好形成了一个箭枕，支撑起毗湿摩的头颅。毗湿摩要喝水，人们用碗端来了凉水，毗湿摩却不愿喝这种水。阿周那又往毗湿摩身边地上射了一箭，一股清澈的泉水从地里喷了出来刚好让毗湿摩张嘴喝上。这位老英雄本应当中箭气绝身亡，但史诗说他具有决定自己什么时候死去的能力，他打算过了冬至再死。他就躺在战场上，直到战争结束，坚战即位，向他请教了治国之道后，他才悠然死去。这些经过变异处理之后的故事，带上了超现实、超自然和超时空的面貌或成分，想象奇特，有着浓厚的浪漫色彩，辉煌瑰丽，充满了变幻无穷的韵味，蕴涵着强烈的艺术魅力。

（三）和谐统一的自然美与抒情美

印度地处热带，景色宜人。印度人对他们周围的自然美景有特别敏锐、细腻的感觉，这在吠陀文学中就已表现出来。到了史诗《罗摩衍那》，更有了极大的发展，诗人对自然美的感受富有诗意，在刻画大自然方面表现出极为成熟的美感，可谓是"大自然的真正画师"①。

1.《罗摩衍那》的自然美与抒情美

《罗摩衍那》描写自然美景的特点有二：一是视野开阔而刻画生动。如果说自然景色的描写在吠陀文学里只是案头册页般的袖珍画图，那么，在《罗摩衍那》里就已经是巨幅壁画或如同中国的山水长卷了。大如林莽绿野，高山河海，天光月色；小如鸣禽落英，飞蜂舞蝶，荷珠露滴……无不汇聚诗人笔底。至于大自然美景的晨昏变化，风雨晦晴，万紫千红，四季交替，诗人也极尽描摹之能事，使之跃然纸上，栩栩如生，如在目前。二是情与景交融，自然美与抒情

---

① 季羡林、刘安武编选：《印度两大史诗评论汇编》，中国社会科学出版社 1984 年版，第 7 页。

美高度和谐统一。这是更主要的特色。诗人不是为写景而写景，而总是把写景与抒情、叙事和写人水乳交融。这种融合的秘诀在于诗人"运用了在心理上较为真实的联想规律。当人物内心充满一种压倒一切的思想感情时，他就会不知不觉地选择某类外在景物作为暗示。以这种不自觉的联想为契机，那压倒一切的感情便生动地表达出来了。"① 罗摩在森林流放之初，大自然的美景，悉多的恩爱相伴，使他忘掉了受人陷害、失去王位的不愉快，全身心沉浸在和大自然和谐的欢乐之中。他给悉多指点美景，这时诗人笔下的自然景物也洋溢着欢乐的情感：

> 你请看一看这条河，
> 美妙的曼陀基尼，
> 沙滩纵横，飞满天鹅，
> 各种荷花长在水里。

> 岸边上长满各样的树，
> 都开着花，都结了果；
> 到处闪光，看上去就像是
> 王中之王的天上恒河。

> 成群的鹿在那里喝水，
> 现在那里的水有点浑浊；
> 这些美丽悦目的津渡，
> 使我内心里充满快乐。
> ……

> 树上的叶子和繁花，
> 向着小河伸出；
> 微风吹动了树顶，
> 这山好像是在跳舞。

---

① 季羡林、刘安武编选：《印度两大史诗评论汇编》，中国社会科学出版社 1984 年版，第 283 页。

······

　　叫做鸳鸯的那些鸟，
　　鸣声十分美妙柔和；
　　美人哪！它们唱出了
　　非常优美动听的歌。

······

　　这小河真是美妙，
　　象群在里面戏乐；
　　大象、狮子和猴子，
　　也在河里把水喝。

　　里面点缀着
　　各种繁花似锦；
　　不轻松愉快的
　　没有一个人。①

　　悉多被劫，罗摩悲痛欲绝，遍寻山野，哀声询问山石树木、飞禽走兽，一切景物都使他想到爱妻的美貌倩影，勾起往昔夫妻恩爱的回忆，一切景物似乎都分担着他的忧愁。

　　无忧树！忧愁的驱除者！
　　我已经给忧愁冲得迷惘；
　　请赶快让我看到情人，
　　让我就像你的名字一样。

　　多罗树！如果你看到悉多，
　　她的乳房像熟透的多罗果；

———————

　　① ［印］蚁垤：《罗摩衍那·阿逾陀篇》，季羡林译，人民文学出版社 1981 年版，第 542—545 页。"王中之王"指财神俱毗罗。（原注）

她这个众人称誉的美臀女，
请你无论如何要告诉我。
……

小鹿呀！她眼睛像你，
也或许你就认识悉多；
这可爱的人眼里看着小鹿，
她总是同母鹿一起过。

大象呀！她的双腿像象鼻，
如果你已经看到悉多，
我相信你一定会认识她，
杰出的大象呀！请告诉我。

老虎呀！她的脸庞像月亮，
如果你已经看到可爱的悉多，
请你无论如何不要害怕，
你就放心大胆地告诉我。①

在罗摩的凄凉悲声中，如同蒙太奇画面一样，热带森林里的景物伴随着罗摩飞跑寻妻的脚步，叠印着罗摩不自觉联想中的悉多身影，在读者面前一一闪过。人与景物交织，美景与愁心并列，以及人的焦虑激动与物的爱莫能助的静默相对，内外呼应，又相互对照反衬，纵横交错，色彩纷披，韵味无穷。这样的描写在《罗摩衍那》中非常多。笔者不妨再举雨季景色的描写，看看闪电雷鸣如何与罗摩思妻的情感也交织在一起：

闪电的金色的鞭子，
好像是抽打着天空；
天空感觉到非常痛楚，

---

① ［印］蚁垤：《罗摩衍那·森林篇》，季羡林译，人民文学出版社 1982 年版，第 366—367 页。

从里面发出阵阵雷鸣。

闪电靠在黑色的云边，
它好像在那里颤抖震动；
我仿佛看到贞静的悉多，
战抖在罗波那的怀中。①

2.《摩诃婆罗多》的自然美与抒情美

《摩诃婆罗多》对自然景色的描写，其特点是"简洁、精练而符合现实。"②
没有《罗摩衍那》那么细腻、铺张。但是，读者同样可以看到自然美和抒情美
高度融合的画面。例如，插话《那罗传》有一章写达摩衍蒂孤身在森林里哀哭
寻夫，问山，问树，问狮子，问仙人，问商旅，把达摩衍蒂的悲惨可怜之状，
刻画得淋漓尽致，更把达摩衍蒂的急切殷忧之情抒发得极为凄楚动人。表现手
法与《罗摩衍那》几乎毫无二致！请看写达摩衍蒂问树的几节诗：

她走近那株非凡无忧——
鲜花朵朵在竞相开放，
嫩芽点点装饰着枝头，
怡人心灵，鸟儿啁啾。
……

无忧树啊！见喜树啊！
请你让我无忧无愁苦！
那位国王你一定看见，
忧惧和磨难他都消除。
……

若愁怀排遣我即走一边，

---

① ［印］蚁垤:《罗摩衍那·猴国篇》，季羡林译，人民文学出版社 1982 年版，第 178 页。
② 季羡林、刘安武编选:《印度两大史诗评论汇编》，中国社会科学出版社 1984 年版，第 291
页。

> 无忧树啊，请你这样办！
>
> 通过解除我的忧心忡忡，
>
> 无忧树你做到实有其名！①

也是借物抒情，情、景、事浑融一体，自然美和抒情美交织一起。其中又有反衬对照，相辅相成，和谐统一，具有极为强烈的艺术效果。这种手法对后世印度文学产生了良好的影响。如迦梨陀娑剧作《优哩婆湿》第四幕，写国王补卢罗婆娑在林野中寻找爱人优哩婆湿，也是遍询飞禽走兽，山川树木，一边询问，一边抒发对爱人的深厚情怀，把抒情和景物描写有机地融合起来。这明显是对两大史诗艺术手法的继承和发挥。

（四）灵活多姿的典型塑造

印度两大史诗人物形象刻画精工细致，塑造得极为灵活多姿，生气勃勃。从主要人物形象的分析中，读者可以看出，不论是正面人物，还是反面角色，都可以说"每个人都是一个整体，本身就是一个世界，每个人都是一个完满的有生气的人，而不是某种孤立的性格特征的寓言式的抽象品。"② 他们虽然都是通过想象或幻想进行过变异处理的形象，有着浓重的理想色彩，但他们却是真实的、血肉丰满的。每一个性既有多面的甚至对立因素的丰富表现，又不失完整性格的高度整一性。史诗将错综复杂的人物系统围绕一个核心矛盾分成对立的两大类形象，通过鲜明对比方式，区分他们所属类型的性格特征。而在整个故事进程中，又由核心矛盾生发出一连串次要矛盾冲突，既使对立的两类形象形成连续性的对比联系，也使同一人物的"精神世界"和外表之间形成对比，又使同类形象相互对照烘托。为了深入塑造人物的典型个性，诗人采用多种描写手法，或白描，或抒情，或暗示，从多角度多层次透视人物心灵深处，把人物微妙的心理形象化，从而刻画出人物丰富多面的个性特征。如罗摩夫妇与罗波那，无疑是正反两类人物极端对照的性格。但他们各自的个性整体却是通过核心矛盾及其生发的众多次要矛盾，让人物与人物之间，人物本身的内心与外表之间发生冲撞、对照，逐步塑造丰满完善的。以罗摩夫妇来说，诗人刻画他

---

① 《那罗和达摩衍蒂》，赵国华译，中国社会科学出版社1982年版，第94—95页。

② ［德］黑格尔：《美学》第一卷，商务印书馆1979年版，第303页。

们的性格，就是"把他们放在矛盾斗争的中心，加以考验：喜、怒、哀、乐，样样俱全；他们的处境有时花团锦簇，光风霁月；有时又骇浪惊涛，月黑风高。"① 诗人运用了多种手法进行多方面的细致刻画，使他们成为血肉丰满的形象，其艺术魅力竟历两千多年而不衰，赢得世世代代印度人的爱慕和崇敬。

不仅主要人物形象的塑造如此精心出色，就是一些次要角色，诗人也同样不遗余力地刻画他们的复杂性格，凸现他们的鲜明个性。例如，《摩诃婆罗多》中的迦尔纳，诗人是把他作为与阿周那相对应的形象来描绘的。迦尔纳武艺出众，与阿周那不相上下。然而，他是私生子，一出生就被遗弃，在车夫家里长大。"低微"的出身使他备受社会歧视。他的性格便形成了自负和自卑的两极。他要与阿周那比武，他参加黑公主选婿大典，都因为出身低贱而被拒绝并受到羞辱。而直接伤害他心灵的又是他的同母兄弟和黑公主。就在他受到歧视和羞辱之际，难敌给他厚遇，封他为盎伽王。从此他对难敌感恩戴德，忠心耿耿，跟着难敌，走上邪恶之途，与般度族——他的同母兄弟们作对。坚战赌输，黑公主受辱，他幸灾乐祸，恶语讥讽般度五子和黑公主。俱卢大战，他效忠难敌。战斗开始前夕，他母亲向他透露了他的出身秘密，恳求他站在自己兄弟一边。他拒绝了，说他不能原谅母亲遗弃他的行为，他更不能在决战时刻背叛他的恩人和朋友难敌。可是，他又向母亲许诺，他只与阿周那在战场上决一死战，而不杀其余兄弟。这对于他母亲来说，显然是一个莫大的安慰。可见他并没有与遗弃过他的母亲决绝。战争开始，由于与毗湿摩意见不合，他的自尊心又受到了伤害，他认为毗湿摩歧视他，一怒之下，像荷马史诗里的英雄阿喀琉斯那样，拒绝参加战斗。毗湿摩被打倒后，他才披挂上阵。第二任统帅德罗纳阵亡，他接任俱卢军统帅。战斗中怖军曾败于他手，他信守对母亲许下的诺言，不杀怖军。在与阿周那的决战之中，由于战车陷入泥坑，而死在兄弟阿周那箭下。他虽然站在难敌一边，但他并没有难敌那样邪恶。他虽然做过坏事，却也保持着英雄气概，天良未灭。他的不幸遭遇，也令人同情。他与般度族作对，主要的动力还在于一种被歧视、被侮辱者的报复心理。难敌对他的拉拢，只起了润滑剂的作用。诗人就在一系列的矛盾冲突中，真实地刻画了这个人物的复杂性格及其多面表现，显示了一个完整性格的强烈个性，没有加以丑化或故意美化。诗人的可贵之处还在于真实地揭示了造成迦尔纳复杂性格及其悲剧的社会原因。

① 季羡林：《罗摩衍那初探》，外国文学出版社1979年版，第17页。

所以，尽管迦尔纳是邪恶阵营中人，仍是有几分可爱令人难忘与深思的形象。

再如毗湿摩和德罗纳，他们都正直善良，勇武无敌，德高望重，是两族王子的师长和心目中的元老。他们不赞同难敌的暴戾、贪婪，知道正义在般度族一边，并尽可能予以支持帮助。但是，他们又囿于武士的道德荣誉，不得不担任俱卢统帅，披挂上阵，与后辈和学生交战，为难敌屠杀般度军队，以尽刹帝利的"天职"。他们在这种矛盾的心理中不能自拔，任由命运牵着鼻子走。最后战死疆场，才获得解脱。史诗在进退维谷的人际关系中，在尖锐复杂的矛盾冲突中，凸现了他们于心不忍、又无可奈何的复杂性格。

其他次要人物，如怖军、持国、维杜罗，以及《罗摩衍那》中的婆罗多、十车王、吉迦伊、驼背宫女、两个猴王和维毗沙那等形象，他们的性格也都刻画得生动而丰满，表明诗人在典型塑造方面确实达到了较高的艺术水平。

（五）绚丽多彩的语言表现

两大史诗具有卓越的想象力和完美的表现形式，这在语言表现方面更明显地体现出来。

一般地说，在语言风格方面，《摩诃婆罗多》较简洁朴素，不假雕琢。《罗摩衍那》则辞藻较华丽，描写精致细腻。但是，他们也有许多共同之处。

1. 极丰富的词汇

史诗使用的是古老的梵语，但已经过诗人全面的改造，他们掌握着极为丰富的词汇，可以得心应手地按照表达意图和格律音调美感等要求，选用准确的词语。例如，史诗在不同场合用来表达"国王"这个意义的词汇就极尽千变万化之能事："人主"、"领主"、"国君"、"地君"、"人君"、"大王"、"在地之主"、"百姓之主"、"江山之主"、"山河之主"、"大地之君"、"大地的维护者"、"刹帝利首领"……像这样丰富的词汇不只是有益于画面的绚丽多彩与表达形式的完美，而且也深入揭示了描写对象多方面的内在性质及外在联系，极大地增加了形象的信息量。

史诗还出色地运用了比喻、夸张和拟人等多种修辞手法。

2. 富于民族性的形式多变的比喻

印度两大史诗具有充满魅力的艺术风格，其中奥秘之一，就在于比喻的丰富多彩，鲜明生动。两大史诗的比喻有两个明显的特点：一是比喻形象富于民族性；二是形式多变，韵味隽永。先说第一点，在两大史诗中，诗人精心选择的比喻形象，大多鲜明地体现出印度民族的思想、心理、习俗以及自然环境特点。例如火的形象，在《摩诃婆罗多》的比喻中频繁地出现：毗湿摩在战场上，"就像熊熊的大火焚烧草木枯焦的林地"①；阿周那冲入敌阵，"就像是延烧的野火，吐出了赤红的舌头"；迦尔纳"像焚毁一切的烈火"②。史诗用"大火"、"野火"和"烈火"等形象比喻英雄的勇猛无敌，阳刚气质。对英雄的死亡则用火的熄灭或被火毁灭的形象加以比喻：激昂阵亡，"就像是森林的野火，在远远的草原熄灭"③；迦尔纳战死，"像星星之火烧掉了夏天的枯焦的树林"④；描写暴君童护被黑天杀死的比喻则带有印度宗教思维的气息：他的灵魂"像是闪耀着的火花，脱离了愤怒和罪行！"⑤ 史诗中更多见的是用火比喻人的愤怒或热情等情感：面对迦尔纳的挑战，阿周那眼中"射出了愤恨的火焰"⑥；看到迦尔纳对黑公主受辱幸灾乐祸，怖军向迦尔纳"射着熊熊的火舌似的眼光"⑦，但又不能发泄心中的愤恨，"只让痛苦在心头燃烧"⑧；难降对黑公主动手动脚，怖军怒不可遏，他"额上燃着怒火，闪耀着他的眼睛，像坚实的树枝烧着，迅速地进出了火星！"⑨ 在选婿大典上，般度五子望着美丽的黑公主，爱慕之情在他们眼中"像火焰暗暗地喷吐"⑩。达摩衍蒂被不怀好意的猎人"深深地激愤，怒火万丈腾发出烈焰！"⑪ 火也被用来比喻动作迅速：阿周那被迦尔纳的箭射倒，"过了一会，他又像新生的火焰似地奋起"⑫；士兵们包围一个敌人，好似挥舞着的火棒在空中划出的火圈。形容女子的美貌，也说她的身体像火一般地焕发光彩。以火作喻的描写当然不止以上所举出的这几类，而仅从这有限的例子里，

---

① 《腊玛延那 玛哈帕腊达》，孙用译，人民文学出版社 1962 年版，第 423 页。
② 《腊玛延那 玛哈帕腊达》，孙用译，人民文学出版社 1962 年版，第 450、270 页。
③ 《腊玛延那 玛哈帕腊达》，孙用译，人民文学出版社 1962 年版，第 442 页。
④ 《腊玛延那 玛哈帕腊达》，孙用译，人民文学出版社 1962 年版，第 472 页。
⑤ 《腊玛延那 玛哈帕腊达》，孙用译，人民文学出版社 1962 年版，第 313 页。
⑥ 《腊玛延那 玛哈帕腊达》，孙用译，人民文学出版社 1962 年版，第 271 页。
⑦ 《腊玛延那 玛哈帕腊达》，孙用译，人民文学出版社 1962 年版，第 324 页。
⑧ 《腊玛延那 玛哈帕腊达》，孙用译，人民文学出版社 1962 年版，第 325 页。
⑨ 《腊玛延那 玛哈帕腊达》，孙用译，人民文学出版社 1962 年版，第 326 页。
⑩ 《腊玛延那 玛哈帕腊达》，孙用译，人民文学出版社 1962 年版，第 289 页。
⑪ 《那罗和达摩衍蒂》，赵国华译，中国社会科学出版社 1982 年版，第 71 页。
⑫ 《腊玛延那 玛哈帕腊达》，孙用译，人民文学出版社 1962 年版，第 471 页。

就足以显示出诗人对火有着非常丰富而精微细致的观察和认识，运用起来才如此准确贴切而又变化无穷。印度学者苏克坦卡尔认为史诗的作者、编者中有很多是婆罗门必力瞿族人——火祭的祭司，他们可谓是"非常确实和具体意义上的'火之友'。"① 他们所具有的关于火的丰富经验以及炽烈的激情、火一般的想象，使他们在史诗中自然而然地反复运用火的形象作比喻。其实，祭祀天神的祭火，考验人的善恶忠奸和超度亡灵的火堆，还有大自然中自发的野火和吞噬一切的森林大火，同日常烹食取暖之火一样，在印度人的日常生活里几乎是随时随处可见可闻的事物（蚁垤在《罗摩衍那》中描绘的一幅典型的印度黄昏图景，就有一股袅袅上升的祭火的烟），天性敏锐的印度人即使不是婆罗门祭司，也大都可能成为无论一般意义上还是宗教意义上的"火之友"。当他们要描述一种比较抽象的事物或现象时，也会自然而然地有可能选择常见的各种火的形象加以比喻。也正因此，同是"火之友"的广大读者才会对火的比喻产生强烈的共鸣，肯定和鼓励诗人频繁地运用火的形象。

《摩诃婆罗多》开篇有一个惊心动魄的关于蛇的故事。蛇王达克沙迦变作一条黑色的小虫，附在水果上，潜入了建在圆柱顶上的宫室，咬死了继绝王，然后这条巨蛇闪电般腾空而去，继绝王那座宫室也像遭受雷击一般坠入一片火海。镇群王为报杀父之仇，举行了长达 12 年的蛇祭。祭场上人山人海，圣火冲天，主祭的婆罗门念动咒语，各种颜色的大小蛇莽就从四面八方涌来，受咒语魔力的驱使，这些蛇莽成群成群扑入祭火，在火堆里弯曲、痉挛，扭成一团团，发出咝咝的可怕哀鸣，一条条被活活烧死。看了这个故事，读者对印度的蛇不能不留下极深的印象。印度地处热带，蛇是常见的爬行动物，它们和印度人的生活结下了不解之缘。在《罗摩衍那》里，以蛇的形象作比喻的描写特别多，体现了印度人对蛇的知识特别丰富。其中最常见的是把致人死命的箭比作毒蛇，如"毒蛇一般的箭"，射出箭"宛如射出了愤怒的毒蛇"，罗刹的箭"可怕像大毒蛇"。其次是把恶人比作毒蛇，如十车王把吉迦伊比作毒蛇②，罗波那的胳臂"从美丽的床上伸了出来，像五个脑袋的大蛇一般"③；罗波那被罗摩的箭射伤，

① 季羡林、刘安武编选：《印度两大史诗评论汇编》，中国社会科学出版社 1984 年版，第 166 页。

② ［印］蚁垤：《罗摩衍那·阿逾陀篇》，季羡林译，人民文学出版社 1981 年版，第 75 页。

③ ［印］蚁垤：《罗摩衍那·美妙篇》，季羡林译，人民文学出版社 1983 年版，第 104 页。

"像一条蛇，已失去毒液"。① 有时，蛇的形象也可以比喻任何人物。如罗摩和罗什曼那受伤，"像两条喘气的蛇，一动不动在那里躺"②；睡魔鸠磐羯叻拿酣睡时，"身上的汗毛直竖着，好像一条喘气的蛇"③。在《摩诃婆罗多》里，对发生在瞬间的迅速报复和不共戴天的仇恨，比喻为以棒击蛇，十分传神而形象，因为蛇的怒火一触即发，而且它终生记仇，永不宽恕。此外，印度热带森林里常见的其他动物植物，如大象、小鹿、狮子、老虎、多罗果、无忧树、棕榈树……也都出现在比喻形象体系里，显示了鲜明的民族特色，使读者读来深觉精妙生动，又恍如置身于独特的印度民族氛围之中。

两大史诗运用比喻手法的第二个特点是形式多样，韵味隽永。除了常见的明喻、暗喻、借喻、群喻等一般形式之外，还有简洁朴质的、常作为修饰语、套语运用的比喻形式，如"莲花眼的悉多"、"鹿眼女郎"、"虎心的息苏巴拉（童护）"、"莲花脸"、"猛虎般的人"等等。这类比喻往往以突出描写对象的某一方面特征来代替整体，笔墨经济，又十分传神。而像"莲花眼的悉多"，使人不由想到悉多像莲花那样的美丽和纯洁无瑕，这样的比喻已经带有象征的意义，与象征融为一体。又有的比喻是喻中套喻的形式，如《罗摩衍那》中描写尸横遍野、血肉狼藉的战场，先是把它比作有堤岸、大树、绿草、游鱼、鸿雁和天鹅的河流，再把这条人世的河流比作"阴间的一条河"。接着，诗人笔锋一转，又把这条"阴间的河"转回阳间，

> 罗刹们和猴子头领，
> 都渡过这条难渡的河；
> 好像象群的领头象，
> 把挤满荷花的池塘渡过。④

这样，又用"挤满荷花的池塘"比喻那条原来就是比喻形象的"阴间的河"，本来是喻体的形象变成了本体，和新的喻体组合成新的比喻，它的众多比喻形象既从多方面体现出本体的特征，又形成了一个有机完整的意象体系。这

---

① ［印］蚁垤：《罗摩衍那·战斗篇》（上），季羡林译，人民文学出版社1984年版，第371页。
② ［印］蚁垤：《罗摩衍那·战斗篇》（上），季羡林译，人民文学出版社1984年版，第246页。
③ ［印］蚁垤：《罗摩衍那·战斗篇》（上），季羡林译，人民文学出版社1984年版，第377页。
④ ［印］蚁垤：《罗摩衍那·战斗篇》（上），季羡林译，人民文学出版社1984年版，第330页。

与那种常见的本体不变，只是新的喻体轮番和本体组合的群喻相比，就显得更富于变化，更有艺术魅力。再有就是含蓄隐晦的比喻，如描绘魔王罗波那后宫妃子酣睡的情景：

> 她们就像熟睡的小河，
> 成串的铃铛是河里的金莲，
> 爱欲就是河里的鳄鱼，
> 她们的美容就成了河岸①

这里的比喻含义并不是很确定的，它给读者留下了极为广阔的想象天地。所以，季羡林先生觉得它有现代西欧流行的"未来派或什么派的味道"，他"简直想把它叫做两千年前的未来派。"因为这里的比喻"看似无理，实又有理，细思仍然无理，在可懂与不可懂之间。"②

3. 独具特色的夸张手法

夸张手法在两大史诗中也随处可见。夸张与变异构思关系密切，它是变异构思的直接表现手段，对于塑造人物的典型个性，展示诗人卓越的想象力具有极为重要的意义。例如，描写哈奴曼前往楞伽时，从海峡的这一边起跳，他先把身体变得极为巨大，他用作踏板的山丘竟然承受不了他的重量，被挤压得山摇地动，树上的鲜花被摇落，大山喷出了一股股金水、银水和锑水。随着哈奴曼的起跳，卷起了一股强大的旋风，把山上的花草树木卷了起来，跟着哈奴曼飞上了天空。大海也被影响，掀起了冲天巨浪，汹涌澎湃。又如罗摩拉神弓的响声像飓风，像大山崩裂，把人们震倒在地上。《摩诃婆罗多》中写骄横的车底国王童护被黑天用神盘击杀，

> 这巨臂的国王倒下了，像是高高的岩石
> 从巍峨的大山劈下，遭到了雷轰和电击!③

---

① [印]蚁垤：《罗摩衍那·美妙篇》，季羡林译，人民文学出版社1983年版，第95页。
② 季羡林：《罗摩衍那初探》，外国文学出版社1979年版，第130页。
③ 《腊玛延那 玛哈帕腊达》，孙用译，人民文学出版社1962年版，第313页。

这一类夸张意在极写英雄的神力。而把罗波那夸张为十头二十臂、红眼尖牙的恶魔模样，则是强调其丑恶恐怖。夸张的幅度很大，但也恰到好处。对人物的夸张，都带有强烈的爱憎情感，体现了诗人的鲜明倾向。在上述的夸张例子中，读者还可以发现，它常常和比喻结合在一起，这是两大史诗运用夸张手法的一个突出特色。史诗的夸张另一个特点是：它既是语言修辞方式，更是一种文学描写手法，前述例子就带有这种性质。笔者还可以举出更明显的例子：《摩诃婆罗多》中俱卢大战结束之后，持国夫妇失去了一百个儿子，悲愤满怀。他们来到战场，广博仙人劝他们把般度五子当做自己的儿子看待。于是持国和般度五子一一拥抱。轮到怖军时，黑天拉住怖军，而把一尊铁像推到持国怀里，持国以为这就是杀死难敌和难降的怖军，越想越愤怒，抱得越紧，竟然把铁像挤得粉碎！持国妻子甘陀利的愤怒目光，只从蒙眼手巾缝隙里漏出一点点射到坚战的脚趾上，坚战那脚趾立刻被烧焦了！在《那罗传》里，达摩衍蒂只诅咒一句，那个想奸污她的猎人就一命归西，

> 像一棵树木遭火焚烧，
> 猎人一头栽倒在地面！①

史诗里还有数字的夸张，也极具特色。例如，罗波那向悉多吹嘘自己兵多将广："一共有十亿罗刹，另外还有二十二亿"②，老少罗刹还不算在内！史诗描写罗摩率领的猴子大军和罗波那的罗刹军对垒时，形容双方军力的强大，动辄就是"十万"只猴子，"成亿成兆的猴子"，"一百再乘上一百千"的罗刹，"多于一亿的罗刹"，"一钵由他（大数量单位）的罗刹……"。《罗摩衍那》用来夸张的数字多是不确定的概数，几乎是信口开河。诗人的目的是希望通过这些数字的"神秘力量""把史诗的大战场面推到一个混沌初开的广阔背景上，以求增强史诗的纵深感和艺术上引人入胜的力量。"③《摩诃婆罗多》中的数字夸张则常是用精确的数字来表达的，这和《罗摩衍那》稍有不同。如写俱卢大战之后，战场上躺满了阵亡者的尸体，总共有 16.60044165 亿具，这种精确数字使

---

① 《那罗和达摩衍蒂》，赵国华译，中国社会科学出版社 1982 年版，第 72 页。
② ［印］蚁垤：《罗摩衍那·森林篇》，季羡林译，人民文学出版社 1982 年版，第 336 页。
③ 王崝军：《论〈罗摩衍那〉演进过程的随意性及整一性》，《外国文学评论》1987 年第 4 期，第 106 页。

人不觉得是夸张。

4. 拟人的艺术手法

拟人也是史诗中普遍运用的一种修辞手法，它表现了人类童年时代想象的突出特征。如《罗摩衍那》写到罗波那扮成身穿袈裟的游方僧去诱骗悉多时，诗中写到，看见这恶魔，风不敢再吹，树叶不敢乱动，奔腾澎湃的河流，也害怕得不敢再"恣意向前奔波"[1]。当美丽的悉多被魔王劫走的时候，风、大树、鸟、荷花、鱼等等都在瑟缩发抖，为悉多而悲伤；狮子、老虎、鹿和鸟都愤怒地追着悉多的影子跑；群山脸上都流满了泪，为悉多哭泣；太阳也因忧愁而暗淡；林中的神灵都流着泪，吓得浑身打战。此时此刻，天地万物都和人的情感息息相通。

此外，还有白描、象征等其他手法的运用，也极为出色。

从艺术性方面来说，《罗摩衍那》比《摩诃婆罗多》更成熟一些。因而后世诗人多从《摩诃婆罗多》中汲取题材，而从《罗摩衍那》借鉴艺术手法，从而形成一种诗歌创作的传统，延续下来。

五、悲伤与诗

东方美学是世界美学的一个重要组成部分。但从美学作为一门学科创立以来，"欧洲中心论"的褊狭云翳不仅造成许多西方人的短视自大，而且荼毒了不少东方人的见识，伴随着殖民奴役的鞭影血光，更滋长出贻误数代的奴性毒菌，吞噬着东方的血脉灵魂。尽管欧洲间或有过少数伟大人物独具慧眼，不受"欧洲中心论"左右，对东方文化做过公正甚至溢美之评；一些东方学者也曾大声疾呼，维护东方传统。然而，对东方文化的轻视仍然未能幸免，以至东方美学的许多领域至今一片荒漠。人们在病态偏见中猛醒、反思的机会，只有在殖民时代终结之后才姗姗迟来。现在，"欧洲中心论"的权威无疑已大大动摇，趋于崩溃。可是，在东方美学宝库未采掘出足以与西方美学匹敌的成果之前，历史的偏见不会在"过时"的墓穴中安然寿终正寝。真正科学、完整的世界美学的

---

[1] ［印］蚁垤：《罗摩衍那·森林篇》，季羡林译，人民文学出版社1982年版，第268页。

建立已迫在眉睫，而其中不可或缺的东方美学的研究也就显得更是燃眉之急。

东方的神秘和厚重的历史尘封以及西方偏见造成的重重误区，使东方美学的研究、探索举步维艰，而与宗教、哲学、伦理和诗学等诸般文化形态盘根错节的印度美学尤像米诺斯迷宫，往往令人望而却步。由于印度的特殊历史原因，"文献断续残缺，理论和实践配合不紧，美学和哲学由分而合，特有的传统术语难于解释"，因而"至今尚未见到有全面的印度美学史。"① 日本学者今道友信向世界奉献了东方人自己写的一部东方美学专著《东洋美学》（1980），虽然作者承认印度美学属东方美学当然范围之内，但这部专著的内容却仅限于中国和日本。

不过，我们已有一批拓荒者披荆斩棘，他们在榛莽中奋斗的足迹，昭示了深入印度美学迷宫的津渡。印度美学与整个东方美学一样，产生于与西方美学并不相同的历史哲学土壤，② 印度美学长期与哲学分离，不像西方美学那样"总是隶属于哲学"，③ 印度美学以至整个东方美学主要是"艺术的美学、技术的美学，也是文物的美学、民族文化的美学"④。因此，不能像西方美学那样，把研究的起点和重点放在哲学家的哲学体系，⑤ 而应该是"以审美意识的表现文化为其主要研究对象"。⑥ 研究印度美学，直接表现古代印度人审美观念的文艺作品无疑属于重要的研究对象。

史诗在印度古代的众多文艺作品中，最集中地表现了古代印度的审美意识。研究印度史诗的审美意识对于把握印度美学的主体与美学史的整体都有不可低估的重要意义和必要性。

《罗摩衍那》一直被印度人称为"最初的诗"、"众诗中之最优秀者"，成为后世印度长篇叙事诗的典范。其情节紧凑集中，不像《摩诃婆罗多》的内容那么庞杂，艺术上也更成熟，文学性更强，影响也比《摩诃婆罗多》更广泛深远。她所体现的审美意识更集中，更具有普遍性。下面首先对作品中表现的艺术美意识进行探讨。

① 金克木：《略论印度美学思想》，《哲学研究》1983 年第 7 期，第 28 页。
② 刘纲纪：《东方美学的历史背景和哲学根基》，《文艺研究》1989 年第 1 期。
③ 金克木：《略论印度美学思想》，《哲学研究》1983 年第 7 期，第 27 页。
④ 林同华：《东方美学略述》，《文艺研究》1989 年第 1 期，第 27 页。
⑤ 金克木：《东方美学研究刍议》，《文艺研究》1989 年第 1 期。
⑥ 林同华：《东方美学略述》，《文艺研究》1989 年第 1 期，第 26 页。

（一）

无论是《伊利亚特》还是《奥德赛》，一开篇诗人就呼唤诗歌女神缪斯赐予灵感。这使人不禁联想到柏拉图高唱的"灵感论"——"凡是高明的诗人，……都不是凭技艺来做成他们的优美的诗歌，而是因为他们得到灵感，有神力凭附着。"① 在柏拉图看来，优美的诗不是人的歌唱而是"神的诏语"，诗人由诗神赐予灵感即神灵附体而唱出美妙的诗歌，成为"神的代言人"。②

如果说，荷马史诗开篇即以片言只语给人提示了诗人秉承的艺术美意识的线索，那么，在印度史诗《罗摩衍那》的开篇里，则以更多的篇幅，或以形象或以理论表述的口吻更显豁地披露了史诗作者的艺术美意识，其中最引人注目的也许是关于诗歌审美特质的认识。

《罗摩衍那》第一篇《童年篇》的开端四章，叙述了诗人蚁垤如何创作和传布这部史诗的过程：

在净修林里居住的大仙人蚁垤怀着难忍的"好奇心"向"仙人魁首"那罗陀打听，"在当今这个世界上"谁是最有德行的人？那罗陀便对蚁垤讲述了罗摩的神奇故事。蚁垤听后沉思半晌，然后到河里沐浴。他在河边看到一对麻鹬正在静悄悄地愉快交欢。突然，来了一个可恶的猎人，一箭射死了雄麻鹬。剩下的那只雌麻鹬发出了凄惨的悲鸣。蚁垤目睹了这一场惨剧，对雌麻鹬的同情怜悯和对猎人的憎恶使他非常激动，"为了安慰痛哭的母麻鹬"（1．2．13）③，他怒斥猎人：

> 你永远不会，尼沙陀！
> 享盛名获得善果；
> 一双麻鹬耽乐交欢，
> 你竟杀死其中一个。（1·2·14）

---

① ［古希腊］柏拉图：《伊安篇》，《西方文论选》上卷，上海译文出版社 1979 年版，第 18 页。
② ［古希腊］柏拉图：《伊安篇》，《西方文论选》上卷，上海译文出版社 1979 年版，第 19 页。
③ 《罗摩衍那》第一篇第二章第 13 颂，季羡林译，人民文学出版社 1980 年版。以下《罗摩衍那》引文均按此式简写出处，不另加注。

他用等量的音节和四个音步，抒发了心中的悲痛。说完，他自己也感到惊讶，反复琢磨之后，意识到自己创造了一种诗体，"我的话都是诗，音节均等，可以配上笛子，曼声歌唱"（1·2·17），由于它出于心中的悲痛，就用了与"悲痛"的梵文读音"输迦"相近的一个词"输洛迦"（偈）命名。不久，创造之神大梵天来访，蚁垤还在为母麻鹬的不幸遭遇伤心，他心神恍惚，愁绪满怀，"难过得支撑不住"（1·2·28），不觉又用他创造的输洛迦诗体对大梵天吟出一首诗来：

> 野人满腔仇恨心，
> 竟把恶事来干下，
> 麻鹬相爱低声叫，
> 无缘无故把它杀。（1·2·27）

梵天听后，立即指示蚁垤就用输洛迦诗体编纂罗摩故事全传，说雄辩智慧之神萨罗私伐底已站在他眼前，不要再迟疑了。蚁垤于是澄心静虑，开始创作《罗摩衍那》。"成百成百输洛迦，在他笔下放光芒，写成一部罗摩传，光辉灿烂照远方。"（1·2·41）

《罗摩衍那》写成之后，蚁垤即把它传授给正在净修林里跟他修行的两个徒弟——罗摩的双生子俱舍和罗婆，让他们到处诵唱传布。兄弟俩后来被人领进了罗摩王宫，向罗摩本人朗诵这部长诗。罗摩的详细故事，便从这里真正开始，通过他的双生子之口描述出来。

在这开篇的传说中，关于史诗的创作也提到了神：那罗陀、大梵天和萨罗私伐底。那罗陀首先讲述已经发生的罗摩故事，大梵天指示蚁垤根据那罗陀的讲述创作《罗摩衍那》，并说萨罗私伐底已垂青于蚁垤。然而史诗并不像古希腊的灵感说那样认为诗人是神的代言人，这从输洛迦诗体的诞生可以得到极为有力的说明。我们无须坐实输洛迦诗体真是蚁垤所创，因为这种诗体实际上在《罗摩衍那》以前的印度古诗中就已经存在了。① 但我们完全可以把这一传说看做是诗歌起源的寓言。最初的诗人为了抒发心中的悲痛而"翻来覆去地诉说吟咏，输迦于是变成了输洛迦。"（1·2·39）也就是说，诗歌是悲痛——情感的

---

① 季羡林：《罗摩衍那初探》，外国文学出版社 1979 年版，第 77 页。

产物。这种情感来自何处？它不是神灵附体的结果，而是"由一对水鸟的分离而引起的悲伤"，[①] 即诗人在现实生活中由于外在事物的触动而产生的。这是《罗摩衍那》文艺审美观，至少是诗歌审美意识的核心和实质所在。

（二）

《罗摩衍那》的诗歌产生于悲伤（悲痛）说与古希腊的模仿论有一致之处——都认为文艺的最终根源在于现实生活，这是正确的认识。但二者的区别也十分明显，前者把诗歌产生的直接原因归之于人在生活中所触发的情感，而模仿论则以为是人天生的模仿本能，"模仿出于我们的天性"[②]，"从蜘蛛我们学会了织布和缝补；从燕子学会了造房子；从天鹅和黄莺等歌唱的鸟学会了唱歌。"[③] 这就从根本上导致了两者对文艺审美特征的认识以及美学追求的不同。以亚里士多德为代表的古希腊模仿论认为，艺术的模仿对象主要是人的行动，故视情节为艺术中心，讲究通过情节的安排所获得的整一性而实现所追求的艺术美，强调对审美客体的客观模仿。

《罗摩衍那》则在诗歌产生于情感这一认识的基础上，进一步把情感视为诗的主要审美特征。在史诗开篇的第四章写到《罗摩衍那》的"美妙绝伦"时，称"这部史诗具备各种情绪；快乐、爱情、怜悯、愤怒、勇武、恐惧。还有厌恶"（1·4·8）。"情绪"就是现存古代印度最早最有系统的文艺论著《舞论》中所说的"味"，两者在梵文中是同一个词"rasa"。《舞论》说，"戏剧中的味相传有八种：艳情、滑稽、悲悯、暴戾、英勇、恐怖、厌恶、奇异。"[④]《罗摩衍那》除"奇异"没有提到外，其余七种是相同的，只是译名与排列顺序略有不同。"情绪"（味）的涵义，《舞论》英译本译为"Sentiment"，即理解为"思想感情、情绪"。它本是生理感觉对象之一，用在艺术理论中，金克木先生认

---

① 欢增：《韵光》，《古代印度文艺理论文选》，金克木译，人民文学出版社 1980 年版，第 59 页。

② ［古希腊］亚里士多德：《诗学》，伍蠡甫主编：《西方文论选》上卷，上海译文出版社 1979 年版，第 54 页。

③ 德谟克利特语，伍蠡甫主编：《西方文论选》上卷，上海译文出版社 1979 年版，第 5 页。

④ ［印］婆罗多牟尼：《舞论》，《古代印度文艺理论文选》，金克木译，人民文学出版社 1980 年版，第 5 页。

为，它实际上是指"渗透一切的东西"。① 作为文艺美学范畴，一般把它看做文学作品的审美特性。这种审美特性来自何处？《舞论》认为它出于"情"，"正如味产生于一些不同的佐料、蔬菜［和其他］物品的结合"那样，"味产生于别情、随情和不定的［情］的结合。"② 这里说的"情"，"是指艺术的创作和表演，以诗人心中的'情'去影响对方，所传达的东西叫做'情'。"③ 兼有"情景"、"情调"等含义，并非专指感情。然而无可否认，情感是"情"、"味"的核心。因为"味"（"情绪"）其实是"有一些不同的情相伴随的常情（固定的情或稳定的情）"④ 的"味"，例如"悲悯"（"怜悯"）味就是"起于常情（固定的情）悲。它产生于受诅咒的困苦、灾难、与所爱的人分离、丧失财富、杀戮、监禁、逃亡、危险、不幸的遭遇等等别情。它应当用流泪、哭泣、口干、变色、四肢无力、叹息、健忘等等随情表演。［它的］不定的情是：忧郁、困乏、忧虑、焦灼、激动、幻觉、昏倒、疲劳、惶恐、悲伤、哀愁、疾病、痴呆、疯狂、癫痫恐怖、懒散、死亡、瘫痪、颤抖、变色、流泪、失声等等。"⑤ 可知，所谓"悲"这种"常情"是人们遭遇不幸时普遍具有的情感，文艺作品通过展示（表演）特定不幸的具体情况（别情）以及与之相联系的具体的人在这种情况中的外在表现形态（一般的和特殊的行为、语言、表情——随情与不定的情）而成功地传达出"悲"，作品才具有"悲悯"之"味"，可见常情的显示是原因又是目的，味是结果。一切艺术因素（别情、随情、不定的情）都要受常情的情感中心支配。约11世纪的新护继承了这种美学思想，明确地指出，诗的灵魂在于诗所暗示的意义即"韵"，而所暗示的主要在于感情，只有这种暗示的感情，可以使读者立即直接地获得美感。⑥ 《舞论》是约公元二世纪的著作，与《罗摩衍那》形成的下限时间大体同时，从两者运用的共同点可以看出，"情绪"（"味"）等是先于它们早已流行的文艺美学范畴，《舞论》对"味"等范畴的阐释与《罗摩衍那》所提及的"情绪"等概念的含义不会有太大出入。约

---

① 金克木：《略论印度美学思想》，《哲学研究》1983 年第 7 期，第 33 页。
② ［印］婆罗多牟尼：《舞论》，《古代印度文艺理论文选》，金克木译，人民文学出版社 1980 年版，第 5 页。
③ 金克木：《略论印度美学思想》，《哲学研究》1983 年第 7 期，第 33 页。
④ ［印］欢增：《韵光》，金克木译，《古代印度文艺理论文选》，人民文学出版社 1980 年版，第 5 页。
⑤ ［印］欢增：《韵光》，金克木译，《古代印度文艺理论文选》，人民文学出版社 1980 年版，第 11 页。
⑥ 金克木：《梵语文学史》，人民文学出版社 1964 年版，第 377 页。

9 世纪的文学论著《韵光》，就认为蚁垤"［见到］一只水鸟因同伴被杀的死别而悲啼［时］产生悲伤，［这种悲伤］化成了一首颂体诗。"① 这首诗传达了常情"悲"故而有"悲悯"的"味"。

《罗摩衍那》自称具备各种"情绪"（"味"），读完全书，即可确认这并非妄语。它由开篇的雌麻鹬失去伴侣的凄惨悲鸣以及诗人的怜悯伤心这一插曲，为史诗通篇奠定了"悲悯"（"怜悯"）"味"的基调。在主要情节里，"悲悯"味连绵不绝，高潮迭起，宫廷阴谋导致罗摩无辜被逐；父子分离，十车王哀极身亡；失去国王，以国王嫔妃为首的妇女们，成千成千地像雌麻鹬一样悲哀号哭；悉多被劫，夫妻生离死别，悲伤欲绝；罗摩在楞伽战场上被罗刹幻术所骗，以为悉多真的被杀，哀伤无限，使全部猴军也沉浸于悲哀；战争结束，罗摩的怀疑使悉多悲愤投火，罗摩又真情流露，哀哀哭喊，连天神也感动掉泪。罗摩夫妇回到阿逾陀，过了一段短暂的幸福生活，悉多又被放逐森林；十多年后，悉多被召回阿逾陀，还要接受考验，最后投入大地怀抱，留下罗摩悲伤度日。这些情节无不传达了"悲"的"常情"，富于"悲悯味"。悲伤凄楚的情感不仅体现在主要情节、人物上，而且广泛地、反复地出现在史诗的每一角落。婆罗多敬父尊兄，却因为母亲的诡计使他丧父别兄，心头无限悲伤；吉迦伊出于私欲的一念之差，不但得不到预期的幸福，反而成了寡妇，她一心一意为之谋利的亲生儿子婆罗多也因此与她疏远，还有一致谴责她的社会舆论也始终折磨着她的心灵；罗摩的母亲亦陷入寡居的寂寞凄凉，长期忍受别离的苦痛，日夜思念爱子贤媳；就连反面角色十首魔王罗波那以及猴王波林的妻子，史诗也放笔渲染她们丧夫时的哀伤。纵横交错的"悲"构成了史诗以"悲悯"为主体的"味"的框架，其中又穿插以其他"味"，如战争场面中的"英勇"，罗波那为非作歹的"暴戾"，悉多被劫时的"恐怖"，罗摩夫妇新婚以及短暂欢乐团圆的"艳情"，驼背宫女、女罗刹首哩薄那迦的"滑稽"与令人"厌恶"等等，融合成为以宏伟庞大而又丰富多面色彩缤纷的情感体系为主要审美特征的一座空前的艺术美大厦。

（三）

对文艺的功用，《罗摩衍那》在开篇的头几章里就直接提及，不过几乎都是

① 《古代印度文艺理论文选》，金克木译，人民文学出版社 1980 年版，第 60 页。

功利性的社会作用；无论何人诵读了神奇、纯洁无邪的罗摩故事，都可以避免一切灾祸，得福长寿，死后还能携着家小进入天宫，"婆罗门读了它，会辩才无碍。刹帝利读了它，会统治世界。商人们读了它，会获得功果。首陀罗读了它，会受到优待。"（1·1·79）作者则可以借助作品的流传而"永生"。对于文艺作品的审美——美感作用，史诗没有直接提及，是否诗人对此毫无认识呢？当然不是，我们可以从不少形象的描写中间接地了解到诗人是如何看待美感作用的。在史诗开篇的前四章里，就至少有三处描写了通过情感途径和以感情表现为特征的诗歌审美效果。首先是第一篇第二章，蚁垤在大梵天面前吟出第二首输洛迦后，梵天"脸上满含笑意"（1·2·19），肯定了蚁垤的创造，指示他就用这诗体创作《罗摩衍那》。梵天作为一个接受者，显然是体会到了蚁垤诗中的"悲悯味"，获得了美感愉悦，所以才"脸上满含笑意"，立即要蚁垤用此诗体创作。其次，也是在同一章里，蚁垤的徒弟们听了并朗诵了蚁垤对大梵天吟诵的那首输洛迦后，为"等量的音节和四个音步"的优美形式所抒发的"悲痛"情感所感动，因而他们都"欢喜无量"（1·2·38）。再次是在同篇第四章里，罗摩的双生子俱舍和罗婆给仙人们吟诵了从蚁垤那里学来的《罗摩衍那》以后，所有仙人"都眼泪盈眶"，"精神愉快"，连呼："好哇，好哇！"大声赞叹："啊！这部诗歌多么美呀！特别是那些输洛迦诗章。"（1·4·14-16）这后两处描写尤其鲜明地突出了在文艺审美作用中的精神愉悦性的情感特质。尽管史诗并未直接提及文艺的审美作用，但其具体的形象描写和议论，却间接地表明了史诗作者对它并未忽视。蚁垤听到了罗摩的故事后，陷入了沉思，一直到偶然创造了输洛迦诗体并得到大梵天和徒弟们的肯定赞赏之后，才开始创作《罗摩衍那》并顺利完成，他所追求并成功地实现了的不只是"字义优美"，还有"音匀称"。如果说"字义优美"是指史诗的内容，那么，"音匀称"应指史诗的形式，由于内容与形式的完美统一，所以史诗才能"沁人心脾世无双。"（1·2·41）在形式美方面，诗人特别标举"音匀称"为代表，似乎尤其重视史诗的音乐性，有许多例子可以说明这一点。如当蚁垤发现自己对猎人的斥责就是一首诗时，他就指出其主要特点是"音节均等"，可以"配上笛子，曼声歌唱。"（1·2·17）说到《罗摩衍那》，也是强调它"声调悠扬，具有三调七音符，配上笛子可歌唱。"（1·4·7）《罗摩衍那》创作出来后，蚁垤选中俱舍与罗婆去传布史诗，除了因为这对王子"光辉有名"外，史诗特别提到他们"声音婉美"（1·4·4），"真正精通音乐，擅长把发音器官加强"（1·4·9），"声音甜美洪亮"（·1·4·10）。他们歌唱这部史诗时，能"进入情绪，……纵声高歌，甜蜜，激昂又优美，音调均匀又柔和。"（1·4·17）"声韵非常优美香甜。"（1·4·18）为何特别重视音乐性呢？一个重要原因无疑在于"音乐是心情的艺术，它直接针对着心情。"① 借助于与情感的本性最相适应的声音，音乐可以把情感表现到极致，而且最能拨动接受者的心弦。史诗作者要是不懂得音乐具有这种超越任何艺术的表情动情特性，也许就不会如此突出地强调史诗形式方面的音乐美。

（四）

《罗摩衍那》从诗歌的起源、作品的审美特征和接受过程等方面都抓住了文艺的情感特质，强调情感的作用，视传情、动情为文艺美学追求的中心。重视情感，也就是重视审美主体，因为审美主体主要通过情感来感受和表现外物。

以对审美主体的探讨为美学研究的中心在西方美学史上乃是 18 世纪后期的事情，被视为西方美学进入现代的标志。在 18 世纪以前，西方美学的中心是研究审美客体，探讨美的本质与造成美的条件。在文艺审美观中，也就是模仿论，认为文艺就是自然的模仿，模仿是人的本能，因此其美学追求关注的主要是如何客观地再现审美对象。自从亚里士多德对古希腊的模仿论加以系统论证，形成一个比较完整的理论体系后，模仿论美学观便在西方美学史上"雄霸了二千余年"。② 直到 18 世纪后期，模仿论才被浪漫主义表现理论所取代。艾布拉姆斯认为华兹华斯的《抒情歌谣集》1800 年版序言就是这一划时代的历史转折的标志。③ 华兹华斯主张"诗是强烈情感的自然流露"。④ 他指出，他的诗与一般流行的诗所不同的一个显著特点就在于"是情感给予动作和情节以重要性，而不是动作和情节给予情感以重要性。"⑤ 他认为，"普遍的有效的真理"是诗的目的，它不"以外在的证据作依靠，而是凭借热情深入人心"。⑥ 所以，直接地"使人愉快"也就是诗人的描写的"一个特殊的目的"。⑦ 华兹华斯的观点与

① ［德］黑格尔：《美学》第三卷上册，商务印书馆，1981 年版，第 332 页。
② ［俄］车尔尼雪夫斯基：《美学论文选》，人民文学出版社 1957 年版，第 129 页。
③ ［美］M. H. 艾布拉姆斯：《镜与灯》，郦雅牛等译，北京大学出版社 1989 年版。
④ 伍蠡甫主编：《西方文论选》下卷，上海译文出版社 1979 年版，第 17 页。
⑤ 伍蠡甫主编：《西方文论选》下卷，上海译文出版社 1979 年版，第 7 页。
⑥ 伍蠡甫主编：《西方文论选》下卷，上海译文出版社 1979 年版，第 13 页。
⑦ 伍蠡甫主编：《西方文论选》下卷，上海译文出版社 1979 年版，第 12 页。

《罗摩衍那》的诗歌审美观颇为接近，都认为诗是情感的产物，情感是作品的主要审美特征，文艺的社会作用主要通过精神愉悦的情感途径而实现。然而两者并不完全相同。主要在于两者所指的"情感"有异。《罗摩衍那》所指的情感重在"悲痛"，不仅包括人际关系也包括人与动物的关系所触发的情感。输洛迦的诞生就是出于诗人同情惨遭不幸的水鸟的"悲痛"，其中包含着对恶的强烈否定。古代印度人把人类自身看做是自然的一部分，而不是自然的中心和主人，各种鸟兽虽然地位比人低下，但并未和人隔绝，人类不能伤害自然界，而要像对待兄弟一样关心一切动物。就连阿育王的敕令也强调必须关心所有活物，他命令人们在路旁挖井种树，目的就在于"满足动物和人们的需要"。① 可见史诗所指的"悲痛"是印度人特有的宗教伦理情感，它深深地植根于古代印度的农业文明和氏族血缘关系的社会土壤之中。华兹华斯所说的"情感"，却是"在平静中回忆起来的情感"。② 也就是在单纯的日常的生活中表现出来的属于永恒人性的情感，即人的心灵所具有的"天生的不可毁灭的品质"。③ 华兹华斯以提倡描写普通人、日常事和田园生活的文学主张来回避当时社会的主要矛盾冲突，表示诗人对道德败坏、人欲横流的资本主义社会现实的不满和厌弃，为反对文艺中追求狂暴刺激的下流美学观作一点"微弱的努力"④。这既有批判的进步性一面，也有消极保守的一面。在美学史上，这种产生于近代资本主义工业文明土壤中的表现理论的情感说虽也着眼于审美主体，却导向自我表现，而古代印度的情感说则导向对人类命运和整个世界的关心。

在情感的性质以及这种审美观的源远流长方面与《罗摩衍那》更相近的，似乎是中国古代的文艺审美观。孔子在《论语·阳货》中概括文艺的四种社会作用，其中就有"怨"，把"怨"情与诗联系了起来。荀子《乐论》以及《礼记·乐记》也注意到了诗与情感的关系，后者首次明确指出，艺术是情感的表现。汉代的《毛诗序》也说，"诗者，志之所之也，在心为志，发言为诗，情动于中而形于言"，诗歌就是"吟咏情性"之作。六朝时代的陆机则提出了著名的"诗缘情而绮靡"说。不过，最早把"情性"偏重于"怨"或"哀"的是汉代

---

① ［俄］雅科伏列夫：《艺术与世界宗教》，任光宣、李冬晗译，文化艺术出版社 1989 年版，第149 页。
② 伍蠡甫主编：《西方文论选》下卷，上海译文出版社 1979 年版，第 17 页。
③ 伍蠡甫主编：《西方文论选》下卷，上海译文出版社 1979 年版，第 8 页。
④ 伍蠡甫主编：《西方文论选》下卷，上海译文出版社 1979 年版，第 8 页。

司马迁。他认为，从《周易》至《诗》三百篇，"大抵贤圣发愤之所为作"，①
即由于"人皆意有所郁结，不得通其道，故述往事，思来者"，"以舒其愤"。②
六朝人更多趋向于把文艺看做是怨愤之情的发泄和精神慰藉。钟嵘在《诗品序》
里举了大量"怨愤"事例与"怨"诗，强调诗歌是"怨"情的产物，可以给潦
倒愁闷的诗人以排遣、慰藉或补偿的作用。总之，"苦痛比快乐更能产生诗歌，
好诗主要是不愉快、烦恼或'穷愁'的表现和发泄"，这是中国文艺传统里的一
个流行观点。③ 文艺中的情感来自何处？ 《礼记·乐记》首先主张"物感
说"——"乐者，音之所由生也，其本在人心之感于物也"，"人心之动，物使
之然也。"六朝人也持相近观点，陆机认为诗歌之情主要是自然外物触发之情，
"遵四时以叹逝，瞻万物而思纷，悲落叶于劲秋，喜柔条于芳春"④。刘勰、钟
嵘则进一步既看到自然外物又注重社会遭际所触发的情感。如《诗品序》既说
"气之感物，物之动人，故摇荡性情，形之舞咏"。又说"楚臣去境，汉妾辞
宫"等种种社会遭际"感荡心灵，非陈诗何以展其义？非长歌何以骋其情？"中
国古代的文艺审美观发展到六朝时代，已从文艺的本原、构思以至形式表现方
面都重情，都要求表达真挚自然的情感。但是，必须看到，中国的"情感论"
在先秦两汉时代主要是从政教功利角度着眼的，"吟咏"的主要是"风其上"
的"情性"，要求"发乎情，止乎礼义"。到六朝时代则转变为从审美角度着眼
的个体情感的抒发，强调了"情"的个体性。但六朝的"吟咏情性说"终因矫
枉过正而趋于唯美主义、形式主义，至唐代逐渐被"文以载道"美学观所取代，
只有极少数文人坚持和发展六朝"吟咏情性"的文艺审美观。相比之下，《罗摩
衍那》文艺审美观中的"情感"政治色彩不明显，更主要是以宗教伦理意识为
基础，群体性、自然性较强。史诗的主要故事就肇源于善恶两大势力的矛盾斗
争，诗人创作史诗的目的是要为人们树立人生规范，同情整个人类包括动物的
不幸。"情感"范畴的广泛性，就决定于印度人宗教伦理观念范畴的宽泛性。

　　《罗摩衍那》重情的文艺审美观深远地影响着各个时代印度文艺家的审美趣
味和审美理想，从迦梨陀娑直到泰戈尔，以至于我们所看到的印度当代影视作
品，似乎都没有离开重情的传统轨道。

---

① 司马迁：《史记·太史公自序》。
② 司马迁：《报任安书》。
③ 钱钟书：《诗可以怨》，《七缀集》，上海古籍出版社 198 年版，第 102 页。
④ 陆机：《文赋》。

综上所述，可以认为，在艺术美意识方面，《罗摩衍那》已从诗歌的起源、作品的审美特征和接受过程等方面都基本准确地把握了文艺的情感审美特质，强调情感作用，充分重视审美主体在审美活动中的重要地位。而且，对审美主体和审美客体的关系也有正确的认识，认为审美情感是由于外在事物（审美对象）的触动而产生的，文艺的最终根源在于现实生活。印度人在两千多年前就对艺术美有如此成熟的认识，这在美学史上的贡献是不容忽视的。

六、自然畅神与情景交融

（一）

约七世纪时署名擅丁所作的印度文学理论著作《诗镜》认为，描写"海洋、山岭、季节、日月初升……"等自然景物是文学作品的主要内容之一。[1] 的确，在众多的印度古典文学作品中，这几乎成了一种创作模式。这种风气或曰传统的源头，就是史诗《罗摩衍那》，在这方面，它也是"以后诗人的基础"（1·4·20）。[2]

《罗摩衍那》对自然景物的大量描写十分惊人，而且视野开阔，囊括丰富，刻画细腻生动。从广阔无际的林莽绿野、高山河海、天光月色，到身边眼前的鸣禽落英、飞蜂舞蝶、荷珠露滴，无不汇聚于诗人笔下。至于大自然美景的晨昏变化，风雨晦晴，万紫千红，四季往复，诗人也极尽描摹之能事，千姿百态，栩栩如生地展现于诗中，令人目不暇接。既有如特写镜头般的微观雕镂，又有似巨幅长卷般的宏观勾勒。现实景物之外，超现实的神话中景色、空中鸟瞰的场面，诗人也借助想象的羽翼，信手拈来，真假难辨。请看史诗首篇对恒河下凡的描写：由于甘蔗王族的一个国王——罗摩的一位远祖恳求，恒河"从天空直落下来，"这形体极大的一团大波，先落到湿婆神的头上，然后奔泻大地。于是，满天澎湃的涛声，流水闪闪发光，

---

[1] 欢增：《韵光》，《古代印度文艺理论文选》，金克木译，人民文学出版社1980年版，第24页。

[2] 《罗摩衍那》第一篇第四章第二十颂，季羡林译，人民文学出版社。下引同。

有成群的海豚和蛇，
还有来回游泳的鱼，
天空里好像布满了
闪闪发光的这些东西。（1·42·12）

天空里又像是布满了
像天鹅一样飞翔的秋云，
颜色灰白，水汽极重，
忽然间就会四散飞奔。（1. 42. 13）

有的地方，水流得弯曲迅速，
有的地方，水流又被阻住，
有的地方，水流得弯曲摇荡，
有的地方，水又缓缓地流出。（1. 42. 14）

有的地方，水流又同水流
互相撞击，碰在一起，
一刹那间，流上天去，
但一转眼，又落下平地。（1·42·15）

　　这是想象的，但又是真实的，因为它是诗人结合了现实的恒河或别的大河的特征加以想象、夸张的描写，其恢宏壮美堪与李白笔下的"黄河之水天上来，奔流到海不复回"和从"九天""飞流直下"的"银河"之磅礴气势并驾齐驱吧。史诗作者不愧为"大自然的真正画师"。①

　　当然，早在《梨俱吠陀》里，印度诗人就已描写过自然景物。不过，描写并不多。据金克木先生统计，在《梨俱吠陀》的1177首诗中，直接歌颂自然界的诗只有几十首，其中又有二十首左右是专颂黎明、朝霞或曙光的。② 而且，这些歌颂自然界的诗歌，所讴歌的主要是自然对人的实用功利价值。例如《夜》这首诗：

---

① 季羡林、刘安武编选：《印度两大史诗评论汇编》，中国社会科学出版社1984年版，第7页。
② 金克木：《比较文化论集》，三联书店1984年版，第30页。

夜女神来了，
她用许多眼睛观察各处，
她戴上一切荣光。

不死的女神布满了
广阔区域，低处和高处，
她用光辉将黑暗驱除。

夜女神来了，
引出姐妹黎明；
黑暗也将离去。

你今天向我们来了；
你一来，我们就回到家里了，
如同鸟儿们回树上进窠巢。

村庄人们回去安息，
有足的去安息，有翼的去安息，
连贪婪的鹰隼也安息了。

请赶走母狼和公狼，
请赶走盗贼，夜女神啊！
请让我们容易度过去。

装扮一切的，黑暗，
明显的，黑色，来到我面前了。
黎明啊！请象除债务一样（除去它）吧。

我向你奉献，如献母牛，
白天的女儿啊！请选中收下

这如同对胜利者的颂歌吧！夜啊！①

在这首诗里，"夜"是一位女神，星月是她的眼睛，人们向她高唱颂歌，顶礼膜拜，祈求她把害人的狼和盗贼赶走，使人们平安度过黑夜，迎来黎明。"夜"的形象浸透着神话、祭祀的意识，诗人歌唱她的出发点，是希望她给人带来直接的利益。这种以"拟人化"为主要特征的神话思维，表明"吠陀"时代的印度人对自然尚无自觉的成熟的审美意识。

再看《罗摩衍那》里同是描写夜景的一段诗句：

> 所有的树木一动不动，
> 所有的鸟兽都宿了窝，
> 在四面八方，罗摩呀
> 都成了那黑暗的王国，（1·33·15）

> 黄昏已慢慢地消逝，
> 天空里好像布满眼睛。
> 丛树般的星座和星群，
> 辉耀闪烁，散发光明。（1·33·16）

> 明月已经升了起来，
> 清光扫除世界的阴影。
> 它用自己的光辉，王子！
> 抚慰着群生的心灵。（1·33·17）

这里描写的仍是有星星有月亮的夜，但没有前述《梨俱吠陀》诗中那种浓厚的神话、祭祀色彩，明月的光辉不仅扫除世界的阴影，而且还"抚慰着群生的心灵"。月光对心灵的抚慰，是精神性的，而不是直接功利性的。在表现手法上，比喻代替了拟人化。脱离自然神话的观念并意识到自然对人具有精神慰藉作用，这里透露的是较为成熟、自觉的自然美意识。

---

① 金克木：《比较文化论集》，三联书店1984年版，第36—38页。

如果说这诗节所体现的自然美意识的成熟性还不够明显的话，我们再看下面的例子：罗摩流放之初，来到质多罗俱吒山，看到那繁花似锦、鸟鸣花香的自然美景，立即使他"心旷神怡"，流放的"忧愁为之一洗"（2·50·22）。当住了一段时间后，他更"爱上了这山和树林"，他带着爱妻悉多欣赏质多罗俱吒山的美景，——指点醉人的山光水色，情不自禁地对悉多说：

> "亲爱的！丢掉了王国，
> 被迫离开了我的亲人，
> 都没能使我心情抑郁，
> 看到了这美丽的山林。（2·88·3）
> ……
>
> 美女呀！看到质多罗俱吒，
> 看到这一条曼陀基尼河，
> 因为能够经常看到你，
> 我认为比城市生活好得多。"（2·89·12）

美妙的自然景色使罗摩精神愉悦，忘却了豪华的宫廷、失去王权的冤辱，大有"久在樊笼里，复得返自然"[①] 那种解脱的意味。史诗在这里直接道出了自然美景对人具有愉悦情感——畅神的审美价值，这显然是一种较为成熟的、自觉的自然美意识了。

一般认为，人类的自然美意识的发展，大体上经历了从"致用"、"比德"到"畅神"这样几个阶段。"致用"就是注重自然界对人的物质功利价值，美与有用同义。"比德"则超越了物质功利而将自然景物与人的道德观念相联系，转向精神功利。所谓"智者乐水，仁者乐山"，[②] 就是因为山、水的自然属性有与仁者、智者的品德同形同构之处，故能为仁者和智者所"乐"。在"畅神"阶段，人们则进一步明确地意识到自然山水美景之所以为人喜爱，是因为它们具有使人心旷神怡、愉悦情性的审美价值。这种自然美意识的衍变在艺术史上有明显的踪迹可寻。在法国、西班牙等地发现的旧石器时代的洞窟美术作品，

---

① 陶渊明：《归园田居》其一。
② 《论语·雍也》。

其描绘的对象多是古象、野牛、鹿和马等野兽，原始人描画这些动物多出于一种"功利主义"思想，根本目的是为了猎获它们。我国新石器时代的彩陶图案也多以动物为描绘对象，就因为动物在人类当时的物质生活中具有举足轻重的直接功利价值。《诗经》中出现了自然景物的描写，多是作为比兴手法，衬托、比喻人事，将自然美社会化，表明自然美意识进入了"比德"阶段。如"杨柳依依"、"雨雪霏霏"就是点出诗中"我"往、来的时间，并作为戍卒之哀苦的烘托映衬。作为审美意象，比较简单。《楚辞》的自然景物描写更多，甚至有通篇吟咏特定自然景物的，例如《橘颂》，然而，它实际上是以橘树形象喻人，歌颂人的品质，这是楚辞时代"比德"自然审美观普遍流行的标志。六朝时代产生了大量专以自然山水为对象的诗画作品，无数优秀之作以人与自然融为一体的和谐境界，表明自然对人的"畅神"审美价值，六朝人的自然审美观已发展到与现代人相接近的成熟程度。

倘以中国自然美意识的发展作参照，我们可以看出，《梨俱吠陀》时代印度人对自然景物的态度基本上是处在较原始、幼稚的"致用"的功利性阶段。同时，《梨俱吠陀》中也有一些直接将自然景物拟人的诗作（如《朝霞》、《大地》[1]），其将自然景物社会化的迹象又表明《梨俱吠陀》中的自然美意识已有"比德"的萌芽与趋向。《罗摩衍那》则明确地表现了相当于"畅神"阶段的自然美意识。

（二）

从文学作品来看，自然审美观自觉、成熟的特征至少有三点：一是自然景物的描写已明确地表现出"畅神"的自然美意识；二是自然景物在文学作品中作为审美意象已臻情景浑融的完善形态，表现自如；三是自然美成为独立的审美对象进入文学，产生了独立的自然诗。第一个特征，《罗摩衍那》是具备了的，这在前述已见出。现在我们来看第二个特征。在表明自然美意识较自觉、成熟的中国六朝诗作中，自然景物作为情景浑融的审美意象的特点极为显著。如"池塘生春草，园柳变鸣禽"[2]、"日暮天无云，春风扇微和"[3]、"余霞散成

---

① 季羡林、刘安武选编：《印度古诗选》，漓江出版社1987年版，第3、6页。
② 谢灵运：《登池上楼》。
③ 陶渊明：《拟古》之七。

绮，澄江静如练"① 等等。在表现方面，既能借景寓情，又可缘情写景，运用自如，皆臻妙境。拿《罗摩衍那》与中国六朝诗稍作对照，即可发现，《罗摩衍那》也具有这种特征。例如，诗中通过一位隐居林中的女仙人之口描绘的一幅黄昏图景：

> 鸟儿飞出一整天，
> 为了找食忙分散；
> 现在到了黄昏时，
> 回巢睡觉闹声喧。(2·111·4)

> 那些被功果涤净的牟尼，
> 沐浴以后身上湿漉漉；
> 树皮衣上也沾满了水，
> 他们一起走上了归途。(2·111·5)

> 仙人们遵照仪式，
> 正举行火的祭祀，
> 风吹轻烟往上扬，
> 颜色淡红像鸽子。(2·111·6)

> 叶子很稀少的树木，
> 在黑暗中显得茂密；
> 连在那遥远的地方，
> 方向也显得模糊凄迷。(2·111·7)

> 那一些夜游的动物，
> 正在到处奔走游荡；
> 苦行林里的小鹿，
> 熟睡在祭坛边上。(2·111·8)

---

① 谢朓：《晚登三山还望京邑诗》。

悉多呀！夜已经来临，
天空里点缀着星星，
月亮带着耀眼的光辉，
早已经升到了天空。（2·111·9）

    在这幅图景里，沐浴后踏上归途的牟尼身上沾满了大自然的水滴，他们不正像欢乐归巢的鸟儿么？敢在祭坛边上熟眠的小鹿，想必与苦行人亲密无间，和睦相处。满天星斗，熠熠明月，清辉融融，一片银色的光明世界，一切都是那么宁静、安详、亲切。人和大自然达到了高度和谐的境界。这里的描写几乎全是客观的叙述，却寄寓了摒绝尘寰喧嚣的苦行人那种羁鸟归林般的无限喜悦、幸福之情。这与陶渊明"山气日夕佳，飞鸟相与还"①，"暖暖远人村，依依圩里烟。狗吠深巷中，鸡鸣桑树巅"② 的借景抒情不是具有异曲同工之妙吗？

    再看以缘情写景手法而达到情景浑融的意象和境界。同样，我们也可以中国六朝诗歌与之作一对照。所谓缘情写景也就是诗人将自己的感情赋予事物，"感时花溅泪，恨别鸟惊心"，③ 使笔下"物皆著我之色彩"④。中国六朝诗人在这方面可以说已是行家里手。如谢灵运仕途失意，心怀殷忧，寒夜漫漫，辗转难眠，便有"明月照积雪，北风劲且哀"⑤ 之句，本是无情物之北风"著"上了人才有的悲哀情感。当他留恋山光水色不忍离去之时，便信笔赋予自然景物以人的意念情感。于是，"昏旦变气候，山水含清晖。……林壑敛暝色，云霞收夕霏。芰荷迭映蔚，蒲稗相因依。"⑥ 山水、林壑、云霞等自然景物成了诗人的知己挚友，依依不舍情意绵绵。以缘情写景手法达到情景浑融的审美意象在《罗摩衍那》的自然景物描写中，几乎可以说俯拾皆是。罗摩进入森林，大自然的美景使他忘掉了豪华的宫廷、失去王权的不愉快，全身心沉浸在与大自然和谐的欢乐之中。这时，他给悉多指点美景，诗人笔下的自然景物便无不染上欢乐的情感：风吹树动，花枝摇曳，在花间树隙中若隐若现的远处山峰也"好像是在跳舞"（2·89·8），"鸳鸯的鸣声"听来"十分美妙柔和；……唱出了非

---

① 陶渊明：《饮酒》之五。
② 陶渊明：《归园田居》其一。
③ 杜甫：《春望》。
④ 王国维：《人间词话》。
⑤ 谢灵运：《岁暮诗》。
⑥ 谢灵运：《石壁精舍还湖中作诗》。

常优美动听的歌"（2·89·11）。那条曼陀基尼小河也"真是美妙，象群在里面戏乐；大象、狮子和猴子，也在河里把水喝。里面点缀着各种繁花似锦；不轻松愉快的没有一个人。"（2·89·18）又如十首魔王罗波那劫走悉多后，罗摩悲痛欲绝，遍寻山野，哀声询问山石树木，飞禽走兽，一切景物都使他想起爱妻的美貌倩影，勾起往昔夫妻恩爱的回忆，眼前景物似乎都能分担他的忧愁。山石、树木、老虎、狮子、大象等热带森林里的景物，在罗摩的凄凉悲声中，伴随着罗摩飞跑寻妻的脚步，叠印着罗摩不自觉联想中的悉多身影，一一闪过，愁心与热带景物交融，人的焦虑激动又与物的爱莫能助的静默相互对照反衬，情与景水乳一体。

审美意象的情景交融说明人们对自然与艺术的审美性质都有了较深刻的领悟。而自然景物进入艺术中，形成独立的审美对象，就更有力地说明了自然美意识的成熟。《罗摩衍那》是叙事诗，中心是写人事，自然景物描写尽管已达到了情景交融的完善形态，但从整体而论，这些审美意象是作为人事的背景而存在的，并不像中国六朝山水田园诗那样是独立的艺术形态。然而，这只是表面现象，深入一步考察的话，不难发现，表面上自然景物描写在《罗摩衍那》中是人事的背景，但实际上它们又不仅仅是背景，而是情节结构、人物性格塑造不可或缺的重要成分。例如描写质多罗俱吒山美丽景色的两章，出现在婆罗多率大军到达质多罗俱吒山森林，婆罗多正要会见罗摩的时候，诗人却把这紧迫的情节搁下，转笔写罗摩带悉多观赏质多罗俱吒山与曼陀基尼河的秀美风光，然后再接写婆罗多与罗摩的会面情节。自然景物的描写，在这里就不只具有为写景而写景的背景意义，它本身就是一个有效的情节构成成分，展示的是罗摩林中生活的状况。而且，这一段景物描写使本来急迫的情势一下子舒缓起来，情节发展中的急中夹缓，造成了一种节奏美。这正是深晓艺术美创造规律又具有高度成熟的自然美意识的表现。其次，《罗摩衍那》的自然景物描写常是通过诗中人物的视角叙述出来的。自然美意识成为诗中人物性格的一个必要成分。罗摩为质多罗俱吒山的美妙景色所慰藉，他对自然美的欣赏所流露出的"畅神"美感，突出了他性格的高尚，为他后来拒绝婆罗多要他回城即位的请求而坚持在森林里过流放生活的行为，奠定了一个有力的心理基础。诗人的描写表明，罗摩坚持流放，不只是出于忠、孝的伦理道德，还在于他对人与大自然的关系有了深邃的洞察，知道人与自然谐和融一的生活在人生中具有崇高的价值。这正是一个具有完善性格的理想人物所不可或缺的成分。

不同的自然美感体现着不同的人物性格。自然景物描写可以突出罗摩高尚，也可以刻画出魔王罗波那的邪恶和卑劣。罗波那对自然美也有敏锐的感觉，但总是与他那邪恶性格相联系，体现他注重感官享乐的淫逸好色本性。美丽的那摩陀河风光，在罗波那眼里，就如同一个可供他泄欲的羞怯、妩媚的"女娇娥"，

> 花树形成了凤冠，
> 鸳鸯形成了乳房，
> 长滩形成了肥臀，
> 鹅群腰带围腰上。（7·31·20）

> 花粉在她四肢涂，
> 洁白泡沫是衣服，
> 入水抚摩真愉快，
> 盛开莲花是美目。（7·31·21）

而吉罗娑山的美妙夜景：河水在月光中闪耀，树木盛开着鲜花，风儿吹过，落英如雨，鲜花和蜂蜜的清香在空气中荡漾，仙女动听的歌声从远处飘来……这自然美景却煽起了罗波那的情欲之火，使他拦住了侄媳妇兰跛，强行非礼。

总之，自然美是《罗摩衍那》艺术美的重要构成成分，与独立的山水自然诗所要求的自然美与艺术美高度统一相一致。而且，在独立的山水自然诗中，对自然美与艺术美的统一，诗人所要考虑的主要在于如何处理情与景的交融。但在叙事诗中，却不仅是情与景的交融，还有怎样与叙事、写人等融为一体的问题，难度更大。诗人如果没有较高的艺术造诣和成熟的自然美意识，怎能在《罗摩衍那》这样的鸿篇巨制中驱遣自如，使自然美与艺术美的统一达到如此高度完善的境界呢？再说，若把《罗摩衍那》中有关自然景物描写的诗节独立出来，它们完全可以作为独立的审美对象，与独立的山水自然诗并无大异。前面所举自然景物描写的一些例子（如描写夜景和黄昏景色的诗段）就完全可以独立成篇，堪称出色的自然诗。

不用讳言，《罗摩衍那》中描写的自然景物并不全是"畅神"性质的。甚至有些即使是"畅神"为主的审美意象，其中也共生或附带着"比德"或"致用"的意识。然而，这种现象也掩盖不了史诗自然美意识的自觉、成熟性。我们知道，中国六朝"畅神"说出现后，"比德"意识并未就此销声匿迹，至今

仍与"畅神"意识并存于世，"梅兰竹菊"仍以其品性的高洁作为人们喜闻乐见的审美对象。可见，不同阶段的自然美意识可以在一定时期或较长历史阶段内并存共在，这是正常的历史现象。而且，自然物本身对人具有多层次的价值，既有实用的物质功利价值，又有认识的、审美的等等精神功利价值，与其相应的主体情感反应如果同时出现或交替出现，当然也不足为怪，关键是何者为主何者为次而已。罗摩刚到质多罗俱吒山，流放的忧愁就"为之一洗"（2·50·22），其中原因，除了满山树木繁花如火，蜜蜂欢翔，孔雀歌唱等美妙的自然景色使他"心旷神怡"外，还有树上的果实累累使他想到"一定有吃有住"的喜悦。"畅神"与"致用"的意识、情感夹杂一处。不过，很明显，大自然的美景使罗摩产生"心旷神怡"的愉悦是最主要的，"致用"只是附带的成分。诗人的笔墨多花在秀丽的景色而不是可供食用的"果实"、"根茎"上，就是明证。

如此看来，《罗摩衍那》自然美意识的成熟和自觉与我国六朝时代的自然美意识相比，即使不能说已完全处于同一水平上，也应该肯定两者确实十分接近。

（三）

古希腊的荷马史诗与印度的两大史诗可谓东、西方古代伟大文学对峙的双峰。然而，奇怪的是，荷马对写景不感兴趣。据统计，在《伊利亚特》中，有关植物世界之美的描写少得可怜，仅有九次[1]。而且，荷马写景，常写的是葡萄园，例如《伊利亚特》第十八章写到工匠神赫淮斯托斯给阿喀琉斯做的一面盾牌时，诗人极为详尽地描绘了这面庞大而有力的盾牌上的装饰。荷马的描绘是"令人惊赞"的，黑格尔推许其反映了"民族见识的整体"[2]。这盾牌上的图案内容非常丰富，包括天、地、日、月、星、辰、大海、城市、耕作、葡萄园、牧场、舞会等等。但对天地日月星辰大海等自然景物，诗人的描述几乎是简得不能再简了："首先刻的是地、天和海，不知疲倦的太阳，滚圆的月亮，以及布满天空的一切星座"，接下去便罗列了几个星座的名称，写到"北斗星座"时，则稍费了点笔墨："它是星座当中唯一不在大洋流里洗澡的，一径都在同一个地

---

① 伍蠡甫主编:《山水与美学》,上海文艺出版社1985年版,第100页。
② ［德］黑格尔:《美学》第三卷下册,朱光潜译,商务印书馆1981年版,第121页。

方打转儿，小心翼翼地远远望着大猎户"①。写到葡萄园时，对葡萄棚柱子、园边的沟、篱笆、收葡萄的活动，甚至一个男孩子唱的是什么歌，都一一津津有味地叙述出来。尽管尚未像写城市、耕作、舞会那样精雕细刻，却也并非惜墨如金。为何如此？大概是由于北斗星座对于人们，尤其是经常从事海上作业的希腊人夜晚辨别方向特别重要，而葡萄园则可满足人的口腹之欲。可见，荷马时代人与自然的关系所重在实用，还没有重视或者干脆说对自然美还没有自觉的审美意识，他们的审美趣味尚未超越社会美和艺术美领域。

将荷马史诗与《罗摩衍那》相比较，在自然美意识方面，《罗摩衍那》的遥遥领先显而易见。这种差异并不只是因为荷马史诗时代的社会形态早于《罗摩衍那》时代，事实上，整个西方自然美意识的发展都极为迟缓，而真正意义上的山水诗，直到近代才在浪漫主义的抒情诗高潮中出现。18世纪以前，西方普遍轻视自然美，尽管在诗歌中也能见到一些自然景物的描写，但仅仅是作为背景点缀，谈不上什么情景交融。不仅荷马对自然美不感兴趣，就是罗马时代的贺拉斯也曾以极为不屑的口吻说，只有江郎才尽的诗人才会去"写狄安娜的林泉、神坛，或写溪流在美好的田野蜿蜒洄漾，或写莱茵河，或写彩虹"②。直到启蒙时代的莱辛还断言："最高的物体美只有在人身上才存在……在植物和无生命的自然里，就简直不存在"③，从而把描绘花卉、山水风景的艺术家排在次要的地位。就连德国古典美学的集大成者黑格尔，对自然美的看法仍没有多大改观，他认为"自然美只是属于心灵的那种美的反映，它所反映的只是一种不完全不完善的形态"④，也把自然美排斥在艺术美之下。为什么《罗摩衍那》所体现出的自然美意识如此早熟？西方的自然美意识发展却那么迟缓？最根本的原因，在于各自不同的社会历史背景所导致的文化传统观念的差异。印度古代社会是农业社会，发展迟缓，原始氏族制度、习俗风尚长期而大量残存，物质生活和精神生活都对自然界有极大的依赖，人与自然的关系被认为是密不可分的、统一的，在精神上、伦理道德情感上也有着内在的相通性、一致性。长期依赖于大自然的生活，使印度人很早就对他们周围的热带自然景物，尤其是对森林风光的观察极为深入细致，有极为敏锐、细腻的感受，他们很早就知道森

① ［古希腊］荷马：《伊利亚特》，傅东华译，人民文学出版社1958年版，第353页。
② ［罗马］贺拉斯：《诗艺》，杨周翰译，人民文学出版社1962年版，第137页。
③ ［德］莱辛：《拉奥孔》，朱光潜译，人民文学出版社1979年版，第194页。
④ ［德］黑格尔：《美学》第一卷，朱光潜译，商务印书馆1979年版，第5页。

林与草木具有镇静人的心灵和启发智慧的精神价值。在《罗摩衍那》里，我们看到不少献身宗教的仙人修苦行都处身林中。《摩奴法论》规定婆罗门教徒一生要经历四个阶段（四行期），其中第三阶段就是林栖期，教徒本人必须携妻隐居丛林，修种种苦行。佛陀亦是在菩提树下初禅、觉悟成道的。"本能和宗教都使印度人与自然现象发生亲密的同情"[1]。蚁垤为水鸟的不幸而悲伤，斥责可恶的猎人，这就是视自然与人为一体意识的体现，充满着人对自然生命的爱。人与大自然在精神情感上的亲近与和谐，必然导致自然美意识的早熟。而古希腊进入阶级社会后迅速彻底地清除了氏族制度，人与自然不可分的统一的原始观念也被打破，人与自然的对立、矛盾成为人们注目的中心。征服自然，支配自然的愿望与努力在古希腊神话中就已显露昭然。这就为一切以人为中心的西方人本主义传统观念定下了人与自然关系的基调，决定了轻视自然美趋向，（也决定了以人的行动为主要对象的模仿论艺术观、美学观的出现和长期流行。）大大地阻滞了自然美意识的发达。即使近代西方诗歌对自然美也有了真正意义上的欣赏，但这种自然美意识仍然没有超出人与自然对立的观念的窠臼。浪漫主义者号召人们回归大自然，是出于对资本主义工业文明的厌弃和不满。他们对自然的崇拜与向往，与他们的神学、哲学传统观念仍有千丝万缕的关联。自然在他们的心目中，仍然是一种外在于人的东西，并不像东方人那样认为它与人类有着内在和谐统一的关系。

至此我们可以说，《罗摩衍那》大量描写自然景物，情景交融，已明确地意识到自然美对人具有畅神的审美价值。其自然美意识自觉、成熟的程度接近我国六朝时代的水平，而令同时代直至近代的欧洲人望尘莫及。

七、达磨与审美

印度的《摩诃婆罗多》和《罗摩衍那》两大史诗使用"达磨"一词的频率相当高，有人粗略统计，仅是《罗摩衍那》的《阿逾陀篇》，"达磨"一词就出

---

[1]　[英]查尔斯·埃利奥特：《印度教与佛教史纲》第一卷，李荣熙译，商务印书馆1982年版，第87页。

现了 133 次之多①。进一步考察的话，还会发现两大史诗的的矛盾冲突、情节发展、人物塑造和场景描绘等等无不与"达磨"密切关联。很明显，"达磨"在印度两大史诗时代的价值观念体系中有着极为重要的地位。

从前面的有关论述中可以见出，伦理道德上的善在印度两大史诗中的达磨含义里，无疑占有极大的比重，居于非常突出的位置。

以强调善的达磨为中心的价值观念不能不制约着两大史诗所体现的审美意识。《罗摩衍那》开篇就有一个很明显的事实揭示了这种制约的存在。这就是蚁垤用输洛迦诗体创作罗摩"美且善的故事"（1·2·34）时，非常郑重地"用达磨来检查全部故事"（1·3·2）。在审美创造中运用的达磨已不是单纯伦理学或宗教学意义上的达磨，它已经成了审美原则或标准。这样，达磨的涵义应该说还有一个审美层次：达磨是美的内在法则。印度两大史诗表明，达磨既是古代印度人一般价值观念的中心，同时也是审美价值观念的中心。

在社会美意识方面，以达磨为中心的审美趣味首先表现在对善的重视，强调善是美的基础、前提和重心。在两大史诗里，无论是生活场景的描绘，还是人物形象的塑造，都浸注着这种审美意识。例如《罗摩衍那》的《童年篇》所描绘的阿逾陀城，实际上是诗人心目中的理想国———一幅理想社会的美妙图景。它的"绝妙"、"美丽"，并不在于外观的富丽堂皇，诗人以大量篇幅描绘的是城中社会秩序的和谐：国王贤明，臣民忠君，"刹帝利服从婆罗门，吠舍又把刹帝利服从，首陀罗忠于自己职责，他们服从三个种姓。"（1. 6. 17）"所有的男人和女人，都知法度、守礼节"（1. 6. 9），"没有任何人奸诈、狠凶"（1. 6. 8），"所有的人都……遵守达磨和真理"（1·6·16），"人们愉快、守德又多闻，他们心满意足、说老实话"（1·6·6）。所以，人人富足，不愁衣食，"没有一个人不幸福漂亮"（1·6·15），"所有的人都康乐长寿"（1·6·16）。这幅桃花源图景就是信奉达磨者审美理想的结晶。它与《美妙篇》里哈奴曼眼中的楞伽城恰成鲜明的对照。诗人一方面大事渲染楞伽的豪华富丽，连城墙也是金银所筑，房子的窗户都镶着珠宝；一方面亦以相当笔墨淋漓尽致地描绘了罗刹们在城中放纵感官的淫逸享乐生活。这表面华美的大城，实际上是一个充满邪恶的魔窟，珠光宝气的外表与非达磨的罗刹重视物欲的审美观完全合拍。《摩诃婆罗多》中描绘的理想社会———经历着"圆满时"的社会，其"美好"也是

---
① 中国印度文学研究会编：《印度文学研究集刊》第二辑，上海译文出版社 1986 年版，第 121 页。

国王、人民、各种姓以至"一切众生"都"恪守"、"履行"正法（达磨），社会、世界秩序和谐。刹帝利以正法统治国家，"国王们摒弃了生于爱欲和嗔怒的过错，他们运用正法惩治应该惩治的罪人，保护着人民。"（1·58·13）"人们只做正法规定的事情，……所有种姓各安其职。"（1·58·22）"人民不骄不惴，也不贪婪，相助共荣"（1·102·7），"盗贼绝迹，没有任何人喜爱非法"（1·102·5）。"大地上庄稼苗壮，五谷丰登，雨神及时降雨，树木满是繁花硕果。骏马大象欢欢快快，走兽飞禽喜悦非常，花朵喷吐着芬芳，水果汁液甜香。"（1·102·2-3）人们的生活就像"天天在欢度节日"（1·102·13）。

强调善的社会美意识更集中地体现在两大史诗中的人物形象身上。诗中赞美的正面人物都是代表达磨的理想化的形象，他们共同的主要特点是具有崇高的美德。两大史诗的中心主人公坚战和罗摩是理想的国王形象，他们都是天神降生，都是国王长子，本来就有继承王位的资格和才能，深得百姓拥戴。但是，都因为宫廷矛盾而经历流放和战争，通过艰苦的磨炼、战争的生死考验之后，才登上王位。执政期间显示了杰出的统治才能，使国家繁荣兴旺，四方归服，天下太平。他们都是道德的楷模，遵行达磨是他们性格的核心。坚战的德行突出表现为忠厚容忍。在般度族和俱卢族的关系上，他始终希望维持和平友好的局面。面对以难敌为首的俱卢族一次又一次的挑衅、谋害，他仍然视容忍为""最高美德"，主张恕道，甚至实践以恩报怨。罗摩更是一生遵奉达磨、躬行达磨的完美形象。作为儿子，他孝顺父母；作为兄长，他爱护兄弟；作为丈夫，他只爱妻子一人；作为朋友，他绝不负义。当宫廷出现政治危机的时候，他并不依恃力量的优势争夺王权，而是大度忍让，甘愿流放，顾全了大局。他重视与追求的是永恒的道德价值。他为后世千千万万印度人崇拜、敬爱的主要原因，就在于他的孝悌、忠诚、正直、虔诚、守信、仁慈、克制、行为端正、道德高尚。除了作为政治领袖所需要的理想德行外，他还是一个具有超群的勇敢、力量和武艺的英雄。悉多和黑公主分别是《罗摩衍那》和《摩诃婆罗多》的主人公，两人都是吉祥天女的化身，都是具有忠贞美德的贤妻典范。在丈夫被流放时都能毫不犹豫地追随而去，与丈夫四处漂泊，共度艰难。面对强暴之际，都敢于反抗，坚贞不屈地保护自己的贞操。虽历尽千辛万苦而始终忠贞不渝。其他正面人物形象如《罗摩衍那》的罗什曼那、哈奴曼，《摩诃婆罗多》的阿周那、黑天等英雄，也都是既勇武又具有崇高美德的形象。尤其是罗什曼那，他虽然对达磨时有怀疑，但行动上却严格遵行。罗摩无故被逐，罗什曼那气愤不平，却听从罗摩的劝阻，打消了动武的念头，自愿随罗摩夫妇流放森林，漫长的 14 年似奴仆般伺候兄嫂，楞伽之战奋不顾身帮助罗摩战胜了罗波那。最后，明知会触犯死神禁令，但为了挽救罗摩和全体百姓的生命，义无反顾地选择了牺牲自己的道路。他那崇高的献身精神，令人十分敬佩、景仰。

达磨还决定人物本身审美情趣的高下。罗摩流放之初来到质多罗俱吒山，繁花似锦、鸟鸣花香的自然美景立即使他"心旷神怡"，流放的"忧愁为之一洗"，忘却了豪华的宫廷和失去王权的冤辱。正因为他是躬行达磨的典范，所以面对自然美景，他才具有高雅的审美情趣，能真正从"畅神"角度欣赏自然美。而十首魔王罗波那由于邪恶、违背达磨，其审美情趣就非常低劣，他那敏锐的自然美感觉就总与罪恶的情欲联系在一起，体现他注重感官享乐的淫逸好色本性。美丽的那摩陀河风光，在他眼里，就如同一个可供他泄欲的妩媚羞怯的美女；吉罗娑山的美妙夜景则煽起了他的情欲之火，竟然不顾乱伦，拦住侄媳妇兰跋而强行非礼。《罗摩衍那》里的吉迦伊，由于受驼背宫女挑唆，私欲膨胀后，便视丑为美，称赞驼背宫女"像一只天鹅"（2·9·33），"像风折荷花"，"看上去是那样地漂亮"（2·9·30）。同样，歪眼大肚、衰老奇丑的罗刹女首哩薄那迦爱上罗摩，情迷心窍时，更是美丑颠倒，竟说美丽的悉多"老丑不堪"、"怪模怪样"，而自己倒是与罗摩"年貌相当"（3·16·22-23）的"美貌女郎"（3·17·7）。

两大史诗社会美意识的达磨标准虽然强调善，但并不是简单地把美善等同一义，而能把两者区别开来，又十分强调理性内容的善与感性形式的美二者的完美统一。如正面人物不仅有内在品德的至善，也有外在行为、姿貌之美。最有德行的罗摩就是狮肩、长臂、莲花眼，"美丽英俊，吉祥相具足"（1·1·11）的英雄。罗摩的妻子悉多既忠贞善良，又长得"月光般的美丽"（2·54·13），"面庞像荷花……，又像满月般丰满"（2·54·14），"眼睛像荷花瓣"（3·48·25），"双腿也像荷花蓓蕾一般"（2·54·15）。《摩诃婆罗多》中的黑公主也有非凡的姿色，"她既不矮，也不高，浓郁的芳香如青莲花，大大的眼睛也似莲花，双臀丰美，秀发又黑又长。她具备一切妙相，焕发着吠琉璃和摩尼宝珠般的光辉"。（1·61·96-97）

侧重于善又并不忽视美善的统一，说明两大史诗时代的印度人对社会美的本质已有了较深刻的认识，尤其是对正义、善良、一夫一妻制的爱情、婚姻生活、个人与社会的和谐一致方面的肯定与追求，是对人类自身美好的本质力量具有正确认识的表现，寄托了人民的愿望和理想。但是，这种美意识到底是产生于与氏族血缘关系密不可分的种姓制度社会基础之上的，不免掺杂着有利于统治阶级而不利于人民群众、妨碍社会发展与人类进步的糟粕。例如，《罗摩衍那》的《后篇》说到有个首陀罗商部迦行苦行，违背了达磨，导致一个婆罗门孩子死亡。后来罗摩把商部迦杀了，婆罗门孩子又马上复活。这就把不平等的种姓制度神圣化了，把它当做美的社会关系加以肯定，而且这种肯定贯串于史诗始终，充分暴露了这种社会美意识的历史的阶级的严重局限。

达磨不仅在两大史诗的社会美意识中占据着核心地位，而且也制约着史诗的艺术美意识和自然美意识。

前面曾述及《罗摩衍那》开篇提到蚁垤创作完罗摩"美且善的故事"后，郑重地"用达磨来检查全部故事"。这是达磨作为艺术创作准则的一个例证。在这里，诗人用达磨检查的"全部故事"，既包括艺术美的内容（善），也自然离不开艺术美的形式（美）。蚁垤追求的不仅是内容方面的"字义优美"，还要求形式方面与内容完美统一的"音匀称"、"音节均等"、"声调悠扬"、"可歌唱"、"沁人心脾"。蚁垤用以创作史诗的诗体"输洛迦"的诞生过程，也说明了达磨对艺术美形式的制约性。蚁垤听了"仙人魁首"那罗陀讲述的罗摩故事后到河里沐浴，突然看见一个猎人一箭射死了正在交欢的雄麻鹬，剩下的那只雌麻鹬发出了凄惨的悲鸣。对水鸟的同情怜悯和对猎人的憎恶愤恨，使他忍不住怒斥猎人。他斥责的话语用的是等量的音节和四个音步，他意识到自己创造了一种新诗体，"音节均等，可以配上笛子，曼声歌唱"（1·2·17）。"输洛迦"诗体就这样被创造了出来。蚁垤为了抒发心中的悲痛（"输迦"）而"翻来覆去地诉说吟咏，输迦于是变成了输洛迦。"（1·2·39）它产生于"由一对水鸟的分离而引起的悲伤"[1] 情感，这种情感的产生又基于"不害一切众生"这一最高的达磨。蚁垤遵行这一达磨，才会视猎人的行为为恶行，才会同情水鸟的不幸。因此，输洛迦诗体的诞生，归根结底也是决定于达磨。

为什么"不害众生"是最高的达磨？这一问题要追溯到古代印度人对人与自然关系的思想。由于印度古代社会是原始氏族制度和习俗长期大量残存的农业社会，人的生活无论是物质方面还是精神方面都极大地依赖于自然界，人与自然的关系被认为是密不可分的、统一的，在精神上、伦理道德情感上也有着

---

[1] 欢增：《韵光》，《古代印度文艺理论文选》，金克木译，人民文学出版社 1980 年版，第 59 页。

内在的相通、一致。"本能和宗教都使印度人与自然现象发生亲密的同情。"①
凡是有生命的自然物与人都属于"有生类",都与人一样有思想感情。适用于人
的达磨同样适用于自然万物。社会的达磨也是世界的达磨。可以说,在古代印
度人的思想中,善恶的区分高于类的区分。

　　这样的思想当然也决定了达磨与自然美的关系。在印度两大史诗中,自然
美的存在和自然美感是否在真正意义上实现仍需取决于是否违背达磨。质多罗
俱咤山和曼陀基尼河的自然景色使躬行达磨的罗摩"心旷神怡",丢失王权、被
流放森林的苦恼为之一洗,更坚定了他在遵行达磨之路上走下去的决心。而那
摩陀河的美丽风光和吉罗娑山的美妙夜景却扇起了非达磨的十首魔王罗波那的
罪恶情欲,使他胡作非为。在《摩诃婆罗多》中,般度王在一次行猎时,射杀
了一只正在交尾中的雄鹿,不料此鹿原是一位仙人所变,般度王因此受到诅咒:
他也将死于夫妻交欢之时!般度王十分恐惧、后悔。于是,自我禁绝与妻子交
欢,而隐居森林修炼苦行以赎罪。可是,当般度王偕妻子二人在百峰山上隐居
数年后,一天,他同妻子玛德利在森林中漫游。此时正值"盛春时节,树木枝
头鲜花烂漫,一切众生都为之心迷神乱。"(1·116·2)"森林中风光旖旎,般
度观赏着森林,心中油然生出一片春情。"(1·116·4)身边青春妙龄、薄裙裹
身的妻子玛德利使他这片春情"猛然勃发,犹如林中野火蓦地燃烧起来"
(1·116·6),忘记了仙人的诅咒和自己的誓愿,强迫妻子和自己交欢。"以最
高正法为魂的般度,终于落入了死神正法的控制之下!"(1·116·12)如果说
自然美与罗摩和罗波那的不同交感主要取决于审美主体的达磨与非达磨之别,
那么,以"最高正法为魂",一直恪守禁欲的般度王为什么在与自然美的交感中
突然勃发情欲,竟然忘记了仙人的诅咒,不由自主地走向生命的尽头?这不能
不归因于命运的达磨(正法),正如被般度王射杀的公鹿临死之前所说的:"智
慧不能压倒命运,命运却会压倒智慧。由命运控制的事情智慧是不能明白其意
义的啊!"(1·109·10)鼓起般度王情欲的自然美实际上充当了命运(达磨)
的假手或共谋,使达磨对般度王的惩罚得以实现。所以,死神降临之时,般度
王就被自然美触发的情欲弄得"神魂颠倒,搅乱了他的官能,他的理智和感觉
统统丧失了。"(1·116·11)

　　在印度两大史诗中,我们看到了异彩纷呈的人物画廊、情景交融的自然景

---

① 〔英〕查尔斯·埃利奥特:《印度教与佛教史纲》第一卷,李荣熙译,商务印书馆1982年版,
第87页。

物描写以及诗人对诗歌审美特质的熟稔把握。而这三者的有机交织和浑融一体，突现了艺术美意识、自然美意识围绕着社会美意识的主体所建构起来的一个完整的审美意识系统。在这一审美意识的系统结构中，无疑，达磨是更高层次上支配性的核心，是社会美意识、艺术美意识和自然美意识相联结的枢纽。

八、美的精神性与感官性

（一）

《罗摩衍那》是印度两大史诗之一，两千多年来，一直被印度人称为"最初的诗"、"众诗中之最优秀者"，成为后世印度长篇叙事诗的典范，对印度文化和民族精神产生了极为重要的深远影响。作为印度教圣典之一，时至今日，在每一个虔诚的印度教徒的家里，还必定有一部《罗摩衍那》。何以如此呢？主要原因之一，就是它"浸透了印度教的精神"[1] 虽然印度教教义的精华早在《奥义书》里就有详细的阐述，但《奥义书》枯涩难懂，只有少数婆罗门学者对之有研习兴趣，大多数印度人主要通过史诗中的通俗故事来接受印度教教义。举凡承认种姓制度、吠陀权威，相信业报轮回与苦行的威力等等印度教的基本信仰、教义，在《罗摩衍那》中都有形象的体现。十车王早年打猎，无意中把瞎眼苦行者的儿子射死，造下了恶"业"，后来自己也因为要兑现对吉迦伊的承诺，不得不接受要挟，放逐罗摩，而尝尽失子之痛，哀极身亡。诗人借这个形象的故事并通过临死的十车王之口说："一个人不论是做好事还是做坏事，做这事的人都会得到自己的业所产生的果实"（2·57·4）[2] 这里宣扬的就是印度教教义中的业报思想。哈奴曼在安慰亡夫的陀罗时，也做了同类的说教。"一个神志清醒的人，做的好事还是坏事，所作所为都产生果报，他死后就收到果实。"（4·21·2）罗摩则是无生无死、无处不在的"世界之主"、"世界创造主"、"真神古原人"、"神中最胜神"[3] ——印度教宇宙观中万物的本原和最终实在——"梵"的人格化。梵是最高的真实、世界的本原、万事万物都是梵的不

---

① 季羡林：《罗摩衍那初探》，外国文学出版社 1979 年版，第 35 页。
② 《罗摩衍那》第二篇第 57 章第 4 颂，季羡林译，人民文学出版社。
③ 《罗摩衍那》第六篇第 105 章，季羡林译，人民文学出版社。

同表现，这种看法就是所有印度教教义的基础。

印度教视梵为万事万物的本原，当然，梵也是一切美的事物的本原和最高的美。正如《蒙查羯奥义书》所说："唯是此大梵，美哉全宇宙！"但梵"不可以眼见，亦非语言摄，不由余诸天，苦行或事业"，① 它就像溶于水的盐或糖一样，存在于万事万物之中。在人身上，它就是"自我"—灵魂。"灵魂消失了——美也飞逝而去，没有灵魂的肉体是丑陋的。"② 人生的最高理想境界是"解脱"——超越善恶，超越生死，摆脱轮回，使个体的灵魂（自我）与最高实在——梵同一。这种同一，也就是灵魂对于梵的直接认识与体验——"此一微妙灵，唯当以心悟。"③ "按照最后出现在奥义书中的唯心主义观点，最高实在是纯意识。"④ 这样说来，最高的美也是纯意识的，却是最真实的，对它的体验也应该是纯粹精神性的感受。

然而，印度教的信仰、教义相当纷杂甚至相互矛盾，一个突出的特点就是禁欲与纵欲的并存共在。所以马克思曾一针见血地指出，印度教"既是纵欲享乐的宗教，又是自我折磨的禁欲主义的宗教；既是崇拜林加的宗教，又是崇拜扎格纳特的宗教；既是僧侣的宗教，又是舞女的宗教"。⑤ 体现在审美意识中，就是美的精神性与感官性的对立统一。最高的美是纯意识的，精神性的。体验这最高美的快乐，即梵我合一——解脱的快乐，本应与世俗凡人的感官快乐风马牛不相及，但印度人却将这种快乐与肉欲满足的感官性快乐扯在一起，"如人为其爱妻所拥持，不复知有内外矣，此神我为'智识自我'（即大梵）所拥持，亦不复知外者内者。"⑥ 这不是一般的打比方，在印度教中的密教一派就大张旗鼓地崇拜"神体"，"并且在湿婆神与女神，与万能的女性因素——性力的狂热融合里达到修行的最高状态。密教寺庙内到处充满表现诸神性交和温存的雕像，其性交力量和欲望不可思议，其温存已变为残酷行为和施虐淫。"⑦ 庙宇中表现湿婆夫妇热情拥抱的雕像，其性感程度在西方宗教艺术中是根本见不到的。在

---

① 《五十奥义书》，徐梵澄译，中国社会科学出版社 1984 年版，第 703、708 页。

② 《摩诃婆罗多》诗句，转引自［苏］雅科伏列夫：《艺术与世界宗教》，任光宣等译，文化艺术出版社 1989 年版，第 137 页。

③ 《五十奥义书》，徐梵澄译，中国社会科学出版社 1984 年版，第 709 页。

④ ［印］德·恰托巴底亚耶：《印度哲学》，黄宝生等译，商务印书馆 1980 年版，第 84 页。

⑤ 《马克思恩格斯选集》第 1 卷，人民出版社 1995 年版，第 761 页。

⑥ 《五十奥义书》，徐梵澄译，中国社会科学出版社 1984 年版，第 613 页。

⑦ ［俄］雅科伏列夫：《艺术与世界宗教》，任光宣等译，文化艺术出版社 1989 年版，第 139 页。

印度文学中，从《吠陀》到《摩诃婆罗多》，都有许多情节描写和歌颂诸神和英雄们的性欲与性的力量，《罗摩衍那》当然也不例外。《童年篇》写到湿婆神与优摩结婚的初合，"时间过去了一百天年"（1.35.7）尚未结束，众天神都害怕他们夫妇这样颠鸾倒凤所生出的儿子会毁灭整个世界。再如史诗中的美女形象，诗人常对其乳、腰、臀等部位作性感的刻画，"美臀姑娘"是诗人描写悉多的套语之一。《美妙篇》用了很长的一章描绘罗波那后宫中一大群美女熟睡的千姿百态，刻画的具体不亚于安格尔笔下的浴女图。就连自然景物的描写，也似是带有色情的审美趣味。如罗摩对雨后景色的描述：溪流中渐渐露出的水中小洲，"好像一个处女初次合欢，露出了屁股满脸含羞。"（4.29.28）这种带有色情倾向的审美趣味在后来的文学作品和其他艺术作品中依然如故。例如在佛教艺术里，就有许多精致肉感的美女雕刻。英国学者法布吉这样描述他所看到的一座美女雕像——约公元2世纪的《带鸟笼和鹦鹉的药叉像》：这个姿容俏丽的美女站在佛塔栏杆的侏儒身上，"几乎全裸，妩媚地微笑着，以优雅的姿势弯曲腰身。他的小鸟刚从笼中飞出，啄着她的头发。这尊雕像不仅显示出高超的技巧——特别表现在肌肉柔软的胸部和臀部，而且比例精确，姿势自然优美。………这不仅远离了真正的神圣的宗教的旨趣，而且是最世俗的，雕刻家……毫不掩饰对柔软迷人的女性人体感官之美的酷爱。甚至精雕细刻的金属腰带和珠宝饰物，似乎也仅仅是用来突出她那软玉温香的肌肤的对比。"[①]

　　从哲学本体论来看，印度教与佛教都否定客观世界的真实性，这就意味着也否定现实的客观美。而在浸透了印度教精神的《罗摩衍那》与佛教艺术里，大量世俗感官美的肯定性描写却违背了神圣宗教的主旨，构成了美的精神性与感官性对立并存的审美矛盾。这一审美意识矛盾性的根源，至少应从史诗和宗教生成发展的特殊形态、远古生殖崇拜的影响、宗教与艺术与世俗的复杂关系等方面去探讨。

（二）

　　在印度古代的众多文艺作品中，最集中地表现古代印度审美意识的，或许就是史诗。因为，史诗"表现全民族的原始精神。……是一个民族所特有的意

---

① ［英］查尔斯·法布吉：《印度雕刻的艺术风格》，范曾主编：《东方美术》，南开大学出版社1987年版，第32—33页。

识基础。"作为一种"民族精神的标本",它表现了"宗教和世俗生活中最神圣的东西","反映全民族精神的全部观点。"印度史诗与荷马史诗一样"显示出其民族精神的全貌。"① 作为以民间口头创作为基础而经历一个长期流动、不断膨胀的发展演进过程的集体创作,印度史诗比其他任何民族的史诗在整一性的基础上具有更强的流动性、随意性和开放性。当它们在最初编成并以史诗的形式问世后,不同时代的人们不仅从中吸取思想、主题、人物、情节,借鉴艺术手法,创作出新的艺术作品;而且,每一代诗人还将自己所在时代的意识直接添加进史诗中去,借助史诗的神圣卵翼张扬流传。同是划时代的古典的形式,荷马史诗在公元前2世纪最后一次编定以后便基本凝固了,但印度史诗却从它产生之日起,就一直在"生长",其面目和内容都在不同的时代里产生着或大或小的变化,篇幅随着时间的推移而不断增长。"每一代诗人都要给史诗添上一些东西。……每一个鼓吹新教义的人都渴望在古老的史诗中为自己反复鼓吹的那些新的真理寻找某种支持的根据。"② 因此,形成了大量不同的传本、抄本,据说光是《罗摩衍那》的抄本就有2000余种,还有50多种梵文注释,③ 直至19世纪初印刷本出现之后,史诗的面目和内容才逐渐相对稳定下来。20世纪印度学者编订史诗的精校本,这自然也是史诗形式和内容的又一次新的变化——"生长"。因此,可以说,印度史诗无论是创作还是接受,都是群体的、社会的和民族的文化现象,具有最典型的艺术文化的特征。在这样一个经过长期流动融合过程的特殊文本中,我们可以看到不同时代的社会生活与社会意识。最突出的事实是《摩诃婆罗多》中的《薄伽梵歌》,它的内容几乎包含了印度古代全部哲学流派的思想,从《吠陀》开始到奥义书之后的六派正统哲学,④ 甚至佛教、耆那教和顺世论等流派的理论观点,在《薄伽梵歌》中都可以看到。《薄伽梵歌》不仅是印度教毗湿奴教派的圣典,也是印度所有其他宗教教派信徒们用来祈祷和修身的经典。它还是古代印度各宗教教派教义的重要基础,几乎所有的教派,都要引证《薄伽梵歌》的观点来支持他们的教义,否则就无法在社会上存在下去。同理,印度史诗最初集聚的古代审美意识的血液,在印度各个

---

① ［德］黑格尔:《美学》第三卷下册,朱光潜译,商务印书馆1981年版,第108、109页。

② 季羡林、刘安武编选:《印度两大史诗评论汇编》,中国社会科学出版社1984年版,第128页。

③ 季羡林:《罗摩衍那初探》,外国文学出版社1979年版,第1页。

④ 指数论、瑜珈、胜论、正理、弥曼差和吠檀多等六个哲学派别。它们都是信仰上帝的存在并承认吠陀经价值的哲学派别,所以被认为是印度哲学的正统派系。

时代的文化血管里始终奔腾不息，并且不同时代审美意识的新鲜血液也不断地直接加入史诗自身的血液里。史诗如此独特的存在形态当然不可避免地要带来审美意识的矛盾。

再从印度教生成发展的过程来看，也不同于一般的宗教，它实际上是由融合吠陀的宗教与各种土著信仰而形成的，囊括了诸如风俗习惯、宗教信仰、伦理准则、道德规范等等可谓包罗万象的生活样态。因而，从形态极为原始的万物有灵论到备经雕饰的哲学一元论，形形色色的信仰都在印度教中并存共在。其中，婆罗门教的多神崇拜、佛教和耆那教的禁欲主义意识对印度教思想的影响尤其值得注意。印度教对婆罗门教多神崇拜的继承，导致了教派之间和教派本身宗教意识的自相矛盾。同是一个湿婆神，在印度教信徒的心目中，既是世界的破坏者又是世界的重建者。而在湿婆教派中，这位大神既是苦行之神，同时又是舞蹈之神，纵欲与禁欲两种倾向集于一身。从该教派中分化出来的性力派内部竟然也存在着互相矛盾的两支：左道派和右道派，两派都崇拜性力女神，但右道派"主张一种纯洁的、无私的、无节制的母爱"，而左道派却"宣扬放荡的行为、阴谋和以女神名义的强烈复仇心"。① 他们用动植物甚至人身作为供物向神献祭，相同数目的男女信徒深夜进行轮座杂交也是该派的秘密仪礼之一。印度教中的毗湿奴派奉行的禁欲主义与耆那教的禁欲主义极为相似：耆那教的裸体派为了获得解脱而赤身裸体行乞，并自我摧残，"彼自害者，或拔发，或拔须。或常立举手，或蹲地。或卧灰土中，或卧棘刺上，或板上，或牛屎涂地而卧其上，或卧水中"，② 甚至自杀。唐代名僧玄奘在其所著《大唐西域记》中记载的印度教毗湿奴教派信徒也有"或断发，或椎髻，露形无物，涂身以灰，精勤苦行，求出生死"。更有甚者则如该派中的扎格纳特信徒，为了在彼岸世界中得到极大幸福，竟然狂热到投身于车轮底下被活活轧死。所以，印度教纵欲与禁欲的矛盾及其在史诗"生长"过程中对审美意识形成的影响，似乎可以从它的宽容和包罗万象的特殊形态得到解释。

印度教又叫新婆罗门教，因为它虽然是融合了许多宗教信仰而形成的，但其更直接的基础却主要是婆罗门教。有学者认为，印度先民的原始宗教和婆罗门教都生发于远古的生殖崇拜，宗教中出现的纵欲与禁欲的矛盾都和生殖崇拜

---

① [美]爱德华·J·贾吉编：《世界十大宗教》，刘鹏辉译，吉林文史出版社1991年版，第86—87页。
② 《杂阿含经》35卷，《大正藏》第2卷，第252—253页。

意识有着非常紧密的关系。① 在史诗《罗摩衍那》中，就直接保留着有关远古生殖崇拜的神话，有的神话本身就已经透露出其与古代印度人审美意识的联系。例如，关于火神与恒河女神结合的一则神话：为了战胜群魔，天上诸神请求火神和恒河女神结合，生出一位战神。火神和恒河女神答应了众神的请求。于是，火神走到恒河女神身边，把精液从四面八方向女神身上倾泻。恒河里溢满了火神的精液，女神惶恐地告诉火神，她觉得自己已无法负担火神如此洋溢的精液了。火神就让女神在雪山脚下把胎里的东西倒出来。这样，战神鸠摩罗就从女神身上诞生了。伴随着战神的诞生，从女神身上流出来的东西还生成了各种各样的宝藏，从粗一点的精液里产生了铁和铜，从脏一点的精液里产生了锡和铅。女神从胎里倾倒出来的东西，只要同山有联系的，就都变得非常美丽可爱。② 不难看出，神话把男女交合的生殖视为万物之源，当然也是所有美的事物之源，生殖的现象，它的本质与功能就无不与审美意识密切相关。由此我们应当可以理解从《吠陀》到《摩诃婆罗多》和《罗摩衍那》为何那么热衷于描写与歌颂诸神和英雄们的性欲以及性的力量，为什么诗人们那么着迷地对女性的乳、腰、臀等部位进行性感的刻画。

（三）

研究生殖崇拜的学者认为，印度宗教的禁欲与纵欲的意识都渊源于生殖崇拜，"远古及上古初期，人类社会生活和原始宗教中的禁欲，如同那时的'纵欲'一样，往往是为了生殖，即为了人口的繁衍。可以说，婆罗门教的禁欲有一个前提，已经娶妻生子；婆罗门教的纵欲有一个目的，为了人口繁衍。在生产力十分低下的社会中，人类的繁衍是高于一切、重于一切的。"③ 的确，婆罗门教在其宗教行事的规定中，要求其信徒按"四行期"来修行和生活，禁欲与纵欲不过是对信徒们不同人生阶段的不同要求。然而，这"四行期"的制度为何在后来的印度教中继续沿用？为什么在生产力已经不是十分低下的时代里，禁欲与纵欲的矛盾在宗教中依然如故？即使在宗教艺术中仍然存在着美的极端精神性与强烈感官性的矛盾而又相安无事？从生殖崇拜与宗教的关系中，我们

---

① 赵国华：《热与光：苦行与精进》，《南亚研究》1991 年第 4 期。
② 《罗摩衍那》第一篇第 36 章，季羡林译，人民文学出版社。
③ 赵国华：《热与光：苦行与精进》，《南亚研究》1991 年第 4 期，第 26 页。

已经看到了宗教理想与世俗生活的冲突与折中，但是，宗教本身不能超越人类存在和发展的基本世俗需要，这不仅是远古和上古初期的社会现实，而且还显然是贯穿于古今的一条铁律，只要人类社会还存在着宗教，这条铁律看来就不会失效。我们知道，无论多么神秘的宗教，也无非是"支配着人们日常生活的外部力量在人们头脑中的幻想的反映"，[①] 即一种社会意识形态而已。它虽然是颠倒了的世界观，却仍然是产生于颠倒了的世界这一现实基础之上的，它不可能一厢情愿地彻底超越于客观现实之外，完全统治、支配着现实。客观世界有自己前进的规律和方向，因而在宗教与世俗之间必然出现矛盾斗争。当宗教理想无法压制世俗现实时，就不得不作出让步和妥协，否则它本身也无法生存。这样就不可避免地要出现一种折中，形成相对的稳态平衡。例如在关于人生目标的概念中，宗教把解脱视为最高目的，但要达到这一境界，必须奉行特殊的生活方式，如舍弃世俗生活的苦行。尽管解脱是极乐至福的境界，但由于实行的困难，大多数凡人只好望而却步。最高的目的因而不能获得普遍接受，宗教理想和世俗现实之间出现了极大的矛盾。无可奈何之下，宗教只能让步，降而就之，为一般人设计一条虽然不能达到最高境界却也可以改善来世命运的生活道路，这就是"达磨（法）、利、欲"三目的的追求。虽然在三者之中，"达磨"被视为最高，但并不意味着否定"利"与"欲"，即无法否定维持生存的必然需要。《摩奴法论》毫不掩饰地道出了这一层隐衷："利欲熏心固然不可称赞，而完全无视欲望在这个世界上也不存在；因为，就连学习吠陀和实施吠陀规定的行为也受欲望驱使。"[②] 界限在于欲是否有害"达磨"，符合"达磨"之欲并不在抑制之列。因而遵奉"达磨"者与违背"达磨"者对感官美的追求就有本质的不同，前者是健康的、善的；后者则是病态的、恶的。解脱与其他三目的是两种并行不悖的生活方式，与其说这是宗教的精美设计，不如说是宗教妥协于世俗的结果。美的精神性与感官性的并存统一，也就建立在这种妥协平衡的基础之上。

艺术和宗教之间的矛盾与统一，当然可以视之为宗教与世俗冲突与折衷关系的体现，然而，由于两者都属于社会意识形态，其间还存在着更复杂的对立互动联系。宗教虽然否定客观世界美的存在以及美的感官性，但又极力肯定天国和彼岸世界至美的存在，宗教的目的在于引导人们抛弃世俗的感官性之美，

---

① 《马克思恩格斯选集》第 3 卷，人民出版社 1995 年版，第 666 页。
② 蒋忠新译：《摩奴法论》，中国社会科学出版社 1986 年版，第 15 页。

而追求天国和彼岸世界的至美极乐。可是，怎样让习惯于客观形象化世界模式的世俗之众认识、理解并自觉地追求宗教世界中的至美极乐？如果离开世俗经验性的形象化阐释手段的话，宗教不可避免地要面临束手无策的困境。宗教解脱的快乐与世俗性欲的满足之间本来是风马牛不相及的两回事，不应该扯在一起，但是人——尤其是世俗之人的知觉和感觉有限，只能通过以现实的感受作阐释或打比方的形象途径，才有可能领悟天国和彼岸世界的奥秘真谛。因此，《奥义书》唯有用"人为其爱妻所拥持"的世俗感受才能形象地说明梵我同一的"解脱"的极乐至境。佛陀在指引其弟难陀出家时，也不得不投其弟喜欢女色之所好，以众天女之美与爱来诱引难陀向往"佛国净土"。而佛教所描绘的"佛国净土"的种种超越世俗的"无"的"美"、"乐"，也无法离开人们世俗见闻的种种"有"的美乐：在这个极乐世界里，到处都是七宝、黄金为地，遍地树木，都由金银琉璃美玉等无量杂宝所成，清风吹过之时，宝树即"出五音声，微妙宫商，自然相和。"泉池花鸟，楼堂馆舍，所有用具，也都由自然七宝和百千种香化成。只要你修炼成佛，你就可以在这个极乐世界中享受"衣服饮食，花香璎珞，缯盖幢幡，微妙音声。所居舍宅，宫殿楼阁，称其形色高下大小，或一宝二宝乃至无量众宝，随意所欲，应念而至"。① 形象性情感性极强的艺术在本质上是与宗教世界观和本体论对立的，但为了布道弘法，宗教又不得不借助于艺术，把艺术作为布道的工具，启悟之舟楫。宗教和艺术是两类不同的文化现象，由于在社会功能和表现形式上存在着共同之处，因而艺术不免受到宗教的利用和影响。但艺术并不仅仅是被动的，它有自身的特殊规律，这种规律必然要顽强地坚持自己的独立性，甚至反作用于宗教，影响于宗教，迫使宗教做出某些让步。在艺术中的宗教精神不可能泯灭作为艺术所赖以存在的基础的形象性。艺术与其他意识形式的最明显的区别，就在于它必须通过形象展示一个完整的、感性丰富的审美世界，使人回归尘世生活。艺术的这一内在的审美规律，决定了感性存在的合理性。再加上印度宗教精神本身就具有禁欲与并不压抑被认为是合理的情欲的特点，所以《罗摩衍那》与印度古代其他艺术（包括宗教艺术）所体现的美意识中便存在着美的极端精神性与强烈感官性共存同在的状况。

综上所述，我们可以得出这样的结论：在文学艺术中体现出的印度古代的

---

① 《无量寿经》。

悲伤与诗

审美意识存在着极端精神性与强烈感官性的对立并存，造成这种对立并存的矛盾统一关系的原因，既有不同时代审美意识的纵向历时性的聚合积淀，又有不同社会意识形态之间冲突互补的横向融汇。

《雅歌》的艺术特色

《雅歌》是《圣经》中最有文学价值的作品之一。但是，对《雅歌》的作者、写作年代和体裁以及思想内容等的研究，虽然持续进行了千百年，却至今尚无公认的定论。见仁见智，众说纷纭。例如，关于《雅歌》的思想内容，至少也有三种分歧很大的说法：一是神爱说，这是犹太教和基督教的传统观点。他们认为，《雅歌》是用世俗男女之间的爱情关系来象征教主与教徒之间的亲密关系，即耶和华神和他的选民之间的关系（犹太教），或基督与教会之间的关系（基督教）。二是王爱说，持论者认为，《雅歌》写的是所罗门王与民间牧羊女之间的纯真爱情。三是民爱说，完全否定神爱说和王爱说，肯定《雅歌》写的纯粹是劳动人民的美好爱情。从《雅歌》所写的内容和《旧约》的成书过程、流传历史以及与《雅歌》所反映的历史时代现实的联系等方面来看，神爱说和王爱说是极不可信的，民爱说当是较合理的观点。《雅歌》应该是而且只能是古代希伯来劳动人民描写自己的爱情生活的作品，它通过一对劳动青年的恋爱过程，运用非常高超的艺术技巧描绘了一幅古代希伯来民族生活的风俗画，热情讴歌的是劳动人民纯朴、真挚、炽热、"如死一般坚强"的爱情。只因它如同我国《诗经》中许多民间情诗一样的遭遇，本是民歌的真面目才被涂上了神爱或王爱之类离奇古怪的厚重油彩，弄得面目全非。

本文试图从比较的角度探讨《雅歌》的艺术特色，以期抛砖引玉。

世界各民族远古时代以来的民间情歌，采用男女对唱形式的很常见。如古代印度诗歌总集《吠陀本集》之《梨俱吠陀》第十卷第十首，就是一首以兄妹对唱的形式反映古代印度人婚姻关系由血缘婚姻向族外婚姻发展的民间情诗。我国民歌中的一些情歌也有很多是对唱的，如傈僳族的《重逢调》、纳西族的《游悲》等。用对唱的方式来结构诗作，有许多好处，它能使诗中人物都以第一人称的面目出现，可以抒发强烈的主观感情，最适于民间口头创作的需要，既使诗歌语言富于感情，又缩短了人物与读者（听者）之间的距离，真实感更强。而且能在抒情中叙事，或在叙事中抒情，使二者紧密地融合在一起（因此许多民间诗歌竟然分不出是叙事诗还是抒情诗）。对表达男女恋爱这种强烈感情的情歌来说，这种对唱的形式尤其能充分地刻画出恋爱心理的复杂层次及其微妙变化，使内容与形式更易于达到完美统一。

《雅歌》在结构方面与上述各民族民间情歌一样，采用了对唱的形式结构全篇。全诗共八章，可以分为六个部分：

第一部分，写男女主人公的初恋，以及女主人公对结婚幸福的憧憬。女主人公是一个被兄弟逼去看守葡萄园的"黑而秀美"的姑娘，男主人公则是一个英俊的牧羊青年。他们互相热恋，姑娘在中午歇晌时也想跑去见情人。所以她要求牧羊青年告诉她，他"在何处牧羊，中午在什么地方歇息？"好让她不至于到处乱撞，撞到别的牧羊人那里，给人家笑话。

第二部分，写男主人公奉"尊长"之命要到远方去牧羊，他要求姑娘与他同去。姑娘却畏惧逼她看守葡萄园的兄弟，更舍不得离开视她如掌上明珠的母亲，因此不能从爱人之命。只好无可奈何地嘱托爱人："等到天起凉风，日影飞去的时候"，要像比特山上的羚羊和小鹿那样飞跑回来。

第三部分，写男女主人公依依不舍，临别终于不顾一切私自结了婚。

第四部分，丈夫走后，姑娘思念成病，梦中仿佛听见爱人敲门，她起来四处寻找，天亮了才猛然醒悟：丈夫已去远方"牧放群羊"。

第五部分，姑娘沿着爱人的踪迹追上了他，劝他一同回来，"可以往田间去，可以在村庄住宿"，和她一起看守葡萄园。

第六部分，在"如死一般坚强"、"众水不能熄灭，大水不能淹没"的爱情的感动下，男主人公和姑娘一起回来了。

这六个部分的内容，就是在对唱形式上展开和结构成整体的。但是《雅歌》的对唱形式又具有自己的独创，全诗的结构既以男女主人公的对唱为主体，同时又穿插了"众女子"和女主人公的"兄弟"等角色的对唱。诗中甚至出现了像戏剧的独白一样的诗节，如第六章的第 4～12 行：

（男主人公：）我的佳偶啊，你美丽如得撒，秀美如耶路撒冷，威武如展开旌旗的军队。求你掉转眼目不看我，因你的眼目使我惊乱。你的头发如同山羊群，卧在基列山旁。你的牙齿如一群母羊，洗净上来，个个都有双生，没有一只丧掉子的。你的两太阳在帕子内如同一块石榴。有六十王后八十妃嫔，并有无数的童女。我的鸽子，我的完全人，只有这一个，是她母亲独生的，是生养她者所宝爱的。众女子见了，就称她有福；王后妃嫔见了，也赞美她。

　　那向外观看如晨光发现，美丽如月亮，皎洁如日头，威武如展开旌旗军队的是谁呢？我下入核桃园，要看谷中青绿的植物，要看葡萄发芽没有，石榴开花没有。不知不觉，我的心将我安置在我尊长的车中。[1]

　　这一段虽然是男主人公离别以后的回忆。称颂她的皎洁、美丽，表达自己对她深深的爱恋，以及他因奉"尊长"之命不得不暂离爱人的无可奈何的复杂感情。《雅歌》的对唱式不同于一般的对唱式结构，它已经接近于戏剧的结构了（这也就是有人把《雅歌》当戏剧的一个诱因）。别林斯基说："叙事诗歌和抒情诗歌是现实世界的两个背道而驰的抽象极端；戏剧诗歌则是这两个极端在生动而又独立的第三者中的汇合（结晶）"。因此，他把戏剧文学称为"最高的"文学体裁和"艺术的皇冠"[2]。就戏剧文学之融抒情文学与叙事文学的长处于一炉的特点来说，别林斯基的观点无疑是很有见地的。《雅歌》不能算是戏剧，因为它所表现的矛盾冲突并未上升到戏剧冲突的高度。但是《雅歌》的戏剧式对唱结构，却使它具有了戏剧文学这顶"艺术皇冠"在结构方面的光彩，这就是使得全诗具有戏剧文学的融抒情与叙事于一炉的长处，为作品能运用与内容最相适应的表现手法与语言形式提供了一个坚实的基础，使之能更好地表达思想内容与充沛炽热的感情。戏剧式对唱结构独创性的成功运用，正是《雅歌》的一个重要艺术特色。

　　抒情与叙事的有机融合，是《雅歌》在戏剧式对唱结构的基础上形成的另一重要艺术特色。民歌——尤其是情歌，浓郁的抒情和简练的叙事和谐统一，有机融合，无论是在抒情诗还是叙事诗中，都是常见的特色。如我国《诗经·国风·氓》以叙事诗形式写了弃妇怨、愤、恨、悔的复杂感情，将情感的抒发融进叙事之中。又如我国彝族长诗《我的么表妹》则主要是将叙事融于抒情中，通过男主人公的充满感情的回忆，追述他与美丽的女主人公的爱情经历，控诉奴隶社会买卖婚姻拆散有情人的罪恶。我们再看《雅歌》，从作品的整体来看，抒情是主要的成分，但在抒情中又包含着、推动着叙事，在抒情和叙事的结合中展开完整的故事。这种抒情和叙事的结合又是富于变化的。如第一部分

---

　　[1] 《新旧约全书》（和合本），第604—605页。（人称代词参看英译本改。）

　　[2] ［俄］别林斯基：《诗歌的分类和分科》，《别林斯基选集》第三卷，满涛译，时代出版社1952年版，第5页。

中女主人公对燕尔新婚情景的憧憬：

> "我的良人哪，你甚美丽可爱，我们以青草为床榻，以香柏树为房屋的栋梁，以松树为椽子。……他带我入筵宴所，以爱为旗在我以上。……他的左手在我头下，他的右手将我抱住"。①

这里以直白的口吻，通过女主人公之口，描绘了热恋中少女对幸福的美好想象，抒发了天真少女对未来的热切向往之情。这幅想象的图景色彩缤纷，芬芳扑鼻，情意浓如甘醇，意境非常深邃优美。读来亲切、真挚。就在这抒情的想象中，包孕着故事发展的契机——正是情人间如胶似漆的热恋，才引出了第二部分的依依不舍，第三部分的临别结婚……

再看第二部分中的一段：

> 我夜间躺卧在床上，寻找我所爱的，我寻找他，却寻不见。我说，我要起来，游行城中；在街市上，在宽阔处，寻找我所爱的。我寻找他，却寻不见。城中巡逻看守的人遇见我，我问他们："你们看见我心所爱的没有？"我刚离开他们，就遇见我心所爱的。我拉住他，不容他走，领他入我母家，到怀我者的内室。②

这是叙事，但在叙事中抒发了女主人公知道爱人要远离她去远方"牧放群羊"的消息之后，寝卧不安的思念之情。"寻找我心所爱的，我寻找他，却寻不见"，这个简单句子的反复，其中就包含了多少缠绻悱恻之情啊！焦虑、哀怨、失望，万千情思在心头复杂交织，使她简直如醉如痴。可见，《雅歌》在总体上是将叙事融于抒情中的。而在局部，有时又是融抒情于叙事中，两者的融合形式灵活，不拘一隅，使叙事和抒情巧妙地水乳交融，浑然一体。

比兴是我国《诗经》中很重要的艺术表现手法，比兴的成功运用，成了我国自《诗经》以来诗歌创作的普遍特色。但比兴手法并不只是我国诗歌所独有，其他民族的诗歌（特别是民歌）创作同样运用这种手法。特别是比喻的运用，更是随处可见。不过，由于地理环境、民族习惯、文化心理、时代社会条件等

---

① 《新旧约全书》（和合本），第602页。
② 《新旧约全书》（和合本），第603页。

等的不同，比兴运用既有普遍性又体现出各自鲜明的特殊性，各有独特的民族特点。

《雅歌》没有我国民歌的"兴"，但其"比"却运用得相当出色。任何比喻，都求其新鲜、贴切、准确、形象而又灵活多样。《雅歌》的比喻运用也如我国《诗经》一样，有明喻、隐喻、借喻和群喻，用的都是生活中常见的、人们熟悉的形象，"或喻于声，或方于貌，或拟于心，或譬于事"①。既达到了形象、新鲜、贴切准确并且灵活多样的要求，又具有独到之处。比如，我国《诗经》描绘女子美貌有用"桃之夭夭，灼灼其华?"（《桃夭》）和"有女如玉"（《野有死麕》）的比喻的。用人们常见常闻的生机勃勃的桃树和鲜艳的桃花以及美玉等形象喻女子的美貌，当然新鲜、贴切。《雅歌》中描绘"黑而秀美"的女主人公却有用"基达的帐棚"、"所罗门的幔子"这种比喻的。他们为什么用这种形象作比喻呢？这就要追溯到希伯来人所独有的民族的历史的特点。希伯来人原是游牧部落，公元前20世纪时离开幼发拉底河下游迁至迦南（今巴勒斯坦），后又迁至埃及。公元前13世纪，因不堪埃及法老的虐待而离开埃及返回到迦南，并定居下来。古代的迦南是"流奶滴蜜"之地，盛产无花果、葡萄、石榴、枣子、橄榄等各种水果，因而有"比水还多的葡萄酒，极多的蜜"。希伯来人到迦南定居后，除了继续从事以养羊为主的畜牧业外，还利用了当地丰富的土地资源和农业经验，从事葡萄种植等农业。《雅歌》中用来比喻的形象事物，就都与希伯来人的生活习俗、生产劳动、文化传统以及迦南的地理环境密切相关。"帐棚"、"幔子"作为希伯来人常见的生活用品，在他们的游牧生活中所起的作用是很重要的。它们虽然被日晒雨淋而变黑，但在希伯来人的心目中，却是非常美的东西。用它们来比喻姑娘的"黑而秀美"当然也是相当贴切的了。与我国《诗经》的用桃树、桃花和美玉的比喻事物相比较，还可以看出另一个不同之处：《雅歌》用来作喻体的事物与生产劳动、社会斗争的联系较直接。从美学角度来看，也就是说，在《雅歌》中体现的希伯来人对"美"的认识，同生产劳动，同"实用价值"的联系更紧密一些。再拿《雅歌》第四章描绘女主人公的群喻和我国《诗经》的《卫风·硕人》描写女子的群喻来比较一下，这种区别就更明显。

《雅歌》第四章描绘女主人公的美丽是：

---

① 刘勰：《文心雕龙·比兴》。

你的眼在帕子内好像鸽子眼。你的头发如同山羊群，卧在基列山旁。你的牙齿如新剪羊毛的一群母羊，洗净上来，个个都有双生，没有一只丧掉子的。你的唇好像一条朱红线，你的嘴也秀美。你的两太阳，在帕子内如同一块石榴。你的颈项好像大卫建造收藏军器的高台，其上悬挂一千盾牌，都是勇士的藤牌。你的两乳，好像百合花中吃草的一对小鹿，就是母鹿双生的。[①]

《诗经·卫风·硕人》写女子庄姜的美是：

　　…手如柔荑，肤如凝脂，领如蝤蛴，齿如瓠犀，螓首蛾眉。

两者都可以说是细腻描画、极尽赞美的工笔"美人图"，所用的形象都是本民族所熟悉的常见事物。而《雅歌》所用的形象如"山羊群"、"母羊"、"收藏军器的高台"等等，与《诗经》所用的"柔荑"、"凝脂"、"蝤蛴"、"螓"、"蛾"等形象相对来说更重于"实用价值"的美。尤其像"……一群母羊，…个个都有双生，没有一只丧掉子的"，以及"…一对小鹿，就是母鹿双生的"，"双生""不丧子"的美，正体现了希伯来人企求自己的劳动获得更多的收获这种注重于实用价值的审美意识。

至于各民族都共同接触，都有感受的事物，用来作比喻的，《雅歌》中当然也有。如用太阳、月亮比喻情人的"美丽"与"皎洁"。值得注意的是，《雅歌》中有的比喻形象虽然在别的民族中也存在或感受过的，然而其他民族的民歌中却很难找到用来作为比喻的形象的。如《雅歌》中描绘情人的"英俊"、"秀美"、"可爱"所用的这些比喻：

　　"他的形状如利巴嫩"[②]

　　"你秀美如耶路撒冷"[③]

　　"你的头在你身上好像迦密山"[④]

---

① 《新旧约全书》（和合本），第603页。
② 《新旧约全书》（和合本），第604页。
③ 《新旧约全书》（和合本），第604页。
④ 《新旧约全书》（和合本），第605页。

这种用地区、用城市、用山峰比人的比喻，很少见，乍看似乎不怎么好理解。细想一下，它又是那样的新鲜、贴切、合情合理。利巴嫩、耶路撒冷和迦密山是希伯来人故乡、祖国的标志。祖国、故乡的丰富而又博大的美和可爱是几乎任何民族任何人都有切身感受的，谁不说自己家乡好啊！希伯来人用这种故乡、祖国的美和可爱来喻具体的人，真可说匠心独运。而这些包涵无限丰富内容的比喻，每一个都是一个高旷深远的意境，给人以无限广阔的联想和想象的天地，使人鼓起想象的翅膀，构筑形象丰富博大的美，使人陶醉、心旷神怡。

我国汉乐府民歌《孔雀东南飞》中有"君当作磐石，妾当作蒲苇；蒲苇纫如丝，磐石无转移"句，以纫如丝的蒲苇和无转移的磐石比喻爱情的坚贞，是贴切的、形象的。同是汉乐府民歌的《上邪》则有"山无陵，江水为竭，冬雷震震，夏雨雪，天地合，乃敢与君绝！"句，以假设的情状来比喻爱情的生死不渝，是惊人的，富于浪漫主义的表现！

但《雅歌》的"爱情如死之坚强"①更是空前绝后的惊人比喻。"爱"与"死"是任何民族任何人都意识得到的，而唯独希伯来人在这两个极端矛盾的东西中居然找到了两者之间的联系，找到了两者之间的共同特征——"坚强"，永恒。以"死"喻"爱"的坚贞，确是奇想妙得。这更体现了《雅歌》比喻运用的鲜明民族性。

《雅歌》的比喻又是十分灵活多样的。同一本体，可以用多种不同的喻体从各个不同的角度来突出它的特征、本质，使形象如雕塑般立体化。用句时髦的话说，就是全方位的比喻。例如，对情人嘴巴的描绘，首先是从形状与色泽的角度作譬：

你的唇好像一条朱红线。②

再从味觉上设喻：

你的嘴唇滴蜜，好像蜂房滴蜜，你的舌下有蜜有奶。③

① 《新旧约全书》（和合本），第605页。
② 《新旧约全书》（和合本），第603页。
③ 《新旧约全书》（和合本），第603页。

还从形状、色彩与味觉综合的角度比喻的：

> 他的嘴唇像百合花，且滴下没药汁。①

通过这种多角度、多喻体的描绘刻画，情人的美和可爱便显得那么栩栩如生，呼之欲出了！

《雅歌》比喻的灵活多变还体现在：即使是同一个喻体对同一本体多次作譬，说法也屡有变化，每一次都有所不同。例如同是用"鸽子眼"譬情人的眼睛，就有以下几种不同的变换：

> 你的眼像鸽子眼。②
> 你的眼在帕子内好像鸽子眼。③
> 他的眼如溪水旁的鸽子眼、用奶洗净，安得合适。④

几个比喻要刻画的只是同一特点——明净、安得合适（端正），字面却变化多样。这样的比喻使语言既形象又活泼生动，避免了单调呆板的弊病。《雅歌》作者高超的艺术功力，仅从比喻的运用方面就足以令人叹为观止。

在各民族的民歌中，都能看到对比和反复的运用，看到反复和对比在民歌中所起的极大作用。我国《诗经》以来的许多民歌，运用反复对比的手法便是极出色的。《诗经》中很多作品运用的反复手法尤其著名，反复的形式丰富多样。如《柏舟》、《将仲子》等，每节诗都基本相同，其中只换一个或几个字。《东山》、《汉广》、《采蘩》、《燕燕》等则是部分章节重叠。希伯来人的《雅歌》也善于运用对比和反复。如写男女主人公临别私自结婚的第三部分有这么一段：

> 那从旷野上来，形状如烟柱，以没药和乳香，并商人各种香粉薰的，

---

① 《新旧约全书》（和合本），第 604 页。
② 《新旧约全书》（和合本），第 602 页。
③ 《新旧约全书》（和合本），第 603 页。
④ 《新旧约全书》（和合本），第 604 页。

是什么呢？看哪！是所罗门的轿，四周有六十个勇士，都是以色列中的勇士，手都持刀，善于征战；腰间佩刀，防备夜间有惊慌。所罗门王用利巴嫩木，为自己制造一乘华轿。轿柱是银作的，轿底是用金作的，坐垫是紫色的，其中所铺的乃耶路撒冷众女子的爱情。

　　锡安的众女子啊，你们出去，观看所罗门王，头戴冠冕，就是在他婚宴的日子，心中喜乐的时候，他母亲给他戴上的。①

这一段以细腻的铺陈，形象地描绘了所罗门威势赫赫，豪华奢侈，荒淫无耻。与女主人公憧憬的"以青草为床榻，以香柏木为房屋的栋梁，以松树为椽子"的"新房"的简朴优美，与男女主人公那纯朴专一、忠贞不渝，"众水不能熄灭，大水不能淹没"②、"如死一般坚强"的普通劳动者的爱情恰好形成十分鲜明的对照。更加突出了对普通人民爱情的赞美，对所罗门极大的轻蔑和嘲讽，正如诗中所唱的"若有人拿家中所有的财宝要换爱情，就全被藐视。"③ 这正是劳动人民所具有的对待爱情的态度。而且对比在这里用得很巧妙，乍一看去好像是女主人公信手拈来的急中生智的小计：用旷野上来的一队人马挑起"锡安众女子"的好奇心，把她们支走，免得打扰她和爱人临别的幽会。

《雅歌》中的反复，有的是个别词句的反复出现；如"我的佳偶，你甚美丽，你甚美丽"，"良人属我，我也属他"。有的是整节的反复出现，如"耶路撒冷的众女子啊，我指着羚羊或田野的母鹿嘱咐你们，不要惊动，不要叫醒我所亲爱的，等他自己情愿（'不要叫醒云云'或作'不要激动爱情，等他自发'）"。这些诗句的多次重复，既有助于结构的完整，更有助于感情的充分抒发。

《雅歌》的语言朴素、充满感情，散发着浓郁的生活气息，形成了民间创作特有的刚健清新风格。这除了上述诸原因外，还有一点就是：大量采用口语化的诗句，不事雕琢，却又词约义丰。诗中写的是劳动人民的爱情，说的是劳动人民口里才有的语言。如第一部分中女主人公的自我介绍："不要因日头把我晒黑了，就轻看我。我同母的弟兄向我发怒，他们使我看守葡萄园；我自己的葡

---

① 《新旧约全书》（和合本），第603页。
② 《新旧约全书》（和合本），第605页。
③ 《新旧约全书》（和合本），第605页。

萄园，却没有看守。"① 再看散见于各章中的"我的良人哪，你甚美丽可爱"，"我夜间躺卧在床上，寻找我心所爱的，我寻找他，却寻不见"，"我的佳偶，你甚美丽，你甚美丽"，"耶路撒冷的众女子啊，我指着羚羊或田野的母鹿嘱咐你们，不要叫醒我所亲爱的，等他自己情愿"等诗句，都写得那么晓畅明白，坦率真诚。感情如火山迸发，势不可挡，毫不掩饰地喷发出来，没有丝毫的犹豫、做作。《雅歌》中许多诗句都是这种白描式的口语，就连运用了各种比喻的诗句，也由于其贴切、准确、通俗，似信手拈来的特点，仍是口语化的白描般的味道。

《雅歌》的艺术特色与民歌的艺术特征是统一的，而它的独创风格又是极其鲜明的。《雅歌》的艺术特色从形式方面证明了《雅歌》的民歌性质。《雅歌》不愧是古代希伯来劳动人民爱情的绝唱。

---

① 《新旧约全书》（和合本），第 602 页。

《一千零一夜》的文化意蕴

阿拉伯世界百科全书式的民间故事集《一千零一夜》是辉煌灿烂的阿拉伯-伊斯兰文化的组成部分。从其故事来源可知，她具有东方文化的融汇性，但又富有鲜明的阿拉伯-伊斯兰文化的民族特色。她通过成功的创造，在东西方文化之间架起一座永恒的桥梁，并对东西方文化产生了深远广泛的影响。探讨开掘《一千零一夜》的文化内涵，将更有助于我们对这部百科全书式民间故事集所体现的阿拉伯-伊斯兰文化精神、她的整体价值及其艺术的美学的特色的深入把握。

一、数与哲学意识

一般认为，《一千零一夜》有印度-波斯、伊拉克和埃及等三个故事来源，其中最直接的原型可能来自波斯的故事集《赫柴尔·艾夫萨乃》。阿拉伯历史学家麦斯欧迪于公元十世纪所写的史学巨著《黄金草原》提供了有力的证据，他说："志怪传奇通过波斯语、印度语和罗马语（也有传述说，通过波斯语、罗马语和巴列维语）的抄本或译本传到我们这儿，如《赫柴尔·艾夫萨乃》，即波斯语义的'志怪'。有时它被简称为'艾夫萨乃'，而老百姓则乐意把它叫做'一千夜'（另两则传述中，又被叫做'一千零一夜'）。这本书是讲述国王、大臣、大臣的女儿山鲁佐德及其婢女丁亚佐德的传奇。"[①] 也有人说《赫柴尔·艾夫萨乃》当初在阿拉伯流传时被称为《一千个故事》[②]。这些材料说明，"一千夜"也好，"一千个故事"也好，都是阿拉伯人对波斯语义为"传奇"的《赫柴尔·艾夫萨乃》的俗称。之所以有此俗称，是因为在该书中山鲁佐德给国王讲了一千个夜晚的故事。尽管此书已失传，无从更进一步查考其与《一千零一夜》

---

① 季羡林主编：《东方文学史》（上），吉林教育出版社 1995 年版，第 521 页。
② 见何乃英：《〈一千零一夜〉论考》，《东方丛刊》1992 年第 2 辑，第 112 页。

的关系，但《一千零一夜》的书名和主故事（大框架）显然来自《赫柴尔·艾夫萨乃》。然而，为什么阿拉伯人要把以《赫柴尔·艾夫萨乃》为蓝本发展起来的这部故事集称为"一千零一夜"呢？"1000+1"的原因，已有两种解释；一种是并不十分肯定的推测："这可能是因为，阿拉伯人认为奇数吉利，偶数不吉利"，并举之以相应的名叫《一千零一日》的阿拉伯作品为证。[①] 另一种意见认为，按阿拉伯人的语言习惯，在 100 或 1000 之后再加一是极言其多，《一千零一夜》之书名"也许是"受此语言习惯的影响。这一看法与汉纳·法胡里的"一千是言其多，不是确指。"[②] 的观点相似，可归为一类。两种解释并无充分论证，从《一千零一夜》本身的故事来看，似乎也找不到这种语言和风俗习惯的确凿证据。退一步来说，即使确实是语言和风俗习惯所使然，那么，阿拉伯人为何会有这样的语言和风俗习惯呢？就算《一千零一夜》的命名纯属偶然，也不可排除隐藏于其中的深层意识。

《一千零一夜》基本上形成于阿拉伯—伊斯兰文化兴盛的阿拉伯帝国时代，伊斯兰教、阿拉伯哲学的萌芽与发展也基本上与帝国时代同步。《一千零一夜》浸透着伊斯兰教的浓厚意识，当然也包含着阿拉伯的哲学思维。关于数与哲学、宗教的联系，在十世纪一个被称为"精诚兄弟社"的阿拉伯哲学派别的论著中有十分明确的论述。他们认为当时的伊斯兰教已被愚昧所污染，为迷信所混淆，必须用哲学和科学进行洗涤。他们坚信将希腊哲学与阿拉伯宗教调和起来，便会产生尽善尽美的结果。由于受希腊毕达哥拉斯学派的影响，数学观成为精诚兄弟社的哲学基础，他们相信数的科学是其他科学的根源，是智慧的源泉，是一切知识的出发点，是所有观念的来源。[③] 毕达哥拉斯认为，"1"是万物的本源，由 1 生 2，生数，再生万物。"1"即存在，数与事物同一。精诚兄弟社汲取这一思想，认定"真正的 1"是对事物最一般、最概括的总称。"1"被定义为没有任何部分、不可分割。就其不可分割性而言，它就是"1"。[④] 数是从"1"

---

① 见何乃英：《〈一千零一夜〉论考》，《东方丛刊》1992 年第 2 辑，第 112 页。。

② ［黎巴嫩］汉纳·法胡里：《阿拉伯文学史》，郅傅浩译，人民文学出版社 1990 年版，第 443 页。

③ ［美］马吉德·法赫里：《伊斯兰哲学史》，陈中耀译，上海外语教育出版社 1992 年版，第 185 页。

④ ［美］马吉德·法赫里：《伊斯兰哲学史》，陈中耀译，上海外语教育出版社 1992 年版，第 188 页。

开始递增的，"一切实在，无论是物质的或精神的，其绝对的原理是1。"① 在宇宙观中，他们肯定真主的存在，世界由真主创造，真主"从自身独特的灵光"中创造出原动精神的单一实体，就像他通过1创造2一样；从"理性的灵光中"创造出"宇宙和天体灵魂"；由"灵魂的运动"中产生出物质；最后又以理性和灵魂为中介通过1的反复创造最初的4个整数，又从物质中创造出世界万物。真主是万物的本原，如同1是万物的本原一样。真主与数学上的"1"相等同。这一具有泛神论的思想巧妙地把宗教、哲学和科学的精神融汇一炉，而又体现着强调理性与科学的鲜明倾向。这一哲学派别在当时的影响就很广泛，他们的论著直至近代还在广泛流传。我们在研究《一千零一夜》时，难道不应该考虑这样一种具有广泛深远影响的哲学意识的作用吗？

《一千零一夜》产生的时间虽然难以确定，但其基本形成今本的样子，至少在公元十世纪之后，这是众多争议观点都首肯的共识。那么，我们就不能排除精诚兄弟社哲学意识对编订者的影响。编订者深明"1"的哲学—宗教意义，所以在命名时将"一千夜"或"一千个故事"巧妙加"1"，而成为"一千零一夜"，既区别于波斯语故事集，又贯注了阿拉伯—伊斯兰教文化精神："1"是真主，"1"是宇宙，当然也是"智慧的源泉"、"一切知识的出发点"和"一切实在"的"绝对原理"。1000生于1，也包含于1之中。《一千零一夜》的编订者当然有可能在这种意识层面上通过《一千零一夜》的命名，暗示、提示《一千零一夜》的文化价值、《一千零一夜》的整体性和有机性特征。他们虽然不像印度史诗的编订者那样直接宣称自己作品的神圣性、重要性，② 但联系《一千零一夜》的百科全书性质，她的主题和结构，想想多少阿拉伯人在漫长的岁月里对民间故事如痴如醉的爱好，他们从倾听、阅读民间故事而获得知识和智慧的事实，编订者完全有可能将《一千零一夜》视为真主的昭示，由真主流出的完整的、有机的、无限丰富的宇宙的象征、一切知识和智慧的源泉。

二、结构与文化特征

《一千零一夜》的结构是世界公认的最典型的框架式结构。关于这种结构的

---

① ［德］博尔：《伊斯兰哲学史》，马坚译，中华书局1958年版，第76页。
② 《罗摩衍那》第一篇第一章，季羡林译，人民文学出版社1980年版，第79颂。

源流，已有一些专论探讨。框架式结构虽然是世界不少民间故事集创作的共同模式，但追溯起来，其源头应为古代印度两大史诗，再经《五卷书》等古代印度故事集的继承和发展而成为古代印度故事文学创作具有普遍性的结构特点。这种故事套故事的结构模式随着古代印度故事集《五卷书》通过8世纪中叶的阿拉伯语译本《卡里来和笛木乃》而周游世界，影响了后起的世界故事文学。8—16世纪形成的拉伯民间故事集《一千零一夜》无论故事内容还是结构形式，都与《五卷书》等古代印度故事文学有着血缘关系。① 此后，由于《一千零一夜》的传入欧洲，又催生了西方故事文学运用框架式结构的世界名著：卜伽丘的《十日谈》和乔叟的《坎特伯雷故事集》。无论是否同意这样一种看法，在框架式结构流变的历史轨迹中，《一千零一夜》的典范性无疑是框架式结构历史发展曲线的顶峰。

框架式结构产生的内在文化动因至少有两方面：一是原始思维完整性要求的心理定势，二是以祖先崇拜和生殖崇拜演化的类比推衍认识模式。而这两方面又是紧密相连的，前者使原始人类尽可能从整体观去把握事物，力图了解并表现出对象的秩序位置，这种秩序的要求"也是一切思维活动的基础"② 当然也是类比推衍认识模式的基础。祖先崇拜使人重视血缘关系，进而从生殖的因果性、连续性理解事物，形成宇宙观，以拟人化方式赋予认识对象以有机性。框架式结构与其说是一个套一个，大套中，中套小的方式，不如说是具有家族式结构特征的方式。民间故事集以有机性、开放性和无限性为主要特点的这种结构方式就是原始思维、类比推衍认识模式的产物。不少民族民间故事集都采用框架式结构，既有可能是人类思维的共性所使然，也不排除相互影响因袭的存在，但二者并不矛盾。任何文化产品都包含因袭和创新两种因素。文化因袭并不可耻，而是意味着因袭者和被因袭者之间存在着思维方式与价值观念的一致性。但绝对的因袭不是创造，它只能在非创造性需要的范围内存在。就文艺而言，因袭必然要融入独创，而且，后者的因素所占的比例愈大，其审美价值、文化价值愈高，生命力愈强。从已有史料来看，后出的《一千零一夜》受古代印度故事文学的内容和框架式结构的影响是可信的。但《一千零一夜》的结构已经是优化的框架式结构，融入了阿拉伯人匠心独运的创新因素，形成了阿拉

---

① 黄宝生：《古印度故事的框架结构》，《外国文学研究集刊》第8辑，中国社会科学出版社1984年版。
② ［法］列维－斯特劳斯：《野性的思维》，李幼蒸译，商务印书馆1987年版，第14页。

伯—伊斯兰文化的鲜明特色，取得了典范性的成就。

文艺作品的结构是创作材料的组织形式。民间故事集中的故事本是零散独立的民间口头创作，要把它们汇集起来，形成一个整体，结构举足轻重。故事与故事之间的有机性联系决定于编订者赋予它们一个合理的契合点。所谓合理，也就是形式与内容的统一问题。契合点的不同选择，必然导致结构的有机性、形式与内容的统一等方面高下优劣的差异，也体现着不同民族的文化精神。印度史诗、《五卷书》、《一千零一夜》、《十日谈》和《坎特伯雷故事集》等框架式结构著名作品，都是通过"对话"这一基本方式把许多分散的独立的故事联结起来的。"对话"方式的大容量、随意性、灵活性和动势强的潜能使它成为框架式结构的基本范式。如何运用这种范式充分开掘它的潜能，使结构与主题、与情节、与人物形象塑造紧密融合，使结构本身达到和谐完整，则取决于"对话"情势的设计。框架式结构的早期作品——印度史诗的"对话"情势由于主故事即大框架定位于俱卢族和般度族的矛盾和战争或罗摩与其妻悉多的悲欢离合，插话的出现多为主故事中人物消磨闲暇或面对困难时获得慰藉的需要而设计，与主故事的结合显得舒缓松弛，并不十分紧密。《五卷书》出现了一个飞跃，把所有中小故事纳入老婆罗门毗湿奴舍哩曼在六个月时间里教育三个"笨得要命的"王子学会统治论的框架故事中。"诗教"的主题相当鲜明集中。就各个部分内故事之间的衔接而言，编订者运用前一故事末尾以一首诗留下的疑问，引出作为解答的下一故事的问答式对话形式，使该部分的各个故事联为一体，有机性极强。但是，由于五个部分的内容是作为毗湿奴舍哩曼写给三个王子学习的教科"书"，主故事与五个部分的故事的"对话"形式变了质，说明编订者并不把重心放在这一故事起点上，而倾斜于五个部分的故事。因此，大框架（主故事）与其他故事的结构关系尚未达到密不可分的高度融合，主故事作为大框架的人工气较明显。恰如现代常见的尚未进行外表装修的框架式结构建筑，先期浇铸的钢筋混凝土框架和后来嵌砌在框架中的砖墙，界线分明，缝隙昭然。

《一千零一夜》的典范性，最突出之处就在于大框架（主故事）与其他故事的关系处理得相当紧密，超越了印度史诗和《五卷书》。其奥秘就在于高度重视主故事的"对话"情势设计，主故事的主题虽然也是"诗教"，但"对话"是在一夜之后面临杀头的危险之下进行的，山鲁佐德面对的是手执生死大权的近于疯狂的暴君山鲁亚尔，她能否通过故事拯救自己和千千万万的女子？能否凭借以故事为载体的善的"文化修养"战胜国王身上非理性的"恶"？每一夜，每一个故事都处于这样紧张的情势之中；每一夜，每一个故事的延续都由这紧张的"对话"形式供给强劲的动力；每一夜，每一个故事都是主故事情节的不可或缺的组成部分。尽管有些故事内容轻松幽默，然而环绕它的"对话"气氛却杀气腾腾。对话情势与故事内容虽然有时悖逆，但在结合的关系上却血肉相连般的紧密、自然。如果说《一千零一夜》的结构如同一株大树，那么主故事就是树根与树干，其他的故事都是从树干上长出来的，而不是人工绑接的或挂上去的插花式枝叶。融入歌颂大智、崇扬至高的善美主题的整个框架式结构，体现了阿拉伯—伊斯兰文化的鲜明特征。

三、文艺教谕功能与伊斯兰美学精神

古代东方各民族普遍重视文学艺术的教谕功能，如中国从孔子开始即重视诗教，"诗可以兴，可以观，可以群，可以怨，迩之事父，远之事君，多识于鸟兽草木之名。"① 印度史诗《罗摩衍那》开篇则直接提及史诗的社会作用：无论何人都可通过诵读史诗而消灾免祸，得福长寿，死后进天堂。"婆罗门读了它，会辩才无碍。刹帝利读了它，会统治世界。商人们读了它，会获得功果。首陀罗读了它，会受到优待。"② 《一千零一夜》主干故事的主题就是强调艺术的教谕功能，国王山鲁亚尔因王后的不忠而迁怒所有的女性，从此，他每天娶一处女过夜，次日早晨即把女子杀掉，贤明的国王成了残杀无辜女子的暴君。宰相的女儿山鲁佐德凭着在漫长的一千零一夜中所讲的大量故事，使国王终于悔悟而弃恶从善，恢复理智贤明。故事，不仅具有娱乐作用，更具有教谕与救危解困的功能，每当冲突、危机出现之时，人们可以通过故事解除困境，化解矛盾，超越对立而融合一致，重建和谐的人际关系、理想社会。《一千零一夜》中的不少故事都显示了这样的艺术功能论，如《商人和魔鬼的故事》，商人吃完枣子将枣核随手一扔，无意中打死了魔鬼的儿子，正当愤怒的魔鬼要杀死商人为儿子复仇之时，来了三个老人，每人给魔鬼讲了一个"奇怪"的故事，竟使魔鬼放弃了复仇，救了商人的性命。《国王太子和将相嫔妃的故事》通过七位大臣和太子在国王面前讲故事的方式，使国王辨明真相，还太子清白，放逐了奸邪恶毒的妃子。

---

① 《论语·阳货》。
② 《罗摩衍那》第一篇第一章，季羡林译，人民文学出版社1980年版，第79颂。

　　然而，故事本身是通过讲故事者和故事中的人物形象才实现其教谕功能的，所以与其说《一千零一夜》的主题突出了故事的教谕意义，不如说是歌颂了讲故事者和故事中的人物形象的智慧、知识、文化教养等等高尚的精神品质。伊斯兰美学把人的美分为外表美和内心美两方面。外表美主要是以身材和面庞的"健全、匀称"和生命力的鲜活为标志的，内在的美则是指人的精神品质的高尚。伊斯兰美学强调人的美的内外两方面的统一，但"在对比外表的美和心灵美时，人们始终看中后者——长相美丽的坏人往往被比作是华丽棺材中的僵尸。"①

　　在伊斯兰审美意识中，美属理智范畴，也可以说理智是人类进步、文明、有思想的一种美的特征。人格美就是有理智的美，人要仰赖理智而获得知识，具有智慧，理智可以挖掘智力，而智力也可以深入调动理智，通过合力的安排而产生美好的教养。有了美好的教养，也就是有了美好的心灵和生命，人在黑暗中也能自由地前进，毫不踌躇和怯懦。理智与智力之间具有互动关系，美好的教养——"智"是人格美的核心。山鲁佐德无疑是具有大智的美的形象，然而，《一千零一夜》对她的描写并无一笔提及她的外貌，只说"山鲁佐德知书识礼，读过许多历史书籍，熟知古代帝王的传记和各民族的史实。据说她收藏的文学历史书籍，数以千计。"② 当她知道父亲正为找不着女子满足国王每日杀人的欲望而忧心忡忡时，她主动提出自愿嫁给国王，"我要牺牲自己拯救千万万的女子。"这种自我牺牲的精神，与后面在一千零一个夜晚她所讲的全部故事，都是对她大智与大勇的刻画。她的智和勇是与文化修养（"知书识礼，读过许多历史书籍"）相关的，山鲁佐德把这种文化修养传达给国王山鲁亚尔时，就战胜了他身上的"恶"，使他恢复了原有的"善"。国王"恶"的膨胀只有通过文化修养才得以抑制消弭，这一过程又是如此漫长，表现了阿拉伯人处理善恶矛盾既怀抱理想主义而又脚踏实地。《渔翁的故事》、《阿里巴巴和四十大盗》等故事歌颂的正面人物虽然没有山鲁佐德那样的文化修养，但仍然具有人格美，具有理智。当魔鬼恩将仇报要杀死渔翁时，他想道："他是个魔鬼，而我是堂堂的人类，安拉既然赋予我完备的理智，我就非用计谋来对付他不可，我的计谋和理

---

① 〔苏〕м·ф·奥夫相尼科夫主编：《中近东美学》，王家瑛译，中国人民大学出版社1992年版，第100—101页。
② 《一千零一夜》（一），纳训译，人民文学出版社1978年版，第4页。

智，必然会压倒他的诡计和妖气的。"① 凭着对理智力量的信心，渔夫终于用智慧战胜了魔鬼，使魔鬼皈依善的信条。

本文仅从书名、结构和艺术功能意识等方面对《一千零一夜》的文化意蕴粗作管窥，而全豹之见有待在《一千零一夜》展示的各个文化层面上进行全面系统的研究。

---

① 《一千零一夜》（一），纳训译，人民文学出版社 1978 年版，第 27 页。

后　记

　　业教以来，青灯黄卷，弹指间数十载。固天性驽钝，且坎坷连踵。大道青天，岁月蹉跎。虽为稻粱谋迫，亦若十日一水，五日一石，尽竭涓尘于搦翰铅椠。无王宰丹青之能事，有胼肘胝足之苦劳。含笔腐毫，学浅空迟，寒暑移易，著述殊寥。今检已见于书刊之文，选二十余篇，结集付梓。论议所及，中外古今，不越文艺畛域。自度殚精竭虑，难逾夏虫语冰之笃也。遑论卓识洞见，平理若衡，照辞如镜。书成各有命，不复虞覆瓿。逐篇检订谬漏之际，字里行外，为文缘境，人生遭逢，或山穷水复，或柳暗花明，历历目前。重温师恩亲情友善之浩荡，复叹人世营营戚戚之炎凉。文如其人否？文寓其人其世也！超人出世之文，罕也；无人无世者，非神诏之天书欤？

　　是为记。

作者

辛卯春于中国人民大学